刘心武文粹

红楼望月

刘心武——著

译林出版社

2005年开始在《百家讲坛》录制《揭秘红楼梦》系列节目

北京大观园内沁芳亭（水彩）

总序

这套26卷的《刘心武文粹》，是应凤凰壹力文化发展有限公司之邀，从我历年来的作品中精选出来的。之前我虽然出版过《文集》《文存》，但这套《文粹》却并不是简单地从那两套书里截取出来的，当中收入了《文集》《文存》都来不及收入的最新作品，比如2015年1月才发表的短篇小说《土茉莉》。

《文粹》收入了我八部长篇小说中的七部。因为《飘窗》和《无尽的长廊》两部篇幅相对比较短，因此合并为一卷。其中有我的“三楼系列”即《钟鼓楼》《四牌楼》《栖凤楼》，我自己最满意的是《四牌楼》。《刘心武续〈红楼梦〉》这部特别的长篇小说，我把它放在关于《红楼梦》研究各卷的最后。我将历年来的中篇小说和短篇小说各选为四卷，再加上一卷儿童文学小说和两卷小小说，这十七卷小说展现出我“小说树”上的累累硕果。我的小说创作基本上还是写实主义的，但在上世纪八十年代，改革开放，国门大开，原来不熟悉、不知道、没见识过的外国文学理论和作品蜂拥而入，现代主义、后现代主义引起文学创作的借鉴、变革之风，举凡荒诞、魔幻、变形、拼贴、意识流、时空交错、文本颠覆甚至文字游戏都成为一时之胜，我作为文学编辑，对种种文学实验都抱包容的态度，自己也尝试吸收一些现代主义、后现代主义的手法，写些实验性的作品，像小长篇《无尽的长廊》，中篇《戳破》，短篇《贼》《吉日》《袜子上的鲜花》《水锚》《最后金蛇》等，就是这种情势的产物，至于意识流、时空交错等手法，也常见于我那一时期的小说创作中，但总体而言，写实主义，始终还是我最钟情，写起来也最顺手的。短篇小说里，《班主任》固然敝帚自珍，自己最满意的，还是《我爱每一片绿叶》《白牙》等；中篇小说里，《如意》《立体交叉桥》《木变石戒指》《小墩子》《尘与汗》《站冰》等是比较耐读的吧。我的中篇小说里有“北海三部曲”《九龙壁》《五龙亭》《仙人承露盘》，是探索性心理的，其中《仙人承露盘》探索了女同心理；另外有“红楼三钗”系列《秦可卿之死》《贾元春之死》《妙玉之死》。短篇小说里则有“我与明星”系列《歌星和我》《画星和我》《笑星和我》《影星和我》，这展示出我在题材上的多方面尝试。但我写得最多的还是普通人的生活，特别是底层市民、农民工的生存境况和他们的内心世界，长篇小说里不消说了，像中篇小说《泼妇鸡丁》，短篇小说《护城河边的灰姑娘》，还有小小说中大量的篇什，都是如此。我希望《文粹》中从自己“小说树”上摘取的果实排列起来，能够形成一幅当代的“清明上河图”。

我的写作是“种四棵树”。除了“小说树”，还有“散文随笔树”“《红楼梦》研究树”和“建筑评论树”。《文粹》的第 17 卷至 21 卷是“《红楼梦》研究树”的成果。虽然这些文章此前都出过书，但是这次在收进《文粹》时又经过一番修订，吸收了若干善意批评者的合理意见，尽量使自己的立论更加严谨。第 22 卷《从〈金瓶梅〉说开去》是新编的，其中收入了我研究《金瓶梅》的若干成果，可供参考。这也是我的一本文史类随笔。第 23 卷收入我两部自己珍爱的散文作品《献给命运的紫罗兰》《私人照相簿》。第 24 卷《命中相遇》收入的散文，记录的是我生命中难以忘怀的岁月、事件和人物。第 25 卷《心里难过》则收入的是与自己生命成长相关的散文，其作为卷名的一篇曾经人录为配乐朗诵放到网上，广为流传，也获得不少点赞，我也很高兴自己的文字不仅能以纸制品流传，也能数码化后云存在，从而拥有更多的受众。

第 26 卷则把我此前由中国建筑工业出版社出版的《我眼中的建筑与环境》，以及由中国建材工业出版社出版的《材质之美》合并在一起，还搜集了那以后散发的建筑评论。我的建筑评论从建筑美学、城市规划、对具体建筑的评论……一直延伸到建筑材料、施工，以至家居装修装饰等领域，展示出我“建筑评论树”上果实满枝，蔚成大观。

购买这套《文粹》的人士，不仅可以阅读到我“四棵树”上的文字，还可以看到我历年来的画作，以水彩画为主，也有别的品种。春风催花，夏阳暖果，不以秋叶飘落为悲，不以冬雪压枝为苦，在生命四季的轮回中，我感觉自己创造的风帆还在鼓胀，《文粹》只是总结而非终结，祝福自己在命运之河中继续航行，感谢所有善待我的人士！

2015 年 4 月 23 日　温榆斋

目录 CONTENTS

将“秦学”研究不断推进【原序】 001
红楼望月 003
帐殿夜警 008
关于“月喻太子”的通信 020
精华欲掩料应难 025
月色凄迷 031
红楼探秘 035
再论秦可卿出身未必寒微 049
“秦学”探佚的四个层次 056
樯木·义忠亲王·秦可卿 062
张友士到底有什么事？ 071
“友士”药方藏深意 074
可人曲 077
园中秋景令 080
《广陵怀古》与秦可卿 083
贾珍何罪？ 086
元春为什么见不得“玉”字？ 089
“三春”何解？ 093
牙牌令中藏玄机 097
《红楼梦》中的皇帝 101

目 录

北静王的原型 106
老太妃之谜 111
茜雪被撵之谜 114
梦中夺锦系何兆? 119
芦雪庵联诗是雪芹自传 122
李纨身上的"马氏影" 126
太虚幻境四仙姑 130
《枉凝眉》曲究竟说的谁? 133
"三十"与"明月" 137
妙玉讨人嫌 142
妙玉之谜 145
再探妙玉之谜 149
雅趣相与析 154
薛宝钗的绣春囊? 156
薛宝琴为何落榜? 159
贾母天平哪边倾? 163
"金兰"何指? 166
贾琏王熙凤的夫妻生活 169
贾珍尤氏的夫妻生活 172
黑眉乌嘴话贾琮 175

腊油冻佛手・羊角灯 178
龟大何首乌？ 181
《红楼梦》里的歇后语 184
春梦随云散 187
远“水”近“红” 190
食“红”不已 192
伦敦弘红记 195
有谁曳杖过烟林 198
讲述《红楼梦》的真故事 203
扫荡烟尘见真貌 208
满弓射鹄志锐坚 210
隔岸花分一脉香 213
《红楼梦》烟画 216
正本清源第一遭 220
关于我的“秦学”研究 222
网上论“红” 226
从秦可卿入手解读《红楼梦》 235
霜前月下谁家种 263
迎春启示录 270
甄士隐的生存之道 284

目录

CONTENTS

关于冯紫英的佚文 300

花开易见落难寻 304

沉湖·葬花·玉带 306

揭破《红楼梦》中秦可卿之谜 308

莫讥“秦学”细商量 310

拟将删却重补缀 312

话说赵姨娘 315

话说璜大奶奶 324

话说李嬷嬷 331

话说秦显家的 338

红楼边角 346

二丫头与卍儿 372

秦可卿之死 374

贾元春之死 404

妙玉之死 436

附录　刘心武文学活动大事记 480

将“秦学”研究不断推进【原序】

2004年5月31日，我应邀到现代文学馆讲“秦学”。文学馆老早就搞了关于“红学”的系列讲座，请了不少专业人士演讲，也请了王蒙、胡德平等知名的“红学”票友开谈，从那活动一开始他们就跟我联系，但我拒绝了两年之久，直到那一天才终于打起精神去开讲。我懒得到那里去讲，并没有什么隐秘、深刻的心思，只不过是性格使然。我说过《红楼梦》十二钗里我最喜欢的是妙玉，人谓讨嫌，我心向往。人能绝不害人，而在自尊自爱的审美境界中活到那样率性的程度，无论在什么时代什么社会什么人群里，都是很不容易的。

那天去了以后，发现文学馆那有380个坐席的演讲厅里是爆满的状态，因为座位不够，把餐厅里的一些椅子也搬了来，我开讲以后，陆续赶来的听众有的找不到坐处，就一直站着听。后来知道，还有天津的人士从网上看到预告后，特地跑来北京听这讲座的。看见有这么多人支持我的“秦学”研究，顿时兴奋起来，于是我恨不得把全副心得和盘托出，越讲越来劲儿，规定是讲一个半小时，我却一口气讲足两小时，而听众们竟然都坐在或站在那里全神贯注地听我侃，我非常感动，也觉得非常过瘾。

演讲结束后，一位听众跟我说，她原以为我所谓“开辟了‘红学’新分支‘秦学’”的说法，即使不算哗众取宠，也是自我夸张。但她听了我的演讲后，尽管多有“不能苟同”之处，但这下是真的觉得，我对《红楼梦》的这种解读是具有学术性的，是从文本出发，是原型研究，思路缜密、逻辑清晰，而且确有创见。她，以及来自其他方面的鼓励，于我是极其珍贵的。

我如此自尊、自信，并且渴求理解、支持，是因为我觉得“红学”研究，目前遇到的一个大问题，就是还没有充分地“公众共享”，民间的“红学”票友，常被个别权威或专业人士轻视甚至蔑视，被嗤鼻为“外行”还算“客气”，有的竟被指斥为“红学妖孽”，试问，如果听任这样的学阀派头霸气口吻笼罩“红学”领域，“红学”研究还能有什么起色什么推进？

我很幸运，自从事“秦学”研究以来，一直得到周汝昌先生的指点与鼓励，民间都公认周老是“红学”泰斗，成就斐然，并且不断出新，但周老却坚称自己不是“红学界”的，这个现象也颇耐人深思。

我从1993年开始发表关于“秦学”的文章，1994年辑成《秦可卿之死》一书，1996年修订过一次，到1999年又扩展为《红楼三钗之谜》，2000年后，我把研究的触角推进到对康熙朝废太子胤礽及其儿子弘皙（也就是康熙的嫡孙）的研究，揭示出他们跌宕起伏、诡谲多变的命运对曹雪芹家族荣辱兴衰的巨大影响，以及在曹雪芹创作《红楼梦》时，从中采用了哪些人物原型、事件原型、细节原型作为艺术虚构的资源，这些成果在2003年又形成了《画梁春尽落香尘》一书，到目前，我的“秦学”研究仿佛山溪终于流出窄谷，奔泻到了更广阔的田园，形成了一条自成形态的河流，于是，在书海出版社的支持下，又将上述著作加以修订，并增加了约7万字的新稿，构成了这本《红楼望月》的新书。书里还特别收入了我在人民网与网友论“红”，以及在现代文学馆演讲的记录，以更凸显我那“‘红学’研究非少数学术权威或学术机构的垄断领地，应该是一个开放的公众共享的文化空间”这一诉求。我立志要把“秦学”研究推进到底。在公众共享的“红学”大花园里，我这“秦学”当然只是生在一隅的小花，但“苔花如米小，也学牡丹开”，我要在所有善意的批评、平等的争鸣与热情的鼓励中，努力把自己的这朵花开成浑圆。

刘心武

2004年8月10日于温榆斋

红楼望月

——为纪念曹雪芹逝世240周年而作

以前似乎没有什么人注意到，林黛玉进荣国府所看见的匾额对联，有着那么丰富的喻意。她进入堂屋中，抬头迎面先看见一个赤金九龙青地大匾，匾上写着斗大三个字是“荣禧堂”，这显然是取材于康熙三十八年康熙南巡以织造署为行宫，为曹雪芹的太祖母孙氏题下“萱瑞堂”的史实，以前能注意到此的，都以为曹雪芹不过是下笔时以家史略作点染罢了；但接着又写到林黛玉看见一副乌木联牌，镶着錾银的字迹，道是“座上珠玑昭日月，堂前黼黻焕烟霞”，下面一行小字，道是“同乡世教弟勋袭东安郡王穆莳拜手书”，对这一细节人们往往忽略不思，觉得大概不过是随便那么一写，其实不然，这里面包含着《红楼梦》从生活真实到艺术虚构的重大关目。（注意：据程乙本刊印的通行本上，此处让程伟元、高鹗给篡改了，他们可是知道这一笔的“厉害”。）我从王士祯《居易录》中得知，康熙所立太子胤礽曾有“楼中饮兴因明月，江上诗情为晚霞”的名对，并有在随父王南巡时书写给当地臣属的记载，将此信息告知周汝昌前辈后，他很快就写出了文章，指出《红楼梦》中黛玉所见对联即本于此，大匾为金，联牌为银，正是一为“日”赐，一为“月”书，互相对应，而且因曹寅与康熙平辈，寅妻李氏是书中贾母的原型，书中贾政的原型是寅去世后过继来的曹頫，则太子与其平辈，而曹家是在关外铁岭被俘后效力攻进关内的开国功臣，与皇室既是主奴关系亦有共战情谊，所以太子题联谦称“同乡世教弟”，“东安郡王”就是“东宫太子”的意思，太子两立两废死后谥“密”，古文里“密”“穆”相通（《荀子》中有例），“莳”有“立”和“更改再植”等义，曹雪芹是在太子反复立废并已逝去后下笔，所以才用这些隐语曲笔记录他父辈祖上与太子的亲密关系。汝昌前辈又指出，古抄本中，“座上珠玑昭日月”有作“照日月”的。第四十回金鸳鸯三宣牙牌令，有“双悬日月照乾坤”的令词。很显然，“日”喻皇帝，“月”喻太子。不过后一例有更微妙的内涵。

一般人都知道康、雍两朝交替后，曹家很快败落，抄家被逮，戴罪还京，曹頫被枷号，李氏等少数家属只得在蒜市口一十七间半小院居住，仆人则只剩三对，曹雪芹幼年时代是很穷窘的。但一般人又很少知道，到雍正暴薨、乾隆继位后，新皇帝实行“亲亲睦族”的政策，先抚平雍正朝皇室骨肉相残留下的伤口，又对在雍正朝的权力斗争中被牵连的官员大都予以宽免，曹頫的罪名以及亏空欠款也就在这样的政策下都一风吹了，并重被内务府叙用，而那时曹雪芹的姑母的儿子也就是他的表哥平郡王福彭，甚得乾隆优宠，居高官，住华府，有权有势，因此已到少年时期的曹雪芹，很过了几年舒适自在的生活，并有机会到比自家更优裕的王府中观察体验，也就是说，并不是像有的人估计的那样，似乎曹雪芹从幼年起就一直与富贵人家公子生活无涉了。

曹雪芹父祖两辈，与康熙朝时的太子胤礽关系密切，这是雍正登位后厌恶曹家抄其家治其罪的根本原因，什么“骚扰驿站”“任上亏空”等都只是表面罪名。

按说胤礽在雍正二年囚死后，曹家作为“太子党”无论主观上还是客观上，就都“没戏”了，乾隆既已登位，成为“新日”，哪里还有什么“旧月”，但历史上的情势却是，“太子党”不仅没有覆灭，反更活跃起来，他们聚集在胤礽儿子弘晳麾下，积蓄力量，频繁计议，寻求时机，以求一逞。那时弘晳以理亲王身份，居住在北郊规模宏大的郑家庄王府，居然设立了自己的内务府七司，俨然有“影子政权”之架势。弘晳在康熙活着时，已是一少年，而且甚得祖父喜爱，雍正的登位，他自然不服，到了乾隆登位，他更不忿，自以为康熙才是“正日”，自己父亲胤礽是“明月”，“明月”继承“正日”才是正理，他以康熙嫡长孙自居，父亲既殁，他便是“明月”了，视乾隆为“伪日”，要“正位”取代。弘晳这样想倒也罢了，谁知乾隆初年，一些皇族亲贵，包括几位雍正优渥重用的王侯及其后代，竟也如是想，并且勾结起事，在乾隆二三年时已公然营造出了“双悬日月照乾坤”这一紧张局面，“三春去后”，到乾隆四年，他们想趁乾隆出猎时行刺政变，乾隆不动声色，却以迅雷不及掩耳之势粉碎了他们的阴谋，此即“弘皙逆案”，牵连到许多官员，曹家也就彻底毁灭在此一“逆案”中。曹家不能不受弘皙一党之诱惑么？一来他们内心也是一直倾向于“明月”的，二来根据他们的“老根”，弘皙的新“太子党”是绝不会在集结力量时，不找到他们这个老“太子党”来“捧月”的，“双悬日月照乾坤”，对曹家来说——折射到小说里就是贾家——既是对所面临的政治大形势的比喻，也是在“日”“月”夹板中煎熬难耐的写照。

明乎此，也就把握了曹雪芹写作《红楼梦》时的心理状态，以及贯穿在全书中贾家故事的福祸根源。从十七、十八回往后，《红楼梦》故事的时序是非常清楚的，十八回后半到五十三回全写的是乾隆元年的事，而且春夏秋冬都细描精绘，连这一年四月二十六日交芒种节都准确地写了进去；五十四回到六十九回写的是乾隆二年的事；七十回到八十回写的是乾隆三年的事。但第一回到十七回的时序却比较模糊，还有前后矛盾之处，我以为这是作者有意回避雍正朝的曹家窘境，不将其按真事实移入书中贾家的故事里，反倒把乾隆元年后曹家中兴的局面夸张逆延到那以前，去想象贾家彼时的生活情景。这样变通的艺术构思是既必要又巧妙的。还要指出的是，《红楼梦》里写到的皇帝，是个抽象的存在，这个皇帝上面还有太上皇，实际上曹雪芹逝世前清朝没有过太上皇，乾隆内禅让嘉庆当皇帝时，曹雪芹已过世多年，他不可能也没必要去预测，他是把康、雍、乾三朝皇帝浓缩为一个来写。但不管怎么说，“日”“月”之争，笼罩全书。

以这样的眼光再来细读《红楼梦》，就会对以前不以为意的涉及“月”的情节与文句，产生出新的憬悟。全书以中秋始，脂砚斋告诉我们，全书又将以中秋结。“好防佳节元宵后，便是烟消火灭时”，这既是甄士隐的灾难期，也是五十四回贾府大热闹达于顶点，五十五回后即滑入下坡的分界点。中秋和元宵都是月最圆最明的时候，令人充满了憧憬，但贾府却总是在这样的日子里“悲谶语”“发悲音”“感凄凉”，可见“月”到头来并不能“明”，带给他们的竟不是福祉而是祸患！这些大关节且不去细论，下面我们要以新眼光来品品书中的以下诗句：

第一回的“天上一轮才捧出，人间万姓仰头看。”——以前我们总以为这不过是表现贾雨村想“飞腾”罢了，现在我们可以悟出，实际上更是影射雍正薨后弘晳之“众望所归”的政治形势。

三十七回的吟海棠诸诗，多有涉月之句。“幽情欲向嫦娥诉，无奈虚廊夜色昏。”——贾家也好，史家也好，王、薛二家也好，都是既向往，而又没有把握，处在对“月”的复杂情怀中。

三十八回的吟菊诗也是一样。“瘦月清霜梦有知”，是对“义忠亲王老千岁”的怀念吧？“口齿噙香对月吟”，多么钟情，但“篱筛破月锁玲珑”“和云伴月不分明”，到头来也只能是“醒时幽怨同谁诉？衰草寒烟无限情！”

四十八、四十九回香菱学诗以月为题连作三首，过去只以为是作者模拟初学者由浅陋到入门的一个过程，没有什么深意，现在把“月喻太子”作为解读的钥匙，则下面这些句子就都有了深层的意蕴：“月挂中天夜色寒”，“余容犹可隔帘看”，“精华欲掩料应难”，“半轮鸡唱五更残”，“缘何不使永团圆”……

七十回林黛玉《桃花行》结句是“一声杜宇春归尽，寂寞帘栊空月痕”，这还不算太显，但薛宝琴的《西江月》词里，公然显现“三春事业付东风，明月梅花一梦”的句子，这太值得注意了！弘晳一党觉得雍正暴薨是个夺权“正位”由“月”升“日”的良机，精心谋求历时三年后才终于拼力一搏，却万没想到“三春事业”泡了汤。薛家是比贾家更露形于外的“太子党”，薛蟠明说他家一直存放着“坏了事”的“义忠亲王老千岁”当年定下的棺料樯木，而且往来的全是冯紫英那样的“月”派人物，薛蝌送妹妹薛宝琴来京，要嫁给梅翰林的儿子，那梅家不消说跟冯家一样，也是“月”派的，所以“月”派事败，宝琴的命运也就呈现为“明月梅花一梦”，据她自己的灯谜诗，“不在梅边在柳边”，她后来竟与成为“强梁”的柳香莲结合，所谓“强梁”其实也就是反“伪日”的力量，是“月”派的余绪或同情者，这大概都是八十回后会写到的情节。

七十六回林黛玉、史湘云凹晶馆联诗：“宝婺情孤洁，银蟾气吐吞。药经灵兔捣，人向广寒奔。”这也许还不能说明太多，但下面的句子则真有点惊心动魄了：“犯斗邀牛女，乘槎待帝孙。虚盈轮莫定，晦朔魄空存。”“犯”是一个星体侵入另一个星体的意思，“犯斗”已经是影射了，更直书“乘槎待帝孙”，

"帝孙"既指织女星，更双关隐喻着弘皙，乾隆这样说过弘皙："自以为旧日东宫之嫡子，居心甚不可问！"康熙晚年，弘皙、弘历都已是少年，那时弘历的父亲后来的雍正并无承统迹象，倒是弘皙的父亲胤礽两次立为太子，虽然胤礽终于失宠被废，但康熙对弘皙的喜爱并无变化，一般人都视弘皙为首席皇孙，也可简称为皇孙，在朝野所形成的氛围，是此皇孙大有承统的希望，这当然也就构成弘皙一直想"正位"，以及其追随者要"乘槎待帝孙"的心理依据，当然这也就使得弘皙成为弘历在登基前后都紧盯严防的一大心腹之患。

红楼望月几回圆？可以估计出，八十回后一定是"月落乌啼霜满天"，宁国府的藏匿秦可卿（其原型是弘皙的妹妹，见我《画梁春尽落香尘》一书中的论证），荣国府的替南京被查抄的甄家藏匿转移来的财产，以及其他种种罪状，一一被"烈日"清算，忽喇喇似大厦倾，昏惨惨似灯将尽，白骨如山忘姓氏，无非公子与红妆！可见高鹗所续的那些，离曹雪芹初衷真是背道远去十万八千里不止！

从此牢记：欲懂《红楼梦》，需细品月。

帐殿夜警

1

康熙四十七年（1708年）深秋，北方已然草木凋零，江南山水却还没有卸去彩妆，表面上生活如常，但茶楼酒肆里，渐有流言令人惊骇，从贴耳细语，到叩案嘁喳，很快，这动向就被皇帝的耳目获悉。

康熙在江南最大的耳目，就是江宁织造曹寅。那一年他五十一岁，给皇帝当差之余，他弄文学、玩藏书，当时他校刊了自己喜爱的闲书《楝亭五种》及《楝亭十二种》不久，其中有一卷是《糖霜谱》，专讲精致甜食中一个小类别的制作工艺，可见他的闲情逸致有多么丰富细腻，生活状态是多么优裕高雅。但当他搜集到那流言时，真是如雷过顶，心乱如麻，他还没来得及向皇上汇报，邸报就到，邸报的内容，竟证实了流言不诬，于是他赶忙写下奏折，其中说："臣于本月二十二日得邸报，闻十八阿哥薨逝，续又闻异常之变。臣身系家奴，即宜星驰北赴，诚恐动骇耳目，反致不便。二十三日以来，民间稍稍闻之，皆缎布两行脚力上下之故。将军、总督严禁盗贼。目下江南太平无事。米价已贱。"这奏折写得既情真意切，又很有技巧——把流言出现的时间列在官方内部通报之后，查明流言的来源是流动于南北的为商行运输绸缎与布匹的脚力，同时表示已注意在此关键时刻"严防盗贼"，更以"江南太平"与"米价已贱"安慰圣上。

2

邸报里所说的十八阿哥，是当时康熙已有的二十个序齿儿子之一，薨逝时才八岁。康熙虽然儿子这么多，但他的父爱绵厚无边，对这个爱嫔王氏所生的十八阿哥，那时尤为宠爱。那一年循例的木兰秋狝，他不仅让众多已是青年或少年的王子随行，还特地把十八阿哥带在身边，北方的秋天昼夜温差很大，这样的武装旅行对一个八岁的儿童来说并不适宜，果然，半路上十八阿哥就发了病，以今天的眼光，那病症大概是腮腺炎，并非绝症，但那时的太医们竟不能救治，康熙搂着爱子，殷殷祷祝，甚至说宁愿牺牲自己的健康，来换取十八阿哥的生命，高烧的十八阿哥在八月底一度病情好转，康熙欣喜若狂，但好景只是一闪，到九月初二早晨，十八阿哥撒手人寰，康熙悲痛欲绝。

如果单是十八阿哥薨逝，民间缎布商行的脚力也许没有多大流布其消息的兴致，但随之发生的，即曹寅在奏折中所不能明书只能暗喻的"异常之变"，那才是朝野不能不关注的，缎布商行脚力从北京回到江南一路上所散布的流言，就是这个"异常之变"。

怎么个"异常之变"？

退回三十三年，康熙十四年底（按公历已是 1676 年），康熙立嫡子（若论大排行则是二阿哥）胤礽为皇太子，当时胤礽还不足两岁。皇太子从小得到娇宠，懂事后康熙请来当时硕儒教他功课，并遵从祖训教其骑射，在康熙精心培养下，皇太子满、蒙、汉文皆娴熟，精通"四书""五经"，书法也很好，善作对子，十多岁时就写出过"楼中饮兴因明月，江上诗情为晚霞"的名对，五周岁就在狩猎中射中过一鹿四兔，成年后辅助父王处理国事，显示出政治方面的才干，康熙几次出征时都曾委托他留京代理政事，对他的表现大加赞扬，说他"办理政务，如泰山之固"，后来虽然对他的一些缺点有所批评，如指出他对发往父王率军出征地的包裹捆绑不严多有到达后破损的，应及时改进等，但总的来说，至少从表面上看，胤礽的接班当政，只是一个时间问题，绝对不会有什么"异变"。在长达三十多年的时间里，像曹寅那样的皇家亲信，也都习惯了在效忠康熙皇帝的同时，也效忠皇太子胤礽，这贯穿在他们的思维与行为当中，丝毫不曾动摇过。可是，万没想到的是，康熙四十七年九月初六，康熙废黜了皇太子，并昭示天下。

这场“异常之变”，不仅使曹寅的心灵蒙上了阴影，而且，一直影响到他的子侄以至孙辈。

3

“异常之变”的触发事件是“帐殿夜警”。所谓帐殿，就是木兰秋狝时皇帝驻跸的营帐。据康熙自己说，胤礽除了他早已发现的不肖种种之外，“更有异者，伊每夜逼近布城裂缝向内窥视……令朕未卜今日被鸩、明日遇害，昼夜戒慎不宁，似此之人，岂可付以祖宗弘业！”

究竟有没有“帐殿夜警”这回事情？和宋代的“烛光斧影”、明代的“梃击”“红丸”“移宫”等宫闱疑案一样，清代康熙朝的这个“帐殿夜警”事件，也相当地迷离扑朔。康熙在宣布废黜皇太子时，当着已被绑缚的胤礽以及陪绑的几个王子，还有重臣和供奉于朝廷的西方传教士，愤激地历数胤礽的罪愆，吐露出许多的旧恨新仇，特别是胤礽在幼弟十八阿哥病笃父王焦虑万分的情况下，竟然无动于衷，毫无忠孝义悌，说到竟然偷窥圣躬居心叵测，痛哭仆地，大失威严常态。但数日之后，康熙略微冷静些，就觉得皇太子似乎是疯癫而非谋逆，回京途中，大风环绕驾前，康熙认为是天象示警，回銮后他又分别梦见了祖母孝庄皇太后和胤礽的生母皇后赫舍里氏，前者是立胤礽为皇太子的决策者之一，后者是他最爱的女人，梦里两位女士都面有不悦之色；这之间，查出是庶出的大阿哥利用蒙古喇嘛巴汉格隆以诬术镇魇了胤礽，嗣后他连续召见了几回胤礽，发现胤礽疯态消失，他也就心里越来越宽慰。四个月后，他复立胤礽为太子。

雍正当了皇帝以后，因为他很可能是矫诏盗位，所以，大肆修改康熙朝的档案，有的干脆就毁掉，他那时候关于“帐殿夜警”的版本里，说是康熙曾在夜半觉得有人逼近帐殿里的御榻，还发出了声音，那身影声气分明就是胤礽，如果真是这样，不用别人揭发，康熙自己就是胤礽图谋弑父弑君的活见证，但康熙为什么在宣布胤礽罪状时只说他是“逼近布城裂缝向内窥视”呢？又为什么会在四个月后恢复他的皇太子地位呢？据雍正朝也没改掉的记载，胤礽被废押解回京囚禁于宫中上驷院临时帐篷内时，为自己申辩说：“皇父若说我别样的不是，事事都有，只是弑逆的事，实无此心。”这大概更接近于事实。“帐殿夜警”，恐怕是被人举报而非康熙自己发现的。

有历史学家指出，康熙的皇权与胤礽的储权之间的矛盾，是一步步发展、暴露、激化起来的，“冰冻三尺，非一日之寒”，康熙起头溺爱胤礽，达到相当荒谬的程度，例如他任命胤礽的奶母之夫凌普为内务府主管，不是因为此人有品德才干，仅仅为的是胤礽取用皇家诸种供应的方便；在仪注上，康熙后来后悔地说：“皇太子服御诸物，俱用黄色，所定一切仪注，与朕无异，俨若二君矣！”太子渐渐长大，对于自己的“千岁”地位自觉意识越来越深化，在父王出征时期留守京城当“代皇帝”很过了把瘾，其党羽也日益增多，且在权力欲望上往往比他更表现出急迫张狂，这就更强化了胤礽“何日为万岁”的心理趋向，但康熙身体健康、精力充沛，是个长寿之君，胤礽隐忍的接班欲望，与康熙不到寿终绝不放权的明显态势，导致了他们父子君臣关系难保平衡的悲剧性结局。历史学家从政治视角如此分析当然非常有道理。但作为活生生的个体存在，康熙也好，胤礽也好，其心灵都是非常复杂的，他们的冲突里，应该也杂糅着另外的，非政治性的，与权力、财富不一定结合得那么紧密的心理的、情感的冲突。这个领域应该由文学艺术去切入。

会不会有文学家，乐于来描写康熙四十七年八月底到九月初那些日子里，木兰秋狝营帐中发生的故事呢？特别是在夜深人静之时，皇太子“逼近布城裂缝向内窥视”的诡谲一幕……但写这样的小说至少要了解一下当年“帐殿”的布局，据史料，秋狝之典参与者总数可达一万数千人，所有人员包括皇帝均宿帐幕，届时设行营卡座，各按秩序排列，中间的黄幔城是皇帝居所，外加网城，设连帐一百七十五座，是为内城；外城设连帐二百五十四座，又有警跸帐；整个营盘内圆外方；再外围是蒙古等诸王公、台吉营帐。皇太子的营帐可以想见是在皇帝御帐附近，但深夜躲过密布巡逻值守的人员，私自逼近御帐，绝非易事，要想使小说情节符合逻辑，特别是细节合理，下笔可不那么轻松。我们都知道1919 年新文化运动之前的中国文言文是没有标点的，“逼近布城裂缝向内窥视”这个句子，现在引用者多加标点断句为“逼近布城，裂缝向内窥视”，这镜头实在恐怖，因为“裂缝”作为动词，那胤礽彼时就非动用匕首等利器不可，杀气弥漫;但若另行断句理解为“逼近布城裂缝，向内窥视”，那就无须使用利器，胤礽的形象也就非凶神恶煞，而是被窥视欲的心火烧得癫狂的一个可怜虫了。试问，御帐会有“裂缝”吗？如果把“裂缝”理解为“破开的缝隙”，当然不可信，但帐幕毕竟是由若干块布幔叠围合成，用手拨开便可出现“裂缝”的部位未必没有……

“帐殿夜警”，究竟是怎么一回事？其原生态的真相，永难揭示了。

4

“帐殿夜警”之后，又发生了许多戏剧性的变故。上面提到四个月后，胤礽复立为皇太子。但“帐殿夜警”一事倘不是康熙亲自发现的，那么，是谁向康熙告的密？康熙始终不曾揭破此谜。当时随扈皇帝的诸王子里，年龄比较大的是大阿哥胤禔（三十六岁）和十三阿哥胤祥（二十二岁），他们都属于反皇太子的阵营，在秋狝营帐中的位置应该接近父王与皇储，因此很可能是他们向康熙告的密。胤禔很快又被三阿哥揭发，是他利用蒙古喇嘛魇了皇太子致疯，后来果然在他的府邸里搜出了用来镇魇的木偶多具，康熙盛怒之下将他削爵圈禁，他的余生在圈禁中度过，雍正十二年六十三岁时死于禁所。胤祥的遭遇很奇怪，他在康熙三十三年第一次分封王子时因为还小，未受封可以理解（那一次只封到十三岁的八阿哥），但在太子复位后康熙四十八年的分封里，连十四阿哥都受了封，唯独他未受封，这情形一直持续到康熙驾崩，雍正上台后他才受封为怡亲王；康熙为何不封他爵位？在未予说明中，我们可以悟出，他在“帐殿夜警”事件里一定是扮演了告密者的角色，这角色为父王所需要，却又为父王从内心里鄙视厌恶。而雍正对他的重赏重用，恐怕也是内心里感谢他“亏得告密出了个‘帐殿夜警’事件，要不胤礽说不定就真从千岁变成万岁了”。

胤礽在度过“帐殿夜警”的危机以后，最终还是没有获得康熙的信任，康熙五十一年（1712年），康熙宣布胤礽复立后“狂疾未除，大失人心，断非可托付祖宗弘业之人”，再次将他拘执看守，近四十岁的废太子此后也就在圈禁中度过余生，雍正二年五十一岁时死于禁所。胤礽二次被废后，八阿哥一度觊觎储位，闹出许多风波，但未得逞。康熙以立储失败为训，不再公开对接班人的选择，有的历史学家称他是尝试秘密立储，有许多证据显示，他秘密选定的接班人是十四阿哥，但突然袭来的死亡，使他的苦心付诸东流，其结果是一般人最没想到的四阿哥登上了宝座，是为雍正皇帝。雍正上台后，陆续对他认为是威胁自己地位的兄弟下毒手，被修理得最厉害的是八阿哥与九阿哥，他将他们削去宗籍，一个被叫作阿其那，一个被叫作塞思黑，这两个满语恶名究竟是什么意思，民间有说是“狗”与“猪”的，史家有考证出是“俎上冻鱼”与“讨人厌”的，总之是将其“臭名远扬”，后来这两个人都突然吐泻身亡，演出了康熙子嗣间骨肉相残的最阴冷一幕。十四阿哥是雍正的同母兄弟，民间传说是雍正通过步军统领隆科多在对其他王子封锁康熙病危消息的情况下，将康熙遗诏“传位十四王子”中的“十”描改为“于”的，又说遗诏里写的是名字，十四阿哥的名字是示字旁一个贞，四阿哥的名字是示字旁一个真，则作伪的手法为从“正大光明”匾后取出遗诏，将“贞”描改为“真”，但历史学家指出，将遗诏放在“正大光明”匾后面直到皇帝驾崩才能取看的做法恰是雍正才定下的规矩，康熙时并无此举，而且十四阿哥与四阿哥的满文书写方式差异明显，当时的诏书全得满汉文对照很难描改；但又有历史学家说已查到故宫档案，雍正公布的康熙传位于他的遗诏并非一个句子而是很长一段文字，不过经对比研究，疑点很多，而且那满文似乎是从汉文回译的，与当时先有满文再汉译的规矩不合，所以，仍可得出雍正矫诏的结论；其实，雍正登基不久就把拥戴他的隆科多、年羹尧治了罪，这显然是为了“堵嘴”，也无异于自曝其心虚。十四阿哥的命运比八阿哥、九阿哥略好，他先被派去守陵，后被圈禁，到乾隆时复爵直至郡王，活到六十八岁才死。

5

废太子在雍正二年就死了，但关于他的故事仍在继续。这就像曹寅死了，曹家的故事还要继续搬演下去一样。实际上头一个故事始终笼罩着，或者更准确地说，决定着第二个故事。

雍正韬晦到四十五岁才登上皇帝宝座，但在五十八岁时就突然薨逝了。雍正上台时，曹家是曹頫在当江宁织造，他是因为曹寅死了以后，康熙又让曹寅唯一的亲儿子曹颙继任，没想到曹颙又死了；曹寅母亲孙氏是康熙幼时的保母（教养嬷嬷）之一，康熙南巡时以曹寅的织造署为行宫，孙氏朝谒，康熙见之色喜，且劳之曰："此吾家老人也。"御书了"萱瑞堂"大匾以赐；康熙对曹家感情很深，视曹寅为"嬷嬷兄弟"，曹寅、曹颙全死了他也还是要曹家当织造，曹頫就是在这种情况下，由侄儿过继给曹寅未亡人充曹寅之子，连任江宁织造的。雍正对曹家可是一点感情也没有，要说有感情那也是反面的厌恶之情，雍正五年抄了曹家，雍正六年将曹頫一家逮京问罪。其后曹家在雍正朝的阴暗日子虽然情况不详，总还多少留下了些档案材料与其他零星文字。

乾隆一上台，便收拾其父王所留下的政治残局，对雍正的政敌，他放的放，赦的赦，加恩笼络，推行皇族亲睦的明智政策，总体而言，大有效果。皇族里的历史遗留罪愆既然淡化乃至过往不究，相关的官僚的命运也就大有改善，正是在这种政治气候里，曹頫的亏空欠额一风吹，重新被内务府任用，曹家又恢复了小康，乃至很快达到贵族里"中等人家"的生活水平，这时曹頫的儿子曹雪芹，已进入少年时代，很过了几年温柔富贵乡里的甜蜜生活。具体而言，从乾隆元年到乾隆三年，这三个"春天"里的曹家真可谓是"春梦正酣"，仿佛从此有几百年的好日子等在前头。

但是在乾隆四年（1739年），出现了"弘皙逆案"。弘皙是谁？是废太子的儿子，按血统说也就是康熙的嫡孙。"帐殿夜警"事件那一年，他已经十五岁，而且有记载证明，康熙很喜欢这个嫡孙，甚至之所以会在一废太子四个月后再予复位，因素之一，就是二阿哥已然有了这样一个眼看成才的子嗣。二废太子时，弘皙已快二十岁，是个成年人了，雍正朝时，他以理亲王的身份被安排住在了北京北郊当年叫祁县，现在属于昌平区的郑家庄（现在此庄叫郑各庄），郑家庄那么个乡下，能住得下王爷吗？不要凭空想象，需查史料，一查，原来康熙晚年就命于该处修建行宫、王府、城楼与兵丁营房，在他去世前一年建成，其中行宫大小房屋290间，游廊96间；王府大小房屋189间，饭房、茶房、兵丁住房、铺房则多达1973间，当然还配置有花园等设施。康熙的意思，是把被圈禁的废太子移到郑家庄去，把他放在远郊那样的一个王府里软禁，这样可以改善他的待遇，而又减少了留在宫廷里图谋不轨的危险，更加上那行宫正位于每年木兰秋狝的途中，经常地途经驻跸也就严密地监视了废太子，兼以广置城楼兵丁,那王府实际上不过是座豪华监狱罢了。但康熙来不及实施这一计划，雍正加以实施，废太子死了，他让弘皙住了进去。雍正大概觉得废太子这一支对他而言已非什么威胁，像八阿哥、十四阿哥都远比弘皙更具“野兽凶猛”的特性，所以放松了对郑家庄的监视。到乾隆四年时，乾隆惊悚地发现，弘皙居然在郑家庄设立了小朝廷,“擅敢仿照国制,设立会计、掌仪等七司”,这还了得!弘皙本人“自以为旧日东宫之嫡子，居心甚不可问”，也就是说他的谋逆尚在意料之中，令乾隆震撼与伤心的是，查出的同盟者竟是这样的一个名单：除主谋弘皙外，有庄亲王允禄本人及他的两个儿子，怡亲王允祥的两个儿子，恒亲王允祺的一个儿子（这些亲王名字里原来的“胤”字在雍正登基后都被他改成了“允”字）。这三家亲王本是雍正朝最受恩宠的，谁知“帐殿夜警”事过那么多年了，他们的潜意识里，仍尊胤礽为康熙的接班人，对雍正并不真正服膺，乾隆上台后那么样地实行皇族亲合的怀柔政策，他们也还是不感动，竟至于要“新账旧账一起算”，有证据显示，他们甚至密谋要在乾隆出巡时布置刺杀，然后用弘皙来“以正帝位”！

乾隆不愧为大政治家，行事能出大手笔。他麻利地处理了这一险恶万分的政治危机。粉碎了政变阴谋后，他并不把对方的罪状全盘向社会公布，摆到明处的只是些似乎不那么罪大恶极的事情，对弘皙的处置最后也只是革去宗室圈禁在景山东果园，三年后弘皙病死在了那里；其余的从犯处置得也都不算重，个别圈禁，有的只是革爵，有的仅是停俸。但这是对其皇族的政治犯的处置，对所牵连到的一般官员，特别是像曹頫那样的包衣家奴出身的内务府人员，那就绝对地严厉无情。处理完此事后，肯定是乾隆授意销毁了相关档案，因此有关弘皙等皇族罪犯的文字材料只剩些零星片段，而像曹頫一家牵连进去后的败落，竟只让我们感觉到一个结果而全然失却了轨迹。

6

乾隆八年（1743 年）时，一位著名的诗家屈复写了一首怀念曹寅的诗，末两句是："诗书家计皆冰雪，何处飘零有子孙？"

他不知道，曹寅有个孙子叫曹雪芹，那时候虽然沦落到社会底层，却已经开始酝酿、着手撰写不朽的巨著《红楼梦》。

《红楼梦》是一部小说。小说的文本当然离不了虚构成分。但鲁迅先生在《中国小说史略》里这样概括《红楼梦》的写作特点："盖叙述皆存本真，闻见悉所亲历，正因写实，转成新鲜。"这是一把打开《红楼梦》文本的钥匙。

《红楼梦》里的贾府，以曹家为原型，荣国府堂屋悬挂着一个"赤金九龙青地大匾"，是皇帝题赐的，上面是"荣禧堂"三个大字，这素材显然就是康熙三十八年南巡驻跸曹寅织造府时所题赐的"萱瑞堂"；而"乌木联牌，镶着錾银的字迹"写的是什么呢？"座上珠玑昭日月，堂前黼黻焕烟霞"，这副小说里的对子立刻让我们联想到生活里的皇太子所撰的那个对联："楼中饮兴因明月，江上诗情为晚霞"，很可能，当年随行的皇太子，为曹家书写过他的这一得意之对。

《红楼梦》是把康、雍、乾三朝的皇帝综合在一起来写。小说里有太上皇，其实清朝直到曹雪芹逝世也没出现过太上皇，他去世三十多年以后乾隆内禅让嘉庆登位，才有了太上皇，曹雪芹不是在预言，他是写出祖辈、父辈和自己的真实感受，实际上，在康熙废黜太子之前，人们的感觉就是二君并存，康熙本人后来也说过太子的仪注已"俨然二君矣"，更具体地说，就是大家都感到犹如有个太上皇在指导"见习皇帝"联袂治国；那时朝臣在奏折里向皇帝请安时，也会同时向皇太子问安，谢过皇帝的恩，循例要再去向皇太子谢恩，因此《红楼梦》在“贾元春才选凤藻宫”一回里写到，贾政谢过皇恩后，“又往东宫去了”。《红楼梦》从第十八回后半到第五十三回，全写的是乾隆元年的事情，那一年四月二十六日交芒种节也如实写了进去，那完全取材于曹家在乾隆元年得到复苏又趋兴旺的真实情景。

在前十几回里，曹雪芹写了关于秦可卿的故事，写成后他的亲密伴侣脂砚斋让他删改，他遵从了。值得注意的是，删改后的文本里暗场出现了“义忠亲王老千岁”，他本来从皇商薛家订了“出在潢海铁网山”的“樯木”，准备作自己的棺材，却因“坏了事”没能拿去，结果那“樯木”被做成了棺材，秦可卿睡了进去。秦可卿卧室里有贾府别处都没有的充斥着皇家符码的奢侈物品，她被最挑剔的贾母视为“乃重孙媳中第一个得意之人”；她病得很古怪，来了个张友士给她诊病，正文里称张是“上京给他儿子来捐官”的，回目里却大书“张太医论病细穷源”，蹊跷不蹊跷？据史料，废太子在圈禁时，曾利用申请派太医来给福晋诊病获准的机会，将用矾水书写的密信托医生带出，与外面的人联系；九阿哥被远逐青海时，也曾利用从西方传教士那里学得的拉丁文写成密信，与京城的同党密商；小说里“张太医”给秦可卿开出的药方，以及跟贾蓉说的那些黑话，未必不是在秘密传递某种政治信息；进了京城的张友士不敢再说自己是太医，但他如回到另立朝廷的地方，那可能就是“名副其实”的太医吧？第七回写及“送宫花”，回前诗曰：“十二花容色最新，不知谁是惜花人，相逢若问名何氏，家住江南姓本秦。”她竟是与“宫花”最有缘分的“惜花人”。是曹雪芹原来要把她设计为从江南苏杭一带来到都中的，还是根据其原型有所影射？细究，则郑家庄所在清时称祁县，“秦”或谐“祁”音？现在彼处稍北尚有“秦城”的地名，而且均在白河（当年水旺如江）之南；再，古抄本里，“林之孝”有由“秦之孝”点改痕迹（清时有王爷将自己家的仆人赠予他人之例），凡此种种，都值得玩味。第八回关于秦可卿是小官吏从养生堂抱养的野婴的“交代”，显然是曹雪芹听从脂砚斋建议而打的一个“补丁”。很可能，秦可卿原型是废太子的女儿，弘皙的一个妹妹，为避祸才匿养于曹家的。

“义忠亲王老千岁”既废，曹家怎么还敢收养其女娶为“重孙媳妇”？几十年来，他们的关系实在是太深厚了，皇太子未废时，其乳父凌普随时到江宁织造府取银子，简直把曹家当成了太子的“银库”（姻亲苏州织造李煦家也一样），仅太子被废前的三年里，就派人从曹家和李家取银共达八万五六千两之多，这是多么惊人的数字！经济联系的背后，当然也就是政治利害，太子及其羽翼希望他们效忠到底，他们也会觉得终究还是太子扶了正对自身最有利。熬过雍正朝的艰难时期，赶上了乾隆的好政策，曹家受了益，真是枯木又逢春，但又有郑家庄“正王位”的可能出现。于是，反映到《红楼梦》里，第四十回“金鸳鸯三宣牙牌令”，就出现了“双悬日月照乾坤”的令词。这本是唐代李白的诗句，吟的是唐肃宗在乱中自己即帝位，而唐玄宗彼时还没让位于他的一段史实。在太子储位稳固时，曹家有俨然二君并存的感觉，进入乾隆朝后，因为郑家庄的另立小朝廷，弘皙俨然“根正苗壮”地要“正位”，那就更让人铭心刻骨地感到是“双悬日月照乾坤”了，但“天无二日”，日月也不能长久并悬，可让曹家怎么抉择呢？《红楼梦》的八十回后，估计曹雪芹就会节奏加快地写到贾府如何终于进退失据，从“处处风波处处愁”，发展到“忽喇喇似大厦倾，昏惨惨似灯将尽”，“树倒猢狲散”，“家亡人散各奔腾”，“好一似食尽鸟投林，落了片白茫茫大地真干净！”

于是我们也就明白了第十三回秦可卿向王熙凤梦里念的谶语“三春去后诸芳尽，各自须寻各自门”的准确含义了：曹雪芹以自家从乾隆元年到乾隆三年享受了三个基本美好的春天为素材，写成该书八十回前的大部分内容，“三春去后”到了乾隆四年，弘皙案发告败，则“春梦随云散，飞花逐水流”，自“帐殿夜警”起的三十年曹家兴衰史，临近了一个湮灭的终点。真本八十回后，无论曹雪芹是否已经写出，可想而知，其构思里也绝非高鹗伪续里的那些内容。

7

康熙在一废太子时痛陈其罪，除“帐殿夜警”外，还罗列出许多方面，如“肆恶虐众，暴戾淫乱，难出诸口”，在随扈行巡时“同伊下属人等，恣行乖戾，无所不至，令朕赧于启齿”，“穷奢极欲，逞其凶恶……今更滋甚，有将朕诸子不遗噍类之势”等等。虽是暴怒中的言词，未免夸张，但大都有根有据，隐忍多年，绝非临时拼凑。胤礽许多恶行是在光天化日、众目睽睽之下大摇大摆地干出来的，如鞭挞王公大臣，辱骂老师，婪取财货，搜集的古玩珍奇比父王还多还精……也有一些行径，如随父王南巡期间私自作狭邪游，接受讨好者馈赠的美女，交好优伶等，即康熙所“赧于启齿”的，他虽不愿公开，但也并不以之为耻，似乎还有他自己的一番“道理”。

曹雪芹不可能见到这位废太子，但他能够从父辈那里及社会传言里获得关于“帐殿夜警”以及其他的种种故事，想象出一个性格复杂的胤礽形象，也许，抛开政治视角与当时主流社会的伦理道德观念，换另一种眼光来审视，对其人其事会产生出新的解释。在《红楼梦》里，他借贾雨村对冷子兴发议论，提出了一个解释复杂人格的“秉正邪二气”说，这种由正邪二气“搏击掀发后始尽”而铸成的男女，“在上则不能成仁人君子，下亦不能为大凶大恶，置之于万万人中，其聪俊灵秀之气，则在万万人之上，其乖僻邪谬不近人情之态，又在万万人之下。若生于公侯富贵之家，则为情痴情种；若生于诗书清贫之族，则为逸士高人；纵再偶生于薄祚寒门，断不能为走卒健仆，甘遭庸人驱制驾驭，必为奇优名倡。”接下去一连举出了三十来个历代人物，其中有三位（陈后主、唐明皇、宋徽宗）是皇帝，从政治角度上看均为失败者只能作反面教员，可是从另外的角度看，他们却又未必是失败者，他们都有过诗意的生存。曹雪芹在《红楼梦》里写了贾政因为贾宝玉“不肖种种”而大施笞挞，贾政的痛恨愤怒是真诚的，也是有根据的，在他看来，宝玉的“在外流荡优伶，表赠私物”，“在家荒疏学业，淫逼母婢”，发展下去，必定酿到“弑父弑君”，所以父子恩绝，气得非将其活活打死不可。可是我们读了曹雪芹对宝玉与蒋玉菡、与金钏的相关描写，则会发现这位“秉正邪二气”的青年公子原来有着自己独特的生命追求，他不但没有恶意虐人的动机，还觉得是在诗意中徜徉。

读了《红楼梦》，再来回思胤礽“帐殿夜警”一事，我们应该对人性有更深刻的憬悟吧。

关于“月喻太子”的通信

汝昌致刘心武

心武贤友：

日昨蒙你相告，方知我们得奖了，好比暑天中一阵清风，醒人耳目头脑。不知评委是何高人，寥寥数笔，不多费词而点睛全活了。那评词无一丝八股气，我所罕见，岂能不感慨系之！此非三言五语所能尽也。

今思上次拙札已指“桂子月中落，天香云外飘”，天香十分重要，但“月”在红楼中尤为奇特：大约太子胤礽以“日”比其父皇，而以“月”自居，他咏月诗明示此义，所以“月中落”是个要害之寓词（我现甚至连贾雨村“天上一轮才捧出，人间万姓仰头看”也觉得绝非他所能承当，应也是隐喻太子——皇长孙弘皙吧）。又，“义理”是个古词语，故“义忠老千岁”者是说他封为理亲王也；他又谥“密”，故又用“穆”字——穆变音协韵正如“密”（《荀子》有例）。这样仍可证实：可卿乃太子之幼女，弘皙之弱妹，乃“公主”身份也。

薛家为老千岁采购“樯木”，已衰的薛家是“太子党”，而弘皙另立内务府七司人等，薛家必为“旧人”当选——其余贾（原型曹）、王、史（原型李）三家既“一荣皆荣、一损皆损”，当然是为“一案”“同党”之人了。“护身符”似是太子待令之时的遗语、遗势。

因此又想：元春是谁的妃？是否本来选的是弘皙妃，而后为弘历取入宫中的？“二十年来辨是非”，一本作“辨是谁”？太子诞辰是五月初三日，元春特命五月初一至初三打平安醮者，岂有隐义乎？（胤礽有咏榴诗，非常重要。）

又，湘云的牙牌令，再三用皇家典（日月、日边红杏、御园却被鸟衔出）。

莫非此皆与“太子系”相关乎？盖雪芹一家人等心目、观念中，真皇上还是太子，而雍正乃坏人奸谋政变，根本“不承认”耳！

近些时积存了上述想法，不知有“合理成分”否？

汝昌处暑

奖之中耳，是个标志性纪念品，真正意义在于这是文化学术界的第一次以公开评奖形式给了我们（基本论点和治学路向）以肯定和高层次评价。那位评委不知是谁，我深感佩。文汇影响不小，是很大的鼓励。恕我目已不能见字，你的新书《画梁春尽落香尘》连“大”标题字也看不清了，全部文章很想重读一过（包括已知、未见者），但已无办法，甚为叹气惘怅。真想请一“读听工”每日给我念一段，给点报酬，但哪有这种合适之人。又及。

寄心武贤友志贺（蕲览） 汝草

奖座诚滋愧，评坛已脱凡；
灵光乘电悟，理据律军严。
天桂中秋落，宫榴五月含；
与君同自勉，贺盏为芹醺。

希望你写（也许已然在写）一部小说——从太子胤礽的降生到雪芹的去世。不是为了“清代史”,也不是简单化的“图解”《红楼梦》,是为了解说人性、人生的大悲剧，即雪芹提出的“两赋”的先天灵气和历史条件加之于他的后天环境、遭遇、命运，这小说应胜过莎翁的《哈姆雷特》等等。然后拍一部好电影。希望你把一部分精力放在这个主题上，是值得的。

癸未七月廿六

友周汝昌书

刘心武致周汝昌

汝昌前辈：

“长江杯”笔会征文能给我们关于“樯木”的通信褒奖，确实是对我们“红学”研讨的极大鼓励。这又再次说明“红学”是一个公众共享的话语空间，嘤嘤求友，呢喃回鸣，任何一位“浮续中华文化的一脉心香”的发言者与聆听者，都能到这个空间里撷取灵感的花枝，获得审美的怡悦。

您的目力已坏到一眼全盲一眼视力仅 0.01 的严重程度，却仍频繁地执笔来信，虽然所写出的比蚕豆还大的字往往歪斜、重叠、分裂、缺笔，但我和助手仍把辨认您的每一个字当作极大的乐趣，因为那实际是一次次在中华文化的雨露中沐浴，特别是您无私地将自己掌握的资料、形成的思路以及尚未及面世的研究成果通通告知我，启我思路，任我利用，实在令我感激莫名！

曹家从曹寅、曹頫到雪芹，三代人与康熙两立而又两废的太子胤礽，以及胤礽的儿子弘皙之间的扯不断、理还乱的关系，影响着他们家族的命运，决定着家族中每一个人的沉浮，在他们的心理、感情上投下巨大的光影，现在看来，研究《红楼梦》，必须进入这一领域，否则很难把握这部大书的创作背景，更很难把握曹雪芹的创作心理，也就很难把这本书读懂、读通、读顺。这样做绝对不是“离开文本”去“多余枝蔓”或“烦琐考证”，恰恰是尊重文本、探求真谛。

比如您这回来信中关于“密”“穆”二字协音相通的内容，有的人可能莫名其妙，哪来的“穆”字啊？原来他看的是根据程伟元、高鹗篡改过的本子印行的《红楼梦》，林黛玉进荣国府，先看到“赤金九龙青地大匾”写着斗大的三个字“荣禧堂”，这分明是利用了康熙当年南巡时给曹家题了“萱瑞堂”的生活素材，这个不犯忌，程、高当然不改；但跟着写到林黛玉又看见一副比“金”低一级的錾“银”对联“座上珠玑昭日月，堂前黼黻焕烟霞”，这对联是从当时气焰万丈、等候接班的皇太子胤礽的名对“楼中饮兴因明月，江上诗情为晚霞”演化来的，真本《红楼梦》里曹雪芹明明白白交代下面一行小字是“同乡世教弟勋袭东安郡王穆莳拜手书”，这实际上是点明了太子身份，程、高立刻紧张起来，马上大笔一挥，改为了“衍圣公”云云。可见不研清史，不研曹家家史，又不研究中国传统文化中“穆”“莳”等字可以喻示的含义，怎么读得懂《红楼梦》呢？究竟谁的读法是“脱离文本”呢？

助手帮我录入您的来信时问“元春……后为弘历取入宫中”一句里,“取”是否为“娶”的笔误？我告诉他不是。弘皙和弘历是堂兄弟，康熙在世时，他们都是从少年往青年过渡的年龄了，那时候那样的年龄已经可以成婚，正配可以说“娶”,姬妾则说“纳”,弘皙原来选了元春的原型为“妃”,他本是“预备皇帝”的儿子,作为皇长孙,康熙很看好他,也就是说他本来早晚会当皇帝,谁曾想他父亲“千岁”却“坏了事”，他当然也就连坐，原来内务府给他选定的“妃”，他无缘享受了，而弘历则可以“取用”，那时那样的女性就是那样地被视为可以“取用”的物品,了解了这种状况,当然有利于进一步理解《红楼梦》里对元春这个艺术形象的塑造。

您上次来信告我,胤礽咏雪月诗有句“蓬海三千皆种玉,绛楼十二不飞尘”,认为与《红楼梦》有明显的互映关系，确实值得注意。曹雪芹诞生不久胤礽就去世了，但弘皙那时正当壮年，因为雍正靠阴谋上台后觉得所面临的劲敌已不是废太子这一支，所以把弘皙放到北郊郑家庄软禁，但那软禁的住所是康熙时让修筑的，光大小房屋就有189间，足够在雍正暴死乾隆上台后成为一个另立内务府九司蓄谋政变的阴谋空间。曹家和弘皙很可能保持着千丝万缕的联系，长一辈把胤礽的故事及其诗作偷偷地灌输给晚辈；在雍正朝初期遭抄家败落而又在乾隆元年得到起复中兴的曹家，在那样的时空里，确实面临着“双悬日月照乾坤”的政治局面，“日”是乾隆，因为其父是阴谋上台，所以许多皇族心目中他仍是“伪日”，而“月”呢，意味着康熙亲定的接班人胤礽及其子弘皙。现在我们可以把《红楼梦》读得更懂，全书以中秋始，以七十五回的肃杀中秋为转折，估计结尾也在中秋，那该是凄楚的“月落”;第一回贾雨村口占的“天上一轮才捧出，人间万姓仰头看”，深层的意思是把全书开篇的整个政治局面作了一个透露：弘皙就要上台了！

“月喻太子”(“太子”的含义包括胤礽和弘皙)，这是我们最新的研“红”感悟，应该以全新的角度来重读《红楼梦》中关于“月”的情节、诗句，探究曹雪芹写下这些文字时的显意识与潜意识，也就是他的创作心理与文理情脉。如凹晶馆黛、湘联诗，“乘槎待帝孙，虚盈轮莫定”两句，有的抄本没有，原来以为是抄手疏忽所漏，现在则觉得“帝孙”分明是指弘皙，面对这样的“碍语”，难怪有的抄手将其删去。“三春去后诸芳尽，各自须寻各自门。”从乾隆元年到乾隆三年，是“月”即弘皙图谋颠覆而终被乾隆刈除被定为“弘皙逆案”的情势万分紧张的“三春”，“诸芳”的悲剧因此也就绝不是什么单纯的爱情悲剧，是脆弱的生命花朵在诡谲的大情势中无法逭逃的凋零悲歌。

您的建议非常好。实际上我已写了逾万字的《帐殿夜警》，把胤礽、弘皙的起落与曹家的盛衰交织在一起，去探究命运与人性，可以算是一个长篇小说的提纲。我将继续在这方面努力。

即颂

秋祺!

晚辈 刘心武

2003 年 8 月 27 日

精华欲掩料应难

香菱学诗，黛玉命她吟月，第一首起句为“月挂中天夜色寒”，黛玉批评“意思却有，只是措词不雅”;第二首结句为“余容犹可隔帘看”，宝钗批评“不像吟月了……句句倒是月色”;第三首“精血诚聚”，梦中得句，起首两句为“精华欲掩料应难，影自娟娟魄自寒”，众钗异口同声称道。

我与周汝昌先生在通信中达成了共识:《红楼梦》中，月喻太子。这太子既是指“义忠亲王老千岁”,又是指“犯斗邀牛女,乘槎待帝孙”的那个“帝孙”。(“犯斗”是一个星座去侵犯另一星座，“帝孙”过去习指织女，认为她是天帝的女儿，这里显然都是双关语。)《红楼梦》正文里“坏了事”的“义忠亲王老千岁”，生活中的原型就是被康熙两立两废的太子二阿哥胤礽，“帝孙”的原型则是康熙帝的嫡孙，胤礽的儿子，乾隆弘历的堂兄弘皙，乾隆曾说弘皙“自以为旧日东宫之嫡子，居心甚不可问”，是最好的注脚。“金鸳鸯三宣牙牌令”，湘云道出的“双悬日月照乾坤”“御园却被鸟衔出”，点明了康、雍两朝的皇位争夺，到了乾隆元年至三年仍在继续，并愈趋激烈。“三春争及初春景”“勘破三春景不长”“将那三春看破，桃红柳绿待如何？”“三春去后诸芳尽，各自须寻各自门”“三春事业付东风，明月梅花一梦”，曹雪芹在《红楼梦》里一再点醒读者，乾隆元年是最美好的岁月，然后一年不如一年，而灾难就在“三春去后”的那个“四春”，也就是“弘皙逆案”爆发与被扑灭的那一年，那该是已佚的八十回后故事的时间起点。

书中薛家是世代皇商，曾为“义忠亲王老千岁”准备有樯木以为薨后棺木，第四回说薛蟠“现领着内帑钱粮，采办杂料”，带着母亲、妹妹进京，妹妹宝钗拟“以备选为公主郡主入学陪侍，充为才人赞善之职”，值得注意的是这里行文，不甘只说“公主”，特别提出了“郡主”，郡主是太子、亲王家的女儿，“才人”虽然是以往宫中女官名，但清代却并无此官名，而“赞善”则是清代太子宫中确有的官名，可见“公主”“才人”是陪文，“郡主”“赞善”是实文，源于真实的生活存在，薛家的原型是跟废太子系关系极密切的皇商，废太子死后，则与以康熙嫡长孙自居的弘皙一党，书中的冯唐与其子冯紫英、张友士、韩奇、陈也俊、卫若兰等都属于这一政治集团。薛蟠的原型应是被预谋起事的弘皙召唤进京的内务府旧人（当年康熙宠爱太子至极，为让太子取物方便，任命太子奶妈的丈夫凌普为内务府总管），弘皙当时在京北郑家庄理亲王府里按宫中编制设立了包括内务府在内的七司，“精华欲掩料应难”，俨然是谁也阻拦不住的登基前的气派，书中写薛蟠打死人后满不在乎，正是那原型被“潜龙”弘皙召唤进京，只等“天上一轮才捧出，人间万姓仰头看”的心态，而宝钗的原型，则正是要被家里送到郑家庄弘皙那里去的一位青春女性。

《红楼梦》第一回至第十六回（包括第十七回、十八回一部分）都写的是乾隆元年以前的事情，但时序上不是那么清晰，大体而言，是写雍正朝与乾隆朝交替期的情况，并且把乾隆元年贾家的生活原型曹家的一些状态前挪了。我的“秦学”研究，就是对这部分里关于秦可卿的描写进行原型分析。原型分析不能跟索隐画等号。我认为索隐也不能一概否定。《红楼梦》研究应该是多元的、开放的、宽容的。我虽然使用了“解读”“破译”“谜底”等字眼，但我的探究方式还不是索隐而是原型研究。原型研究是一种世界很流行的文学研究模式。像研究英国狄更斯《大卫·科波菲尔》的自传性、俄国列夫·托尔斯泰《复活》里聂赫留朵夫和马丝洛娃的生活原型、巴金《家》里面的觉新的生活原型……都是我们耳熟能详的例子。我的“秦学”研究的成果，就是发现秦可卿这个艺术形象的生活原型，是废太子胤礽之女、弘皙之妹。

《红楼梦》第八回末尾关于秦可卿出身的交代，是曹雪芹故意使用了“欲盖弥彰”的手法。在以往的文章里我还没有更充分地利用脂批，现在再作些补充。第八回那段我称为“补丁”的文字，脂砚斋批得很细。甲戌本夹批：“出名秦氏，究竟不知系出何氏，所谓‘寓褒贬，别善恶’是也。秉刀斧之笔，具菩萨之心，亦甚难矣。如此写法,可见来历亦甚苦矣。又知作者是欲天下人共来哭此情字。”在正文说秦可卿“生的形容袅娜，性格风流”后批:“四字便有隐意。《春秋》字法。”更可注意的是戚序本第十三回有首回前诗:“生死穷通何处真?英明难遏是精神。微密久藏偏自露,幻中梦里语惊人。”我的解读是:秦可卿的父亲“义忠亲王老千岁”“坏了事”，她可能刚落生而未及被宗人府登记入册，于是被宁国府因祖上双方的情谊而收留藏匿，贾敬惧祸跑到城外道观再不回府，秦可卿名分上是贾蓉的媳妇，却与贾珍真诚爱恋，秦可卿谐音“情可轻”，意思是“如此感情真不该看重而该轻掷”，但一般人所注意的仅是秦可卿与贾珍、宝玉的非分之恋情，而没注意到实际上更是指将给贾氏家族带来大祸的“政治情谊”，“宿孽总因情”，所以第五回关于元春的《恨无常》曲强调“天伦啊，须要退步抽身早!”但贾氏对“义忠亲王老千岁”这支政治势力一直进行政治投资，贾母也很重视与他们的情谊，视秦可卿为“重孙媳中第一个得意之人”。按曹雪芹的总体构思，宁国府收养秦可卿是后来贾府倾毁的最根本的原因，第五回里一再暗示“漫言不肖皆荣出，造衅开端实在宁”“箕裘颓堕皆从敬，家事消亡首罪宁”。

“微密久藏偏自露”，已经再明白不过地告诉我们，所谓“养生堂”抱来的野种云云，在秦可卿以凌驾于贾府之上的口气托梦与王熙凤时，已经“自己露馅”，虽然“微密久藏”，究竟还是遮掩不住其真实身份——废太子的女儿。她“叶落归根”地睡进了本来是为其父准备的樯木制成的棺木里。

原型研究不仅要研究艺术形象的生活原型,也要研究艺术情节的事件原型。贾元春才选凤藻宫，与秦可卿死封龙禁尉，是紧密相关的小说情节，而生活中的事件,是贾元春的原型——曹雪芹家族里的一位姐姐,被选到弘历府里以后,被弘历宠爱，她自然也就站到弘历的立场上，希望弘历能顺利登基，雍正暴薨后弘历果然登基，这时弘历的堂兄弟弘皙以康熙的嫡长孙自居，对父亲的被废特别是叔叔雍正的继登皇位不服，皇室宗族里不服者大有人在，甚至某几位被雍正施恩看重的王爷及其儿子，也认为还是弘皙当皇帝更名正言顺，这种情势下，元春的原型站在弘历即乾隆一边，为其防备不测，是再自然不过的事情。于是她回忆起二十年前，那时她大约才五六岁，但已记事，宁国府里抱来了的秦可卿，表面上说是某种出身，但越跟着观察越不像，她“二十年来辨是非”，终于得出其“微密久藏”的真相，于是向乾隆揭发了出来，但她一定请求乾隆在处决秦可卿原型后，原宥她娘家人的包庇罪，乾隆是大政治家，也确实喜欢元春原型，就一方面让秦可卿原型死，一方面允许贾氏原型大办丧事，还准许各路亲王与祭，甚至还派出大太监鸣锣张伞地去参祭。秦可卿的“画梁春尽落香尘”，与贾元春的“才选凤藻宫”，正是两位女性原型在生活真实里的连续性遭际（实质是一场政治交易）。但真实生活里发生着“弘皙逆案”，弘皙怎能原谅元春原型出卖其妹？一定是设法弄死了她，而曹雪芹也就据此事件原型，设计了书里艺术形象元春的命运，她虽然表面看来“能使妖魔胆尽摧，身如束帛气如雷”，但是最后的下场却是“一声震得人方恐，回首相看已成灰”，在第五回里更具体地暗示她将“虎兕相逢大梦归”，“喜荣华正好，恨无常又到。眼睁睁把万事全抛。荡悠悠，把芳魂消耗”。而且是在“望家乡，路远山高”的地方而不是在皇宫里命入黄泉的。高鹗续书，写成元春是很富贵地在宫里因“痰疾”而薨，又把“虎兕相逢”当作“虎兔相逢”，乱写一通什么“是年甲寅十二月十八日立春，元妃薨日是十二月十九日，已交卯年寅月”云云，我们都知道中国人把年分为十二生肖，不把月分为十二生肖，即使有的算命的把生辰八字全按十二生肖排列，高鹗所写出的那个日子也很难说是什么“虎兔相逢”。

刘梦溪在其《红楼梦与百年中国》一书中列《红学“死结”》一节，其中“四条不解之谜”的头一条就是第五回里关于元春的判词：“二十年来辨是非，榴花开处照宫闱；三春争及初春景，虎兕相逢大梦归。”他认为“第二、三句不难解释，主要是一、四两句”，其实第二句也不是那么简单，一般认为“石榴”是多子多福的象征，宫闱里种石榴树，花开灿烂，意味着那被皇帝宠爱的女性有可能为皇帝生下儿女，但我们不能把这第二句看成一种泛语，作为元春原型的那位女性，究竟有没有为其宠爱者怀孕生产？这是值得探究的。最近周汝昌先生发现了废太子胤礽的存诗里有吟榴花的诗，认为值得玩味，他设想元春的原型可能是先分配到胤礽那里，那时弘皙已是少年，更可能是侍候弘皙，因此她对太子一系的秘事能以察觉，胤礽被废，弘皙跟着倒霉，内务府削减弘皙待遇，元春原型又被分配去侍候弘历（都是康熙的爱孙），周先生的这一探佚思路值得重视。书中第六十三回“寿怡红群芳开夜宴”探春抽到“必得贵婿”的签，众人笑道：“我们家已有了王妃，难道你也是王妃不成？”有的读者纳闷，贾家的元春不是王妃而是皇妃啊，怎么这么说话？从这很小的地方，可以窥见元春的原型，就是先成为王妃，但老皇帝薨了，她跟的那王子继位，王妃不就成了皇妃么？王妃、皇妃完全可以指同一个人，就像书里的“太妃”“老太妃”实际上指同一个人一样。沿此思路，我认为元春原型被再分配到弘历处不久，就恰逢雍正暴死弘历继位，第一年也就是“初春”。她最得乾隆宠爱，后来一年不如一年，到第四年就没得好死。这样解读“三春争及初春景”才贴切。一般人总不动脑筋地把“三春”理解成迎、探、惜，把“初春”理解成元春自己，但是从第五回的册页判词和与各人相关的曲可以看出，元春的结局非常悲惨，起码要比远嫁的探春和自愿出家的惜春惨多了，她是命入黄泉，而探、惜都还活着啊，因此如把“春”理解为人物，那就很难说成是元春的命运比她那三个妹妹都好，她也就只好过了迎春而已。元春判词的第一、第四句，在我的原型研究中，都得到了破解，起码已绝非什么“死结”。

我早撰文指出,《红楼梦》里的皇帝,是把康熙、雍正、乾隆三位合在一起写,第十六回写贾府听说皇帝下圣旨来，贾政奉旨入朝，“贾母等合家人等心中皆惶惶不定”，正是生活中曹家“伴君如伴虎”的真实写照。那一回通过家人赖大一句“如今老爷又往东宫去了”,更写出了生活中的原型周旋于“万岁”和“千岁”之间的微妙而艰难的生存状态。生活中的原型事件是，雍正暴薨，乾隆登基，原本就得到弘历宠爱的元春原型，自然更春风得意，乾隆实行的怀柔政策，使雍正时获罪的曹頫，那“亏空”的罪名一风吹，重新被内务府起用，曹家从乾隆元年起，着实地又“鲜花着锦，烈火烹油”般地连续三年富贵起来，小说正文从第十八回到第五十三回，全写的是“初春景”，也就是乾隆元年的事情，当然，曹雪芹在依据生活原型的基础上，加以了必要的夸张、渲染、腾挪、移借、想象、虚构，但总体而言是时序井然，连那一年的四月二十六日交芒种节，也给写了进去,这就是小说中的细节原型。研究这类的细节原型也是很重要的。第三回里黛玉在荣国府正堂看见的金匾和银对联，其细节原型分别是康熙南巡时与其幼时教养嬷嬷孙氏（曹寅母亲，曹雪芹曾祖母）邂逅，为织造署题“萱瑞堂”大匾，以及当时随父王南巡的太子为曹家题其名对“楼中饮兴因明月，江上诗情为晚霞”。

曹雪芹写《红楼梦》，心中有政治，但他努力地摆脱政治小说的格局，去写闺友闺情，为一群花朵般的青春女性树碑立传，写出了贾宝玉对青春女性的珍重怜惜，对诗意生活的不懈追求，对无情的事物也给予关爱的“情不情”，但是，他却又通过秦可卿和贾元春这两个角色，忠实于家族和他自己所经历的生活，写出个体生命无法逭逃于社会，特别是那个时代里笼罩一切的残酷而诡谲的政治风云，这些美丽的青春女性，还有贾宝玉，终究还是毁灭于家族的“政治原罪”，“白骨如山忘姓氏，无非公子与红妆”，这不仅是个人的悲剧，性格的悲剧，更是社会的悲剧，时代的悲剧。“个人是历史的人质”，这一深刻而惨痛的命题，曹雪芹在两百多年前就表达出来了，这确实令我们惊讶，让我们幽思绵绵。

月色凄迷

我想在月色下漫步紫禁城。这当然是不允许的。但我最近尤其有这种非分的愿望。这是为什么？

且看《红楼梦》第十六回，写到“贾元春才选凤藻宫”，贾政谢过皇恩后，“又往东宫去了”，东宫就是太子住的地方。清代只有康熙一朝立过太子。太子名胤礽，康熙原来对他极为溺爱，寄予厚望，专为他在紫禁城里修建了毓庆宫给他居住。毓庆宫在紫禁城成为故宫博物院后，似一直没有对游客开放过。据一位研究清史的学者告诉我，她曾有幸进去浏览过，记得有处墙上挂有一个西洋大钟，非常华美也十分庄严，但整体格局却令人惊异，就是像迷宫一样，每一处的空间都不甚大，回廊勾连，七穿八达，有的房间透光度很差，阴暗神秘，她估计那样的设计可能与满族的某些原始习俗有关。我真想也能进那里面看个究竟。

故宫博物院开放了那么多轩昂峻丽的建筑空间，我怎么专对毓庆宫这种一般人忽略不计的地方感兴趣？

近些年我研究《红楼梦》，发现曹雪芹的祖辈、父辈，与太子胤礽的关系真是太密切了，胤礽的乳母之夫凌普，到江宁织造任上的曹家取银子，一次就能取二万两，你说他们关系如何？曹雪芹出身低贱，是清兵入关前被俘的“包衣”也就是奴才的后代，但他祖父曹寅却与康熙亲如手足，那是因为曹寅母亲孙氏是康熙的保母（不是保姆，也不是乳母，是教养嬷嬷），康熙受教育时曹寅是陪读，康熙登基后，曹寅是近侍，康熙除掉鳌拜，就是通过让曹寅等陪鳌拜摔跤，弄假成真，将他擒拿的，后来康熙又把江宁织造的美差给了曹寅（曹家上两代就当过织造），康熙六次下江南，四次住在曹寅的织造府，太子四次随父王南巡，自然也住曹家，康熙在织造府里与当年保母孙氏重逢，喜形于色，说“此吾家老人也”，挥毫题写大匾“萱瑞堂”，这些史实，通过家人传述，给曹雪芹很深的印象，因此他在《红楼梦》第三回写林黛玉进荣国府，写到府里正房悬的一块金匾是“荣禧堂”，但两边的对联却不是金的，降了一级，是银的，难道是太子写的？林黛玉看见的是“座上珠玑昭日月，堂前黻黼焕烟霞”，是曹雪芹虚构的吧？《红楼梦》当然是虚构的小说，但它有坚实可考的生活依据，经查，太子胤礽曾有受到康熙褒奖的名对“楼中饮兴因明月，江上诗情为晚霞”，书中所写，史中所存，何其相似乃尔！可见《红楼梦》里，有太子胤礽影子，再具体点，就是第十三回薛蟠提到，“义忠亲王老千岁”曾到他家店里订购过樯木，以为棺料，但后来千岁爷“坏了事”，就没有拿去，别人也不敢用。只有被定为接班人的太子才能称千岁，书里“老千岁”隐射胤礽甚明。

我的“红学”研究，成果之一，就是考证出书中秦可卿的原型，是胤礽的一个很早就寄养到曹家，“坏事”后隐匿了真实身份（谎称是从“养生堂”里抱来）的女儿，书里写到她最后睡到了父亲订下却未能享用的樯木棺材里，也算“落叶归根”。因此有人称我的“红学”研究是开创出了一个“秦学”分支。（详见拙著《画梁春尽落香尘——解读〈红楼梦〉》一书，2003 年 6 月中国广播电视出版社第 1 版）我注意到，曹雪芹通过书中贾雨村这个人物，在第二回里大发“正邪二气激荡而成秉赋”的奇论，他实际上是把生活中的胤礽和书中的贾宝玉都归为这一类的。这种人聪明异常，才华过人，但性格怪异，不能循规蹈矩，从而终于不能进入社会主流，最后都是悲剧性的结局。

胤礽是康熙皇后所生，本来一直得到康熙喜爱，不足两岁就立为太子，却在康熙四十七年（1708 年）因为参与木兰秋狝时月夜里偷窥了父王营帐，被兄弟告密，而引发出康熙暴怒，将其废黜，这就是震惊朝野的“帐殿夜警”事件。事发后康熙把他先行遣送回京，囚禁在上驷院的一座帐篷里。但康熙很快又后悔了。四个月后恢复了胤礽的太子地位，胤礽肯定又回到毓庆宫居住了。但到了康熙五十一年（1712 年），康熙还是彻底地把胤礽废掉了，将他移出毓庆宫，囚禁在了咸安宫里。胤礽在王位继承中落败后，康熙另外的儿子们展开角逐，最后是很多人没有想到的雍正得到了宝座，胤礽死在雍正二年，他死后，他的儿子弘皙被以理亲王的身份移出宫去，安排在现昌平区的郑家庄居住。雍正原以为弘皙不过是“死老虎”的弱后代，集中精力去对付其他政敌，谁知曾被康熙喜爱的弘皙却以“嫡王孙”自居，在雍正暴薨、乾隆继位后，竟图谋政变，他在郑家庄另立内务府，一些被雍正厚待过的王爷及其与弘皙平辈的皇族，集结在他周围，在乾隆四年，他们举事，险些成功，不过最后仍被乾隆破获扑灭，也就是在“弘皙逆案”中，曹家才受牵连而彻底覆灭，落了片白茫茫大地真干净。在我这极其简要的概述中，你是不是已经憬悟：曹雪芹写《红楼梦》，那素材里隐藏着一个太子胤礽，以及他的儿子弘皙？所以书里借秦可卿嘴说“三春去后诸芳尽”（曹家虽在雍正六年被抄家治罪，但“百足之虫，死而不僵”，乾隆一上台就实行的怀柔政策使曹家一度回黄转绿，但在乾隆元年到三年这三个好年头过去后，在第四年的“逆案”里，生活里的曹家和书中的贾家，就家破人亡各奔腾了！），又有“双悬日月照乾坤”的牙牌令出现（实际是影射日方乾隆与月方弘皙双方争夺天宇的紧张局面）。我写有《红楼望月》一文，详解书中如何“月喻太子”（见 2004 年 1 月 7 日《中华读书报》及《鸭嘴兽》杂志 2004 年第 1 期）。在紫禁城里，曾有胤礽这么一个人生活过，他曾贵为一人之下、万万人之上的皇太子，毓庆宫里有过他傲岸的身影；太和殿里康熙接见朝臣时，他曾坐在一旁，有时还参加意见；康熙率军西征时，他还曾留在这个巍峨的皇城里代理国家政务；他脾气会忽然暴戾之极，辱骂甚至命令随从笞挞任他老师的大儒；他第一次被废黜后押回监禁的上驷院，早已面目全非，听说近几十年里一度是托儿所，但也还残存着一点假山；现在的咸安宫，已经不是康熙朝的那个咸安宫；他第二次被废后囚禁的那个咸安宫，后来叫静安宫，现在是图书馆，当人们在里面借书、看书时，谁还知道，他被囚禁时并不安分，曾借太医来给福晋看病的机会，让太医把密信夹带出去？这真有点《红楼梦》里“张太医论病细穷源”的神秘味道；听到雍正登基的消息，囚禁中的他是怎样的心情？他寂寞地病死在这个紫禁城里时，最后的思维是什么？……是不是因为这个人后来没能坐上宝座，因此当人们参观现在叫作故宫的地方时，简直就意识不到曾经有这样一个活鲜的生命，在紫禁城里面演出过漫长而复杂、诡谲而悲怆的命运？

胤礽和他的儿子弘皙，始终都只是月亮，而没有成为太阳。而且他们这两个月亮，也始终没能达到“天上一轮才捧出，人间万姓仰头看”（《红楼梦》第一回中有句）的境界，只留下“篱筛破月锁玲珑”（《红楼梦》第三十七回句）的凄迷淡影，但他们的存在，以及那存在的丰富蕴涵，我以为值得研究，值得体味。不知道设立在故宫的第一历史档案馆里，还能不能找到有关废太子以及弘皙的更多档案材料？除了清史方面的意义，对《红楼梦》研究也至关紧要。明乎此，也就不难理解，我为什么想在月色迷离中，徜徉在紫禁城里那些一般人忽略不计的建筑群与旷地了。

红楼探秘
——秦可卿出身未必寒微

1.《红楼梦》中充满谜阵而秦可卿之谜最大

《红楼梦》是一部谜书。小而言之，“薛小妹新编怀古诗”十首，各首的谜底究竟如何坐实，历来的读者包括“红学”专家们亦总未能做出令人一致信服的解释。大而言之，则曹雪芹身世究竟怎么样、“脂砚斋”究系何人、全书究竟是否曾经完稿……及书中的时、空描写与许多人物的命运等，至今仍是令读者探索不尽的无底谜。比如近读王蒙的《红楼启示录》(1991 年北京三联书店版)，宗璞在前面的“序”中就总结归纳出了许多的谜:“红楼中的时间，是个老问题。……各人年纪只有个大概。姐妹兄弟四个字不过乱叫罢了。事件的顺序也只有个大概，是‘一个散开的平面’，不是一条线或多条线……贾府的排行很怪，姑娘们是两府一起排，哥儿们则不仅各府归各府，还各房排各房的。宝二爷上面有贾珠，琏二爷呢？那大爷何在呢？……贾赦袭了爵，正房却由贾政住着……宁国府在婚姻上好像很不动脑筋。秦可卿是一个小官从育婴堂抱来的。尤氏娘家也很不像样。作为警幻仙子之妹的秦可卿,其来历可能不好安排，所以就给她一个无来历，也未可知……”

《红楼梦》中最大的一个谜，是秦可卿。其他的谜，如按照曹雪芹的构思，黛玉究竟是如何死的，贾宝玉究竟是如何锒铛入狱，成为更夫，沦为乞丐，又终于出家的等，因为是八十回后找不到曹公原著了，所以构成了谜。我们在心理上，还比较容易承受——苦猜“断线谜”无益无趣，也就干脆不硬猜罢，但作为“金陵十二钗正册”中压轴的一钗秦可卿，却是在第五回方出场，到十三回便一命呜呼，是在曹雪芹笔下“有始有终”的一个重要人物，唯其作者已把她写全了，而仍放射着灼目的神秘异彩，这个谜才重压着我们好奇的心，使我们不得不探微发隐地兴味盎然地甘愿一路猜下去！

早有“红学”家为我们考证出，秦可卿并非病死而是“淫丧天香楼”，她与贾珍的乱伦，未必全是屈于胁迫，佚稿中有“更衣”“遗簪”等重要篇目，这一方面的谜，现在且不续猜。现在我们要郑重提出的，是宁国府在婚姻上是否真如宗璞大姐所说“很不动脑筋”，秦可卿的出身是否真的寒微到竟是一个养生堂（弃婴收容所）中不知血缘的弃儿？

2.《红楼梦》中第八回的交代可疑

秦可卿的出身，曹雪芹并没有在有关她本人的情节中交代出来，是在第八回末尾，交代秦钟出身时，顺便提及了她，据人民文学出版社 1982 年 2 月第 1 版中国艺术研究院红楼梦研究所校注本（该校注本以“庚辰本”为底本），文字是这样的：

> 他（指秦钟——刘注）父亲秦业现任营缮郎，年近七十，夫人早亡。因当年无儿女，便向养生堂抱了一个儿子并一个女儿，谁知儿子又死了，只剩女儿，小名唤可儿，长大时，生的形容袅娜，性格风流。因与贾家有些瓜葛，故结了亲，许与贾蓉为妻。那秦业至五旬之上方得了秦钟……

这段交代看似明确，实颇含混。秦业“年近七十”，估计是六十八九岁吧，抱养秦可卿，大约是在二十年前，那时他才四十八九岁；不到五十岁的壮年男子——或者我们把秦可卿的年龄算小些，那他当年也不过五十出头——怎么就一定要到养生堂去领养儿女呢？说他“夫人早亡”，丧妻后可以续娶嘛，正房不育，还可纳妾，难道是他本人无生育能力？又不然！因为他“至五旬之上”又有了亲生儿秦钟，这样看来，“夫人早亡”，似乎又说的是原配在生下秦钟不久后死去（死了十几年，从“现在”往回追溯可称“早亡”），也就是说他们夫妻二人都并无生殖力丧失的大毛病，只不过是婚后一段时间里总不奏效罢了——在当时那样的社会环境中，自然会着急，会想辙，但按最普遍最可行最讲得通也最保险的办法，应是从秦业的兄弟（无亲兄弟尚可找叔伯兄弟）那里过继一个侄儿，难道秦业竟是一位“三世单传”的人物么？书中有铁证：不是！第十六回“秦鲸卿夭逝黄泉路”，宝玉闻讯急匆匆跑到秦家去奔丧，“来至秦钟门首，悄无一人，遂蜂拥至内室，唬的秦钟的两个远房婶母并几个弟兄都藏之不迭”。婶母虽为远房但多至两个，弟兄也颇有“几个”，而且看来亲戚间关系不错，那么，秦业在五十岁上下时为什么不从那远房兄弟处过继子女，而偏要到养生堂中去抱养孩子呢？抱养孩子一般是为了接续香烟、传宗接代，按说抱养一个男孩也罢了，怎么又偏抱养了一个女孩？既抱养来，怎么又对那儿子马马虎虎，竟由他轻易地死掉，而独活下了秦可卿，既然从养生堂抱养儿子并不困难，那儿子死掉后何不紧跟着再抱养一个？这些，都令人疑窦丛生。

说秦业“与贾家有些瓜葛”，怎样的瓜葛？一个小小营缮郎，任凭与贾家有什么“瓜葛”，怎么就敢用一个从养生堂里抱来的女儿去跟人家攀亲？而威势赫赫的贾家竟然接受了！怪哉！

3. 没有可比性的“重孙媳中第一个得意之人”

按说秦可卿既是如第八回末尾所交代的那种出身，她进入贾府后，难免要受到起码是潜在的歧视；就在交代秦钟和她出身的那段文字中，便有“那贾家上上下下都是一双富贵眼睛”的点睛之句；可是按曹雪芹对秦可卿的描写，除了焦大一人对于她同贾珍的乱伦有石破天惊的揭发批判外，竟是上上下下对她都极宠爱极悦服，第五回她出场，便交代说：“贾母素知秦氏是个极妥当的人，生的袅娜纤巧，行事又温柔和平，乃重孙媳中第一个得意之人。”

这很有点古怪。王蒙在《红楼启示录》中这样解释秦可卿和秦钟的受宠：“他们身上放射着一种独特的与原生的美丽与邪恶相混合的异彩。”“两人如此受宠，很大程度上是由于他们的容貌美丽。”但因貌美受宠也罢，怎么贾母偏要认为秦可卿“乃重孙媳中第一个得意之人”呢？

按书中所写，那时宁、荣二府的重孙辈中，也就贾蓉一人娶了媳妇，贾兰尚幼，宝玉、贾环均未婚无子，贾琏没有儿子只有巧姐儿，因此并不存在第二个重孙媳妇，根本没有可比性，秦可卿“乃重孙媳中第一个得意之人”，这句话不是古怪透顶吗？也许是把近支全族都计算在内了？那么第十三回“秦可卿死封龙禁尉”之后，来吊丧的草字头重孙辈计有贾蔷、贾菖、贾菱、贾芸、贾芹、贾蓁、贾萍、贾藻、贾蘅、贾芬、贾芳、贾兰、贾菌、贾芝十四位，有的书中明文写到他们仅在恋爱中（如贾蔷、贾芸），有的还很幼小（如贾兰、贾菌），而且即使他们当中有哪位娶了媳妇，也几乎没有进入贾母眼中心中的可能，是不必用之一比不堪与之一比的，秦可卿“乃重孙媳中第一个得意之人”这句话还是不能破译。

要破译，那就必得选择这样的逻辑：不仅就美丽与聪颖而言，秦可卿是拔尖的，而就她实质上的尊贵而言，也是无与伦比的——因此，即使贾兰或贾琏和宝玉将来可能会有了儿子娶了媳妇，就是再好，也仍可以预见出秦可卿那“第一个得意之人”的稳固地位。

一个养生堂中的弃婴，何以在贾母心中有一种潜在的不可明言的尊贵感，视为“第一个得意之人”，使后来者均不得居上，这是一个多么神奇的谜啊！

4. 对秦可卿卧室的古怪描写

不用“红学”家指出，只要通读过《红楼梦》全书的读者都会发现，曹雪芹对秦可卿卧室的描写笔法实在古怪——怪在其风格与全书很不协调；《红楼梦》中写到过贾宝玉的卧室，写到过林黛玉、薛宝钗、贾探春的卧室，都描写得相当细致，但用的基本上都是写实的手法，虽糅合了一些浪漫的情调，略有夸张渲染，风格与全书的文笔是统一的，读去不会感到“咯噔”一下仿佛吃虾仁时咬到了一只胡桃。但第五回写到宝玉进入秦氏卧室时，却出现了全书中仅此一次的奇特描绘：

……入房向壁上看时，有唐伯虎画的“海棠春睡图”，两边有宋学士秦太虚写的一副对联，其联云：嫩寒锁梦因春冷，芳气袭人是酒香。案上设着武则天当日镜室中设的宝镜，一边摆着飞燕立着舞过的金盘，盘内盛着安禄山掷过伤了太真乳的木瓜。上面设着寿昌公主于含章殿下卧的榻，悬的是同昌公主制的联珠帐……

抽出来单独看，这段文字一点也不高明，设若“史太君破陈腐旧套”，怕是要斥为“陈词滥调”，引为败笔的。但曹雪芹偏偏这样写，却是为何？以往的论者，都指出这是暗示秦可卿的淫荡，有讥讽之意，或在其更深层竟有她与贾宝玉暧昧关系的隐喻。这些分析诚然有理，但似乎都忽略了一个很重要的方面——我以为乃是更重要的一个方面——那就是这一组符号其实在暗示着秦可卿真实出身的无比尊贵！武则天、赵飞燕、安禄山、杨太真、寿昌公主、同昌公主，这些历史上的人物固然都同属“风流种子”，但同时也都是血统最为高贵的一流。我以为曹雪芹这样落笔含有强烈的提示作用，让我们千万别真的相信他在第八回末尾施放的那个“从养生堂中抱来”的烟幕弹！

5. 秦可卿在贾府中为何如同鱼游春水

秦可卿即使不是从养生堂抱来的弃婴，而同秦钟一样是秦业所亲生，那么，以秦业的营缮郎那么个小官，而且书中明言其“宦囊羞涩”，这就又派生出两个问题：一、她在秦家怎么获得那样圆满的教养，一进贾府便不仅能处处适应，而且浑身焕发出一种天然的贵妇人气派？美丽可以天生，在贾府那样一个侯门中能行止“妥当”，那本事难道也是与生俱来的？二、就算秦可卿是个聪明绝顶的人，从清寒之家一迈进贾家的门便迅速“进入角色”，适应得飞快，那她心底里，总该有着因自己出身不称而滋生出来的隐忧隐愁吧？也就是说，她多少该背着点“出身包袱”，才符合她这一特色人物的特定状况，然而，我们在书里一点也看不出来！后面书里写到妙玉，写到邢岫烟，都有对她们因家庭背景逊于贾府而产生的某种戒备感，某些距离感，如妙玉的执意要贾府下帖子请才愿进府，邢岫烟雪天身无皮毛衣服，冷得拱肩缩背而一声不吭，但秦可卿在贾府中却鱼游春水，心理上没有丝毫的自卑，没有任何因养生堂或薄宦之家出身所带来的精神压力和戒备感、距离感、冷漠感，那气派，那心态，给人一种“宾至如归”的感觉，在若干场合里，她比尤氏更显得有大家风度。

即使在身染痼疾的情况下，对王熙凤吐露衷肠，也只是说：“这都是我没福。这样人家，公公婆婆当自己的女孩儿似的待，婶娘的侄儿虽说年轻，却也是他敬我，我敬他，从来没有红过脸儿。就是一家子的长辈同辈之中，除了婶子倒不用说了，别人也从无不疼我的，也无不和我好的。如今得了这个病，把我那要强的心一分也没了……”并没任何“门不当户不对”的反思和羞愧，有的只是因病不能挑起一大家子重担、当稳阔管家奶奶的遗憾。这是怎么回事呢？

谜底只有一个，即秦可卿自己知道自己的真实出身，她的血统其实是高贵的，甚或比贾府还要高贵，也许根本就是皇族的血统，这一秘密贾母、王夫人、贾珍、尤氏、王熙凤等都知道，贾蓉也不会不知道，倒是贾宝玉不清楚，至于璜大奶奶那样的外三路亲戚，就更蒙在鼓中，所以才敢听了寡嫂金荣之母的一篇闹学堂的话，晃晃悠悠地跑到宁国府去“论理”（后来自己在宁国府那无声的威严面前主动撤退）……而且秦可卿除了托名秦业抱养之女，或许根本就没有在秦家成长，她受到了秦家根本不可能给予的高级教养，她的进入宁国府，骨子里不仅是门当户对，甚或还是“天女下凡”般地让贾家暗中沾了光哩！

6. 警幻仙姑泄露的“天机”

秦可卿确实是“天女下凡”，因为她是太虚幻境中警幻仙姑的妹妹，

这在第五回中是有明文的。警幻仙姑与贾府祖宗有种相当特殊的关系，她“原欲往荣府去接绛珠，恰从宁府所过，偶遇宁荣二公之灵”，她对宝玉说：“今既遇令祖宁荣二公剖腹深嘱，吾不忍君独为我闺阁增光，见弃于世道，是以特

引前来，醉以灵酒，沁以仙茗，警以妙曲，再将吾妹一人，乳名兼美字可卿者，许配于汝……”

警幻仙姑泄露了“天机”，这“天机”分解开来就是：她与她妹妹可卿这一支血统，要比贾家宁荣二公传下的血统更为高贵，好比君之于臣，所以宁荣二公之灵见到她只有谦恭拜托的份儿，而并不能“平起平坐”，秦可卿本是要许配给贾宝玉的，后来成了蓉哥儿的媳妇，是一次“错位”，错位的原因，则似可从“金陵十二钗正册”最末一幅画儿和判词，以及“红楼梦十二支曲”中“好事终”一曲里，找到线索。

7. 为什么说“箕裘颓堕皆从敬”？

“金陵十二钗正册”最末一幅“画着高楼大厦，有一美人悬梁自缢”，这画的不消说是“秦可卿淫丧天香楼”，判词似乎也不难懂：“情天情海幻情身，情既相逢必主淫。漫言不肖皆荣出，造衅开端实在宁。”贾珍“爬灰”，出此丑事，“造衅开端实在宁”这帽子扣得上。但“红楼梦十二支曲”中的“好事终”里有的话就费解了，比如“箕裘颓堕皆从敬，家事消亡首罪宁”，贾家的“箕裘颓堕”即家业不振，贾敬固然难卸其责，但对比于贾赦，他造的孽似乎倒要少些，他不过是“一心想作神仙”，把官倒让贾珍袭了，“只在都中城外和道士们胡羼”而已，相对而言，他的这种生活态度和生活方式，对社会对家族的危害性似乎都较小，贾珍既替父亲袭了官（三品爵威烈将军），在其位而不司其职，一味胡闹，本应说“箕裘颓堕皆从珍”才是，如两府合并算，贾赦袭官，辈分比贾珍大，也可说“箕裘颓堕皆从赦”。可为什么偏偏要说“箕裘颓堕皆从敬”呢？难道仅仅是为了合辙押韵么？

这也是一个谜。

8. 秦可卿凭什么能托那样的梦

秦可卿临死前向凤姐托梦，面授机宜，指示要永保家业，唯一的办法是“趁今日富贵，将祖茔附近多置田庄房舍地亩，以备祭祀供给之费皆出自此处，将家塾亦设于此”。其最重要的根据是，“便是有了罪，凡物可入官，这祭祀产业连官也不入的……”

一个养生堂里的弃婴，一个长在小小营缮郎家中的女孩，耳濡目染的恐怕净是“东拼西凑”借钱过日子的生活情状，又哪来的这种“趁今日富贵，将祖茔附近多置田庄房舍”的经验教训之谈？

历代的读者，都对秦可卿的这一托梦，感到有些莫名其妙，这些话，似不该出于她的口中，她若说些比如悔淫惭浪、劝人改邪归正的话，倒差不多，可偏她有这样宽的心胸，这样大的口气，可见她并非真是那样的一个清寒出身，她托梦的口吻，俨然“天人”的声气，与她的姐姐警幻仙姑的口气相仿，这只能让我们的思路转向这样一条胡同——秦可卿的真实出身，是一个甚至比荣宁二府还要富贵的门第，但因没能趁富贵之时在祖茔附近多置田庄房舍，结果“有了罪”，一切财产都入了官，连她的真实身份，也不得不隐匿起来，而佯称是养生堂的弃婴，佯装是什么营缮郎的女儿！

9. 北静王为何来祭秦可卿而未见出祭贾敬？

秦可卿死后，丧事办得如此隆重铺张，固然可以从贾珍与之的特殊情感关系上加以解释；但你自家办得如此隆重铺张，别人家却并不一定也随之相应看重；就贾府而言，老祖宗一辈尚在，秦可卿不过是个重孙媳妇，贾蓉临时抱佛脚地捐了个身份，也不过是“防护内廷紫禁道御前侍卫龙禁尉”而已，然而来送殡路祭的，却一个比一个有身份，一个比一个规格高，连“现今北静王水溶”，也“不以王位自居，上日也曾探丧上祭，如今又设路奠，命麾下各官在此伺候。自己五更入朝，公事一毕，便换了素服，坐大轿鸣锣张伞而来……”

或者可以这样解释：北静王与贾府关系非同一般，世交之谊，礼当如此。

但奇怪的是宁国府的最高家长贾敬服食金丹宾天时，连天子都亲自过问了此事，那丧事却远比不了其孙媳秦可卿排场，当时贾府并未势败，因元春的荫庇，正更兴隆，不知为何却大有草草了结之态，尽管出殡那天也还“丧仪焜耀宾客如云，自铁槛寺至宁府，夹路看的何止数万人”，却不见有北静王水溶的一隙身影。世交之谊，为何施之于一个重孙媳妇如此之浓，施之于一个长房家长却如此之淡？

这也是一个谜。

10. 秦可卿的棺材又泄露了一丝消息

秦可卿死后，贾珍“恣意奢华”，“看板时，几副杉木板皆不中用”，结果是薛蟠送来了一副板，“叫作什么樯木，出在潢海铁网山上，作了棺材，万年不坏……原系义忠亲王老千岁要的，因他坏了事，就不曾拿去”，那樯木板“帮底皆厚八寸，纹若槟榔，味若檀麝，以手扣之，玎珰如金玉”，薛蟠称“拿一千两银子来，只怕也没处买去”。当时贾政劝了一下：“此物恐非常人可享者，殓以上等杉木也就是了。”贾珍不听。

过去读这一细节，只觉得作者在揭示贾珍对秦可卿的特殊情感，同时暴露豪门贵族的奢靡，却忽略了也许还有另一层深意：贾政说“此物恐非常人所享者”，而偏偏表面上出身于养生堂、小官员的血统不明、门第寒微的秦可卿，却公然享用了——这暗示着，秦可卿的出身，她浑身中流动过的血液，恰与未坏事的“义忠亲王老千岁”那般尊贵，她躺进那樯木棺材之中，是适得其所！

11. 曹雪芹写成又删去的四五叶中究竟有何秘密？

众所周知，曹雪芹原来所写的第十三回，回目中标出“秦可卿淫丧天香楼”字样，大概详写了她与贾珍在天香楼上乱伦的情形，而这一偷情偏偏被丫环瑞珠和宝珠撞见（后来瑞珠触柱而亡，宝珠甘以秦可卿“义女”身份自行未嫁女之礼，“引丧驾灵，十分哀苦”，并到铁槛寺守灵后“执意不肯回家”，决心永缄其口，只求免死，这些现在书中都仍加保留），所以导致了“画梁春尽落香尘”的悲剧结局。但与曹雪芹关系极为密切的脂砚斋干预了曹雪芹的创作，他后来在批语中说："秦可卿淫丧天香楼，作者用史笔也。老朽因有魂托凤姐贾家后事二件，嫡（岂？）是安富尊荣坐享人能想得到处，其事虽未漏，其言其意则令人悲切感服，姑赦之，因命芹溪删去。"删了多少呢？他又在一处眉批中说："此回只十叶，因删去天香楼一节。少却四五叶也。"按最保守的估计，怎么也删去了两千多字。以曹雪芹的叙述文体，两千字中往往密聚着极大的信息量。以往一般读者总估计所删去的文字中大概主要是些较为色情的描写，更有"红学"家考据出其间有"更衣""遗簪"等细节，但我以为还有至关紧要的东西，即秦可卿真实出身的揭秘。

贾珍看来对秦可卿并不是一般意义上的玩弄，他对她确有深厚的感情，甚至秦可卿死后他有"恨不能代死"的想法，这就派生出了一个问题：贾珍是什么时候爱上秦可卿的？是在秦可卿正式嫁给贾蓉之前，还是之后？

这是一个很重要的谜。我猜想谜底在那被删去的两千多字中本是已亮出来了的。

12. 删去重要情节后只好"打补丁"

由于对"淫丧天香楼"的情节作了伤筋动骨的删除，已写成的书稿必须再加整理，以求补上由于重大删除形成的"窟窿"，这对于曹雪芹这样的天才，也洵非易事。俞平伯先生早就考证出，为了把秦可卿之死说成不是上吊死而是病死，不得不在那之前好几回书中含混了时间的过渡，又不得不既写到她死讯传出后"彼时合家皆知，无不纳罕，都有些疑心"，却又似乎一切正常，既删去了关于秦可卿真实身份的揭秘，又不能丝毫不交代她的来历，于是便到第八回末尾加了一段从养生堂抱来之类的看似明确却更含糊的文字，实际是打了一个"补丁"，故作狡狯，成云断山岭之势，弄得后来的读者越加好奇，也越加迷惑。

13. 脂砚斋"命芹溪删去"的更重要的原因是什么？

说是因为秦可卿有托梦之事，"其言其意则令人悲切感服"，所以不再让她

"当众出丑"，放她一马，把她与公公乱搞的情节删去，其实，恐怕还有更重要的原因。什么原因？曹雪芹在脂砚斋协助下写作《红楼梦》(当时叫《石头记》)，早定下一条宗旨，并借"空空道人"之口在书中明文标出"毫不干涉时世"，实际上并不是丝毫不涉，比如为秦可卿买棺木时写到"义忠亲王老千岁"，"坏了事"，便已有影射朝政之嫌，但片言只语，尚好蒙混，倘是一段明显的文字，那就很难躲过致密的文网了，所以为不惹麻烦计，还是删去为妙。

《红楼梦》原名《石头记》,早期雏形还叫过《风月宝鉴》,脂砚斋对性描写，应该说有着较开放的态度，关于贾瑞的种种描写，关于贾琏与鲍二家的、与灯姑娘的描写,他都并未建议曹雪芹删去,而秦可卿的"淫丧天香楼",已画进"册子"写好判词并写定了《好事终》曲子，他还是要曹雪芹四五个双面的文字地往下删，那劝告，恐怕就不仅仅是出于对性描写的过多过露吧？

14. 曹雪芹父亲曹頫为何替塞思黑偷藏金狮子？

《红楼梦》当然并不是曹雪芹的自传,贾家的故事也绝不是曹家历史的敷演，但《红楼梦》里当然熔铸着曹雪芹的身世感受。

1728 年，雍正六年，曹家终于败落，直接的原因之一，是查出曹雪芹父亲曹頫替雍正的政敌塞思黑（雍正之九弟允禟，塞思黑据说是"猪"的意思，是雍正给他改的"名字"；另一政敌八弟允禩被改叫阿其那，据说是"狗"的意思）藏匿了寄顿他家的一对"本身连座共高五尺六寸"的金狮子。允禟明明已经失势，逾制私铸的金狮子明明是一种标志着夺权野心的东西，曹頫为什么肯替其藏匿？除了种种复杂因素之外，很重要的一个因素，恐怕就是在那权力斗争波诡云谲、前景时常变得模糊难测的情况下，曹頫这样的人物总想在表面忠诚于当今最高统治者的前提下，再向一个或几个方面投注政治储蓄金，这样一旦政局发生突变，便可以不至于跟着倾覆，甚至还可以收取高额政治利息。当然，风险是很大的。但那时类似他那样的官吏几乎人人都在搞那么一套，都是两面派或三面派、四面派乃至八面派。

金银财物可以帮着寄顿，藏匿，人呢？特别是刚落生不久尚未引起人们格外注意甚至不及登入户籍的婴儿呢？难道不可以表面上送往养生堂，表面上托付给有瓜葛的不引人注意的、处于权力斗争旋涡之外的如营缮郎之类的小官吏抱去收养，而实际上却在大家庭的隐蔽角落中加以收留、教养，待到时来运转时，再予曝光吗？

事实上，雍、乾两朝交替后，政局就发生许多微妙的甚至是相当明显的变化，曹家也一度从灾难中缓过气来，达到过短暂的中兴。倘若政局的变化不是雍正的儿子乾隆当上了皇帝，而是塞思黑活了下来并登上宝座，那曹家仅凭为其藏匿金狮子一事，不就能大受宠信吗？如果所藏不仅是金狮子更是活人，比如说塞思黑的女儿，那就恐怕不止是家道中兴，而是要进入到一个“新的历史时期”了！

但对这一类的事情，即使在小说中极为艺术化地极尽含蓄之能事地加以影射，也是非常危险的。

“天机”，还是不要泄露的好。

15. 秦可卿出身的谜底可以大胆地猜一猜了

※ 她出身不仅不寒微，而且竟是相当地高贵，甚至有着类似北静王那样的血缘。

※ 但在皇族内部的权力斗争中，她的父母家族一度遭到惨败。她和她的一个兄弟不得不以送往养生堂的弃婴方式隐匿他们的真实血统和身份。

※ 贾府同她的父母家族有着非同一般的深层关系，故而在她和她的兄弟遭此巨变时决计帮助他们的家族将他们保存并藏匿起来。

※ 贾府没有道理直接出面到养生堂抱养“弃婴”，必须寻找一个合适的人物扮演此种角色。

※ 贾府找到了秦业。可能秦业曾得到过贾府的某些好处（营缮郎不难从贾府那样的大府第的扩建修葺工程中得到油水，而贾府与营缮郎之类的用得着的小官有瓜葛，也很正常），他当时恰好壮年无儿女，又不引人注意，到养生堂抱养一对儿女在世人眼中不至引出太多的訾议。

※ 那一对儿女，儿子可能确实因病死去，就只留下了秦可卿，而秦可卿也并没有在他家待多久，就被贾府接走了，安排在一处有大家气象的环境中加以调教，说不定就一直在宁国府中当童养媳，似亲生女儿一般地养着。

※ 贾敬的出家修道，同被上层权力斗争吓破了胆、寒透了心有关，因而采取了逃避的态度。收养秦可卿的决策也许是贾代善做出的。贾代善死后，贾母始终秉承贯彻这一意志，所以后来视秦可卿为“重孙媳中第一个得意之人”。

※ 也许贾母曾有过将秦可卿许配给嫡孙的考虑，但贾琏、贾珠成年后都另有更相当的女子可娶，年龄也比秦可卿大得较多，而宝玉又出生得太晚，最后形成的局面是贾蓉最合适（据书上交代，贾蓉当年大约十六七岁，而秦可卿似比他还稍长，有近二十岁的样子）。

※ 但在收养秦可卿的过程中，贾珍爱上了这个渐显绝顶秀色的美人。贾珍不是在秦可卿嫁给贾蓉之后才爱上她的。贾珍早就对“有女初长成”的秦可卿垂涎三尺了。

※ 秦可卿懂事后也就知道了自己的真实血统，因此她心理上丝毫没有自卑自抑的因素。她甚至知道贾母等人一度对她与贾宝玉关系的考虑，因此她对贾宝玉有引诱之举并处之坦然，也就无足怪了。

※“擅风情，秉月貌，便是败家的根本。”秦可卿确实是一个“性解放”的先驱，她引诱过尚处混沌状态的贾宝玉，她似乎也并不讨厌她的丈夫贾蓉，但她也确实还爱着她的公公贾珍。如果我们对今人曹禺《雷雨》中周萍与繁漪的乱伦恋可以理解甚至谅解的话，那么，似乎也不一定完全站到同焦大一样的立场上，对贾珍和秦可卿的恋情那么样地不愿作出一定程度的理性分析。

※ 秦可卿成人后同自己家族中的一些残余分子可能取得一些联系，因而能总结出一些大家族彻底覆灭的惨痛教训和一些得以喘息延续乃至起复中兴的经验，这便是她临死前向凤姐托梦的依据。

※《红楼梦》开始后的故事背景，可能是秦可卿真实出身的那个家族已摆脱了原有的政治阴影，甚而已逐渐给贾府此前进行的政治投资带来了政治利润，虽尚不到公开曝光的程度，对外仍称是秦业之女，实际上已是贾府中兴的一大关键人物，所以贾母等人才那么宠爱她，而下人们见此情状，纵使不明真相，

也就都必然随之对她恭顺有加，她又偏善于娱上欢下，故而成为贾府内最富魅力的一大红人。

※ 谁知偏在这时发生了“天香楼事件”，她的猝死，给贾府带来了强烈的震动，“造衅开端实在宁”，“家事消亡首罪宁”，都是指她的死，堵死了通过宁国府向她真实的家族背景那边讨取更多更大的政治利润的可能。这对于整个贾氏家族来说，损失是太惨重了，“养兵千日”，竟不到“用兵一时”，便兵死而阵散。所以秦可卿丧事之隆重铺张，并不全是因为贾珍个人对她的露骨的感情因素使然。

※ 秦可卿，据前人分析，谐音为“情可轻”，倘若秦可卿不是那么“性解放”，或贾珍不是那样的一匹超级色狼，也许还不至于因“情既相逢必主淫”，而导致“箕裘颓堕”的糟糕后果。但这是“宿孽”,似乎也无可奈何。至于“兼美”，未必是因为她“鲜艳妩媚，有似乎宝钗，风流袅娜，则又如黛玉”，其寓意倒恐怕是指贾府这样秘密地收养了她，于她的真实家族背景和贾府双方，都是美事吧。

※ 秦可卿卧房中所挂的唐伯虎手笔《海棠春睡图》和宋学士秦太虚的对联，大概都是她自己家族的遗物，而非贾家固有的珍藏。“海棠春睡”以往都只从淫意上解，其实《红楼梦》中一再用海棠的枯荣来作为家族衰败复兴的象征，则“海棠春睡”正象征着“否”快达于极点、“泰”虽仍在沉睡中但可望开始苏醒。对联的上联“嫩寒锁梦因春冷”意味着政治气候尚还未臻温暖，但下联的“芳气袭人是酒香”则暗喻着好时将返，可举杯相庆。

※ 天香楼上的一场戏，当不仅是“皮肤滥淫”，也许贾珍在情而忘形之中，坦白陈述了打小将她调理大还有着明确的政治投机用意，而引起了秦可卿的极度悲怆，再加上瑞珠、宝珠的添乱，这才导致了她的愤而自杀。倘真有这样的情节，那脂砚斋下命令让曹雪芹删去，实在是太有必要了：你这不是自己往网里撞么？

也许，这样一些猜测，全经不起“红学”家的厉声呵斥，但建议普通的读者以我这样的“谜底”为前提，再把书中有关秦可卿的情节通读一遍，我想，恐怕还真可以把原来读不通的地方都读通哩！

再论秦可卿出身未必寒微

我在《秦可卿出身未必寒微》一文（载《红楼梦学刊》1992年第2辑）中，已初步论证了曹雪芹在《红楼梦》第八回末尾关于秦可卿出身的交代，是鉴于删去了“淫丧天香楼”一节的四五叶（四五个双页）后，不得不打的一个“补丁”。

下面再提出十二个有关秦可卿的问题。倘若抱定秦可卿确实出身于一个小小营缮郎的家庭，且非亲生并是从育婴堂抱养的，那么，这些问题便全然不能解答；倘若把所谓“营缮郎抱养于育婴堂”只当作一道烟幕，而设想秦可卿实际上有着类似“义忠亲王老千岁”那样的家庭背景和血统，那么，这些问题便几乎全可得到不同程度的解答。不信请看：

1. 第七回写周瑞家的遵薛姨妈之命，往各处送宫花，薛姨妈让她给迎、探、惜三春各送一对，给林黛玉两枝、给凤姐四枝，总计十二枝；送至凤姐处后，凤姐让平儿拿出两枝，叫彩明吩咐道：“送到那边府里给小蓉大奶奶戴去。”这本来倒也不稀奇，奇的是甲戌本有回前诗：“题曰：十二花容色最新，不知谁是惜花人。相逢若问名何氏，家住江南姓本秦。”蒙府、戚序本亦有此诗，只个别字略异。试问：秦可卿怎么会“家住江南”呢？书中从未交代营缮郎秦业来自江南，而且，秦可卿乃营缮郎秦业从京中育婴堂抱养，既是弃婴，又怎能知其“家住江南”？难道那弃婴的父母，是千里迢迢从江南专程来将她送入育婴堂的么？倘是纯然出于贫困而不得不弃，有那从江南跑到北京的盘缠，又怎会养不活她呢？将她弃在江南就近处的育婴堂不就结了么？再有十二枝宫花的其他得主，怎见得就都不是“惜花人”呢？除惜春戏言“若剃了头，可把这花儿戴在哪里呢？”以及林黛玉嫌“别人不挑剩下的也不给我”外，凤姐、迎春、探春怎么就不惜花呢？更值得推敲的是“相逢”二字，此花为宫花，从宫里或相当于宫里出来的人得到此花，才可称“相逢”，因此，那后两句不等于明说秦可卿最有资格佩戴宫花吗？但以往人们都不注意这第七回回前诗，中国艺术研究院红楼梦研究所校注、人民文学出版社 1992 年 2 月北京第 1 版的《红楼梦》，也将此回前诗摒于正文之外。

2. 第十回写璜大奶奶跑到宁国府去，原想为寡嫂金荣的母亲胡氏抱打不平，要当面“向秦钟他姐姐说说，叫他评评这个理”，谁知真见到尤氏后，“也未敢气高，殷殷勤勤叙过寒温，说了些闲话”，便问“今日怎么没见蓉大奶奶？”谁知这就牵出了尤氏一大篇怜爱秦氏的话来，其中说到她嘱咐贾蓉，对待秦可卿要“不许累掯他，不许招他生气，叫他静静的养养”，而且，尤氏还做出终极判断说：倘或秦可卿有个好和歹，贾蓉“要再娶这么一个媳妇，这么个模样儿，这么个性情的人儿，打着灯笼也没地方找去。”这话听着，总让人觉得生疑，秦可卿就是模样、性情再好，那小小营缮郎的家庭背景，育婴堂抱养的卑贱血统，怎么会就达到“打着灯笼也没地方找去”的高不可攀的程度呢？就在《红楼梦》一书中，我们便看到了许多模样儿、性情儿都相当不错的贵族女子，只要辈分合适，都不难选出与贾蓉等公子匹配；怎么一个秦氏有病，尤氏便“焦得了不得”，“心里倒像针扎似的”，她除了在为一个儿媳妇的健康担忧外，究竟心里头还在为一种与秦氏性命相关联的什么东西焦虑？

3. 秦氏初病，一群大夫“三四个人一日轮流着倒有四五遍来看脉……倒弄得一日换四五遍衣裳”，这种讲究已超出了簪缨大族贾府的规格，因而贾珍对尤氏说：“这孩子也糊涂，何必脱脱换换的……衣裳任凭是什么好的，可又值什么……就是一天穿一套新的，也不值什么。”贾珍还只不过是财大气粗而已，秦可卿却俨然公主做派。试问：一个营缮郎家里长大的弃婴，她怎么会有一种比贾府里更排场的更衣习惯？（更衣这一细节还可深究，当另为文探讨。）

4. 秦氏临终时给凤姐的托梦，像“月满则亏，水满则溢”，“登高必跌重”，“树倒猢狲散”，“盛筵必散”，等等见识，当然都不可能是得自一贯“宦囊羞涩”的营缮郎之家的生活经验；而“于荣时筹划下将来衰时的世业”，“趁今日富贵，将祖茔附近多置田庄房舍地亩，以备祭祀供给之费皆出自此处，将家塾亦设于此……便是有了罪，凡物可入官，这祭祀产业连官也不入的。便败落下来，子孙回家读书务农，也有个退步，祭祀又可永继”，等等具体指示，也只能产生于赫赫扬扬的百年大族在获罪败落后竟因荣时未能筹划而一败涂地的惨痛教训之中，绝不可能是来自营缮郎之家的家训。秦氏临终时在凤姐梦中对凤姐含笑说道：“我今日回去，你也不送我一程。”她回哪儿去？从她向凤姐预报元春的“才选凤藻宫”和省亲盛事，以及暗示贾府的衰败结局，口称“天机不可泄漏”，又联系到第五回中明言她是警幻仙姑的妹妹，则她所“回”的，显然非营缮郎家非育婴堂，也非如秦钟后来那样被许多鬼判持往地狱，而是去往“天上”。她的出身贵及皇族，不是已经暗示得很充分了吗？

5. 凤姐惊梦后，“只听二门上传事之板连叩四下”，人回“东府蓉大奶奶没了”。凤姐是什么反应呢？竟并不是悲哀，而是“吓了一身冷汗，出了一回神”。这是为什么呢？“彼时合家皆知，无不纳罕，都有些疑心。那长一辈的想他素日孝顺，平一辈的想他素日和睦亲密，下一辈的想他素日慈爱，以及家中仆从老小想他素日怜贫惜贱、慈老爱幼之恩，莫不悲嚎痛哭者。”怎么就没有一个人——特别是仆从老小中——想到她出自营缮郎之家，“好不容易嫁到贾府，才过上荣华富贵的日子没几天，就伸腿去了”呢？而宝玉对秦氏的死讯，竟“只觉心中似戳了一刀的不忍，哇的一声，直奔出一口血来”，闹了个“急火攻心，血不归经”，这又是为什么呢？甲戌本脂砚斋有批曰：“宝玉早已看定可继家务事者可卿也，今闻死了，大失所望”，这话又该怎样解释？

6. 秦氏一死，贾氏宗族四代计二十八人都马上赶来，而贾珍“哭的泪人一般”，又说“谁不知我这媳妇比儿子还强十倍”，边说边哭，拍手道：“如何料理，不过尽我所有罢了！”秦氏的父亲秦业，却是在贾府二十八人全聚齐后才到的，秦氏即使并非他亲传血脉，毕竟自小从育婴堂中抱来养大，按说他的悲痛，总不至逊于贾府诸人，但书中竟无一句交代他悲痛和落泪的话，全然只是一个丧仪中的小小摆设，这又是怎么回事？

7. 贾珍用薛蟠送来的“帮底皆厚八寸，纹若槟榔，味若檀麝，以手扣之，玎珰如金玉”的一副板解锯糊漆以殓秦氏，该板“叫作什么樯木，出在潢海铁网山”，“原系义忠亲王老千岁要的，因他坏了事，就不曾拿去”。我以为“樯木”“潢海铁网山”均非信笔予称，而都隐含着某种深意。“樯木”即桅杆木，乃航船上所用，此桅杆木也许是出自“天潢贵胄”的“铁帽子王爷”的“山”上，原是可以将贾家引航到“万年不坏”的境界中去的吧？不想却“坏了事”。（脂批说：“所谓迷津易堕，尘网难逃也。”）《红楼梦》中采取谐音法隐喻人事的命运归宿，尽人皆知，只是没有人在秦可卿的问题上多费些脑筋，依我想来，“秦业”很可能是“勤掖”的谐音，即勤于帮贾府掖掩秦可卿的真实血统也。否则，又该如何解释呢？

8. 秦氏死后“首七第四日”，“早有大明宫掌宫内相戴权，先备了祭礼遣人来，次后坐了大轿，打伞鸣锣，亲来上祭”，这很古怪，据周汝昌先生指出，清代有严格的规定，太监是不许擅自出宫的，更何况如此大摇大摆地“坐了大轿，打伞鸣锣”，去给一个本应视为无足轻重的贾府的重孙媳妇上祭，几乎是明目张胆地在犯死罪。怎么解释？脂批说“戴权”是“大权”之意，我以为“戴权”亦是“代全”的谐音，暗示他这样做是得到皇帝默许的，“代为矜全”的一种姿态。秦氏之死，与贾元春的得宠，几乎衔接着发生，而且秦氏死时托梦给凤姐，预告了此事，我怀疑这当中有重大的政治交易，即皇帝查明了贾府匿藏秦氏之事，秦氏不得不死，但因有元春的从中斡旋，因而准予“一死了之”，不仅纵容贾府大办丧事，也特准大明宫掌宫内相（大太监）出面“代为矜全”。倘秦氏不过是营缮郎的一个抱养于育婴堂的弃婴，何能有此“殊荣”？

9. 贾珍到邢、王夫人面前求允凤姐协理宁国府，说：“婶子不看侄儿、侄儿媳妇的分上，只看死了的分上罢！”这话其实很不合乎传统，但倘若“死了的分上”不仅是一个侄孙媳，更非一个出自营缮郎之家的弃婴，而有着非同小可的背景与血统，那就又不足怪了，因而王夫人“今见贾珍苦苦的说到这步田地”，便终于应允了他。否则，秦可卿的“分上”，究竟何所指呢？仅仅指她“死了”这一事实吗？

10. 秦氏出殡时，“镇国公牛清之孙现袭一等伯牛继宗，理国公柳彪之孙现袭一等子柳芳，齐国公陈翼之孙世袭三品威镇将军陈瑞文，治国公马魁之孙世袭三品威远将军马尚，修国公侯晓明之孙世袭一等子侯孝康……”等公侯都亲与送殡，余者更有郡王、侯爵伯爵家的头面人物及许多王孙公子不可枚数地蜂拥而上，这难道都是礼仪上必须如此的吗？显然不是，第十四回明文写到，正当贾府为一个重孙媳妇办丧事时，便有“缮国公诰命亡故”，贾府只是王邢二夫人去“打祭送殡”而已，贾赦、贾政、贾珍、贾琏、宝玉等绝对不去。而最可骇怪者，是秦氏不仅得到了东平王府、南安郡王、西宁郡王、北静郡王的路祭，北静郡王还亲自出马，并且一出再出，“上日也曾探丧上祭，如今又设路奠……自己五更入朝，公事一毕，便换了素服，坐大轿鸣锣张伞而来”。难道那死去的秦氏是他的亲妹子、亲侄女儿吗？何以如此厚爱？如此隆重？他的“入朝”事毕后直奔葬仪，与那戴权的从皇宫“坐了大轿，打伞鸣锣”，径往贾府，前后呼应，相映成趣，都不能不令人猜想到那背后确有天大的隐情！

11. 北静王水溶在贾赦、贾珍等“一齐上来请回舆”时说：“逝者已登仙界，非碌碌你我尘寰中之人也。小王虽上叨天恩，虚邀郡袭，岂可越仙輀而进也？”难道仅仅是“并不妄自尊大”，“不以官俗国体所缚”？倘秦氏真的只不过是一个小小营缮郎从育婴堂抱养的弃婴，仅止单纯是一个贾府的重孙媳妇，北静王有必要直待“滔滔然将殡过完”，才回舆归府吗？

12. 秦氏丧事办完不久，正值贾政生辰，宁荣二处人丁都齐集庆贺，热闹非常。忽有门吏忙忙进来，报说有六宫都太监夏老爷来降旨，“唬的贾赦贾政等一干人不知是何消息”，尽管那夏守忠“满面笑容”地宣旨，贾赦贾政入宫后，“贾母等合家人等心中皆惶惶不定”，而贾母尤其“心神不定”，直到终于知道是元春晋封为凤藻宫尚书，加封贤德妃，“听了方心神安定”，贾母及贾赦、贾政等心中究竟有什么鬼？“夏老爷”自然是“吓老爷”即“吓人一跳的老爷”的谐音，“夏守忠”呢？我前面猜秦可卿之死，有皇帝赐死的可能，且以达成提升贾元春的交换条件，则“夏守忠”的“守忠”，当为“遵守诺言”的含意。

“秦可卿淫丧天香楼”，那丧因中固然有“淫”情，但更有惊心动魄的隐情，那一天天香楼上究竟发生了一些什么事？瑞珠和宝珠的一死一隐究竟仅仅是因为“无意”中撞见了“爬灰”奸情，还是另有深层缘由？她们会不会与紧急报告某项秘密消息或突发情况有关？否则她们是万不可能未听召唤就擅上天香楼的。另据周汝昌先生指出，“天香云外飘”，天香楼的命名显然与“逗蜂轩”之类场所不同，“国色天香”，非形容平民家出身的女子可用，那应是养育藏匿皇族女子的地方，所以天香楼应绝非一处仅涉情色的空间，而也是一所隐蔽的政治舞台。我疑心那冯紫英介绍的张太医张友士，实际身份便是一名政治间谍，“友士”谐音“有事”或“有示”，即“有事而来”或“有所暗示”之意，他那些诊病的议论及所开的药方，都是暗语，应予破译（将另文探讨）；秦可卿所得的病，其实是政治病，因她的真实家族背景的政治活动，已处于一个关键时刻，消息传来，弄得她心神不定，茶饭不思，眼神发眩，直至月经不调。张友士那“依小弟看来，今年一冬是不相干的。总是过了春分，就可望全愈了”的黑话，实际上是开出了一个政治上最后摊牌的时间表，因而写到“贾蓉也是个聪明人，也不往下细问了”。否则仅凭那闭经的病情，似还远远论不到“大限”；第十六回写凤姐与远道而回的贾琏重聚，她炫耀自己协理宁国府一事时，说“更可笑那府里忽然蓉儿媳妇死了”，对于她来说，秦可卿之死并非“果然”而是“忽然”，可见秦氏那病，原非绝症，阖家上下对于她的死亡都并无思想准备，也正因为如此，在删却了“淫丧天香楼”的四五个双面的文字之后，才越发地使那几回书的时间叙述上发生了无法合理解释的大混乱。

脂砚斋在这一回的批语说：“秦可卿淫丧天香楼，作者用史笔也。老朽因有魂托凤姐贾家后事二件，嫡是安富尊荣坐享人能想得到处，其事虽未漏，其言其意则令人悲切感服，姑赦之，因命芹溪删去。”值得注意的是“其事虽未漏”一句，指的什么？可以有下列两种解释：

（1）（原文中）秦可卿的真实出身虽然没有彻底泄漏，写她与贾珍的淫情未尝不可，但考虑到她那托梦给凤姐所讲的话实在让人悲切感服，所以让芹溪删去了“淫丧”的文字。

（2）秦可卿在托梦中所讲的那些话，虽然并没有自己泄露自己的真实出身（仿佛是别人委托她来讲那些话似的），但考虑到……还是让芹溪删去了“淫丧”的文字。

无论怎样解释，都有一个前提，即秦可卿的出身及病情及死亡里，都包含着有一个可能泄漏出的“天机”。庚辰本脂砚斋有条批语说“……可卿梦阿凤，盖作者大有深意存焉，可惜生不逢时，奈何奈何！”设若秦可卿确系一弃婴，则长大后嫁入贾家，死后如此风光，何来“生不逢时”的“奈何”之叹？

该是仔细探讨有关秦可卿的“天机”的时候了！这实在关系着对《红楼梦》一书许多重要问题的再认识、再理解！

“秦学”探佚的四个层次

汇辑我关于《红楼梦》研究成果的《秦可卿之死》一书于 1994 年 5 月由华艺出版社推出，第一版的五千册书刚开始发行，与我争鸣的文章便连续出现，上海陈诏先生一篇长文发在贵州省红学会的《红楼》杂志 1994 年第二期，同样的观点，亦见于他为上海市红学会编、上海古籍出版社出版的《红楼梦之谜》一书（1994 年 1 月第 1 版）所撰写的“答问”中；同时，山西《太原日报》“双塔”副刊又于 1994 年 7 月 26 号刊出了梁归智先生的《探佚的空间与限度》一文，该文副标题为“由刘心武、王湘浩的‘红学’探佚研究想起”，读其文，则可知他的“想起”，主要还是由于读了我的一篇文章《甄士隐本姓秦？》（该文已收入《秦可卿之死》一书）；这些与我争鸣的文章，我是只恨其少，而绝不嫌其多。关于《红楼梦》，值得我们争论的问题实在太多，最近我在一篇文章里说：“《红楼梦》因其传稿的不完整与其作者身世之扑朔迷离，给我们留下了刻骨的遗憾，也使我们在‘花开易见落难寻’的惆怅中，产生出永难抑制穷尽的‘寻落’激情，我们不断地猜谜，在猜谜中又不断派生出新谜，也许，《红楼梦》的伟大正在于此—它给我们提供了几近于无限的探究空间，世世代代地考验、提升着我们的审美能力！”

关于《红楼梦》中秦可卿这一形象，以及围绕着这一神秘形象所引发出的种种问题，是最具魅力的“红谜”，虽然陈诏先生把我的探究说成是“形成了他所谓的‘秦学’”，并称“由于刘心武同志是著名作家，而他的观点又颇新奇动听，所以他的文章引起广泛的注意，曾在社会上产生一定影响。但在‘红学’界，很少有人认同他的意见。”却也不得不承认，我提出《红楼梦》中有关秦可卿的现存文本“矛盾百出，破绽累累”，“这个问题无疑是提得合理的，富有启发性的”；梁归智先生也在讲述了他对我的观点的一系列质疑之后，这样说：“我知道刘心武同志是不会轻易放弃自己的‘秦学’阵地的。那只怕已经成了刘心武同志的一种‘信仰’。”他们二位在提及“秦学”时都未免是“借辞含讽谏”，但我深信“红学”的这一分支——“秦学”，到头来是能被肯定下来，并繁荣光大的。说我的观点只是“曾产生一定影响”，这个“曾”字恐怕下得匆忙了一点；说“在‘红学’界，很少有人认同”我的观点，以目前情况而言，可能如此，但一种学术观点，其赞同的多寡，并不能说明很多的问题；如果翻看我《秦可卿之死》一书由周汝昌先生所撰的序，当知即使在目前，也“吾道不孤”。

我确实非常珍惜陈诏、梁归智等同志的不同见解，“秦学”必得在坦率、尖锐的讨论中发展深化，我此刻心情正如商议结诗社的贾宝玉一般，要说：“这是一件正经大事，大家鼓舞起来，不要你谦我让的。各有主意说出来大家平章！”

我且不忙针对梁、陈二先生对我的质疑、批驳，逐条进行申辩，我想先把我们之间的误会部分排除，这也是我希望所有关心这一讨论的人士弄清楚的。

我对秦可卿这一形象及相关问题的研究，严格来说，并不完全属于“探佚学”，也就是说，“秦学”不仅要“探佚”，也还要牵扯到“曹学”“版本学”“文本学”乃至于“创作心理学”等各个方面，它其实是“红学”诸分支间的一个“边缘学科”；但为讨论起来方便，我们且姑将其纳入“探佚”的“空间”。

在我来说，这个“秦学”的探佚空间，它有四个层次。第一个层次，是《红楼梦》的“文本”（或称“本文”）。众所周知，现存的《红楼梦》前八十回里，秦可卿在第十三回里就死掉了，是“金陵十二钗”里唯一一个在公认的曹雪芹亲撰文稿里“有始有终”的人物；可是，又恰恰是这一“钗”，在现存文本里面貌既鲜明又模糊，来历既有交代又令人疑窦丛生，性格既在行为中统一又与其出身严重不合，叙述其死因的文字更是自相矛盾、漏洞百出。亏得我们从脂砚斋批语里得知，形成这样的文本，是因为曹雪芹接受了脂砚斋的建议，出于非艺术的原因，删去了多达四五个双面的文字，隐去了秦可卿的真实死因，并可推断出，在未大段删除的文字中，亦有若干修改之处，并很可能还有因之不得不“打补丁”的地方。因此，“秦学”的第一个探佚层次，便是探究：未删改的那个《红楼梦》文本，究竟是怎样的？在这一层的探究中，有一个前提是非常重要的，就是曹雪芹对有关涉及秦可卿的文本的修改，是出于非艺术的原因，而非纯艺术的调整。那种认为秦可卿的形象之所以出现上述矛盾混乱，系因曹雪芹将其从《风月宝鉴》旧稿中演化到《石头记》时，缺乏艺术性调整而造成的说法，我是不赞成的。显然在一度已写讫的《石头记》文本中，秦可卿的形象是已然相当完整、统一的，现在的文本之矛盾混乱，除了是由于非艺术考虑（避“文字狱”）的删改，还在于第八回末尾所加上的那个关于她出身于“养生堂”的“增添”（“补丁”）；这是症结所在。概言之，“秦学”探佚的第一个层次，便是探究“在原来的文本里，秦可卿的出身是否寒微”，我的结论是否定的。并对此作出了相应的推断。

第二个层次，是曹雪芹的构思。从有关秦可卿的现存文本中，我们不仅可以探究出有关秦可卿的一度存在过的文本，还可以探究出他对如何处理这一人物的曾经有过的构思，这构思可以从现存的文本（包括脂评）中推敲出来，却不一定曾经被他明确地写出来过。也就是说，我们不仅可以探究曹雪芹曾经怎样地写过秦可卿，还可以进一步研究他曾经怎样打算过；我关于甲戌本第七回回前诗的探究，便属于这一层次的探佚。我认为这首回前诗里“家住江南姓本秦”（脂批中还出现了“未嫁先名玉，来时姓本秦”的引句），起码显示出，曹雪芹的艺术构思里，一度有过的关于秦可卿真实出身的安排。我还从关于秦可卿之死与贾元春之升的对比性描写及全书的通盘考察中，发现曹雪芹的艺术构思中，是有让秦可卿与贾元春作为祸福的两翼，扯动着贾府盛衰荣枯，这样来安排情节发展的强烈欲望，但他后来写成的文本中，这一构思未充分地展示。我把他已明确写出的文字，叫作“显文本”，把他逗漏于已写成的文本中但未能充分展示的构思，称为“隐文本”，对这“显文本”的探佚与对这“隐文本”的探佚，是相联系而又不在同一层次上的探佚，因之，其“探佚的空间与限度”，自然也就不同。我希望今后与我争鸣者，首先要分清这两层“空间”。

第三个层次，是曹雪芹为什么要这样写、这样构思。这就进入了创作心理的研究。我们都知道《红楼梦》绝非曹雪芹的自传与家史，书里的贾家当然不能与曹家画等号；但我们又都知道，这部书绝非脱离作者自身生活经验的纯粹想象之作、寓言之作（当然那样的作品也可能获得相当高的审美价值，如卡夫卡的《万里长城建造时》)。我们不难取得这样的共识:《红楼梦》并非是一部写贾家盛衰荣枯的纪实作品，但其中又实在熔铸进太多的作者“实实经过”的曹家及其相关社会关系在康、雍、乾三朝中的沧桑巨变。因此，我们在进入“秦学”的第三个层次时，探究当年曹家在康、雍、乾三朝中，如何陷入了皇族间的权力争夺，并因此而终于弄得“家亡人散各奔腾”“落了片白茫茫大地真干净”，从而加深理解曹雪芹关于秦可卿的构思和描写，以及他调整、删改、增添有关内容的创作心理的形成，便很有必要了。这个层次的研究，当然也就跨入了“曹学”的空间。比如说，我认为，曹雪芹最初写成的文本里，是把秦可卿定位于被贾府所藏匿的“类似坏了事的义忠老亲王”的后裔(注意我说的是“类似”而非必定为“义忠老亲王”一支)，根据之一，便是曹家在雍正朝，为雍正的政敌“塞思黑”藏匿了一对逾制的金狮子，陈诏先生对此很不以为然，他说：藏匿金狮子尚且要惹大祸，何况人乎？因此，隐匿亲王之女“在现实生活中是绝对不可能的事情”;我以为他“绝对”二字下得太绝对化了，诚如他所说，清朝宗人府是要将宗室所有成员登记入册的，即使是革退了的宗室，也给以红带，附入黄册，但康熙五十二年四月，在命查“撤带”革退宗室给带载入《玉牒》，以免湮灭的行文中，便有这样的说法:“再宗室觉罗之弃子，今虽记蓝档内，以宗人府定例甚严，惧而不报，亦未可定”，并举实例:“原任内大臣觉罗他达为上驷院大臣时，因子众多，将弃其妾所生之子，包衣佐领郑特闻之，乞与收养，他达遂与之……”可见规定是规定，即使是皇帝亲自定的，也保不齐有因这样那样缘故，而暗中违忤的。我对秦可卿之真实身份乃一被贾府藏匿的宗室后裔的推断，是根据曹家在那个时代有可能作出此事的合理分析，因为谁都不能否认，曹家在康熙朝所交好的诸王子中，偏偏没有后来的雍正皇帝，却又偏偏有雍正的几个大政敌，这几个政敌“坏了事”，自然牵连到曹家，曹家巴不得他们能胜了雍正，也很自然，就是后来感到“大势已去”，想竭力巴结雍正，也还暗中与那几个“坏了事”却也并未全然灰飞烟灭的人物及其党羽联络，从几面去政治投资，也很自然。希望随着有关曹家的档案材料的进一步发现，《红楼梦》中的秦可卿与贾元春这两个重要人物的生活原型，能以显露出来，哪怕是云中龙爪、雾中凤尾。

第四个层次，是曹雪芹创作《红楼梦》的人文环境。《红楼梦》不是一部政治历史小说，曹雪芹明文宣布他写此书“毫不干涉时世”，他也确实是努力地摆脱政治性的文思，把笔墨集中在“忽念及当日所有之女子”的情愫上，而且在具体的文本把握上，他淡化了朝代特征、满汉之别、南北之分，使这部巨著的风格极其诗化而又并非“史诗”。但这部书的创作却又偏偏打上了极其鲜明与深刻的时代印记，在在显示出作家所处的人文环境是如何制约着他的创作，而作家又如何了不起地超越了这一制约，在“文字狱”罪网密布的情况下，用从心灵深处汩汩流出的文字，编织出了如此瑰丽的伟大巨著。秦可卿这一形象，正充分体现出了作者在艰难险恶的人文环境中，为艺术而奉献出的超人智慧，与所受到的挫折，及给我们留下的巨大谜团，以及从中派生出“谜”来的魅力。我最近写成一篇《〈红楼梦〉中的皇帝》，指出，《红楼梦》中的皇帝，是跟曹雪芹在世时，以及那以前的哪一个清朝皇帝，都画不上等号的，因为书中的这个皇帝，他上面是有一个太上皇的，清朝在乾隆以前，没有过这种局面，而等到乾隆当太上皇时，曹雪芹已经死了三十多年了。但这只是事情的一个方面，另一方面，你却又可以从《红楼梦》里那个皇帝的隐然存在的描写中，发现那其实是曹雪芹将康、雍、乾三个皇帝的一种缩写，换言之，他是把对曹家的盛衰荣枯有着直接影响的三朝皇帝，通过书中一个皇帝对贾家的恩威宠弃，典型化了。探究康、雍、乾三朝皇帝与曹家的复杂关系，是弄通《红楼梦》中关于秦可卿之死的文本的关键之一，比如，为什么秦可卿“画梁春尽落香尘”之后，丧事竟能如此放肆地铺张，而且宫里的掌宫太监会“坐了大轿，打伞鸣锣，亲来上祭”，这当然都不是随便构思、下笔的，这笔墨后面，有政治投影，因此“秦学”的空间，也便必须延伸到关于康、雍、乾三朝权力斗争的研究上去，其探佚的空间，当然也就大大地展拓开来。

我感觉，陈诏先生与梁归智先生对我的“秦学”见解的批驳，其中有很大一部分原因，是把我在以上四个层次中的探索，混为一谈了，故而令我感到缠夹不清、一言难辩。现在我将“秦学”探佚的四个层次一一道明，庶几可以排除若干误会，使与我争论的人们，能在清晰的前提下，发表出不同意见，而我与见解相近者，今后也可更方便地讨论。

至于“秦学”研究的意义，我已在若干文章中强调过，兹不再赘。

期待更多的批评与讨论！

樯木·义忠亲王·秦可卿

汝昌前辈：

得您端午大札，蒙您见告：近考“潢海铁网山”所产“樯木”即辽海铁岭山中的梓木，潢水是大辽河的主源，蒙语曰锡喇穆伦（或作楞），河自古北口以北流至铁岭之正北，此处明代设“辽海卫”，铁网山即铁岭甚明，夹一“网”字寓“打围”之义，盖清代在此有大猎场。梓木高而直，故似桅杆也，汉帝以梓作棺名曰“梓宫”，义忠老亲王即取此义，隐寓“帝位”（康熙太子胤礽与其子弘晳）。您说：可卿之殓竟用了“梓宫”之材，此中意味深长。极是。

端午大札早悉，迟至今日才回，是因为看了一个月的世界杯球赛，并应邀为报纸特刊写些侃球的文章，都是些速朽的文字，十足的板儿水平——《红楼梦》第四十一回有板儿将手中佛手换来巧姐手中圆柚当球踢着玩的情节——让您见笑了！

大札所示内容极为重要。《红楼梦》第十三回所出现的“义忠亲王老千岁”影射胤礽是很明显的。康熙十五年（1676年），才十八个月的胤礽由乳母跪抱着完成了册封他为太子的庄严仪式，后来被精心培养长大成人，康熙外出征战时他代理政务，六次陪同康熙南巡，可是1708年却在随康熙北狩的御营中被废——这“潢海铁网山”可是“千岁爷”“坏事”的场所啊！另外，斥废太子是当着全体在场的皇子及其他皇族权贵进行的，即是在“天潢贵胄”云集的情景下“坏事”的，“潢海”或许也还含有此层意思；而且被废后是以铁锁网状绑缚后押回京城的，当时随行的西洋传教士马国贤在其回忆录中有所描写，故“铁网山”我以为亦含双关——但随后不久康熙又后悔，1709年他将太子复位，到 1712 年康熙又再次将太子废黜；这过程里康熙其他十多个儿子中约有一半卷入了争夺接班人地位的权力斗争，但胤礽始终只是遭到禁锢而并没有被公开或暗中杀害。如果曹雪芹完全虚构，他可以说那樯木的原主已经伏法或者自裁，但他行文却是“原系义忠老千岁要的，因他坏了事，就不曾拿去”，“坏了事”三个字里绵延着康、雍、乾三朝里波澜起伏惊心动魄的故事，胤礽在康熙朝就“坏了事”但并未一坏到底，到了雍正朝一方面对他严加防范，另一方面因为他已经不是最大和最难对付的政治威胁，雍正也还封他为理亲王，他在雍正三年病死（起码表面上病死），雍正准许他的儿子弘皙嗣其爵位（为郡王），这在您的《新证》和《文采风流第一人》等著作中都有极详尽的考证。曹雪芹祖辈、父辈与胤礽过从最密，常被人举出的例子就是胤礽的乳母之夫（乳父）凌普可以随便到曹家取银子，一次就取走过二万两。曹家当然希望胤礽能接康熙的班，即使“坏了事”，因为康熙在最终如何处置他上多次摇摆，胤礽究竟是否彻底失去了继承王位的可能，直到康熙咽气前一刻都还难说，曹家肯定不会中断与胤礽一族的联系，并且还要把宝持续地押在他和弘皙身上，在这种情况下，帮他藏匿财物甚至未及被宗人府登记的子女，一方面可以说是甘冒风险；另一方面也可以说是进行政治投资。您所提供的材料，进一步说明秦可卿这一艺术形象的原型，正是“义忠老千岁”的千金，她的睡进“梓宫”，正是“落叶归根”。《红楼梦》故事的背景，已是乾隆初期，乾隆为了缓解父王当政时皇族及相关各派政治势力间的紧张关系，推行了一系列的怀柔政策，曹家是受益者之一，这时不仅曹雪芹父亲曹頫得以恢复官职，家境一度回光返照般地锦衣玉食起来，而且朝中有人——曹雪芹的表哥平郡王福彭是乾隆手下的权臣，所以那时大约十几岁的曹雪芹很经历了几年浸泡在温柔富贵乡里的绮梦般生活，这些史实虽经您一再申述，但许多人直到今天仍懵懂地觉得“曹雪芹不是在南京很小的时候他家就被抄了吗？他哪来写北京贵族生活的生活体验呢？”其实曹雪芹恰恰是有这“最后晚餐”的体验的。当然，好梦不长，到乾隆四年，就爆发了胤礽儿子弘皙勾结另外几位皇族阴谋夺权的事情，弘皙他们甚至已经搭好了政权班子乃至服务机构（如太医院），据说还使用了明矾水来写密信（表面上看不出，需特殊处理才显露真意），《红楼梦》第十回，正文里说那张友士是来京城为儿子捐官的，却在回目里称他为张太医，而且开出那么个古怪的药方，这些细节我以为都有一定的生活依据，绝非向壁虚构。实际上弘皙欲成就“老千岁”的“大业”，摆出“影子政府”的姿态，在那时的贵族富豪家中已经不是什么绝密的事情，《红楼梦》第四十回在牙牌令里出现“双悬日月照乾坤”、“御园却被鸟衔出”的字样，实非偶然，都是当时那种政治形势的投影。但乾隆毕竟是了不起的政治家，他快刀斩乱麻地处理了这个严重的政治危机，斩草除根却并不大肆宣扬，甚至尽可能不留下什么档案，这就是为什么受到牵连弄得家亡人散各奔腾的曹家在那以后究竟是怎么个情况，竟总难找到具体翔实材料的根本原因。一些人总以为雍正五年曹家在南京被抄后就“落了片白茫茫大地真干净”，其实不然，是在乾隆元年经历了一番回黄转绿，“三春过后”才终于“树倒猢狲散”的。《红楼梦》前八十回写的并非江宁织造时期的盛况，而是取材于乾隆初期曹家的末世光景，脂砚斋在批语里一再提醒读者“作者之意原只写末世”。所以说，弄明白了乾隆元年到乾隆四年曹家从死灰复燃又忽然灰飞烟灭这个写作背景上的大关节，才能真正读懂《红楼梦》啊！也只有弄明白了乾隆对“义忠亲王老千岁”那不知好歹的余党的深恶痛绝，镇压起来“接二连三，牵五挂四，将一条街烧得如火焰山一般”毫不手软，才能懂得脂砚斋为什么要求曹雪芹将有关秦可卿的故事加以删节，并且故意把她的真实身份隐去，偏说她是从“养生堂”里抱来的野种。

据王士祯《居易录》卷31，胤礽在十几岁的时候曾经写过一副对子，大受康熙夸赞：“楼中饮兴因明月，江上诗情为晚霞”，与胤礽过从甚密的曹寅、曹頫很可能常常引来激励子侄们向这位“千岁”学习。在曹雪芹的《红楼梦》里，我们可以看到“嫩寒锁梦因春冷，芳气袭人是酒香”这样的联句（托言宋秦观句，但翻遍秦观文集也找不出来），还有“烟霞闲骨骼，泉石野生涯”（托言唐颜鲁公句亦无根据），其中，是不是多多少少有些个胤礽少年联句的影响呢？很可能，曹雪芹对胤礽这个牵动着他家至少三代人命运的神秘“千岁”有着自己独特的理解，在《红楼梦》第二回里他通过贾雨村之口所说的那种秉正邪二气的异人里，也许就隐藏着一个胤礽。有些人总嫌“红学”的分支“曹学”“喧宾夺主”，其实，岂止应该把曹家的事情弄清楚，把胤礽这位“坏了事”的“千岁”

的事情弄清楚，都是准确把握《红楼梦》文本真情真意的大前提啊！我的关于秦可卿这一艺术形象的研究，算是“红学”的一个小分支吧，虽被讥为“秦学”，我却不想改弦易辙，还要继续探究下去，因为我相信，只有把曹雪芹的身世以及写作背景，以及他不得不修改秦可卿出身死因的种种具体原由弄清楚，才能真正读懂《红楼梦》文本，也才能进入深刻的审美境界。

感谢您的一再指教，特别是多次提供资料线索，令我眼界思路大开！

溽暑中望您格外保重！

晚辈 刘心武拜书

2002 年 7 月 12 日

【附】周汝昌

铁网山 · 东安郡王 · 神武将军

——致刘心武

心武学友：

昨日收到前日的《今晚报》，我方看到你 7 月 12 日写给我的“论红书简”——这“看”字是该加引号的，因为拙目已不能阅报观书了，是家里人念给我听的。

我听了之后，大为高兴，深感你的见解与文笔更为深沉精练，可知日进千里，君子不息。

你这篇书简写得好，内容十分重要。我们对这一问题的讨论，通过相互启发切磋和共识，已然逐渐显示清晰，可说是红学史上一大“突破”。因为，这实质上是第一次把蔡元培和胡适两位大师的“索隐”和“考证”之分流，真正地汇合统一起来，归于一个真源，解开了历时一个世纪的纷争，而解读破译了红楼奥秘。

你引了我信札中的考证收获：“潢海”即辽海，今之辽北铁岭地区，亦即雪芹上世由京东丰润出关落户的地方，薛蟠透露：樯木是他的父亲给义忠亲王“老千岁”（皇太子也）从家乡带来的。这表明薛家原型也就是铁岭人，都是内务府包衣人,故为“支内帑”做“皇商”之家世。“铁网山”者,即“铁岭”（辽海卫地区）的大围场所在，所以冯紫英才随其父神武将军冯唐到那里去打围行猎——而特笔写清是三月下旬启程，到四月底方回，将近一个月，正是京师距铁岭的往返程期，因单程即达一千五百里，素有“里七外八”之谚语，是说关内须走七百里，出关再行八百里之遥也。

我们的共识是秦可卿一案涉及的是废太子胤礽、弘晳一支的史迹，是为清代入关后第一大事，几乎“翻天覆地”，曹家始终卷入此一旋涡而不能自拔——与“王爷级”竟会“同难同荣”，实指非它，即此是矣。

“神武将军”要到铁岭（附近的西丰至今有大围场遗址）去打围，也不是闲文淡话，中有事由。冯家与“仇都尉”家是“对头”，也就是当时政局大斗争中的一个小局面的反映。

如今还要说说你引录的太子胤礽的对联：“楼中饮兴因明月，江上诗情为晚霞”，异常重要！我有一种新破解——

请看雪芹在书中第三回，黛玉入府，初见“荣禧堂”大匾，是御笔（先皇，康熙大帝也），故云“赤金、九龙、青地”的最高规制——而下面即又特写一副对联，道是：座上珠玑昭日月，堂前黻黼焕烟霞。

我们立刻感受的是什么？就是此联文藻风格，怎么就和“老千岁”那么相仿！

我想，你必已注意到了：这副联的落款尤为惊心动目：“同乡世教弟勋袭东安郡王穆莳拜手书”。“同乡”何义？都是辽北之人也。莫忘努尔哈赤破明，第一步是设计诱降了铁岭紧邻（东南接壤）抚顺,随即攻陷铁岭十几个戍守堡，而腰堡的曹世选（雪芹太高祖）被俘为奴,即在此役中（满洲“大金天命三年，戊午”）。

奇怪的是：小说中写得分明的四郡王是东平、西宁、南安、北静，人人尽晓了；哪儿又出来一个“东安郡王”呢？难道是作者“一时疏忽”，致此笔误？那太把雪芹看“扁”了。

这就是特意逗漏重要消息：此是真实的“王爷”，另外一级，不在“四郡”之中。

尤其要注意一点：高鹗篡改雪芹原文，用心精密，他一见这落款，心里就知“了不得”，马上提笔抹去了真文，换上了什么“衍圣公”云云。

你看《红楼梦》的事情，如此之曲折复杂，没有“学”，不知“史”，只论“文”（也只限字面表层最浅一义），如何能读得其中之味，而解悟字里之情呢？

所以你说得最为深透了：很多人总认为我们的研考是节外生枝，是喧宾夺主，是“不务正业”，是“外围离谱”……殊不知，他们正是看不见雪芹的高妙手法，以“荒唐言”来晓示于天下后世的一段特大的奇闻故事，这事牵连了多少人的生途命途，离合悲欢！所谓“白骨如山忘姓氏，无非公子与红妆”！此种沉痛语言，乍看怎能理解？如果感受到我们的研考的主旨精神之后，就会另有体会了吧？

多亏你提示了《居易录》中幸存的胤礽之对联，月与霞，在《红楼》中均有特别重要的意义和地位，这也是一大发现。因此刻笔倦了，留待下次再叙。特表欣佩之意，并祝笔健！

周汝昌拜启

壬午七月初二日入秋之第三日也

【注】

“东安郡王穆莳”当即指皇太子胤礽。“莳”有“立也”一义，又有更（改）种（栽）一义，即移植义。此正合既立又遭废黜的史实。又，太子自古例称，“东宫”，此殆即“东安郡王”的隐意更显著：老皇御匾是“赤金”字，而对联特叙是“錾银”字，又正是皇帝与太子的“级别”标志。“穆”是美词、敬称，如《诗经》“穆穆文王”是例，有和厚欣悦等义。

至于神武将军“冯”家，则喻指富察氏马齐、马武家是康、雍、乾三朝富贵极品之家，故时谚曰“二马吃尽天下草”，冯即“二马”隐词。胤礽是索额图的侄女孝成太后所生，索、马皆任内务府总管大臣，又都与争位“拥立”的皇子政权斗争，是关键性人物，均曾使康熙震怒而欲置之死地；他们两家与曹家的命运关系至深至切，“冯紫英”是马齐家子弟之佼佼者也。凡此，需专文另叙，今不多涉。

【附】刘心武 2002 年 9 月 16 日信

汝昌前辈：

大札早悉，《铁网山 · 东安郡王 · 神武将军》大文也已拜读，因家中事冗，迟至今日方复，心甚不安，恳乞谅鉴！

王士祯《居易录》原书未访到。我所据为转引。转引自以下二书：

一、《康熙朝储位斗争记实》美国吴秀良著，张震久、吴伯娅译

该书 1979 年在美国出版，译本 1988 年 9 月中国社会科学出版社第 1 版，该译本 34 页有下列一段文字：……康熙还自豪地提及胤礽的少年有为，他说：“其骑射言词文学，无不及人之处。”太子在十几岁时（约 1684 年）写过两行难得的对联，足以证明他无愧于父亲的称赞。然后引出对联：“楼中饮兴因明月，江上诗情为晚霞。”对联后有注解号，脚注是：王士祯《居易录》卷 31。

二、《清朝皇位继承制度》杨珍著，2001 年 11 月学苑出版社第 1 版

该书 193 页有下列一段文字：康熙帝对于允禧与一般汉臣的交往，也持鼓励态度，如一次南巡中，康熙帝赐给致仕内阁大学士徐嘉炎御书、对联及唐诗后，皇太子允禧“赐嘉炎睿书博雅堂大字，又一联云：‘楼中饮兴因明月，江上诗情为晚霞。’并赐睿诗一首。”页下脚注是：王士祯：《居易录》卷 31，第 1–2 页。

“楼中……江上……”一联，确实与《红楼梦》中“座上……堂前……”一联太相仿了！何况当年胤礽确实以此给人题写过，估计不只是给徐嘉炎一处。

我有中华书局印的王士祯《池北偶谈》，另知上海古籍出版社印过他的《香祖笔记》，《居易录》和《居易续录》不知出过铅排本否？杨珍书后所附参考书目，《香祖笔记》标明铅排本，《居易录》却注明是康熙刻本。倘《居易录》

没有影印本和铅排本，则访求不易。《居易录》、《居易续录》应尽快访到，以便细阅，也许还会有意外收获。我当努力。

上述二书，美国吴博士的似水平一般。但杨珍女士的两本书（另一本是《康熙皇帝一家》）则相当有参考价值，她通满文，能直接阅读满文档案，见解不俗，书中引用资料较丰，附表中有清朝历朝皇子简表，及康熙帝诸女表，很有用。

先就对联一事汇报如上。

颂

秋祺！

晚辈 刘心武拜

2002 年 9 月 16 日

【附】周汝昌先生壬午中秋后二日信

心武学友：

昨（22）接 16 日来书，喜知所示出处情况。此二书我毫无所闻，只因目不能读，故多年来不看“新书广告”也不买书（买了蜗室已无处可放……）其孤陋之状可笑之境若被“名流”得知一定大牙笑掉也！此二书即皆专题专著，而且他们又有条件博搜史料，料想此联之外也不见其他记载了（指胤礽之文字）。旧年我曾烦人到郑家庄去“考古”（胤礽所邑，而今恐无遗迹矣）。其师傅熊赐履文集应重读（昔时不能注意及此），可惜我已不能而你也不易为此而跑图书馆，徒叹奈何（熊即为曹玺作挽诗的大学士，十分重要，康熙命曹寅看顾他的晚境……见《新证》所引）！这段“公案”是破译红楼的钥匙，盼你能坚持深入不断研究。

见“枉凝眉”文本想也写写，又虑人家说我二人“对口相声”是“编”好了的，故暂按笔不动，以俟良机。附及。

因老伴突然病逝，心情不好，此信草草望谅。

秋日笔健

盲者周汝昌拜上

壬午中秋后

（另纸）手文心武亦痴人

绿叶红楼境自新

每见佳篇吾意来

共启尺素托游鳞

临缄口占

解味草

壬午中秋后二日

张友士到底有什么事?

王蒙在其《红楼启示录》中议论到《红楼梦》第十回后半回时说:“张先生看病一节平平。”并认为曹公写出这么一个人物，是想表现“在医艺上，人们尊敬业余的却不尊敬专业的”等等“认识价值”，整个张先生给秦可卿看病一节文字，因找不到内存契因的解释，故而是一种“富有游戏性”的写法，“有一种特殊的间离感”。

此说大谬！我以为张友士为秦可卿诊病一回，实在是惊心动魄的一个大关节，哪里是什么游戏性的闲笔，尤其不能以“平平”二字概括其内涵。

我曾撰一《秦可卿出身未必寒微》的长文，已刊于《红楼梦学刊》1992年第2辑中，并与周汝昌先生就此一重要问题有过通信，亦已发表于1992年4月12日上海《文汇报》上，我的意见，是认为曹雪芹写完全部关于秦可卿的故事以后，他的合作者脂砚斋感到这一人物所关联着的情节已然构成干涉时世的事实，倘任其保留，流传出去，则必惹出弥天大祸，故而令其把写成的第十三回“秦可卿淫丧天香楼”一节大段整叶地删去，直至删却四五叶之多，删得伤筋动骨之后，只好被动地打上补丁，在第八回末尾，告诉读者秦可卿竟是一个在小官吏家中长大的从养生堂抱来的弃婴。这当然是一个故意让读者一看便不肯相信的谎言。

据我推测，秦可卿很可能是皇族在权力斗争中，暂时败落的某一方的未及登入户籍的女婴，由于该方与贾府有着鲜为人知而暗中勾连的深层关系，故以小官吏从养生堂抱养后嫁到宁国府与贾蓉为妻的幌子掩人耳目，在那里寄顿下来，而秦可卿的家族背景，在那时不仅并未彻底败灭，到故事发展到第十回时，正处于一个要么能转败为胜，要么便再无希望的极为关键的时刻，所以秦可卿焦虑成疾，而贾府中的知情人也都企盼着秦氏的背景能高奏凯歌。正因为秦氏有着如此非同小可的血统身份，贾母才将她视为“重孙媳中第一个得意之人”，她也才浑身显露出比贾府中任何一位女主子都更高贵更娇嫩的“豌豆公主”（丹麦童话家安徒生笔下人物）般的气派。

以往的论家，多把秦可卿视作一个美丽绝伦而又淫荡无度的尤物，据传在一度出现后又迷失的南京“靖本石头记”中被抄录流传出的独家“脂批”中，透露出所删却的“淫丧天香楼”文字中有“更衣”“遗簪”等情节，因无从看到有关文字，所以一般都猜度是写秦可卿与贾珍的秽行时的细节。

秦可卿与贾珍的忘年之恋，当然存在，且为当时的伦理道德规范所不容，“情既相逢必主淫”，“画梁春尽落香尘”，“擅风情，秉月貌，便是败家的根本”，“家事消亡首罪宁”，所以焦大要乱嚷乱叫地骂。但依我看来，秦可卿长大成人后，似乎在表面上嫁给贾蓉之前，已与贾珍互恋，而贾珍对她的爱情，也并非玩弄而颇为真挚，说实在的，读者倘细读现存的文字，便不难发现贾蓉与秦可卿貌合神离，甚至贾宝玉午睡的那间挂着《海棠春睡图》的神秘卧室，也只是秦可卿独享的居室而并非与贾蓉同床共枕的场所，总而言之在秦可卿与贾珍、贾蓉的表层关系的内里，另有一种政治关系隐藏着，因而倘所删文字中真有“更衣”的情节，也便不一定就是单纯写情写性。

其实在第十回里已经写到了更衣，尤氏对贾珍说：“现今咱们家走的这群大夫……可倒殷勤的很，三四个人一日轮流着倒有四五遍来看脉……倒弄得一日换四五遍衣裳”。换衣裳就是更衣，这更衣之举，从表面上看，是连贾府这样的簪缨大族，也并非惯有的繁文缛礼，贾珍或许是为了掩饰秦可卿这一古怪举动的隐秘动机，所以当着下人说：“……何必脱脱换换的……衣裳任凭是什么好的，可又值什么……”

依我看来，秦可卿生理上固然确实有病，但并非什么大症候，她主要是心理有病，患了焦虑症，而究其实，又是政治病，她是在焦急地等待着家族的人派间谍来与她联络，以求胜败的迹象，说不定那更衣之举，就是一种联络的方式。但在常走的大夫群里，她脱脱换换虽勤，却一无所获，故焦虑愈深，病情也愈奇愈重，就在这种情况下，忽然贾家世交冯紫英那里冒出来一个“上京给他儿子来捐官”的张友士，友士，我疑即“有事”的谐音（曾同周汝昌先生当面讨论过，他说早有此想），他哪里是个什么业余医生，即便是，那也是个障眼的身份，他分明是负有传递信息使命的间谍，为秦氏家族背景所派，因而，他那诊病的过程，我以为其实是黑话连篇，他开出的那个药方，应有有识之士从这个角度加以破译。最惊心动魄的是，他带来的是一个绝坏的消息：“依小弟看来，今年一冬是不相干的。总是过了春分，就可望全愈了。”书中写道：“贾蓉也是个聪明人，也不往下细问了。”他聪明在哪里？就是破译出了张“有事”的黑话，懂得秦氏一族在权力斗争中，最终只能有一冬的挣扎，到过年的春分时，便再无蹦跶的余地了，也正因为如此，秦氏便决心一死了之，但她究竟死在何时？为何要“淫丧”？又为何要丧在天香楼中？那丫环宝珠又为何“甘心愿为义女”，后来离府守灵，三缄其口？因写成的“解扣子”文字均被删却，便成了一桩千古疑案。

“友士”药方藏深意

M 兄：

《红楼梦》第十回有点怪，尤其后半回“张太医论病细穷源”，是文不对题的——因为书里写的那位由冯紫英荐来的给秦可卿诊病的张友士先生，根本就不是“太医”，不仅不是“太医”，他甚至也并非以行医为业的人，书里用贾珍的话交代，他是冯紫英“幼时从学的先生”，兼懂医理而已，而他从外地来到京城，也绝非要入“太医院”当“太医”，而是“给他儿子来捐官”的。但各种版本的《红楼梦》，在这半个回目上都保持一致，颇令人深思。

《红楼启示录》专有“张先生与秦可卿”一段，认为“张先生看病一节平平”，这是没有读懂或至少未经深思的轻率之言。至于认为贾珍、贾蓉等对张友士的尊重，只是作者“流露出来的一些观念习俗”，“在医艺上，人们尊敬业余的却不尊敬专业的”，“反映了一种轻视技艺，更加轻视以技艺为职业为谋生手段的观点”云云，则更是对这半回文字的误读。这半回中还列出了张友士为秦可卿开出的一道“益气养荣补脾和肝汤”，是一个完整的药方，为全书中所仅见。难道曹雪芹在书中插入这样一个药方，仅仅是为了显示一下他个人学识的渊博，或如《红楼启示录》所说，仅仅是一种“富有游戏性”的即兴笔墨吗？清人洪秋蕃说：“《红楼梦》是天下古今有一无二之书，立意新，布局巧，词藻美，头绪清，起结奇，穿插妙，描摹肖，铺序工，见事真，言情挚，命名切，用笔周，妙处殆不可枚举……如拜年贺节，庆寿理丧，问卜延医，斗酒聚赌，失物见妖，遭火被盗……琴棋书画，医卜星命，抉理甚精，视举悉当……诗词联额，酒令灯谜，以及带叙旁文，点演戏曲，无不暗含正意，一笔双关。”是呀，如果曹雪芹连写什么场合什么人点了什么戏都刻意于“暗含正意，一笔双关”，他又怎么可能在第十回中录下了好大一个药方子而并无深意呢？

据我梳理爬剔，这实际上是一回十分紧张的文字。有着皇族血统的秦可卿，因等待至关紧要的其家族在权力斗争中决一雌雄的最终消息，焦虑到不思饮食、月经失调、神经衰弱的程度，这自然也牵动着贾珍、尤氏、贾蓉乃至那边府里贾母、凤姐的心弦；终于在这一天，冯紫英带话，那边派来的传信人到了——张友士的“友士”就是“有事”的谐音，他“有事相告”；“冯紫英”我疑心是“逢梓音”的谐音，“梓”即“桑梓”也就是家乡，甲戌本《石头记》第七回有一回前诗，明言“相逢若问名何氏，家住江南姓本秦”。秦可卿的家族背景那时已蛰伏于江南，张友士或许原来就是京城太医院的太医，甚或就是秦可卿的接生者，随秦氏一族的蛰伏势力而长期留居江南，现在“上京给他儿子来捐官”不过是一个表面的托词，这一点或许后来删去的“淫丧”一节中有交代，所以回目中称“张太医”就一点也不奇怪，而他诊病时所说的一番话，特别是最后他告诉贾蓉：“人病到这个地位，非一朝一夕的症候……依小弟看来，今年一冬是不相干的。总是过了春分，就可望全愈了。”全是传递绝密消息的黑话，所以“贾蓉也是个聪明人，也不往下细问了”。

真是一个大悲剧——张友士带来的不仅不是一个胜利的消息，甚而还是一个只有一冬时间作最后挣扎并必须忍痛善后的最坏的消息。现在需要我们认真破译的是他开的那个药方子，兄能动一番脑筋并有以教我吗？因为关于秦可卿这些情节的描写，实际上已深深地违背了“毫不干涉时世”的自设规诫，所以曹雪芹后来不仅听从脂砚斋的建议删去了“大揭秘”的几个双面的文字，也一定将原有的隐喻谐比再尽可能地模糊化，并打了“补丁”。然而张友士的药方子毕竟还是留下来了。默默地一遍遍被抄录被印刷被阅读，而并不为人们所惊觉所重视。

依拙见，药方子的头十个大字，实际上是一道让秦可卿自尽的命令，那十个字可分两句读：“人参白术云，苓熟地归身。”也就是告诉秦可卿为家族本身及贾府利益计，令她就在从小所熟悉的地方——具体来说就是“天香楼”中“归身”即自尽。所以秦可卿死时向凤姐托梦有“我今日回去，你也不送我一程”

的话。“人参白术”是谁呢？我们都知道“参”是天上“二十八宿”之一，倘“白术”可理解作“半数”的谐音，则正合十四，而康熙的十四个儿子争位的恶斗一直继续到四子雍正登基之后……打住打住，读至此你一定要斥我“牵强附会”的吧，但《红楼启示录》中断言写张友士诊病仅仅是表现一点“职业特点”的“认识价值”，就不牵强附会吗？一笑。

1992 年 8 月 19 日

可人曲

"蒋玉菡情赠茜香罗"一回，写在冯紫英家中，贾宝玉、冯紫英、薛蟠及锦香院的妓女云儿一起发令饮酒唱曲，各人所说的"女儿悲、愁、喜、乐"四句及所唱曲文，不但契合各人性格，生动贴切，而且暗含着许多对书中人物与情节发展的提示，人们已写过不知多少篇文章，分析这一描写，特别是对贾宝玉的《红豆曲》，还有关于薛蟠的那些细节，都已形成滥觞；可是，冯紫英在那一场合所唱的《可人曲》，却鲜为人注意。

冯紫英不消说是"逢知音"的谐音。他是谁的知音？笼统而言，好说——他是贾府的知音；再具体点呢？是贾宝玉的知音吗？也许算得上，但算得上也还不是主要的；依我看，他首先是贾珍的知音！

冯紫英第一次引起读者注意，是在第十回。宁国府的秦可卿忽然得了怪病，贾珍尤氏都焦心不已，在此关键时刻，冯紫英来到宁国府，"说起他有一个幼时从学的先生，姓张名友士，学问最渊博的，更兼医理极深，且能断人的生死。今年是上京给他儿子来捐官，现在他家住着呢"；这位张友士，正文中明说他不过是"兼医理"的"业余大夫"罢了，可这一回的回目，各种脂批本均作"张太医论病细穷源"，这是"题不对文"吗？就这一回而言，似乎是，但就全书而言，我想在那八十回后的佚稿中，这位张友士很可能还要出现。那时他的真实身份和面目，肯定要大曝光，依我看，他的真实身份，确一度是京城太医院的太医，但后来因故到了江南，秦可卿"家住江南姓本秦"（第七回甲戌本回前诗透露），他与秦氏的真实父母有很深的关系，他的"上京给他儿子来捐官"，不过是掩护的手段，实际是来向秦氏通风报信，他鬼鬼祟祟所为，皆系政治活动——他自己说了："……今日拜了一天的客，才回到家，此时精神实在不能支持……"所以当日不能去宁国府，可见行动之诡秘匆忙。这样的一个人到了京城，不住别家住冯家，而他到达的消息不由别人向贾珍传递而由冯紫英亲自上门传递，可见冯紫英是贾珍的铁哥儿们。

秦氏家族终于没有成事，"春梦随云散，飞花逐水流"，秦可卿也只好"画梁春尽落香尘"，在送殡的行列中，也有"锦乡伯公子韩奇，神武将军公子冯紫英，陈也俊、卫若兰等诸王孙公子"，大家都知道卫若兰在书中是一不可忽略的角色，他有"射圃"等重头戏，并很可能与"因麒麟伏白首双星"一语有关——与史湘云曾一度结为夫妻；我猜测韩奇、陈也俊也都是后面还会出现的人物；在目前所存的八十回书中，以上几位王孙公子中有戏的只是冯紫英一人。但关于冯公子的戏，论家一般都忽略不计。

秦氏死后，睡入了"原系义忠老千岁要的，因他坏了事，就不曾拿去"的那"出在潢海铁网山上"的"叫作什么樯木"打制的棺材中，读者或许以为这些关于棺材的语码出现一次也就罢了，谁知到第二十六回，忽然写到薛蟠把贾宝玉骗出来吃喝，酒酣耳热之际，小厮来回"冯大爷来了"，这下面的描写实堪注意：薛蟠见冯"面上有些青伤"，便笑道："这脸上又和谁挥拳的？挂了幌子了。"冯紫英笑道："从那一遭把仇都尉的儿子打伤了，我就记了再不怄气，如何又挥拳？这个脸上，是前日打围，在铁网山教兔鹘捎一翅膀。"宝玉道："几时的话？"紫英道："三月二十八日去的，前儿也就回来了。"宝玉道："难怪前儿初三四儿，我在沈世兄家赴席不见你呢……单你去了，还是老世伯也去了？"紫英道："可不是家父去，我没法儿，去罢了。难道我闲疯了……寻那个苦恼去？这一次，大不幸之中又大幸。"原来，冯紫英是去了潢海铁网山——那与坏了事的义忠老千岁有某种关系的地方——而且去的时间不短，还是被他的父亲冯唐逼着去的，表面是打猎，实际上很可能是某种诡秘的政治性行为——他漏了一句"大不幸之中又大幸"，但后来坚不再谈，讳莫如深；所以这个冯紫英绝非一般的背景性人物，在佚稿中，他必有与贾府"一损俱损"的重场戏演出！

第二十八回中轮到冯紫英唱曲，他唱道："你是个可人，你是个多情，你是个刁钻古怪鬼精灵，你是个神仙也不灵，我说的话儿你全不信，只叫你去背地里细打听，才知道我疼你不疼！”虽然“可人”可理解为泛指（样样让人满意的人儿），但秦可卿的小名恰是可儿，因此，我们可以设想，这首《可人曲》如由贾珍来唱，那可是十足的“言为心声”了！也许冯紫英恰是在聚饮时经常听贾珍高唱此曲，听熟了，所以才不由得学起话来的吧？的的确确，他是贾珍的知音啊！

另有一蛛丝值得玩味，第五回宝玉在秦氏卧室，书中说留下了袭人、媚人、晴雯、麝月四个大丫环为伴；但第四十六回，鸳鸯在历数同样资历的十来个大丫环时，却不见媚人，而有“死了的可人”一说，其实现存的八十回书中，除这两处，根本既无媚人也没可人的踪影，显然，这是因为曹翁在整理书稿时，考虑到秦可卿已定名为可儿，那与其相近的可人先是改为了媚人，后更干脆去掉，说成“死了”，以免混淆；但他却保留了《可人曲》——可惜的是从来的读者都很少有人“知音”！

园中秋景令

已故前辈作家叶圣陶曾特别指出:《红楼梦》第十一回中，有一阙写宁国府会芳园中秋色的小令；这样的写景法，在全书中是个孤例，值得注意，他提出了问题，却未回答问题，也未见有人站出来接过这一问题加以破译。

这阙园中秋景令写的是:“黄花满地，白柳横坡。小桥通若耶之溪，曲径接天台之路。石中清流激湍，篱落飘香;树头红叶翩翻，疏林如画。西风乍紧，初罢莺啼；暖日当暄，又添蛩语。遥望东南，建几处依山之榭；纵观西北，结三间临水之轩。笙簧盈耳，别有幽情；罗绮穿林，倍添韵致。”

以诗词曲赋写景，穿插于小说之中，这本不稀奇，稀的是曹雪芹在书稿中仅用小令一次，奇的是用在一个似乎是最不必展开描写风景的“坎儿”上。凤姐去宁府赴宴，特意看望了病得离奇的秦可卿，两人在近旁无人的情况下，“低低的说了许多衷肠话儿”，都不是什么与“秋高气爽”相称的话语，说到末后，凤姐儿“不觉得又眼圈儿一红”，由于尤氏催得紧，才不得不“带领跟来的婆子丫头并宁府的媳妇婆子们，从里头绕进园子的便门来”，这样一种情况下，按说哪儿有心思欣赏园景？却偏紧跟着有这样一阙小令，而且用了凤姐儿“但只见”三个字作引，就是说小令所见，是凤姐儿的“主观镜头”，一般来说，这样的写景，也同时表达着看景人的心境，这显然和前面的场景对不上茬口!

如果我们再加细究，就会更加疑窦丛生。第八回是“比通灵金莺微露意，探宝钗黛玉半含酸”，写到天已下雪，“下了这半日雪珠儿了”，袭人还有“被雪滑倒了”的遮掩之词，可见已入冬，底下接写次日宝玉与秦钟拜见贾母，第九回又接写闹学堂,第十回写闹学后璜大奶奶入宁府的余波,及并非太医的“张太医”入府给秦氏看病开药方，第十一回又是紧衔着第十回下笔的，天气只能是一日比一日更呈冬象，怎么还能是“黄花满地，白柳横坡”？又哪能“清流激湍”？至于“暖日当暄，更添蛩语”，这话就愈发令人奇怪！

可见，用常规的思路，断难明白这一小令出现在这里的原因。

我有一条思路，或可破译，那便是——

这《园中秋景令》，其实隐含着关于秦可卿真实身份和家族企盼的信息。

秦可卿的真实出身，是类似“义忠老千岁”那样的大贵族；只不过因“坏了事”，才不得不以小官吏秦业从养生堂抱养、嫁到宁府为媳的“说法”来掩人耳目；所以说“小桥通若耶之溪”，若耶溪是春秋时越国的西施浣纱的地方，西施是个帮越国灭掉吴国终于以隐蔽身份而“有志者事竟成”的角色，秦可卿的隐蔽性、复仇性、颠覆性与西施契合；“曲径接天台之路”，典出汉代刘晨阮肇入天台山采药，遇仙女滞留。这里“天台”可能有世俗的含意，指皇帝宝座，正是秦氏家族觊觎的东西，而宁荣两府仰靠秦氏姊妹——警幻仙姑和秦可卿谋取政治利益的做法，是极其露骨的，第五回中就既写到宁荣二公对警幻仙姑的“托孤”，又明说贾母把秦氏视为“重孙媳中第一个得意之人”，如秦氏真是养生堂里抱来的“杂种”，能容纳也罢，何来“第一个得意之人”的崇高地位？

至于那一句接一句的秋景描写，都应是暗含着秦氏家族将在秋天起事，在东南和西北都惨淡经营，希图终于达到“笙簧盈耳”“倍添韵致”的佳境这一类的意思。

凤姐儿和秦氏“低低的说了许多的衷肠话儿”，一定是些这类的“不轨”之词，所以，离开秦氏卧室，进了会芳园，明明已是一派冬景，但因凤姐儿仍沉浸在“衷肠话儿”中，所以便“但只见”一片“心里风景”，这风景也很快便被“猛然从山石后走过一个人来”所“煞”，曹雪芹为使读者别把那一串隐语真当写景看，故而用了“跳眼”的小令形式。

谁知秦家在秋天不但并未取胜，倒更岌岌可危，张友士（有事）说：“今年一冬是不相干的，总是过了春分，就可望全愈了。”贾蓉也是个聪明人，也不往下细问了。为什么毋庸细问？因为秦氏的病实质是政治病，非药饵所能挽回者。结果到下年刮大风的一个秋夜，秦氏因家族败落而不得不自尽以殉，贾家办完秦氏的丧事，贾政正大办寿宴，忽有六宫都太监夏（吓）老爷来降旨，唬得贾氏满门“心中皆惶惶不定”，如心中不揣“亏心事”，何得如此瑟瑟？还不是因为藏匿过秦氏，怕是皇帝老子来追究了吗？尽管小说写至此忽然峰回路转，贾家竟有一件非常喜事，“真是烈火烹油、鲜花着锦之盛”，不过，“盛筵必散”，而树倒筵散的触因，藏匿秦氏（后来竟又再藏匿妙玉），恐怕是关键吧！

《广陵怀古》与秦可卿

《广陵怀古》是《红楼梦》第五十一回薛宝琴所作的灯谜诗第五首。这一回中她所作的十首怀古灯谜诗，不仅“怀往事，又暗隐俗物十件”，而且有深意藏焉。一般的研究者都认为，这十首诗，与五十回中宝玉、宝钗、黛玉所作的三首灯谜诗，是与第五回宝玉神游太虚境时所见闻的册簿与曲子相呼应、相补充的。也就是说，这十首诗实际上暗示着书中十位女子的命运。这一点基本上也已成为绝大多数研究者的共识。但在究竟每一首暗示着金陵哪一钗的解释上，却众说纷纭，难取一致。

这里且不逐一讨论十首诗的指向，只想提出：有一首是写秦可卿的。哪一首呢？我认为是《广陵怀古》这一首。该诗四句是：

蝉噪鸦栖转眼过，隋堤风景近如何？
只缘占得风流号，惹得纷纷口舌多！

我们都知道，脂砚斋甲戌本石头记第七回有回前诗云：“十二花容色最新，不知谁是惜花人？相逢若问名何氏，家住江南姓本秦！”我曾著文缕析，这是在暗示秦可卿的真实身份——她乃与当今皇帝进行权力斗争的皇族遗孑，因形势不利，被贾府藏匿起来，并伪造了一个从养生堂抱来的离奇来历；其实，她“家住江南”，而且父兄辈还在那边犹做困兽之斗。她的自缢，与贾珍偷情被发现只是表层原因，根本性的缘由是她父兄辈在权力斗争中的总崩溃。

薛宝琴的这首《广陵怀古》，“广陵”这个地名是古扬州一带，虽然扬州在长江北岸，但在历代人们的感觉上，“烟花三月”所下的那个“二十四桥明月夜”的扬州,实际上已江南风味十足,应包括在“泛江南”概念之中。所谓“家住江南姓本秦”的“江南”,应也是一种相对于北京的“南方”的泛指。而“隋堤风景”，明点出皇家，但隋炀帝又是一个失败的皇帝，这与秦可卿父兄辈的骄横一时而终于失败恰好对榫。秦可卿寄养在贾府中时，从“江南秦”那边不断传来这样那样的消息，甚至如第十回中所写，还通过他们在京中的盟友冯紫英家，把间谍张友士（明明不是医生，回目中却称“张太医”）直接送到贾府中秦可卿面前，用药方子传递暗语，这确实是“蝉噪鸦栖”，在衰败中的一种虚热闹景象。这头两句，可与第十一回中的一首《园中秋景令》合看。那首小令，虽是从凤姐角度，写她“但只见”，其实所写并非真实的宁国府景象，而是另有所指——隐含着对秦氏一族处境的解析。从第八回到第十一回，是严格按时序一环环写下来的，第八回已明写入冬，下了雪珠儿，袭人还有因雪滑跌碎茶杯的遮掩之词,因此,第十一回宁府中断不会是“黄花满地,白柳横坡”“石中清流激湍”“树头红叶翩翩”……乃至于“初罢莺啼”“又添蛩语”等等“倒时序”的景色，我曾著文指出，这其实都是暗示着秦氏一族已运衰命蹇，当然，彼时“人还在，心不死”，所以虽强弩之末，到底也还不是毫无向往与挣扎。但到薛宝琴写《广陵怀古》时，黄花已谢，白柳亦枯，“莺啼蛩语”“蝉噪鸦栖”等虚热闹也都“转眼过”，“江南秦”的“隋堤风景”真是惨不忍睹了！

这首诗的后两句“只缘占得风流号，惹得纷纷口舌多”，安在秦可卿身上更是“可着脑袋做帽子”。警幻仙姑（她是秦可卿姐姐）让宝玉所听的红楼梦套曲里，唱到秦可卿时明点她“擅风情，秉月貌”；她与贾珍的“风流韵事”，闹得老仆焦大大骂“爬灰的爬灰”……这都不用多说了，但我以为薛宝琴的这首诗并非只是“旧事重题”,所谓“纷纷口舌”,不是“过去时”而是“将来时”,暗示着:贾府藏匿秦可卿之事,在后面的情节里,还将有一个总爆发,那将此“大逆不道”之事举报出来的，还很可能是贾府内部的人物，并且他们举报的重点，还并不是藏匿一事（从“死封龙禁尉”一回可知，那时皇帝是知情的，只是因为觉得“其事已败”，并看在所宠爱的贾元春的面上，因此“任其厚葬”），而是贾珍等人与秦氏一族残党的继续来往，皇帝当然不能再加容忍，故一怒之下，将贾氏全部问罪，大概连告密者也并不“例外”，“终有个家散人亡各奔腾”，“落了片白茫茫大地真干净”！

以上是我的见解。在对薛宝琴这十首怀古灯谜诗的研究中，许多的研究者是把第八首《马嵬怀古》认定为暗示秦可卿的。因为那首诗头一句是“寂寞脂痕渍汗光”，他们认为秦可卿既是自缢而亡，那么这句写缢死的诗难道不是非她莫属吗？而在我看来，这首明明白白是写元春的。在元春省亲时，所点的四出戏里，第三出是《长生殿》的《乞巧》，这是明白无误地将元春比作杨贵妃，而脂批更在这里清清楚楚地点明：“伏元妃之死”，也就是说，元春的下场，同杨贵妃几乎一样，仅此数点，已可断定《马嵬怀古》非元春不配，秦可卿虽是皇族遗孑，却怎能与贵妃画等号呢？而且，秦可卿是自缢而死，杨贵妃在马嵬，实际上是被人缢死，同为“缢死鬼”，一因绝望而自择其死；一因本不愿死而竟被唐玄宗忍痛“割爱”，二者是有区别的。我们有理由相信，贾元春最后也是杨贵妃那样的死法：她是在“虎兕相逢”即一场凶猛的恶斗中死的，她“眼睁睁把万事全抛，荡悠悠把芳魂消耗”，并且，她不是死在宫中，而是在“望家乡，路远山高”的地方。这首《马嵬怀古》第三句是“只因遗得风流迹”，一些研究者也是因为有“风流”二字，所以派定到秦可卿身上。其实“风流”有两解，一种意思是“擅风情”，另一种意思是“风风光光”，元春省亲时命诸钗题诗，最不浪漫的李纨的诗里便有“风流文采胜蓬莱”的句子，我们现在更有以“风流人物”等同于杰出人物的说法，总之，这“风流”不是那“风流”，我们不要混为一谈才好。

贾珍何罪?

《红楼梦》第五回通过太虚幻境有关秦可卿的册页诗和《好事终》曲两次指明:“漫言不肖皆荣出，造衅开端实在宁。”“箕裘颓堕皆从敬，家事消亡首罪宁。”由此推测,八十回后贾府被抄家治罪,应该是宁国府罪过最大祸事最重。高鹗续书时，确实把宁国府的祸事写足了，“府第入官，所有财产房地等并家奴等俱造册收尽”，赫赫宁府只剩得尤氏婆媳并佩凤偕鸾二妾。荣国府却得以保全而且“复世职政老沐天恩”。贾赦一家仅贾赦本人被鞫，贾琏凤姐丧失了财产，人却逍遥法外。独宁国府不仅贾珍，连贾蓉也被鞫，彻底完蛋，这究竟是出于何等重罪?高鹗实在无法写圆。据他写来，贾珍被参的罪状，一是“强占良民妻女为妾不从逼死”，这是指尤二姐一事，但娶尤二姐的是贾琏，先指使已和尤二姐退婚的张华告状后来又遣人追杀张华，并加以凌辱而造成尤二姐死亡的是王熙凤，贾珍充其量是他们的帮凶，怎算得上“首罪”“首犯”?二是其妻妹尤三姐自刎掩埋未报官，这样的罪过实在重不到哪儿去；当然，贾珍在国孝家孝期间以射鹄子为名，聚众赌博，也是一罪，但也并非什么了不起的大罪。

前八十回里，写得明白也让读者看得明白的，是荣国府的泼天大罪：第七十五回一起头，就写到尤氏正欲往王夫人处去，跟从的老嬷嬷们因悄悄地回道:“奶奶且别往上房去。才有甄家的几个人来，还有些东西，不知是作什么机密事。奶奶这一去恐不便。”尤氏听了道:“昨日听见你爷说，看邸报甄家犯了罪，现今抄没家私，调取进京治罪。怎么又有人来?”老嬷嬷道:“正是呢。才来了几个女人，气色不成气色，慌慌张张的，想必有什么瞒人的事情也是有的。”曹雪芹这样写，用意非常明白，那就是尽管贾赦有逼勒石呆子谋取古玩、通过贾琏跑动交结平安州外官等罪行，加上王熙凤铁槛寺受贿弄权造成两条人命，还有违法发放高利贷等事，这些恶行都必将遭到报应，但贾政也是跑不了的，就皇帝而言，最恨的还是他抄犯官家时，有人帮助藏匿罪证钱财，根据“王法”，荣国府这样做是罪大恶极的，这样的事情也不可能是贾母、王夫人瞒着贾政做的，贾政的此项滔天大罪，必导致荣国府“家亡人散各奔腾”，因此可以想见，八十回以后必写到荣国府的“树倒猢狲散”，贾政必被治罪，绝不可能有高鹗笔下的那些“复世职政老沐天恩”的鬼把戏。

但是这样把前八十回的故事一捋，也就更加纳闷。第五回里为什么要那样说呢？“箕裘颓堕皆从敬”，贾敬把爵位让贾珍袭了，弃家出城到道观里跟道士们胡羼，任由贾珍“高乐不了，把宁国府竟翻了过来，也没有人敢来管他”，这当然可以算是“箕裘颓堕”，从封建礼法上是存在严重的道德问题，不过，似乎也还构不成司法上的罪行。通观现在我们可以看到的前八十回，贾府的男主子里，唯有贾珍比较有阳刚之气，他比贾赦豪放，比贾政通达，作为族长，他让贾母等长辈挑不出错来，跟同辈的兄弟妹妹们也能和平共处，他与尤氏大体上算得恩爱，书中关于他的重要情节，除关于秦可卿与二尤的以外，有清虚观打醮时组织现场、教训子侄，年关时负暄收租、分派年货，中秋时率妻妾赏月、壮胆呵斥墙角怪叹，在这些情节里，曹雪芹准确而生动地写出了一个壮年贵族的风度气派；当然，贾珍的声色享受，书中明写暗写之处甚多，这是一个肉欲旺盛而强壮的男子，但他并未像贾赦欲占鸳鸯那样“牛不吃水强按头”，他和尤二姐的有染以及对尤三姐的垂涎，也没有采取强逼强占的方式，也不见他有对灯姑娘、鲍二家的那种“不管腥的臭的”一律馋嘴的掉份行为，他虽“不干净”却保持着贵族府第门狮子般的堂皇，这个人物过去研究《红楼梦》的人们很少专门进行分析探讨，其实，作为一个艺术形象，它的生命力是非常旺盛的，2001 年里中国电视热播的连续剧《大宅门》里的“男一号”白景琦，其形象里就流动着贾珍的血脉。

张爱玲晚年写《红楼梦魇》，她非常仔细地研究了贾府后来究竟为什么被抄家治罪的问题，她当然注意到，前八十回里充满了有关的伏笔，除以上举出的外，比如元妃点戏《豪宴》，脂砚斋批语告诉我们这是《一捧雪》中的一折，“伏贾家之败”；“一捧雪”是古玩的名字，这恐怕未必伏的是贾赦从石呆子那里强占来的扇子，很可能是指原属妙玉的成窑五彩盅，或别的什么。再比如贾雨村的仕途浮沉，雨村出事会牵连到贾府。此外，像金钏投井，蒋玉菡的潜藏，也都可以转化为追究贾府罪愆的线索。张爱玲算来算去，也觉得前八十回里实在找不出多少关于贾珍的犯罪线索，因此，她根据各个版本异同的一番研究，认为第五回的预言“造衅开端实在宁”和“家事消亡首罪宁”是曹雪芹早期的构思，他后来改主意了，所以在第七十五回特别地明写出荣国府在甄家被皇帝抄没后竟斗胆接待他家派出的家人并代为藏匿了许多东西，形成“首罪”，以致情节与预言之间产生出矛盾，这也再次证明《红楼梦》是一部未及写完或虽大体完成却尚未最后剔除自我矛盾处的稿本。

但我以为第七十五回所明写的荣国府贾政替被罪的甄家藏匿财物一罪，确实还不是整个贾氏家族的“首罪”，更非“造衅”的开端，因为宁国府的贾珍，藏匿的不是一般的罪家，也不仅是其财产，而是大活人——秦可卿，这本来也是写得比较明白的，早期稿本的第十三回，回目原是“秦可卿淫丧天香楼”（一说为“秦可卿淫上天香楼”），现在我们所看到的只有曹雪芹遵照脂砚斋意见而删改过的文字，在这些文字里我们所知道的只有贾珍与秦可卿的畸恋，以及一个丫头的突然触柱而亡及另一个丫头誓守亡灵再不回府，还有规模体例惊人的丧事，等等。我曾著《秦可卿之死》一书（后扩大为《红楼三钗之谜》），揭开谜底——按曹雪芹原来的计划，他是要写出宁国府贾珍冒死收养皇帝政敌的遗孤秦可卿这一情节的，但这样写太容易酿成文字狱了，不得不按脂砚斋的意见大删大改，甚至还不得不在第八回末尾“打补丁”，故意把秦可卿的来历写成是从养生堂（孤儿院）里抱出的野种，脂砚斋见到这补笔以后，写下这样的感叹：“秉刀斧之笔，具菩萨之心，亦甚难矣！”把这一点搞清楚了，“造衅开端实在宁”和“家事消亡首罪宁”的预言就非常好理解了，而贾珍那“一味高乐”的形象，也便具有了遮蔽着政治胆识的深度，这位贵族男子的形象，也便更值得玩味了。

元春为什么见不得“玉”字？

“贾元春才选凤藻宫”后，大观园建成，于是“荣国府归省庆元宵”，元妃进园游幸，乃命传笔砚伺候，亲搦湘管，为园中重要处赐名。对原来宝玉等所拟匾额，她只改了一个——将“红香绿玉”，改为了“怡红快绿”，宝玉对此浑然不觉，奉命作诗时，在“怡红院”一首中，草稿里仍有“绿玉春犹卷”字样；偏薛宝钗心眼儿细，急忙悄推宝玉提醒他：元妃因不喜“红香绿玉”四字，才改成“怡红快绿”，你这会子偏用“绿玉”二字，岂不是“有意和他争驰了？”又教给宝玉，用唐钱翊的“冷烛无烟绿蜡干”典，以“绿蜡”来取代“绿玉”；并嘲笑宝玉的惶急无措，讥笑他说：亏你今夜不过如此，将来金殿对策，你大约连“赵钱孙李”都忘了呢！……这一情节，历来论家都认为是刻画薛宝钗性格思想的重要笔墨，有关分析屡见不鲜；但现在要问：难道曹雪芹写元妃改匾，仅是表现她偶然不喜，并无深意吗？难道这一细节，仅是为了用以去刻画薛宝钗吗？

元春为什么此时此刻见不得一个“玉”字？她的爱弟名字里分明就有“玉”字，按说她对“玉”字是不该反感的，薛宝钗虽敏感地觉察到，此时此刻万万不能用“玉”字惹她生厌，却也是“知其然，不知其所以然”，这是一个谜。

细读《红楼梦》，我们便不难悟出，元春其实是个政治人物，据我在《秦可卿出身未必寒微》等文章所考，贾府曾收养藏匿了现今皇帝政敌的女儿——秦可卿，为的是希图在当今皇上一旦被秦氏的“背景”所取代时，能因此腾达；但贾府亦采取“两条腿走路”的方针，也想方设法把元春送进了宫中，希图“当今”能对元春格外恩宠；事态的发展是，秦可卿的“背景”竟在较量中失利，秦可卿因而"画梁春尽落香尘"，不过"失之东隅，收之桑榆"，偏在这节骨眼儿上，"贾元春才选凤藻宫"，这就不仅使贾府安度了"秦可卿淫丧天香楼"的危机，而且达于"鲜花着锦，烈火烹油"的盛境。

元春的归省，绝不仅是一桩皇上体现其恩典、元妃表现其天伦感情的"盛事"，这其实更是一次含有深层政治意义的"如履薄冰"之行！"当今"对贾府藏匿秦氏并与其"背景"鬼祟来往，已然察觉，只是一来那股反叛势力已大体被瓦解；二来看在元春的面子上，对贾府暂不予追究罢了，所以元春回到贾府，心中绝不仅是一片亲情，而是还有更浓酽的政治危机感，可她又万不能明白说出，她那见到贾母、王夫人便"满眼垂泪"，后又"忍悲强笑"，称自己是被送到了"那不得见人的去处"，以及当贾政至帘外问安，她说"今虽富贵已极，骨肉各方，然终无意趣！"又嘱其"只以国事为重"，等等表现，除了以往论家所分析出的那些"宫怨"的内涵外，实在是另有一腔"难言之隐"！

第五回贾宝玉神游太虚境时所见到的金陵十二钗正册中关于元春的一页，其画其诗究竟何意？历来的读者是聚讼纷纭，"二十年来辨是非"，辨的什么"是"什么"非"？为什么是"二十年"？难道她在宫里待了二十年吗？还是别人的"二十年"？"虎兕相逢大梦归"，谁相当于"虎"？谁相当于"兕"？后来众仙姑所演唱的那首关于她的《恨无常》就更不好懂，"无常"指的是什么？抽象的"命运"，还是具体的什么捉摸不定的人为因素？"眼睁睁，把万事全抛"，那"万事"中最要紧的是什么事？最奇怪的是"望家乡，路远山高"，她竟是在离京城千里以外的荒僻之地"命入黄泉"的，那是怎么一回事儿？她临死还在规劝贾府一族："须要退步抽身早！"从何处"退步"？从哪里"抽身"？还来得及吗？会不会到头来像第二回中所写的那个"智通寺"的对联所云："身后有余忘缩手，眼前无路想回头？"

我以为，秦可卿"画梁春尽落香尘"时应恰是二十岁，比她大约十岁的元春，对这位侄儿媳妇的"是非"，一直辨别了二十年，从进宫前直到进宫后，在那第二十年的深秋，她终于向皇帝揭发了这件事。皇帝本也有察觉，又已严厉打击了他的那些或同母或异母的图谋不轨的兄弟，再加上确实喜欢元妃，故不但答应元妃的请求，对贾府不予深究，并将元妃的地位还加以了提升（所谓“榴花开处照宫闱”），使贾家因此“富贵已极”。但荣国府的贾政或许尚能真的与秦氏一族从此断绝，他那另院别房居住的哥哥贾赦就保不齐了，至于宁国府，贾珍是真爱秦可卿的，又与冯紫英等交厚，他就更不可能“忘秦”，“漫言不肖皆荣出，造衅开端实在宁”，恐怕说的就是贾珍根本不听元春那一套，不仅没有“退步抽身”，还继续与冯紫英、柳湘莲等侠客来往，而冯是“江南秦”“铁网山”的死党，柳则始而出家后成“强梁”，均系“当今”的政治敌手，这样贾氏便终于还是深卷于权力斗争。那元春之所以死于离家“山高路远”的外方，显然是“虎”“兕”间一场恶战的结果,她或者是被皇帝一怒而抛弃,发配荒地，或者是被打过仇都尉儿子的冯紫英等人劫持到那种地方而惨死，故而元春作为一个政治牺牲品,只能“恨无常”——恨命内命外都难以把握的那些个“变数”!

现在再回过头来说，元春在省亲时，为什么一见“红香绿玉”便那么敏感，“香”也许使她蓦地联想到了“天香楼”,不过这问题还不太大,而一见“玉”字，她肯定是想到了“未嫁先名玉，来时本姓秦”，在甲戌、戚本、宁本、王府本诸种手抄本的第七回，都有一首“回前诗”:“十二花容色最新，不知谁是惜花人，相逢若问名何氏，家住江南姓本秦。”我曾著文缕析，这是透露秦氏真实身份的一首诗，如果说元春是有幸进了宫，那么，秦可卿血统比她更尊贵——与“宫花”是“相逢”关系，也就是说，差不多就是个公主！秦氏的“背景”，便是暂时蛰伏于江南的皇族,她嫁给贾蓉后,名“可卿”,未嫁时呢？“先名玉”!所以，元妃在归省时猛见“红香绿玉”字样，焉能不急眼！立马用笔改为“怡红快绿”，就一点也不奇怪了！

“未嫁先名玉，来时本姓秦”，系南北朝梁刘瑗《敬酬刘长史咏名士悦倾城》一诗里面的两句，流传很广的《玉台新咏》里就收有这首诗，脂砚斋评语里也引用过它，并说“二语便是此书大纲目、大托比、大讽刺处”，虽然这条脂批是写在第七回秦钟见凤姐一段处，似乎是针对秦钟说的，但秦钟在第十六回也就一命呜呼，此后再难出现，光为秦钟出此二语，并认为是“此书大纲目、大托比、大讽刺处”，很难让人想通，考虑到脂砚斋“命芹溪删去”“淫丧天香楼”一节，严格把握“此书不敢干涉朝廷”的“政治标准”，这句评语也许是有意“错位”，但不管怎么说，它还是逗漏出了一个消息：在《红楼梦》的“写儿女的笔墨”的表面文本下面，实在是深埋着另一个写朝廷权力斗争的“隐文本”，而在这个“隐文本”之中，元春与秦氏是牵动着贾府祸福的两翼，元春是容不得在度过了“天香楼危机”后，再在归省中看到“玉”字上匾的，其细密心理，虽有薛宝钗察觉其表，却并不知其内里，贾府诸人更懵然不觉，而《红楼梦》一书的读者们，也大都被作者瞒蔽过了，怪道是“都云作者痴，谁解其中味”！

“三春”何解？

《红楼梦》第五回里关于元春的判词，有“三春争及初春景”句，一般论者都把“三春”解释为迎春、探春和惜春，如冯其庸等主编的《红楼梦大辞典》就把这句的含义说成“隐指迎春、探春、惜春三姐妹的命运不如元春的荣耀显贵”。但在关于惜春的判词里，却又有“勘破三春景不长”一句（关于她的曲《虚花误》头一句也是“将那三春看破”），上述词典则解释为“惜春从三个姐姐——元春、迎春、探春的不幸命运中看破红尘”。按这样的解释，似乎只要从元、迎、探、惜里任意抽出三位加以排列组合，都可说成“三春”，而元、迎、探、惜的名称设计本是以“原应叹息”为谐音的，似不可随意割裂。到了第十三回，秦可卿给王熙凤托梦，又有“三春去后诸芳尽，各自须寻各自门”的谶语，如果这句话里的“三春”还是指四姐妹中的三位，那么，究竟是哪三位呢？解释起来，可实在费思量了！上述辞典却还是想当然地解释为元、迎、探三春，细想一下，这样解释实在很难说通，如果“去后”是“死后”的意思，那么只有元、迎两春；如果“去后”是“远去（嫁）后”，那么只有一个探春；如果“去后”是“出家后”，那么只有一个惜春，怎么归并同类项，也得不出“三春”来。上述辞典是把元、迎之死与探的远嫁归并为“遭受毁灭”的悲惨命运，故得三，但惜春的遁入空门，难道就不悲惨吗？而且，按曹雪芹的构思，在已遗失的八十回后的篇幅里，惜春很可能是在探春远嫁前就先悲惨地埋葬青春的，况且探春的远嫁虽有不得已的痛苦一面，但也由此比元、迎、惜命运的悲惨度减弱，还谈不到是“遭受毁灭”。秦可卿的“三春去后诸芳尽”一句里的“三春”，不大可能是选出元、迎、探为坐标而排除掉惜春，她似乎要说“四春去后诸芳尽”才合乎以人为坐标的逻辑；更深一步想，“诸芳”里如林黛玉，也未必是在元、迎、探、惜中的“三春去后”才“尽”的，她很可能在元、迎两春死后就先于探、惜而“尽”了。

其实，从字面上看，“三春”的意思很明确，就是“三度逢春”，也就是“三年好日子”的意思。“三春争及初春景”，就是说三年的好日子里，唯有头一年最好，后来是一年不如一年。“勘破三春景不长”，则是说看破了好日子也就是短暂的三年。“三春去后诸芳尽”，更明明白白地指出，三年的好日子过完后便有大难临头，不仅所有美丽的女性都会失掉幸福陷入惨境，而且贾府所有的生灵也都会“家亡人散各奔腾”“好一似食尽鸟投林，落了片白茫茫大地真干净”！

《红楼梦》里所写，脂砚斋批语点得很透：“作者之意，原只写末世。”“书中之荣府已是末世了。”但这末世的贾府却有从“贾元春才选凤藻宫”的烈火烹油、鲜花着锦般的盛况开始，历经整整三年的好日子，从书里出现大观园，曹雪芹非常细致地来写这三年的生活，从第十八回到第五十三回用了三十五回的巨大篇幅来写“初春”，从第五十四回到七十回则写了“二春”，七十回到八十回则是写的“三春”，一春不如一春，节奏也变得急促起来，八十回后呢？一定会写到“三春尽”后的突变，“忽喇喇似大厦倾，昏惨惨似灯将尽”，“树倒猢狲散”，肯定是满纸凄凉，辛酸泪浸，怎么可能在八十一回去写什么“占旺相四美钓游鱼，奉严词两番入家塾”呢？

《红楼梦》不是自传也不是家史，但却有着清代康、雍、乾三朝里，曹家因最高权力更迭激荡而一波三折终于由宠盛而衰湮的真情实况的巨大而鲜明的投影。周汝昌先生在1999年出版的《文采风流第一人——曹雪芹传》一书里，以翔实的史料、细密的分析考证出，曹家虽在雍正朝被抄家治罪，却在乾隆登基后的头三年里有过一段回黄转绿的小阳春，这也是少年曹雪芹记忆最深的一段“春梦”，是《红楼梦》的素材来源。三年过后的“春梦随云散”，是由于曹家被卷进了一场针对乾隆的皇族谋反的政治旋涡里，乾隆的怒火“接二连三牵四挂五”如“火焰山一般”，除根务尽，却又不留痕迹，所以使曹家那以后的档案材料突然中断，并且也就可以推想，曹雪芹即使大体完成了全书，而且也确实“不敢干涉朝廷”，但那八十回后关于“春尽”“云散”的描写，无论如何也是随时会被纳入文字狱的，“风刀霜剑严相逼”，其难以流传，成为一大憾事，也就不难推想了。

更值得注意的是，“三春”这个语汇在《红楼梦》中除上述各例外，还一再地出现过，如宝玉题大观园“蘅芷清芬”诗：“软衬三春草，柔拖一缕香。”薛宝琴咏柳絮的《西江月》：“三春事业付东风，明月梅花一梦。”而与曹雪芹关系密切，甚至在一定程度上可以说是合作者的脂砚斋，在“三春争及初春景”旁批“显极”，“三春去后诸芳尽，各自须寻各自门”后旁批“此句令批书人哭死”，还有一条署名“梅溪”的眉批：“不必看完，见此二句即欲堕泪。”都说明他们对“三春”二字有着特别的敏感性，一提到那三个短暂而梦境般消失的年头，便不禁心裂肝痛，这也都说明“三春”不是从书内任选出三个姐妹来便可解读的，必须从书内延伸到书外，从笼罩在曹雪芹家族及其姻亲们荣枯与共的社会政治环境，以及所遭受的命运打击，所形成的创作心理、审美情绪诸方面去综合分析，方可了然。

【附】周汝昌

读《“三春”何解？》

心武作家研读“红楼”，出于性情，用心深细，时出新意，言人所未能言。近见其解析“三春”一文，可谓善察能悟——我之评语，看来不虚。心武谓：如以“三春”为指贾府之姊妹四春中之任何某三人，皆不能通；故知以往此类说法，均难成立。此说良是。可破一般相沿的错觉。而他正式提出：雪芹笔下之“三春”应指三年的“好日子”佳景况。按之书文，若合符契。此为一个新贡献。启人心智。心武举了很多处“三春”语例。其一为“软衬三春草”（题蘅芜院）。按，此处之“三春”，暗用孟郊名篇“……谁言寸草心，报得三春晖”而加以运化也。此“三春”，则实指每春分为孟、仲、季三段，故三春即“九十春光”——三个月九十天为一春也。此义在诗文中多见（京戏中且有“杨三春”

之名）。依此而言，九十芳辰，三年好日，可以兼通复解，触类逢源，雪芹灵心慧性，每有此种妙语。故觉不妨提及，乃更宏通贯串，或能深获芹心，未可知也。

拙见红楼前半写“三春”（好日子，佳景况），后半写“三秋”。故其时间布局是三度元夕，三度中秋。正如你说的：皆一年不如一年，逾来逾觉凄凉悲切。春以元宵节大场面为裁，秋以中秋节大情景为裁。“三五中秋夕，清游拟上元”，语意至明（有个中秋是“暗场”，在刘姥姥二进荣之时）。

辛巳新正草草不论　周汝昌

（刘心武按：这是周汝昌先生持放大镜看了拙文《“三春”何解？》的三号字打印稿后，迅疾亲笔书写的一篇文章。题目为我所加。因周先生目力已极坏，每个字皆比三号印刷体更大，且笔画多有重叠脱漏，故我辨认打印也颇吃力。但周先生热情鼓励后进，及平等讨论问题的学术精神，着实令人感动。我的关于“三春”的解析，当然也欢迎否定性的批评。“红学”的进一步发展，应着力于对其文本的认真研究讨论。2001 年 2 月 15 日记）

牙牌令中藏玄机

“双悬日月照乾坤”，这是《红楼梦》第四十回“金鸳鸯三宣牙牌令”情节里一句令词儿，历代许多读者都是马马虎虎地就读了过去，周汝昌先生却郑重地告诉我们，这里头隐藏着一件公案，那就是在乾隆四年（1739 年），出现了打算颠覆乾隆帝位的一股政治势力，他们以康熙朝的废太子胤礽的儿子弘皙为首，俨然组织起了“影子政权”，图谋行刺乾隆，取而代之，那短时间的情势，比喻为“双悬日月照乾坤”，真是恰切得很。

《红楼梦》并不是曹雪芹写的家史，而是一部含有高度虚构性的小说。但是这小说的创作源泉，却是曹雪芹自己家族的兴衰际遇。据周汝昌先生考证，自第十八回后半回元妃省亲至第五十三回，所依据的生活体验均来自乾隆元年（1736 年）曹家的景况，当然，加以了一定的夸张、挪移、想象与编造。一般人都知道，曹家所把持的江宁织造在曹𫖯任上，于雍正五年（1727 年）被抄家治罪，从南京拘至北京，一度在崇文门外榄杆市的一所十七间半的院落里勉强苟活，那时曹雪芹还小。但是，一般人很少知道，到了乾隆元年，曹家犹如枯木逢春，曹𫖯恢复了官职，曹家的两门亲戚身居高位，曹家的住宅肯定也恢复到“大宅门”水平，因此少年曹雪芹很过上了几年锦衣纨绔、饫甘餍肥的日子，这便是他所以能写成《红楼梦》的生活基础。那么，有读者会问，既然如此，怎么又忽然更遭巨变，不但弄得“落了片白茫茫大地真干净”，竟连相关的史料也几乎荡然无存了呢？这就必须了解到乾隆朝初期的那个情况，即乾隆起初打算通过怀柔安抚政策，把他父亲当政期间弄得非常紧张的皇族内部以及相关的官僚集团之间的关系加以缓解，头两年里似乎这政策颇为奏效，没想到

“三春过后”，他忽然发现反对他父亲的各派势力竟然拧成了一股绳，要“旧账新账一起算”，甚至几乎就要把他刺杀掉！这里面有他父亲老政敌的后代倒不稀奇，令他不寒而栗的竟还有他父亲一贯善待而且表面上也一直对他父亲和他极为顺从的王爷及其后代，这样的政治现实一定伤透了他的心，他以迅雷不及掩耳的铁腕手段干净利落地扑灭了这一伙政敌，当然也毫不留情地把包括曹頫这样的与弘皙家族过从甚密的危险分子连株清除，而且，他决定尽量不留相关的档案材料，这样，社会上一般人就并不清楚在表面平静的生活深处发生了多么丢他脸的事，而不留痕迹的内部镇压也就避免了诸多的后遗症。抛开曹雪芹个人在这场巨变中的个人悲剧，就事论事，我们得承认乾隆如此应变处理，实在是大政治家的手笔。

现在回过头来再读“金鸳鸯三宣牙牌令”的情节,就洞若观火了。岂止“双悬日月照乾坤”等几个句子有深意在焉。可以说，整个牙牌令的铺排，也就是从乾隆元年到乾隆四年间曹家命运的显示与预言。曹雪芹先写的是贾母随着鸳鸯唱牌道出的令词。连续几句其实都是在概括曹家在乾隆元年的好景：“头上有青天”。乾隆一登基就大赦天下，曹頫原来没能赔补完的任上亏空一风吹了。“六桥梅花香彻骨。”曹家就仿佛终于走完了杭州苏堤上的六座桥，经历过严寒的考验，前面即是春天，幸福生活的香气沁入骨髓。“一轮红日出云霄。”曹頫又能复官任职，怎么样地颂圣也不过分啊。最后一副牌凑成的是个“蓬头鬼”，这兆头是否不大好？“这鬼抱住钟馗腿。”贾母有恃无恐。这当然也就是当年曹家老祖宗的真实心理的一种艺术再现。贾母说完，该薛姨妈说，她所说的几句可以视为乾隆二年里曹家以及相关姻亲的基本处境的投影：“梅花朵朵风前舞”“十月梅花岭上香”“织女牛郎会七夕”“世人不及神仙乐”。尽管那一年的生活在这第四十回还没写到，但从第五十三回至六十九回的描写里，我们确实可以感受到大观园里众儿女不知盛席华宴终散场的憨痴，那恐怕也是在乾隆二年的真实生活里一般曹家人的懵懂状态的反映。但是下面接着写的史湘云的令词，可就跌宕起伏了。她的第一句就是“双悬日月照乾坤”。像曹家，还有史太君、史湘云所依据的原型李家，即使自身已经不想介入皇家的“日月之争”，那弘皙也是绝对不会放过他们，一定要他们入伙、内应的，因为他们几代之间的关系真是太密切了，就像《红楼梦》里所写的贾府与北静王府的关系一样，不可能在这样的“双悬”情势下置身度外的。“闲花落地听无声。”既卷入，那就要暗中付出代价。“日边红杏倚云栽。”倘若弘皙真的得逞，那么，自己栽的这株“红杏”，也就是所进行的政治投资，岂不就能赢来丰厚的回报吗？“御园却被鸟衔出。”这是暗喻，是政治押宝，但愿弘皙他们夺权成功！接着往下写，是薛宝钗的令词，“双双燕子语梁间。”究竟听从哪一只燕子的命令？“水荇牵风翠带长。”被拖进“日月之争”受到牵连是无可避免的了！“三山半落青天外。”喻靠山冰蚀，终于失败。“处处风波处处愁。”从此以后那就是家无宁日了！这是七十回以后，特别是八十回以后故事的概括，并且也是所依据的生活真实里在乾隆三年以后曹家命运的缩影。

在三宣牙牌令的描写里，曹雪芹不仅以上述的令词概括暗示了书中贾家在“三春”里的从盛到衰的过程（也是真实生活里曹家的命运轨迹），还在林黛玉的令词里嵌入《牡丹亭》《西厢记》的句子，以埋下第四十二回薛宝钗借机“审问”训诫林黛玉的情节；又通过刘姥姥的粗话令词引出下一回众人大笑的一段生动描写。曹雪芹最善于这样“一石三鸟”地驾驭文字，了解他的这一写作习惯也是我们阅读《红楼梦》应有的基本功。林黛玉和刘姥姥的令词也都包含着卷入皇权斗争使得贾府终于“树倒猢狲散”的谶语玄机，特别是“大火烧了毛毛虫”一句。但在书中往下的情节里，贾府的太太小姐、公子哥儿却“商女不知亡国恨”地狂笑滥欢，这真是大悲剧中最富反讽意味的一笔。

【附】周汝昌先生壬午九月信

心武学友：

蒙你电话慰问，深感厚意。遇此突然之事（刘注：指其夫人逝世），自然心绪不佳，幸而频见津报屡刊佳作，令孩辈读听，增喜减忧，此近日之实情也。“双悬”句系李白原文，暗指唐玄宗逃离，肃宗擅立之史迹，可加一注，更令读者信服。认识雪芹笔法的独特性——即艺术的个性，总想把红楼拉向“一般化”，即“庸常性”，而且以为只有这样才算“懂文学”……中国的事态如此，良可慨也。

真理常常是在“少数”这一面。不必听“四面楚歌”（我已听了几十年！），可以多写写，编个小集，这些文章为“探佚学”增添力量光彩——即可喜的发展。现顾“全局”，有能力识力从事此学科者除你与梁归智教授之外几乎无人可以列举。当然，有些人又会指手画脚，说短话长，甚至讥诮嘲讽——此类人不读书、不懂清史，更不能文（包括刊文与通信等文字）。要为红学探佚学留一轨迹，启牖后来之文士。

我现在正思索：“座上珠玑昭日月”的日月，也许与“双悬”的日月有微妙的奥秘关系。

暂写至此。专候

重阳节吉！

盲友解味拜

壬午九月

新出的《红楼梦的百慕大》，广州版，有兴趣不妨觅阅一番，示我看法。又及。

《红楼梦》中的皇帝

《红楼梦》第一回便明文告知读者，此书所述的虽是“亲自经历的一段陈迹故事”，“然朝代年纪，地舆邦国却反失落无考”，所以书中虽写到“当今”，即在世皇帝，那的确是个虚构的形象，无法与作者在世前的任何一位清朝皇帝对榫。

《红楼梦》里的这个皇帝，他在位时，前任皇帝还健在，他上面还有个太上皇。在第十六回贾琏讲述省亲之准的来历时说：“……当今自为日夜侍奉太上皇、皇太后，尚不能略尽孝意……”清朝入关一统天下后，顺治、康熙、雍正都是死后才由一位儿子继位，谁也没有当过太上皇，只有乾隆，他在坐满了六十年帝位后，于公元1796年将帝位让给了他儿子嘉庆皇帝，但那时曹雪芹应已去世三十二三年了，无法得知也不必预见，所以，曹雪芹显然是故意让书中的皇帝上面还有太上皇，这样，他就做到了“真事隐”，可以从容地讲“假语村言”，写下“满纸荒唐言”了。

《红楼梦》第一回还通过“空空道人”的“思忖”，再次申明其书“上面虽有些指奸责佞贬恶诛邪之语，亦非伤时骂世之旨；及至君仁臣良父慈子孝，凡伦常所关之处，皆是称功颂德，眷眷无穷……”查其文本，也几乎如此，如第二回写到贾雨村当了知府以后，“虽才干优长，未免有些贪酷之弊……”结果被上司参了一本，“龙颜大怒，即批革职”，体现出“当今”吏治的峻严；而冷子兴演说荣国府时，提及“当年贾代善临终上一本，皇上因体恤先臣，即时令长子袭官外，问还有几子，立刻引见，遂额外赐了这政老爹一个主事之衔……”更体现出“当今”的恩怀慈臆；第十六回更明颂“当今”的“至孝纯仁，体天格物”；第五十五回则交代说“只因当今以孝治天下，目下宫中有一位太妃欠安，故各嫔妃皆为之减膳谢妆，不独不能省亲，亦且将宴乐俱免”，第六十三回写到贾敬吞丹殒命，礼部请旨，“原来天子极是仁孝过天的”，虽贾敬系一白衣，还是额外下了恩旨；类似这样的叙述都确实并无讽刺意味，是真的在“称功颂德”。

唯一有间接“恶攻”之嫌的，是第十五回接写“贾宝玉路谒北静王”时，写到北静王将“前日圣上亲赐鹡鸰香念珠一串，权为贺敬之礼”，送给了宝玉。第十六回又写到宝玉将此鹡鸰香念珠“珍重取出来，转赠黛玉”，黛玉却说：“什么臭男人拿过的！我不要他。”“遂掷而不取”。故事里的黛玉大概并没听清那香念珠的来源，所以其对香珠的亵渎还不一定是有意地“犯上”，但著书人作这样的叙述，大有肯定黛玉的娇嗔做派之意，却是“该当何罪”？！细想起来，那北静王将皇帝的赐物随便赠予一个乳毛未干的“无职外男”，已属悖逆，因此，著书人心中对皇帝究竟是否真的充满“眷眷无穷”的崇敬，实可怀疑。

这都还不是值得深入探究的地方。真正值得一再玩味的是第十六回开头的描写：一日宁荣二府正齐集庆贺贾政的生日，忽有门吏忙忙进来，至席前报说有六宫都太监夏老爷来降旨，“唬的贾赦贾政等一干人不知是何消息”，手忙脚乱起来，而贾政等奉旨进宫后，“贾母等合家人等心中皆惶惶不定”，贾母尤其地“心神不定”……直到确证非祸乃福——贾元春“晋封为凤藻宫尚书”，又加封了“贤德妃”，贾母等“方心神安定，不免又都洋洋喜气盈腮”……这段文字的表层意思，显而易见是艺术地概括出了皇权社会中，为臣者“伴君如伴虎”的处境；我曾有另文分析出了这段文字内里的一层隐情：由于贾府曾藏匿收养庇护了“当今”政敌（类似“义忠亲王老千岁”那样的人物）的女儿秦可卿，所以他们“心中有鬼”，尤其是当年与贾代善一起做出这桩事来，负有直接责任的贾母，她不能不在皇帝忽然传旨时“心怀鬼胎”，贾赦、贾政等也不能不因而唬成一团；固然彼时秦可卿已“淫丧天香楼”，“画梁春尽落香尘”的埃屑也都落定，那皇帝若想追究一样可以追究。现在我们还可进一步挖出这段文字的第三层意蕴，那就是，在这里面，曹雪芹实际上把他家所历经的三朝皇帝（康熙、雍正、乾隆）与他家的微妙关系，都艺术地浓缩在这短短的一段文字中了！

康熙一朝，曹氏备受恩宠，享尽荣华富贵，所以折射到《红楼梦》一书中，便有第十六回中借赵嬷嬷和凤姐儿之口的酽酽怀旧之情，他们说起“当年太祖皇帝仿舜巡的故事”，“那时……咱们贾府正在姑苏扬州一带监造海舫，修理海塘，只预备接驾一次，把银子都花得淌海水似的！”凤姐他们“王府也预备过一次”，而“如今现在江南的甄家……独他家接驾四次……别讲银子成了土泥，凭是世上所有的，没有不是堆山塞海的，‘罪过可惜’四个字竟顾不得了！”但在第七十五回中却明文写到，“甄家犯了罪，现今抄没家私，调取进京治罪”，甄家“才来了几个女人，气色不成气色，慌慌张张的”，他们到了贾府上房，“还有些东西”（显然是寄顿隐瞒的财产）；虽曹家的事在小说中化为了甄、贾二家，这情节是源于康熙死后曹家的实际遭遇，当无可争辩。小说中所写的贾府，相当于康、雍交替期，与雍、乾交替期的曹家境况，一方面，已呈死而未僵的百足之虫的窘态，另一方面，又似乎有点“中兴”的苗头，却又危机四伏；贾母因究竟亲历过盛时光景，所以气派未曾大减（如第四十二回，王太医来给她看病，她那份尊贵威严，那“当日太医院正堂王君效，好脉息”的“居高临下”的口气；再如第五十七回，王太医来给宝玉看病，她竟说：“若耽误了，打发人去拆了太医院大堂！”这样的话，是贾赦、贾政、贾珍等都不可能说出来的）；但毕竟康熙死后换上了雍正皇帝后，此皇帝可是一点也不喜欢曹家的，甚至还相当地厌恶，因为康熙在世时，没有几个人对后来登上宝座的雍王“行情看好”，康熙所封的太子是老二，曹家与皇太子自然亲密交好（如皇太子曾命其乳公凌普向曹寅处“取银”，一次就是两万两！），虽然康熙后来一度把这位太子废黜了，可是他也没有另立太子，尤其看不出他把老四雍王认定为继承人，倒是对他的小儿子十四王子似乎越来越喜欢起来，因此，曹家继续与原皇太子相好，与另外的几个王子拉关系、套近乎，也都很自然，在雍正皇帝登基前也都并无多大的危险感，万没想到的是，偏偏曹家对其“政治投资”最少的雍王继承了康熙的皇位，这一情势折射到《红楼梦》里，就是贾家确实很想和新皇帝建立类似于当年与康熙那样的关系，却投靠无门；既如此，原来相好的几个王子，似乎也未必不能把雍正拱下台，取彼而代之，所以，他们凭着“老交情”要贾家代其藏匿个什么,贾家一来旧情难舍,二来——这是更重要的——也必得留个“后手”，乃至于巴不得由他们相好的某位王子，早成大业，好使贾府的地位不仅稳固，还可再加提升……于是一方面贾府把元春想方设法送进宫去，并尽可能让元春能在接近“当今”时获宠，另一方面则继续藏匿庇护秦可卿，直到实在无望，只好任其“画梁春尽落香尘”；这样地两面应付，自然是“心神不定”，任何来自宫廷的消息，只要尚属模糊，他们就一定唬得惶惶不可终日……

特别有趣的是，第十六回写到贾府大管家赖大从宫里赶回来向贾母报信，是这样说的:“小的们只是在临敬门外伺候，里头的信息一概不能得知，后来还是夏太监出来道喜……后来老爷出来亦如此吩咐小的。如今老爷又往东宫去了……”也就是说，贾政在这样一桩大事发生之后，并未回家，便赶往东宫即太子的居所见太子去了！这里的“东宫”所影射的，当然不可能是被康熙立而又废的，并为雍正所嫉恨，后在幽禁中悒悒而死的那位前太子，而只能是雍正所立的太子，亦即曹雪芹写书时正当盛年的那个乾隆皇帝。从小说故事的逻辑发展来说，贾政此时此刻的此为是并不怎么合理的，他只不过是个工部员外郎，怎可与“东宫”交厚？而且，他女儿刚被皇帝册封，他该有多少“正经事”要忙着做，怎么却都“暂且抛开”，直奔“东宫”而去呢？曹雪芹写这一笔，究竟是出于什么样的显意识与潜意识？我以为很值得深思。

曹家在雍正一朝遭受到沉重打击，但也还不是一塌糊涂败到了底，在乾隆之初，还曾小有起色，甚或颇为中兴，但没过多久，就彻底败落了，“家亡人散各奔腾”,“好一似食尽鸟投林,落了片白茫茫大地真干净！”折射到《红楼梦》中，就是所谓“东宫”到头来竟不给贾府一点面子、一隙余地，贾家就算有意无意地得罪过“当今”，可从来不敢也确实不想得罪“东宫”啊——真是巴结、感恩、效力还来不及呢！但“东宫”转入“正宫”之后,类似“江南秦”“铁网山”那样的敌对力量，还在觊觎他的宝座，是可忍，孰不可忍？那他可就顾不得许多了，必得“接二连三，牵五挂四”地动一次大手术，并且尽量少留痕迹，“干实事，去虚文”，剪除尽净，“冤冤相报实非轻”！一个贾家对他算得个什么！一阵狂风，便可使其“忽喇喇似大厦倾”；一声震怒，便可使其“回首相看已成灰”！在我们现在无从看到的后几十回中，书中的皇帝一定还会几次出现，并是作为贾家无可抗拒的毁灭者，作为一个隐形主角而贯穿全书的。

但曹雪芹著《红楼梦》绝不是为了“骂皇帝”，或“反皇权”，他的思想，超越于这个层面之上，他写了许多有才能的人，尤其是许多美丽的青年女子被毁灭的悲剧，他把我们的思绪，引向带有终极性的思考：浮生着甚苦奔忙？

这是真的：我们今天不云作者痴，我们努力地品其中味，但这“倒像有几千斤重的一个橄榄”，我们几时得以真解其味！

北静王的原型

水溶，这是《红楼梦》里北静王的名字。永瑢，这是乾隆第六个儿子的名字。永瑢两个字各减一笔，便是水溶，再明显不过。那么，小说里北静王的原型，是不是永瑢呢？永瑢后来过继给慎靖郡王允禧（乾隆的叔叔）为孙，先降袭贝勒，后晋质郡王，“靖”“郡”这些字眼都与“静”很接近，看来，北静王原型问题，可以拍板定案了。但是，且慢。细查一下年代，问题来了。我们在《红楼梦》现存最早的本子甲戌本里，就可以看到北静王形象出现，而且在后来各种抄本里，关于北静王的文字都很稳定，但是脂砚斋甲戌再评本的那个甲戌是乾隆十九年（1754 年），该年永瑢才刚刚十一岁，也就是说他乾隆八年（1743 年）才出生，曹雪芹至少要比他大二十岁，曹雪芹构思与初撰《红楼梦》时，永瑢还是一个婴儿，并且永瑢是在乾隆二十四年（1759 年）年底才过继给允禧为孙的（允禧在头年五月去世，去世时才有“靖”的谥号），那离曹雪芹辞世也就只有三年的样子。这样看来，曹雪芹笔下的北静王，原型采样应该还有别的真实人物。

小说中的北静王是一个曹雪芹下笔极其称颂珍爱的角色。他正面出场在第十四回后半和十五回前段，“年未弱冠，生得形容秀美，性情谦和”，“面如美玉，目似明星，真好秀丽人物”。更难得的是，北静王“因想当日彼此祖父相与之情，同难同荣，未以异姓相视，因此不以王位自居”，不仅主动积极参与秦可卿的路祭发丧，见了贾府的老少爷们，“仍以世交称呼接待，并不妄自尊大”。对贾宝玉更施厚爱，这位“生得才貌双全，风流潇洒，每不以官俗国体所缚”的“贤王”，诚邀宝玉去他府中，称“小王虽不才，却多蒙海上众名士凡至都者，未有不另垂青目，是以寒第高人颇聚”，他希望宝玉“常去谈会谈会，则学问可以日进矣”！这个人物在前八十回里还多次暗场出现，读者可以感觉到，北静王与贾宝玉确实建立起非常密切的，甚至可以说是非同寻常的关系。

曹雪芹以浓墨重彩写北静王，而且把“贾宝玉路谒北静王”郑重地写入回目，这说明在他的创作情怀里，这是不能舍弃的内容。曹雪芹的祖上，是最早被满军俘虏的汉人，具体而言，也就是在满族入关前就归入内务府包衣的高级奴才，这部家史里既有为奴的屈辱，也有与满军共同作战取得天下的骄傲，从顺治到康熙两朝，曹家都很被主子宠爱，但到了雍正朝，情况变化了，雍正对曹頫罢官抄家。雍正的继承皇位，合法性被普遍地质疑，他的兄弟里有对他公开挑战的，有对他腹诽的，但也有年龄小一些的，不参与权力斗争，但对被雍正整治的皇族及其牵连到的如曹家这样的世奴，在可能的范围内表示同情，甚至伸出援手的，《红楼梦》里的北静王，就是这类真实存在的集中表现。所谓“不以异性相视”，就是不以曹家（小说里化为了贾家）的汉族包衣奴才的下贱身份而对之施以政治歧视，还能肯定他们祖上与主子并肩作战夺得天下的历史功绩，并且始终承认彼此在长期的交往融合中形成了“同难同荣”的“世交关系”。这样的“王”，对生活里的曹家和小说里的贾家是多么的重要啊，犹如阳光雨露，是活命的源泉。

康熙的第二十一王子允禧，比篡了皇位的第四王子即雍正皇帝小三十三岁，他的年龄跟曹雪芹应该比较接近，他似乎就是一位上面所说的能善待曹家的皇族，他在雍正朝先被封为贝子后晋贝勒，乾隆一上台还没改元就封他为多罗慎郡王，因此如果曹雪芹成年后与他有所接触，他那时已经是郡王了，“郡”与“静”谐音，而且，现在我们称为恭王府的庭院里，至今还挂着一块允禧写的匾“天香庭院”（没有署名，但上面盖着他的印章），尽管我们现在还没有确切证据来证明乾隆朝的慎郡王府一度就在那挂匾的地方，但其府址应该大体上在紫禁城以北的相关区域，这样，曹雪芹写小说时“北静”的符码的出现，也就不难理解了。允禧无心权力。他自号紫琼道人，又号春浮居士，著有《花间堂诗草》《紫琼严诗草》。《红楼梦》里出现“天香楼”这样的建筑称谓，与允禧题写的“天香庭院”匾绝非偶合，小说里北静王这个形象，允禧应该是原型之一。允禧曾生有一子，他去世时该子肯定已殇，否则乾隆不会把自己儿子永瑢过继给他家当他的孙子，以便延续他家的爵位，而之所以让永瑢过继，可以设想，那是当允禧在世时，这个侄儿就常到他家去，被他和他嫡妻所喜爱，永瑢也喜欢作诗，后编有《九思堂诗抄》；那么，若允禧善待曹雪芹这样的"世交"之飘零子弟，给他入府活动的机会，曹雪芹对一天天长大的永瑢印象也应该是很深的，于是，永瑢也就部分地成了小说中北静王的原型，总而言之，《红楼梦》中北静王的原型，应是允禧（主要取形象气质）与永瑢（主要是取名字加以衍化）的综合。

《红楼梦》不能定位为一部政治小说，但小说的写作背景，却是康、雍、乾三朝严酷的权力斗争，康熙生过三十五个儿子，成活序齿了二十四个，他对第二子公开地两次立为太子，又两次废掉，公开立储失败，导致他秘密立储，有很多证据说明他最后选定的是第十四子，不过他秘密立储的措施尚未完善，死亡突然来临，结果第四子矫诏夺得皇位，是为雍正皇帝，雍正得到帝位后至少先后对五个兄弟进行了迫害，并因此株连到与这些兄弟有关系的官僚，曹家即其中牺牲品之一。在那样的情势下，像曹家那样的官僚，尤其是包衣奴才出身的官僚，真是不知该怎么应付那样多的王子，你认定会继位的，比如都成了"千岁"，谁知却会"坏了事"，你素无来往，认为也无碍的，却会突然登上王位，找你的麻烦。这在《红楼梦》小说里有所折射。小说里写到，贾府"素日并不和忠顺府来往"，却突然那王府派来长史官，表面上是问宝玉索要伶人琪官（蒋玉菡），其实是在跟北静王斗法（宝玉腰上的大红汗巾子本是北静王送给琪官的，忠顺王府"连这样机密的事都知道了"，而且很可能还知道"别的事"；真正"窝藏"琪官的正是北静王），贾政的暴打宝玉，"不肖种种"的诸多罪状里，让他这个官僚在皇族的权力斗争里被动卷进，造成了极其严重的心理恐慌，是最深层的原由。脂砚斋的评语里有这样一条："盖作者实因鹡鸰之悲，棠棣之威，故撰此闺阁庭帏之传。""鹡鸰"与"棠棣"都是兄弟的意思，我以前总是从曹雪芹自己究竟有哪些兄弟，什么兄弟的遭遇让他"悲"，什么兄弟让他因"施威"而不寒而栗，这样的思路上去探究，这个思路当然不能放弃，还有很大的探佚空间，但是，我现在感到，这条批语也还可以从另外的思路上去考虑，那就是，曹雪芹目睹身受了太多康熙朝遗留下的"兄弟阋墙"乃至互相残杀的皇家权力斗争，康熙的二十四个王子有的“坏了事”让人悲叹，有的得势不让人，令人心寒，由此他愤激地认为“女人是水作的骨肉，男人是泥作的骨肉”，他以这样的创作心理，来处理笔下的文字，“撰此闺阁庭帏之传”，以体现出自己鄙夷现实的男人政治，追求与青春少女共享诗意生活的浪漫情怀。在《红楼梦》第十五回的描写里，北静王赠了宝玉一串“圣上亲赐”的鹡鸰香念珠，这念珠的名称显然有深意在焉，而且到第十六回，他又写到宝玉将此香念珠转赠黛玉，黛玉说：“什么臭男人拿过的！我不要他！”借人物之口骂“圣上”为“臭男人”，这样地“恶攻”，如果不是胸有积郁，何至如此下笔！更可骇怪的是，在第十五回里还出现了“藩镇余祯”的字样，我们都知道雍正当了皇帝以后，不但把所有兄弟名字里本来都有的“胤”字一律改成了“允”字，更因为“做贼心虚”，把本来康熙皇帝所属意的十四王子，他的同母兄弟胤祯，硬改名为允禵（他自己名胤禛，民间传说是他伙同步军统领隆科多把遗诏中的“祯”描改为了“禛”），此后人们书写有关皇族的文字时都尽量避免“祯”字，而曹雪芹却在这节文字里偏要“祯”字出现，考曹雪芹父辈的情况，在康熙朝正是与四王子胤禛素少来往（犹如小说中贾政与忠顺王府的关系），而与其几个政敌，包括十四王子胤祯（在小说中以“义忠亲王老千岁”既影射废太子，也影射这位与宝座失之交臂的秘定储君）却过从甚密，这样的家史铭刻在心，即使曹雪芹下笔时为自己设置下了“不干涉时世”的前提，究竟意难平，笔触间还是逗漏出了心底的爱憎。而后来胤祯的孙子永忠看到《红楼梦》后，连写了三首诗，其中出现“可恨同时不相识，几回掩卷哭曹侯”的知己之叹，而永忠的一位叔辈弘旿在三首诗上眉批曰：“此三章诗极妙；第《红楼梦》非传世小说，余闻之久矣，而终不欲一见，恐其中有碍语也。”这就都不难理解了。

【附】周汝昌先生壬午九月十九日信

心武贤友：

昨见津报又刊出《北静王原型》一文，让孩子代读可得知梗概，见你再接再厉锲而不舍喜甚。于是我又想起，不知写给你了没有（重复也无妨，可作为“强调”看也），即：第五十八回的开头一位老太妃薨逝，这才引发了以下这些回的故事（贾母、王夫人皆不在家，园中事故纷起）。这太妃即熙嫔，康熙的庶妃，陈氏女，胤禧的生母。她卒于乾隆二年开头。这是拙著自十八回到五十四回乃“乾元”的说法，又一力证。天下哪有如此多的“巧合”。所以书中特写荣府与静府的人在送灵时是住同院。这一笔重要极了！但我今又重提此点，却是为了重申：由此也就有力地证实，你的解“三春”是正确的。八十回写到“乾三”即中断（原稿为乾隆爪牙所销毁，炮制假笔用以讳避史实原委）。一百年的“新红学”到底做了些什么？殊耐人思也。

秋安！

盲友汝昌夜书

壬午九月十九

听归智兄说今网站上关于红学讨论十分火热，不知你亦尽知“形势”否？又及。

老太妃之谜

已故“红学”家吴世昌先生在其《红楼探源》一书中，注意到《红楼梦》第五十八回里写到一位老太妃薨后，“凡诰命等皆入朝随班，按爵守制”，结果贾母及邢、王二夫人乃至尤氏、许氏（贾蓉续弦）等每天都要入朝随祭，后来这位老太妃到离京来回需十来日的陵寝安灵，不仅贾母等女眷需去参与守灵，贾珍、贾琏、贾蓉等老少爷们也都随去，很长时间不在家里，贾府为了好歹留个主子照应家里，便报了个“尤氏产育”，协理宁、荣两府事体；吴世昌先生经过一番分析，认为曹雪芹本来是到这几回要写贾元春之死，后来却把贾元春之死的情节推后，为的是把现在我们所看到的贾母等回府前的种种情节安排进去，老太妃子虚乌有，是将贾元春“掉包”的结果，他认为“把这位不知名的老太妃如此孟浪地闯入小说的主文，至少是太露斧凿”。

《红楼梦》里的皇家，是把康、雍、乾三朝的情况艺术地压缩在一起表现的。小说里有太上皇出现，实际上清代在曹雪芹活着时是没有太上皇的，乾隆内禅让嘉庆当皇帝，成为太上皇时，曹雪芹去世已逾三十年，他不可能也没必要去“预言”。但在曹雪芹祖父辈时，康熙曾立太子，一度呈现康熙接见朝臣时，太子就坐在御座旁的特殊座位上参与国事的情况，康熙出征时更让太子留京处理朝政，秋狝、南巡也总是带太子同行，很有点“太上皇”训政于“见习皇帝”的味道，康熙自己在第二次废掉太子后这样说：“皇太子服御诸物，俱用黄色，所定一切仪注，与朕无异，俨若二君矣。”因此那时的官员已经习惯于谢了皇上的恩再去谢太子恩，这就不难理解《红楼梦》第十六回“贾元春才选凤藻宫”里，赖大向贾母等报告贾政行踪时说，在跪见过皇帝后，“如今老爷又往东宫去了”。第五十八回说“谁知上回所说的那位老太妃已薨”，这显然是接续第五十五回里“目下宫中有一位太妃欠安”的话茬儿，“老太妃”和“太妃”可以指同一人，比如雍正称其父康熙的一位妃子为太妃，这位皇家妇女如活到乾隆朝，那就会被称为老太妃了。实际上康熙的妃嫔极多，其中不少一直活到乾隆时代，有的甚至活到九十七岁，乾隆时陆续病薨的老太妃有记载的便达十二人。

据周汝昌先生考证，《红楼梦》从第十八回后半到第五十三回写的都是发生在乾隆元年的故事，“所叙日期节序，草木风物，无不吻合，粲若列眉”。第五十五回的老太妃欠安到第五十八回在年初其薨逝，显然就都是发生在乾隆二年的事情。乾隆二年正月初二恰有一位老太妃薨。这是巧合吗？我在《北静王的原型》一文里指出，《红楼梦》里北静王的原型主要采自康熙的第二十一王子允禧，从书中描写反照生活，乾隆初年重新起复的曹家与被晋封为多罗慎郡王的允禧应该是有相当密切的关系。乾隆二年正月初二薨的那位老太妃，就是指允禧的生母陈氏。陈氏是江南汉族女子，父亲叫陈玉卿，身份不详；她很得晚年康熙的宠爱，但因为康熙在册封嫔妃时重满轻汉，她直到乾隆时才被冠以“皇祖熙嫔”的称号，小说里给她晋级为妃，是必要的艺术夸张。

《红楼梦》虽然未能定稿完妥，但大的框架是精心设计的。我以前曾著文指出，“三春去后诸芳尽”这谶语里的“三春”指的是“三个春天”，具体而言，就是乾隆元年到乾隆三年的“三春”，“春梦随云散”后，“飞花逐水流”，宁荣两府“忽喇喇似大厦倾”，竟“落了片白茫茫大地真干净”。因此，第五十五回、第五十八回所描写的既然还不是“三春去后”那些时间段里的事，那么，也就还不会写到“一声震得人方恐，回首相看已成灰”的元妃之死，其中所提到的“太妃”“老太妃”并非“孟浪闯入”，而是把乾隆二年“皇祖熙嫔”陈氏之薨的实事，写入了书内。值得注意的是，小说里写到，在朝中为这位“老太妃”施行大祭时期，贾府与北静王府同在一个“大官的家庙”里赁房作为歇息的“下处”，“东西二院，荣府便赁了东院，北静王府便赁了西院。太妃少妃每日宴息，见贾母等在东院，彼此同出同入，都有照应”。如果这不是根据生活的真实加以描写，那么，完全没必要如此着笔，因为根据小说里的逻辑，北静王府的地位比宁荣二府的地位高过许多，不能平起平坐，“老太妃”倘若与他们双方均无特殊干系，他们是不会同赁一个家庙的东西两院的（况东比西贵，贾府竟居东），再，北静王的母辈及其妻妾也应该是与东平郡王、南安郡王、西宁郡王的女眷们“彼此同出同入，都有照应”才对。

鲁迅先生说《红楼梦》“盖叙述皆存本真，闻见悉所亲历，正因写实，转成新鲜”，确实如此。现在我们弄清楚了，乾隆二年薨的“老太妃”就是允禧的生母陈氏，允禧是《红楼梦》里北静王的原型，北静王府与贾府关系非同一般，乃“世交之谊”，这应该是生活真实的写照。康熙很纳宠了几位江南汉族女子，我们现在还不清楚这些江南美女被遴选入宫究竟跟担任江宁织造的曹雪芹祖父及父亲等有无某种关系，但现在我们仍能在清宫档案里查到曹雪芹舅公李煦在康熙四十八年上的《王嫔之母黄氏病故折》，从中可知按指示介入康熙从江南遴选进宫的女子的相关事务，乃曹雪芹家族及李煦家族的“本分”，由此可以想见，陈氏的入宫，以及她的父亲陈玉卿及母亲的生死，可能都是康熙允许、指使曹雪芹上一辈介入、关照的，因此允禧与曹家也就保持着一种特殊的关系，这层微妙的关系被很自然地写在了《红楼梦》里。

茜雪被撵之谜
——纪念曹雪芹逝世240周年

茜雪是宝玉跟前的大丫头之一。第八回写到宝玉从梨香院吃酒回到绛芸轩，半醉中接过茜雪捧上的茶，吃了半碗，忽又想起早起的茶来，因问茜雪道："早起沏了一碗枫露茶，我说过，那茶是三四次后才出色的，这会子怎么又沏了这个来？"茜雪道："我原是留着的，那会子李奶奶来了，他要尝尝，就给他吃了。"宝玉听了，将手中的茶杯只顺手往地下一掷，豁啷一声，打了个粉碎，泼了茜雪一裙子的茶，又跳起来问着茜雪："他是你哪一门子的奶奶，你们这么孝敬他？不过是仗着我小时候吃过他几日奶罢了，如今逞的他比祖宗还大了，如今我又吃不着奶了，白白的养着祖宗作什么！撵了出去，大家干净！"说着便要立刻回贾母，撵他乳母。宝玉厌恶李嬷嬷，此前已细针密脚地加以了铺垫，行文至此，读者都会觉得李嬷嬷必会遭撵，但往后读去，却会吃惊地发现，遭撵的并非是李嬷嬷，而且这位乳母的恶劣习性也丝毫不见收敛，遭撵的倒是无辜的茜雪。撵茜雪也没有正面写，先是读者会发现这个大丫头消失了，到十九回，写李嬷嬷又到绛芸轩来，跟众丫头发生龃龉，恨恨地说："你们也不必妆狐媚子哄我，打量上次为茶撵茜雪的事我不知道呢，明儿有了不是，我再来领！"袭人也怕李嬷嬷吃了宝玉特为她留下的酥酪，"又生事故，亦如茜雪之茶等事"，便设法转移宝玉注意力；到第二十回，则又通过李嬷嬷"恶人先告状"，拉住黛玉、宝钗"将当日吃茶，茜雪出去，与昨日酥酪等事，唠唠叨叨说个不清"，终于让读者明白，茜雪竟真的在那回宝玉怒摔茶杯后被撵出去了！到第四十六回写鸳鸯抗婚，鸳鸯跟平儿道知心话时，这样说："比如袭人、琥珀、素云、紫鹃、彩霞、玉钏儿、麝月、翠墨、跟了史姑娘去的翠缕、死了的可人和金钏，去了的茜雪，连上你我，这十来个人，从小儿什么话儿不说？……”有如画家三皴手法，再把茜雪因一杯茶而竟被撵的事情一点。

我们都知道《红楼梦》是一部尚未最后整理妥当的书稿，曹雪芹虽然大体上把全书写完，但有的地方还明显地留缺待补，最明显的如第七十五回回前，相当于承担编辑职能的脂砚斋郑重记明：“乾隆二十一年五月初七日对清。缺中秋诗，俟雪芹。”而且，曹雪芹也不是逐回写下来的，他大概是有了总体构思，拟好了回目，然后兴致到了哪一步，便先写（或先完善）哪一回，所以现在古钞本第二十二回有“此回未成而芹逝矣，叹叹！”的批语。因为还没来得及通体修饬，拿写宝玉的丫头来说，也就出现了前后照应不够的情况，比如第五回写宝玉在宁国府秦可卿的屋里入梦，在身边服侍他的四个大丫头是袭人、媚人、晴雯、麝月，但那排名第二的媚人后来再不出现，也许这媚人就是上面所引鸳鸯提及的可人？她死了吗？何时、为什么死的？无法猜想。死了倒也罢了，问题是，像绮霰、檀云、紫绡，行文里出现不止一次，分明一直活着，也未提“去了”，到后来也都不了了之，没个交代。绮霰是个有身份的大丫头，第二十六回小红正在下房跟佳蕙说话，忽然有个未留头的小丫头拿着些花样子并两张纸走来，让小红给描出来，说着掷下就跑，小红追问究竟是谁要的？那小丫头在窗外说“是绮大姐姐的”，小红虽极烦恼，却也只好找笔应付。宝玉入住大观园后，写出四季即事诗，《夏夜即事》有句：“窗明麝月开宫镜，室霭檀云品御香。”后来撰《芙蓉诔》，又有“镜分鸾别，愁开麝月之奁；梳化龙飞，哀折檀云之齿”的骈对，显然是故意把麝月和檀云这两位大丫头的名字嵌在里面一语双关。但到第六十三回，怡红院众丫头凑份子为宝玉祝寿，点明彼时的一等丫头共四位是袭人、晴雯、麝月、秋纹，二等丫头则是芳官、碧痕、小燕（春燕）、四儿（原名芸香、蕙香），绮、檀、紫等全无踪影了。据“未定稿”的性质，我们或许可以这样认为：茜雪也是曹雪芹没能完善的一个艺术形象，第八回后就把她写丢了吧？

细读带脂批的古钞本《石头记》，我们就会发现茜雪实际上是一个非常重要的角色，她被撵的详情，是曹雪芹特意设计出的“暂且不表”的一大伏笔。正所谓草蛇灰线、伏脉千里。据脂批，“枫露茶”这茶名“与千红一窟遥映”。“千红一窟”是太虚幻境中警幻仙子给宝玉饮的茶，谐“千红一哭”的音。枫露茶呢？我以为是谐“逢怒茶”的音。虽然宝玉摔茶杯、跳起来责骂茜雪是在醉中，和后面三十回因淋了雨跑回怡红院，里面偶然开门晚了，门一开便一脚踢去，恰踢中袭人胸口一样，属于他数不清的爱惜女孩言行外的，非常罕见的以暴躁对待“水作骨肉”的女孩的特例，却也充分说明他毕竟有着公子哥儿的主子身份，逢到他发怒，任是谁，那“茶”可就是苦到底的了。晴雯惨死后，宝玉撰《芙蓉诔》，开篇即道：“怡红院浊玉，谨以群花之蕊、冰鲛之縠、沁芳之泉、枫露之茗，四者虽微，聊以达诚申信……”枫露茶成了倾诉衷怀的见证，这是否意味着宝玉因自己发怒而使茜雪蒙耻衔冤的行为久含愧疚悔恨？

据脂评透露，“茜雪至狱神庙方呈正文，袭（人）正文标昌（目曰）‘花袭人有始有终’，余只见有一次誊清时，与狱神庙慰宝玉等五六稿，被借阅者迷失，叹叹！”可见八十回后，会写到宝玉入狱，那时到狱神庙里去安慰并救助他的，最重要的一位就是茜雪！此外还有袭人，据另一条脂批则知还有小红。袭人、小红的慰助宝玉，并不出于读者意料，但茜雪的狱神庙挺身慰助宝玉，则定会令读者大吃一惊。相信在曹雪芹写出的狱神庙那一回里，会回过头来交代当年是怎么把茜雪撵出去的。其实细读现存的第八回，也可以揣摩出一些端倪。宝玉怒摔茶杯，惊动了贾母。那时还没修建大观园，贾母带着宝玉、黛玉一起住，虽然各有各的起居空间，但那房子是连在一起的。贾母的尊贵，从黛玉进府时已经写出，贾母房中“个个皆敛声屏气，恭肃严整”，怎容得豁啷摔茶钟怪响？“早有贾母遣人来问是怎么了，袭人忙道：我才倒茶来，被雪滑倒了，失手砸了钟子……”虽一时遮掩过去，毕竟贾母惊动不得，兹事体大，焉能就此罢休？大概是终于查出倒茶的并非袭人而是茜雪，也容不得细辩原由经过，贾母一怒，当然撵出。贾母在大多数场合都以慈蔼面目出现，但七十三回查起赌来，一番“义正辞严”，一句“岂可轻恕”，管家林之孝等“见贾母动怒，谁敢徇私”，导致多人被打、撵出、革月钱、拨入圊厕行内，林之孝也被当众申饬了一番。曹雪芹一支笔就如此厉害，写人物不仅是立体，简直是多维，完全不从概念出发，写得活生生，仿佛就在我们身边，呵气都有感觉。

贾府的丫头，特别是一二等的丫头，吃、穿、住、用方面远胜那时代一般的农民与市民，每月还能领到月钱，这在《红楼梦》中通过许多描写一再地加以渲染，刘姥姥的惊叹、袭人母兄的感受、柳五儿的谋求进入怡红院……都说明当稳那样的奴才是令人羡慕留恋的事，而撵出去，或年纪大了配小子，或百般谋求而竟无缘得入为奴，则对于她们来说是最大的悲哀惨痛，金钏被撵后觉得羞耻难当断绝前途便投井而死，晴雯虽然被不少论者誉为最具反抗品格的女奴，在三十一回跟宝玉斗嘴，宝玉向晴雯道："你也不用生气，我也猜着你的心事了。我回太太去，你也大了，打发你出去好不好？"按说这不是给奴隶一个"脱离牢笼"的机会吗？但身为女奴的晴雯竟这样地反抗："为什么我出去？要嫌我，变着法儿打发我出去，也不能够！""我一头碰死了也不出这个门儿！"后来晴雯恨坠儿偷平儿的虾须镯，就发狠做主立时将坠儿撵了出去，再后来她自己终于被王夫人咬牙切齿地以"狐狸精"的罪名撵出夭亡。"好不好拉出去配一个小子"（李嬷嬷语）对于贾府丫头来说就是灭顶之灾。如果说金钏的被撵，毕竟是她跟宝玉的那几句儇薄的话让养神的王夫人听见了；坠儿确实是偷了东西；司棋引情人潜入园中苟合实在大胆；跟宝玉生日相同的四儿被人告密说过"同日生日就是夫妻"的"勾引"之语；芳官也真是率性无忌……但茜雪却一点过错也没有，她的被撵，完全是宝玉偶然暴怒和贾母一贯威严的无辜牺牲品。

但就是这样一个被无端撵出的丫头，在贾府忽喇喇似大厦倾，树倒猢狲散，宝玉也被羁狱的时候，却偏偏不计前嫌，主动到狱神庙去慰助宝玉，这副笔墨究竟是要表达怎样的意蕴？恐怕不能简单地归结为仇将恩报吧？可惜曹雪芹已然写就的相关的五六稿，竟都被"借阅者"给"迷失"了，这究竟是些什么样的"借阅者"？为什么竟不容作者和评者留下底稿？所谓"迷失"是否也就意味着被没收销毁？茜雪那至狱神庙方呈现的"正文"究竟是些什么内容，是《红楼梦》中又一重大谜团。我在三篇连续性的探佚小说《秦可卿之死》《贾元春之死》《妙玉之死》最后一篇里写到了狱神庙里发生的事情，我把茜雪设计成被撵出府后，嫁给了二十四回醉金刚嘴里提到的王短腿。王短腿原是马贩子，后来当了狱卒，茜雪出面慰助宝玉，氤氲出"悲喜千般同幻渺，古今一梦尽荒唐"的气氛。

《红楼梦》里的人名，或随事随机而取，或谐音寓意。茜雪或许是"欠（予）

雪（耻）”的意思。宝玉醉后大摆贵公子的谱儿，导致茜雪被撵出府，遭遇了许多的穷窘坎坷，他欠她很多，按说应该是“有恩的，死里逃生；无情的，分明报应”，没想到茜雪却能在宝玉蒙难时，原宥他当年的无情，不仅没有落井下石，反倒热心慰助，这一方面也许是茜雪在绛芸轩里经历丰富，深知宝玉本是个惜花者，那天实在是因为醉酒迷了本性偶露摧花劣态，何况口口声声要撵的是李嬷嬷而并非自己，更重要的，则是曹雪芹刻意要写出先为女奴后落入社会底层的茜雪的人性美。

写人性的复杂，而又在面对人性那复杂诡谲甚至狰狞的惊悚中，终于还不失却对人性善美的信心，这正是我们应该从曹雪芹那里汲取的一份宝贵的美学遗产。

梦中夺锦系何兆？

——为纪念曹雪芹逝世240周年而作

汝昌前辈癸未八月来函，议及《红楼梦》七十二回凤姐所说的梦中夺锦这一情节，问我作何解？我对此早有思索，现试作解读。

七十二回是大风暴前的一回，七十三回傻大姐捡到绣春囊，成为贾府先从自家杀起的导火线，到八十回后，一定展开外面杀进来的情节，写贾府在内斗外剿中忽喇喇似大厦倾的大悲剧结局。所以这一回实际上是“山雨欲来风满楼”的情势，凤姐当着仆妇，忍不住道出：“昨晚上忽然作了一个梦，说来也可笑，梦见一个人，虽然面善，却又不知名姓，找我；问他作什么，他说娘娘打发他来要一百匹锦，我问他是那一位娘娘，他说的又不是咱们家的娘娘，我就不肯给他，他就上来夺，正夺着，就醒了。”为何有这样的梦？书里旺儿家的笑道：“这是奶奶的日间操心，常应候宫里的事。”

贾府确实常应候宫里的事，凤姐就经手多多，书里明写的地方不少。《红楼梦》从第十八回后半到第五十三回，全写的是乾隆元年的事，连那一年四月二十六交芒种，都写进去了，用汝昌前辈的话说，真是粲若列眉、合如符契。第五十四回到六十九回，写的是乾隆二年的事。七十回到八十回，是乾隆三年的事。“三春去后诸芳尽”，就是指这三个好年头一去，贾家便要“树倒猢狲散”了。那三年里，尽管乾隆实行了一系列纠正雍正朝偏差的怀柔政策，曹家也因此得以摆脱雍正时期的窘困，复苏到贾母所谓“中等人家”的水平，但实际上政治上仍不稳定，潜伏着很大的危机，就是皇族里包括曾被雍正优待甚至重用的王侯及其子弟，仍把雍正视为篡位之君，因此也就并不承认乾隆登位的合法性，在他们心中眼里，乾隆只算是个“伪日”，而当年被康熙两立两废的太子胤礽的儿子弘皙，才是个“正根正苗”，是轮“明月”，而且众望所归，正所谓“天上一轮才捧出，人间万姓仰头看”(贾雨村诗句)。弘皙那时以理亲王的身份，坐镇在京城北面郑家庄宏大的府第里，另立了自己的内务府七司，显露出其政治野心，并集结着自己的政治力量，蓄势待发，以求一逞。我已考证出，《红楼梦》一书中秦可卿的原型，就是弘皙之妹，她是被贾府藏匿，败露后才被迫悬梁自尽的。书中明写暗写了不少分属于“日”和“月”的两大政治集团的人物，像忠顺王、仇都尉及其儿子等都属于“日”派，而北静王、冯紫英与其父冯唐等，则都属于“月”派。第四十回金鸳鸯三宣牙牌令，出现了一系列的暗示，其中“双悬日月照乾坤”一句最醒目惊心。真实的情况是曹家以及其亲戚都属于“太子党”，“真事隐”地折射到小说里，便是贾家、薛家等都属于“月派”。汝昌前辈在癸未八月来函中有这样的思考:“宝钗一家进京本为‘待选’;薛家女‘待’的‘选’，不是入乾隆宫内，是暗指胤礽、弘皙府也。——这方是后文再也不提‘选’事的真原故吧?”我很赞同这一思路,而且薛蟠之所以“人命官司一事，他竟视为儿戏”，大摇大摆进京去，也正是因为正逢雍正暴亡，弘皙有可能“正位”，那么藏有“义忠亲王老千岁”备用棺料樯木的薛家，便具备了无限的可能性，将妹子送往弘皙身边，当然也就成为一大可实现的美事，但结果却是雍正的儿子弘历登上了宝座，薛家也就只能暂且蛰伏，再待时机，妹子待选的事当然也就不再提起，薛蟠本是个享乐主义者，并非政治性人物，但因为薛家上辈乃地道的“太子党”，所以他所结交来往的，也就都是些“月派”人物。整部《红楼梦》就都笼罩在“日”“月”之争的紧张气氛中。

弄懂了以上所述的大背景、大脉络，就不难理解七十二回曹雪芹为什么要写到凤姐的那样一个梦兆了。那当然是个凶兆。旺儿家的只知有凤藻一宫，哪里知道贾府要应候的还有另外的宫。实际上贾府面临着两个“宫”，也就是“日宫”与“月宫”,在“日宫”里有元妃娘娘,这是必须首先要应候好的,但“月宫”的人也很“面善”，本有千丝万缕的联系，即使到了后来觉得已是“半轮鸡唱五更残”(香菱诗句)，想不那么服帖地应候了，但人家却仍有一定实力，能上来夺取，那么，应候也不是，不应候也不是，真真是进退失据，在那“日”“月”互碾的夹板中，没有多久，贾府就要被挤压成齑粉了!

值得注意的还有二十八回有这样一笔：宝玉急匆匆去寻黛玉，路过凤姐院门前，凤姐叫住他让他写下“又不是帐，又不是礼物”的“大红妆缎四十匹，蟒缎四十匹，上用纱各一百匹，金项圈四个”字样，说“你只管写上，横竖我自己明白就罢了”。凤姐本有小童彩明为她当笔墨秘书，如果是应候“日”宫往元春娘娘处送东西，让彩明写就是了，何必抓宝玉的差，而且又不按正式的规格写？我们都知道《红楼梦》里绝无废笔赘墨，这一情节也一定是草蛇灰线伏脉千里，我估计那是“月”宫正处于“精华欲掩料应难”（亦为香菱诗句）的情势下，凤姐秘密而积极地应候着“月”宫一方，这字迹可能在八十回后成为贾府勾结“月”派图谋不轨的罪证之一，宝玉的被逮系狱，这白纸黑字便是祸根！

《红楼梦》一书，很多人都以为已然读懂，其实，要真解其中味，并不是一桩简单的事，需要反复地体味，才能渐渐品出其中三昧啊！

芦雪庵联诗是雪芹自传

《红楼梦》第五十回，大观园诸艳与宝玉的芦雪庵联诗，很少被人做深入研究。其实，这七十句联诗，本系曹雪芹咏叹其自身经历的长歌，他巧妙地将其嵌入于这部书中，既通过这一情节展示了那个时代贵族男女的文化时尚，也透过联诗的场面深化了书中人物性格，当然，更重要的是，他将本人及家族的经历投影于书中贾氏的命运，形成了一个悲怆凄恻的轨迹，而最终达于清醒的"悬崖撒手"——与那个社会的主流文化分道扬镳。

这七十句联诗，开篇便是："一夜北风紧，开门雪尚飘。"这是雪芹写他出生在一种何等情境中。当然，我们不能胶柱鼓瑟地认为，这是说他出生在冬日下雪的季节。这是一个比喻，说的是他出生在康熙薨逝、雍正继位之际，这一重大的政治变故，对于几代深受康熙宠爱，并与若干未能继位的王子——雍正的政敌——交往甚密的曹家来说，真不啻"一夜北风紧"，雪芹甫出身，即一"开门"，就遇上了家族于"雪尚飘"的凛冽处境中挣扎的局面。书中写到，凤姐道出"一夜北风紧"这句"粗话"后，众人听了，都相视笑道："……留了多少地步与后人！"正是暗示这种"大气候"对家族年轻一代的命运起着非同小可的影响。程、高本将这句改为"留了写不尽的多少地步与后人"，坐实在"写诗"上，把"表命运"的暗示一笔抹杀，如非险恶用心，就是他们根本没有读懂雪芹原意。

下面说："入泥怜洁白，匝地惜琼瑶。"也就是从此不能"清白"的意思。而那来自雍正皇帝的"暴风雪"，"有意荣枯草，无心饰萎苕"，即把康熙时受冷落的"枯草"大加殊荣，而绝无心来照顾家族已然凋零的"枯苕"如曹家。"价高村酿熟，年稔府粱饶。”字面意思，是说大雪抬高了酒价，而且预示着来年的丰收，实际是说曹家越来越难承受主子所索要的“高价”。稍阅雍正初年皇帝在曹頫奏折上的批语，便知那真是怎么着也讨不了好了。“葭动灰飞管，阳回斗转杓。”自然是比喻命运的大转折。雍正处置曹頫一家，虽极严峻，却也还不到斩尽杀绝的地步，正所谓“寒山已失翠，冻浦不闻潮”。那时曹家也还有一两门差可依赖的亲戚，所以又说“易挂疏枝柳”，但有的亲戚本身也已岌岌可危，故又说“难堆破叶蕉”。

一般人都知道，从康熙做皇帝到雍正以阴谋手段夺到皇位，是雪芹家从盛转衰的大转折，但一般人又容易把曹家的覆灭想象得直线而迅即，事实上那跌落的过程是呈曲线状，“一时是杀不死的”。到雍正暴薨，乾隆继位，由于乾隆想通过一定程度地实施怀柔政策，来稳定政局，收买人心，所以曹家也竟一度有雪中得炭之喜，可以揣起手过一点谨小慎微的“好日子”，故而芦雪庵联诗的下两句是“麝煤融宝鼎，绮袖笼金貂。”当然这只是“回光返照”，所以又说“光夺窗前镜”，不过，这时的曹家，可能确有女子得以进宫，或至少是成了王妃，全家能暂得庇护，故有“香粘壁上椒”之句。但整个境况，仍是“斜风仍故故，清梦转聊聊”，并无坚实的前途。那时的官场，真是“几家欢乐几家愁”，所以跟下来有“何处梅花笛？谁家碧玉箫？”之叹。

乾隆想怀柔，可是雍正的政敌并不因其子继位后的和解姿态而放弃他们的夺位企图，几位尚健在的雍正的兄弟，及这些兄弟的儿子即乾隆的堂兄弟们，仍加紧着他们的夺权密谋，他们集结在康熙两立两废的太子胤礽的儿子弘皙麾下（那时胤礽已死多年），甚至企图在乾隆进行木兰秋狝的时候进行刺杀发动政变，所以芦雪庵联诗下面就说道：“鳌愁坤轴陷，龙斗阵云销。”乾隆当然不能任由政敌们猖狂，于是改宽松怀柔为严厉镇压，曹家受到牵连，这一次所遭受的打击，远比雍正朝为烈，曹氏一族所剩无几，故下一句是“野岸回孤棹”，雪芹在这“孤棹”中，犹苦中作乐，即“吟鞭指灞桥”（所谓诗思在灞桥风雪中驴子上），但曹氏的若干族人，已被充军远流，这事实被含蓄地吟为“赐裘怜抚戍”，但苟活于都城的遗孑，便不能不实实在在地“加絮念征徭”。这时蛰居都城陋巷仄室的雪芹等人，处境真是“坳垤审夷险，枝柯怕动摇”，不知所迈出的哪一步不慎便会掉入陷阱，而任何一点枝柯摆动也都可能带来更深的牵连，所以即使用强颜欢笑的调侃语气，也只能把那生存状态概括为“皑皑轻趁步，翦翦舞随腰”。联诗的下两句是“煮芋成新赏，撒盐是旧谣”，字面意思是引苏轼等典故，形容雪如用煮熟的芋头做成的“玉糁羹”一般白，又如撒盐般落下，实际上，却是形容雪芹此时的生活水平，已降到啃芋头噎盐粒的地步。在那种情况下，他“苇蓑犹泊钓”，而实际已“林斧不闻樵”，也就是只能隐蔽而为，再不能张张扬扬。其生命所面临的困境，如“伏象千峰凸”，要冲出绝境，也还不是无望，但那是“盘蛇一径遥”。这时，“花缘经冷聚”，而我心已定：“色岂畏霜凋！”

雍正一朝曹家所受的打击，我们现在总算还能查到一点皇家档案，可是乾隆一朝曹氏弄得“家亡人散各奔腾”，甚至于“落了片白茫茫大地真干净”，至今却查找不到一点文字档案。在芦雪庵联诗里，雪芹也只是说：“深院惊寒雀，空山泣老鸮。”不过一惊一泣，也够惨的了。这时的朝政，弄得官僚贵族们“阶墀随上下，池水任浮漂”，皇帝则自以为“照耀临清晓，缤纷入永宵”，一班想顺风而上的，“诚忘三尺冷，瑞释九重焦”，曹氏遗孑中自然也有这样的，雪芹却选择了另样的生活方式，“僵卧谁相问？”不问就不问吧，却偏有“狂游客喜招”，这说明曹雪芹在家族覆灭后，一方面断绝了与皇室的关系，一方面却也受到过颇有权势的开明人物的荫庇。他总的处境是“天机断缟带，海市失鲛绡”，具体的情形是“寂寞对台榭，清贫怀箪瓢”，但他开辟着自己的精神天地，“烹茶冰渐沸，煮酒叶难烧；没帚山僧扫，埋琴稚子挑”，实际上，这是暗示着他开始了《石头记》即《红楼梦》的艰难创作。

在联诗中，曹雪芹用“石楼闲睡鹤，锦罽暖亲猫”两句，极为含蓄地概括了他所写的这本书。《红楼梦》第二十三回，有贾宝玉的四季即事诗，其秋夜即事中有“苔锁石纹容睡鹤”之句，蕉棠两植的怡红院中有鹤，在书中亦有描写；冬夜即事中有“锦罽鹴衾睡未成”之句，书中第五回即写到秦氏“叫小丫环们在檐下看着猫儿打架”，可见贾府中，锦罽和猫儿都是最常见的事物，最能传达出那里的氛围；在很可能见到过曹雪芹本人并读过其未能传至今日的原稿的明义的《题〈红楼梦〉》组诗中，有一首就写到贾宝玉“晚归薄醉帽颜攲，错认猧儿唤玉狸"，这大概是说第三十一回中，宝玉错把晴雯当作袭人的事（袭人在怡红院中有"西洋花点子哈巴儿"的绰号，见三十七回），由此可见，玉狸即"亲猫"，实际上也是泛指作者所珍惜的女儿们。

但对于曹雪芹来说，那象征着严寒与肃杀的大雪，是越来越厉害了，"月窟翻银浪，霞城隐赤标"，就是说仿佛月亮把银色光浪翻涌于大地，又仿佛号称"霞城"的赤城山那最高处即叫作"赤标"的山巅，竟都被寒雪所淹没，在这漫漫寒冬、茫茫大雪中，有的生命经不住摧残，可能就沉沦、湮灭了，但曹雪芹却"沁梅香可嚼，淋竹醉堪调"，就是说越是严寒，他著书就像嚼食被雪浸透的梅花般我心自甘，而且也仿佛被雪水淋湿的竹子，正能弹奏出最强劲的旋律！

从曹雪芹逝去后，他的挚友所写的悼亡诗可知，他在"著书黄叶村"时，是有"新妇"协助他的，而这首芦雪庵联诗，应正是他在那爱情的呵护下，从事著书的过程中所撰，所以他在表述自我生活道路时，特意写到，逆境中的雪，"或湿鸳鸯带，时凝翡翠翘"，他的创作生活中，还是有亮点的，不过，总的处境，当然还是"无风仍脉脉，不雨亦潇潇"，与风雪严寒的斗争，正未有穷期！

联句的最后两句："欲志今朝乐，凭诗祝舜尧。"这当然是不得不加上的"尾巴"。可是如联系前面的内容，那么，也完全可以体味出一种反讽的意绪。

尽管《红楼梦》已被两个多世纪的读者们几乎"读烂"，而"红学"专家们的论著也可摆满很大的一片书架，但它仍是一个未能被猜透的魅人巨谜，其中很多的文字，作者本有深意存焉，读者们的眼光却往往只从文字表面上掠过，其实是被作者瞒蔽了，第五十回的这七十句的芦雪庵联句，本是雪芹的一首自传性长诗，我们竟长期忽略，便是活生生的一例。

李纨身上的“马氏影”

一位朋友问我：你既然认为《红楼梦》的内容是曹雪芹取材于自己家族，其中角色皆有原型，那么，李纨的原型是谁呢？我立刻告诉他，这问题我琢磨已久，结论早出：李纨的原型是他的伯母马氏。

周汝昌先生早在《红楼梦新证》一书里，考证出贾政的原型是曹雪芹生父曹頫，贾母的原型则是曹寅的未亡人，曹頫本是成年后才过继给她的，因此双方没有多少真实的母子感情，这种微妙的关系被艺术地写入了书中，体现在许多的细节里。更有意思的是，曹頫是有亲哥哥的，这位亲哥哥并没有跟他一起过继给曹寅未亡人，但在从生活原型演化为艺术形象的过程里，为了叙述的方便，曹雪芹把这个人物写成了贾赦，于是在小说里贾赦和贾政就都成了贾母的亲儿子。人物设计上如此归并了，下笔描写时，却又照顾到生活的真实，于是出现了那个时代其实不可能出现的怪现象：贾母的长子不住荣国府里，另住一隔断开的黑油大门的宅院；挂着御赐“荣禧堂”大匾的正房竟是小儿子和小儿媳妇盘踞，大房的人过往荣国府要出大门再坐车乘轿；在庆贾母寿辰等重要的必须严格排序的活动里，贾赦竟总排在次要的地位上；王熙凤和平儿谈论府里宝玉一辈的嫁娶花费，提到贾赦女儿迎春，按说这是长房长女，应予重视，王熙凤竟说“二姑娘是大老爷那边的，也不算”，这种“穿帮”的细节，正逗漏出贾赦的原型根本不是贾母的儿子而只是一个另门居住、经济独立的侄子罢了。

真实的情况是，曹寅在康熙五十一年去世，康熙让他儿子曹颙接任江宁织造，但曹颙竟又在康熙五十四年上京时一命呜呼，康熙因为实在太宠爱曹寅一家了（曹寅母亲孙氏是他难以忘怀的教养嬷嬷，曹寅从小作他的伴读、侍卫，可谓“发小”），因此他又让曹寅的侄子曹頫承袭了江宁织造这个肥缺。曹頫接任后上折谢恩说：“窃奴才母在江宁，伏蒙万岁天高地厚洪恩，将奴才承嗣袭职，保全家口，奴才母李氏闻命之下，感激痛哭，率领阖家老幼，望阙叩头，随于二月十六日赴京恭谢天恩，行至滁州地方，伏闻万岁谕旨：不必来京。奴才母谨遵旨仍回江宁。奴才之嫂马氏，因现怀妊孕，已及七月，恐长途劳顿，未得北上奔丧，将来倘幸而生男，则奴才之兄嗣有在矣……”李氏就是贾母的原型，其兄李煦多年来任苏州织造，又与曹寅轮流经理盐政，李家也就是书中的史家。曹寅、曹颙父子相继去世，李氏、马氏成了两代孤孀，李氏处境还好，过继来了曹頫，后来又有了曹霑即曹雪芹，总算把破碎的家修补得差强人意。马氏那就惨透了，曹颙死的时候是二十七岁，估计她也就二十四岁上下，她又不能归宁，更不能再嫁，只能留在曹家守寡，本来在这个家里她是“第一夫人”，曹頫带着妻子进驻后，原来的堂弟媳妇成了占据正位的主妇，她必得退居自敛，你说她算个什么角色？处境真可谓尴尬万分。特别可叹的是，到了雍正朝，曹頫被嫌厌，雍正六年被抄家治罪，那本没马氏什么事儿，但她也只能“吃瓜落儿”，跟着倒霉。曹頫被从南京逮问到北京，李氏、曹霑等自然跟去，马氏呢，也只好跟去。据负责查抄曹家的赫隋德的奏折上说：“曹頫家属，蒙恩谕少留房屋，以资养赡；今其家属不久回京，奴才应将在京房屋人口，酌量拨给。”后来有人说那拨给的房屋就在北京蒜市口，是一所十七间半的院落，作为曹頫的家属之一，马氏也少不得在那里忍耐度日。曹雪芹从幼年到少年时代，马氏一直跟他生活在一个院落里，印象当然很深，到青年时代写《红楼梦》，这个生活原型一定要加以利用，但如果按生活中的真实伦常地位来写，那不仅太过露骨，不符合“真事隐去，假语村言”的文本前提，也势必枝蔓累赘，所以，他就把马氏演化为了李纨。

如果说曹雪芹把生活原型里那没有一起过继到祖母这边的一位伯父艺术化为贾赦时，笔触没能圆通，那么，他把马氏演化为李纨，将其身份降了一辈，作为贾母的孙媳、王夫人的儿媳来描写，应该说处理得就相当得体，漏洞很少。不过，我们如果仔细阅读，也还能从李纨身上找到一些“马氏影”。

书中第四回即交代：“这李纨虽青春丧偶，居家处膏粱锦绣之中，竟如槁木死灰一般，一概无见无闻，惟知侍亲养子，外则陪侍小姑等针黹诵读而已。”根据当时封建大家庭的惯例，她如果真是荣国府贾政的长子贾珠的媳妇，并且又是为贾家生育了子嗣的，即使贾珠死了，她也有义务协助王夫人理家，甚至应该顺理成章地成为荣国府的内务“总理”，怎能“一概无见无闻”呢？那王熙凤不过是王夫人的内侄女，公婆根本是另院别房的人，怎么倒理直气壮地管理起荣国府的事务来了？王熙凤病倒了，才把她像客人似的请出来暂时管管事，这现象，只有把她的原型判定为马氏，才能讲通。又从第四十五回通过王熙凤的话我们得知，李纨的月例银子，实际上跟王夫人一样，都是二十两，也就是说她的待遇就是夫人级而不是媳妇级的（王熙凤跟李纨平辈，但月例银只有五两），李纨还得到园子地，各人取租子，年中分年例，又拿“上上分儿”，这也只有李纨的原型是马氏，把那待遇照写下来，才说得通，否则，封建大家庭是不可能如此破例地让她这个儿媳妇跟当家婆婆享受一样待遇的。

第二十二回有很奇怪的一笔：元宵灯节，贾母居所大设春灯雅谜，贾政也去承欢凑趣，彼时阖府团圆，贾政忽然发现贾兰缺席，便问：“怎么不见兰哥？”地下婆子忙进里间问李氏，李氏起身笑回道：“他说方才老爷并没有去叫他，他不肯来。”婆娘回复了贾政，众人都笑说：“天生的牛心古怪。”贾政这才忙遣贾环与两个婆子将贾兰唤来。这恐怕是曹雪芹据生活真实写下的一个细节。在生活真实里，马氏是曹𫖯的嫂子，她的儿子并不是曹𫖯的儿子，只是个侄子，因此，曹𫖯一房的团圆活动，他没有去的义务，请，就去，没叫他，那就不肯自动去；马氏因为是李氏的儿媳妇，所以马氏有义务到李氏面前承欢，哪怕暂时把儿子抛在一边。按小说里的人物关系逻辑，贾兰既然是贾母的嫡长重孙、贾政和王夫人的嫡孙，他是有义务自己跑到长辈们面前来承欢的，平日就该如此，更何况元宵佳节，不来是大不孝，岂有让人去请才来的道理！曹雪芹在这里写岔了，一是真实生活里的这个细节让他觉得太生动难忘了，二是《红楼梦》本是他未修饬完的一部书稿，此种“毛刺”，在流布的抄本里尚未来得及一一剔除。

李纨的结局，跟荣国府里其他人很不一样，当贾家“忽喇喇似大厦倾”，“家亡人散各奔腾”时，她和贾兰独能漏网，而且贾兰还能升腾，“气昂昂头戴簪缨”“光灿灿胸悬金印”“威赫赫爵禄高登”，这也只能从她的原型本是马氏才解释得通，因为当乾隆四年曹頫因“弘皙逆案”牵连遭灭顶之灾时，所有曹頫一系的家属都必被连坐，但马氏却是曹颙遗孀的身份，其夫死时是被康熙定性为人才、难得的好官的，乾隆是最注意树立自己的“尊祖”形象的，怎会拿曹颙的遗孀治罪？自然是网开一面，把马氏和她的儿子另做处理，让他们还能有所发展。但曹頫这一支对马氏显然有所不满，大概是“树倒猢狲散”后，马氏母子对他们连银钱上的救助也很吝啬，反映到小说里，就是第五回里关于李纨的《晚韶华》曲里有“虽说是，人生莫受老来贫，也须要阴骘积儿孙”的委婉批评，以及“也只是虚名儿与后人钦敬”的冷言讥讽。

朋友听完我的这一番探究，笑道：倒也算一家之言。我说，如果今后能找到更多有关曹家的原始资料，那就更便于探究其从生活原型到艺术形象的创作轨迹了。

太虚幻境四仙姑

1999 年 11 月 5 日，应北京大学红楼梦研究会邀请，去他们的系列讲座中讲了一次。该研究会是个学生社团，讲座都安排在周末晚上七点钟进行，我本以为那个时间段里，莘莘学子苦读了一周，都该投身于轻松欢快的娱乐，能有几多来听关于一部古典名著的讲座？哪知到了现场，竟是爆棚的局面，五百个阶梯形座位坐得满满的已在我意料之外，更令我惊讶莫名的是，过道、台前乃至台上只要能容身的地方，也都满满当当地站着或席地坐着热心的听众。我一落座在话筒前便赶忙声明，我是个未曾经过学院正规学术训练的人，就“红学”而言，充其量是个票友，实在是不值得大家如此浪费时间来听我讲《红楼梦》的。我讲了一个多小时，然后再对递上的条子作讨论式发言，条子很多，限于时间，只回答了主持者当场递交的一小部分，其余的一大沓是带回家才看到的。就我个人而言，光是读这些条子，就觉得那晚的收获实在是太大了。以前我也曾去大学参加过文学讲座，也收到很多的条子，但总有相当不少的问题是与讲座主旨无关的，如要我对某桩时事发表见解，或对社会上某一争讼做出是非判断，令我为难。这回把拿回的条子一一细读，则那样文不对题的内容几乎没有，而针对《红楼梦》提出的问题，不仅内行，而且思考得很深、很细，比如有的问：“‘红学’现在给人的印象简直就是‘曹学’，文本的研究似被家史的追踪所取代，对此您怎么看？”这说明，无论“红学”的“正规军”，还是“票友”，还是一般爱好者，确实都应该更加注意《红楼梦》文本本身的研究，即使研究曹雪芹家世，也应该扣紧与文本本身有关联的题目。有一个条子上提出了一个文本中的具体问题：“贾宝玉在太虚幻境所见四名仙姑，一名痴梦仙姑，一名钟情大士，一名引愁金女，一名度恨菩提，指的是对宝玉影响很大的四名女子？抑或是他人生的四个阶段？”这问题就很值得认真探究。

在神游太虚境一回里，曹雪芹把自己丰沛的想象力，以汉语汉字的特殊魅力，创造性地铺排出来，如：离恨天、灌愁海、放春山、遣香洞等空间命名，千红一窟（哭）茶、万艳同杯（悲）酒等饮品命名，都是令人读来浮想联翩、口角噙香的独特语汇。在那“幽微灵秀地，无可奈何天”，警幻仙姑引他与四位仙姑相见，那四位仙姑的命名，我以为的确是暗喻着贾宝玉——也不仅是贾宝玉——实际上作者恐怕是以此概括几乎所有少男少女都难免要经历的人生情感四阶段：开头，总不免痴然入梦，沉溺于青春期的无邪欢乐；然后，会青梅竹马，一见钟情，堕入爱河，难以自拔；谁知现实自有其艰辛诡谲一面，往往是，少年色嫩不坚牢，初恋虽甜融化快，于是乎引来愁闷，失落感愈渐浓酽，弄不好会在大苦闷中沉沦；最后，在生活的磨炼中，终于憬悟，渡过胡愁乱恨的心理危机，迎来成熟期的一派澄明坚定。

那么，这痴梦、钟情、引愁、度恨四位仙姑，是否也暗指着贾宝玉一生中，对他影响最大的四个女性呢？细细一想，也有可能。读毕《红楼梦》前八十回，一般读者都会获得这样的印象：贾宝玉一生中，林黛玉、薛宝钗、史湘云这三位女性对他是至关重要的，林令他如痴如梦地爱恋，他不信什么“金玉良缘”的宿命，只恪守“木石姻缘”的誓愿，太虚幻境中的痴梦仙姑，有可能是影射林黛玉。钟情大士影射谁呢？“大士”的称谓筛掉了性别感，令人有“英豪阔大宽宏量，从未将儿女私情略萦心上，好一似，霁月光风耀玉堂”一类的联想；但“大士”前又冠以“钟情”，难道是暗示史湘云钟情于贾宝玉？岂不自相矛盾？不然，情有儿女私情，有烂漫的青春友情，史湘云与贾宝玉的青春浪漫情怀，在芦雪亭中共同烧烤鹿肉一场戏里表达得淋漓尽致，“且住，且住，莫使春光别去！”如此考校，钟情大士是影射史湘云，差可成立。引愁金女自然是影射薛宝钗了，她是戴金锁的女性，其与贾宝玉的感情纠葛，给后者带来了“此恨绵绵无绝期”的愁苦，虽然那苦中也有冷香氤氲，甚至后来还有“举案齐眉”之享受，但“到底意难平”。

谁是贾宝玉一生中第四位重要的女性呢？这在前八十回里虽初露了端倪，

但要到八十回后方能令读者洞若观火，那便是妙玉。第十七至十八回中明确交代，妙玉从苏州玄墓蟠香寺来到都城，目的之一，就是为了到都城拜谒观音遗迹和学习贝叶遗文，贝多树、毕钵罗树、菩提树，即使不是一树多名，也是相近的树，这都坐实着妙玉的“活菩萨”身份。据我的考证，并已通过《妙玉之死》的小说所揭示，在八十回后，妙玉不仅起着挽救贾宝玉性命的关键作用，还使宝玉与史湘云得以邂逅，相依始终，那是一位终于使贾宝玉了悟前缘，超越爱恨情愁，在悲欣交集中融入宇宙的命运使者——以度恨菩提影射，实在贴切之极！

【附】周汝昌先生 1999 年 12 月 12 日信

心武学友：

你的“四仙姑”引起我极大注意！这也许是“善察能悟”的又一佳例。但“今晚”（刘注：指天津《今晚报》）那种小字我已全不能“见”，你能否设法给我一份打印放大本？我细读后拟撰一文以为呼应。

“千禧”是个洋概念，本与中华文化无涉，但既值此际，我们讨论四仙姑，亦极有味也！

冬福！

周汝昌

1999 年 12 月 12 日

小诗寄心武学兄　解味

善察能悟慧心殊
万喙红谈乱主奴
惟有刘郎发奇致
近来商略四仙姑

《枉凝眉》曲究竟说的谁?

在太虚幻境，警幻仙姑让十二个舞女上来，为贾宝玉演唱新制《红楼梦》十二支曲，并让他边听边看原稿，但书上开列出的唱曲，并不是十二支而是十四支，也许，是把开头的“引子”和最后的“收尾”不予计算吧？这倒不是什么太大的令人疑惑处，最令人费猜疑的，是“引子”后的头两曲，特别是第二曲《枉凝眉》。

去掉“引子”和“尾声”的十二支曲，按一般读者的推想，应该是恰好给金陵十二钗的每一钗分别安排一曲，但细读这十二支曲，就发现从第三曲起才是一曲概括一人的命运，依次是元春、探春、史湘云、妙玉、迎春、惜春、王熙凤、巧姐、李纨、秦可卿。第一曲《终身误》，一般都认为是将林黛玉和薛宝钗合起来说，而且是以贾宝玉的口气来咏叹，是否一定应如此理解，其实也还有商量的余地，不过我以为这样理解大体上是过得去的。第二曲《枉凝眉》，也是以贾宝玉的口气来咏叹的：

> 一个是阆苑仙葩，一个是美玉无瑕。若说没奇缘，今生偏又遇着他；若说有奇缘，如何心事终虚化？一个枉自嗟呀，一个空劳牵挂；一个是水中月，一个是镜中花。想眼中能有多少泪珠儿，怎经得秋流到冬尽，春流到夏。

去掉这一曲，十二钗也都涉及了，那么，非安排这一曲干什么呢？中国艺术研究院红楼梦研究所校注本（人民文学出版社 1996 年 12 月第 2 版）是这样注解的：

> 曲名意谓徒然悲愁。曲子从宝黛爱情遇变故而破灭，写林黛玉泪尽而死的悲惨命运。阆苑仙葩：指林黛玉。阆苑：神仙的园林；仙葩：仙花。美玉无瑕：指贾宝玉。

乍看似乎说得通，但细加推敲，问题就来了。流泪当然可以联想到林黛玉，但《红楼梦》全书“满纸荒唐言，一把辛酸泪”，不能仅从“泪珠儿”就判定为说的只是林黛玉。第三回写黛玉进京到荣国府见到贾宝玉已是隆冬，凤姐出场穿着银鼠褂，贾母交代说：“等过了残冬，春天再与他们收拾房屋。”林黛玉的“还泪”应从这个冬天开始，不是从秋天开始的。“阆苑仙葩”是指林黛玉吗？第一回中交代，“西方灵河岸上三生石畔，有绛珠草一株”，那是林黛玉在天界的真形；“灵河岸”固然可说是“阆苑”，但仙草却绝对不能等同于仙花即仙葩。贾宝玉固然是衔玉而生，但第二回甫出场就有两阕《西江月》概括他的秉性，“行为偏僻性乖张，那管世人诽谤？”“天下无能第一，古今不肖无双！”“美玉无瑕”从来不是他的“符码”。因此，我以为上述的那条注解是错误的。

如果按上述注解理解，那么在十二支曲中，第一支里林黛玉已经跟薛宝钗合咏了，这第二支又再单咏她一遍，她虽是重要角色，这样的安排在布局上似乎也欠均衡。

我曾撰《太虚幻境四仙姑》一文，分析出第五回里警幻仙姑引见给贾宝玉的四位仙姑，所取的名号绝非闲笔偶设，而是有深意寓焉，实际上分别标志着在贾宝玉生命里给予他重大影响的四位女性，其对应关系为：痴梦仙姑——林黛玉；钟情大士——史湘云；引愁金女——薛宝钗；度恨菩提——妙玉。依此思路，可以悟出，《红楼梦》十二支曲里，有资格被合咏的，也应是这四位女性。《终生误》是林、薛二钗的合咏，《枉凝眉》则是史、妙二钗的合咏。

“一个是阆苑仙葩”，这分明说的是史湘云。“天上人间诸景备”“谁信人间有此境”“仙境别红尘”，把大观园比作“阆苑”，非常贴切；而在关于大观园后来命名为怡红院的那处庭院的描写中，曹雪芹郑重其事地写到西府海棠：其势若伞，丝垂翠缕，葩吐丹砂。我们都知道《红楼梦》里以花喻人时，总把史湘云喻为海棠花，第六十三回“寿怡红群芳开夜宴”，大家掣花签，湘云掣出的那根上画着一枝海棠，题着“香梦沉酣”四字，签的另一面上是一句诗：“只恐夜深花睡去。”我们又都知道湘云的丫头名翠缕。“丝垂翠缕，葩吐丹砂”的“阆苑仙葩”只能用来说史湘云而不可能用来形容林黛玉。

“一个是美玉无瑕”，这分明说的是妙玉。《红楼梦》里的“玉”很不少，第二十七回凤姐问红玉名字，她回答后，凤姐将眉一皱，把头一回，说道：“讨人嫌的很！得了玉的益似的，你也玉，我也玉。”在书中所有的“玉”里，明文其“美玉无瑕”的只有妙玉。贾宝玉在太虚幻境偷看的册页里，妙玉的那一页“画着一块美玉，落在泥垢之中”，玉本无瑕，而惨遭荼毒；《红楼梦》十二支曲里又专门有一曲《世难容》说妙玉最后是“无瑕白玉遭泥陷”，跟点出了史湘云是“丝垂翠缕，葩吐丹砂”一样，如此明白地点出了妙玉是“美玉无瑕”，我们还有什么理由硬说那是指贾宝玉呢？

那么，这支《枉凝眉》曲，究竟在暗示着怎样的人物关系与命运轨迹呢？将其分拆开来：

贾宝玉针对“阆苑仙葩”史湘云的咏叹是：若说没奇缘，今生偏又遇上他（当代年轻读者须知，“她”字是上世纪初“新文化运动”时期才创造出来的汉字，那以前无论男性女性的第三人称均写作“他”）；一个枉自嗟呀，一个是水中月……

贾宝玉针对“美玉无瑕”的妙玉的咏叹是：若说有奇缘，如何心事终虚化？一个空劳牵挂。一个是镜中花……

综合起来的感叹：想眼中能有多少泪珠儿，怎经得秋流到冬尽，春流到夏！

根据书里前八十回的伏线暗示、脂砚斋评语，以及“红学”探佚的成果，不难对这一曲做出通透的解读。

在《红楼梦》八十回后，贾家彻底败落，贾宝玉一度羁狱，后来流落江南，竟意外地与史湘云重聚，并结为夫妻。在前八十回里，我们可以看到宝玉与史湘云之间的亲情与友情甚笃，但他们之间似乎并无夫妻缘分，所以一旦在危难中邂逅结合，难免有“若说没奇缘，今生偏又遇上他”的“嗟呀”；真好比“寒塘渡鹤影”，堪称是“水中月”的境界——美好过去全成幻影，面对的是万分险恶狰狞的悲惨现实。当然，这只是大概而论。其实在前八十回里，除了这首《枉凝眉》中埋伏着暗示，第三十一回“因麒麟伏白首双星”也很可能是在暗示贾宝玉和史湘云最后“白头偕老”：史湘云的金麒麟，本是与王孙公子卫若兰的金麒麟为一对，他们也确有一段姻缘，但到头来卫若兰的金麒麟辗转到了贾宝玉那里，“因麒麟”绾合而终成眷属的，是宝湘而非他人——不过这暗示在前八十回中实在太隐晦了，所以要把它坐实，还需另撰专文讨论。

在《红楼梦》八十回后，妙玉的遭遇绝非高鹗续书所写的那样。按曹雪芹的构思，八十回后贾宝玉会在瓜州渡口与妙玉邂逅，妙玉并促成了他与湘云的重逢结合。贾宝玉一贯看重妙玉，珍重妙玉与自己之间的心灵默契，但妙玉最后在恶势力逼迫下顽强抗争、同归于尽，使贾宝玉不禁有“若说有奇缘，如何心事终虚化”的感叹，他对她“空劳牵挂”，竟不能将她解救，那美好的形象，如镜中花，可赞美而无法触摸。此外值得注意的是，在咏妙玉的专曲《世难容》里，最后一句是：“又何须，王孙公子叹无缘！”许多人把“王孙公子”理解为贾宝玉，似乎是妙玉后来与恶势力抗争到底、同归于尽，使得贾宝玉爱情失落，感叹自己没能跟妙玉结合，这是大错的思路，不仅误解了妙玉，也丑化了贾宝玉。其实，在《红楼梦》第十四回里写到参与送殡的人士，有这样的明文：“……余者锦乡伯公子韩奇，神武将军公子冯紫英，陈也俊、卫若兰等王孙公子”，冯紫英在前八十回里有不少戏，卫若兰在脂砚斋批语中因金麒麟被郑重提及，考虑到曹雪芹下笔时几次将史湘云、妙玉并提，则对妙玉“叹无缘”的公子，很可能就是陈也俊（注意：他排名还在卫若兰之前，这绝不是一个随便出现一下的名字），只是因为八十回后真本失传，因此我们难以考据有关妙玉和陈也俊那隐秘关系的详情罢了。

《红楼梦》第七十九回，贾宝玉吟出“池塘一夜秋风冷”的句子，可见八十回后开始的大悲剧正是从秋天起始的，“想眼中能有多少泪珠儿，怎经得秋流到冬尽，春流到夏”，意味着八十回后所写的，正是那样的一个时序下的一年，而到那一年的秋天，也就欲哭无泪，整个儿是个“落了片白茫茫大地真干净”的肃杀景象。

“三十”与“明月”

“三十功名尘与土，八千里路云和月”，这是南宋岳飞《满江红》词里的名句，“三十”是他的年龄自况，“云月”比喻他日夜转战，这是我们从小就都知道的。但中国汉文化有个特点，就是凡已存在过的妙词佳句，都可移用到今天的现实语境中，“借他人酒杯，浇自己块垒”，不用改易一个字，新的意蕴，即已延伸甚至转化而成。20世纪40年代，中国进步的电影艺术家就以《八千里路云和月》命名过关于抗日题材的电影；那时候引进美国好莱坞的片子，明明是西洋人拍的西方故事，本与中国文化无关，为票房推销，以适应一般中国人的审美心理，也都尽量改取一个从中国古典文本里借来（或稍加推衍）的语汇，如《乱世佳人》《鸳梦重温》《屏开雀选》《青山翠谷》等等，这办法一直延续到今天。

据2000年2月3日《北京晚报》记者程胜报道，北京一位瓷品收藏者凌先生1996年在安徽某县搜集到一副瓷烧的对联，用以镶嵌瓷字的底板已毁，但从上面取下的瓷字完整无缺，上下联分别是“三十功名尘与土，八千里路云和月”，每字约在8至12厘米之间；除此十四字外，尚有四个约5至6厘米的瓷字，是“曹雪芹书”。经有关专家鉴定，十八个瓷字皆系清代中期景德镇窑产品。现在我们虽然还不可轻率肯定，这些瓷字就是据曹雪芹真迹烧制的，但也万万不可轻视这一发现。凡知道点“红学”的都知道，我们一直没能搜寻到过曹雪芹的哪怕一个字的真迹，我们现在所据以研究《红楼梦》的各种手抄本，有的可能很接近曹雪芹亲手书写的底本，却一律都是他人的过录本，这回凌先生通过《北京晚报》记者披露的瓷字虽仍非最本原的“曹字”，如能被专家进一步鉴定为真物，则与发现了曹雪芹书法的刻石或拓片一样，意义也是非同小可的。

这里姑且缓论瓷字的真伪，先讨论一下，曹雪芹有无可能写出这样的一副对联。有的人可能觉得，这对联实在平常，无非是有人向曹雪芹求字，或事先讲明了要写岳飞词里的这两个熟句，或曹雪芹懒得动脑筋为之特拟，便随手写下了这两句当时脑海里飘过的句子。又有人可能觉得，曹雪芹挥笔写下这两个句子,反映出他思想中(至少是潜意识里)有“灭胡虏”的情绪,这就似乎为“红学”中认为《红楼梦》是“排满之作”的一派，提供了新的依据。不过，我以为，倘曹雪芹对岳飞这两句词感兴趣，提笔大书，则无论是自己挂起，还是赠予乃至售予他人，都可能另有离开岳飞原意的寄托在焉。

《红楼梦》的文本里，截取前代人诗词里的句子，来象征人物命运，或从中转化出另外的意思，这一手法可谓贯穿始终，是我们解读他这部巨著时必须加以掌握的“钥匙”。最集中也最直接的例子是第六十三回“寿怡红群芳开夜宴”，与宴的八位女性分别掣出了八根象牙花名签子，每根上面都题着四个字并有一句唐诗或宋诗，如探春掣的是杏花签，题着“瑶池仙品”，诗句是唐高蟾《下第后上永崇高侍郎》里的“日边红杏倚云栽”，原诗“日边”喻帝王,“红杏”喻权贵，表达的是科举下第后的矜持怨艾，曹雪芹挪用到《红楼梦》文本里意思完全转化了,是用“日边”喻郡王,“红杏”喻探春,暗示探春以后将类似“杏元和番”那样远适藩王。

《红楼梦》的传世抄本大都有署名脂砚斋或畸笏叟的大量批语，尽管对于这两个署名究竟是一个人的还是两个人的，究竟是男是女、与曹雪芹有否血缘或婚配(同居)关系，“红学”界意见尚不能统一，但这批书者与曹雪芹有着极其亲近的关系，熟悉甚至卷入了曹家的家世变化，并在一定程度上是曹雪芹写作《红楼梦》的“高参”,乃至直接参与了至少是局部的写作,在这几点上“红学”界并无争议。脂砚斋、畸笏叟的批语在“红学”界一般统称“脂批”，“脂批”里一再出现“三十年”的字样，如“三十年前事见书于三十年后，今余想恸血泪盈”。“读五件事未完,余不禁失声大哭,三十年前作书人在何处耶?”“余卅年来得遇金刚者亦不少……”“与余三十年前目睹身亲之人,现形于纸上……”不少脂批后面注明了年代干支，由此可以推算出，“三十年前”大约是公元

1728 年即雍正六年之前，那是曹氏家族仕途命运的一道分水岭，雍正六年曹頫在江宁织造任上被抄家治罪，“家富人宁，终有个家亡人散各奔腾……忽喇喇似大厦倾，昏惨惨似灯将尽”，“树倒猢狲散”，从此后如“花落水流红”，“如花美眷”全都“零落成泥碾作尘”，曹氏四五代艰辛积攒努力扩展的赫赫功名灰飞烟灭，据此，倘曹雪芹借岳飞的词句“三十功名尘与土”来一抒心中的愤懑，实在是天知地知自己知，亲近者如脂砚斋者知，而其他人很可能被他的狡狯假借所瞒蔽，还以为他只不过是顺手写下最稳妥也最“大路货”的熟句哩！

《红楼梦》的正文里，也有直接提起年头论事儿的时候，第七回宁国府焦大醉骂“二十年头里的焦大太爷眼里有谁？”所谓“二十年头里”应是书中贾代化袭宁国公且还在世的时候，如再加十年，三十年头里，则“太爷”贾演该还活着，焦大小时随“太爷”（原型应为曹雪芹高祖或曾祖）出兵，有从死人堆里救出主子的功劳。第四十七回贾母称“我进了这门子做重孙子媳妇起，到如今我也有了重孙子媳妇了，连头带尾五十四年，凭着大惊大险千奇百怪的事，也经了些”，不说“五十”或“五十五”等整数，而精确地说“五十四年”，显然是因为这个艺术形象的原型确实是有五十四年的婚龄，据周汝昌先生考证，《红楼梦》从第十八回至第五十四回全写的是以乾隆元年（公元 1736 年）为背景的那一年里的故事（该年农历四月二十六日交芒种被郑重写入到第二十七回里），则“三十年头里”约为康熙四十六年（公元 1707 年），正值康熙第六次南巡，曹雪芹祖父曹寅第四次接驾，曹寅妻李氏当然与丈夫一起正经历着富贵已极的时期，以李氏为模特的贾母，在书中出现时却已处于百年诗礼簪缨之族的“末世”了。凡此种种文字里，都弥漫着“三十年河东，三十年河西”的深沉喟叹，如假借“三十功名尘与土”的句子来加以概括，也无不可。

《红楼梦》第一回正文里还明确地写入了该书由“曹雪芹于悼红轩中披阅十载，增删五次”而成，尽管关于曹雪芹的生卒年月在“红学”界一直存在歧见，但《红楼梦》大体成型是在曹雪芹三十岁左右当可认定，因为第一回开篇即有第一人称的作者自述，明言“将已往所赖天恩祖德，锦衣纨绔之时，饫甘餍肥之日，背父兄教育之恩，负师友规谈之德，以至今日一技无成、半生潦倒之罪，编述一集，以告天下人”云云，过去人们认为“人生七十古来稀”，一个花甲六十岁即为“满寿”，因之“半生”也就是三十岁。《红楼梦》里通过贾宝玉这一艺术形象痛诋“国贼禄蠹”，视科举功名如粪土，那当然是曹雪芹自己思想感情的体现，他“无材补天”，有心铸“梦”，若挥毫书写“三十功名尘与土”，也正好抒发出了自己把仕途经济即所谓“功名”弃之尘土的理念豪情。

倘若《北京晚报》所披露的凌先生搜集到的标明是“曹雪芹书”的对联，仅仅是上半联能引出我们的丰富联想，倒也罢了，更需注意的是那下联的字句“八千里路云和月”。岳飞笔下的“云月”虽也有超出字面以外的意蕴，却并非是指人物，但在《红楼梦》的文本里，“云”指史湘云，“月”指麝月，却是明明白白的——“红学”界称作“王府本”的抄本上，第十八回前面有总批，是以题诗的形式写就的：“一物珍藏见至情，豪华每向闹中争。黛林宝钗传佳句，豪宴仙缘留趣名。为剪荷包绾两意，屈从优女结三生。可怜转眼皆虚话，云自飘飘月自明。”前五句是我们能从现存的前八十回文本里可以看到的情节，后三句则是在透露八十回后的故事（若尚未写出，亦是已成熟的构思）。“屈从优女结三生”是怎么回事这里且不讨论。“云自飘飘”指史湘云后来有一段凄惨的飘游生活，这与正文第五回关于史湘云的“判词”“展眼吊斜晖，湘江水逝楚云飞”,以及《乐中悲》曲子里“终久是云散高唐,水涸湘江”完全吻合。“月自明”则是指麝月到故事最后仍能守在贾宝玉的身边。《红楼梦》正文里用宋人诗句“开到酴醾花事了”来暗示麝月是书中“如花美眷”的最后残存者，脂砚斋批语里有多处暗示麝月最后作为侍女独留在了宝玉身边（第二十回脂批说八十回后袭人出嫁后有“好歹留着麝月”的留言）。据周汝昌先生考证，脂砚斋与畸笏叟实系一人，就是书中史湘云的原型，她经乱离漂泊之后最后得以与曹雪芹重新聚合，而她在第二十回书里写到麝月独自看屋子时，批道：“麝月闲闲无语，令余鼻酸，正所谓对景伤情。”实际上我们今天从正文里可以看到，在那段情节里麝月说了不少话，宝玉还给她篦头，并没有什么值得伤感的因素，因此，只能把这批语理解为，脂砚斋写批语时，麝月的原型就在她身旁，“闲闲无语”，而那几句批语后面注明是“丁亥夏”，彼时曹雪芹已经去世好几年了，她们两个与曹雪芹共度了最艰难的岁月，从曹雪芹遗稿里温习着往日的富贵温柔，面对着当下的凄凉处境，自然会对景伤情而鼻酸堕泪了！这样看来，“云自飘飘月自明”的含义十分丰富，表明麝月在袭人嫁给蒋玉菡后，得以独留在宝玉、宝钗身边，而宝钗死后，她又终于能和乱离后与宝玉邂逅的史湘云汇合到了一起，甚至在曹雪芹去世后两人还“云自飘飘月自明”——史湘云再次陷于漂泊噩运，而她“闲闲无语”，依然是“最后的月亮”。

这样看来，在曹雪芹创作《红楼梦》期间，有两个女人在他身边，一个“云”即有文化能帮他写作的脂砚斋，一个“月”即书中麝月的原型；“月”没什么文化，但不仅可以分担生活重担，也成为他和脂砚斋“燕市哭歌悲遇合，秦淮风月忆繁华”的活见证。在这种情况下，曹雪芹假借“八千里路云和月”的现成古句来抒发他们历尽千辛万苦终于又相依为命，就十分贴切自然了。

北京凌先生搜集来的“曹雪芹书”以岳飞词句构成的对联瓷字，真伪尚待专家们进一步鉴定，我非专家，又未见到实物，只是觉得曹雪芹有可能利用岳飞的句子来暗抒他的胸臆隐情。通过关于得知瓷字消息后的一系列联想，我主要试图表达这样一个意思——曹雪芹的《红楼梦》，其艺术手法上的一大特色，就是充分开发、运用汉字汉语在语意、语音上的多义、谐音等功能，在看似随手拈来的文句里，一击两鸣，一石三鸟，一声也而两歌，一手也而两牍，或背面敷粉，或暗度金针，意蕴深远，精彩绝伦。这一份我们自己民族的宝贵美学遗产，实在需要认真继承，发扬光大！

妙玉讨人嫌

只用 1000 多字，便塑造出一个鲜活的艺术形象，并给阅读者留下极其广阔的想象空间，这是我们不能不膺服老祖宗曹雪芹的地方。

我指的是他笔下的妙玉。在“金陵十二钗”正册里，妙玉排名第六，比王熙凤还靠前，是唯一一个既无贾、史、王、薛“四大家族”血统，又并非嫁给这四族任何一家做媳妇的女性。在现在可以看到的真本《红楼梦》(绝大多数情况下，它的第一符码是《石头记》) 里，妙玉的“正传”，只有第四十一回中的 1000 多字——按庚辰本逐字计算，是 1325 字；这段文字现存各抄本字数似无差别，异文也寥寥——虽然第七十六回她还有一次亮相，但那段情节里的主角是林黛玉和史湘云，只能作为她的“别传”看。其余与她有关的文字，都属“暗场”，而且把元妃省亲时“忽见山环佛寺，忙……焚香拜佛……又额外加恩与一般幽尼女道”的含混交代也计算在内，统共也不过四次。

在 1325 字的妙玉正传里，妙玉的性格主要是通过十次“台词”体现出来的，共 321 字。其中最凸现她性格的，是黛玉问她：“这也是旧年的雨水？”她冷笑道：“你这么个人，竟是大俗人，连水也尝不出来。这是五年前我在玄墓蟠香寺住着，收的梅花上的雪，共得了那一鬼脸青的花瓮一瓮，总舍不得吃，埋在地下，今年夏天才开了。我只吃过一回，这是第二回了。你怎么尝不出来？隔年蠲的雨水那有这样轻浮，如何吃得！”不用多分析，读者试把这些字句读上两遍，一个天性怪僻的人物，已恍在眼前。

前几天和王蒙通电话，他问我正在做什么，我说正写“红学”探佚小说《妙玉之死》。他很直率地说出他的直觉：“我讨厌妙玉。”我想如果曹雪芹能听见这样的考语，会很得意。他仅用了1325个汉字，便能使阅读者在情感上有所付出。其实在真本《红楼梦》即前八十回的脂评抄本里，曹雪芹已通过书中另外的人物，表达过妙玉一定会为人所厌的性格悲剧。一次是第五十回，李纨宣布："可厌妙玉为人，我不理她。"一次是六十三回，与妙玉曾为邻十年，号称与妙玉乃贫贱之交，又有半师之分的邢岫烟，虽然对妙玉的来历和想法提供了一些信息诠释，却也批判她"放诞诡僻"，"僧不僧，俗不俗，女不女，男不男"，"成个什么道理"。

不过，许多读者嫌厌妙玉，是受了高鹗续书的影响。按高鹗的思路，妙玉是个"假正经"。早在清朝，如裕瑞这样的评家，就看出来高续是违背曹雪芹原意的，他在《枣窗闲笔》中指出："伪续四十回……妙玉走火入魔，潇湘馆鬼哭等处，皆大杀风景。"今周汝昌先生更指出："妙玉是雪芹书中抱着悲愤心情而重彩描绘的一个最重要最奇特的女性……乃是一个异样高洁（虽然有点矫俗太过）而不肯丝毫妥协的少女，对她的评价，在全书中恐怕应居首位。"（见《红楼梦的真故事》）我想周先生的看法是对的，因为在第五回关涉妙玉的《世难容》曲里，明写着她"气质美如兰，才华阜比仙"，她的结局："到头来，依旧是风尘肮脏违心愿；好一似，无瑕白玉遭泥陷"，"风尘"在这里是"俗世"而不是"娼门"的意思，"肮脏"在这里要读作kǎng zǎng，是不屈不阿的意思；如果曹雪芹那八十回后的真本尚存，一定会有与第四十一回相呼应，却又把对妙玉的"观感"平衡过来的笔墨，应不至于再产生出对于妙玉的"误读"。这里且不拟就"厌玉"与"尊玉"的两派观点孰是孰非展开讨论。我想强调的是，曹雪芹在其亲撰的第四十一回"妙玉正传"中，仅用1325个汉字，就活跳出一个有血有肉的形象，且在人物关系上、悬念设置上、命运结局上，给阅读者留下了那么宽阔的想象空间，以至不仅是"仁者见仁，智者见智"，而且是嫌厌者有其"理"，而珍颂者有其"据"。这样的文笔，实在太了不起了！

现在我们中国内地当代作家，特别是年轻一代中，不少人谈及自身创作所受影响，言必及乔依斯、卡夫卡、福克纳、马奎斯、博尔赫斯、纳博柯夫等，既是真实状况，也从中体现出改革开放后，我国当代文学创作的营养来源愈趋丰富。但我觉得，曹雪芹的文笔，实在更应成为我们营养源的首选。毕竟我们是用跟曹雪芹一样的符码——方块汉字——进行写作，上述的“言必及”者，所阅读到的诸西方大家的作品，也大体都是译成方块汉字的“符码重组”，所谓深受启发云云，其实恐怕首先是深受汉译者文风的启发。

我们这些曹雪芹的后人，有谁还能仅用不到1500个方块字，在十次“道白”中，便令一个艺术形象活跳出来，并引出阅读者强烈的感情反应，及对角色命运发展的强烈好奇呢？

“回到曹雪芹”，或曰“从曹雪芹再出发”，至少，可以成为一部分中国当代作家的追求吧。

妙玉之谜

妙玉在太虚幻境“薄命司”的《金陵十二钗正册》中,居第六位(第五页);在《红楼梦十二支曲》中，关于她命运暗示的《世难容》一曲，亦安排在涉及黛玉、宝钗、元春、探春、湘云的曲后，仍是第六位，这是很费解的。金陵十二钗中，只有她一人不属于贾、史、王、薛四大家族，既非其血统，亦非李纨、秦可卿那种嫁到其中的女子，可是她却不仅名列于基本上由四大家族女性垄断的名册中，并且还排名居中，大有云断高岭之势，这实在值得探究。

所谓《金陵十二钗正册》以及《红楼梦十二支曲》中的女性排名，并不以辈分长幼为序，更不是先贾氏成员再及其他，而完全是以该女性在《红楼梦》全书中的重要性来排座次的。所以黛玉、宝钗稳居一、二(她们在册中合为一画一诗，在曲中亦合二为一)；元春因是关系四大家族，特别是贾氏荣辱沉浮的首要角色，故排第三；紧接着的是探春，她虽比迎春小，且是庶出，但作者极为看重她，该女子是在家族危难时，独能站出来支撑残局的顶梁柱，因此排第四；第五是史湘云，说实在的，把这位与黛、钗一样与宝玉有着不寻常的情感关系，并最后相厮守，且仅前八十回中便有大量篇幅精心刻画、令读者目眩心醉的角色排第五，已有委屈之感(由此也可反证出，探春这一“脂粉英雄”在作者构思中具有多么重的分量)；谁该排第六呢？难道不该是王熙凤？“原应叹息”已出其二，难道不该推出迎春和惜春？可是，偏偏连霸王似的凤姐儿，以及正门正户的迎、惜姐妹都“靠边站”，第六位竟是一位不知姓氏为何、真名失传、单知其法号的妙玉！

曹雪芹著《红楼梦》，在整体构思中将妙玉置于如此重要的地位，一定有他充分的道理。但在现在所留下的前八十回真本中，除去第五回的册页、仙曲中提及不算，妙玉也就出现了六次而已，并且其中四次都是暗出，真站出来亮相，只有两回罢了。

先说四次暗出。一次是第十七回至十八回中，大观园已造好，并且从姑苏采买的十二个女戏子，还有聘买的十个小尼姑、小道姑都有了，忽有林之孝家的来跟王夫人回话，说“外有一个带发修行的，本是苏州人氏，祖上也是读书仕宦之家……今年才十八岁，法名妙玉。如今父母俱已亡故，身边只有两个老嬷嬷、一个小丫头伏侍。文墨也极通，经文也不用学了，模样儿又极好……去岁随了师父上来，现在西门外牟尼院住着。他师父极精演先天神数，于去冬圆寂了。妙玉本欲扶灵回乡的，他师父临寂遗言，说他‘衣食起居不宜回乡，在此静居，后来自然有你的结果’。所以他竟未回乡。”王夫人不等说完，便说：“既这样，我们何不接了他来。”林之孝家的道：“请他，他说：‘侯门公府，必以贵势压人，我再不去的。’”王夫人笑道：“他既是官宦小姐，自然骄傲些，就下个帖子请他何妨。”于是果然下帖子将妙玉请进了大观园栊翠庵。据此，不少研究者认为，妙玉父母是获罪被除，王夫人此举，是藏匿罪家之女，并是导致八十回后贾氏“家散人亡各奔腾”的原因之一。但是依我的思路，贾氏在此之前已因收养藏匿皇帝政敌的后裔秦可卿，导致了一场大惊恐（第十六回开首，皇帝降旨，唬煞贾氏满门，贾赦、贾政等入朝后，“贾母等合家人等心中皆惶惶不定”），在总算安渡此次危机，且进入元妃得宠的“烈火烹油、鲜花着锦”的盛筵期，最没有杀伐胆识的王夫人，是不会冒大不韪，做主藏匿一个罪家之女的，更何况还下帖子，留下“铁证”。从王夫人“笑道”的行文来看，她下命令请妙玉时，心态是很轻松的。及至写到贾元春游幸大观园，“忽见山环佛寺，忙另盥手进去焚香拜佛，又题一匾云：‘苦海慈航’。又额外加恩与一般幽尼女道。”这算是妙玉又一次暗出。她是与元妃见了面的。以元妃的警惕性，是肯定要询问她的来历的。贾府犯不上在元妃眼皮底下再次藏匿罪家之女。第三次暗出，真是暗之又暗，那是在第五十回，李纨罚宝玉去栊翠庵求红梅，宝玉乞得红梅后笑道：“你们如今赏罢，也不知费了我多少精神呢。”第四次是在六十三回，宝玉寿诞，妙玉打发一个庵中妈妈送来一个“槛外人妙玉恭肃遥叩芳辰”的贺帖，宝玉第二天才发现，不知该如何回礼，巧遇邢岫烟，这才知道妙玉在太湖边的蟠香寺修炼时，岫烟与其十年为邻，乃贫贱之交，又有半师之分，妙玉是因为“不合时宜，权势不容”，才投到贾府，岫烟深知妙玉“放诞诡僻”，“僧不僧，俗不俗，女不女，男不男”，自称“畸零之人”“槛外人”，喜人自谦槛内尘世扰扰之人。这后两次暗出，都使得一些论家推导出妙玉暗恋宝玉的结论，高鹗续后四十回，也顺此思路一路荼毒妙玉到底。

妙玉的正式出场亮相，在前八十回中只有两次。一次是四十一回“栊翠庵茶品梅花雪”（按：本文所引回目及内文，均据庚辰本），可谓“妙玉正传”，虽涉及她的全文仅1500字，但已使她那孤傲怪诞、极端洁癖的性格凸现纸上，过目难忘。她藏有其价难估的文物磁，用梅花上收的雪烹茶，可见其家虽败而财富犹存，其人虽飘零而尊贵气度不减。她拿自己常日吃茶的那只绿玉斗斟茶给宝玉，是否可作为暗恋宝玉的佐证？我以为不可，这还是在写她的怪诞奇诡。在这1500字的描写中，因刘姥姥用她给贾母献茶的那只成窑五彩小盖钟喝了茶，她嫌脏不要了，后由贾宝玉讨出转送给了刘姥姥，确是一个“草蛇灰线，伏延千里”的细节。我很赞同周汝昌先生在《红楼梦的真故事》（1995年12月，华艺出版社，第1版）里所做的探佚推测，在八十回后，这只连宫里也罕见的成窑五彩小盖钟，将成为一个重要的道具，它很可能是由刘姥姥的女婿王狗儿卖给了古董商冷子兴，冷子兴又卖到了忠顺王爷府，后贾府事败，牵连到王夫人陪房周瑞的女婿冷子兴，追索此成窑盖钟来历，牵三挂四，累及妙玉，使其“终陷泥淖中”。

妙玉在前八十回中的另一次亮相是在第七十六回，当黛玉、湘云在凹晶馆联句，吟出充溢着悲怆不祥的“寒塘渡鹤影，冷月葬花魂”后，妙玉忽从栏外山石后转出，截断了她们的联句，并邀她们到栊翠庵中，挥毫一气将二十二韵联成三十五韵，她所独立创作的十三韵，不消说是值得逐句推敲的——其中一定埋伏着关于她命运走向的密集符码。

关于妙玉，我所探佚思路，与周汝昌先生有同有异。同的方面是：八十回后，贾府事败，成窑小盖钟牵出妙玉，贾府又添一桩窝藏罪。异的方面是：依我想来，王夫人收留妙玉时，并未蓄意藏匿；且妙玉可能与我所推测出的秦可卿不同，她并非皇帝政敌的后裔，确是父母双亡的一个官宦人家的子女，但她有一段隐情王夫人与众人都不知，她曾与一公子相爱，这种大逆不道的自由恋爱是“世难容”的根本原因，说“王孙公子叹无缘”，那王孙公子不必胶着于贾宝玉，在十四回秦可卿发丧时，送殡名单一大串，值得注意的是这一句:“余者锦乡伯公子韩奇，神武将军公子冯紫英，陈也俊、卫若兰等诸王孙公子，不可枚数。”从脂砚斋评语中我们已知，此处偶现的卫若兰其实在八十回后是一重要角色，且与史湘云有一段姻缘，那么，陈也俊呢？这位王孙公子为何在这里“偶现”？“叹无缘”的王孙公子会不会是他？妙玉的自由恋爱不仅惊世骇俗，更遭到诸如忠顺王爷追索蒋玉菡那样的压迫——逼婚，她只有到“青灯古殿”中躲避，后更遁入一般人难以觅踪的贾府大观园栊翠庵。关于她的命运归宿，把“到头来，风尘肮脏违心愿”中的“肮脏”解释为“不屈不阿”我以为未必中肯，因为如那样她就一定“玉碎”，关于她的册页上就该画着碎裂的玉块，而不会是“一块美玉，落在泥垢之中”了。周汝昌先生推想她后来因成窑小盖钟的牵引落入忠顺王手中，甚有道理；那王爷很可能便是一个远比贾赦更可怕的色魔，贾赦在未能遂心得到鸳鸯后发狠说:“凭他嫁到谁家去，也难出我手心。”忠顺王爷当然更会针对妙玉发狠说：“凭她藏到天涯海角，也难出我手心。”那当然是个泥垢般的手心。依我想来，妙玉“欲洁何曾洁，云空未必空。可怜金玉质，终陷泥淖中。”“无瑕白璧遭泥陷”，并不是如有些人所推断的落入了娼门，或如周汝昌先生所推想的那样，被拉入马棚、圊厕，配与“癞子”男仆，而是她竟终于不得不违心地嫁给了忠顺王爷，任其蹂躏，而那让她不能“玉碎”只能“瓦全”的原因，是唯其如此，才可挽救贾宝玉的一命！由此，妙玉提供了一个与秦可卿、与其他金陵诸钗全不类同的特殊悲剧，在曹雪芹总体构思中，这桩个案一定承载着他内心深重的辛酸悲悯，故特地将其排在十二钗的第六位。

再探妙玉之谜

在《妙玉之谜》(载1998年6月1日《解放日报》《朝花》副刊)一文中，我已指出，“金陵十二钗”正册里，唯有妙玉不属于贾、史、王、薛四大家族且与他们亦无姻亲关系，却排名第六；薛宝琴在前八十回中戏份多过妙玉，是个人见人爱的美人儿，“薛小妹新编怀古诗”，其十首诗里隐喻着诸钗的命运走向与大结局，可见这个角色非同寻常，可是，她却上不了“十二钗”正册，这又反证出在前八十回仅正式出场两回的妙玉，在曹雪芹的整体构思中，八十回后一定有着惊天地泣鬼神的大作为，只是因为八十回后的真本迄今未能发掘于世，故我们现在只能根据已有的线索探佚求廓。

按周汝昌先生考证，妙玉原是犯官罪家之女，迫不得已，改变身份隐于贾家庇下，栖身自保；后贾家事败，所犯罪款中即有窝藏罪家眷口一条；八十回后，妙玉可能对宝玉与史湘云的遇合起了关键性作用，而她自身奇惨，很可能是落于仇家之手。(可参看周先生所著《红楼梦的真故事》一书)这样的思路，有一定道理。但我的思路有所不同。依我想来，贾家在匿藏了皇帝政敌的女儿秦可卿后，一直心怀鬼胎，甚至在已表面光鲜地办完秦可卿的丧事后，一旦皇帝宣召入朝，尚且吓得“贾母等合家人等心中皆惶惶不定”；哪知这次宣召竟非祸乃福——“贾元春才选凤藻宫”，然后是兴高采烈地建造“省亲别墅”，准备饱享皇帝恩宠：试想，贾家在安渡秦可卿带来的危机后，怎么会在“鲜花着锦，烈火烹油”的大好形势下，再公然藏匿一个犯官罪家之女，且将其安排在“省亲别墅”唯一的尼庵中，让她在元春和宫中太监的眼皮子底下出现呢？(可参看拙著《秦可卿之死》)

《红楼梦》并不是曹雪芹的家史自传，但其素材皆来自其家族与他自己的经历，这已是人们的共识。在康熙一朝，曹寅家（这是书中贾家的原型）及李煦家（这是书中史家的原型）因为其母都曾是康熙幼时的保母，备受宠幸，把持江宁织造和苏州织造，以及两淮盐政这样的肥缺，并兼文化特务半个世纪，所以只要康熙在，他们的富贵就在；但康熙生子奇多，所立太子又废而立、复而又废，诸皇子大都盯着老皇帝屁股下的那架金銮宝座，明争暗斗，风波迭起，究竟康熙薨逝后“鹿死谁手”，再高明的预言家也难以窥破，甚至于康熙自己，似乎也死到临头仍拿不定主意，这就使得曹、李这样的臣子，必须小心地周旋于各皇子之间，因为从逻辑上推导，哪位都可能成为下一任皇帝，哪位也得罪不起；而且，即便他们不去招惹那些皇子，皇子却会主动找上门来，这样一来二去的，他们必然会与有的皇子密切些，因此心中也便企盼他们当中将来有能登基的；可是，最后夺到皇位的，偏偏是以往跟他们两家关系最淡的（雍正皇帝），这倒还罢了，更令他们觳觫不安的是，他们以往交往最密的，如废太子，还有雍正防范最厉害的康熙十四子（据传本来康熙是传位给他，被雍正要阴谋篡了其位），恰是雍正最大的政敌，必欲置之死地而后快的。这可怎么才好呢？雍正一上台，李煦很快被治罪籍家，曹家这时袭官的是曹寅的过继子（书中贾政的原型），他们这个家族，只能在努力讨好新皇帝的前提下，继续敷衍几位一时尚未被收拾的康熙的皇子，并在迷离扑朔的政治风云中，也不排除为那些仍可能取雍正而代之的皇子皇孙，秘密地做些事情（书中以此写了秦可卿的故事，后怕惹祸，把“淫丧天香楼”大删大改为“死封龙禁尉”）；这样地两面进行“政治投资”，实出无奈。我以为，书中秦可卿的原型，即是被雍正率先治罪的康熙某皇子的女儿，而且，现在书中的贾府管家林之孝夫妇，在有的手抄本里头一回出现时，“林”系由“秦”点改而成，我以为，这很可能是曹雪芹原来的构思里，想把这对家人直接写成来自江南“秦王”家（秦可卿父亲家），后来随着大删大改关于秦可卿的故事，便将秦之孝也改掉成了林之孝了，不过，那人物关系的原来设计并未彻底改妥，在后面我们发现，林之孝家的女儿林红玉已经很大了，可她自己却又是王熙凤的干女儿，这在书中那样的贵族家庭里，显然是很离谱的事——如果写成秦之孝家的是随秦可卿来到贾家并分匿于荣国府的一个丫头，年龄尚小，为应付可能遇到的盘查，由王熙凤认作干女儿，那就合理得多；原来的合理设计，为避文祸不得不改易为费解的文字。由此我们可以想见，曹雪芹是在怎样苛酷险恶的人文环境下，呕心沥血地“著书黄叶村”的。在他的构思中，妙玉的祖辈，应是贾、史两家的同僚，并与“秦可卿家族”过从甚密；但到妙玉父辈，家道已然中落，后她父母双亡，成为权势不容之遗孤，所以在到了京城牟尼院师父圆寂后，她一方面不得不投奔世交府第以求庇护，一方面自尊心使然，必得贾府下帖子恭请。王夫人对她的底细本是清楚的，只是不知她近十来年的境况，所以听“秦之孝家的”说得差不多了，便不拟再听，立即允诺。

到书中第四十一回，妙玉才正式登台亮相，这时读者大吃一惊，这位带发修行的破落家族的孑存者，却收藏着连贾府也未必拥有的珍奇古瓷文物。而且，贾母与妙玉的对话极耐人寻味：妙玉亲自捧了一个海棠花式雕漆填金云龙献寿的小茶盘，里面放一个成窑五彩小盖钟，贾母一见便道：“我不吃六安茶。”这显然是贾母早年与妙玉祖上甚熟，知道她家嗜饮六安茶，否则此话脱口而出，殊不可解；而妙玉显然也早知贾母的“臭讲究”，所以马上笑应：“知道，这是老君眉。”后来贾家败落，起因应是元妃死于非命，贾赦为古扇害死石呆子等罪愆遭到告发，以及王熙凤的几桩恶行；贾府遭抄家籍没，初时妙玉可能尚滞留荒芜的大观园中，暂无大碍；但很可能是，在清查贾府罪愆的过程中，从王夫人陪房周瑞女婿古董商冷子兴的流水账目里，查出了那成窑小盖钟的来历——妙玉家从“秦可卿家族”那里得来，传给了妙玉，而因妙玉用其给贾母献茶，贾母顺手递给刘姥姥喝干了，妙玉嫌脏，经贾宝玉手，白给了刘姥姥，刘姥姥女婿王狗儿，后来托冷子兴转卖，可能卖到了忠顺王府……而这稀世瑰宝成窑小盖钟原是宫中之物，事情闹大，宝玉竟因此被逮入狱，妙玉闻此，从“槛外”急奔“槛内”，“云空未必空”，挺身而出，自认“祸首”，最后为救宝玉，不惜“风尘肮脏违心愿”，“无瑕白玉遭泥陷”很可能是，屈从了忠顺王爷那个“枯骨”般的老色鬼，但在宝玉确实脱离险境后，便惨烈地与“枯骨”同归于尽了！

一般的读者，受了高鹗伪续的影响，往往以为妙玉对宝玉的种种态度，是她在暗恋宝玉，这是大误会；妙玉在大观园里稍微住些时间，便不难知道贾宝玉与黛玉二人的爱情关系，而且薛宝钗的坐等“金玉姻缘”实现，也是明摆着的；她会生出“第四者插足”的想法么？我以为，不会。何况她岁数也比贾宝玉大了许多。她之所以在宝玉生日时派人递贺帖，确如宝玉自己所解：“因取我是个些微有知识的。”什么“知识”？就是：“潦倒不通世务，愚顽怕读文章。行为偏僻性乖张，那管世人诽谤！”他们反“正统”的放诞诡僻是“心有灵犀一点通”的。依我想来，妙玉应是暗中鼓励宝黛的“木石之恋”的。那么，太虚幻境那册子里妙玉一幅，判词中“欲洁何曾洁”何所指？以及“曲演红楼梦”中关于她的那一曲《世难容》里“可叹这，青灯古殿人将老；辜负了，红粉朱楼春色阑……又何须，王孙公子叹无缘”等语，该作何解释呢？有人将曲中的“王孙公子”指为宝玉，大谬！宝玉是只爱黛玉一人的，怎会对妙玉有姻缘之想？！依我的思路，妙玉的令世人难容，是她对某王孙公子曾有过大胆的青梅竹马之恋，这甚至连她的亲生父母也不能原谅，所以将她送入燃“青灯”的“古殿”（注意，栊翠庵绝非“古殿”），使她“辜负了，红粉朱楼春色阑”，而也爱她的王孙公子（韩奇？陈也俊？）只能“叹无缘”。

第七十六回，悲剧的大终局节节逼近，史湘云与林黛玉的凹晶馆联句，到第二十二韵，她们分别以“寒塘渡鹤影，冷月葬花魂”的“谶语”道出了各自的结果。后来妙玉从山石后转出，止住她们，把她们引入栊翠庵，一气续成十三韵；妙玉“才华阜比仙”，她同警幻仙姑一样，以诗句暗示出了除已死的秦可卿和史、林这三钗以外的九钗的大结局：“香篆销金鼎，脂冰腻玉盆”，这是说元春在宫中的好日子将尽；“箫增嫠妇泣，衾倩侍儿温”，这是说宝钗将守活寡，在袭人离去后，“好歹留着麝月”，相依为命；“空帐悬文凤，闲屏掩彩鸳”，这是以喻王熙凤到头来一场空，并兼及贾府众丫头的离散；“犹步萦纡沼”指迎春很快就要掉到孙绍祖的虎口中，“还登寂历原”指探春将登至高处（杏元和番？）却远离家族备感寂寞；“歧熟焉忘径”指惜春早已决心出家，果然走上了这条不归路，“泉知不问源”指巧姐有受其母恩的刘姥姥报答援救；“钟鸣栊翠寺”透露妙玉自己将离开栊翠寺赴难，而“鸡唱稻香村”则喻示贾兰中举而了李纨终获诰封；余下的各句，多从总体上咏叹贾府“树倒猢狲散”后的种种窘境，特别值得注意的一句是“振林千树鸟，啼谷一声猿”，是否暗示在贾府被打击而作鸟兽散的同时，却又有柳湘莲等一干人作了强梁，实行着对皇帝的反抗？

我曾将自己关于秦可卿和元春结局的探佚成果，以小说形式展现，不消说，我关于妙玉之谜的探佚心得，亦将尝试以小说形式，奉献于读者。

雅趣相与析

我从20世纪90年代初，就发愿要将自己在“红学”探佚方面的心得，以小说形式体现出来。经过不断的努力，1993年完成了《秦可卿之死》，1995年完成了《贾元春之死》，1999年初完成了《妙玉之死》，这三部中篇小说，构成了一个系列，其中不仅破解了——秦可卿究竟是怎样的出身？贾元春究竟是怎么死的？妙玉最后的结局究竟如何？——这“三钗”之谜，也连带把真本《红楼梦》八十回后其他许多人物的下落、归宿，做了交代。三部中篇小说，都发表在山东作协的《时代文学》双月刊上——我要感谢他们延续多年而未曾减退的支持；1994年华艺出版社汇集我关于《红楼梦》的文字出版了《秦可卿之死》一书，1996年出了增订本，可惜排印中舛错甚多，后来该社又把三部中篇和新的探佚文章以及原有的研“红”心得诸文，重新出成一本《红楼三钗之谜》，并精心校对、高质印制。

我已经说过很多次，我之所以进入“红学”探佚领域，如痴如醉地探究秦可卿、贾元春、妙玉等人物的真面目、真结局，是因为我想从曹雪芹创作《红楼梦》的审美追求中获取营养。我知道，有的中国当代作家，不喜欢《红楼梦》，甚至不能卒读这部长篇小说。我以为，这恰恰说明，曹雪芹和《红楼梦》是个性鲜明的。唯其率性呈现，才不会是人见人爱，才会仁者见仁、智者见智，才会聚讼纷纭，才会令有的人怎么也找不到感觉，敬而远之，甚或不敬而弃之。

秦可卿、贾元春、妙玉这三钗之谜，最难破解的是妙玉。不仅八十回后妙玉的结局究竟如何是个大谜，就是前八十回《红楼梦》里，妙玉那放诞诡僻的性格本身，也是一个谜——这性格是怎样形成的？需要破解的，不仅是人物的

"后传"，其"前史"也令人意想悬悬。撰写"三死"最后一"死"过程中，王蒙来电话，问及我"忙些什么"，我在电话里刚呐出"妙玉"芳名，他那边便本能地反应道："妙玉讨人嫌！"此答令我甚喜。喜的当然不是他对妙玉的直感式评价，而是能以无遮拦的真性情相对，并无意中大大激活了我解读妙玉那招人嫌厌的乖僻性格的决心。王蒙的研"红"，是把曹雪芹的前八十回和高鹗的续书作为一个整体来发言的，无探佚之意；我则把高续视为与曹雪芹原著原意不相干，甚至大相径庭的另一回事；妙玉在前八十回中只露出"过高""过洁"的一面，八十回后曹稿无存，而高续大加荼毒，也难怪不少读者对她嫌厌，甚至视为"假惺惺"。我曾在1998年，两次撰文探讨妙玉性格及命运的底蕴，都发表于《解放日报》《朝花》副刊，现在把完成的《妙玉之死》和那两篇文章对照，可以看出我的思路是在不断地调整。我觉得我在《妙玉之死》中，对妙玉性格的形成、发展，以及那放诞诡僻的性格最终怎样开放出凄美至善的人性花朵，做到了绵密细致地层层推进，并自圆其说。曹雪芹在《红楼梦》中借妙玉之吟，有"芳情只自遣，雅趣向谁言"之叹；我这探佚小说，至多只是对曹公雅趣的一种刻意靠近罢了，但正如"疑义相与析"一样，曹公如此刻画妙玉性格命运的雅趣，也需要我们相与究析；我期待着同好的批评指正、诘驳论辩。

有人问我：你从事"红学"探佚，写这三钗之死，难道没有某种对现实的关照寄托于内么？那种狭隘的"关照"，如影射、比附，是没有的。但广义的、深层的关照，又是不言而喻的。这些"红学"探佚文字里，融化着我的生命体验。我早在1978年，就写过一篇现实题材的短篇小说《我爱每一片绿叶》，从内心深处呼吁尊重个性，二十多年来，这诉求一直贯穿在我的文字中，如最近由山东画报出版社出版的非虚构长篇小说《树与林同在》，更强化着这一旋律。我坦承，自己的性格是比较孤僻、比较难于被泛泛接触的人理解与容纳的，因此，解开妙玉那"讨人嫌"的性格内核中的人性之谜，于我来说，也确有某种特殊的迫切性。既然"性格即命运"，那么，我的性格，我的直面现实的文字，乃至我的"红学"探佚小说，融为一体，正是我无可逭逃的命运。

薛宝钗的绣春囊?

在《许姬传七十年见闻录》(1985年5月中华书局第1版)里,有一段《徐仅叟谈红楼梦》引起我的注意。徐仅叟是许姬传的外祖父,在清朝曾官至翰林院侍读学士,因上疏向光绪皇帝举荐康有为、梁启超等人,在戊戌政变失败后,被判“绞监斩”(相当“死缓”),到庚子事变时才侥幸出狱,后隐居杭州。这是位饱学之士,琴棋书画样样精通,还会唱昆曲,更精于医道。他熟读《红楼梦》,而且见解独特。据许姬传的回忆,他少年时代,曾亲见耳闻外祖父徐仅叟与客人畅谈《红楼梦》,那些客人都是当时的著名文人方家,有陈散原、冒鹤亭、夏剑丞等人。

徐仅叟指:“曹雪芹写书的方法,有些从正面写,也有从反面写,或者从夹缝里写。书里有些人描写得温慧贤良,端庄稳重,骨子里却做了不可告人的隐事……可以研究一下书里的谜。”接着便问:“傻大姐拾的绣春囊是谁的?”夏剑丞说,书里写到在迎春那里,从大丫头司棋的箱子里,搜出了潘又安的情书,上面提到香袋,这绣春囊,分明就是司棋的嘛。徐仅叟却道:“这是曹雪芹布的疑阵,如果信以为真,就被他瞒过了……”大约一盏茶时,众人都答不上来,徐仅叟便抛出他的谜底:“绣春囊是薛宝钗的!”举座吃惊。

不管你是否认同徐仅叟的见解,有一点是必须肯定的——他阅读《红楼梦》很细。在抄检大观园一回里,写到从司棋箱子里抄出了一个小包袱,打开看时,里面是一个同心如意并一个字帖儿,那字帖是大红双喜笺帖,上面写道:“上月你来家后,父母已觉察你我之意。但姑娘未出阁,尚不能完你我之心愿。若园内可以相见,你可托张妈给一信息。若得在园内一见,倒比来家得说话。

千万。千万。再所赐香袋二个，今已查收外，特寄香珠一串，略表我心……”这个笺帖固然坐实了司棋不轨的“罪名”，但所提到的同心如意、香珠都并非绣春囊，而且香袋是司棋送给园外的潘又安，被郑重查收了的。在古代，无论男女，都有在腰带上佩戴种种小零碎物品的习俗，《红楼梦》第十七回，写到一群贾政的小厮为了和宝玉表示亲合，围上去，不容分说，将宝玉所佩之物，包括荷包、扇囊等，尽行解去。还写到林黛玉为此生气，把特为宝玉做的而尚未完工的一个香袋给剪破了。绣春囊虽然也是香袋之一种，可是它很特殊，被俗称为什锦春意香袋，不仅那上头会绣着“两个人赤条条的盘踞相抱”一类的色情图画，而且，里面装的，也是媚香、春药之类的促性发情的东西，而非一般的香料、槟榔等物品；这样的香囊有时会被藏在怀中，轻易不会露出来。书中写到过司棋与潘又安在园里幽会，被鸳鸯撞见，后来司棋忧虑而病，等等情节，但并未写到司棋为丢失绣春囊而惴惴不安，而且搜出她的“赃证”后，她倒并无畏惧惭愧之意。既然从文本上并不能找到那绣春囊肯定是司棋的有关交代，阅读者根据自己的理解加以猜测，则是无可厚非的了。

书中写到，王夫人见到邢夫人封交的绣春囊后，首先想到是贾琏从外头弄来，凤姐当作了“闺房私意”，不慎遗失到了园子里。凤姐又急又愧，登时紫涨了面皮，依炕沿双膝跪下，含泪抗辩，除为自己和平儿洗清外，又把怀疑面引向了贾赦的侍妾嫣红、翠云，贾珍的侍妾佩凤，甚至“不算甚老”的尤氏……但值得注意的一点是，无论王夫人还是凤姐，她们的首选嫌疑者都是已婚的、有“房事之乐”者。

而徐仅叟作为一个细心的阅读者，很有点立足于“接受美学”的味道，从文本引申出他的思路，最终把“谜底”投射到了薛宝钗身上。他的根据大体如下：书里写到，抄检大观园时，同是亲戚，林黛玉被抄了，而薛宝钗却抄不得；事后薛宝钗反倒立即托词迁出大观园“避嫌”，还在尤氏挽留时，说出“你又不曾卖放了贼”那样的怪话；薛宝钗平时罕言寡语，人谓藏愚，安分随时，自云守拙，其实她工于心计，见多识广，她家开有当铺，她认得当票，她哥哥误把画春宫画的唐寅认作“庚黄”，自然那一类的东西很多，她在抓着林黛玉说酒令时引了两句《西厢记》《牡丹亭》的“小辫子”后，竟以势压人，要审黛玉，并称自己小时姊妹兄弟一处，也“怕看正经书”，见识过不“正经”的玩意儿；进京后她家人口简单，居处不大，哥哥的春宫画，想必也“欣赏”过；以滴翠亭她在小红、坠儿前毫不犹豫地嫁祸黛玉的行径，可以“举一反三”，推知她会拥有从哥哥那里得来的“市卖”的绣春囊，她就是那么一种让你“知人知面不知心”的、最出乎人意料的复杂人物。

我并不同意徐仅叟的推测。其实，他应把他的思路加以精密化，比如说，想到香菱曾进园与薛宝钗一处居住，且有斗草换裙等行为，作为薛蟠的侍妾，她有绣春囊的可能性，是大过薛宝钗的，但宝钗见过她的绣春囊，见怪不怪，是可能的；这样也更能解释清为什么在抄检后，薛宝钗要尽快离开那块是非之地。

徐仅叟的一家之言的意义，并不在猜谜道底本身，而是从一个侧面印证出，曹雪芹在人物描写上、情节设置上，达到了多么高妙的地步。比《红楼梦》晚出很久的，西方文豪笔下的包法利夫人也好，安娜·卡列尼娜也好，都道是性格复杂，立体化，可是究竟还能说得清她们是怎样的人，而光是一个薛宝钗，她生动得那样复杂，立体得那样难以说清道明，以至仁者、智者对她的理解竟能分驰得那般厉害，并且一个关于绣春囊究竟系谁所遗失的情节，能给以阅读者那么丰富的揣想空间，对此，我们能不击案赞叹吗？

薛宝琴为何落榜？

这个问题的更准确的提法是：薛宝琴为何被排除在“金陵十二钗正册”之外？

我们都知道，在《红楼梦》第五回，贾宝玉在太虚幻境的“薄命司”里，偷看了暗示书中诸女子命运的簿册，首先翻开的是“金陵十二钗又副册”，只看了关于晴雯和袭人的两页便掷下了，从中读者可以领悟，“又副册”里大概收的都是与晴、袭相类似的大丫头，估计紫鹃、莺儿等都在其中；后来又写到揭看“金陵十二钗副册”，却只看了一页，是关于香菱的，因“仍不解”，竟又掷下，不过读者可以猜出，“副册”里收的，可能还有平儿，也就是虽然开头是丫头，可是后能“扶正”，那样的身份以上的女子。宝玉完全翻阅一遍的，是“金陵十二钗正册”，按顺序，是林黛玉、薛宝钗并列，然后是贾元春、贾探春、史湘云、妙玉、贾迎春、贾惜春、王熙凤、李纨、巧姐、秦可卿。后来警幻仙姑让他聆听“新制《红楼梦》十二支”词曲（实际上是十四支），对金陵十二钗命运暗示的顺序也是这样。

在《红楼梦》第四回里，出现了至关重要的“护官符”，开列出了贾、史、王、薛四大家族。稍微研究一下“金陵十二钗正册”的名单就不难发现，里面除了妙玉一位，其余十一位都是四大家族的成员，元、迎、探、惜是贾家小姐；史湘云是贾母娘家史家的小姐；林黛玉是贾母女儿的女儿，虽然姓了林，其实是贾、史两大家族的骨血；王熙凤既是王家的小姐，又嫁到了贾家为媳，她的女儿巧姐不消说也兼有贾、王两族的血脉；李纨和秦可卿本身不是四大家族的血统，但她们嫁到贾家为媳，也就取得了贾家的身份。按说这“正册”里应该全收四大家族的成员，不必掺进妙玉。

当然，倘若在我们所看见的，大体是曹雪芹原著的《红楼梦》前八十回的文本里，属于四大家族的“主子”身份的女性，再没有什么太醒目的，“钗”数不够，那么，以妙玉补充，也就不奇怪了。可是，却明明有一个施以了重彩的薛宝琴赫然存在。

在前八十回里，写到妙玉的笔墨其实非常有限，“正传”性质的，也就第四十一回栊翠庵品茶一场戏罢了，只占半回书，仅一千多个字。后来第七十六回凹晶馆黛玉、湘云联诗，人家二位是主角，她最后出来了一下，只能算是陪衬。其余几次提到她都不过是暗场处理。

但曹雪芹在前八十回里对薛宝琴的描写，远比妙玉为多。第四十九回，薛宝琴与李纹、李绮、邢岫烟同时出场，“倒像一把子四根水葱儿”。虽说四个女子都美，但宝琴独得贾母青睐，立时逼着王夫人认作干女儿，还不让住进大观园，留在自己身边一块儿住，看天上下雪珠儿了，又把连宝玉也没舍得给的一件用野鸭子头上的毛做的凫靥裘拿给她，还让丫头琥珀传话，“叫宝姑娘别管紧了琴姑娘……让他爱怎么样就怎么样”，竟惹得薛宝钗吃起醋来。书中还特别为薛宝琴设计了从远推近的“定格镜头”：“四面粉装银砌，忽见宝琴披着凫靥裘站在山坡上遥等，身后一个丫环抱着一瓶红梅……贾母喜的忙笑道：‘你们瞧，这山坡上配上他的这个人品，又是这件衣裳，后头又是这梅花，像个什么？’众人都笑道：‘就像老太太屋里挂的仇十洲画的《双艳图》。’贾母摇头笑道：‘那画的那里有这件衣裳，人也不能这样好！’”后来荣国府元宵开夜宴，贾母让最钟爱的四个孙辈与自己同席，这四个人是宝琴、湘云、黛玉、宝玉，宝钗只落得去“西边一路”与李纹、李绮、岫烟、迎春姊妹等为伍。贾母的极端宠爱，产生出连锁反应，后来贾府大总管赖大家的专门送了两盆上好的腊梅和水仙给薛宝琴，宝琴也很会做人，她把一盆腊梅转送给了探春，一盆水仙转送给了黛玉。

人见人爱的薛宝琴“年轻心热，且本性聪敏，自幼读书识字”，书中竭力表现她的才华横溢，芦雪庵争联即景诗，她与宝钗、黛玉共战湘云，妙句迭出，从容自如；后来吟红梅花诗，技压李纹、岫烟；第七十回众人填柳絮词，唯独她那首《西江月》声调壮美；尤其是第五十一回，她一人独作怀古诗十首，以素习跟着父亲所经过各省内的古迹为题，每首还各隐一件物品；虽然历代“红学”家对这十件物品的谜底始终未能达成共识，但大多数研究者都认为这十首“新编怀古诗”又暗示着书中十位女子的命运，只是它们分别是在暗示谁的命运？倘是暗示“金陵十二钗正册”诸钗的命运，那怎么又仅有十首？……不管怎么说，这十首诗的出现使这一人物在全书中的分量大增，是显而易见的。更值得注意的是，书中借薛姨妈的话介绍她说：“他从小儿见的世面倒多，跟他的父母四山五岳都走遍了。他父亲是好乐的，各处因有买卖，带着家眷，这一省逛一年，明年又往那一省逛半年，所以天下十停走了有五六停了。”所以她的见多识广，其实远在贾宝玉和“金陵十二钗正册”中任何一钗之上！她八岁时跟父亲到西海沿子上买洋货，还接触过真真国的披着黄头发、打着联垂的洋女子，甚至还藏得有那女子的墨宝，书中并写到她向宝玉及黛、钗、湘等凭记忆念出了一首那真真国美人所写的五律诗。（“西海沿子”可能指里海边上，“真真国”可能指现译为车臣的地区，将另撰文探讨。）

第五十三回写宁国府除夕祭宗祠，按说薛宝琴是外姓女子，又没有嫁到贾家为媳，她是不该在场的；倘若她可以在场，那么为什么薛宝钗、邢岫烟等不去参观？但书中却写到偏只有她一个外姓女子随着贾氏诸人进入了祠堂，从容旁观。早在清代就有评家指出这样的描写不合当时的风俗礼仪。曹雪芹为什么要这样处理？是不是至少在他早期的构思里，薛宝琴是一个贯穿到底的贾府由盛到衰的旁观者？

前八十回里，写到贾母曾起过将薛宝琴配给贾宝玉的念头，后来薛姨妈代为说明，宝琴父亲已死，母亲有痰症也时日不多，但她父亲在世时已将她配给了梅翰林之子，她之所以随哥哥薛蝌进京，就是等梅翰林外任期满回到京城，好嫁过去完婚。那么，在曹雪芹所写成或至少是设计好的八十回后的篇章中，她究竟是否嫁给了梅翰林之子并终守一生呢？从八十回文本和脂砚斋批语的逗漏，我们可以推测出来，她后来的命运并非就此绾定。她的吟红梅诗里有这样的句子：“闲庭曲槛无余雪，流水空山有落霞。”表面上这都是紧扣“红梅”说事，其实，从“丰年好大雪”到处处“无余雪”“流水空山”好落寞，恐怕都暗示着薛氏家族的整体瓦解，她最后也只能是入“薄命司”而不可能例外。她那首吟柳絮的《西江月》词中有句曰“明月梅花一梦”，恐怕是暗示着她最后并未能如约嫁到梅家；那么，她没嫁给姓梅的又嫁给了谁呢？我认为她那十首怀古诗的最后一首恰是说她自己的：“不在梅边在柳边”，也就是说，她最后的归宿，竟是与柳湘莲结合了。凝神一想，尤三姐虽是真情而屈死，究竟未必能配得上柳湘莲，而薛宝琴与柳湘莲在“浪游”的经历与“壮美”的气质上，实在是非常相配。

从脂砚斋的批语里我们得知，曹雪芹在书末设计了一个情榜，对贾宝玉的考语是“情不情”，对林黛玉的考语是“情情”，可惜这样的透露性批语传下来的太少，我们现在还只能是猜测。据周汝昌先生考证，书末的情榜应是仿《水浒传》的好汉排座次，除宝玉外，也是一百零八位“脂粉英雄”，按每一组十二人编排，共分九组，也就是从“金陵十二钗正册”“副册”“又副册”“四副”……一直到“九副”。有不少证据，说明曹雪芹在写作过程中，对每一册的名单都一再地斟酌调整，比如香菱，他可能有过将其列入“正册”的考虑，后来调整为“副册”头一名；“正册”呢，我以为，本来应该是有薛宝琴的，这样也恰好与“护官符”的四大家族完全契合，但到头来，由于他对妙玉的看重，特别是，八十回后妙玉对宝玉的命运起着非同小可的作用，其意义超过了薛宝琴与柳湘莲遇合的故事，所以他终于还是割爱，让薛宝琴从“正册”中落榜。不过，可以断定的是，薛宝琴会在“副册”中出现，而且很可能在香菱之后居第二位。

贾母天平哪边倾？

高鹗所续后四十回《红楼梦》，其影响最大的情节是贾母喜钗厌黛，在明知宝玉钟情黛玉的情况下，让王夫人、薛姨妈的“金玉姻缘”之说成为现实，更狠心地同意采取凤姐所设下的“掉包”毒计，使宝黛二玉所向往的“木石姻缘”化为悲烟怒云。后来无论戏曲还是影视，都不约而同地将这一情节作为煽情的“戏眼”，以致许多读者、观众都以为那就是曹雪芹的原意。这里不拟评价高鹗这一续笔本身的优劣，只是想告诉大家，就曹雪芹传世的前八十回所塑造的贾母这一形象而言，她那感情的天平，始终并未形成喜钗厌黛的倾斜，她对钗、黛大体是“一碗水端平”，如果非要精微测量，分出高低，那么，虽不能说她厌钗，却实实在在是对黛玉更疼爱一些。

梁归智先生著有《石头记探佚》一书，其中《老太太和太太》一文的分析我很同意。他说：贾母的形象塑造得血肉丰满，“完全是立体的”；在对待宝玉和黛玉的恋爱婚姻问题上，她和王夫人的意愿和态度是尖锐对立的，这并不是说贾母具有和宝玉、黛玉一样的叛逆性格，但生活和人性就是这样复杂，正像贾母溺爱宝玉而反对贾政管教宝玉，使宝玉的叛逆性格得以自由发展一样，贾母也是宝黛恋爱的护法神。宝玉和黛玉都是贾母的“心肝儿肉”，贾母对他二人的关心照顾超过对其他孙儿孙女，前八十回屡有明文，在在皆是，宝黛的感情纠葛闹得不可开交，她说那叫“不是冤家不聚头”。在八十回后，围绕着究竟是把黛玉还是宝钗配给宝玉，贾母和王夫人之间必有一系列从隐到明的冲突，周汝昌先生在《红楼梦的真故事》里，探佚出王夫人一派是在贾母病死与黛玉沉湖之后，才成就了貌合神离的“金玉姻缘”，那不仅是宝玉的悲剧，也是宝钗的不幸；这有一定道理。

细读前八十回文本，我们都会感觉到贾母对男性的孙辈、重孙辈，除了钟爱宝玉，以及怜惜贾兰这两个以外，举凡贾珍、贾琏、贾琮、贾环、贾蓉、贾蔷……或仅面情搪塞，或无动于衷，或竟至嫌厌，可是对孙女、重孙女辈，几乎是有一个喜欢一个，并旁及亲戚家的女孩子们；在她八旬之庆时，远亲家的姑娘喜鸾和四姐儿随家人来贺，她不仅留她们住下，还特意嘱咐不能嫌她们穷，“有人小看了他们，我听见可不依”。有个年轻的大学生跟我讨论，他说难道贾母也跟宝玉一样，认为女孩子是水做的？我说她可未必有那个“觉悟”，这恐怕是因为，在清代旗人家里，普遍有这样的风气，就是并不怎么歧视女孩，因为未嫁的女孩，都有可能被选入宫，是潜在的“无价宝”。当然，贾母除了受风气影响，又是她自身的性格使然，七十五回写贾母吃完饭下地和王夫人说闲话行食，要尤氏、鸳鸯、琥珀、银蝶等都破规坐下吃饭，笑道：“看着多多的人吃饭，最有趣的！”她所喜欢的“多多的人吃饭”，当然不是指有男人在场的那种正规宴席，而是大家庭女眷们的随意便酌，外加“破陈腐旧套”的主奴亲和所形成的热闹、喜兴气氛。

贾母对围绕在身边的如花少女们有一种由衷的泛爱。她当然也喜欢薛宝钗，当宝钗在贾府过头一个生日时，贾母“喜她稳重和平”，蠲资二十两银子，交与凤姐去置酒戏。前八十回里明写贾母对宝钗的喜爱也就这么一笔。凤姐说二十两银子“够酒的？够戏的？”虽是逗笑，却也让读者明白，因为薛家是来寄住的客方，所以贾母才有出银的“客气”之举。宝钗在贾母问及爱听何戏、爱吃何物时，“总依贾母往日素喜者说了出来”，这当然使贾母更加欢悦。但她的“藏愚”“守拙”，终究还是引出了贾母的不快——刘姥姥二进荣国府，贾母携她游大观园，来到宝钗住的蘅芜苑，“及进了房屋，雪洞一般，一色玩器全无”，又听说王夫人、凤姐儿曾送她玩器摆设，她一概退回，便批评道：“……年轻姑娘们，房里这样素净，也忌讳。我们这老婆子，越发该往马圈去了！”话很难听。这样难听的话，贾母未曾对其他女孩子说过，这不仅是贾母与宝钗二人在审美观上的冲突，也是人生观的冲突。后来宝钗堂妹薛宝琴来到贾府，贾母爱若掌上明珠，留在身边睡，给其珍奇的凫靥裘避雪，元宵夜宴取代宝钗与湘云、宝玉、黛玉与己同席，甚至向薛姨妈细问其年庚八字并家内景况，流露出特殊意图，到这个份儿上，宝钗在贾母的心目中究竟有否超常的重量，其通过贾母实现“金玉姻缘”的可能性能有多大，读者当心中有数了。

还是上面跟我讨论的大学生，他笑说，从优生学的角度，宝玉跟黛玉的血缘关系，比跟宝钗的血缘关系更进一层，二者相比，恐怕还是后一种婚配方式较好些。我跟他说，曹雪芹写的贾家故事，虽经艺术想象和必要剪裁已非曹家故实，但确实投射着其家族人物关系的阴影，从八十回文本的描写可以看出，贾政的原型是个过继给书中贾母的儿子，而贾赦虽确是贾政的亲哥哥，却另院别宅地居住，那原型根本与贾母连过继关系也无（周汝昌先生在《红楼梦新证》里有详尽考证），所以，贾政其实并不是黛玉的亲舅舅而只是个堂舅，黛玉与宝玉的血缘关系，反要比宝钗与宝玉的血缘关系更远一些！这层微妙关系当然也笼罩在了贾母心头，贾政这个儿子虽非亲生，但宝玉这个孙子却如清虚观张道士所说：“怎么就同当日国公爷一个稿子！”也就是充分显示着贾母亡夫的遗传基因，她怎能不倾心疼爱！贾赦、贾政根本不是她所生的，但她有亲生的女儿贾敏，贾敏给她留下的遗孤黛玉，血管里流着来自她身上的一份血，就血缘关系而论，黛玉于她而言更亲胜宝玉，以重血缘的封建观念而论，贾母这样一个贵族老太太，她的感情天平，是无论如何很难朝别处倾斜而竟厌弃起嫡亲的黛玉来的。

“金兰”何指？

“金兰契互剖金兰语”，这是《红楼梦》第四十五回回目的前半。“金兰”语出《易经》：“二人同心，其利断金；同心之言，其臭如兰。”后来人们就把两个异姓人结为兄弟或姊妹的亲密关系称作“义结金兰”。我读到《红楼梦》这一回前半部，自然而然地认为“金兰契互剖金兰语”是来概括李纨和王熙凤两人当众坦率交谈的一大段描写的，从来没有犹豫过。但最近把一卷《春梦随云散》的书稿给了出版社后，责任编辑廉萍是位刚到任的北京大学古典文学专业的博士，她审读书稿极为认真，读到我提及上述一回的文字，便给我指出，一般人是把“金兰契互剖金兰语”理解成薛宝钗和林黛玉在潇湘馆的一番谈话的。她问我：您那样解释，是想标新立异吗？我本来并没有意识到自己的理解颇为独特，我还以为大家都在这么理解呢，直到面对她的提问，我才仔细推敲了一番，推敲的结果，是固执己见。

《红楼梦》第四十二回回目的前半，是“蘅芜君兰言解疑癖”，已经暗用了“金兰”的典故。写的是薛宝钗抓住林黛玉在大庭广众中说酒令时说漏了嘴，暴露出她偷看过《西厢记》《牡丹亭》那样的“移性情”的“杂书”的把柄，把她唤到蘅芜院中“审问”，教诲她“你我只该做些针黹纺织的事才是”，一席话说的林黛玉垂头吃茶，心下暗伏，只有答应“是”的一字（注意，曹雪芹的原文是“心下暗伏”，高鹗篡改为“心下暗服”，“伏”是被对方占了上风暂且认输，“服”是完全被对方征服失去自我，很不相同；这更说明我们对《红楼梦》的正文乃至回目进行精微的文本研究，对于理解与鉴赏这部经典是十分必要的）。这段情节，曾被评家用以证明薛宝钗是个封建道德的遵从者、鼓吹者、卫道士。

但曹雪芹下笔刻画人物，绝非主题先行褒贬随后，他总是把人物写得活灵活现，使你感觉到在那样的情境里那样性格的一个活人他就是那么想那么说那么做，因此评价起来也就很难贴正反对错的标签。这段情节，也可以理解为薛宝钗对林黛玉格外呵护，有着情同亲姊妹的情怀。

既然第四十二回已经将薛、林的关系喻为了“金兰契”，那么，仅仅隔了两回，是没有必要再重复的。细读第四十五回，全回情节明显分为两大块，前半块主要写李纨与王熙凤之间全书中绝无仅有的一番直来直去的对话，后半块主要写林黛玉在与薛宝钗谈心后心中郁结难解，灯下读古乐府，心有所感，亦不禁发为章句，“风雨夕闷制风雨词”（这也就是这一回回目的后半）。如果“金兰契互剖金兰语”也是照应后半块的情节，那么，这一回回目的设置，就未免向后半块倾斜得太过分了。揆之《红楼梦》回目，总是尽可能用八个字概括前半回里的主要情节，再用另外八个字概括后半回里的主要情节，而且如果前一句强调某人的戏，后一句就换成强调另一个人的戏，如“情切切良宵花解语 意绵绵静日玉生香”，“蜂腰桥设言传心事 潇湘馆春困发幽情”等等。

李纨这个角色，虽然是“金陵十二钗”的第十一钗，出场的次数极多，但在前八十回里，绝大多数情况下，她都是场面上的陪衬，总是别人唱主角，她打打边鼓，帮帮腔而已。“十二钗”里的迎春、惜春在前八十回里也大体是这么个状况。迎春只有在“懦小姐不问累金凤”那半回里才当上主角。惜春只有在“矢孤介杜绝宁国府”那半回里才占据舞台中心。清代一般评家，都把那两个半回称作“迎春正传”“惜春正传”。我以为，四十五回前半回，应视为李纨正传。李纨第四回首次亮相，被说成“居家处膏粱锦绣之中，竟如槁木死灰一般，一概无见无闻”，以后的频频出现，基本上是维系着这么个寡妇失业、温柔敦厚的形象，她口齿虽然还不到“锯了嘴的葫芦”那么憨笨的程度，但总是不多说不少道，以折中平和为其特色，以至她究竟都说过些什么，在四十五回前很难给读者留下深刻印象。但到了第四十五回，她大开金口，主动出击，与王熙凤发生剧烈的语言碰撞，请看她当众抛给王熙凤的这些肺腑之言：“真真你是个水晶心肝玻璃人。”“你们听听，我说了一句，他就疯了，说了两车的无赖泥腿世俗专会打细算盘分斤拨两的话出来。这东西亏他托生在诗书大宦名门之家做小姐，出了嫁又是这样……若是生在贫寒小户人家，作个小子，还不知怎么下作贫嘴恶舌的呢！天下人都被你算计去了！昨儿还打平儿呢，亏你伸的出手来！那黄汤难道灌丧了狗肚子里去了！……给平儿拾鞋也不要，你们两个只该换一个过子才是！”衡之全书，王熙凤一生中所遭受的当众抢白，其激烈与不留一丝情面的程度，以此为最。真是惊若焦雷，直劈心窝。李纨的性格与内心世界，顿时超越“槁木死灰”的“定论”而立体化起来，丰满、复杂，耐人寻味。最妙的是王熙凤对李纨的偶露峥嵘，不仅没有表现出惊诧愤恚，反而当众“笑纳”退让，说明她与李纨其实是互相深知对方心底里的想法，并且都有包容度和消化力的。把她们妯娌二人的关系比作“金兰契”，把她们的一番语言碰撞说成是“互剖金兰语”，不是很恰切么？

贾琏王熙凤的夫妻生活

《红楼梦》里的贾琏、王熙凤这对夫妇，是作者着墨甚多的一对贵族夫妻。按书里的交代，他们本不是荣国府里的主子。荣国府正院正房里住着贾政、王夫人，他们有儿有女，大儿子贾珠虽然去世，大儿媳李纨却老成持重，与王熙凤相比较，李纨文化水平高得多，贾元春省亲时，李纨曾赋诗一首，虽未见出色，倒也中规中矩。但王夫人为扩大娘家的势力，特把几乎不识字的内侄女王熙凤搬到荣国府来掌握家政大权。在第七回上半回里，曹雪芹特别写到贾琏、王熙凤和谐的夫妻生活。那文笔与《金瓶梅》很不一样，《金瓶梅》写性直截了当，《红楼梦》既含蓄又传神。书里写到王夫人陪房（就是出嫁时当作陪嫁带过来的大仆人一家子）周瑞家的，奉薛姨妈之命，给诸位小姐太太送宫花，大中午的，送到王熙凤住的那个院子，“走至堂屋，只见小丫头丰儿坐在凤姐的房门槛上（把门放哨呢——刘注，下同），见周瑞家的来了，连忙摆手儿叫他往东屋里去（“周瑞家的”是“周瑞的老婆”的意思，曹雪芹写书时汉语里还没有“她”字），周瑞家的会意（会的什么意？仅仅是明白主人在午睡么）……只听那边一阵笑声，却有贾琏的声音（回目中所以有“贾琏戏熙凤”字样）。接着房门响处，平儿拿着大铜盆出来，叫丰儿舀水进去（平儿可以在贾琏、王熙凤做爱时在场，甚至可以在主子召唤下参与做爱，这种身份叫“通房大丫头”；叫舀水进去，可见房事完后，夫妻要适当沐浴，很注重性卫生）。”

曹雪芹这样写“贾琏戏熙凤”，曾引起清代某些评点者的訾议，认为是写“白昼宣淫”“淫极”；也有现当代批评家认为这是在揭露“贵族家庭生活糜烂”。其实，一定程度上参与了《红楼梦》创作的脂砚斋说得好，这样写是采取了“柳藏鹦鹉语方知”的高妙手法，体现出该书意在反映大家族日常生活情态，重点在刻画人物，写人物关系互动中的性格冲突、命运跌宕，而绝非一般风月俗书可比。以今天的眼光来看，书中此刻贾琏、熙凤鱼水和谐，他们不是那种因为父母包办，毫无感情，只能在昏夜里让本能催动着发生关系的懵懂夫妻，而是能在亮光下互相欣赏，循序渐进地享受性生活之乐，最后能双双达到高潮，那样的一对伉俪，他们的“午嬉”没有多少值得责备的地方。

贾琏与王熙凤的性生活，大体上一直采取着这样的表现手法，用墨十分经济，却给人很深印象。第二十三回，写他们夫妻俩分派大观园补充工程的管理人员，在利益分割上有矛盾，气氛紧张起来；但贾琏忽然把话锋一转道：“……只是昨儿晚上，我不过要改个样儿，你就扭手扭脚的。”凤姐儿听了，嗤的一声笑了，向贾琏啐了一口，低下头便吃饭。这进一步说明他们的性生活不仅正常，而且还颇能自觉地变换花样，享受性生活中的乐趣。

夫妻暂别，在任何时代任何阶层的家庭里都很难避免。第十三回写到“凤姐儿自贾琏送黛玉往扬州去后，心中实在无趣，每到晚间，不过和平儿说笑一回，就胡乱睡了。”有的读者根据书中某些描写，认为王熙凤和贾蓉、贾蔷不干不净，其实，她和那两位晚辈至多只能说是情感上有些个暧昧罢了；她不仅严拒贾瑞的诱奸，而且设毒计将其凌辱终至死亡，从这样的重大情节上，我们可以看出，在夫妻关系上，她对贾琏的忠实度，是超过对方对她的忠实度的。第二十一回明确交代：“那个贾琏，只离了凤姐便要寻事”，并不甘心“胡乱睡了”。他对王熙凤的不忠，跟灯姑娘的那回，还可以用在不得不分席的情况下，耐不住性饥渴而“打野食”；但跟鲍二家的那回，则是偏在王熙凤大张旗鼓过生日的时候，就说明他不仅是肉欲旺盛，追逐皮肤滥淫，而且，也是对平日在王熙凤那强悍性格压抑下爆发出的一次大反叛、大发泄。他公然跟姘妇抱怨：“我命里怎么就该犯了‘夜叉星’。”一场暴风雨般的大闹后，贾母出面说合，公布了一条贵族社会里最开明的性事宣言：“什么要紧的事！小孩子们年轻，馋嘴猫儿似的，那里保得住不这么着。从小儿世人都打这么过的。”不过，细想一下，人类社会里，各个利益集团之间，各人之间，“要紧的事”首先还得说是经济利益，以及经济利益的最高体现政治关系，各种道德规范的厘定都是首先尊重这个前提的，贵族如此，平民又何尝例外。例外的是超越一般性关系的、纯感情性的、诗化的爱恋，如贾宝玉和林黛玉，但他们原是天上的神仙（神瑛侍者和绛珠仙草），一般俗众很难达到那样的境界。

贾琏和王熙凤的性关系遭遇到的最严重的危机，是尤二姐的出现。这并不意味着婚姻危机，因为像贾府那样的家庭，男主子三房四妾原是很正常的。王熙凤原以为，虽然因贾琏“乱搞”而大闹过，那夫妻相处的格局应该还能长久维系，所以在贾母开玩笑说把鸳鸯“给琏儿放在屋里”时，她很轻松地说:“琏儿不配，就只配我和平儿这一对烧糊了的卷子跟他混吧。”没曾想，贾琏因色欲勾搭上了尤二姐，在偷娶之后，竟从性关系上生发出了真挚的情爱，贾琏从尤二姐那里感受到了绝对不能从王熙凤身上获得的温柔和顺，从此对王熙凤在性事上也就一冷到底。王熙凤的遭遇比现在我们常说的“第三者插足”更惨，因为贾赦偏又赏了贾琏一个秋桐，一刺未除，平添一刺，为了拔去这两根刺，王熙凤先礼后兵，欲擒故纵，借刀杀人，还假装好人，虽然终于使他们的家庭结构复原，却永远失去了贾琏对她的情爱（如果有过的话）与性爱（那是曾经相当浓酽的）。

关于王熙凤的命运结局，第五回里有“一从二令三人木”的暗示。有研究者指出，这意味着她与贾琏的夫妻关系经历了三个阶段，第一阶段是贾琏对她言听计从，第二阶段则是反过来对她施以命令，第三阶段则是把她休了。可惜现在八十回以后曹雪芹究竟怎么写的我们无从看见，只从某些脂砚斋批语里得知，曹雪芹笔下有王熙凤沦落到被役扫雪等情节。

《红楼梦》里对贾琏王熙凤夫妻生活的描写，不避讳写性，却又用笔巧妙，既提供了那个时代一对标准贵族夫妻日常起居的栩栩如生的画卷，又透过他们性爱关系的变化揭示了宗族间的利益摩擦与个人间的性格冲突，而其中的某些内涵，更具有超越时代的性质，使当代中国人在处理与理解夫妻两性关系上，可以得到有益的启示。

贾珍尤氏的夫妻生活

贾珍虽然跟贾宝玉平辈，是贾政的堂侄，但是在贾氏家族中地位很高，担任了族长，连老祖宗贾母对他也总是格外客气。《红楼梦》第二回里交代得很清楚，这是因为宁国府地位高过荣国府，宁国府的主人贾敬抛家去城外道观中烧丹炼汞，把官位让给儿子贾珍袭了，他所袭的三品威烈将军只是个虚衔，不用上班办公，宁国府就成了他唯我独尊的纵欲王国，整天一味高乐，就是把整个府第竟翻了过来，也无人敢管。贾珍的正室夫人是尤氏。如果说荣国府里的贾琏王熙凤尽管有利益与性格等多方面的矛盾，但也还有过比较和谐的性生活与情感交流，那么，宁国府里的贾珍尤氏这对夫妻，就简直看不出来他们之间有什么性爱与情爱。

有的读者因为对《红楼梦》读得不细，模模糊糊地觉得贾珍尤氏岁数挺大，似乎比贾政王夫人小不了多少，《红楼梦》电视连续剧里贾珍的造型，就特别要突出他的胡子，尤氏的造型则是徐娘半老而风韵全无。这是不正确的。在《红楼梦》前八十回的故事里，贾珍到最后也就三十五岁刚过。在贾氏家族的男性系列里，贾珍是最富阳刚之气的，从接纳租贡、分派年物、训斥子侄、布置祭祀、组织射鹄等情节里，曹雪芹塑造出了一个自信、骄奢、健康、勇为的男性贵族形象。贾珍与尤氏的婚姻，究竟是源于父母之命，还是媒妁之言，或者竟是贾珍自己的选择，书里没有交代，但尤氏比他小很多，尚在青春期，则是时有逗漏的。书里贾珍之子贾蓉出场时，写明是十七八岁，那个时代男性十五六岁就可以娶妻生子，则可推算出来贾珍那时约在三十三四岁，尤氏呢？在“酸凤姐大闹宁国府”一回，王熙凤骂贾蓉“你死了的娘阴灵也不容你”，说明贾蓉非尤氏所生，尤氏是续弦填房的夫人，因此可能也就三十上下。第五十八回写到因宫里老太妃已薨，“凡诰命等皆入朝随班按爵守制”，贾母、王夫人、邢夫人和尤氏都是诰命夫人，按规定都得去，“因此大家计议，家中无主，便报了尤氏产育，把他腾挪出来，协理荣宁两处事体”。如果尤氏是接近更年期的妇女，哪敢如此上报？绣春囊事件爆发时，王夫人先是认准系王熙凤不慎失落，王熙凤发表长篇辩护词，把涉嫌的范围尽量扩大，其中就有“那边珍大嫂子，他不算甚老”的话语，那个时代妇女“不算甚老”的概念，应在三十五岁以下。到书中七十六回，大观园里已经一派萧飒悲凉，贾母还要强颜欢笑，聚族赏月，尤氏讨好说：“我今日不回去，定要和老祖宗吃一夜。”贾母笑道：“使不得，使不得。你们小夫妻家，今夜不要团圆团圆，如何为我耽搁了。”尤氏红了脸，笑道：“老祖宗说的我们太不堪了。我们虽然年轻，已经是十来年的夫妻，也奔四十岁的人了……”说“奔四十岁”，是把夫妻放在一起混算，但先承认“虽然年轻”，可见她那时还应属于风韵犹存的少妇，绝非已经淡漠了性趣，进入了更年期的中年妇人。

贾珍是个七情六欲非常旺盛的男子。他与尤氏似乎还算相敬如宾。他与儿媳妇秦可卿既有情爱也有性爱，这其实也并非什么绝密的事情，贾宝玉随王熙凤从荣国府到宁国府做客时，就亲耳听到过焦大酒后破口大骂“爬灰的爬灰”。“爬灰”也可以写作“扒灰”，据说庙里香炉中烧锡箔纸叠的元宝，有时烧不尽，就有人用铁耙到里头去扒未烧尽的锡箔好再利用，“锡”谐“媳”音，“扒灰”即“扒锡灰”也即“趴媳”，就是公公与媳妇乱伦，这俗话转了几道弯儿所影射的意思才到位，难怪贾宝玉听到虽“只觉有趣”却莫名其妙。后来秦可卿突然“淫丧天香楼”，其中大有隐情，我有专文考据，此不赘述，一贯很能理家的尤氏“犯了胃疼旧疾，睡在床上”，撒手不管。这是全书中尤氏唯一的一回罢工。但总体来说，尤氏只能对贾珍的纵欲享乐取隐忍维护的态度，这也是封建社会里多数贵族富户正室夫人无法逭逃的宿命。贾珍的小老婆颇多，第七十五回贾珍带领妻妾在会芳园丛绿堂赏月作乐，“贾珍因要行令，尤氏便叫佩凤等四个也都入席”，四个小老婆都是谁呢？贾珍命佩凤吹箫，文花唱曲；前面还提到一位偕鸳（有的版本写为偕鸾），另一位佚名。贾珍对尤氏的两个妹妹（虽然无血缘关系）还公开染指。贾珍的旺盛情欲里还包括对男色的喜好。甚至他所收养的宁府正派玄孙贾蔷，“比贾蓉生的还风流俊俏”，蓉、蔷关系暧昧，他“自己也要避些嫌疑”，才命贾蔷搬出宁府，自立门户。他的亲妹妹贾惜春对人生产生幻灭情绪，其重要原因就是“我每每风闻得有人背地里议论什么多少不堪的闲话”，因此“矢孤介杜绝宁国府”，遁入空门。

中国漫长的封建社会里，婚姻制度都赋予一夫多妻以合法性，社会道德也认为合理。这是为了宗族能在传宗接代上获得最大的可能性，而几乎完全不去考虑夫妻的情爱因素，在性事上也往往只着眼于“播种”；男方一般可以纵欲，女方则必须“守节”，这是非人道的制度与观念，对妇女尤其不公平。西方现代社会虽然男女情欲与性事方面都很开放，但一旦缔结婚姻，还是很慎重、郑重的，婚外偷情，结一些露水姻缘绝不稀奇，发现难以共处则离婚如脱衣，但故意重婚的则并不多，男人“包二奶”的现象并不严重，因为对情欲旺盛的男人来说那样做的成本太高，不划算。中国当前社会富人多了，男性大富者虽在总人口中只占极小比例，但与人口总数一乘，得出的数目恐怕足以塞满一个小国。当下中国男性富人“包二奶”的现象屡禁不止，其原因也可从阅读《红楼梦》获得憬悟，毕竟我们这里从法律、道德上否定一夫多妻制才刚过半个世纪，而类似尤氏那样的忍气吞声的原配夫人还很不少；而在当下中国内地的社会结构里，一个富男“包二奶”还有足够的社会缝隙可以逃避风险，在纵欲方面成本较低，对性病的防拒也较安全，甚至于像《大宅门》那样的电视连续剧，把男主人公旺盛的性欲与妻妾同堂以客观为名作褒扬性的展现，也能被很多的观众容纳欣赏，可见我们一般俗众在婚姻、爱情、性爱等观念方面，都还蒙有旧传统的灰尘。抖落、清除这些灰尘，应是我们的当务之急。

黑眉乌嘴话贾琮

冷子兴演说荣国府时，明明白白地说："若问那赦公，也有二子，长名贾琏，今已二十来岁了……" 自甲戌本后，莫不明书如此，但书中后来的情况发展中，贾琏被人称为琏二爷，这是怎么回事呢？

一种解释，是贾氏宁荣二府实行大排行，从元、迎、探、惜四春的日常称谓上看，那确实是大排行，比如惜春虽出自长房，因岁数最小，被称为四姑娘。但贾氏的姑娘们如此，爷们却未必，比如贾宝玉也被称为二爷，大排行哪能排出两位二爷来呢？他被称为二爷，那是他前面还有一位大爷，即贾珠，可惜死去了；倘若实行大排行，他该是四爷，因为前面有贾珍、贾珠、贾琏的存在；贾珠似比贾琏出生得早，这从李纨和贾兰分别大于凤姐和巧姐不难推想，如实行大排行，贾珍是大爷固然不成问题，二爷似乎也还轮不到贾琏去当，应是贾珠，如果说人死了，下面一位更可递升其位，这不合大家族规矩，而且，倘真可以，那宝玉也还不是二爷。

贾琏被称为二爷，确实古怪。

但书中也确实写到，贾赦另有一子，名叫贾琮，他的第一次出现，是在第十三回，秦可卿令合家无不纳罕地死去后，族中男子几乎是倾巢而出地跑到宁国府来奔丧，书中排出了一个名单，文字辈是贾敕、贾效、贾敦领衔，然后方是贾赦和贾政，可见应是按岁数往下排名，否则不好理解；玉字辈呢，除宝玉单叙外，共列出七人，顶头的便是贾琮，可见七人中他岁数最大，如果彼时贾琏也在，可注意排名是在他前面还是在他之后，如紧接他后，则可知他是大爷，贾琏难怪被称二爷，前面冷子兴的演说，想是口误罢了；但彼时偏贾琏护着林黛玉到南方奔林如海之丧去了，所以还难揣定；虽难揣定贾琮是否比贾琏年长，但其不会太小，则应无疑义。

从这样的蛛丝马迹，我们可以推测，起码在写第十三回时，曹公他心目中是有一位很不小的贾琮存在的，甚至就生活原型而言，那就是作为艺术形象的贾琏原型的胞兄。

小说不等于历史，必得依艺术需求而虚构，一部定稿的小说，必然会把从生活原型到艺术形象之间的过渡性“毛刺”剔尽，但《红楼梦》是一部未能终定的小说，而且，其敲定的顺序，从脂砚斋批语可知，亦非按现存的回序，所以，就时有“毛刺”显露，贾琏被艺术地设定为贾赦长子，但在撰写某些章节时，作者又未能完全抹去其生活原型还有一个哥哥的潜意识，因此留下了其他人物均称他为二爷的“大马脚”，我想事情就是这样。

但贾琮不仅在第十三回里出现，他后来还一再作为陪衬人物亮相，第二十四回里，写到宝玉受贾母之命，到贾赦家去问安：

> 见了贾赦，不过是偶感些风寒，遂先述了贾母问的话，然后自己请了安……宝玉退出，来至后面，进入上房，邢夫人……拉他上炕坐了……一钟茶未吃完，只见那贾琮来问宝玉好，邢夫人道：“那里找活猴儿去！你那奶妈子死绝了，也不收拾收拾你，弄得黑眉乌嘴的，那里像大家子念书的孩子！”正说着，只见贾环、贾兰小叔侄两个也来了……

显然，这里的贾琮，与前面到宁国府奔秦可卿丧事的那个贾琮，两个人物，太不谐调，前者是所有玉字辈的领衔人物，后者却是一个黑眉乌嘴的“活猴儿”，后者当然构成了一种艺术形象，虽寥寥一笔，给人印象极深，把大家族内部各色人等的生存状态和微妙的人际关系，勾勒得更加立体化。

在这之后，贾琮常与贾环一起出现，这大概是因为他们不仅年龄相仿，而且同为庶出，同为大娘所厌弃，这样的描写，在艺术上是一种成功的设计，可能在真实的生活中，贾琏还有一个哥哥，所以排行第二，人称二爷，但为在小说集中写好贾琏，便在艺术构思中删去了这个哥哥，而写了一个比贾琏小许多的贾琮。

作者在写宁国府除夕祭宗祠时，颇注意贾琮的地位，说他在祭祀时与贾琏一起负责献帛，后来荣国府元宵开夜宴，他的坐席与贾珍、贾琏、贾环紧挨，席散后，贾珍贾琏还特意“命人将贾琮、贾璜各自送回家去”，笔下照顾，十分周到，但奇怪的是第七十五回写到贾家中秋团聚，合家围着圆桌，“上面居中贾母坐下，左垂首贾赦、贾珍、贾琏、贾蓉，右垂首贾政、宝玉、贾环、贾兰，团团围坐，只坐了半壁，下面还有半壁余空”。贾母喟叹人少，恨不能多拉几个来，以凑热闹，可是，这一家子团圆，却绝无贾琮踪影，也不解释其缺席原因，总不能是因为“黑眉乌嘴”，就摒除于外吧，祭祖时可献帛，难道中秋就不能围桌共吃月饼？我们都知道第七十五回“缺中秋诗，俟雪芹（补）”（脂砚斋语），不是定稿，显然，在写这一回时，曹公很可能尚未把生活当中的那个贾琏的哥哥，化为贾琮这样一个与贾环地位差不多的弟弟，后来他才逐渐形成了关于黑眉乌嘴的贾琮的艺术设想。

第六十回中，贾环与贾琮二人来问候宝玉，书中明说“宝玉并无与琮环可谈之语”，可见环、琮是同样地“人物委琐，举止荒疏”，品质低劣。

直到第八十回止，贾琮虽出现多次，却并无什么“戏”，我们只知道他黑眉乌嘴，堪称“活猴儿”，作者设计这样一个人物，难道仅仅是让他当个龙套吗？我以为未必，比如卫若兰这个人物，前八十回仅出现过两三次名字，可是根据考证，却可推测出，他竟很可能是史湘云初嫁的丈夫，我们不能因为前八十回中有的角色“没多少戏”，就遽定其为龙套而已，不仅卫若兰如是，二丫头、王短腿、傅秋芳，等等，很可能在后数十回中会成为“肯节儿”上的人物，在贾府败落的过程中，起“有恩的，死里逃生”“无情的，分明报应”“冤冤相报”“分离聚合”等等作用。

我们剖析类似贾琮这样的角色在《红楼梦》文本中的状态，有利于深入了解这部天下奇书从生活到艺术的演进过程，我以为是有一定意义的。

贾琮在八十回后有没有戏呢？如有，是什么戏呢？别的不知，与贾环沆瀣一气，害人亦害己，大约是必然的吧！

腊油冻佛手·羊角灯

有些人总强调研究《红楼梦》要“回到文本”，言外之意是某些“红学”文章的话题未免太烦琐了。但《红楼梦》这部著作很不幸，不仅曹雪芹并未能将它写完写定，而且在传抄的过程里出现了不少错讹，所以读者要“回到文本”洵非易事；更不幸的是在曹雪芹去世二十七八年以后，书商程伟元与高鹗联合作弊，排印了一百二十回本，那后四十回的续貂是否狗尾且不讨论，对前八十回曹雪芹的文字妄加改动实在不少，而这一版本在20世纪50年代后经“修订”由权威出版社大量印行，成了“通行本”，弄得很多读者以为所看到的都是曹雪芹的文本，其实，真要“回到文本”，前提应是抛开“通行本”，下些个正本清源的功夫。

曹雪芹原本的文字，比如第七十二回里，写到有种古玩叫“腊油冻的佛手”，通行本倒没改，1982年首版的中国艺术研究院红楼梦研究所的校注本却改为“蜡油冻的佛手”，并在回后“校记”里称是并无其他版本参照的“径改”。红学所的这个校注本有优点，我常使用，但这样“径改”“腊”为“蜡”，并无道理。1944年5月一位署名“绪”的研究者在重庆《新民报晚刊》连载了《红楼梦发微》，其中有一节就是“腊油佛手”，他说：“贾府生活穷极奢华，其饮食起居，即近人尚往往不能想象。但亦有极平常物品，当时因不多见，以为奇货者……腊油冻的佛手，系一外路和尚孝敬贾母者。现在看来，不过一蜡制模型，不算一回事。然在当时，却非同小可，价款既在古董账下开支，当作古董看待，贾琏又特地向鸳鸯追问下落……何等郑重其事！给现代人看了是不禁要发笑的。”且莫乱笑！应该被嗤笑的倒是这位“绪”先生。红学所的校注本给这个佛手加的注告诉读者，这东西是“用黄色蜜蜡冻石雕刻成的佛手。冻石，是一种半透明的名贵石头”。“腊油冻佛手”绝非“蜡制模型”,“腊油冻”是一种名贵的石料，这是所有跟“绪”先生一样囫囵吞枣自作聪明地读《红楼梦》的人士必须首先搞清楚的。“绪”先生是凭记忆把“腊”混同于了“蜡”，红学所校注本是为了坐实“黄色蜜蜡冻石”而故意把“腊”改成了“蜡”,其实,“腊油冻”这种冻石，不是黄色的像蜜蜡那种冻石，而是另一种像南方肥腊肉的颜色质感的冻石，属于浙江青田石之一种，尤其罕见名贵，贾琏郑重其事细加询问，正反映出“贾府生活穷极奢华”，这一细节也丰富了人物性格。

《红楼梦》里多次写到了羊角灯。红学所校注本所据的底本是庚辰本，有关文字没有“径改”，处理得当。贾府里的灯具多种多样，第五十三回荣国府元宵开夜宴，所写到的灯就有玻璃芙蓉彩穗灯，錾珐琅的活信可扭转的倒垂荷叶彩烛灯，各色宫灯，各色羊角、玻璃、戳纱、料丝，或绣，或画，或堆，或抠，或绢，或纸……诸灯。羊角灯自然是用羊角制成的。羊犄角能有多大呢？怎么将其制成灯呢？古本《红楼梦》里，第十四回都是这样写的：“凤姐出至厅前，上了车，前面打了一对明角灯，大书‘荣国府’三个大字，款款来至宁府。”明角灯就是羊角灯。“通行本”则删去了“大书”两个字。显然，程伟元、高鹗他们没见识过可以在上面“大书”文字的羊角灯，依他们想来，那灯上能有三个描红格子般的“大字”也就很不容易了。出于同样心理，古本第七十五回写到中秋节“当下园之正门俱已大开，吊着羊角大灯”的描写，到了“通行本”里，后半句变成了“挂着羊角灯”。高鹗续《红楼梦》，因为见识毕竟短浅，第八十七回写林黛玉喝粥，想不出该配什么佐餐，便写下了五香大头菜拌麻油醋，这真令读者发笑。但你续书捉襟见肘倒也罢了，怎能擅改曹雪芹的原文呢？

《金瓶梅》里曾写到“云南羊角珍灯”，明末清初的张岱在其《陶庵梦忆》里也写到羊角灯，说灯面上可以有描金细画，清末夏仁虎在《旧京琐记》里记载：“宫中用灯，当时玻璃未通行，则皆以羊角为之，防火患也。陛道上所立风灯，高可隐人，上下尖而中间椭圆，其形如枣。”他还说南京人有吴姓者专门在前门外打磨厂开“羊角灯店”。其实在北京什刹海附近，至今有条胡同叫羊角灯胡同，那里当年要么是有制羊角灯的作坊，要么是有经营羊角灯的商人居住。

清末富察敦崇的《燕京岁时记》里说，每逢灯节“各色灯彩多以纱绢玻璃及明角等为之”,可见随着时间推移,羊角灯已经从宫廷和贵族府第走向了民间街头。近人邓云乡先生在其《红楼风俗谭》一书中说，羊角灯“是用羊角加溶解剂水煮成胶质，再浇到模子中，冷却后成为半透明的球形灯罩，再加蜡烛座和提梁配置成”，但这只是他个人的一种想象，其实，羊角灯应该是这样制成的：取上好羊角将其先截为圆柱状，然后与萝卜丝一起放在水里煮，煮到变软后取出，把纺锤形的楦子塞进去，将其撑大，到撑不动后，再放到锅里煮，然后再取出，换大一号的楦子撑，如是反复几次，最后撑出大而鼓、薄而亮的灯罩来。这当然要比溶解浇模困难多了，许多羊角会在撑大的过程中破损掉，最后能成功的大概不会太多，尺寸大的尤其难得。这样制成的羊角灯，最大的鼓肚处直径当可达到六七寸甚至一尺左右，所以上面可以“大书”（每个字比香瓜大）“荣国府”字样，并且在过节时不是在园子正门上“挂着”的小灯，而是“吊着”的非常堂皇的“羊角大灯”。准确理解曹雪芹的原文，可以加深我们对贾府贵族气派的印象，获得细腻入微的审美怡悦。

龟大何首乌？

通过人物口述某些物品，以刻画人物性格，以至反映其内心活动，是《红楼梦》文本的一大特色。第二十六回，薛蟠指使焙茗，以“老爷叫你呢”诓骗宝玉出得大观园，令宝玉极为不快，但薛蟠告诉他：“要不是我也不敢惊动，只因明儿五月初三日是我的生日，谁知古董行的程日兴，他不知那里寻来了这么粗这么长粉脆的鲜藕，这么大的大西瓜，这么长一尾的新鲜的鲟鱼，这么大的一个暹罗国进贡的灵柏香熏的暹猪，你说，他这四样礼可难得不难得？……我要自己吃，恐怕折福，左思右想，除我之外，惟有你还配吃，所以特请你来……”脂砚斋对这一段批曰：“写粗豪无心人毕肖”，“如见如闻”，“此语令人哭不得笑不得，亦真心语也”；确实，一个粗俗颟顸而又炽热心肠的纨绔子弟形象，在那形容几种食品的口吻里活跳了出来。

第二十八回，宝玉在又一次渡过了因黛玉误会而产生的情感危机之后，精神极为亢奋，在王夫人处，王夫人不过随口问了黛玉句“大姑娘，你吃那鲍太医的药可好些？”又因想不起一剂丸药的名字，宝玉竟忘形放肆起来，说母亲是让“金刚”“菩萨”支使糊涂了；这还不算，他又胡诌要用三百六十两银子，替黛玉配一料丸药，声称“包管一料不完就好了”；他随口乱扯：“当真的呢，我这个方子比别的不同，那个药名儿也古怪，一时也说不清……”下面有一串文字，因为当年传下的手抄本是没有断句的，现在我们看到的印刷本，如根据程伟元、高鹗弄出的本子流布开的通行一百二十回本，是这样处理的：“只讲那头胎紫河车，人形带叶参，三百六十两不足，龟，大何首乌，千年松根茯苓胆……”读起来显然很别扭，“三百六十两不足”，指的是人形带叶参的重量还是龟的重量？有的流行本，干脆臆改为“三百六十两四足龟”，可是，现在我们掌握的任何一种手抄本上，都没有“四足”的写法，这样改动是侵犯曹雪芹著作权的。1981年中国艺术研究院红楼梦研究所校注本由人民文学出版社出版，这个本子在恢复前八十回原始真貌方面作了可贵的努力，但问题也还有，比如这个地方，它是这样断句的：“只讲那头胎紫河车，人形带叶参，三百六十两不足，龟大何首乌，千年松根茯苓胆……”校注者把“三百六十两不足”派给了人形带叶参，把“龟”当作是对“大何首乌”的形容，这样，宝玉在上述所引出的话语里，就不是讲了五种东西，而是讲了四种东西。

我以为，固然宝玉在这里是顺口胡诌，但他既然煞有介事，也便一定要讲得既耸听而又不至于在逻辑上离谱。“龟大何首乌”在逻辑上是说不通的。“龟大”是多大？龟的种类很多，像棱皮龟、玳瑁、象龟的龟壳可以长达三尺多乃至于六七尺，作为蓼科草本植物的根茎何首乌如果那么样大，反倒会让人觉得成了怪物未必有其应有的药力了；而有的观赏龟，如金钱龟、绿毛龟，龟壳却又可能仅一寸来长，一两寸长的何首乌又无乃太寒酸，怎能加以夸耀？我以为，在上引段落里宝玉讲的还是五种东西，应该这样来断句：“……头胎紫河车，人形带叶参，三百六十两不足龟，大何首乌，千年松根茯苓胆……”他对每一种东西都强调寻觅的不易，龟要大的，但也不是越重越好，必须接近三百六十两却又不能超过，旧秤是十六两为一斤，也就是那龟必须是二十二斤多却又不能是二十二斤半（折合现在十两制的算法，约十四斤六两许）。

我们都记得，第七回里，宝钗讲她那“冷香丸”的配方，“真真把人琐碎死，东西药料一概都有限，只难得‘可巧’二字，要春天开的白牡丹花蕊十二两，夏天开的白荷花蕊十二两，秋天的白芙蓉蕊十二两，冬天的梅花蕊十二两，将这四样花蕊，于次年春分这日晒干……又要雨水这日的雨水十二钱……”等等，这“冷香丸”曾引出黛玉对宝玉这样娇嗔：“便是得了奇香，也没有亲哥哥亲兄弟弄了花儿、朵儿、霜儿、雪儿替我炮制……”“我有奇香，你有‘暖香’没有？”这番话语沉淀在宝玉潜意识里，一个触机，发作出来，他是借此尽情宣泄自己甘愿为黛玉炮制“暖香丸”，以与宝钗抗衡的情怀。脂砚斋对此评曰：“前‘玉生香’回中，颦云他有金你有玉，他有冷香你直不该有暖香，是宝玉无药可配矣。今馨儿之剂若许材料皆系滋补热性之药，兼有许多奇物，而尚未拟名，何不竟以暖香名之，以代补宝玉之不足，直不三人一体矣。”

“龟大何首乌”越想越不通，“三百六十两不足龟”，却与“雨水这日的雨水十二钱……那里有这样可巧的雨，便没雨也只好再等罢了”前后相映成趣，揭示出宝玉内心涌动着的隐秘情愫。即使是大情节之间的这种似乎随手拈来的“闲笔”里，曹雪芹也在丰富着人物的性格，真如脂砚斋所赞叹的：“作者有多少丘壑在胸中……”

《红楼梦》里的歇后语

我原来对《红楼梦》里把宝玉那退了休的奶妈李嬷嬷写成“老厌物”不大理解，曹雪芹的曾祖母孙氏在康熙皇帝小时当过其保母，那甚至是后来曹氏在康熙朝持续富贵的一个最关键的原因啊！后来得周汝昌先生指点，才懂得保母跟保姆有重大的不同，前者是教养嬷嬷，对皇帝的精神成长有非同小可的作用，而后者却只是喂奶的而已。曹雪芹下笔细绘李奶子的矫情昏聩，是不会有丝毫心理障碍的。他写到，李嬷嬷跑到绛芸轩里，在丫头们面前发牢骚说:“那宝玉是个丈八的灯台——照见人家，照不见自家的。”这个歇后语很妙，而且，用来从侧面刻画宝玉的泛爱即“情不情”的性格，倒也贴切。

《红楼梦》是一部主要展现贵族世家生活的白话小说，而歇后语总体而言属于市井口语，所以其中宝玉和十二钗说话基本上都不用或很少用歇后语，口吐歇后语的以奴辈下等人居多。如贾琏的奶妈赵嬷嬷埋怨他不照看自己的两个儿子，说“你答应的倒好，到如今还是燥屎”，她虽没把“燥屎——干撅着”的整个歇后语说全，也令人觉得神情宛然。王夫人房里的彩霞嗔怪贾环:“狗咬吕洞宾——不识好人心！”这话平常，可是当金钏儿跟宝玉笑说“金簪子掉在井里——有你的只是有你的”以后，却遭到王夫人的雷霆震怒，以致受辱被撵果然投井自尽——这预示着其悲惨命运的歇后语或许是曹翁自创？芳官跟赵姨娘对吵，喊出“梅香拜把子——都是奴儿”，有的人以为那最后两个字是“奴儿”，注意，应是“奴几”，即“奴才辈分”之意。大观园里的厨房头柳家的拒绝头上剃成杩子盖的小幺儿讨园里杏儿吃，抢白他说:“……你舅母姨娘两三个亲戚都管着,怎不问他们要的?这可是仓老鼠和老鸹去借粮——守着的没有,飞着的有!”如闻其声。

不过贵族主子各人性格不同,如被贾母戏谥为“泼皮破落户儿”的王熙凤,她嘴里有时可就不干不净,市井歇后语常常脱口而出。在向贾母汇报宝玉、黛玉这对“冤家”和好时她形容道:“倒像黄鹰抓住了鹞子的脚——两个都扣了环了!”惹得满屋笑声。在贾琏偷娶尤二姐一事败露后,她跑到宁国府跟尤氏、贾蓉撒泼大闹,喊冤叫屈说:“我是耗子尾上长疮——多少脓血儿!”诈得尤氏母子连连告饶认赔。贾珍也说过歇后语,那是在乌庄头送租来,以为贾元春既然进宫受宠,“娘娘和万岁爷岂不赏的”,贾蓉说了一番所赏有限,且要花钱反供,其实快要“精穷”的“道理”后,贾珍接说:“所以他们庄家老实人,外面不知暗里的事,黄柏木作磬槌子——外头体面里面苦。”这个歇后语嚎而不粗,倒很适合贵族家长的身份。元宵节后,贾府响应元春,制作灯谜,贾母念了一个“猴子身轻站树梢”,其实这也是一个歇后语,后半截是“立枝”,谐“荔枝”的音。这恐怕是暗示着将来会“树倒猢狲散”吧,和其余诸钗的灯谜一样,令人“更觉不祥,皆非永远福寿之辈”。

最值得推敲探究的是鸳鸯嫂子劝她给贾赦当小老婆时,针对她嫂子说那是“好话”“喜事”,鸳鸯指着那女人骂道:“什么‘好话’!宋徽宗的鹰。赵子昂的马——都是好画儿!什么‘喜事’,状元痘儿灌的浆又满是喜事!……”这接连两个歇后语,体现出了鸳鸯的悲愤与决绝,对刻画人物起了强有力的作用,但也有更耐人寻味的内涵。据曹雪芹的好友张宜泉诗句“调羹未羡青莲宠,苑招难忘立本羞”,以唐朝诗人李白、画家阎立本为喻,逗漏出曹雪芹诗画才能受到皇家重视,欲招他进“如意馆”为御用工具,却被他以尊严相拒的信息;再回过头来细想,以鸳鸯的知识水平,怎能知道宋徽宗画的鹰、赵子昂画的马是无价之宝?这个情节里,是否融入了曹雪芹自身拒绝进宫折腰的情怀?至于“状元痘”,指天花病患者倘若所出的痘里灌饱了浆,则至多留下些麻坑,不会有生命之虞了,故而成为“喜事”。天花这种病如今已基本绝迹,但在清朝是令许多幼儿夭亡的恐怖之症,《红楼梦》里写到巧姐出痘,全家如临大敌,正是那时社会情况的写照;而康熙被选为皇帝，据说也正是因为他比较早就出过了“状元痘”，而那又与曹雪芹曾祖母的精心照顾分不开，所以在曹雪芹的意识里，“状元痘儿灌的浆又满是喜事”的概念是很深刻的，在这里蹦出这么一句歇后语，就更是顺理成章的事了。

春梦随云散

《红楼梦》第五回，贾宝玉梦入太虚幻境，警幻仙姑尚未现形，先闻其歌：

春梦随云散，飞花逐水流；
寄言众儿女，何必觅闲愁。

我以为，中国古典文学中，伤春与悼梦是贯穿始终的一个母题。在古典诗歌里，“春”字和“梦”字出现的频率极高，“春梦”二字相连以一个内涵丰富的词语出现的情况屡见不鲜。

南北朝时期，南梁萧悫有《春庭晚望》：

春庭聊纵望，楼台自相隐；
窗梅落晚花，池竹开初笋。
泉鸣知水急，云来觉山近；
不愁花不飞，到畏花飞尽。

那时律诗还处在萌芽状态，他却已在齐整抑扬的诗句里表达了鲜明的伤春情怀。

到了唐朝，这种情怀的诗歌呈几何级数增长，无论是杜工部之沉郁，韦苏州之淡雅，还是温八叉之绮靡，李义山之隐僻，不同风格流派的诗人，几乎都有在这个母题下的写作。李白的《春日醉起言志》把春·梦·酒·人生融成了一个整体：

处世若大梦，胡为劳其生；
所以终日醉，颓然卧前楹。
觉来盼庭前，一鸟花间鸣；
借问此何日，春风语流莺。
感之欲叹息，对酒还自倾；
浩歌待明月，曲尽已忘情。

这是一篇在生命时空里浪漫遨游的宣言。值得注意的是，一些非浪漫风格的，主要创作针砭时弊、描摹社会生活中凄楚场景的现实主义诗人，一旦偶尔进入关于春与梦这样的题材，却立刻投入类似《春日醉起言志》那样的情怀，形成一种自觉的呼应。杜甫有许多“一片花飞减却春，风飘万点正愁人”那样的诗句，不必一一列举。孟浩然的“春眠不觉晓，处处闻啼鸟；夜来风雨声，花落知多少”因为简洁生动，通俗易诵，却又意蕴丰沛，可作多种诠释，而成了关于春与梦、得与失、逝与在、美与毁的千古绝唱，渗透在了所有中国人的文化意识中。

在宋朝，王安石、苏轼是政治上的死敌，凡涉及政见的文字，他们不是南辕北辙就是互相抵牾，然而，一到关于春与梦的吟诵，居然殊途同归，情怀相契。王安石人称拗相公，政治上固执僵硬，有不近人情之诮，但他咏起春来，“细数落花因坐久，缓寻芳草得归迟”，竟很有赏春的情趣，并且也能因春及人，“一梦章江已十年，故人重见想皤然；只应两岸当时柳，能到春来尚可怜”。人生如梦，春光易逝，因此必须珍重最琐屑的生活乐趣，珍惜非功利的人际关系，他还有“草草杯盘共笑语，昏昏灯火话平生”的诗句，正是那悼春伤逝情怀的自然延伸。王安石当年政治上究竟有哪些作为，在党争中究竟手段如何，应该作如何评价，现在一般人恐怕都很难通晓把握，但是，如上述所引的诗句，却无须什么“背景资料”，便可以立即为我们所理解、所欣赏。苏轼的这类诗作更多，“人似秋鸿来有信，事如春梦了无痕”也许算得其中最精警的一例。不同政见、性格的诗人，可以进入到同一个诗域里面，使人性深处的情愫得到沟通融会，这是一个值得我们注意研究的文化现象。

在包括南唐李煜的创作在内的宋词里，“春”与“梦”的母题更有淋漓尽致的发挥。“伤春似旧，荡一点，春心如酒。”“把酒送春春不语，黄昏却下潇潇雨。”“时光只解催人老，不信多情，长恨离亭，泪滴春山酒易醒。”“往事已成空，还如一梦中。”“春宵睡重，梦里还相送。”“相寻梦里路，飞花落雨中。”“梦怕愁时断，春从醉里回。”“梦魂纵有也成虚，那堪和梦无！”……这个纠葛在“春”与“梦”上的文学传统一直延续到以后的元曲和明传奇之中，王实甫的《西厢记》里“花落水流红，闲愁万种，无语怨东风”。汤显祖的《牡丹亭》里“原来姹紫嫣红开遍，似这般都付与断井颓垣。良辰美景奈何天，赏心乐事谁家院！”都是我们耳熟能详的伤春名句，而且这两出戏剧里都有关于梦的重要情节。

于是，这个传统在清代的《红楼梦》里集大成，并且得到了充分的升华。

当然，对具体个案要作具体分析。在每个文学家的每一个涉及“春”与“梦”的作品里，除了人性中的共通性，都会融入他独特的生命体验、社会群体归属意识，以至政治理念。我不是想简单地否定摈弃以往习见的那些对我们民族古典文学的分析角度，但是，我想自问并且求教于大家：对上述我所提及的文学遗产，用从西方传来的诸如现实主义、浪漫主义、现代主义、结构主义、解构主义进行定位分析，是否合适？须知至少在曹雪芹创作《红楼梦》时，中国的文学艺术根本就还没有跟西方的文学艺术有什么自觉的交融借鉴，上面所列举的种种主义，也是西方近世乃至几十年前才被提出的。中国的文学有其自己的发展线索，有着独特的审美通感领域，像《红楼梦》，作者说著书是“大旨谈情”，“毫不干涉时世”，当然有其避祸求存的一面，但恐怕也并非完全是瞒蔽之语——伤春悼梦，引导读者对生命的奥秘做“好便是了，了便是好”的诗意认知，恐怕确实是曹雪芹著书的“大旨”。

远“水”近“红”

我不喜欢《水浒传》。随着年龄的增长，这种不喜欢有增无减。当然，《水浒传》作为一部古典名著，我对它是尊重的。《水浒传》从艺术上说，结构严谨，语言生猛，主要人物性格鲜明，白描处出神入化，渲染处酣畅淋漓，光是记诵一百单八将的绰号，便能获得极大的乐趣。但是，总的来说，《水浒传》让我产生一种虽敬之宁远之的阅读心理。

说《水浒传》只反贪官污吏，不反皇帝，宋江是投降派，梁山好汉不该为朝廷去征方腊，这些政治家的评说，我在听到之前，简直不曾从那角度有过一丝半点的思绪。我读《水浒传》，只感觉到这本书跟《红楼梦》太不一样。《水浒传》只承认那一百零八个英雄好汉（他们本是天上星宿，所谓“天罡”与“地煞”）的生存价值，他们所反对的大官，或大地主，似乎也还有些个价值，起码是负面的价值，可是一般的个体生命，也就是占社会总人口中绝大多数的芸芸众生，平凡的人，过小日子的小人物，在这本书里常常是一钱不值的，无价值的，忽略不计的。梁山好汉开店，是随便杀人剁成肉馅包子卖的，除非他们动手杀人以前，及时发现你是江湖上大名流传的好汉，那才会给你解缚，甚或倒头便拜，随之称兄道弟；如果你只是普通的客商旅人，那就一定会被不眨眼地剁成肉泥，即便碰巧他们不缺人肉，不把你麻翻杀死，那他们也会若无其事地把人肉包子卖给你吃，让你成为“人吃人”的一员！至于梁山好汉为了私刑解决一己恩仇，或为了某一具体苦主抱打不平，或为了其哥儿们劫法场，他们除了杀坏人，杀贪官污吏，也会很随意地连带杀掉一些普通的人、无辜的人，像李逵就常常一时兴起，挥动一对板斧，不分青红皂白地一路砍去，那被砍下的头中，恐怕是无辜者的比坏人的要多得多。《水浒传》毫不尊重、怜惜普通的个体生命，读来令我心中闷闷。我从来自知属庸常之辈，是芸芸众生中一员，虽竭力愿好，却不可能成为英雄豪杰，所以设身处地一想，便不禁冷汗淋漓——作为一名老百姓，落在贪官污吏或恶霸地痞手里固然是惨事，但旅行投宿落在梁山好汉所开的店里，岂不也万分恐怖？《水浒传》不反"当今皇帝"，这是无可辩驳的；但《水浒传》中的好汉们征方腊，究竟有多大的"不对"？方腊究竟好在哪里？其所作所为究竟给当地的黎民百姓带来了多少好处？恐怕是一个可以讨论（而不是不容讨论）的学术问题。方腊取胜，不也就是一个"当今皇帝"？他若任命一个太尉，也一定要从一己的好恶出发，未必就比高俅辈强。宋江等征灭方腊，也无非是扑灭了一个潜在的新皇帝罢了。

"红学"前辈周汝昌先生有个观点，认为曹雪芹在艺术构思上受了《水浒传》很大的影响，《石头记》(《红楼梦》)最后也是要为"脂粉英雄"立榜的，不过那是"情榜"，也是十二人一组，先三十六，再七十二，整个儿也是一百零八之数，只可惜现在这部分草稿已然失传。这有一定道理。虽然艺术上有这种承继关系，思想内涵上，《红楼梦》却与《水浒传》大相径庭，《红楼梦》不仅蔑视皇帝、痛诋"国贼禄蠹"，而且不以成败，也不以出身地位的尊卑贵贱论英雄，在曹雪芹笔下，个体生命，尤其是女奴的个体生命，闪烁着生命的尊严，并且通过主人公贾宝玉之口，公开发出了"世法平等"的呼吁，读来令人深思，使人振奋。当然，《水浒传》比《红楼梦》要早四百多年，时代不同，我们不好硬比，更不能苛求。《红楼梦》之所以有"人本位"(个体生命本位)的思想萌芽，之所以连刘姥姥的外孙子板儿，以及偶一闪现的农村纺线女"二丫头"，笔下都充满着呵护爱怜、尊重祝福之情，那是因为时代已经发展到了那一步，而作者曹雪芹又自觉地站到了时代思潮（或者说是潜思潮）的前列。

我经常翻阅《红楼梦》，一再反刍，好比是终身好友，与之亲密无间，而对于《水浒传》，我懂得那是一本必读书，是一种不能不知晓的常识，好比是随时可去求教的严师，就我这个体生命而言，远"水"近"红"是一种性格的必然吧！

食“红”不已

正因为我不通外文，所以，我读外国作家作品的译本，等于是读了两个人的著作——外国作家给了我人物、场面、故事、氛围……或许还有思想，翻译家则给了我中文的语感。读译著，可以吸收的营养是很多的，却不大可能吸收到原著在语言上的精华。因为自己是从事写作的，所以越来越意识到，文学既然是语言的艺术，那么，自己阅读中最应该重视的营养源，只能是地道的中国经典作家的经典作品；又由于当今已是白话文的时代，所以中国古典作品里，经典的白话作品又比文言作品更具易于吸收的营养；基于这样的认知，近年来我特别热衷于研读《红楼梦》。

《红楼梦》仿佛西方那具陈列在法国巴黎卢浮宫的希腊古雕维纳斯——曾经是完整的，或基本是完整的，却未能完整地传世。但是，那具米罗的维纳斯不因断臂而失美，甚至于，无论现在的雕塑家如何将其“复原”，哪怕有一千种殚精竭虑的方案让我们从容过目，恐怕我们也总难首肯。同理，《红楼梦》也不因传到今天的真本只有八十回（严格而言尚不足八十回，这里不作精确陈述，以免烦琐），而失却其特异的魅力；尽管根本与曹雪芹不相干，比曹雪芹晚生了二十多年，又在曹雪芹谢世二十多年后才着手续写的高鹗，他那后四十回现在流传甚广，也有人激赏，但其实是违背前八十回主旨的，许多像我这样的读者，对之是根本不“感冒”的；其余的续作，则连引出广泛的注意也达不到。

《红楼梦》前八十回的文本，已成了我日常的精神食粮，是我吮吸中华文化精髓的最重要的管道。从写作角度上来说，《红楼梦》的文字本身，给我的启示尤多。构成《红楼梦》的方块汉字，不仅连成词句段落时读来声韵优美，而且，那字形本身，就仿佛一幅幅小巧的图画，引出我丰茂的想象与思绪，最突出的例子，比如“栊翠庵茶品梅花雪”（此回目取庚辰本，不按通行本，下同）一回里，写到妙玉拿出两个珍贵的茶具，一个是𤫩瓟斝，一个是杏犀𥱧，细赏那字形，多有意趣！拼音文字怎能产生这样的效果？西方文学里，比如乔依斯的《尤里西斯》，有的篇幅里完全没有标点符号，我们这边有的人叹为观止，其实，中国以往的文学向来没有现成的标点，文言文不消说了，就是《红楼梦》，何尝要什么标点符号，阅读者自己边读边断句就是了。《红楼梦》的断句，也常产生歧义，比如第二十八回里提到几种药名，“人形带叶参三百六十两不足龟大何首乌”，就有人点为“人形带叶参，三百六十两不足。龟大何首乌”（如人民文学出版社出版的中国艺术研究院红楼梦研究所校注本），但其实恐怕正确的断句应是“人形带叶参；三百六十两不足龟；大何首乌”。读中国自己的古典，边读边断句，是一大乐趣。方块字还可以产生“折字”效果，比如“自从两地生孤木，致使香魂返故乡”，这是“游幻境指迷十二钗”一回中，暗示香菱结局的句子，“两地生孤木”，折为“桂”字，香菱后来果然死在了夏金桂这个恶女人手里，对此人们似无歧义。但暗示王熙凤结局的“一从二令三人木”，究竟该怎么理解，可就众说纷纭了。这种纷纭的理解和争议，也增强了阅读《红楼梦》的兴味。《红楼梦》充分利用了方块字既可以“谐音影射”又可以“图形暗示”，以及“连锁喻意”的特点，营造出丰富的意象，仅第五回里，就接连出现“离恨天”“灌愁海”“放春山”“遣香洞”“千红一窟”茶、“万艳同杯”酒……触眼叩心的字眼；全书又特别善于运用“草蛇灰线，伏延千里”“一击两鸣”“背面傅粉”“金针暗度”“柳藏鹦鹉语方知”等叙述策略，把我们祖传的方块字那无穷的魅力尽兴发射，越二百多年至今仍令阅读者心醉神迷。

以上所说，自然还只是一些皮毛。常食“红”餐，从其方块字里获得的营养，当然不止这些“微量元素”。且不说《红楼梦》里所蕴含的博大精深的中华文化，就其用简洁而生动的文字塑造人物这一点来说，那真是了不起。贾宝玉、林黛玉等人物，用墨颇多，不好用来做“简洁”的例子，但最近我重读前八十回中关于妙玉的部分，有震惊之感——其中妙玉直接出场，只有两个半回，第七十六回下半回“凹晶馆联诗悲寂寞”，主角是林黛玉和史湘云，后来有妙玉出来为她们把联诗续完，只能算是一段“妙玉别传”；要说“妙玉正传”，那只有“栊翠庵茶品梅花雪”这半回，与妙玉有关的文字，仅 1325 字（现存各抄本字数相同），其中妙玉开口说了十句话；仅仅这样的一些文字，一个性格放诞诡僻的女性形象已跃然其上，使阅读者过目难忘。须知，这不是文言，而是白话小说，问自己：能用 1325 字的白话写活一个人物么？回答是：还不能。既然不能，那就该好好揣摩：曹雪芹他怎么就做到了？

于我而言，今生今世，要食“红”不已，而且要采取细嚼慢咽、来回反刍的食法，以从这个最重要的食物源中，尽可能获得最多的滋养。这当然不意味着我就不读包括翻译文字在内的其他文字了，而且，更不意味着我认为其他的作家必须阅读《红楼梦》，尤其不意味着非得别人也像我那么样激赏《红楼梦》。

伦敦弘红记

因为看到拙著《红楼三钗之谜》，英中文化协会、伦敦大学亚非学院等四家机构邀我去做两场关于《红楼梦》的报告，我虽不才，但人家确实是出于促进中英文化交流的雅意，便高兴地取道巴黎，乘坐高速列车，仅用三个小时，就穿过海底隧道，抵达了伦敦。甫下火车，在驶往下榻处的汽车上，东道主就把他们安排的活动日程表拿给我征求意见，上面除了我的演讲、欢迎酒会等节目外，最突出的就是去斯特拉特福参观莎士比亚故居，并在泰晤士河畔的环球剧场观看葡萄牙剧团演出的《罗密欧与朱丽叶》。

在伦敦大学亚非学院的演讲，对象是汉学家和博士生，无须翻译，且可从容讨论。我把自己书里的一个看法强调出来：在中国，莎士比亚及他的主要剧作如《哈姆雷特》《罗密欧与朱丽叶》，都已进入了具有中等文化水平的人们的常识范畴，在大学里，即使是理工科的学生，如不知道莎士比亚或说不出至少一个莎剧剧名，也会遭到讥笑。但是反过来，在英国，曹雪芹和《红楼梦》不仅未能融入其普通人的常识范畴，就是大学里的文科生，只要其专业不是中国古典文学，不知道曹雪芹和《红楼梦》也是一桩无所谓的事。两种文明里旗鼓相当的文豪巨著，在交流中却不能获得等量的效应，原因何在？有否纠正这一偏差的可能？我在中国只是一个非专业的《红楼梦》研究者，我的“红学”论著更仅是一家之言，到英国的演讲由于时间的限制怎可能把曹雪芹与《红楼梦》的伟大充分地阐释？但是我觉得中国的文化人不应放弃哪怕是最小的机会，去向外国人弘扬曹雪芹和《红楼梦》的伟大，使他们起码要懂得那是中国古典文化的高峰，而且至今仍滋养着中国的新一代文化人，他们即使一时还难以获得阅读译文的快感，难以理解那文本里丰富的中华文化的内涵，也至少应该一听到曹雪芹和《红楼梦》便肃然起敬，犹如许多中国人其实并不能从阅读莎士比亚剧作与十四行诗的译文里获得乐趣，甚至连观看劳伦斯·奥利佛主演的《王子复仇记》那样的电影也觉得枯燥，却绝对还是要把莎士比亚和《哈姆雷特》这样的符码嵌入到自己的常识结构里，丝毫不敢大意一样。奥地利出生的汉学家傅熊认为，中文的《红楼梦》迄今所通行的是一个不好的版本，而英文等西方文字的译本却几乎都以这个糟糕的中文版本为依据，他建议中国的“红学”界应致力于整理出一个比较理想的曹雪芹的八十回善本来，加以推广，使之取代现在的通行本。这是很内行的意见，现引用于此，供国内专业“红学”家们参考。

英中协会组织的一场演讲规模大了许多，一百多个座位坐满后，还有二十多位来宾始终站着听讲，令我非常感动。绝大多数金发碧眼的听众不懂中文，需要翻译，我传递信息的时间，等于只有上一场的一半；上一场的听众用不着从 ABC 说起，这一场我可怎么用最简洁的话语，把他们引入对曹雪芹与《红楼梦》的神往？虽经过很充分的准备，开讲时仍惴惴不安。结果却效果很好。这大半也倚赖荷兰出生的汉学家贺麦晓那流畅而生动的翻译。关于曹雪芹和《红楼梦》的话题翻译起来实在难上加难，一句“春梦随云散”，中、英文的修养都得很高才能随口道出而听众憬然。我在演讲中号召大家都去寻找一本《龙之帝国》,该书著者为英国人 WILLIAM WINSTON,书的英文名字为《DRAGON’S IMPERIAL KINGDOM》1874 年由 DOUGLAS 出版社出版，黄色封面上有黄龙图案，大于 32 开小于 16 开，厚约 3 厘米，在该书第 53 页上，有关于曹雪芹偷听英国人菲立普与其父曹頫讲谈莎士比亚戏剧故事,被发现后遭责罚的内容。此书在中国“文化大革命”前至少有两家图书馆收藏过，至少有三位过目者，其中一位还曾抄记过卡片，1982 年此事曾在中国报刊上揭橥，但后来一直未能再找到该书，一些人对有过这本书产生了怀疑，寻找的热情也便消退至冰点。我以为有关这本书的信息不可能是伪造的。中国经历过“文化大革命”等劫难，像这样的英文老书幸存的可能性确实接近于零。但英国的那么多大大小小的图书馆里，说不定在哪个尘封的角落里就还静静地存在着它。这本书里的那段文字，也许还并不能使我们做出曹雪芹创作《红楼梦》曾受到过莎士比亚戏剧影响的结论，但那至少是一段趣闻佳话，发动找书而且能坐实其事，必能增进一般英国人对曹雪芹和《红楼梦》的兴趣。这场演讲后来的听众提问和我与听众的讨论也很热烈，而且那讨论一直延续到晚上的酒会，其中一个提问是："《红楼梦》对当代中国作家的写作影响究竟如何？一些中国作家并不能直接阅读外国文学，可是他们说起对自己影响最大的作家作品却是西方的，这是为什么？翻译西方文学的中国翻译家的文字，是否比《红楼梦》这样的母语原创文本，对某些中国当代写作者更具有潜在的影响力？"这问题很尖锐，却很严肃，一时很难梳理出能使自己和别人都首肯的答案来。

今夏的伦敦之行，令我兴奋，且欣喜——尽管我的演讲只是两滴雨水，但能使英国听众多少尝到点曹雪芹与《红楼梦》那浩瀚海洋的滋味，吾愿足矣！

有谁曳杖过烟林

——读《曹雪芹新传》

我也算是和西方一些著名的汉学家接触过的人，如果再算上学汉学的西方学生和不通汉学但热爱中国文化的西洋人，那交谈过的已不能算是一个小数目，以我个人的经验，他们对于我们自己推崇备至的、堪称是中国古典文化的最高峰与集精华于一炉的《红楼梦》，大体总是表现出三点态度：一、他们当然都知道其在中国文化中的重要性、代表性，而且会告诉你，从他们的前辈起，就不仅重视而且动手翻译了这本中国古典名著，他们自己或通读过或至少是翻阅过译本；对于你同他们谈《红楼梦》，他们总是肃然而敬，很愿倾听。二、他们一般却又都坦率地告诉你，他们个人不是特别喜欢这部作品，仅就中国古典小说而言，他们更喜欢的可能是《金瓶梅》《水浒传》《西游记》；比如瑞典学院院士马悦然，他已将《水浒传》《西游记》译为瑞典文，但并无翻译《红楼梦》的打算，他说瑞典的知识分子都能读英文或法文、德文的《红楼梦》，而一般只能读瑞典文书籍的瑞典人，你就是给他们译出《红楼梦》来他们恐怕也不能欣赏，说到底他个人对把《红楼梦》译成瑞典文缺乏充分的激赏以为动力。再如一位意大利女记者前不久对我说，她读《红楼梦》时，觉得那叙述实在烦琐难耐，她很虔诚地当作一桩加强东方文化修养的事来做，却只意识到“必要”而并无多少审美的快感，因此她宁愿通过看《红楼梦》电视剧的录像带来“速成”对《红楼梦》的了解；这令我联想起我对西班牙古典名著《堂·吉诃德》的态度，尽管杨绛女士的译笔极佳，我也还是不能逐页细读这部名著的全译本，而更乐于看据其改编的电影乃至于芭蕾舞剧。三、当你问到中国的《红楼梦》在他们西方民间中的影响时，那回答就更会让你尴尬，他们往往会说，作为一般西方人阅读中国古典小说类书籍而言，也许排在最前面的是《好逑传》《肉蒲团》和《今古奇观》《唐宋传奇》《聊斋志异》的选本,然后可能便是《金瓶梅》;对于中国古代小说家他们可能一个也说不出来，非问，细想想，也许会有人说出施耐庵，说出蒲松龄，甚至说出李渔（他写的小说《十二楼》在西方早有译本），能说出曹雪芹的，必是凤毛麟角。

西方人之难以进入《红楼梦》的艺术世界，恰恰说明了《红楼梦》在展示我们中国古典文化的精度、深度、高度方面达到了何等峻伟的地步。的确，一个西方人如果能像一个普通的喜爱《红楼梦》的中国读者（不必是"红学"家或大知识分子）那样，比如说在读到第四十回中贾母畅谈"软烟罗"和"霞影纱"时,会感到津津有味,那么,他就真是跨入中国文化宫殿的内层了。可惜中、西文化的巨大差异，使得最具中国文化底蕴的《红楼梦》，至今未能引出西方首先是汉学家们的巨大而执著的热情。我们都知道西方汉学界对学问抠得非常之细，比如对老子和《道德经》，其研究之多之琐之频，光看论著存目，便会目眩心惊。就是研究李渔的专著也很有几本；但有没有研究《红楼梦》和曹雪芹的专著呢？在西方大学里教书或搞研究的华裔用中文写的另说，直接用西文写的，竟非常之少，写关于曹雪芹的专著，据有人查目，居然是零，倒是有位汉学家写过一本关于曹寅的专书。

在这种情况下，中国人自己，确实有必要专门写出至少一本给关心热爱中国文化的外国人看的介绍曹雪芹这位伟大的中国古典作家的书，现在外文出版社出了这样一本书，是他们特请从青春期起，即把自己的心血完全投入了对曹雪芹研究的艰难事业中，并至今钻研不倦的"红学"家周汝昌先生写成的——《曹雪芹新传》。

请周先生来写这本书，我以为并不是出版社的编辑在"红学"（这里主要是其分支"曹学"）的论争中,偏向于周先生的学术见解。其实无论请哪位"红学"家来操觚他们都不可能放弃自己的学术见解而持一种"公论"。由于关于曹雪芹身世的纷争是如此之多，从曹家的祖籍究竟是丰润还是辽阳，他究竟是曹寅的孙子还是侄子，又究竟是曹颙的遗腹子还是曹頫的儿子，他究竟是哪年生的，在没在南京生活过，生活过多久，他究竟有没有科举的功名，是怎样的功名，他家在南京被抄没迁往北京后，缘何一度微苏后又成覆巢之卵，经历了家庭的更惨烈变故后他究竟如何谋生，他后来究竟有否回游江南之行，当没当过尹继善的幕僚……一直到他究竟是1763年还是1764年逝去的，那位批书的脂砚斋究竟是谁，是相当于书中的那位史湘云的一位后来与他相依为命的女士，还是笔者的叔叔，或竟根本没有这么一个人等，任是谁来下笔，也不能炖出一锅“公论”，而必得端出自己的菜碟，至少他总得在几种主要的见解中拣出可认同者。周先生是极有学术个性的人，他也不可能跳出自己一贯的学术立场而去平等地罗列有关的材料与见解。但出版社请他出马来写这么一本书还是很合适的，因为就专攻“曹传”而言，周先生的学术观点或许不能为一些人“苟同”，而他的深入、认真、不断调整与修正认识到的差池的治学精神，却是为大多数人所公认的。当然，其他的“红学”家也还可以写另外的这种角度的“曹传”。

如果按西方罗兰·巴特他们一派的观点，那作品一写成，作家也就“死”了，批评家要做的事，只是研究“本文”，管他是张三还是李四写的呢，为作者写传，简直完全多余。但对于西方汉学家来说，欲解读《红楼梦》的本文，那不仅不能绕过对作者的了解，而且，还必须迈进好几道门槛，才能登堂入室，初悟其妙。对于西方一般读者来说，很难想象，当他们拿到《红楼梦》的西文译本时，会完全不看译者所写的序引，完全不参照译者提供的附注，便能在本文中自由翱翔。其实就是我们中国当代读者，完全抛开对《红楼梦》本文以外的必要信息的了解，恐怕也是难以进入那种独特的艺术世界和文化空间的。

但为曹雪芹写传，关于他本人的资料之匮乏及互相抵牾，还不是唯一的困难，问题是如以他为圆心，则半径首先必须延及他的家族，而曹氏家族的福祸荣枯，又与清朝康、雍、乾三朝皇室的权力斗争息息相关，于是叙述的半径又要再延及相关的历史，这段历史的文化当然还是大中华汉唐文化的延续，可是又有其阶段性的特点，便是满族文化和汉文化的相激荡和相融合，于是又要再次延长半径，涉及那一代中国文人的总体生存方式、群体素质、心理定式与习尚、修养、趣味及他们的分流。这也还不是半径的顶端，因为《红楼梦》的哲学内涵、其终极追求的力度和向彼岸靠近的热诚（这是许多西方人最感兴趣的《金瓶梅》所没有的），又是中国哲学史思想史发展到那一阶段的有根之木、有花之果，于是写传者又把半径再伸向李贽、汤显祖等先贤及其思想。又由于《红楼梦》是中华古典文化的集大成之作，具有百科全书的特点，前人早就指出：“一部书中，翰墨则诗词歌赋……爰书戏曲，以及对联匾额、酒令灯谜、说书笑话，无不精善；技艺则琴棋书画、医卜星相及匠作构造、栽种花草、养蓄禽鱼、针黹烹调，巨细无遗；……仙佛鬼怪、尼僧女道、娼妓优伶……色色俱有；事迹则繁华筵宴……宫闱仪制、庆吊盛衰……事事皆全；……可谓包罗万象，囊括无遗，岂别部小说所能望其项背。”所以那半径又不能不随机抖动，涉及有关的话题。偏《红楼梦》又是一部并未完全竣工而且只传下八十回的残书，它并没有一个绝对无可争议的本文，推测其失传部分内容的主要根据又是脂砚斋评语，所以在半径的旋转中又不得不提及有关它的版本、脂批及程、高补入后四十回后竟得以公开化，“一时风行，几于家置一集”的原因……《曹雪芹新传》从曹雪芹这个“圆心”出发，不断伸出半径，辐射旋动，又不时由远点回缩“圆心”，浓化对曹雪芹思想、人格和艺术追求的皴染，导引读者层层迈进《红楼梦》一书以“千红一窟（哭）”“万艳同杯（悲）”的大情怀，以“沁芳”之笔，所营造出的远非一般“爱情悲剧”或“大家族黑幕”式的作品所能望其项背的艺术空间，读来却有深入浅出、丝丝入扣、云龙蟠舞、汁浓味醇之感。

周汝昌先生 1964 年所出的《曹雪芹》和 1980 年所出的《曹雪芹小传》，基本上是纵向叙述的方法，这本《曹雪芹新传》取用了“画圆”的手法，围绕曹雪芹这个“圆心”画出了许多个同心圆，这虽很可能是面对外国汉学界或对中国文化感兴趣的外国人特别是西方人这些特殊读者，急中生智，逼出来的招数却构成了一大特色——它不再仅是对一个中国文化巨人的描述，它成了通过这位巨人将你吸入伟大的中国文化磁场的马蹄铁，而且，这样的写法，对于无“学术性前提”准备的中国读者，也颇有吸引力和教益。

但画圆的风险在于，半径伸得越长，其圆周接触的未知面或混沌面争议面便越大，因而派生出的疑窦和讼案便可能越多。而周先生在把握笔法时，“稍稍运用上一点儿推想和文学手法”，为的是“使内容变得生动一些”，用心良苦，却犯了西方汉学家做学问的大忌。这些本拟显瑜之处，很可能倒成了他们眼中的瑕疵。第三十五章代曹雪芹拟的长歌，绝非即兴之作，凝聚着周先生多年来在曹雪芹精神世界里掘进的心得，因曹翁的满溢奇气胆魄的诗作除两个残句外竟毫无所传，为显现其大诗人本色，作传时这样延臂求髓，我很理解，也颇赞赏，但似宜于放在《小传》的增订本中，那不失为供读者参考以加深对传主理解的一种尝试，在这主要是对外的《新传》中，我以为恐怕不能为西方读者理解（能读中文的亦未见得能品味，译成西文则更“隔”），甚或会伤及他们对此书学术价值的充分评估，所以不如不放。

不知为什么，当我掩上《曹雪芹新传》的时候，心上总粘着曹雪芹好友张宜泉《和曹雪芹西郊信步憩废寺原韵》的收句：“寂寞西郊人到罕，有谁曳杖过烟林？”不禁鼻酸。曹雪芹究竟是谁？如梦如烟！他本应像莎士比亚一样，成为全世界每一个知识分子都耳熟能详并能进入其艺术世界的作家，却由于巨大的文化差异、东西文化交流中的强势入差，特别是他身世资料的极度匮乏，因而到目前为止，情形仍极不如人意。不错，《红楼梦》在国外已有二十余种文字的译本，英文的就有好几种，国际上也开过关于《红楼梦》的研讨会，“红学”已是超国境的一界，但相对而言，日本、东南亚、外籍华人中的“红学”家较多，在西方汉学界中，“红学”还远不是显学，“人到罕”“有谁过”？正如本文开头所说，无论《红楼梦》还是曹雪芹，都还没能进入西方教育的常识符号系列，一个西方大学生不知道这本书和这个人不会被认为“无知”，而如果问一个中国大学生莎士比亚是谁他说不知道，并且也举不出一个莎翁剧本的名字来，我们中国人自己就会奚落他“没常识”，他自己也会脸红。这种不平衡是令人遗憾甚至惆怅的。因之，挖掘爬梳新的史料，深化这方面的研讨，写出更多更好的面对内外不同层次的“曹传”，使曹雪芹的伟大与莎士比亚的伟大并帜于东西方所有有知者的脑海中，成为不争的常识，应是中国“红学”界不懈的使命！

讲述《红楼梦》的真故事
——贺周汝昌先生从事“红学”研究五十年

我少年时代住在北京东四牌楼附近的钱粮胡同。胡同东口外过了马路，当时有家书店。大约是1954年，我十二岁的时候，我从那家书店买了一本棠棣出版社出版的《红楼梦新证》，拿回家中。那时家里经常“纵容”我买书，不过，我买回家的，大多是比如《安徒生童话选》《铁木尔的伙伴》（苏联儿童文学名家盖达尔的代表作）一类的适合于我那种年龄阅读的书。以十二岁的年龄买回并阅读《红楼梦新证》，脱出自身来客观评议，实属咄咄怪事，且不足为训。但我确实兴致勃勃地买了它。我生在一个父母兄姊皆喜读喜谈《红楼梦》的家庭。父母对我的课外阅读是有所禁制的，比如我都满十八岁了，他们仍不赞成我觅《金瓶梅》一阅，哪怕是“洁本”。可是我十一岁时，他们便由我从他们书架上取下《红楼梦》去“瞎翻”。我在钱粮胡同口外那家书店见到厚厚的《红楼梦新证》时，其实连“新证”二字何意也弄不懂，从书架上抽出的起初，也只是觉得书前所附的“红楼梦人物想象图”很奇特，竟与我家所有的那种“护花主人”及“大某山民”的“增评补图”的版本上，由改琦所绘的那种绣像大异其趣。再稍微翻翻，便看到了书中关于贾赦的描写之所以“不通”，实在是由于贾政的原型，乃是贾赦原型的弟弟，过继到书中贾母原型这边，才成为了“荣国府”的老爷，他与贾母原无血缘关系，所以相互间才不仅冷淡，且时有紧张……贾赦与贾母根本连过继关系全无，乃是另院别府的一家人，所以书中生把他们写成一家，才落下那么多“破绽”，等等，这些考证，使我恍若在读侦探小说，因此一时冲动，便将书买回了家。家里人起初责我“乱买书”，及至听我把“贾赦根本不是贾母儿子”等吹了一通，分别拿去翻阅了，这才不再怪罪我了。我提起这桩往事，似有夸耀自己早慧之嫌，但真实的情况是，我后来很长时间都并不能耐心把这本书读完，特别是“史料编年”部分。在很长的时间里，我对《红楼梦》都只是保持着一种“朴素的爱好”，即使也翻阅一些关于“红学”的书籍，都只是“看热闹”，何谓“红学”，那实在是懵然茫然。

四十三年前所买的那本《红楼梦新证》，现在竟还可在我的书橱中找到。只是前面少了封面插页与六面文字，后面亦少了几页与封底。这是家中与个人的藏书经历了太多的社会风雨与命途徙迁所致。现在面对着这本残头跛脚的《红楼梦新证》，我不仅对自己四十多年来的“爱红”史感慨万千，也不禁想到这半个世纪来，“红学”的炎凉浮沉。“红学”一度成为“显学”，甚至刮起过“龙卷风”，但其最显赫时，也往往变得离真正的学问远了；近些年“红学”似又相当地“边缘化”了，虽说这也许能使“红学”家们离真正的学问更近，更能得其真髓，却也派生出了一些新的问题。

不管怎么说，我要感谢《红楼梦新证》，当然也便要感谢其著者周汝昌先生。于我而言，这是一本启蒙的书。我至今仍不懂何以精细地界说“红学”的各个分支，更闹不清“红学”界几十年来的派别讼议、恩怨嫌隙，甚至我至今也无力对《红楼梦新证》作出理性的评析，但不是别的人别的书，而是周先生和他的这部著作，使我头一回知道并且信服：现在传印的《红楼梦》，后四十回是伪作，把曹雪芹与高鹗这两个名字并列为《红楼梦》的著者，是一个极大的错误；我们应当努力把曹雪芹所没有完成的那一部分的内容，尽可能地探究出来；也就是说，我们要摆脱高鹗的胡编乱造，而接续着前八十回，尽可能地讲述出《红楼梦》的真故事来。

20 世纪 80 年代初，我买到了周先生增订过的《红楼梦新证》，如饥似渴地一口气读完。周先生当然有他删改旧著的道理，但我总觉得我十二岁时所买到的那本初版，有的文字其实是不必删改的。但我注意到，周先生在新版《红楼梦新证》中，将高鹗的续书，论证为了参与一个出自最高统治者策划的文化阴谋，而他的这一论点，引起了颇多的反对，不过，自那以后，周先生不仅不放弃自己的这一立论，而且移时愈坚，体现出一种可贵的学术骨气。我觉得周先生的论证有一定的说服力，不过就此点而言，尚未能达于彻底膺服。

后来我读到周先生与其兄祜昌合著的《石头记鉴真》，深为震动，这是周先生对我的第二次启蒙。我这才铭心刻骨地意识到，现在所传世的种种《红楼梦》版本，其实都仅是离曹雪芹原稿或远或近的经人们一再过录，或有意删改或无意错讹的产物，比如对林黛玉眉眼的描写，便起码有七种不同的文本。因此，探究曹雪芹原稿的真相，特别是探究其散佚文本中的真故事，便更具有了重要性与迫切性。这绝不是要脱离对《红楼梦》思想深度与美学内涵等“红学”“正题”的轨道，去搞“烦琐考证”，恰恰相反，通过严肃的探究，讲述出《红楼梦》的真故事，我们方能准确地深入地理解其思想深度与美学内涵。举例来说，如果以为现在的一百二十回的通行本里，关于李纨的故事，也就是那么个样子，那么，我们对李纨这个人物的理解，也许便不难简单地定位于“这是一个封建社会中三从四德的礼教的牺牲品”，其实在八十回以后的真故事里，她将呈现出非常复杂的生存状态与性格侧面，她抱着“人生莫受老来贫”的信念，在前八十回中已初露端倪的吝啬虚伪，在贾府大败落的局面中，将演出自私狭隘却也终于人财全空的惨剧。这再一次显示出，在曹雪芹笔下，几乎没有扁平的人物与单向发展的命运。高鹗的续书是否政治阴谋姑且勿论，他将大部分人物命运都平面化单向化地“打发”掉了，甚至于把贾芸这个在贾府遭难宝玉入狱后将仗义探监的人物，歪曲为拐卖巧姐的“奸兄”，诸如此类，难道不应当扫荡烟埃、返本归真吗?

十二岁时翻阅过《红楼梦新证》后，开始模模糊糊地知道，《红楼梦》不仅可以捧读，而且可以探究，但我自己真正写出并发表关于《红楼梦》的文章，却是90年代初，五十岁时候的事了。我写了一些细品《红楼梦》艺术韵味的《红楼边角》，写了几篇人物论（多是以往论家不屑论及或不屑细论的角色，如璜大奶奶、李嬷嬷、秦显家的、赵姨娘等），后来便集中研究关于秦可卿的真故事，被人谑称是从事“红学”中的“新分支”的“秦学”研究；因为我的“正业”是写小说，所以又将“秦学”的探佚心得写成了中篇小说《秦可卿之死》与《贾元春之死》……万没想到的是，我这个学养差的门外汉所弄出的这些文字，竟引起了周汝昌先生的垂注，他不仅撰文鼓励、指正，通过编辑韩宗燕女士的穿针引线，还约我晤谈，并从此建立了通信关系，与我平等讨论，坦诚切磋，他的批评指正常使我在汗颜中获益匪浅，而他的鼓励导引更使我在盎然的兴致中如虎添翼……

去岁冬日，我有幸参加了香港凤凰卫视中文台的一个读书节目，主题是评议周先生在华艺出版社所出的新著《红楼梦的真故事》。这是一本用通俗的笔法讲述《红楼梦》一书在流传中，所散佚掉以及被歪曲、误读了的那些真故事的书。周先生在节目中说:“我一生研究《红楼梦》,就是为了写出这样一本书！”此言乍出，我颇吃惊。周先生从事“红学”研究半个世纪了，光是专著此前已有十多种,《红楼梦新证》曾得到毛泽东主席青睐，有关曹雪芹的几种传记虽属一家之言多有与其他“红学”家观点颉颃处，但其功力文采是海内外学界和一般读者所普遍赞佩的，其在《红楼梦》版本方面的研究，乃至对可能是大观园原型的恭王府的考据，还有主持编撰《红楼梦辞典》，等等学术活动，怎么到头来却都是为了写出这样一本省却了论证注释,全无“学术面孔”,出之以“通俗评话”衣衫的《红楼梦的真故事》呢?

自那电视节目录制播出以后，我重翻周先生的若干“红学”专著，特别是再细读这本《红楼梦的真故事》,才终于理解了他的“夫子自道”。周先生称,“自1947年起，失足于‘红学’，不能自拔，转头五十载于今，此五十载:风雨如晦，鸡鸣不已；秋肃春温，花明柳暗，所历之境甚丰，而为学之功不立；锋镝犹加，痴情未已”,其实他五十年的“红学”研究,已俨然历练出了如钢的风骨,在胡适、俞平伯、何其芳、吴组湘、吴恩裕、吴世昌等“红学”前辈相继谢世之后，像周先生这样“痴情未已”的“红学”大家实在是所剩不多了，这本看似平易的《红楼梦的真故事》，那些娓娓道出、如溪入江又如江汇海的情节轨迹与人物归宿,其实字字句句段段章章凝聚融通着他半个世纪全部“红学”研究的心得成果，他以举重若轻的方式，既向学界展示了他的“集大成”（凡熟悉他之前学术专著的人士已无须他再一一注明资料论据），也向一般读者普及了他的苦心所获。五十年辛苦不寻常，真故事终能汩汩流淌，这是周先生所攀上的一个峰巅，当然，也是他的又一个起点。

周先生今年该是七十九岁了。他身体不好，眼睛近乎失明，只有一只眼尚能借助高倍放大镜，一个字一个字地阅读书刊报纸，而耳朵也近乎失聪，跟他当面交换意见时往往不得不对着他嚷，但他在“红学”研究中却仍然充满朝气，仍时时发表出惊动学界也引起一般读者注意的独特见解，他那固执己见的劲头，常令与他观点不合者既“窝火”又不得不费力对付；他还常常挺身而出，为民间一些“红学”研究者、爱好者“护航”，表示即使某些研究角度与观点乍听乍看觉得“荒诞不经”，也还是应该允许其存在，可以批驳却不必呵斥禁绝，这种雅量实在是很难得的，这也是我特别佩服、尊重他的一个因素。

在周汝昌前辈从事“红学”研究五十年之际，我感谢他在我十二岁到我五十多岁的人生途程中，以他的“红学”著作，滋润了我亲近《红楼梦》的心灵。我祝贺他有一个以完整的《红楼梦的真故事》为标志的“五十硕果”，并祝他将自己的学术轨迹，延伸到新的高峰，给我们讲述出更多更细的真故事来！

扫荡烟尘见真貌

——介绍《红楼梦的真故事》

著名“红学”家周汝昌先生从事这门特殊学问的研究，到1997年已届半个世纪了。他在奠定其“红学”家地位的《红楼梦新证》中，已坚定了自己的学术见解:《红楼梦》前八十回大体是曹雪芹所撰，而直到现今仍在广泛流布的后四十回《红楼梦》，乃是高鹗狗尾续貂，把前八十回与后四十回混为一谈，印成书后署“曹雪芹高鹗著”，不仅滑稽可笑，更可哀可叹！他从那时起，便坚决“打假”，即力辨高续之伪，而开始探究八十回之后的真貌。在“文化大革命”之前的近二十年里，他和其兄周祜昌仔细研究了比较接近于曹雪芹原稿的“甲戌本”“己卯本”“庚辰本”等传抄本，曾露抄雪纂，做成了八十巨册的会校本，可惜未能印造，便在“文化大革命”浩劫中灰飞烟灭。但80年代后，周氏兄弟锲而不舍，重起炉灶，及时地出版了《红楼梦鉴真》一书，此书虽字数不多，长话短说，但浓缩了多年来“打假寻真”的学术成果，读来颇具惊心动魄的感召力。周先生的80年代初新版的《红楼梦新证》里，发展了原有的论点，认为高鹗的续书不仅其思想境界、美学追求、文字水平与曹雪芹相比不啻有天地之别，也不仅是佛头着粪、点金为石，而且，那根本就是在乾隆皇帝授意下，由和珅操纵，最后由武英殿也就是皇家印刷所制作出来的，整个儿是一个政治文化阴谋！这一论点在“红学”界颇多訾议，但周先生却移时弥坚，并不断推进着自己的研究成果，在打高鹗之假的同时，也便更增强了对曹雪芹原稿真貌的探佚。周先生推断出《红楼梦》(严格来说应称《石头记》)全书应为一百零八回，现在的流行本中不仅后四十回绝非曹雪芹所撰,第六十四回、六十七回为人后补，就是一般都认为“没有问题”的七十九、八十两回，亦非曹书原貌。

1995 年底，周先生推出了《红楼梦的真故事》一书（华艺出版社出版；实际上到 1996 年书店里才陆续可见），这本书的主要篇幅，集中展示着他将近半个世纪“打假寻真”的宝贵成果。这是一本即使令观点与其轩轾者也会觉得有趣的书。它采取了评话式的通俗手法，娓娓道来，细针密缝。对于“红学”界来说，此书虽未开列出其扫荡烟尘、显现真貌的材料及推论过程，但熟悉周先生此前著述的人士，当不难边读边联想到其所根所据；对于广大的一般《红楼梦》爱好者而言，这本故事书实在过瘾——它比一般的“补梦”多了浓酽的学术气息，周先生这样普及自己的学术成果，也给学界的其他人士提供了一种有启发性的路数。

高鹗续书影响最大的情节，是宝玉婚姻的“调包计”及林黛玉的焚稿断痴情，经多年来戏曲、银幕的渲染，社会上一般人都“信以为真”。周先生却给我们讲了一个林黛玉沉湖的凄楚故事。在这本《红楼梦的真故事》里，我们还可以知道，“品茶栊翠庵”后，妙玉嫌被“弄脏了”的那只成窑杯，会怎样在后来极大地影响了贾宝玉和妙玉的命运；史湘云所佩带的金麒麟与贾宝玉在清虚观所得的金麒麟，究竟怎样地阴阳遇合；贾元春的死亡真相；李纨后来怎样显露出她的爱财与自私；贾府败落后王熙凤怎样沦为阶下囚，怎样作为贱仆雪中扫地，而拾到了宝玉遗落多时的通灵宝玉；宝玉收监后，贾芸、小红如何仗义探望；贾菖、贾菱这两个人配的药怎样被调了包；贾宝玉怎样与花袭人的哥哥及她的姨表妹邂逅……周先生并在故事最后，依据《红楼梦》原书一百零八回的构想，排出了一百零八钗构成的“情榜”。

至今仍有人认为流传已久的一百二十回《红楼梦》，特别是 1791 年程伟元、高鹗活字排印的“程甲本”就是曹雪芹的真本。即使认为后四十回歪曲了曹氏原著并主张探佚的人士，也未必都能同意周先生这本《红楼梦的真故事》里所寻出的真。我个人业余也不自量力地搞一点“红楼探佚”，我在许多方面很被周先生的追寻所吸引，并深为服膺，可是也有若干尚不能苟同处，如对妙玉终局的理解。《红楼梦》真是一部奇书，有多少个读者便可能有多少种理解。对原始稿本至今未能发现的这部奇书而言，孜孜不倦地扫荡烟尘探寻真貌，是周先生毕生的学术追求，也是许多“红楼探佚”的专业学者与业余爱好者难弃的正经大事。

满弓射鹄志锐坚
——读周汝昌先生《红楼家世》有感

研究曹雪芹的祖籍有没有意义？我以为，如果单只是就祖籍论祖籍，纵然写出大部头宏著，论定曹雪芹祖上就是某地籍贯，打个比方，也就好比是拉个满弓，显示超人的气力，属于杂技性的表演罢了。周汝昌先生对曹雪芹祖籍的研究，却好比是立了明确的鹄的，满弓拉起，飞箭出弦，直逼鹄心，这里面当然含有高超的技艺，但不仅仅是技艺的展现，更重要的，是体现出一种执著的文化探求精神。黑龙江教育出版社 2003 年 1 月推出的周先生的《红楼家世》一书，副题是“曹雪芹氏族文化史观”，这副题把其满弓所射的鹄的，清楚地告知了读者。周先生射出的诸箭，究竟有多少支射中了鹄心？一共中了多少环？我以为很有几箭射中了鹄心，总环数很不少，成绩斐然。当然，大家可以各自评定，抒发己见。关键是，周先生以入八十五岁的高龄，满弓射鹄志锐坚，令人感佩，引人注目。周先生的“红学”研究，涉及各个“红学”分支，而用力最多的，当属“曹学”。在这个分支的研究中，必得研史，甚至要“往事越千年”，又必得作考证，甚至要穷搜细辨，于是有人远远一望，便大不以为然，指斥为“离开了《红楼梦》文本”，“属于烦琐考证”。读《红楼梦》当然不能离开其文本，

但《红楼梦》的文本是中华古典文化的巅峰结晶，并且极其独特，对其解读不能图省事，走捷径，西方的古典、现代、后现代文论固然可以引为借镜，如王国维借叔本华的理论来抒发自己读《红楼梦》的审美感受，颇能启人，但终究还是给人附会之感；中国以往的文论，当然更可以用来作为解读《红楼梦》的工具，脂砚斋批书，就使用频仍，但因为曹雪芹的笔力有超越他以前全部中国文化的性质，因此以这些工具来衡量，往往也力不从心；这就说明，要解读

《红楼梦》，到头来还是必须彻底弄清曹雪芹写作这部伟著的时代背景，即康熙—雍正—乾隆三朝的政治风云、社会变迁、文化习尚，这也就必须攻史，举例来说，不通史，怎么能读懂“义忠亲王老千岁”“坏了事”以及“双悬日月照乾坤”这些文本字句的深刻内涵？而流传下来的历史记载，往往是“胜利者写的”，比如雍正在与其十几个兄弟争斗王位的斗争中终于胜出，那么，他就要改写甚至删削康熙时的大量记载，乾隆虽是和平顺利地继承了王位，他本人甫上台也很注意实行皇族亲睦的怀柔政策，但没想到权力斗争是不以个人意志为转移的，他再怎么不愿出事，也还是发生了“弘晳逆案”，乾隆果断麻利地处理了这一政治危机，他胜利了，于是，他采取了销毁相关记载的“留白”史笔，今人要弄清那时的真情实况——这对研究《红楼梦》文本至关重要，曹雪芹家族的“落了片白茫茫大地真干净”正是这个时期，《红楼梦》中贾府的大悲剧展开的时代背景也正是此前此后——还历史真面目，“补白”，不搜集资料，做细致研究，那怎么能有成果？这样的“烦琐”，是面对鹄的，拉弓以射靶心的必要。

周先生的这部新著，不仅体现出他对历史特别是清史的熟稔，还有对中华古典文化的饱学与融通，更凸显出了他治“曹学”的完整体系，就是把曹雪芹写作《红楼梦》放在氏族文化的大框架内来加以研究，何谓“诗礼簪缨之族”，曹雪芹祖上的文化积累如何传承到了他的笔下，其明末清初的祖辈如何从南方迁播到北方，后来他祖上那一支又如何从丰润迁往铁岭腰堡并在那里被俘为奴，以至考出曹雪芹的生日是雍正二年的闰月四月二十六日……这些“曹学”文章绝不是些拉弓无鹄的花架子，而是整合为一把解读《红楼梦》的钥匙。有人置疑这样的研究是否以“历史”取代了《红楼梦》的“本事”，甚至认为这样研究是不懂得小说属于虚构的产物。周先生早在其第一部“红学”著作《红楼梦新证》中就明白写出，“至于穿插拆借、点缀渲染，乃小说家之故常”，后来在其著作中又多次申解从生活素材到小说文本必经加工改造虚构渲染的讨论前提。英国人研究狄更斯的《大卫·科波菲尔》，认为那是一部自传性小说，并从狄更斯生平史料出发，解读小说中的人物与情节，如果我们不以为怪，为什么一到研究《红楼梦》时，指出其具有自传性质，利用史料与小说文本互证细考，就如此大惊小怪、不能容忍呢？周先生以氏族文化的框架为研究“曹学”的体系，在这本书里满弓射鹄，收获极丰，如全书最后一篇2002年新作《青史红楼一望中》，从史实上论证了“曹雪芹家为何成了雍正的眼中钉”，又以此为钥匙，精确地解读了《红楼梦》第三回里金匾“荣禧堂”和银联“座上珠玑昭日月，堂前黼黻焕烟霞”的生活依据与深刻内涵，像这样以鞭辟入里的探究所奉献出的钥匙，对热爱《红楼梦》的读者们来说，难道不是最好的学术礼物吗？

“红学”研究是一个公众共享的话语空间，谁也不能垄断。周先生在自序里说：“错谬不当，诚望指正——摆事实，讲道理，举反证，揭破绽，有利于大家共同勉励求进。”周先生目前已经近乎目盲耳聋，又痛失老伴，仍以铮铮学术骨气，锲而不舍地奋力拉弓射鹄，他还特别能够提携后进，鼓励创新，平等切磋，亲切交流，拜读《红楼家世》，真有早春幽谷中忽见老梅盛开的感觉，这样的老梅堪称国宝，愿树长在，花常开！

隔岸花分一脉香

“你感到为难吗？”一位朋友这样问我。

事情是这样的：三联书店 2001 年出了一套“高阳作品系列”，全套八部著作共十三册，都是与曹雪芹和《红楼梦》有关的。有关责任编辑请我写一篇相关文章。之所以请到我，一是知道我业余研究《红楼梦》，二是知道我也曾把自己的研究心得，以小说形式出之。当然，我的以小说形式表达研究心得，到目前不过只有三篇共十几万字而已，高阳先生的有关小说却已近四百万字，小丘仰望峻岭，评论起来确实不易。

不过，朋友的发问，是知道我的业余“红学”研究，“起家”于“秦学”，就是发端于对“金陵十二钗”里最末一钗秦可卿这个形象的探秘：她所依据的生活原型是什么出身？曹雪芹原来是怎么描写的？为什么接受脂砚斋的建议，出于非艺术的原因，删去了本已写就的四五叶（相当于现在的八至十个页码）的文字，又打了“补丁”，隐去了从生活到艺术的原有痕迹？我的研究成果，除了论文，还有小说《秦可卿之死》。在“红学”园地里立一家言，对任何研究者来说都洵非易事，更何况我这样的门外汉。维护自己的研究成果，对迥然相异的学术见解，要么与之争鸣商榷，要么保持缄默，才属常情。朋友读过高阳先生的《红楼梦断》，该书劈头便写到李煦和儿子李鼎的媳妇私通，且有“遗簪”“更衣”等情节，分明表达着作者对《红楼梦》的研究成果是：书中的宁国府，原型是苏州织造府，贾珍私通秦可卿，素材源于是苏州织造李煦的家丑；李煦是曹雪芹祖父曹寅的大舅子；相应的素材与艺术形象的关系是：贾政是曹頫的投影，宝玉至少部分是曹霑的投影……高阳先生在“秦学”方面的研究成果及其表达强度，特别是他的文字在数量上呈现着千军万马的态势，把其他关于秦可卿的探究解释，可以说是完全“湮灭”了。朋友之所以估计我会为难，逻辑主要在此。但我自己的感觉里，却绝无为难的因素，阅读高阳的这些涉及曹雪芹和《红楼梦》的文字，甚有兴致。意兴遄飞之余，还要写文章评说，这，难道是脱离常情了么？

我虽然不能苟同高阳先生对曹雪芹及《红楼梦》的大部分研究成果，但我们作研究的出发点，却是基本一致的。这也就是情能相通的关键。在《红楼一家言》里，高阳先生说：《红楼梦》明明是一部“将真事隐去”的自叙的书。既然“将真事隐去”，就必须有一部分虚假的情节来代替；这一部分“虚假”的情节，乃是用来发抒“真实”的情感。如果《红楼梦》的时间假、地点假、人名假、情节假，连情感也是假的，那就不成其为一部好小说，更不值得费那么多功夫来做考证研究的工作了。又强调：《红楼梦》是一部伟大的文艺创作，不是一部传记文学。真人真事，在曹雪芹只是创作的素材，经他的分解、剪裁、糅合，重新塑造为另一个人、另一件事；因此，我们可以说，书中某一个人有某一个人的影子，却不能说，某一个人就是某一个人。但《红楼梦》中确实写了曹家的若干真实人物，这须从“脂批”中去研究。《红楼梦》的写作过程，相当紊乱复杂，是一面写作，一面传抄，一面修改。他还明确表示：“我一向不以为高鹗是后四十回的作者，”“后四十回若是他人的续稿，自不必谈；如果仍是曹雪芹原著，那么以文字的精练来比较，绝非‘增删五次’的稿本，所以，最后的构想，仍应以第五回的预告为准。”我著《红楼三钗之谜》，盖出的房子虽与高阳先生大异，“奠基石”却取自同山。

三联书店出版的“高阳作品系列”除《红楼一家言》是论著外，《红楼梦断》四部曲（《秣陵春》《茂陵秋》《五陵游》《延陵剑》），《曹雪芹别传》（上、下册），《三春争及初春景》（一、二、三册），《大野龙蛇》（一、二、三册），全部是长篇小说。它们既是历史小说，也是学术小说。说是历史小说，当无争议；说是学术小说，想必就有人问：何谓学术小说？我以为，学术小说，就是著者先有学术研究成果，然后再将其学术见解熔铸在小说里，那样的独特的小说品种。比如高阳先生的这十二册长篇小说，他就不是光凭艺术想象在那里笔走龙蛇，他的人物设置、情节脉络乃至重点场景、关键细节、贯穿道具，都建立在对曹雪芹家世和《红楼梦》创作素材的学术研究成果之上。如他认为曹家并不存在一个乾隆朝入宫的妃子，更不曾有过该妃子奉旨省亲的事实，《红楼梦》中的元春，原型是铁帽子王纳尔苏的嫡福晋（正室），也就是曹雪芹的亲姑妈；而关于元妃省亲的想象，则来自曹雪芹祖上四次接驾康熙皇帝南巡的家族记忆。对此他有过硬的考证文字为"奠基石"。能把自己的学术成果以如此浩瀚的鸿篇巨制加以体现的学术小说家，我不敢说后无来者，但将之赞为前无古人，怕不算过誉。

我的那位朋友，既是历史小说迷，也是"红学"迷，他说阅读高阳先生这些长篇小说，兴味是双重的。其实就是对"红学"了无兴趣的读者，只把这些文字当作描写清代康、雍、乾三朝历史风貌的小说来欣赏，也会读出乐趣来的。人情世故，通过老辣的叙述文字，是与当代人所遇所感相通的。不过，我以为，高阳这个系列小说的最大弱点，是虽然写活了很多历史人物（如李煦），却并没有把曹雪芹写好，血肉不够丰满，尤其没把他的内心活动写细写足写像，毕竟，不管是熟悉"红学"还是对"红学"陌生的读者，对小说里的曹雪芹他们都是最关注的，你层层剥笋，剥到最后，笋心不能令人过目难忘，无论如何是个遗憾。

翻阅着这套"高阳作品系列"，脑海里浮现出《红楼梦》里的半副对联来：隔岸花分一脉香。可惜岸那边的高阳先生已在 1992 年仙去，无从与他"烹茶更细论"了。但他的这一系列的芳馥，将永远氤氲在海峡两岸，并有望扩散至全球。

《红楼梦》烟画

壬午年春节逛厂甸庙会，购得《红楼梦》烟画一套，如与旧友邂逅，乐不可支。

所谓烟画，依我儿时的叫法，该称洋画，拍洋画与扡羊拐，是那时我辈最喜欢的两种游戏。玩这两种游戏的最佳地点是胡同四合院门口的登马石旁。长方形的登马石表面早被古人靴底磨得平整光滑，特别适合当作游戏台。扡羊拐的玩法是左手先把四个侧面染了红色的羊拐扔到石面上，然后抛起右手里的沙包（碎布缝制，内放沙子），趁沙包未落下之际，赶紧整理扔下的羊拐，使其朝上的一面相同，然后接住沙包，再抛起，再将羊拐全换为另一面，如之四次，倘把羊拐所有各面全部转换成功，则再抛起沙包后，要将全部羊拐扡进手中。每当其中一个环节失败，则换为另家去做。谁最顺利地完成全过程，谁为胜者。那时我和小朋友玩扡羊拐，赢了人家给我洋画，输了则我给人家。但洋画本身也可单独游戏，而且我们男孩子更喜欢玩洋画。洋画的玩法又有两种，最过瘾的一种就是拍洋画，一家等量地出几张洋画，凑成一摞后，放在石面上，以剪子石头布划拳胜者先手，把右手巴掌拍到洋画旁边，以气流掀动洋画，如有洋画翻转跌落，则可连续拍下去，凡拍翻转的均归拍者；倘拍后洋画未能有所翻跌，则换另家来拍；拍光后再续再玩。那时回家吃晚饭时，我的两手总是黑黑的，右手掌往往还因拍洋画而红肿，虽然母亲总呵斥着让我去洗手，但忍不住抓起大白馒头狼吞虎咽的情况还是经常发生。

洋画的另一种玩法比较斯文，就跟打牌一样，你出一张，我出一张，比大小。洋画的种类颇多，玩比大小，最好办的是《水浒传》人物，天罡星都比地煞星大，而且那108将全有座次，谁赢谁很好判断。每回各出一张，小的归了赢家，但赢家用过的那张牌要搁到一边，不能再用。最不好办的是《红楼梦》人物，究竟谁比谁大呢？不要说小朋友弄不清，就是大人们也未必都能作出准确判断。

为什么叫洋画？那时候还没WTO，但外国烟草公司盯准中国烟民，其手段就跟如今麦当劳盯准中国食客一样，不仅在大人身上下功夫，更在小孩身上打算盘。现在你到麦当劳里头去看看，常有家长代替小孩去消费的，不为吃那汉堡包、炸薯条什么的，为的是按份额领取小玩偶，以凑成一整套；当年随香烟附赠的小画片，吸烟的大人倒未必有几个在乎，但孩子们却视为珍奇，我那时就曾缠着父亲一再地购买海盗牌香烟，那洋烟里附有《红楼梦》画片，为凑够120张全套，你算算得买多少包海盗牌香烟？算不清楚的，因为很可能连买五包都是袭人，而买了上百包也还是没个贾宝玉！

当时的国产香烟也有附赠小画片的，但似乎不如洋烟那么普遍，大概是凡洋烟必附小画片，所以把香烟盒里的小画片一律叫作洋画儿，也便顺理成章了。

那时跟我玩洋画的小男孩，大都不懂得、不喜欢《红楼梦》，所以乐得把《红楼梦》洋画输给我甚至白送给我，但也有跟我玩洋画的女孩子，她们对《红楼梦》洋画相当喜欢，也能说出些谁大谁小的道理，比如秋纹遇上惜春一定输，因为是丫头跟小姐的区别，贾珍遇见惜春则赢，因为他是她哥哥，但尤氏遇到李纨，或者柳湘莲遇到蒋玉菡，又该谁输谁赢呢？好在这套洋画每张上面都有编号，于是按编号，数字靠前的赢数字靠后的，也算一种规则，但编在120号的是警幻仙姑，据书里所说她应该是极大的，贾府去世的祖宗都去巴结她求她保佑后代呢，但我们那时候玩洋画，最不喜欢的就是这位让我们莫名其妙的仙姑，她是注定要输来输去的。

忆当年，我始终没能凑足全套《红楼梦》洋画，当然有的人物又一下子拥有数张甚至十多张之多，比如我就记得手里总有数张胡氏，而这位胡氏究竟是怎么一位角色？那是直到我成年以后才大体上弄明白的。

摩挲翻弄着从厂甸庙会买来的全套《红楼梦》洋画——是中国书店据旧版重印的，而且很科学地称为了烟画——我渐渐从儿时的回忆里解脱出来，进入了鉴赏的境界。

这套120幅的《红楼梦》烟画，有一幅是通灵宝玉与绛珠仙草，另外警幻仙姑一幅，跛足道人与疯僧合一幅，姽婳将军（贾宝玉、贾环所作诗歌里的人物）一幅，以上四幅所画都非书里的现实人物；其余各幅里面，则双人合为一幅的有贾赦贾琏、贾代儒贾瑞、邢大舅王仁、贾环赵国村四例，另有一幅是把三位贾府清客詹光程日兴单聘仁画在一起，这样算下来，烟画上的现实角色共出现了122人，蔚为大观。这样一套《红楼梦》人物图谱，为普及《红楼梦》起到了很大的作用。当然，作画者对《红楼梦》版本没有什么研究，所根据的是通行的120回俗本，所以出现的人物里有不见于曹雪芹笔下，而完全由高鹗臆想出来的“忠仆”包勇，还有就是上面所提到的那位胡氏——贾蓉在秦可卿死去后续娶的妻子，其实曹雪芹笔下并无胡氏，倒是在第五十八回里写到一位随贾母、邢夫人、王夫人、尤氏入朝随祭老太妃的许氏，这位许氏才是贾蓉的续弦。烟画的目的是推销香烟，所以，这套《红楼梦》人物谱必须人山人海，以使凑齐一套的难度提升，所以有不少书里才出现一两次甚至仅被提及的人物上画，如喜鸾、周姨娘、傅秋芳等。但把贾环与他的生母之弟（应为赵国基，不知烟画上印为赵国村何所据）画在一幅中，却并不是凑画幅，而是别有意味。我们都知道探春理家时，赵国基死了，按血统这是她和贾环的亲舅舅，她却坚决不认，只按家养奴才对待，结果赵姨娘跟她大闹一场。那种社会里人的自我归属意识就被扭曲成了那样，细想起来，也够惊心动魄的。

烟画的作者未署名，但画得很不错。这套画不仅有助于人们熟悉《红楼梦》，而且，那些大体上是明代装束的人物，以及画上所出现的园林背景，还有每幅背面那些虽不高明但平仄大体顺溜的绣像咏，都能对过眼者起着中国古典文化的潜移默化的熏陶作用。烟画作者在处理每一人物时固然套路用得多，如宝钗必扑蝶，湘云必醉卧，晴雯必补裘，龄官必画蔷……但身姿飘逸，衣褶线条交代清楚，着色明艳而不扎眼，绝非粗制滥造。个别的人物，处理上还很见匠心。如邢夫人，画她侧坐在炕毡上，身披红睡袍，手里捏着一张纸，仿佛正在筹划着要将从傻大姐处得到的绣春囊附上一个便笺，好交给王夫人，给王夫人一个难堪加难办，画面有动感，富于戏剧性。另外，第三十二幅画的是傅秋芳，这是引起历代“红学”家探讨不已的一个人物，在前八十回曹雪芹笔下她只在第三十五回里被侧面写到，说她是贾政门生通判傅试（显然谐“附势”的音）的妹妹，傅试为了拿她高攀豪门贵族，而屡遭拒绝，已经把她耽误到了那个时代里非同小可的二十三岁，但曹雪芹却从贾宝玉的角度这样下笔：“只因那宝玉闻得……傅秋芳也是个琼闺秀玉，常闻人传说才貌俱全，虽自未亲睹，然遐思遥爱之心十分诚敬……”这样重墨皴染，是否意味着“草蛇灰线，伏脉千里”？在已佚的曹雪芹八十回后文字里，是否还会有傅秋芳出现？烟画上的傅秋芳穿一袭杏色褙子，站立着揽镜抚鬓照面，大有“如花美眷，似水流年……在幽闺自怜”的情态，很有韵味，是一幅挺好的古典仕女画。

当年的洋商推销他们的洋货，常使用的手段就是将其符码本土化，洋烟所附赠的小画片，并不画莎士比亚戏剧故事或者雨果笔下的悲惨世界，反倒一定是中国的古典文化，除了四大古典小说人物谱，我记得的就还有封神榜里的诸神、京剧脸谱、白蛇传什么的，这一招真的很灵，就像过去洋人拍的电影拿到中国来演，片名往往会是《魂断蓝桥》《鸳梦重温》《卿何薄命》《花心蝶梦录》《春闺梦里人》……直到今天，当若干国货厂商纷纷将其企业品牌欧美化的同时，某些外国厂商却偏要为其公司或产品译音寻找出能富中国情调的字样，如施贵宝、奔驰……这里面值得研究的东西其实很多。

现在的孩子们是不会揣羊拐、玩洋画的了，但被抛弃的应该只是那种行为方式，而不应该是包含在那些行为方式里的文化风俗，作为一种进入古典范畴的文化风俗遗迹，《红楼梦》烟画这样的东西应该被现在的人们——包括孩子们在内——由衷地珍惜，在厂甸庙会上我就见到不少大人小孩跟我一样热心地购买据旧版新印的烟画，还有一个少年问摊主：“哪儿能买到当年那些真的旧烟画？”不管他是出于真心欣赏还是打算搜集收藏以期升值，我听了心里真是热乎乎的。

正本清源第一遭

一位年轻女士问我：二十年前央视版连续剧《红楼梦》，书中八十回后的情节，在剧里变了样，这种拍法是不是不尊重原作？她的发问令我堵心。唉，到现在，还有那么多人糊涂着，愣以为如今通行的一百二十回印本，署着曹雪芹、高鹗两个人的名字，构成着《红楼梦》的完整“原作”。否！我要在这里大声疾呼：千万要明白，曹雪芹写的《红楼梦》，因为种种原因，传世的只有约八十回，八十回后他也不是完全没有写，根据考证，他对回目的设计，很可能是一百零八回或一百一十回，最末一回有“情榜”，入榜的除贾宝玉外，都是12人一组的女性（金陵十二钗正册、副册、又副、三副……一共应为9组108人），每人还附考语，宝玉是“情不情”，黛玉是“情情”（第一个“情”字是动词，意思大体是：宝玉对无情的事物也能用情，黛玉则专为自己所爱动情）。高鹗跟曹雪芹了无关系，是在曹雪芹死去二十多年以后，才与书商程伟元合作，在传世的曹雪芹八十回本后，续了四十回。这里不详细讨论如何评价高续的问题，只强调，高是个跟曹雪芹没见过面，也没有任何文字交往、思想境界与美学追求都差得很远甚至相抵牾的人，绝非曹雪芹的合作者、继承人，因此，如何对待一百二十回通行本的后四十回，只是个如何对待高鹗这个人的续书的问题，而绝对构不成“如何对待曹雪芹《红楼梦》原作”的问题。

把上面这个前提交代清楚了，就知道我对二十年前央视版对八十回后《红楼梦》情节的处理，是持肯定的态度了。抛弃（或者说基本上抛弃）高续的内容，根据现存古本《红楼梦》正文中的伏笔及脂砚斋（此人才是曹雪芹的真正合作者）的批语中对八十回后情节的透露（末回有“情榜”就是此人透露的），特别是根据几十年来“红学”界对八十回后情节的探佚成果，再加合理想象，完成了《红楼梦》的整个故事，这在《红楼梦》改编史上，是个了不起的创举！

20 世纪 40 年代上海处于“孤岛时期”时，曾拍过电影《红楼梦》，袁美云饰贾宝玉，周璇饰林黛玉，王丹凤饰薛宝钗；60 年代则又有越剧版《红楼梦》；80 年代还有谢铁骊的电影版《红楼梦》；这些改编都着重表现宝、黛爱情悲剧，让观众觉得《红楼梦》的内容似乎也就是封建贵族家庭里青年男女争取恋爱婚姻自由罢了，其实曹雪芹的《红楼梦》远不是那么狭隘的一部作品。王扶林导演的电视连续剧《红楼梦》终于突破了这一点，试图展现出这部伟大作品的更多方面，特别是努力去表现八十回后可能有的故事和人物的最终命运（尽管因为缺乏原著文本没有了细节与语言的依傍显得粗疏潦草），但那是正本清源第一遭，难能可贵！

关于我的“秦学”研究
——答上海《城市导报》记者黄准新问

问:您的《画梁春尽落香尘——解读〈红楼梦〉》一书被有的传媒称之为“秦学”，又作为“作家加盟‘红学’”的一个范例。您本人是怎么看待的？学者型作家或作家学者化是不是一种必然？

答：我自十多年前，就从秦可卿这个人物入手，对《红楼梦》进行研究。我的研究基本上属于探佚的范畴。我的主要成果是：秦可卿的原型，是康熙朝废太子胤礽的女儿,也就是在乾隆四年发生的“弘皙逆案”的主谋弘皙的妹妹。“三春去后诸芳尽，各自须寻各自门”所说的“三春”不是指三个人，而是指乾隆元年至三年的三个春天，那是曹家熬过雍正朝的寒冬后中兴复苏的三年好日子,《红楼梦》从十八回后半至五十三回就浓墨重彩地写了乾隆元年的事情，五十四回到六十九回写的“乾二”，七十回到八十回都写的“乾三”；但没想到这三年过去即卷入了“弘皙逆案”，导致了“家亡人散各奔腾”的毁灭。所佚的八十回后的《红楼梦》，所写的应该就是“乾四”后“树倒猢狲散”的局面,而绝不会是高鹗所续的那一套。我新出的《画梁春尽落香尘——解读〈红楼梦〉》一书,集中体现出了“秦学”研究的成果。至于“学者型作家”或“作家学者化”一类的问题，不在我思考的范畴中。我研究《红楼梦》并不是想把自己“化”为“学者”，我以为“红学”是一个公众共享的话语空间，不是什么机构或哪个“专家”“权威”可以垄断的。没有“作家”“学者”头衔的人，只要有心得，在“红学”领域都有天赋的发言权。

问:您的探佚小说《秦可卿之死》中的悲剧人物秦可卿是哀艳的，您写她，包括写贾珍，文笔都很人性化，可不可以这样说：“命运和人性”是您这作品的主题？您说您写的是“学术小说”，写小说和做学问会不会成为一种矛盾？

答：命运和人性，确实是我小说创作最关注的东西，也不独是写“‘红学’探佚小说”如此。“学术小说”应该是小说创作中的一个独特品种，它与一般的虚构小说是有区别的，我的《秦可卿之死》、《贾元春之死》、《妙玉之死》都严格地做到：人物、情节、细节或者有《红楼梦》前八十回的正文依据，或有脂砚斋批语的依据，或有我的正式探佚论文的成果为依据，本来应该在小说后列注一一指明，考虑到对一般读者来说会觉得烦琐，影响顺畅阅读，才没附详注，但都在后面有概括的说明。对于我来说，写小说和研“红”不仅没有什么龃龉之处，倒有鱼游春水之乐。

问：可不可以结合您的经历谈谈《红楼梦》对您的影响？

答：我这人其实是很孤僻的。内心很丰富，但不擅为人处世。但人在社会中，尤其是处于当代中国社会，个体生命无法也不应该完全脱离他人、群体与社会，所以，一方面要适应社会，尽量使自己对社会有益，另一方面则要努力地守住自我，寻求生存的诗意。我从少年时代就接触《红楼梦》，读了几十年，不敢说已经读懂、读通，但我觉得一进入曹雪芹《红楼梦》前八十回（严格来说是一至七十八回，更严格地说，去掉可疑的六十四、六十七两回，是七十六回）的文本，心灵就获得极大的慰藉。把《红楼梦》简单地看成是一部“反封建的爱情小说”是不对的，它其实是一部写个体生命在时代、社会、家族、他人的错综纠葛中，如何执拗地追求诗意生存的伟著。全书笼罩在“双悬日月照乾坤”的“日”“月”两个政治利益集团大决战前夕的政治阴霾里，贾宝玉的被笞，其实质是“日”集团的忠顺王与“月”集团的北静王的对抗，折射到了对蒋玉菡的争夺，证据显示在茜香罗上，这影响到贾政的政治前途和整个家族的安危，惊心动魄，生死交关，贾宝玉对此也不是浑噩无知，但他却还是不顾一切地去追求体现在青春女性和灵性男子身上的诗意美。远离名利场，亲近自然美，这是我目前得到《红楼梦》启发后所选择的生活方式。

问：在您看来，《红楼梦》对今人有怎样的启发和意义？

答：守住你的个性。如果做不到诗意地生存，至少要尽可能捕捉、享受生活中的诗意。多跟水质的人亲近，对泥质的人即使不可能杜绝来往也要提高警惕尽量不受其污染。当然不止于此。

问：在诸多"红学"的研究评论成果中，您本人比较欣赏哪一派？

答：周汝昌先生的研究我最佩服。这不是从"派"出发。周先生自是一派。他在"曹学""脂学""版本学""探佚学"等"红学"分支上都有硕果累累的学术成就。最近我又读到作家出版社刚给他出的《红楼夺目红》一书，这可是紧扣《红楼梦》文本、细抠其文脉语言的一部著作，写得潇洒自如，学问、见地令人如登山阴道，创见、憬悟层出不穷，且能深入浅出，做到了雅俗共赏。当然我最佩服他的是，一方面他充满学术自信，另一方面则总是真诚地表示那仅是他的一家之言，欢迎批评指正，尤喜切磋讨论，这是非常可贵的学术襟怀。

问：您研究《红楼梦》是否也经历了一个过程？

答：当然。我把自己的研"红"心得发表出来，从十多年前就开始了，而且出了三本内容不断更新发展的书——《秦可卿之死》《红楼三钗之谜》《画梁春尽落香尘——解读〈红楼梦〉》，我的研究得到前辈周汝昌先生的热情鼓励与细心指导，也得到像陈诏先生那样的通家的善意批评，当然更有许多读者的支持，以及传媒的关注。2000 年我更得到英国英中文化协会和伦敦大学的邀请，去伦敦作了两场关于《红楼梦》的演讲。我当然还只是一个"红学"的票友，不过我已形成了自己的研"红"轨迹，"秦学"的提法应该说是水到渠成，可以批评甚至批判，但不可以对我的研"红"轨迹、我的主要论著看都不看，翻都不翻，一听就烦，斥之曰："完全是外行话！""有点什么就马上拿出来到处说，不是研究学问的态度。"（见 2003 年 9 月 2 日《北京晨报》）这样的"专家"我只能说他毋乃太"专断"，难道唯有被他认可的人才能"入行"吗？哪个天皇老子给了他这种"钦点"的特权？我已积十多年研究，文章已经很不少，怎么会是"有点"而且"马上"？可喜的是，眼下的世道已然不是文化专制的格局，所以我的"秦学"研究也就还有一定的话语空间，封杀不了，禁绝不得。

问：接下来，您还将对《红楼梦》作哪一些探索？您有否续八十回后的打算？

答：对八十回后的探佚当然是我最重视的课题。但以"曹体"来续八十回后，我还没有那样的能力。不过我的"秦学"是从曹家与康熙两立两废的太子胤礽及他的儿子弘皙（康熙的皇孙）的荣枯与共的关系入手，来研究曹雪芹的身世、创作环境、创作心理，并探究这一重大政治、社会、家族变故在书中的投影，对此我积累的研究成果已经不少，悟出的东西也越来越多，因此，我正酝酿利用这些素材来写一部长篇小说。我已经发表的长篇学术随笔《帐殿夜警》，实际上已具有这部长篇小说的提纲性质。

网上论“红”

2003 年 12 月 12 日，刘心武应邀到人民网强国论坛之读书论坛做客，与网友论“红”。

（2 点 54 分）**刘心武：**各位网友大家好!

刘心武：最近媒体有报道说我在“红学”研究方面开创了一个“秦学”的分支，我想我应该把自己“秦学”的基本意思跟网友们交代一下。我主要就是从金陵十二钗的最后一钗秦可卿出发，来进行探佚，我的探佚主要是集中在秦可卿她的真实出身究竟是什么，也就是说我要探究秦可卿的生活原型。小说写作其中有一种方法就是把生活当中的原型升华为一个艺术形象。我探佚的结果就指出秦可卿的原型是康熙朝被废掉的太子的女儿。这个探佚的意义是什么呢？有四个层次的意义，第一个层次可以从中了解曹雪芹写《红楼梦》所处的康熙、雍正、乾隆三个王朝的大背景。第二个层次可以从中了解曹雪芹他的家族的命运的起伏跌宕。第三个层次可以从中了解曹雪芹本身的命运。第四个层次这是最重要的一个层次，就是要了解曹雪芹在写《红楼梦》的时候他的艺术思维和他的创作心理。我的研究成果集中反映在我的三本书里面，第一本是《秦可卿之死》；第二本是《红楼三钗之谜》，我把第一本书发展成为从秦可卿到贾元春到妙玉的命运的探佚；第三本是 2003 年最新出版的《画梁春尽落香尘——解读〈红楼梦〉》。

【大爪子】：刘心武老师，与《红楼梦》人物小说相比，俺更喜欢你的当代题材小说。以为你写够了《红楼梦》人物小说，回过头来再写当代，会写得更加地道的。

刘心武：我研究《红楼梦》，其中有一个动机就是从曹雪芹大师的写作当中来汲取营养，使我能够更好地来写当代题材小说，我2003年发表了两部中篇小说，都发表在《当代》杂志上，一个是第二期的《泼妇鸡丁》，一个是第六期的《站冰》，不知道你看了没有，我觉得我从曹雪芹的创作当中获得的最好的营养就是对那些别人忽略的小人物的关爱。

【明敏】：前段时间看了几十页"红楼"，竟看出许多佛学的东西来。不知刘心武先生是否有同感？

刘心武：我觉得要注意到曹雪芹写《红楼梦》显然从佛学里面汲取了很多的营养，但是他又跳出了佛学的框架，形成了自己独特的思维。他通过贾宝玉这个形象表达了一种追求在俗世中过诗意生活的执著的向往。

【渭水散人】：先生最喜欢《红楼梦》上的哪一个人物呢？为什么？

刘心武：我最喜欢的是妙玉这个人物，有人对我这种喜好很吃惊，比如王蒙曾经对我说，妙玉讨人嫌。但我觉得妙玉是一个被曹雪芹极为珍爱的人物，在金陵十二钗当中，其他十一钗要么就是四大家族中的女性，要么就是嫁到四大家族里去的女性，唯有妙玉她和四大家族没有血缘和婚姻关系，曹雪芹却把她安排在十二钗中并且排名在王熙凤前面。我喜欢她的原因都体现在我的《妙玉之死》小说及相关的文章里面。

【唐山居士】：我问嘉宾一个比较严肃的问题：电视剧对于焦大这个人物的忽略是不是一种严重的缺陷？

刘心武：我不记得电视剧里是不是表现了焦大和怎么表现的了，但是我对唐山居士非常重视焦大这个人物加以肯定。焦大这个人物几乎把我前面所说的"秦学"探佚的四个层次都洞穿了，当然这不是几句话能说清楚的，我们共同体味吧。

【lxhl】：刘心武先生好，我没记错的话，你原是大连人，现住在鞍山。《红楼梦》的诞生恰恰和这两个地方有关系。《红楼梦》诞生在海城辖区的岫岩大孤山，大孤山后来归大连，现在归丹东东港市。曹雪芹写《红楼梦》主要在大孤山，也在岫岩住了一段时间。他亲撰的家谱，就是按岫岩大孤山其本家的家谱修成的。现在岫岩又在鞍山辖区，对此你有何感想？

刘心武：抱歉我不是大连人，现在也不住在鞍山，我定居在北京。但是，我对你提出的《红楼梦》的源头的信息非常重视。周汝昌先生在研究《红楼梦》的祖籍方面贡献很大，但他似乎也还没有注意到您所掌握的信息。希望我们能够继续联系，也许您所提供的信息能更深入地揭示出曹氏家族的源流。

【唐山居士】：只有焦大和刘姥姥这两个人物有人民性，而其他人物则是表现的是贵族的没落。

刘心武：我研究《红楼梦》不使用人民性这个概念，只使用人这个概念。我认为《红楼梦》的伟大就在于它从来不用群体取代个人，它似乎总是在告诉我们一个活生生的个体比任何伟大的概念都更值得我们重视。

【黑趵】：嘉宾，晴雯有段评论宝玉与丫环碧痕洗澡的事儿，其中意味很深，你觉得？

刘心武：意味当然很深，这是曹雪芹的高明之处。贾宝玉是最善于意淫的，他绝对是尊重碧痕的，他洗完澡以后席子上汪着水，这很有意思。

【渭水散人】：心武先生，我是从读《班主任》和《爱情的位置》认识您的，但这么多年来，我似乎更喜欢您发表的随笔，写得文笔轻松，耐人寻味，不知道您更看重您的何种文字呢？

刘心武：我现在的写作涉及四个方面：一、继续写小说；二、研究《红楼梦》；三、写建筑评论；四、写大量的散文随笔。我最新的一篇随笔题目是《在柳树臂弯里》，里面没有涉及《红楼梦》，但是可以看出我从《红楼梦》里获得了一种大悲悯的情怀。谢谢您支持我继续撰写随笔。

【唐山居士】：我要是会写小说，就写唐可卿，而不写秦可卿。人家写过的你再去描有什么意思？

刘心武：您应该注意到，第十三回秦可卿死亡的那一回，曹雪芹出于非艺术性的考虑接受了脂砚斋的建议，删去了已写好的四五叶文字，繁体字的“一葉”，实际上相当于如今的两个页码，你看删去了多少！而且在第八回的末尾曹雪芹又不得不打了一个“补丁”，说秦可卿是一个“养生堂”的弃婴，还有回里面写到有个张太医给秦可卿看病，但正文里面却又并没说张太医是个太医，这些都是怎么回事儿？可见，曹雪芹在写秦可卿这个形象时内心里有极大的苦闷。所以，我不去写在作品里已经表现得很充分的比如说薛宝钗，而要去写秦可卿，这就是因为我要探佚，也就是尽可能地揭示出、恢复出曹雪芹因为“避文字狱”，而不得不删改的那些他本已经写出或想写出的内容。

【三轮车】：刘先生，一部虚幻的《红楼梦》让多少文人墨客争得死去活来，值得么？艺术家是不是更应该把注意力放在对社会现实的反映上？

刘心武： 值得。因为人活着需要有精神享受，《红楼梦》在虚幻的诗意描绘中，使我们获得死去活来却没有真正死去的快乐，难道这还不值得吗？

附带说一下，可能有的网友还不清楚什么是“探佚”，“佚”就是丢失的东西，“探佚”就是把丢失的东西找回来。《红楼梦》是一部最后没有完成的小说，曹雪芹留下的遗稿大体上只是前八十回，如果更精确地说，第六十四回、六十七回都很可疑，不一定是曹雪芹的文笔。所以《红楼梦》丢失的东西太多了，请大家一定要注意到后四十回不是曹雪芹的原著，是一个出版商程伟元和一个各方面水平远比曹雪芹低的高鹗拼凑的。再请大家注意，曹雪芹也不是没有写出八十回以后的文字，从脂砚斋的批语当中透露出曹雪芹已经写出了一些大悲剧的结局性文字，比如贾宝玉被逮入狱，在狱神庙中小红和茜雪都曾去安慰、帮助他，茜雪是在开始前几回中因为宝玉醉后摔茶杯就被撵出去的一个丫头，许多读者都以为这个角色非常不重要，因为她很快就消失了，但曹雪芹有一个完整的构思，在大悲剧的结局中她却突然出现，起着非常重要的作用，可惜这些已写成的文字都丢失了。所以，“红学”研究的一项重大任务就是尽可能地把丢失的东西找回来，这就是探佚。

【太空尘埃】：“红学”对我国的文化是进步还是倒退？

刘心武：“红学”搞好了对我国的文化一定是起到推动的作用。2000年我曾经应英中文化协会、伦敦大学邀请去做两场关于《红楼梦》的演讲，我深切地感觉到英国的莎士比亚及作品现在已经成了中国小学生以上的普通知识领域里的人物，但曹雪芹和《红楼梦》却还没有进入到英国的所有大学生的普通知识结构里。莎士比亚当然好，我们应该引进、借鉴，但是文化首先要考虑它的载体，中国文化的载体是汉字，《红楼梦》用汉字写出了那么伟大的篇章，它所形成的一门“红学”当然值得我们使用汉字的人仔细研究，并且使曹雪芹和《红楼梦》成为整个人类的共享文明的组成部分，进入到全世界所有小学生以上的普通知识结构里面。

【爱在天地苍茫时】：刘心武老师转而研究“红学”，是不是因为生活中值得写的东西太少？

刘心武：恰恰相反，我现在还写有一定数量的小说、大量的随笔以及建筑评论文章。生活中值得我写的很多，我所苦恼的是这些涌到心头的素材如何用汉字表达出来。于是，我从多方面汲取营养，而“红学”研究使我从曹雪芹和《红楼梦》中汲取到许多宝贵的营养。

【山外】：请问刘大作家，您认为曹雪芹写这本书的主要初衷是什么？

刘心武：这个问题太重要了。也是“红学”界争论不休的最大话题。我个人认为曹雪芹家族经历了康、雍、乾三朝的政治动荡，他个人也经历了从富裕公子到贫困无食的人生历程，因此，《红楼梦》一书绝不能简单地概括为所谓的反封建、争取恋爱和婚姻自由或者是写奴隶反抗，尽管这些元素在书里都有，但曹雪芹他的伟大之处就在于他超越了政治，超越了家族苦难，也超越了个人得失，进入到了一种最了不起的对人的生存、对人性进行深入思考的境界。我认为他在第二回中借贾雨村之口所说的“正邪两赋相激相荡论”，透露出了他的初衷，他就是要为那些被正方和邪方都忽视的个体生命树碑立传，从中表达出对个体生命有权力过一种诗意生活的无限肯定。

【览真】：无才可去补苍天，枉入红尘若许年，这是《红楼梦》中的两句话，《红楼梦》原名《石头记》，刘老师，请问贾宝玉有什么抱负，或者说雪芹先生在此书中是否表达了怀才不遇的情感，但是在《红楼梦》中为何我们又见不到宝玉对社会更多的关注？

刘心武：我认为曹雪芹在此书中不是想表达什么怀才不遇的情感。贾宝玉与那个社会格格不入，曹雪芹说“石头”无材可去补苍天，其实就是说并不想去补苍天。贾宝玉他所关注的是青春短暂的花朵般的女性的无可奈何的命运。对于作家来说有时候对社会关注的方式可以是曲折的、超越性的。

【黑趵】：嘉宾，你觉得袭人如果活到现在，在仕途和“钱图”上成果如何？她太厉害了，不仅争取到了二两银子的月利，还赶走了潜在的对手和知情者，她的才干和毒辣比较符合现在的形势，对吗？

刘心武：把袭人视为“伪善者”是晚清以来许多读者的同感，高鹗续《红楼梦》也是这样处理的，这大概是因为八十回以后曹雪芹如何写袭人我们看不到了，据脂砚斋透露，在八十回后，贾家被抄，宝玉、王熙凤等被逮入狱后，袭人和蒋玉菡还去狱中救助他们，所以曹雪芹是把袭人当作一个复杂的人物来塑造的。但是，您这样解读袭人，也是可以的。《红楼梦》的伟大就在于几乎对每个人物读者都可以自然生发出自己的爱憎，往往读者之间爱憎是相反的。

【幸福的人与香烟无关】：请心武先生阅：来论坛，就要天文地理，人文情怀，皆聊。回复点别的，比如红楼之外的话题。对了，您先喝口水。

刘心武：我很幸福，因为我从不抽烟。对了，我现在得立刻喝口水。我是个大水罐，每天不知道喝掉多少杯茶，我只喝绿茶，我不喜欢喝香片就是花茶，您呢？

【符号】：刘先生，您写作用电脑还是爬格子呢？我们这里有几个作家坚决不肯使用电脑。另外，您在写《爱情的位置》时在自己的生活中也感到爱情太少了吗？那时我正是年轻人，恋爱的时候，那本书可以说给我个人的爱情生活开了绿灯，多谢您！

刘心武：我从 1993 年就一直用电脑写作。坚决不肯用电脑，这是为什么？我不理解他们。当然，写“红学”文章我电脑的字库往往不够用，因为“红学”遇到很多很特别的汉字，现在我回答网友的问题，也都在尽量避免那些字眼，可是这小小的缺陷并不影响我用电脑写作的乐趣。《爱情的位置》是我在 1978 年写的一篇小说，转眼已经二十五年了，那时候不仅爱情太少而且根本不敢公开讲恋爱，那是人性被禁锢的岁月哟。时过境迁，您觉得现在是不是爱情又太多了呢？到处都是它的位置。也许有的霸着座位的也并不是真正的爱情了吧！

【龚睿妍】：《红楼梦》最大的缺点是什么？

刘心武：很高兴进入您的帖子，里面有很多看法很有趣，《红楼梦》的最大缺点是不完整。一部不完整的著作却形成了一门大学问——“红学”，这当然是人类史上的奇迹。

【吕氏秋春】：有种说法，《红楼梦》受到最大影响的是《金瓶梅》《西厢记》？

刘心武：其实还不止，像《牡丹亭》《水浒传》都对曹雪芹产生过重大影响。这里特别强调一下《金瓶梅》，《金瓶梅》也很伟大，因为它是中国人第一次用汉字、用很大的篇幅来写普通市井人的生活，摆脱了《三国演义》《水浒传》《西游记》那种只重视帝王将相、绿林好汉、神佛仙怪存在的价值观，而开始重视最普通的社会存在、最普通的个体生命，展现他们的生死歌哭，而且《金瓶梅》的语言非常好，《红楼梦》里所出现的一些现在脍炙人口的语句如："拼得一生剐，敢把皇帝拉下马"，"前人撒土，迷了后人眼"，都是《金瓶梅》里已经用过的。当然，《红楼梦》和《金瓶梅》又很不一样，《金瓶梅》的作者采取了纯客观的描绘方式，而《红楼梦》却含有理想的因素。

【曾点】：再问刘老师——我喜欢《红楼梦》中"世事洞明皆学问，人情练达即文章"，看到一些介绍刘老师的文章，说刘老师同一些普通群众有很好的联系和友谊，他们给您的写作带来一些什么影响？

《红楼梦》是一部优秀的文学作品，作者曹雪芹的人生是否也可以称为成功的人生？尽管他生活清贫，但他写成了这部巨著，他创作成功的原因是他非常熟悉他描绘的生活？

刘心武：我现在甘于边缘生存，很少参加场面上的活动，很多时间都待在农村书房，有时出去在田野中画水彩画，主动去接触很多民工及低收入的人士。从他们那里我得到很多滋养，这对我的写作非常重要。我认为作家写作当然应该熟悉他笔下的生活和人物，但是更重要的是要有一种情怀，曹雪芹经历过家族的繁盛，也经历过家族的湮灭，是一个翻过几个筋斗的人，我认为正是命运的坎坷和他的禅悟，形成了他的文学思维，因此光是熟悉生活还是不行的，真的，写作需要从生活中升华出一种情怀。

【银河系 a】：你对贾府门前的石狮子怎么看？

刘心武：书中的柳湘莲对此表达了明确的看法。但是，狮子虽然干净却不是活生生的东西。贾府里的人虽然都有这样那样的人性弱点和阴暗面，却都是活生生的存在。相比而言，我不喜欢干净的死东西，而喜欢带有不洁的活泼的生命。

【松蓝】：刘老师，有评论说你是首个在研究红楼梦单个人物轨迹的基础上提出“学说”——“秦学”研究体系的人。并说《画梁春尽落香尘——解读〈红楼梦〉》这本新书是激活“红学”沉闷局面的一声鸟鸣。但也有人说你作为一个作家提出了“秦学”，并言称“学术性”，是哗众取宠，你对这些看法有何感受？你认为“秦学”研究体系正式形成了吗？

刘心武：我在天津出版的杂志《文学自由谈》今年第五期上有一个答记者问，我宣告我的“红学”研究体系已初具规模，因为我从1993年到现在用了十年的时间来做这项研究，而且我已经有三本不断更新内容的著作，最新的一本就是《画梁春尽落香尘——解读〈红楼梦〉》，而且因为我是一个小说家，所以我能把自己的“红学”探佚成果用小说的形式体现出来，这就是我的三篇探佚小说——《秦可卿之死》《贾元春之死》《妙玉之死》。我的“秦学”研究得到了“红学”界老前辈周汝昌先生的鼓励与支持，当然我也听到了批评的声音，我欢迎批评，但希望批评者一定先要读过我的“秦学”著作再来发言，现在有的批评者似乎很权威，但他显然并没有看过我的有关著作，我觉得这是一种“学阀”作风。须知“红学”研究是一个公众共享的话语空间，不是个别“学阀”所能垄断的。我希望多一点周汝昌前辈这样的“红学”大家，以宽容的态度对待民间的“红学”票友。

【真左笔】：刘前辈您喜欢古代八字学吗？可以此一段评价曹雪芹的八字造诣高低真伪吗？

刘心武：这不是曹雪芹写的，这是高鹗写的。高鹗根本没有读懂前面曹雪芹对贾元春命运的暗示，曹雪芹的原句是“虎兕相逢大梦归”，高鹗理解成“虎兔相逢大梦归”，所以有那样一些所谓批八字的分析，虎是皇帝一方，兕是一种猛兽代表在野夺权的一方，按曹雪芹的构思，贾元春正是在宫廷权力的搏斗中牺牲的，哪里像高鹗所写的那样，很太平的因为吃肉吃多了痰壅而逝呢？

（4 点 58 分）**刘心武：**很高兴在网上和网友们讨论《红楼梦》，希望以后还有这样的机会，谢谢你们，因为时间有限，许多网友的问题来不及回答，请谅，再见！

（5 点整）**主持人：**因时间所限，嘉宾还有事情，访谈到此结束。感谢诸位网友的热情参与！

（文松辉编辑整理）

从秦可卿入手解读《红楼梦》

傅光明：朋友们，大家好，欢迎来文学馆听讲座。今天我为大家请来的是作家刘心武先生。作家中有两位公认的“红学”家，一位是王蒙先生，一位就是刘心武先生。心武先生的“红学”研究是从1993年开始的。他顺着曹雪芹在《红楼梦》中对秦可卿这个人物的暗示——画梁春尽落香尘，坚持从秦可卿这个人物形象入手，解读《红楼梦》，发表了许多学术散文、学术随笔，并把自己对秦可卿、贾元春和妙玉的研究成果，以别开生面的探佚小说形式发表了。十年前，王蒙先生还戏言心武先生搞的是“秦学”，十年后，基于这十年研究之功的心武老师觉得，“红学”的分支在研究曹雪芹生平家世的“曹学”和脂砚斋评论的“脂学”等之后，又可以有一个分支，叫“秦学”。今天请心武老师来，就是请他将十年的“秦学”研究的心得，向我们大家做一个交流，叫“从秦可卿入手解读《红楼梦》”，大家欢迎。

大家好，我来讲一讲我从秦可卿这个艺术形象解读《红楼梦》的心得。大家知道，《红楼梦》里有金陵十二钗，金陵十二钗应该有很多组。因为在第五回，贾宝玉神游太虚境的时候，他偷看了里面的册页。他打开橱柜，里面有许多金陵十二钗的册子。在《红楼梦》正文里透露有正册、副册、又副册。据脂砚斋批语和后来“红学”家考据应该有九组，可能应该在书的最后把她们都列出来。但在第五回，只把正册里的十二钗开列出来了。秦可卿是金陵十二钗正册里最后一钗。金陵十二钗正册里的十二钗，前十一钗在《红楼梦》的八十回之内都还没有结局。我讨论《红楼梦》是把现在大家读的通行本的《红楼梦》的前八十回和后四十回分开的，这是一种研究的角度。因为很明显，后四十回是一个名叫高鹗的人续的。高鹗和曹雪芹不认识，了无关系，他的年代也比曹雪芹要晚，大约是在曹雪芹去世三十年的时候，高鹗和一个书商程伟元合作，搞了一个一百二十回的《红楼梦》。不但续了后四十回，还把前八十回做了许多修改。有人说这是篡改。因此我们讨论问题时就应该把它分开讨论。后四十回究竟续得好不好、怎么样，不是我们今天要讨论的问题，所以我置而不论。我讨论的前提是，大体上根据前八十回的曹雪芹的文字来讨论。

在前八十回里面，金陵十二钗正册的前十一钗，都还没有交代她们的结局。可是第十二钗，秦可卿在第五回才开始露面，到十三回就死掉了。她是在前八十回里唯一一个有结局的人物。按说这样一个人物，应该是最透明的、最清楚的，可是没想到，我们阅读《红楼梦》发现，恰恰是秦可卿这个形象最迷离扑朔、最神秘。《红楼梦》第八回末尾交代了秦可卿的身世，说明她的来历。

《红楼梦》里面所写的贾府是在社会上很有地位的一个贵族。贾府分两支，一个是宁国府，一个是荣国府。宁国府是高于荣国府的，因为最早宁国公和荣国公是同胞兄弟。宁公居长，荣公居次，所以宁国府很重要。当然在《红楼梦》故事开始的时候，作者是这样设计的：荣国府还有一位老长辈活着，就是贾母，所以宁荣二府都叫她老祖宗，辈分最高。

宁国府和贾母平辈的都死了。宁国府辈分最高的是贾敬，可是书里交代，贾敬离开宁国府，不在宁国府住了，跑到都城外的道观里去了，根本不回家，包括宁国府给他祝寿，办寿宴，他都不来。因此宁国府的血脉往下传就面临了一个非常艰难的状况了。因为贾敬当了道士以后就再没有子女了，他只有一个儿子叫贾珍。贾珍也只生了一个儿子叫贾蓉。所以这样一个封建贵族家庭，这么重要的一个府第，等于就形成三代单传了。小说交代，在贾敬那一代，他曾有个哥哥，可在九岁时就死了。这样他就是打单的一个人物了，然后他只生了一个贾珍，贾珍只生了一个贾蓉。因此要延续这样一个府第的血脉，在娶媳妇上就应该非常非常的重视。给贾蓉娶媳妇能乱娶吗？一定要门当户对，门当户对里还要精挑细选，这有多重要呀，因为他不像荣国府后来人丁还比较旺盛。

根据书里交代荣国府贾母之下还有两个儿子——贾赦和贾政。当然这两个儿子情况有些古怪，贾赦是老大，可他不住荣国府里。邢夫人到荣国府给贾母请安要另外坐车，然后要出荣国府的门，再坐车到一个黑油大门的院落，进去才到贾赦住的院子。这个也不是我们今天讨论的范畴，所以我也不细说。周汝昌先生在他的《红楼梦新证》里，在半个世纪以前就揭示了这一层秘密，我在这里就不多引了。

住在荣国府里的老爷是贾政。贾政的儿子比较多，虽然大儿子贾珠在娶了媳妇以后不幸死掉，但是这个媳妇给他生了个孙子——贾兰，另外，他还有宝玉，宝玉还有个弟弟贾环。所以，荣国府人丁比较旺盛。

宁国府人丁比较寥落。所以要娶一个媳妇给贾蓉当老婆，这是一个多么重大的事情呀。可是在《红楼梦》第八回的末尾对秦可卿的出身有一个交代，非常古怪。这个交代是这样的，“秦可卿父亲秦业现任营缮郎”，这是一个很小的官，“年近七十，夫人早亡，因当年无儿女，便向养生堂抱了一个儿子并一个女儿”，什么叫养生堂？直到1949年以前，北京都还有养生堂，全国各地都有，大家如果看过丰子恺的漫画，就会记得丰子恺有一幅漫画，画的是一个贫穷的妇女把她生的婴儿，由于养不起送给养生堂。养生堂的墙上有一个大抽屉。把抽屉拉开，把婴儿放进去，再把抽屉一推，就算把婴儿推给养生堂了，然后转身离去。养生堂来检查抽屉，一看今天抽屉里有孩子，就把孩子养起来，就是野婴、野种，不知悉血统，不知悉父母。自然是很贫穷、很破落或者是罪家的子女，否则不会送到养生堂。《红楼梦》第八回交代秦可卿出身居然这么交代，她父亲秦业是个小官，这个人早年不生孩子，于是就到养生堂抱养孩子，抱了一个儿子一个女儿。很古怪的是儿子又死了，只剩女儿。这个女儿“因与贾家有些瓜葛，故结了亲，许与贾蓉为妻”。这不要说在《红楼梦》所描写的那个时代，不要说宁国府那样的一个大的贵族家庭，就是当今，虽然有的人思想很开通，给自己的儿子找媳妇，或者说儿子找了一个媳妇，自己来表态同意不同意或阻拦不阻拦，有的人比较开通，不太注重媳妇的血统，但是现在更多的人还开通不到这个程度，如果说这个女子是一个野种，父母是谁不知道，谁的遗传基因不知道，做DNA实验也没法做，不知是哪来的，可能是极贫穷的或者是罪家的血肉，到现在有的人可能还不愿意要这样的女子，现在的父母都可能不愿意自己的儿子娶这样一个媳妇，何况是《红楼梦》所描写的那样一个时代，那样一个家庭，宁国府贾蓉这样一个身份的少年娶媳妇。如果说有点瓜葛就把这样一个野种拿来当贾蓉的媳妇，这是很古怪的一笔。他故意写得扑朔迷离，秦业这个人如果没有生殖能力，他就应该永远丧失生殖能力，但到五十岁的时候他又恢复了生殖能力，又生了一个儿子秦钟，也就是秦可卿的弟弟，名义上的弟弟，而血缘上毫无关系。写到这，大家可能觉得，曹雪芹有一个特殊构思，他想写贾府跟一般贵族家庭不一样，不论血统，超越富贵眼光。曹雪芹生怕你误会，赶紧在底下写，“秦业宦囊羞涩”（这是曹雪芹在《红楼梦》第八回里的原话），是一个很穷的小官吏，“那贾家上上下下都是一双富贵眼睛”。曹雪芹生怕大家误会，赶紧提醒大家“贾家上上下下都是一双富贵眼睛”，是这样的。贾母就不消说了。就是贾宝玉，他是很超越那个阶级、家庭、时代的，贾宝玉对他周围的丫头基本上能平等对待，能体谅爱护她们，可以说是很了不起的一个人物，是有超越性的。但是贾宝玉本身仍然带有贵族公子的劣根性，恰恰就在第八回，就是我们说的这回里就有很重要的一笔：贾宝玉在梨香院薛宝钗那里喝了一些酒，薛姨妈给他酒喝，喝醉了。回到他的住处，给他喝解酒的茶，他就问，“早上沏的枫露茶哪去了？”有一个丫头叫茜雪，茜雪解释，“枫露茶被李嬷嬷给喝了”，李嬷嬷就是贾母很信任的一个奶母，是宝玉一小的奶妈，是在贾母面前比较有头有脸的一个奶妈。这时候贾宝玉蛮不讲理，跳起来质问茜雪“是你哪门子奶奶”，然后把茶杯子摔了，溅了茜雪一裙子茶水。然后惊动了贾母。因为那时候还没有大观园，还没有怡红院。贾宝玉、林黛玉和贾母合住在一个房子里，当然那个房间很大，但是声音是能传过去的。贾母就问，是怎么回事，袭人还撒了个谎。贾宝玉口口声声说“撵出去，撵出去”。贾宝玉当时是生李嬷嬷的气，生他奶妈的气，是要撵他奶妈，他当时蛮不讲理。但是我们读到最后会很惊讶地发现，被撵的不是奶妈而是茜雪。茜雪被撵在后面好几回里，通过好几个人的口以及通过作者本身的叙述语言几次点明，茜雪因为这杯茶被撵走了。在那样一个家庭里，那样一个体面丫头的地位可以给这个丫头带来许多好处，被撵出去是一个悲剧。我们都知道晴雯是一个很有反抗精神的丫头，晴雯的反抗方式是什么呀，她说，你们要把我撵出去怎么也不行，我怎么也不出这个门，我死也不答应。不能被撵出去。李嬷嬷讲，好不好出去配一个小子。这对于一个丫头来说是灭顶之灾。所以说是不能出去的，而茜雪只因为一杯茶就被撵出去了。你说贾宝玉是不是大耍富贵公子的脾气呀。后来茜雪在前八十回里怎么没有了呢？高鹗续的后四十回根本也就忘了茜雪这回事。但是我们通过脂砚斋的批语得知，茜雪是非常重要的一个伏线人物。在八十回之后，曹雪芹又写了很多回，其中有一回是，贾府被抄家后，贾宝玉和凤姐被抓起来了，在狱神庙里，茜雪方成正文，就是说茜雪才正式显示了她这个角色的光彩。她去安慰宝玉，“慰宝玉”。可惜这个稿子在脂砚斋那个时候就迷失了，脂砚斋自己都说见过这五六稿，后来遗失了。这又是一个谜，我们不去展开讲这件事。我现在想说的是，连宝玉都是一双富贵眼睛，有时他也犯浑。包括有一次，下雨他回到怡红院，敲门不开，刚一开门，他一脚踹过去，踹在人家心窝上，踹的是袭人。这就是富贵人，有时他也有这毛病。作者写人物绝对是立体的、多维的。不是像有些人认为的，贾宝玉是正面形象，他是一个反封建的角色，他是一个爱护女性的角色，因此在他每一个行为当中都直达这个主题。不是这样的。他合情合理地写，有时候宝玉也有这一套。所以上上下下，贾府都是一双富贵眼睛。这是第八回关于秦可卿出身的一个交代，这个交代是很让人纳闷的。都是富贵的眼睛怎么能把养生堂的野种拿来，当作自己宁国府的三代单传的这么重要的一个媳妇呢？这就是需要破解的一件事。

第八回正文不是讲秦可卿这件事。第八回重点讲贾宝玉、林黛玉和薛宝钗之间的事，是第一次展示这三个人物的三角关系。第八回前半回是写贾宝玉到梨香院看薛宝钗。当时薛姨妈他们进入京城就借住在贾家，贾家就把梨香院借给他们住。贾宝玉到那去见薛宝钗，在这个重要的场合，薛宝钗仔细地看了贾宝玉的通灵宝玉，看了上面刻的字，贾宝玉借此机会看了薛宝钗金锁上刻的字。而且薛宝钗的丫环金莺，黄金莺，就是莺儿，就透漏了一个消息，她说这两个上面刻的字正好是一对，互相呼应的，所以头半回叫“比通灵金莺微露意”。我现在所引的回目都根据庚辰本的，不根据高鹗和程伟元的程甲本、程乙本，不根据那个通行本回目，根据庚辰本回目。头半回就是写这件事。后半回就写，林黛玉去了，叫“探宝钗黛玉半含酸”。所以，这回整个应该是没有秦可卿的事。

只是在这回最后忽然又跳了一笔，说宝玉要和秦钟到贾家的家塾去读书，这时候因为要交代秦钟的出身，顺便就交代了秦可卿的出身。

我们抛开第八回末尾对秦可卿出身的交代，我们看他正文的描写就更为吃惊。秦可卿是第五回出场的。第五回宁国府尤氏、秦可卿请荣国府的贾母、邢夫人、王夫人还有凤姐、贾宝玉他们到宁府来散闷，赏梅花。贾宝玉当然跟着来了，来了以后，大中午的，贾宝玉是一个贵族公子，他要午睡，午睡就由秦可卿来安排。这时候在第五回的正文里有非常重要的句子，说“贾母素知秦氏是个极妥当的人，生的袅娜纤巧，行事又温柔和平，乃重孙媳中第一个得意之人”。大家知道《红楼梦》最早是以手抄本形式流传的，有各种不同的手抄本，稍微知道点《红楼梦》版本学的都知道，有甲戌本、庚辰本、己卯本、蒙府本等，这些版本在一些字句上是有差异的，有的这么写，有的那么写，但偏偏我念这一句在所有版本里都一样，一字不差、毫无差别，可见是曹雪芹原笔。贾母认为秦可卿是个极妥当的人。如果是养生堂抱来的野种，怎么会极妥当。就算她到了贾府后变妥当了，她又怎么会成为贾母眼中“重孙媳中第一个得意之人”？按说她第二都不是，并列都没份儿。“第一个得意之人”，贾母得的什么意？在封建社会里，一个家族里的老祖宗对于自己的儿媳妇、孙媳妇、重孙媳妇最得意的、最为看中的就是血统，可见秦可卿的血统，根据正文第五回透露，是足以使贾母这样的人感到得意，并且名列为第一得意之人。所以我的研究绝对从《红楼梦》的文本出发，搞的是所谓文本研究，或叫作本文研究，绝不是脱离《红楼梦》的文本、脱离《红楼梦》的原著的内容的架空研究，不是那样的，恰恰是仔细阅读原著，“第一个得意之人”。然后就是我们都知道的情节了。秦可卿就引着宝玉去睡午觉。她先引着宝玉去正屋，正屋一般是供贾珍、尤氏休息的。由于贾宝玉的辈分高秦可卿一辈，贾宝玉虽然年岁比秦可卿小，但他辈分高，他是贾蓉的叔叔。秦可卿是他侄媳妇，所以先到正屋。贾宝玉不爱读书，他看见一幅《燃藜图》，《燃藜图》是鼓励人读书的一幅图画，所以贾宝玉一看就烦了。于是秦可卿就说，那就到我的屋去睡吧，宝玉就到秦可卿的屋里去。秦可卿的屋里有一幅《海棠春睡图》，这符合贾宝玉的审美趣味。这倒也罢了，底下关于秦可卿居室的描写惊心动魄，是《红楼梦》里少有的笔墨，怎么写的呢？所有的抄本也都一样。他说秦可卿的屋子“案上设着武则天当日镜室中设的宝镜，一边摆着飞燕立着舞过的金盘，盘内盛着安禄山掷过伤了太真乳的木瓜，上面设着寿昌公主于含章殿下卧的榻，悬的是同昌公主制的联珠帐”。全是帝王家庭的东西，这当然是一种夸张的描写，文学艺术就需要夸张。根据一个生活原型升华为艺术形象或根据生活中一个场景升华为艺术的一个想象空间，他是可以使用夸张手法的，但曹雪芹为什么要这样夸张？他在暗示什么？他提醒咱们什么？他就提醒我们，贾母之所以认为秦可卿是重孙媳中第一个得意之人，就是因为秦可卿出身极为高贵。高贵到什么程度？请看这些象征性的符码。此乃帝王家的音讯。

我们都知道关于秦可卿的描写不是很多，第五回出场，她引领贾宝玉进入太虚幻境。而且在太虚幻境里很奇怪，警幻仙姑说她的妹妹就是可卿，她是贾宝玉性启蒙的导师，贾宝玉在她的指导下第一次尝试到男女的欢爱。到了第六回就没有秦可卿什么事了。第六回是写“刘姥姥一进荣国府”。第七回又开始出现了秦可卿。第七回前半段特别有意思，前半段是写送宫花。王夫人有一个陪房叫周瑞家的。当时那个社会妇女地位很低，王夫人有一个男仆叫周瑞，周瑞媳妇挺拿事的，挺受重用的，但自己的名字基本上就不被人知道，一般就把她叫作谁谁家的，周瑞家的、王善保家的都意味着是男仆的媳妇。周瑞家的见了薛姨妈，薛姨妈就派她一个差使，就是送宫花。薛姨妈说我这有十二枝宫花，注意宫花是按宫廷规格做的，按道理说是应该供应宫廷里面用的。但当时给宫廷当买办的，给宫廷置办的东西也都留下一些给自己享用。对十二枝宫花，薛姨妈就交代了，你把它送给荣国府里的小姐们用，同时再把四枝送给王熙凤。然后周瑞家的就开始送宫花，送宫花时发现荣国府的人都不在乎这些宫花。迎春、探春正在下棋，周瑞家的把宫花送去，这两个人比较讲礼貌，就起来表示道谢，然后继续下棋。惜春就更不像样了，她正在和尼姑玩，惜春说，我今后把头发给剃了成了秃脑瓜了，宫花往哪插呀。这当然是一个暗示，暗示这个人物最后会出家，说明她也很不爱这个宫花。林黛玉就更不像话了。林黛玉是小性儿，说不挑剩下不给我。周瑞家的吓得就不敢吱声。因为林黛玉的身份是贾母的亲外孙女，所以周瑞家的不敢吱声，不知道该怎么回答。林黛玉也不爱惜这个宫花。这些小姐都一人两枝。王熙凤地位特殊，薛姨妈说给她四枝。王熙凤也很不像话。这一回的回目叫“送宫花贾琏戏熙凤”，大中午的，在屋里面，白昼宣淫，行房事，当然这些写得很含蓄，仔细读就明白了。王熙凤对宫花也满不在乎，给她四枝，她嫌多，立刻就叫平儿给周瑞家的两枝，叫她给东府的秦可卿送去。这个行径好像本来没有什么。但请注意，在甲戌本的回目的前边，有一首回前诗，高鹗、程伟元在他们纂一百二十回本时，把它删去了。而这回前诗非常重要，这还不是脂砚斋批语而是正文。回前诗怎么写的？甲戌本第七回，回前诗是这么写的：“十二花容色最新，不知谁是惜花人？相逢若问名何氏，家住江南姓本秦。”这透露得很清楚，宫里面的花应该和宫里面的人最相亲，他有一个问题“不知谁是惜花人”。现在我们一看，探春、迎春无所谓，惜春还开玩笑，林黛玉她根本就不愿意接，凤姐忙着自己男欢女爱呢，当时就抻出两枝说拿走，那么请问谁是惜花人呢？这个回前诗就告诉你，“家住江南姓本秦”。这个“家住江南”讨论起来比较繁杂，我今天先姑且不论，回前诗明确告诉你和宫花最亲近的人是姓秦的人，姓秦的人是谁，宫花不是送给秦可卿了吗？就是秦可卿。又一次暗示了秦可卿出身高贵来自宫中。这可是原文。

当然一般人对秦可卿的兴趣主要是对她和贾珍的关系感兴趣。第七回就挨骂了。第七回写焦大醉骂“爬灰的爬灰”，这就是骂贾珍和秦可卿的暧昧关系。有人说这是一个江南的典故。因为有一段描写贾家是从江南迁到京都的，而且江南还留下他们的至亲甄家。江南的庙里经常烧香炉，烧锡纸，一些做成的元宝等东西都是用锡纸做的。锡纸的燃烧系数比较低，经常燃烧不充分，特别有一些信徒老是烧，就是烧不透。所以有的人就去爬灰、偷锡，把没烧尽的锡纸偷出去，再重新做，这样就可以二次利用，就相当于现在的收破烂这个职业。所以，它的谐音是偷锡。“爬灰的爬灰”的意思就是偷锡纸，偷媳，所以焦大骂的就是贾珍和秦可卿的暧昧关系。许多人对这个感兴趣。从现在看来，曹雪芹是要写贾珍和秦可卿这一对乱伦恋。而且作者对乱伦恋的态度还是比较暧昧的，不一定完全是谴责，甚至还有一定的同情乃至于赞赏在里面。到了第八回、第九回也没有秦可卿什么事。

第十回值得注意，第十回前半回也没她什么事。后半回写秦可卿得病了。

好端端的就得病了。得的什么病，得的很怪的病。就来了一个大夫给她看病。这回的回目触目惊心，叫“张太医论病细穷源”，很怪。《红楼梦》很多抄本的回目经常是不一样的，又唯独这一回的这一句偏偏都一样，一点出入都没有，就叫“张太医论病细穷源”。但我们细看这回文字，不对了，张友士他不是太医。曹雪芹写得清清楚楚，故意写给你看。他说张太医是冯紫英那里来的，冯紫英是贾珍的好朋友，也是宝玉的好朋友，是一个和贾府在政治上、生活上都有密切联系的贵族公子。冯紫英“幼时从学的先生，姓张名友士，学问最渊博的，更兼医理极深”。一说“兼”医理，就说明他不是大夫，是业余的，他主职不是大夫，只是兼懂医理而已。“且能断人的生死，今年是上京给他儿子来捐官，现在他家住着呢。”这哪是太医呀。可这回的回目，在曹雪芹改了那么多遍，给他整理稿子的改了那么多遍，乃至高鹗、程伟元搞一百二十回本，这回的回目都没有改动，就愣说是“张太医”。这怎么回事，这只能有一个解释，就是在八十回之后这个人会亮出他的身份，他确实是个太医，只能这么解释，否则怎么能有这么大的笔误。自己和自己打什么架呀。回目上说是张太医，书里自己又说不是。说他是冯紫英幼时从学的一个先生，他到京城是给他儿子来捐官，兼懂医理而已，很古怪。张太医给秦可卿看病话都是黑话。他的药方子也很古怪，药方子不展开议论，咱们只说他的黑话。看完后贾蓉就问，我们的病人您看怎么样呀？他说“依小弟看来，今年一冬是不相干的，总是过了春分，就可望全愈了”。“贾蓉也是个聪明人，也不往下细问了。”说生死就将在下一个春天，是生是死，是活是完蛋就在下一个春天。这都是很重要的情节。

第十一回就写秦可卿病得更厉害了。王熙凤到宁国府去探望秦可卿时，两人鬼鬼祟祟的，“二人低低的说了许多衷肠话儿”，不知道说什么，这像是精神病，不像是生理上的，起码是心理上的病。最后被我揭秘，证实了。

第十二回没怎么写秦可卿，第十三回就死了。死的时候有一个非常重要的情节就是她给凤姐托梦。你翻开书读一读托梦的口气，一个养生堂抱来的弃婴能有那样的口气吗？一个小小的营缮郎，宦囊羞涩的小官僚的女儿能有那样的口气吗？她完全是站在贾府之上指导王熙凤，就是你们应该怎样维持你们这个局面，告诉你，你听仔细了。好大的口气，只有身份地位比贾府高的人才能有这样的口气。而且她预言贾府的前景。她说不久就有一件“鲜花着锦，烈火烹油”的喜事要发生。这是预示着元春的地位将要提升，她偏知道。但是她也警告要知道“月满则亏”的道理。而且她留下两句话让王熙凤记住，这两句话惊心动魄，她说“三春去后诸芳尽，各自须寻各自门”。过去人们读这两句予以解释时多解释得不准确。他们说“三春去后诸芳尽”是说元、迎、探、惜这四春有三个都去了以后，贾府这些群芳，这些女性就都毁灭了。这说不通呀。什么叫三春已去呀？就算元春死了算去吧，迎春后来被孙绍祖折磨死算去吧，探春没死，没去，惜春当尼姑也不能算去呀。那应该说二春去后诸芳尽，怎么会是三春，三春是怎么算的？这么算，越算越糊涂，你说探春远嫁算去，那惜春出家不算去吗？那应该是四春去后诸芳尽呀。怎么掰手指头要么二春要么四春，怎么也三春不了呀。其实三春不是说元、迎、探、惜里的三个人，而是三个春天。说的是，三个美好的春天过去后，所有这些美丽的女性她们的命运就会陨灭。即便活着也是“各自须寻各自门”。他是这么个意思。这个在后面我再讲我是怎么探究出来的。现在我们首先是要研究红楼梦的本文。咱们不要离开《红楼梦》的文本，还是要用原著说话，用原著中的原句、原词说话。

第十三回很怪，很短。为什么会很短呢？它被有意识地删去了大量情节。脂砚斋的批语就有很明确的说明。脂砚斋的批语说“秦可卿淫丧天香楼”，这一回原来的回目叫“秦可卿淫丧天香楼”，说明曹雪芹对回目是很重视的。脂砚斋让他改，他就把这个回目改掉了。现在的回目是不通的，叫“秦可卿死封龙禁尉”。这是说不通的，龙禁尉就是皇帝的卫军，皇帝龙座前的侍卫都得是男性。小说里说得很清楚，因为贾蓉是黉门生，没有什么头衔，为了丧事上风光，贾珍就使银子买了一个头衔，这个头衔就是龙禁尉，这个龙禁尉是给贾蓉买的。怎么能说“秦可卿死封龙禁尉”呢，根本不通。这就说明他故意让它不通，让你一看就一机灵，懂得他的苦心。“张太医论病细穷源”就不通，但他死都不改。但他就把“秦可卿淫丧天香楼”这个回目给改了。为什么让他改，现在说这个道理。“‘秦可卿淫丧天香楼’作者用史笔也”史笔是不留情面的，不管你有多丑陋、多黑暗、多罪恶，我既然记录历史就不能含糊，就应该都写出来，这就叫史笔。原来曹雪芹就是用的史笔，他写了秦可卿是怎么死的。根据一般人推测是她和贾珍乱伦，因为事情败露，自觉丢脸便悬梁自尽。在第五回写贾宝玉偷看册页，关于秦可卿那一页画的画就是一个美人悬梁自尽。题的诗也是暗示她不得好死。后来那首曲《好事终》就有了做我书名的这句话“画梁春尽落香尘”，这就是上吊自杀的优美的艺术表达形式。而且还有两个丫头卷进这个事件，一个是瑞珠，一个是宝珠。瑞珠听说秦可卿死了，就触柱而死，一头撞到柱子上撞死了，这何苦呢？就算殉葬也不用这么殉，她急茬，她活不下去。还有一个宝珠，宝珠比瑞珠聪明。宝珠哀哀切切地表示主子死了我就不能活了，因为秦可卿没有儿女，我就愿意做她义女，给她摔盆，到了祭灵的寺庙后，我就不走了，我就守灵守到底了。说明瑞珠和宝珠都看见隐情了，两人采取了不同的保全自己的方式。瑞珠觉得我不如一死，这样就永远也查不出来了，我没看见，问也问不着了。宝珠就是付出代价，一生不回宁国府，一生看坟。这是一般人都能推测出来的，但我个人认为还有隐情。不止写到了她和贾珍的乱伦恋，还有隐情。脂砚斋说“老朽因有魂托凤姐贾家后事二件，嫡是安富尊荣坐享人能想得到处。其事虽未漏，其言其意则令人悲切感服，姑赦之，因命芹溪删去”。脂砚斋不是一般评论者，参与曹雪芹写书的全过程，应该是个合作者。他让曹雪芹把有的情节删去。我自己也写小说，我自己有时也删改小说，一个作者对于自己的作品进行删改一般有两个因素，一个是纯粹的艺术因素，我觉得这么写不好，作为一个艺术品，这么写不如那么写好，我把它删去；第二种情况就是非艺术考虑，我怕惹祸，特别是清朝乾隆时期，我怕文字狱。现在很明显，脂砚斋命曹雪芹删去十三回的四五叶之多，这四五叶比较麻烦，因为现在用简化字，就乱套了，简化后，现在一页书两页书就是“页”那么写，其实过去一页的页是繁体的“葉”字。线装书是蝴蝶装，就是一张纸窝过来，是两面，叫一叶，就是两个页码叫一叶，四五叶就是八至十个页。以一叶大约在当时手抄本 500 字而论，大约删去了 2000 多字。而曹雪芹写书用很少的字就可以传达很多的信息。大家知道他写妙玉，栊翠庵品茶，写妙玉只用了 1000 多个字，整个妙玉的形象就活跳出来了。你想 2000 多个字该有多少内容。曹雪芹听了脂砚斋的删去四五叶。那为什么要删？在这一回里，有个非常重要的透露，就是秦可卿死后的棺木。人死后得装棺材呀，用什么样的棺材呢？虽然宁国府贾蓉的妻子很尊贵，但用上等杉木的也就行了，因为不是长辈死了而是晚辈死了。只是贾府死了一个重孙媳妇，但贾珍一定要奢华，最后用了薛蟠保存的一副“樯木”。这个“樯木”是怎么保存下来的呢？是原来的一个义忠亲王老千岁病了。这个老千岁如果完全是艺术虚构，没有生活原型，就说他死了不就完了吗，叫杀头了、病死了都行，而这里叫“坏了事”。“坏了事”和死了是两回事，坏了事不一定是死。人活着，他的事业被粉碎了才叫坏了事，死了怎么叫坏了事呢？义忠亲王老千岁他用的棺材木最后变成了棺材。秦可卿睡了进去，心安理得地睡了进去，名正言顺地睡了进去，秦可卿是什么人哪？她和义忠亲王老千岁有点什么样的关系呢？这是我们所要谈的问题。所以我所要做的研究叫作原型研究。

有人说你不就是索引派吗？我不是索引派。索引派你也应该尊重。不能一提索引派就嗤之以鼻。在 20 世纪初，像蔡元培这样的先贤曾经写过《石头记索引》，他是索引派的一个代表人物，他认为《红楼梦》里充满了排满扬汉的符码。我认为他也是有自己的学术逻辑的，他也是一家之言，只是后来赞同的越来越少而已。不能因为这个认为他就不是学术，这也是“红学”研究，也得尊重。这是我的看法，但我不和他一样去搞索引。搞索引完全是推测他在影射什么，有时候完全离开文本，或者根据文本的话他太笼统。我不一样，我自己也写小说，我懂得怎么将一个生活原型升华为艺术形象，这当中需要什么样的桥梁，作家在把一个生活原型升华为艺术形象的时候需要什么样的思维过程，有时候甚至要经历非常痛苦的内心挣扎。我现在要探究的是秦可卿这个艺术形象的生活依据是什么，生活原型是什么。原型研究在世界都是非常得到尊重的一种学问。不光中国这样，许多西方国家也一样，比如说有很多研究列夫·托尔斯泰的，就研究《复活》中聂赫留朵夫的原型就是托尔斯泰本身，他青年时期就是这么荒唐，玛丝洛娃也有一个原型，这都是很正常的研究。所以探究秦可卿原型也是学问。

我们回过头来看《红楼梦》第三回，很多人看第三回认为太热闹了。写林黛玉初进荣国府那简直热闹极了，好看极了。因为太好看了，有的人对有些文字就不重视了。比如说林黛玉进了荣国府后到了正房，通过林黛玉的眼睛就看见了一个匾和一副对联，很多人就一读而过，不去认真思考，其实都很重要。现在先看林黛玉所看见的那个匾，她看见的匾是什么呢？林黛玉抬头迎面先看见一个赤金九龙青地大匾，匾上写着斗大三个大字是“荣禧堂”。人物有生活原型，事件也有生活原型，细节也有生活原型。从生活过渡到艺术的时候都可能有原型，“荣禧堂”这个匾有没有事件原型呢？实物原型也是有的。康熙当皇帝的时间是很长的，在位期间他这个人非常的开通，好旅游。他六次南巡，南巡当中虽然当地给他修了行宫，也有当地很大的地方官，但他和那些人都不怎么亲热。六次之中有四次到了南京之后不住在行宫里，当然他住在任何地方都可以叫作行宫，他住在他的发小曹寅的织造府里。织造府这个官很重要，但从名分上说却不是很高，是内务府下的一个机构，管给宫廷做纺织品、做衣料，管这些的。虽然很重要，但不是不得了，他每次都要去那。为什么？就是因为康熙生下来要由奶妈和保母把他养大，这是后来清宫宫廷里的一个游戏规则。他和他亲生母亲的见面机会很少，他主要是由奶妈、保母来养大，其中有一个很重要的保母就是孙氏，即曹雪芹祖父的母亲。孙氏是保母，这个保母和我们现在家里用的保姆不是一回事，保母的母是母亲的母。她是代替母亲的角色，这个保母也不是喂奶和伺候他细琐事情的，而是教他怎么做人的。教他怎么站立，怎么坐，怎么躺，怎么执行礼节，怎么穿衣服，怎么诚实，怎么守信用，是管这个的。康熙和这个孙氏关系特别好，你想她当保母年龄不会很大，自己也有孩子，恰恰她就有曹寅。后来又把曹寅选进宫当作康熙的伴读，就是所谓的陪太子读书。当时顺治那朝没有太子，但康熙是重点培养对象，地位相当于太子。曹寅给他伴读。康熙后来即位以后，成为少年天子，曹寅又成为他宝座前的侍卫，贴身侍卫之一，关系非常铁。所以康熙就宁愿让曹家去谋这个美差，就是江南织造。孙氏的丈夫去世了，他让曹寅继续来做这个官，曹寅去世后他让曹寅的儿子曹颙来做这个官，曹颙很快死掉了，按说就绝了，他就非要从曹家的旁支里过继一个曹頫给曹寅的未亡人李氏做养子，再来做江南织造这个官，你说他们多亲密呀。所以康熙到了江南不愿意住别的地方，住别的地方不舒服，见到自己最信任的，又是从小一块玩过的人，他就觉得特亲切。有一次南巡他又住在织造府，孙氏还活着。康熙见着孙氏后，据文字记载是，“色喜”，满脸高兴，就去扶着孙氏说“此吾家老人也”，这就是我们家的老太太呀，他这么说话。而且当时就挥毫写了三个大字，在一个大匾上就是“萱瑞堂”。荣禧堂和萱瑞堂是一个从生活到艺术的过程。荣禧堂的事件原型就是萱瑞堂。《红楼梦》第三回写林黛玉看时，他写得很准确，因为是皇帝是天子写的，所以是一块金匾，“赤金九龙青地大匾”。然后呢，他又写些别的。不接着写，隔了一些东西，然后再写，林黛玉又看见一副对联。这副对联他写得很认真。是乌木联牌，用的材料比那个低一级，这上边不是金字是银字，“镶着錾银的字迹”，是银字比皇帝矮了一截。写的是“座上珠玑昭日月，堂前黼黻焕烟霞”。这应该是很平常的一副对联，但现在我查到了一个史料。这个是以前没有人说出来的，我第一个提出来。我告诉周汝昌先生以后他很高兴。他跟我有很多通信讨论这个问题。我们知道，在康熙朝曾设过太子，这个太子就是康熙的第二个儿子胤礽。康熙这个人生殖力特别强，因为他到很老的时候还有生殖能力，他生下来的子女大概有好几十个。光是后来他排齿序，就是按出生年月往后排，男的就有二十个之多，有的他还没来得及排进去。最后他生的孩子和老大之间差很大岁数，说老实话，最后一个按岁数恨不得都能当老大的孙子。因为当时那种社会十五六岁就能成亲、生育。他孩子多，生殖能力强，他还爱孩子。康熙特别爱自己的孩子，每一个他都喜欢。他当时登基不久就觉得要巩固清朝的天下，就决定立太子。老大虽然按齿序排第一，但是他母亲是一个出身很下贱的女人。因为皇帝有时候随便和他身边的妇女发生关系，有时候地位很低贱的，他也去发生关系，生个孩子，而且发生完关系他也就再不喜欢那个妇女了，也不提升那个妇女的地位，所以大阿哥地位始终就不高。老二是皇后所生，是正配皇后所生，就是胤礽，他特别喜欢胤礽，所以在胤礽一岁多不到两岁的时候就把他立为太子。是由胤礽的奶母抱着他进行了一场很隆重的典礼，是这样立的。这个太子有很多故事，我现在不细说，我现在就告诉你，由于康熙从小培养他，一方面要精通满文，一方面要精通汉文，请很多名师大儒，让他学“四书”“五经”，让他学汉族的经典，同时让他学诗词歌赋，让他对对子。太子留下一副对联很有名，在康熙朝一位大儒王士祯所留下的《居易录》这本书里就有记载。这副对子是这样的“楼中饮兴因明月，江上诗情为晚霞”，请注意他的平仄，请注意这副对联的最后一个字，上联最后是“月”字，下联最后是“霞”字。林黛玉在荣国府正堂所看见的对联，上联最后是“月”字，下联最后是“霞”字。这不是偶然的，这个对联的事件原型就是胤礽的这副对联。很明显，这是我们非常值得注意的。而且曹雪芹在写时，生怕读者看不明白，下笔很谨慎。“荣禧堂”是“赤金九龙青地大匾”，这对联是木的，是银的，矮一等，就是说，那个是皇帝的，这个是太子的。而且还有落款，落款是“同乡世教弟勋袭东安郡王穆莳拜手书”。据周汝昌先生进一步研究，他告诉我，所谓“同乡”就是因为曹家最早的祖先就是在东北地区，关外，在腰堡屯那个地方，被清军俘虏，被编进八旗里，成为包衣奴隶。因此他和清朝早期统治者打天下，应该说是有难同当，后来打进关内是有福同享。而且如果康熙和曹寅是一辈，太子和曹颙、曹頫是一辈。如果曹頫是小说中贾政的原型的话，林黛玉所看到的对联就更对茬了，所以他成为“世教弟”。那这个“勋袭东安郡王”呢？我们知道自古以来太子住东宫，东宫成为太子代称。有人就要较真了，他说秦可卿出丧的时候不是有东南西北四个郡王来吗？好像有一个东平郡王，有北静王，北静王是一个非常重要的角色，有西宁王还有一个叫南安，有四个郡王。现在怎么突然出来一个东安郡王呢？他故意要这么写，不是东平郡王，他比郡王高一级，暗示是这个太子。怎么叫“穆莳拜手书”呢？“穆莳拜手书”是一个客气话。大家知道，“穆”是说，太子几立几废，最后被封为理亲王，谥号是“密”，密和穆在古代是一个字，在《荀子》里有这个例子；“莳”是移植栽种的意思，这就牵扯到太子的立废，太子是两立两废，太子的命运非常悲惨，非常奇特，是两立两废。说起来就话长了。我有一篇很长的文章叫《帐殿夜警》，那完全是小说一样的故事，但它完全是历史事实。因为康熙的孩子太多了，他虽然都爱这些孩子，但这些孩子未必都那么爱他。很多孩子所爱的是他屁股底下那张龙椅，爱的是这个位置。所以他很小就把二阿哥胤礽立为太子，很多人都有些不服。最后有一年就是康熙四十七年，那时候太子已经三十五岁了，当了很多年太子了，发生了一件很重要的事情，这个事情概括起来可以叫“帐殿夜警”。什么叫“帐殿”，就是清朝早期皇帝，都是文武双全，因为他靠军事、靠骑射打天下，所以他们每年都要去打猎行围，以显示他的武功。在打猎行围的时候，就不住在砖瓦的房子里，住在营帐里，这营帐皇上一住就叫作殿了，叫“帐殿”。在这一年，康熙就觉得特别不高兴，他所不高兴的是十八阿哥得了重病，他很喜欢十八阿哥。十八阿哥当时还是个少年。这个病从现在的医学角度来看，不是什么大不了的，可能是腮腺炎，可在那个时代，皇帝的儿子也没法治。康熙就搂着十八阿哥，简直是痛不欲生。这时太子就来给他请安，他发现太子好像很无所谓，给了他很大的刺激，他很不高兴。然后在一个晚上，他觉得在他的帐殿，有人撕裂帐篷往里看。这个撕裂不是拿刀子割破，因为帐殿是一块块的布围合而成，在布与布之间可能能掰开一个角度。他觉得有人偷看，后来大阿哥和另外一个阿哥告密，说就是太子在偷看。所以康熙就震怒了。你想这还得了呀，这就是抢班夺权，觉得我老不死了。所以那一次康熙就大怒，把每一个阿哥都叫来，都捆起来，当着所有的阿哥、大臣和外国传教士（康熙这个人和外国传教士关系很好，他向外国传教士学习天文地理、解析几何，他会解析几何，程度超过现在的高中了，起码是大专的水平），那时他就顾不得许多了，他历数太子的不肖、太子的罪恶。他自己也很痛苦，他立太子这么多年了，最后落这么个结果，他痛哭扑地，最后哭得趴在地上，痛不欲生。然后让大阿哥他们把太子押回紫禁城，住在上驷院，就是养马的地方，看守起来，宣布废掉他，取消他太子资格，他自己也回銮。所以这是当时很重大的一个事件，这个事件对曹家的影响太大了，因为恰恰当时曹寅和太子关系非常之密切。因为都认为他坐定了皇帝的宝座，只要康熙一死，肯定是他来当皇帝，这是没得说的。他们关系密切到什么程度，根据文献记载，太子的奶妈的丈夫叫凌普，就是他的奶爸。这康熙宠爱太子宠爱得不像样子，后来很后悔。他为了使太子使用宫里面的东西方便，干脆任命凌普为内务府总管。就这样溺爱他的太子。这个凌普不但宫里的东西乱拿乱用，对曹寅这样的人也不客气，也加上关系又好，据文献记载，凌普有一次到曹家，江南的织造府取银子，一取就是两万，两万两银子立刻拿出，立刻拿走，是这样的关系。所以说太子被废，对曹寅来说也是一个不小的打击。他一废之后，皇帝这么多儿子，谁会当皇帝就搞不清楚了。一个在朝廷当官的人就要进行政治投资，你得找准路线、跟准人，一看两三个倒也罢了，二十几个儿子，他一会儿喜欢这个，一会儿喜欢那个，你说你巴结哪个呀？所以当时所有的官员都慌了，曹寅也不例外。当时呼声较高的是十四阿哥，很明显康熙废了太子以后非常宠爱十四阿哥，就不细说了。没想到太子被废以后，康熙心神不宁，他觉得有怪风在御座前盘旋，他觉得是天象示警，梦里面又梦见他的祖母、他的妻子，他的皇后面露不悦之色，因为当时立太子，这两个人起了很大作用。然后又出现告密的，说为什么太子出现了疯狂一样的表现，撕开帐子往里看？是因为得了一种狂疾，是一种疯病，是被魇了。《红楼梦》写到被魇的情况，有一回叫“姊弟逢五鬼”，是赵姨娘通过马道婆用纸人扎上针，凤姐和宝玉就被魇了。后来有人告密说是大阿哥他们魇了胤礽。然后去搜查大阿哥府邸，果然从他的花园里挖出了许多木偶，而且找到了人证，有许多蒙古喇嘛也承认是大阿哥买通他们去魇胤礽，所以在几个月后，就是第二年又让胤礽复位了，又立为太子，所以政局发生了许多戏剧性变化。但是过了几年后，康熙仍然对这个太子非常失望，又彻底把他废掉，废掉以后没有再立太子，于是就形成大乱。康熙临死的时候人们也不知道他要把权力移交给哪个人。当然我们都知道，后来是四阿哥雍正当了皇帝。雍正当皇帝有很多传说，总之一句话，他是一个篡权的人，并不是康熙真想让他当皇帝，而是通过阴谋手段当上的皇帝，这个我们不细说。但这些事情都牵一发而动全身。这关系曹家兴亡的问题，因为雍正的父亲并不喜欢他，从来没有公开表示过要把皇位传给他。雍正是通过封锁消息，买通权臣，当然这两个权臣后来也被他干掉了。后来他有一个证据，说康熙为什么把皇位传给他？因为康熙把一串念珠给了他，作为凭证。还有一个宫里的消息说康熙已经弥留、已经不省人事了，雍正就到他榻前，这比帐殿夜警还恐怖，康熙一看是老四来了很不高兴，就要用念珠扔他，一个年老的、要死的人用他垂危的力气去扔这个念珠也扔不远，恰好被雍正一接接在手里，成为传位的标志。有这么一说，也很滑稽。所以他就进行报复，凡是他父亲喜欢的，他都不喜欢，凡是他父亲不喜欢的，他全喜欢。十三阿哥叫胤祥，他自己叫胤禛，他即位后让所有的兄弟都把“胤”字改为“允”字，这个允祥很奇怪，在康熙时始终没有被封王。在允祥之后的人都被封王了，允祥始终不被封王，康熙很不喜欢他。但雍正一上位，立刻封了允祥一个地位非常高的亲王，而且把曹頫交给怡亲王允祥管教，然后在雍正三年四年查抄曹家，雍正五年六年把曹頫戴罪带到北京拨一个小院子住。曹頫是很惨的，叫作枷号，每天都得上班，但是怎么上班呢？就是每天上街上站着，戴着大枷，“我是一个有罪的人，我为什么有罪”，每天干这个，示众，枷号示众，很惨。我想说的是，生活中这些真实的事件到《红楼梦》被真事隐去之后，用假语村言上升为艺术情节艺术事件，就构成了秦可卿这个形象。

有的人对雍正查抄曹家这件事印象特别深，总觉得曹雪芹这个艺术构思应该是写雍正朝，抄了他家后他家族就破落了，但现在对不上茬。实际上人们忘了考据在乾隆朝发生的事。雍正四十五岁才当皇帝，当的时间非常短，当了十三四年就暴卒，突然死亡，到目前为止，死亡原因是历史学家也说不清楚的。他死后就把皇位传给了乾隆。乾隆很聪明，他一上台之后实行了一个政策叫亲亲睦族。在雍正朝，人们为了争夺皇位仍然在厮杀。康熙在位时，十四阿哥很明显得到康熙重用，康熙死后他正在伊犁，他是镇远大将军，是得了军政要职的一个人物。另外还有两个人物也很厉害，一个是八阿哥，一个是九阿哥，这两个人是夺权老手，在太子时期两个人就蠢蠢欲动，在太子被废之后这两个人也是当仁不让要争夺皇位，跟雍正也较劲，雍正当上皇帝后还跟雍正较劲，雍正也就对他们两个狠下毒手，把两人害死。乾隆目睹了他的父亲、他的祖父两朝的权力斗争，就觉得要稳定政治局面，先要从皇族内部抚平伤口，就实行了亲亲睦族的政策。就是对过去的事情既往不咎，所有活着的这些皇族的人我都予以善待，同时和皇族夺权有关联的官员，我一律予以赦免，能赦免就赦免。当时曹頫戴罪的原因就是任上亏空，这是最大的一个罪名。乾隆就下了圣旨，所有这样的内务府官员的亏空就一风吹全都赦免了。所以曹頫后来就免罪了。曹家后来有了一个回黄转绿的过程，产生了一个小康局面。这段史实很多人忽略，千万不要忽略，这是很重要的。而且特别巧，曹寅和康熙是发小，乾隆也有一个发小，叫福彭平郡王。雍正吸取了父亲的教训，一立太子，其他人就要争夺王位，所以不立太子。雍正看好乾隆，但是不立太子。那时候，乾隆也有陪读，乾隆也爱作诗，乾隆从小就爱作诗，他是中国留下诗歌最多的一个诗人，可以争夺吉尼斯诗歌数量冠军。他青年时候作诗就请他朋友给他作序，谁给他作的序呀？福彭。这可是给他诗集作序的，关系能一般吗？所以他一当政福彭就得到重用，福彭又是什么人呢？福彭的母亲是曹寅的女儿。是曹雪芹的姑妈，福彭按血缘关系是曹雪芹的表哥。还有这层关系呢，怎么能忘了呢？只记得雍正朝他家倒霉，在乾隆朝，他们有这么重要的亲戚，他家还有过小康呢。所以脂砚斋提醒你，元妃省亲也好，贾家的荣华富贵也好，都是写末世，不是写曹寅时期织造府时期的生活，是写的末世生活。贾母一再说，我们这种中等人家。就是说恢复到一个小康局面，一个过得去的局面。但对曹雪芹来说，曹雪芹年龄不会很大。有人说如果雍正初期就被抄家，曹雪芹刚出生不久，他不会有一个繁华生活的记忆，他怎么写出这种繁华场面呢？他有这种生活资源，他所体验的是乾隆初年的景象，他体会的不是他祖父和父亲所经历的繁华生活，没赶上。他赶上的是在乾隆初年的，由福彭这样的人的荫蔽下所获得的新的温柔富贵的生活。当然他有夸张，因为他写的不是家史是小说，他要进行艺术升华，他夸张了，他渲染了，这一点请大家千万注意。

现在你看《红楼梦》就明白了，第一回到第十六回时序是混乱的，但从第十七八回到五十三回，按时间顺序排列，非常清楚。而且他写的那一年就可断定为乾隆元年，也就是他家第一个春天的生活场景。最重要的例证就是第二十七回，他写到了四月二十六这一天是芒种节，大观园的女儿们把那一天当作饯花节，来向春天告别。你可以查万年历，就这么巧，其实不是巧。因为他的生活资源，生活回忆，他写《红楼梦》繁华生活这一段的主要依据就是乾隆元年，就是初春，就是这个春天。“三春争及初春景”，元春册页诗里的一句，和“三春去后诸芳尽”是一个意思。曹雪芹用了这么多笔墨，从十八回到五十三回，憋足了劲来写这一年。

然后有一段是写乾隆二年的生活。贾家就开始出现很多不祥的征兆。然后，到八十回快结束的时候就写到了乾隆三年的情况。那么“三春去后”，在乾隆四年发生了什么事？发生了“弘晳逆案”。弘晳是谁？弘晳是废太子胤礽的儿子。废太子年纪很大，因为他是老二，康熙活得很久，生的子女非常多，康熙是眼看着这弘晳长大的。康熙不但喜欢胤礽，也喜欢他这个孙子，非常喜欢。弘晳的父亲经历了两次被立为太子，两次被废掉，内心会怎么想？他开始隐忍不发，但是到了乾隆四年，三春过后，弘晳就发起了一次对乾隆权力的大冲击。

这就是历史上有名的“弘皙逆案”。乾隆快刀斩乱麻地了结了这个逆案，扑灭了他们这次政变阴谋。而且乾隆聪明在哪里？他扑灭以后，不向社会公布，消灭了所有重要档案，现在清史档案馆里查不到。但是留下很多蛛丝马迹。这就是有名的“弘皙逆案”。因此，我们在《红楼梦》中就发现有一回，第四十回，这一回写他们打牙牌，“金鸳鸯三宣牙牌令”。很多读者读到这里很烦，觉得这有什么意思呀？我又不会打牙牌。他们在干吗呢？是在传达很重要的信息。“三宣牙牌令”里出现了这样一个牌令，比如史湘云说“双悬日月照乾坤”。什么叫“双悬日月”呀？就是有两个政治中心,两个司令部呀。这本来是李白的诗。安史之乱后唐玄宗匆忙地往巴蜀逃跑。半路上由于三军哗变，不得不把杨国忠他们杀了，不得不让杨贵妃自尽。而这个时候，他的儿子肃宗，在另外一个地方，就自己宣布即位了，他也不得不让出这个位子。这是一个很混乱的政治局面，叫“双悬日月照乾坤”。《红楼梦》就用了很多这样的笔墨来向读者暗示他所写的那个时代，是乾隆元年到三年，八十回后将写到乾隆四年，也就是三春去后的情况，写到四春。所以“双悬日月照乾坤”是很紧张的政治局面，还有“御园却被鸟衔出”，紧张不紧张呀。不止一句呀，薛宝钗的牙牌令是“处处风波处处愁”，从此曹家的命运又摇摆不定了。林黛玉的牙牌令是“双瞻玉座引朝仪”，“双瞻玉座”，政治局面动不动都成双了。而且你看七十六回，林黛玉和史湘云联诗，然后妙玉也出来，把诗续全。这里面有些句子，在有些抄本里没有，有的里面就有，最重要的有这么几句，叫作“犯斗邀牛女，乘槎待帝孙。虚盈轮莫定，晦朔魄空存”。这很奇怪，什么叫“犯斗”呀？一个星斗侵犯另一个星斗叫“犯斗”，这不就讲的是最高权力斗争吗？“乘槎待帝孙”很多人这时候看准方向，进行政治投资，曹家没有别的选择，只能选择太子这一派，选择太子党，所以“乘槎待帝孙”，“帝孙”明白无误，就是皇帝的孙子。有人说“帝孙”的典故说的是牛郎织女的织女，“帝孙”从道教上讲，说的是织女。但从字面意思上讲，也就是康熙的孙子，康熙的孙子就是弘皙。有人说，你说得太牵强了，康熙儿子那么多，孙子就更多了。我不引别人的话，我现在引乾隆的话。乾隆后来怎么说弘皙呀？这可是当年正式文献记载下来的,乾隆说:“自以为旧日东宫之嫡子，居心甚不可问！”乾隆都形容他为帝孙，是他最大的政治威胁。而且乾隆特别伤心在哪里？就是参与弘皙谋反的，不但不服他父亲当皇帝，而且还不服他当皇帝。这里不但有弘皙，竟然还有他父亲最信任的几个亲王本人及他们的儿子。在皇族里面这些人也认为乾隆不是正经的“日”，认为弘皙是正经的“月”。这时候，我们回想第一回里，贾雨村忽然吟出的诗句，“天上一轮才捧出，人间万姓仰头看”，就觉得惊心动魄了。宣告一个紧张的政治形势，这个“月”就要出来了。《红楼梦》就是在这个日月争斗的大前提下，展开了一个家族的命运。所以，秦可卿这个人物的原型是弘皙的一个妹妹，是胤礽的一个女儿。或者是在早年两家相好时就送进曹家当了童养媳，或者是生出来后未及在宗人府登记，就以小官员抱养女儿的身份寄养在曹家。曹雪芹就是根据这样的生活的原始资料升华为艺术形象，来营造他悲剧情节的大气氛，架构他悲剧艺术结构的大格局。有很多证据可以证明这一点，因为今天时间有限，我不能讲得非常之细。但就我勾勒出的这些蛛丝马迹，你也应该产生兴趣，产生探究的兴趣。

在第十三回，已经写出了秦可卿的情况，秦可卿得的是什么病？她得的是政治病。张友士是不是太医？张友士是太医。谁的太医？是弘皙的太医。弘皙在夺权之前，在乾隆三春后的第四春，还没登基，就自己公然设立了内务府七司。这是乾隆说的，乾隆都快气死了，乾隆说，他自立内务府七司，七司就包括太医院。他就是从那潜入京城和家族成员秦可卿取得秘密联系的，所以他说了黑话。他说，总是过了春分，就可以看到结果。就是三春过后可以看到结果。没想到“三春去后诸芳尽”，没想到“三春争及初春景”，万没想到，三春过后到了四春就不行了。弘皙确实是胆大妄为。

曹雪芹写后，脂砚斋觉得害怕。他为什么要写点政治呢？因为他说过，他不干预时事。《红楼梦》的作者曹雪芹，确实不想写政治小说。其实他不是写政治小说。我说了这么多政治因素，只是想表明他内心创作的痛苦。他必须超越家族在政治事件中这种惨痛的遭遇和经历，去写那些青春美丽的女性被毁灭的过程。但是他又不能摆脱那个阴影，他也没有理由摆脱那个阴影。他很痛苦，所以在《红楼梦》一开始，他要把这个悲剧的结局预告出来，这些女性是怎么被毁灭的。她们是被时代毁灭的，是被家族的大的命运结构给毁灭的，是被时代残酷的政治社会因素所毁灭的，并不是她们自己毁灭自己。这是他整体构思中很重要的一个因素。

因此，我现在概括一下，从秦可卿解读《红楼梦》的结论：

首先，我进行原型研究后，得出：秦可卿的原型是废太子胤礽以保密方式寄养在曹家的一个女儿。曹雪芹十三回写完后，脂砚斋说，你得删，他删去四五叶后，故意打了一个补丁，才在第八回末尾贴上一个补丁，故意让你看着混乱。这是他很痛苦的一个行动。

秦可卿和元春是牵动贾府命运的两条主线。元春的原型是曹雪芹的一个姐姐，她比秦可卿要大五六岁。关于元春有很多谜，首先是第五回册页里，那首写元春的诗不可解，后来那首曲就更不可解了。关于元春的诗是这样的："二十年来辨是非，榴花开处照宫闱；三春争及初春景，虎兕相逢大梦归。""二十年来辨是非"，她辨谁的是非，有人说，她进宫二十年了，她敢辨皇帝的是非吗？她作死呢？皇帝一举一动都是"是"，没有"非"，你辨哪门子是非呀？争宠还来不及呢，所以这说不通。那"二十年来辨是非"，她辨谁的是非？她的原型，小时候，就知道家里来了一个人，就是秦可卿的原型，她觉得很奇怪，她已经懂事了。她后来进宫了，她用二十年的时间来研究这个人是谁。在有一种古抄本里面，"二十年来辨是非"的"非"字，写的就是"谁"，"二十年来辨是谁"。有人后来觉得抄错了，应该是"是非"，不是"是谁"，所以给改了。"二十年来辨是谁"，最后，元春向皇上告了密，这个皇帝是有影射的。《红楼梦》里的皇帝是把康、雍、乾浓缩在一起写，所以他有太上皇的。从曹雪芹生活到死之前，清朝是没有太上皇的。是乾隆后来把他的皇位让给了嘉庆，他当了太上皇，才有了太上皇，那时曹雪芹已经死了很多年了。但是他小说里有太上皇，他就是为了把三朝的皇帝压缩在一起写。这就说明他从生活到艺术。"二十年来辨是谁"就是说，这个原型向乾隆说明了"我觉得我不该隐瞒。我家私藏了一个胤礽的血肉"。因为她的告密，又因为乾隆以为弘皙的问题已经解决了，皇帝予以赦免。所以，当来通知贾家接圣旨的时候，贾母等人惶惶不可终日，吓坏了。大家还记得那一回吧。她害怕什么呀？心里有什么鬼呀？没想到最后是一个大喜剧。皇帝不但赦免了她，最后在第十三回还写到，宫内的长宫大太监戴权，鸣锣打伞，大摇大摆到贾家来上祭。没有皇帝的允许能行吗？就是按小说里的描写，没有皇帝的允许，他也是不能这么来的。还不是私自来，是鸣锣张伞而来。根据清朝的有关规定，太监是不准随便出宫的。这样描写是什么道理？就说明了这是一个政治交换。“榴花开处照宫闱”，这句话更奇怪了。“榴花”，大家都知道，宫廷里希望多子多孙，康熙的生殖力就特别强，可能他把清朝皇家该生的人都生完了，到清朝后来都是性无能，到光绪，没有任何生育能力。越来越不能生，到后来一塌糊涂，到宣统就不堪了。这并不奇怪，宫廷里种石榴希望多子多孙。我们就查到，胤礽当太子时，写过榴花诗。而且元春的原型并不是送到皇帝身边的，而是送到太子身边的。太子被废之后，才挪移到皇帝身边，这在清朝是无所谓的。因为认为女性是可以任意被皇帝占有的。而且辈分之间也可以乱的。这就更值得研究了，我不敢断定，“榴花开处照宫闱”是否意味着作者对元春这个人物的设计，在八十回之后会揭晓，其实她和义忠亲王老千岁有某种关系，我不那么说。但是可以存疑。“三春争及初春景”就是说她获得皇帝豁免，且得到皇帝眷爱后，过的日子是第一春非常好，后来是一春不如一春，在第四春“虎兕相逢大梦归”。有人说不对吧，应该是“虎兔相逢大梦归”。通行本都写的是“虎兔相逢大梦归”，而且高鹗在写续书时，写元妃死得非常太平，就是因为油腻吃多了，痰壅、发胖，富贵病，后来因为痰壅，喘不过气，死了。而且高鹗胡诌说，是年是甲寅年，十二月十八日立春，元妃薨日是十二月十九日已交卯年寅月，是说他死那年是寅年卯月，寅是虎，卯是兔，所以“虎兔相逢大梦归”。查历书，中国人论属相是论年，每一年分属相，每个月是不分属相的。虽然有十二个月，但没有说一月是鼠月的。算八字的先生有时候这么算，但你查一下有关的相书就知道，高鹗也是胡诌。怎么算，那一月也不是兔月，也不是卯月，他没办法，他是为了改这个字，去成全“虎兔相逢”这句话。其实，应该是“虎兕相逢”，“兕”是一种类似犀牛的猛兽，虎兕遇到一起一场恶斗，恶斗指“弘皙逆案”。而且在《红楼梦》十二支曲，实际上应该是十四支曲，但习惯都叫十二支曲，在关于元春的曲里说得很清楚，元春是惨死，她根本不是很太平的、吃油腻吃多了，发胖、痰壅而死。她死得非常惨。而且在二十二回灯谜也说得很清楚“一声震得人方恐，回首相看已化灰”，是突然暴死，是在山高水远的地方悲惨地死去。因此元春也是有原型的。元春的原型和秦可卿的原型是非常重要的，是影响家族命运的两个人物。所以通过我这样的分析：秦可卿得的是政治病，原型事件是“弘晳逆案”。初春、三春都可以得到很通顺的解释。事件原型就是乾隆处理逆案不动声色，保持外在堂皇体面。秦可卿和元春是牵动贾府命运的两个人物。但是我要说，我的研究心得是这样的，曹雪芹确实不想干涉时世。他想为闺阁立传，但这些美丽的青春生命却是在极度险恶的政治环境下生存，她们的被毁灭是无可避免的，是在一个大的政治格局下无可避免的毁灭。因此，他甚至表达了深刻到如此地步的一个意蕴、一个主题：个人是历史的人质。这个主题在西方，是在 20 世纪，有些作家才开始接近这个主题的。而曹雪芹在这么早就已经开始接近这样一个伟大的人类主题了：个人是历史的人质。被这个大格局押上，你再来吟诗作画，你再来醉卧芍药裀，你再来描龙绣凤，不管你如何逍遥自在，但是有一个很大的东西笼罩在你的生活上面：“双悬日月照乾坤”，是没有办法的。

八十回后，可想而知，他写的是“忽喇喇似大厦倾”，是一个很大的无可避免的悲剧。贾府的毁灭，原来的构思是宁国府收养秦可卿致大祸。这在《红楼梦》第五回是暗示得很清楚的。第五回有很多这样的话，一再告诉我们这一点，比如说“家事消亡首罪宁”等都是说宁国府惹来了贾家灭亡的大祸。但我们在前八十回看到，因为第十三回他给删了，曹雪芹就进行了文本调整。然后，他就把惹祸的根源往荣国府移动。第七十五回，尤氏说她要到上房去，几个老嬷嬷说：“你别去，才有甄家的几个人来，还有些东西，不知是作什么机密事。”替犯官家族藏匿财物，在清朝是皇帝最不能容忍的，是死罪。在七十五回，曹雪芹就开始这么写。实际上，真正获得罪孽的是宁国府而不是荣国府。他进行了构思上的转移，通过文本的研究，我们都可以得到这样的结论，这是很有意思的。到了高鹗续《红楼梦》的时候，贾家获罪，贾珍最惨，他被流放，不被赦免，一开始对贾珍严厉得不得了。但高鹗搜罗来搜罗去，他所搜罗的，替皇家写出的贾珍的罪恶只有两条，一条很不通，叫“强占良民妻女为妾不从逼死”，这说的是尤二姐。那应该是贾琏获罪呀，但是贾琏最后没事，只是把财产没收了。说贾珍逼死民女这太不通了。后又说“尤三姐自刎掩埋未报官”，家里死了人没报告，这是很轻的罪。高鹗没有办法，他为了应付前面说的“首罪宁”，他就乱说。其实，曹雪芹写得十分辛苦、很痛苦。因为改了十三回秦可卿的真实出身和真实死因之后，不得不在后面进行一些调整。

更值得注意的是，曹雪芹家族与废太子关系十分密切。在《红楼梦》第二回,贾雨村和冷子兴议论宁、荣二府时,贾雨村发表了一个秉正邪二气的异人论。非常重要，这种人物实际上就包括了废太子。贾雨村说，由正邪二气搏击掀发后始尽而铸成的男女，“在上则不能成仁人君子，下亦不能为大凶大恶，置于万万人中，其聪俊灵秀之气，则在万万人之上，其乖僻邪谬不近人情之态，又在万万人之下。若生于公侯富贵之家，则为情痴情种；若生于诗书清贫之族，则为逸士高人;纵再偶生于薄祚寒门，断不能为走卒健仆，甘遭庸人驱制驾驭，必为奇优名倡”。而且贾雨村一口气举出了三十多个例子，在这个例子里出现了几个皇帝，都是失败的皇帝：陈后主、唐明皇、宋徽宗，在政治前途上非常糟糕，但贾雨村给了他们很高评价，认为这种异人值得重视。他把贾宝玉也归为这类，实际上贾宝玉这个原型有一些禀赋是采自胤礽这个废太子的。废太子这个人是值得历史学家及研究《红楼梦》的人仔细研究的，他的身影在《红楼梦》里没构成艺术形象，但是他是有投影的。

《红楼梦》是家族卷进严酷的政治斗争被毁灭后的作品,但它不是政治小说,曹雪芹以极其痛苦而甜蜜的复杂心情，在那样的人文环境里，坚持追求超政治的诗意生活,讴歌青春女性,展现人性中最优美的因素,比如说贾宝玉的情不情,第一个“情”是动词,“不情”是名词,“不情”是指没有感情的东西、不能对你的感情做出反应的东西,或者是人,或者是物,贾宝玉都能去“情”,这个“情”是动词，是指把他的感情去赋予“不情”的东西，这个“情不情”是在脂砚斋的批语里透露的,是说在《红楼梦》的最后有一个情榜。把每个人物开列出来,每个人物都有一个评语。黛玉的评语是“情情”，第一个“情”是动词，第二个“情”是名词，贾宝玉是“情不情”。他对人性美予以讴歌，但是预言了美的东西将被毁灭，引出读者长足的深思。关于秦可卿的探佚，我基本上就给大家说完了。

接下来我想稍微多说几句，我想说的是什么意思呢？我个人对秦可卿的研究虽然已经有十多年了,我不怕你说我现在在开辟一个新的“红学”分支,叫“秦学”。“红学”的分支太多了，包括研究它的思想艺术性、文本研究，这是最大的学问；然后有它的作者，曹雪芹的研究，“曹学”；有它的各种版本的研究“版本学”；版本里出现了脂砚斋的批语，“脂学”；有《红楼梦》里所写人物的“人物论”，像王昆仑先生就写了《红楼梦人物论》；还有里面写到服饰、器玩、大观园，大观园也构成一个分支；里面的诗词歌赋又是一门学问。原型研究之一，通过秦可卿来考察《红楼梦》，我认为也可以构成一个分支。我认为应该开放、展拓民间的“红学”空间。今天来了这么多对《红楼梦》感兴趣的朋友,就说明《红楼梦》不是只属于专家、只属于某个机构的,它是我们大家的,它首先属于民间。前不久，我读到李奉佐、金鑫写的一本书叫《曹雪芹家世新证》，是春风文艺出版社 2001 年 2 月第 1 版，只印了 1000 册，估计以后没有重印，这就是两个当地的人士业余进行研究的。但是我觉得他们的研究成果也达到了专家的水平,甚至他们还纠正了专家的错谬。比如说,他们研究“曹学”,他们研究“大金喇嘛法师宝记碑”，这碑文里有个人名是两个字“敖官”，“敖”这个姓并不稀奇，我认识的人里就有姓“敖”的，但是我们有的专家就把这个“敖官”看成“教官”，认为不是一个人的名字，是一个职务的名称。这两位人士在他们的著作里就纠正了专家的疏漏，而且这块碑现存在当地博物馆，你可以去考察。所以，对于民间的研究也不能轻视，动不动就说是外行，动不动就说人家不值得一听，不值得一看，这样是不公平的。我知道前些时候，也有过胡德平先生来讲,胡德平先生虽然自己有一些政治身份、政治头衔,但就“红学”研究来说，他也是以票友、业余的身份进入这个领域的。他很支持民间的“红学”研究者和“红学”爱好者，我很感动。像舒成勋老人，现在他已经去世了，他住在香山正白旗村 39 号院屋。还有一位工人，当然老早就退休了，叫张行，他拥有两只黄松木的书箱，上面有一些刻字和刻画。还有一位就是孔祥泽老先生，他曾经和日本人在一起抄录过可能是曹雪芹著作的《废艺斋集稿》中的一部分。你可以和这些人讨论，告诉他们，我认为这些不是真的可能是假的，但是应该是平等的。专家与非专家之间应该是平等的交流，应该互相尊重。不应该动不动把人家封杀，骂回去，不要那样做。我以这样一句话来结束我的演讲，就是:“红学”研究应该是一个公众共享的开放空间。

问: 刘老师您好,首先非常感谢您。我有一个问题,在二十六回的时候提到,冯紫英从铁网山回来,被兔鹘捎了一翅膀。在这之前提到,秦可卿的棺木也是铁网山上出的。我想问一下,您对这个有没有什么看法?还有一个小问题,您能不能谈一下您对贾珍的看法?因为您在书中写到,认为贾珍是个美男子,在对于他的评价上能看到您的赞美之词,请谈一下您对他的看法。谢谢。

答: 第一个问题,在我的书里有明确的解答,我由于不枝蔓,今天没有讲潢海铁网山,这是一个非常重要的信息。它也有地理上的原型,也有事件上的原型的。包括冯紫英和仇都尉之间的仇家关系,以及冯紫英和贾珍之间的关系,这些都是很值得探讨的。

贾珍这个人物确实值得重新研究。你看到清虚观打醮,贾珍是族长。这点大家要知道,贾母虽然辈分很高,但她是女性。在贾府里面虽然贾赦、贾政辈分也比贾珍高,但族长是贾珍。他确实有族长风范,是一个大家族的族长,我曾经在一篇文章中讲到。包括现在咱们的电视连续剧《大宅门》里的主人公,都有某种贾珍的影子。《红楼梦》对于中国封建大家族里某种男性的描绘成了艺术的元素,也是可以贯穿到今天的。

问: 刘老师,您好。通过您的讲座,我对秦可卿这个人物有了更多的认识和了解。我想问一个问题,按您的分析,秦可卿出身很惨,是废太子的女儿。如果是这样,怎么可能保密呢?太子的女儿生下来后,作为清朝的制度,必定要有记录的,他怎么能保住这个秘密?还有一个问题,我认为,在曹雪芹笔下,秦可卿不是一个身世起伏遭难的女子,秦可卿是一个淫荡女子,在没听你演讲之前,我对秦可卿这个人物是很反感的。我认为她是一个反面人物,但您怎么给她带来了这么一个面貌呢?

答: 第一个问题问得很好。我们研究问题切忌逻辑推理,即只从逻辑上说。太子被废了,被看守起来了,他怎么还可能把一些东西,包括物呀,人呀,偷出来呢?那么你要知道,康熙虽然废了他太子的地位,但对他的感情还是藕断丝连的,毕竟是自己的亲儿子,他的待遇还是很不错的。而看守和他之间的关系也不像你想的都是仇恨他的。而且“弘皙逆案”发生的时候,弘皙是安排在郑家庄的王府里，也等于是软禁。可是这个王府非常之大。弘皙等于已经被剥夺帝孙的政治价值了，但是皇族之间给他的安排还是超出我们的想象的。昌平郑家庄，现在叫郑各庄，不知道还有没有这个遗迹。这个地方大小共王府189间，饭房、茶房、兵丁住房多达1973间，怎么可能疏而不漏呢？再加上历史上有记载，弘皙已经很大了，他知道自己的父亲被监禁以后，当然，他父亲虽然被圈禁，也有很多女性和他一起生活，不止有正配，也有很多偏房。他有一个福晋生病了，请太医诊病时，胤礽曾经用矾水写了密信，这也是后来被告密后才发现的。这在清史上是有明确记载的。第一，他不可能老实；第二，困兽犹斗，他会往外传递东西的。他有很多妻妾，如果有的怀孕后没被及时查出来；或者他说是流产，但买通接生的人把她偷抱出去，都是有可能的。看了史实以后就知道，起码两种可能性都有。

认为秦可卿是一个淫荡的形象，是过去人们没有读懂《红楼梦》的描写所产生的偏差。秦可卿和贾珍之间的爱情在我这本书里有详细的论证。他们是真诚的，她不爱贾蓉，她爱的是贾珍，她有权力爱贾珍。我们都知道曹禺有一个剧本叫《雷雨》，请问你，周萍和繁漪是什么样的恋爱？是乱伦恋，你不是也很同情繁漪吗？你在台下把破鞋向繁漪扔过去了吗？你恨的是周老太爷，是不是呀？你同情繁漪和周萍，是不是呀？可是你现在可以同情繁漪和周萍的恋情，为什么不可以原谅贾珍和秦可卿真诚的爱情呢？当然，你仍然可以保留你的观点，咱们可以讨论。

傅光明：听了心武老师的演讲，我们有没有这样一个感受？他是以小说家敏锐的触角，捕捉曹雪芹在《红楼梦》中留下的精微的线索和伏笔，来进行学术探佚。确实功夫了得，而且见解独到。“红学”也被称为“谜学”。正因为如此，我们每个人都有理由也都有权力，像心武老师这样，把自己的生命体验融入进去，破解谜团和探佚红楼。最后让我们向心武老师给我们带来的精彩演讲表示感谢。

霜前月下谁家种
——孙温画《红楼梦》评析

作家出版社2004年9月精印出版了清代孙温所绘的《红楼梦》套画，书名定为《清·孙温绘全本红楼梦》，这是一册非常有审美价值的画册。

据收藏此画的旅顺博物馆现馆长刘广堂先生根据画上题署考出，孙温是丰润人，字润斋，号浭阳居士，其斋号为白云山馆、沁香吟馆，生于嘉庆二十三年，即1818年，经历了嘉庆、道光、咸丰、同治、光绪等好几个朝代，卒年不详，也许他一直到宣统被迫退位、“中华民国”成立以后才谢世。他画这套画，大约在同治六年（1867年）就开始酝酿、着手，直到光绪二十九年（1903年）才大体竣工，前后有三十六年之久，而其中大多数画幅完成于1884年至1891年这七年之间，也就是说，这位画师差不多从五十岁起一直到八十五岁似乎把他的生命完全投入到了套画的创作中，比曹雪芹“披阅十载，增删五次”创作《红楼梦》耗费的心血还多三四倍。

周汝昌先生为此次出版的画册题诗238首，在《题画诗后记》中，他扼要地发表了几点我以为是非常重要的看法，一是指出像这样篇幅浩荡、尺幅阔大、精心彩绘的《红楼梦》套画，是以往改琦等的单线勾勒、作为坊间出书的“绣像”那样的《红楼梦》画所难望项背的；二是往时丰润多画坊，画师高手辈出，其中丁、曹、郑、叶四氏最为著名；三是孙温虽目前还找不到相关资料，但当年曹雪芹的祖辈曹铨在丰润创绘素斋画坊，后从丰润迁往关外铁岭，孙温的字、号都说明他是丰润当地人（浭阳是丰润别称），他的斋名白云山馆，显然是取意于丰润白云岭，那里恰是曹氏上世酿酒作坊所在，而又把其斋名叫作沁香吟馆，“沁香”显然由《红楼梦》里“沁芳”演化而成，蛛丝马迹，表明孙温与曹氏有密切关系，或为至亲，或为世谊，殊可注意；四是细观这套图画，可以发现虽然是依据“程甲本”的一百二十回情节来画，但孙温画到八十回后便兴味减退，除了少数几幅，后四十回都是另一位孙姓画师，名允谟、字小洲的手笔，那时还没有论家指出后四十回非曹雪芹手笔而系高鹗所续，他怎么会产生那样的感觉？五是指出孙温的画风有宫廷画的趣味，而曹雪芹伯祖曹宣（后改名曹荃）正是康熙南巡图的监画官，令人有薪火相传的联想；六是指出孙温绝非刻板地“绣像”，而是根据自己对文字的理解与情感，某一回可画作两幅甚至更多，又常将某两回并为一幅处理，一幅画内又可以有多个相关相接的“景点”让观者有“进展”“过程”之感；七是一百零三回至一百零八回涉及抄家、败落、复职等内容不画，发人深思；八是画宁国府两见“丛绿堂”，此名不见于现存的《红楼梦》文字，画家是否另有所本？

孙温套画的印本面世，使一般读者也得以欣赏到，作家出版社实在是做了一件好事。孙温作画的那些年代，似乎还没有“连环画”这样的品种称谓，但存同一幅或一套画里，连续性地画出一个或多个人物的活动，构成环环相连的情节演进效果，在我们国家可以说是古已有之，无名画家在敦煌壁画里，以及五代南唐顾闳中的《韩熙载夜宴图》，都是例子。孙温套画的连环效果不仅体现在各幅之间，也往往体现于一幅之中，而且构图非常讲究，各环之间用墙垣、隔扇、屏风、树木、板桥、山石等自然切割，每个“镜头”都努力体现出动感，比如第二回画“葫芦庙失火烧甄家、士隐听歌遇跛足道、大丫环买线得奇缘”三个虽然连续却反差很大的情节，孙温就处理得极妙，画面不仅没有生硬堆砌之感，而且生动疏朗，绝对超出了一般“绣像”画那种“看图识字”的窠臼，是非常出色的美术作品。细赏这本画册，可以进一步熟悉《红楼梦》的情节，体味那悲欢离合的韵味，获得视觉上的愉悦与心灵上的泗润，这本画册的出版无疑为《红楼梦》的进一步弘扬与普及提供了新的助力。

但是我现在想强调的是，孙温的这个套画也确实具有学术研究的价值。

据刘广堂先生介绍，孙温的套画为推蓬装，共 24 册，其中一册空白，其余 23 册各有画面 10 开，总计 230 开，绢本，画心纵 43.3 厘米，横 76.5 厘米，浅蓝色花绫镶边，米黄色洒金绢包木板封面，画册无题签、无题跋，1959 年 7

月，上海文物保管委员会拨交旅顺博物馆收藏，此前的流传经过不详。孙温自己并没有称所绘为《全本红楼梦》，作家出版社现在以此作为书名，似欠考虑。首先，在全套画无题名的情况下，却在第一册首开上粘有一张签条，上面楷书写明是“石头记大观园全景”，可见孙温虽然依据是程高本一百二十回《红楼梦》作画，但他更宁愿把此书称作《石头记》。作家出版社的这个印本如果名为《孙温·石头记套画》可能更合适一些。

孙温为什么要强调《石头记》这个书名？在他开始作这套画的时候，《红楼梦》《金玉缘》的叫法甚嚣尘上，甲戌本、庚辰本等《石头记》古本还没有被公诸社会呢。这就值得探究。

另外，这套画虽然有 230 幅之巨，但明明白白地缺少后四十回中的六回，并不全，无论后四十回是原作还是续作，这样一套画都不好叫作《全本红楼梦》。刘广堂先生介绍，所缺少的六回 10 开是一本空白画册，其规格形式、装裱材料以及每册所含开数等均与另外 23 册完全相同，所不同的是“画心”非绢本，而是采用与绢本“画心”颜色相近的空白纸来替代。他认为“缺失的 10 开画面无非有两种可能：一是没有画，二是画了后来又因故缺失了”，他的判断是“后者的可能性更大”。而我经过推敲，却与周汝昌先生的看法相同，那就是作者故意不画。从这套画保存的完好度上看，不像是屡经转手，画上除了画家本人的签名或印章，并无任何显示出他人鉴赏、收藏或转让、出售的痕迹，试想，如果有人在欣赏了这套图画后打算贪污或偷盗掉其中一册，他怎么会那么多美丽温馨的画面都不要，专去要那“锦衣军查抄宁国府”一类的败丧画面呢？退一万步说，他偏就是那么样地有怪癖，想单要那一册，那他彻底拿走就是，又何必单把绢画揭下，换上白纸，并且星渣痕迹不露呢？很显然，是作画者不忍去画那样一些场景，他对画那几回的内容，存在心理障碍。

这就更值得探究了。这孙温究竟是个什么人？书里贾家被抄，他为什么不忍去画？

画这样一套画，按常理，可能有以下几种目的：一是有人订货；二是在无人订货的情况下自己画出来上市；三是非卖出的目的。作为非卖品又可能有两种情况：一是为知音而作；二是纯粹为自己（包括家族，以为永久纪念）而作。

我们无妨分析一下：若是孙温此画是有人向他订购，那么，他无论如何不能用那么长的时间来画，特别是他画此画的那些个年代，国难当头，社会动荡，世道白云苍狗，人生离多聚少，哪位主顾能用三十八年的时间来等他完卷付款收藏呢？如果孙温果然是丰润画坊的画师，甚或自己也成了个坊主，那他必须靠卖画来维系生机、生意，即使在没有人订购的情况下画《红楼梦》，无论是单幅的还是连环性的，都只能是很快地画出来上市，哪里能近四十年都还在绘制中呢？

孙温所绘制的这套画，显然是非卖品。如果他是靠画画维生，那么他所售卖的应该是另外的画。这套画不是为谋生而作的。他是为知音而作吗？如果他拿给知音鉴赏过，或者画讫赠予了知音，那么，根据那个时代的风俗，知音就肯定要在画幅上留下一些痕迹，或序跋，或题诗，或钤章，甚至直接写下自己的名字雅号，像曹雪芹爷爷曹寅的《楝亭图》，那上面就有着多么丰富的题署唱和呀。现在我们所看到的这套画却清爽如处子，可以推断，它在被上海文物保管委员会收购或征集前，竟是“养在深闺人未识”的状态。它很可能是孙氏的私家画，直到20世纪50年代社会巨变的情势下，才离私归公。

于是我们只能有这样一个结论：孙温的这套画，是他为自己而画的。当然，如果他只是《石头记》的一个狂热的爱好者，也可能在那样动荡的岁月里，“霜前月下”地坚持这样一项创作。但现在细览他的画幅，我们却有理由这样去追索：他可能与这部伟著的作者，有更微妙的一层隐秘关系。这是一套有着隐秘的创作动机的画作，对此我们不应该放弃必要的探究。

我们都知道曹雪芹的曾祖母，也就是他爷爷曹寅的母亲，曾当过康熙皇帝幼时的保母，注意，不是保姆而是保母，也就是说不是光给未来皇帝喂奶伺候他一般生活起居的奶妈，主要的任务是教他懂事做人，教他怎么注意礼节，怎么待人接物，怎么忠厚诚信，等等，用今天的话来说，就是对未来的皇帝进行系统的素质教育，那影响当然非同小可。康熙当了皇帝以后，因此也就对这位保母一家非常照顾，保母丈夫曹玺在织造任上去世了，没多久他就让保母的儿子曹寅继续担任这一美差，曹寅死了以后他又任命保母的孙子曹颙再任织造，曹颙死了，那保母还在，康熙竟又破例让保母的一位侄孙曹頫过继到曹寅名下，还当织造！康熙在曹寅在世时南巡住到织造府里，见到这位保母，“色喜”，保母跪见过，他就过去搀着她，对周围的人说：“此吾家老人也！”还挥笔大书了“萱瑞堂”三个字，《红楼梦》第三回写林黛玉在荣国府正堂看到“荣禧堂”的御笔大匾，就以此为素材。这位被康熙皇帝封为一品太夫人的保母，就姓孙。

孙温会不会是孙氏家族的后代？如果是，那么他首先就会对曹寅怀有特殊的感情。

我们都知道，正因为曹雪芹是曹寅的孙子，所以他在写《石头记》第五十二回交代时间，用了“一时只听自鸣钟已敲了四下”的造句，脂砚斋批就明确指出：“按‘四下’乃寅正初刻，寅此样法，避讳也。”孙温绘《石头记》，虽然把人物服装冠饰都处理成明代样式，但房屋院宇器物陈设却都大体是清代生活的写实，他因此也就难免画到室内的西洋自鸣钟。按西洋传过来的格林尼治记时规则，是一昼夜为24小时，与中国传统以十二地支记时辰的规则相对照，是每2小时折合为一个时辰，那么，寅时就是后半夜3点到凌晨5点这段时间。孙温画第五十二回“勇晴雯病补雀金裘”，表达出了夜深人静的感觉，但并没有画自鸣钟。但他的这个套画里至少7次画到了自鸣钟，其中5次钟上的指针都标示在3点至4点之间，而细究书中相关的情节，却大都不是发生在夜里三四点或下午三四点，这就令人怀疑，他，以及也为孙姓的合作者孙允谟（小洲），他们在绘画时的潜意识里，都存在着一个“寅”的概念，使得他们总忍不住要将其浮升外化出来。孙小洲究竟是孙温的兄弟还是子侄，现无法判断，但他们那么长的时间里一直合作绘制此套画，应该至少是很亲近的本家关系。

最奇特的是第二十五回“赵姨娘问计马道婆 戏彩霞贾环烫宝玉”一幅。这幅画分左右两部分，其中并没有画赵姨娘问计，右边以较多的篇幅画出宝玉被烫后的情景，构图时在这个场景里画出了一架自鸣钟，画得出奇地大（比画上所有人物都高都壮），而且是单独安放在一个硕大的桌几上，在画面上几乎是居中的位置，非常扎眼，简直有点像一个神圣的牌位，而那钟面上，非常清晰地呈现出短针指3长针指12。书里写贾环烫宝玉的情节，明言是在他下了学，回到上房以后，王夫人命他抄经文，他“命人点灯，拿腔作势地抄写”，不可能是下午3点（申时），更不是在深夜3点（寅时），而很容易判断出来大约在

17 点也就是酉初，因此，孙温画这样一座触目惊心的大钟，并且故意犯一个“画不符书”的“低级错误”，就只能另作别解了。我推测，他就是故意要画出一个“寅”来。4 点是寅正，他不画，亦有尊祖避讳之意，但 3 点也就进入了寅初，他点到为止。如果他是曹寅母亲孙氏一族的后人，知道曹雪芹是自己很近的姑表亲戚，他画这套画就一定会有比其他画师更隐秘的心理情感动机，而曹寅是孙氏与曹氏之间最伟大的一个衔接点，他不能不念之情深意挚，也就不能不在绘制这套私家画时趁便发挥以抒心曲。

孙温在曹雪芹谢世半个世纪后出生，他懂事后可能就读到了《红楼梦》，听到过关于曹家在康、雍、乾三朝浮沉荣辱，以及曹雪芹著书的某些来自家族的说法，从这套画可以看出，他在绘制这套画的长达近四十年的历程里，有着自己个人对这部作品的一些与众不同的态度。他更愿意把这部书称为《石头记》。他在画幅中设置了很多附有诗词联对和古文的“画中画”，这当然也是中国传统室内外布置多用字画装饰的真实写照，作家出版社出版这套画时后面附有旅顺博物馆整理出的全套“画中画”上的题署资料，应该就此做深入研究，现在我仅举一例，就是在六十八回的“画中画”里出现了这样的“偶录”与“偶题”：“白面书生扣胸中空空如也”“红粉佳人观足下攸攸大观”，头一句的调侃姑且不论，后一句则表明他深知《石头记》写的是清朝旗人家庭的故事，那里面的旗籍美女（如六十八回中的王熙凤和尤氏）都并不缠足，而这是直到 20 世纪初很多《红楼梦》读者和研究者都还糊里糊涂的。尽管有的比他年长的人如裕瑞曾在《枣窗闲笔》中就痛骂过后四十回续书，但《枣窗闲笔》在孙温绘此套画时还是很偏僻的私家抄本，没有证据说明他读到过，或者听到过裕瑞的这一观点，他是根据自己的感觉，认为后四十回不对头，因此在这套画的绘制中，到八十一回后，他基本上就只是指导孙允谟去画，以保持整套画能有一种统一的风格，孙允谟也确实在努力地与他所绘的前八十回的画幅保持相似的画风，但二者之间的趣味也呈现出明显的差异，孙允谟更喜欢把人物比例增大，许多后四十回的画幅上出现的人物与前八十回的画法相比，在整个画面上的比例甚至有触目惊心的“狼犺”之感，比如第八十九回“蛇影杯弓颦卿绝粒”，画面上卧炕的林黛玉就比例过大，失却了娇小柔弱的感觉。后四十回画上的钤印多为允谟、小洲，但也偶有为孙温、润斋的，一幅画上兼有两种名号的则无，可见作画者肯定是两个人，只不过孙温显然是统揽全局者。

孙温对《石头记》特别是前八十回显然是读得很细的，心领神会后，体现在作画上也很有独特之处。比如画“贾宝玉神游太虚境”，这是被无数画家画过的，当代画家杨学书就专门画过《红楼梦——太虚幻境图》，天津人民美术出版社 2002 年 11 月印行过，他画得很美，但遗憾的是他没有注意到曹雪芹在文字里特别提到了四位仙姑——痴梦仙姑、钟情大士、引愁金女、度恨菩提，没有特意地去画出这四位——她们实际上影射着在贾宝玉一生经历里起着重要作用的四位凡间女性，那就是林黛玉、史湘云、薛宝钗和妙玉。孙温在画太虚幻境时，却把四仙姑作为一组形象，画在了警幻仙子向宝玉指点的前方。周汝昌先生为孙温此幅画一连题了两首诗，其二云：“午倦无妨借锦衾，恍闻何处动歌吟；梦随云散花流水，大士钟情语意深。”他强调在曹雪芹行文中，将史湘云排在了薛宝钗之前，有特殊的用意。这也说明读《石头记》必须用心。

面对孙温的套画，借用《红楼梦》里贾宝玉、林黛玉吟菊的诗句表达我的无限感慨：“霜前月下谁家种？”“片言谁解诉秋心？”

迎春启示录

1

我特别喜欢曹雪芹的叙述方式，有的人把小说家如何进行叙述，叫作“文本策略”或“叙述策略”，你读古本《红楼梦》——现在咱们能看到的古抄本，这部书的书名都称《石头记》，但乾隆朝，跟曹雪芹同时代的一些人，说起这本书，却已经称作《红楼梦》——特别是甲戌本的楔子和第一回，那些句子流动得那么自然，但是，细追究，那是第一人称，还是第三人称呀？却不那么好区分。

红迷朋友们都会注意到，第六回开头，把第五回的情节收束住以后，曹雪芹往下写，就有这样一段话：“按荣府中一宅人合算起来，人口虽不多，从上至下也有三四百丁；虽事不多，一天也有一二十件，竟如乱麻一般，并无个头绪可做纲领。正寻思从那一件事自那一人写起方妙，恰好忽从千里之外、芥豆之微，小小一个人家，因与荣府有些瓜葛，这日正往荣府中来，因此便就这一家说来，倒还是头绪……”于是，我们紧跟着就看到了“刘姥姥一进荣国府”的生花妙文。曹雪芹真有意思，他把自己的叙述策略的形成，爽性直接告诉读者。

我自己研究《红楼梦》动机之一，就是跟他学习用方块字写小说，当然也不是仅仅学技巧，学文本策略，更重要的，是体味他那悲天悯人的博大情怀。

我阅读、研究《红楼梦》，心得真是不少。但这回究竟从哪里说起？学一下曹雪芹写第六回的办法，就是那天忽有一白领女士来访，她是受我一亲戚之托，从外地出差回来，顺便给我带来一盒藏雪莲，说是可以改善我的身体状况。道谢后，留她茶话，她对我的《揭秘》讲座很关注，书也读过，就问我，关于迎春，能不能再做些分析？这令我颇为惊诧，因为一般红迷朋友，迷这个，迷那个，很少特别关注迎春这个角色的。我就问她：怎么会对迎春感兴趣？

那女士，让我叫她阿婵，微微低下头，多少有些羞涩地说："我觉得，自己跟迎春一样的懦弱。像我这样的家庭、学历背景，又从事这份白领职业，可以说，比那些民工，不知强了多少倍，比您在《当代》杂志发表过的《泼妇鸡丁》《站冰》里头那些底层人物，甚至算得是人在福中了，可是，我还是常常心里发慌、发怵……"我说了句："时代完全不同了哇。"她抬起头，问："那么，性格即命运，这话，难道不是贯穿于各个时代吗？"当时，我被她问住，一时无语。我们又聊了些别的，她告别，我送出，转身离去前，她还跟我说："反正，希望能再分析分析迎春。"

阿婵的建议，一直响在我的耳边，关于迎春的思绪，也就在我脑海中旋转不已。是啊，何不多琢磨琢磨迎春这个形象呢？《红楼心语》就以话说迎春为开篇，不也很有意思吗？

2

直到父母包办，被嫁给中山狼以前，迎春应该算是幸福的。

迎春的出身，我在《揭秘》第二部里，提出了自己的判断。在《揭秘》第一部里，我曾指出，邢夫人是贾赦续娶的填房，有读者来信跟我讨论，他说，邢夫人没有生育，并不一定就是填房，因为贾琏和迎春可能都是妾生的。通行本上，说迎春是姨娘所生。但是，在甲戌本上，明确写着她"乃赦老爹前妻所生"。通过对第七十三回里邢夫人数落迎春的一番话的细致分析，我的判断是：贾赦先有一正妻，生贾琏后死去；贾赦一个"跟前人"，又生下了迎春，但这个"跟前人"后来比贾政的"跟前人"赵姨娘"强十倍"，迎春完全可以比探春腰杆硬，可见，迎春的生母一度被扶正，在那种情况下，说迎春"乃赦老爹前妻所生"当然就说得通了；但是，这个填房夫人竟然又死了，于是才又娶来邢夫人为正妻，而邢夫人没有生育，自称"一生干净"。因为贾母喜欢女孩，迎春打小就被贾政接到荣国府来"养为己女"（至少两个古本上有这样的交代），一直在贾母身边生活，大观园建成以后，宝玉和众小姐奉元春旨意入住园内，书里交代迎春住在紫菱洲的缀锦楼。

第三回写黛玉进府，只带了一个自幼奶娘王嬷嬷，一个一团孩子气的小丫头雪雁，贾母疼爱她，就把自己身边一个二等丫头鹦哥给了黛玉，后来这个丫头被唤作紫鹃；书里写道，除此以外，贾母的安排是："外亦如迎春等例，每人除自幼乳母外，另有四个教引嬷嬷，除贴身掌管钗钏盥沐两个丫环外，另有五六个洒扫房屋来往使役的小丫环"，可见对迎春的奴婢配备数量，已成了荣国府里小姐待遇的一个标准，这个标准是非常高的。我们从书里的交代又可以知道，迎春这些小姐，每月的零花钱标准，是二两银子，第三十九回，刘姥姥感叹荣国府吃一顿螃蟹就费去二十多两银子，"阿弥陀佛！这一顿的钱够我们庄家人过一年了！"那么，光是迎春等小姐一个人每月的零花钱，就够刘姥姥那样的庄户人家过一个月的丰足日子了。逢年过节，迎春等小姐还会得到宫中赏赐。参加节庆活动的时候，家里还给她们准备好了一些昂贵的饰物，比如头上要戴攒珠累丝金凤。

迎春没有探春那样的因是庶出而形成的心理阴影，这当然是因为她的生母后来比探春的生母强了十倍，冷子兴演说荣国府，说她"乃赦老爹前妻所出"，人们既然这样看待她，她也就没有遭遇到探春那样的一些尴尬事。

第二十三回，写贾政夫妇召见众公子小姐，宝玉去得最晚，"一见他进来，惟有探春、惜春、贾环站了起来"，为什么迎春仍然坐着？因为她年龄比宝玉大，是堂姐，根据那个时代那种宗法社会的伦常秩序，迎春即使性格懦弱，也无须站起来，并且不能站起来，荣国府的日常生活是按封建礼法组织起来的，在这个前提下，迎春不用自己争取，该享受到的礼遇她全能享受到。

迎春在那个社会里，是侯门小姐，亲父袭着一等将军爵位，养父在朝廷里担任有职有权的官吏，过着衣来伸手、饭来张口的悠闲生活，她没为社会生产出任何价值，却每天消耗着劳动者的血汗。这样一个生命，有什么好为她惋叹的呢？

阿婵又来做客。我们就讨论这个问题。

阿婵说，迎春属于社会强势集团里的弱势人物啊！

在这一点上，我们达成了共识：社会各族群各阶层，固然有强势与弱势之分，但在所谓强势族群和阶层里，也有其边缘人物，他们相对而言，可以说成是强势中的弱势。

阿婵说，她常有那样的联想，就是自己跟迎春有某些类似之处。从她自身的状况而言，在当前的社会里，属于职业不错、收入颇丰的中产阶级，她有时会接触到快递公司的快递员、快餐厅和超市的服务员、开出租车的“的哥”“的姐”、物业公司的保安和绿化工等，想想那些人的状况，她知足。但是，她却不能“常乐”，甚至于常常陷于忧郁。她说她的心理状态，还算好的，她的一位同事，同龄的“白领丽人”，就已经患上了抑郁症，虽然已经投入了治疗，但效果不佳。阿婵说很怕自己也跌入抑郁症的坑穴。

我理解，阿婵他们那一代都市人，之所以忧郁甚至抑郁，主要是社会的竞争机制，给予他们心理上很大的压力。阿婵在和我讨论中，常提及我近年的小说，她说我那发表在2004年《当代》的《站冰》，里面的几个底层人物，或者被历史的记忆所困扰，或者面对现实的阴暗面可以用比较粗糙的方式应对，但是，像她这样的“都市白领一族”，历史于他们而言淡如烟云，现实的刺激呢，却敏感得要命，虽然坐在星巴克咖啡馆品一杯卡布奇诺，翻阅着一份时尚杂志，似乎是在轻松地阅读关于妮可·基德曼私人生活的一篇报道，其实，心里塞满的是苦杏仁，血管里流淌的是黄连汁。为什么往往是扔开那精美的时尚画报，而如痴如醉地翻阅台湾那位画技难以恭维的朱德庸的《关于上班这件事》？个中原由，不必点破道明。

阿婵向我建议，今后无妨写写“当代迎春”的生活。她说，你写底层，哪位底层的人士能读到你的小说？当然，把底层写给中产阶级看，也有一定意义，但是，中产阶级自己也接触底层，何劳你向其展示其生存状态？要说唤起同情与关注，那么，也不需通过小说来触动良知。那么，你竟是写给上层看？那就更会希望落空，大概看到你写底层人物小说的上层，比看到你那小说的底层人物，还要少，甚至于接近于零。你不如多写写中产阶级，读小说相对还多些的这个社会族群，让他们从亲切的文学场景里，去获得些启迪为好。

阿婵跟我来往不久，就能这样坦诚建言，令我感动。不过她对题材的褒贬，我还不能马上认同，容当思考后细论。我对她说，听了你这些话，我对你为什么对迎春这个角色感兴趣，有了更深一层的理解。咱们就细说迎春。

3

迎春在荣国府里，说她是强势群体（主子）里的弱势个体（懦小姐），当然说得通。曹雪芹实际上也是这样来给她定位的。

荣国府里的主子之间，有明争，有暗斗。邢夫人虽然不住在荣国府里，但是她每天要从自己住处到荣国府来，给贾母请安。邢夫人跟王夫人的暗中较劲，书里写得不少。王夫人把贾琏夫妇请到荣国府来管家，按说，对贾赦邢夫人而言，是一桩体现家族和睦、弟兄互助的美事，但实际上出现的事态，却是贾政不问家事，王夫人把大权完全给予了凤姐，贾琏成了个被凤姐辖制的配角甚至傀儡。邢夫人怎能甘心自己作为长房长媳而毫无发言权控制权的局面，她就常常通过给凤姐出难题，来扫王夫人的脸面。绣春囊事件，由邢夫人把那囊封起来交付王夫人而引发，邢夫人实际上就是对王夫人发难：你不是荣国府正牌诰命夫人吗？看看你当的什么家！看看你那内侄女拿权使势，把大观园弄成了什么样儿？

对迎春，邢夫人何尝有什么感情，本来那也不是她“身上掉下来的”（这是她自己使用的语言），但是，她也还是把迎春当作一张牌，必要的时候，也会算进赌注里。第七十一回，写贾母八旬大寿，来了贵客南安太妃，南安太妃提出来要见宝玉和小姐们，贾母随口吩咐，让凤姐去叫宝玉、黛玉、宝钗、湘云，“再只叫你三妹妹陪着来吧”，这显然是对迎春和惜春的轻视，两位小姐自己倒无所谓，“邢夫人自为要鸳鸯之后讨了没意思，后来见贾母越发冷淡了他，凤姐的体面反胜自己；且前日南安太妃来了，要见他姊妹，贾母又只令探春出来，迎春竟似有如无，自己心内早已怨忿不乐”，于是抓住荣国府两个值夜班的婆子说了“各家门，另家户”的话后，凤姐决定对其处罚一事，便“嫌隙人有心生嫌隙”，在贾母的寿诞庆典还没落幕的时候，当着众多的人，以所谓替婆子求情的幌子，给凤姐一个大没脸，当然也是“敲山镇虎”，给王夫人一点颜色看。

在贾氏家族中，即使身为千金小姐，生存也有艰难的一面，心气稍高，压力感就会越重。探春“才自精明志自高”，但是“生于末世”，又是庶出，她就常常因此不快乐，甚至于气恼、愤慨。探春在心理上，升腾点定得颇高，“我但凡是个男人，可以出得去，我必早走了，立一番事业，那时自有我一番道理”，而承受点又非常之敏感，“我们这样人家人多，外头看着我们不知千金万金小姐，何等快乐，殊不知我们这里说不出来的烦难，更利害！”“我但凡有气性，早一头碰死了！”“咱们倒是一家子亲骨肉呢，一个个不象乌眼鸡，恨不得你吃了我，我吃了你！”探春的性格，决定了她是抗争型、脱颖型生存。

迎春跟探春恰成鲜明对比。她在心理上，没有为自己设定什么升腾点，元宵节猜灯谜，只有她和贾环没猜对，因此没得到元春赏赐，她“自为顽笑小事，并不介意”；大家打牙牌，她说错牌令被罚，笑饮一口酒，全无心理阴影。她不仅满足于自己的生活现状，就是那应有的生活品质被外部因素所干扰导致降低，她也得过且过。她是知足型、将就型生存。邢夫人的侄女儿邢岫烟被派住到迎春处后，本来也每月发二两银子，邢夫人却让邢岫烟拿出一两银子给其父母，这样，邢岫烟的零花钱就不够用了，在缀锦楼里闹出许多或明或暗的纠纷，迎春呢，对之不闻不问；这倒也罢了，毕竟那是表妹的事情。可是，后来事态发展到她的乳母把她的攒珠累丝金凤偷拿去当掉，作为赌资，并且在荣国府里成为仆人中的大赌头之一，被查出来以后，乳母的儿媳不仅不去赎出那攒珠累丝金凤，还大摇大摆走进内室，催促迎春去贾母跟前为其婆婆求情宽免，这情景被探春等看到，探春就敏感得不行，首先认为这是违背了封建大家族的基本法规，“还是他原是天外的人，不知道理？还是谁主使他如此，先把二姐姐制伏，然后就要治我和四姑娘了？”“物伤其类”，“唇亡齿寒”，“我自然有些惊心”，但是迎春依然麻木不仁，她宣布她的处世法则是：“问我，我也没什么法子。他们的不是，自作自受，我也不能讨情，我也不去苛责就是了。至于私自拿去的东西，送来我收下，不送来我也不要了。太太们要问，我可以隐瞒遮饰过去，是他的造化，若瞒不住，我也没法，没有个为他们反欺枉太太们的理，少不得直说。你们若说我好性儿，没个决断，竟有好主意可以八面周全，不使太太们生气，任凭你们处治，我总不知道。”于是，她就继续读《太上感应篇》，真个地心平气和。具有革命性叛逆性的黛玉,就批判她是“虎狼屯于阶陛尚谈因果”。

阿婵听我分析到这里，就问:您认为曹雪芹是在批判迎春吗？她说她自己，真的很像迎春，比如对公司里的一些积弊，对与公司有关系的某些政府职能部门里的某些“公仆”的腐败，以及公司同事之间的一些恩怨纠纷，她就采取了迎春式的态度和应对方式:坏的事我不卷入,但我也无力量无信心去杜绝它;“太阳下面无罕事”，就是辞了这里，到了另一处，甚至国外，“天下乌鸦一般黑”，哪位老板不是为利润而雇用你的？哪家公司能真正跟宁国府门前那两个狮子似的干净？哪里的同事间能没有明争暗斗？哪个政府里全无腐败？联合国还存在“石油换食品”的腐败案哩！而且,现在的她,贷款买了房子,每月必须挣钱供房,目前又正在驾校考本，准备贷款买车，挣钱的压力很大，又哪里经得起折腾变化？眼下所在这家公司,好的一面坏的一面都是常态,自己靠自己的一份能力,可以挣到够用的钱，比上不足，比下有余，也就无妨迎春式地得过且过，当一个善良的懦小姐足矣!

我就对阿婵说，你能看透，目前世界上任何一处地方，无论什么种族，什么文化传统,什么社会制度,哪一个具体的社会细胞,都没有达到理想的状态,都没成为化作了现实的乌托邦，这是好的。这就可以不必焦躁，不必试图以爆破性的，一次性解决的，激进的方式，来改变世界。我们所面对的种种社会阴暗，种种实际问题，实际上，最深处，都是人性的诡谲。我们活着，必须直面人性，不仅要直面人性的光亮与善良，更要直面人性的阴暗与诡谲。

我认为，曹雪芹他写这些人物，写金陵十二钗，很难说他一定是在歌颂谁批判谁，他写出了人生存的艰难，每一个人的性格跟别的人都不一样，像迎春和探春，反差多么大啊，但是，无所谓探春就对迎春就错，也不能说迎春就值得同情探春只值得叹息。

我对阿婵说，我很理解她的具体处境，以及她的处世策略。像她这样的中产阶级人士多起来以后，贷款所形成的社会链条关系，以及物质生活的优化，是社会生活的稳定剂，这样的人士很难再采取激进革命的方式来改变社会，因为那样的话，首先遭到毁灭的，就是他们自己的小康生活。迎春般的性格，以及迎春式的“我自己绝不坏，我也不故意纵容坏，但是坏的偏要坏，我也没有办法”的生活哲学，也就在这个中产阶级里获得了存活的空间。

但是，我们今天来读《红楼梦》，来研究迎春这个角色，除了承认这样的生命存在的某种合理性，也确实还需要从其悲剧命运里汲取教训。

4

我对阿婵说，你虽然自比迎春，但是，迎春在出嫁以前，她内心里，没有什么挣扎，而你呢，尽管采取了迎春式的生存方式，内心里却时时泛出苦涩，所以，迎春懦弱而并不忧郁，你呢，却在孤立无援的感觉中，常以自责而痛苦。

阿婵承认，是这样一种情况。

曹雪芹写迎春，以拨动纷乱如麻的算盘象征她的不幸，那就是她始终不能自己掌握自己的命运，任凭命运的巨手，随意拨弄她脆弱的生命。第二十二回，大家作灯谜诗，她那首的谜底就是算盘。第三十七回结海棠诗社，她和惜春诗才逊色，自身也没多大的诗兴，众人明知，也就给她和惜春各戴一顶高帽，算是副社长，迎春负责限韵。当时大家要咏白海棠花——不是木本的海棠树的那个海棠，是栽在花盆里的草本海棠花——大家让迎春限韵，她就说：“依我说，也不必随一人出题限韵，竟是拈阄公道。”后来，她果然以拈阄的方式，也就是一切托付给随机性、偶然性，先从书架上随便抽一本书，随手一揭，是一首七律，于是就确定大家写七律；再让一个小丫头随口说一个字，那丫头正倚门而立，说了个“门”，这就选定了“十三元”的韵，再让小丫头从韵牌匣子“十三元”那一屉里，随手抽出四块，是“盆”“魂”“痕”“昏”四块，于是，她的限韵任务，就完成了。

曹雪芹的《红楼梦》，几乎是使用每一个细节，每一次人物的话语，来无休止地象征人物的性格与命运。脂砚斋在批语里多次告诉读者，“草蛇灰线，伏延千里”，是曹雪芹最擅长的技巧。有的当代读者不习惯这一叙述策略，当我指出这一点，并一再举例时，就总是疑惑：是吗？可能吗？那曹雪芹写得累不累啊？您让我这么去读，我累不累啊？您怕累，您可以不这么去读，但是，我越研究，就越相信，那就是曹雪芹呕心沥血所在，也是他慨叹“都云作者痴，谁解其中味”的原由。他写下的这个文本不是那种直露的文本，或者是仅仅有些个含蓄之处而已，他就是埋伏下了无数的玄机，要我们去一一破解，深入内里，去进入“解味”的境界。

爱尔兰的那位乔依斯，他的那部《尤利西斯》，据介绍，就是大象征套着小象征，每章一个隐喻，合起来则又是一个大隐喻；句子表面一层意思，内里却又暗含一层甚至数层意思。可惜我不懂英文，只好读中文译本，译本当然大失原味，却也能模模糊糊意会到原作的玄妙，很是佩服。不少的读者都说，看人家乔依斯，还有美国的那个福克纳，嗬，那文本多了不起啊！读起来费力吗？那才叫高级啊！当然高级。但是，为什么一到读我们自己老祖宗的《红楼梦》，却又总觉得未必有那么玄妙，不相信曹雪芹——他在世可比乔依斯、福克纳早太多了——能做到文本里有多重喻意呢？

说到这里，不由得再多岔出去说两句。有的国人，一听《红楼梦》就烦，对有一些人研究红学，很反感。他们的意见，一是“《红楼梦》能当饭吃吗？”觉得社会现实中有那么多迫切需要解决的问题存在，如官员腐败、矿难如麻、下岗失业、欠薪赖账、失学失医……读《红楼梦》、研究《红楼梦》，岂非“吃饱了撑的？”另一个说法，就是“一部《红楼梦》养活了这么些人，实在可笑、可悲！”持这种看法的人，他的心情，我是理解的，但是，我不能同意他们的观点和态度。一个社会应该是一种复合式的存在，在任何时候，都不能要求社会上的每一个人，以同样的方式，投入社会的中心课题。比如苏联在卫国战争时期，许多文学艺术家都参军去前线抗敌，但是斯大林那样一位政治家，现在有不少论著对他批评得很厉害，却在那样的时刻，花很大的资金，把莫斯科电影制片厂搬迁到后方的阿拉木图，而且，也并不让迁去的电影艺术家全拍结合现实的抗敌片，他就批准拨出很大的一笔资金，让著名的电影导演爱森斯坦去拍摄古装文艺片《伊凡雷帝》，你可以批评斯大林这样不对那样不好，但是，他就懂得，一个民族除了最切近的事业，还有延续其文化传统的长远事业，即使是敌人已经打了进来，在全民抗敌的形势下，让爱森斯坦那样的电影艺术家仍去沉浸在古典文化传统里，去自由发挥其艺术想象力，去拍摄并没有隐喻抗击外敌内容的俄罗斯古代宫廷故事，甚至是必不可少的一项安排，因为这实际上也就是向人类宣布，俄罗斯的伟大，不仅在于能够战胜来敌，解决切近的问题，而且，更在于它有久远的传统，以及延续那传统的能力！在中国抗日战争时期，也有类似的例子，国民政府一方面以军队抗击日本，一方面花大力气把故宫博物院的主要藏品，许多的国宝，迁运到后方秘藏，不使日本飞机轰炸掉；又组织几所著名大学，迁往云南，在昆明成立西南联合大学，大学里当然有浓烈的抗战气氛，但该研究的古典文化还要研究，还要传授。如果说，那时候的斯大林和蒋介石，尚且懂得解决社会切近问题时，不能不特别地保持对非直接致用的古典传统和文化事业的尊重与保护，我们今天的人们，难道认识水平，还能落后于他们吗？

2000年我曾应英中文化协会和伦敦大学邀请，到英国伦敦进行了两次关于《红楼梦》的讲座。英国也有它许多的社会问题，社会各阶级各阶层各利益集团之间，也都时时刻刻存在摩擦冲突，在街上会看到示威游行的队伍，在报纸上会看到刚发生的灾难和银行抢劫案，但是，一位英国教授就告诉我，从英国女王到街头流浪汉，从银行总裁到银行劫匪，从流水线上的工人到摇滚明星，在莎士比亚及其戏剧是否伟大这样一个问题上，没有分歧，因为莎士比亚用英语写出的戏剧，是他们所有英国人的骄傲，是他们母语的胜利，对莎士比亚及其戏剧的尊重甚至敬畏，是他们在相互冲突中各方都能达成的共识。在英国，人们对有些剧团没完没了地演莎剧，对层出不穷的研究莎士比亚的论著，对有的人一辈子靠莎士比亚吃饭，不但毫不惊异，绝无讽词，而是觉得那是最自然不过的事情，“如果没有莎士比亚，没有对莎士比亚的研究，英国还成其为英国吗？”这是那位伦敦大学教授的原话，他会汉语，用标准的中国普通话说给我听的。

因此，我要再一次说，世界上每个民族，无论它现在处在什么状况中，它的成员，都不能只是去解决最切近的问题，都还应该对支撑其族群生存的文化根基做加固与弘扬的工作，当然，在社会成员中应该有分工，那么，被分派，或者自愿投入对其民族文化传统的研究、承传工作的人士，理应得到理解、尊重与支持。世界上一个民族，一个国家，以其母语结晶出的文学作品为其民族骄傲，把那作家和那代表作当成民族和国家的“名片”，例子真是太多了，除了上面已举出的莎士比亚，那么，随便再举些例子，如印度的迦梨陀娑及其戏剧，阿拉伯世界的《天方夜谭》，意大利的但丁及其《神曲》，西班牙的塞万提斯及其《堂·吉诃德》，法国的巴尔扎克及其《人间喜剧》，德国的歌德及其《浮士德》，俄罗斯的列夫·托尔斯泰及其《战争与和平》，日本的紫式部及其《源氏物语》，朝鲜的《春香传》，丹麦的安徒生及其童话，美国的马克·吐温及其幽默小说，捷克的卡夫卡及其《变形记》……

而我们中国，古典文化里的叙事作品，我以为，能作为民族和国家“名片”的，就是曹雪芹和《红楼梦》。

解决社会的实际问题，是治病；研究《红楼梦》，推广《红楼梦》，则有利于铸造国人的灵魂。

再回到我们原来的话题:《红楼梦》里的迎春。她是一个完全放弃了自主性的懦弱女性。结果，她就被她那昏聩的父亲，等于拿她去抵债，嫁给了孙绍祖，落入了“中山狼”口中。

5

阿婵注意到，我在谈论迎春的时候，说了很刻薄的话，就是说迎春养尊处优，没为社会创造财富，却终日消耗着劳动人民以血汗创造的事物。阿婵对我说，您太苛责了，难道宝玉和黛玉就为社会创造出财富来了吗？人们对他们俩，不都赞美有加吗？

确实，这样来评说大观园里的儿女们，太苛刻了。金陵十二钗们，即使贵为小姐，在那样一个皇权与神权、夫权结合的社会里，她们的性别，就已经决定了她们的“薄命”。大门不许随便出，二门也不许随意迈，像迎春这样的生命，不是她自己选择了那样的生活方式，是那样的生活方式桎梏了她。探春虽然有自主性，也只能保持一种向往:“我但凡是个男人……”她对外部世界的信息，也少得可怜，她发现外边有一些直而不拙、朴而不俗的民间工艺品，就央求宝玉帮她买些来欣赏；她一度代凤姐管理府务，展示出了自己的裁决能力与组织才干，管理工作也是一种增进社会财富的奉献。宝玉和黛玉虽然没有做任何生产物质财富的事情，但是他们“生产”出了新的思想，并通过自己的诗文加以了体现，书里说了，他们的一些诗作被传抄到了府外，向社会上渗透，这也是很有意义的。

对迎春，确实不必那样苛责。她没有为社会生产出东西，物质的精神的都没有，但是，她毕竟也没有直接参与对劳动人民的剥削与压迫，她不能对自己的那样一种生命状态负责，而那样的一种社会制度，具体来说，就是婚姻制度，却应该为她如花美眷的生命陨落负全责。

平心而论，光从外在的条件上看，贾赦为迎春选的夫婿，也并不差。那孙绍祖袭着指挥之职，生得相貌魁梧，体格健壮，弓马娴熟，应酬权变，年未满三十，且又家资饶富，并且还将提升官职，他此前又并未有正室，迎春过去并非填房，怎见得就一定是个悲剧？

“竟是拈阄的好”，迎春把命运被动地交付给了偶然性、随机性，万没想到，命运给她抓的阄，竟是一个下下阄！

第五回金陵十二钗册页里，关于她的那一页画着个恶狼追扑她，判词是“子系中山狼，得志便猖狂；金闺花柳质，一载赴黄粱。”中山狼是忘恩负义的代名词，那么，究竟孙绍祖怎么对贾赦忘恩负义了？从前八十回里，我们看不明白。有学者指出，现存的八十回，最后一回也并非曹雪芹的手笔，从第八十回最后的交代里，我们可以知道孙绍祖家曾放在贾赦那里五千两银子，贾赦一直没还给孙家，所以孙绍祖对迎春说，你等于是那注银子折变来的。但这样的交代，只能说是贾赦欠银不还拿女儿变相抵债可耻，却不能说明孙绍祖忘恩负义呀！从现在我们得到的信息，只能说孙绍祖是一匹色狼，此人肯定是性欲亢进，欲壑难填，家里的媳妇丫头几乎淫遍，对迎春没有丝毫的人格尊重，完全是皮肤滥淫，“觑着那，侯门艳质同蒲柳；作践的，公府千金似下流”，迎春的死因，是孙绍祖的性虐待与性放纵。

迎春是值得怜惜的，是那个时代作为女性，在那种婚姻制度下的牺牲品。

但是，有意思的是，曹雪芹偏写了迎春的大丫头，司棋，是一个性格泼辣，富于进攻性的生命存在。她为了争取大观园内厨房的控制权，使尽了心机。柳嫂子掌握厨房，这不符合她的心意，她让小丫头莲花儿去给柳嫂子出难题，要柳嫂子给她炖一碗嫩嫩的鸡蛋，柳嫂子抱怨了一番，莲花儿回去一学舌，司棋大怒，“伺候迎春饭罢，带了小丫头们走来……便命小丫头们动手，‘凡箱柜所有的蔬菜，只管丢出来喂狗，大家赚不成！’小丫头们巴不得一声，七手八脚抢上去，一顿乱翻乱掷的……”这时候迎春在缀锦楼里做什么呢？午睡，还是看《太上感应篇》？她哪里知道，在她这懦小姐身边的一群大小丫头，竟是那么强悍，打砸抢抄，全挂子武艺，把平日心理上行为上的压抑，火山喷发般地宣泄了一番。这就说明，即使在大观园那样的世外桃源般的空间里，作为个体生命，仍可以找到张扬生命力的理由与方式。

司棋率众亲征厨房，大搞打砸抢的行为，不值得恭维。但是，在那样一个禁锢森严的空间里，司棋居然就敢把自己青梅竹马的恋人潘又安，通过贿赂看门的将其招进园来，放胆享受情爱，这一行为，确实令人佩服。抄检大观园，事情败露，“凤姐见司棋低头不语，也并无畏惧惭愧之意”。司棋当然也曾希望迎春对她死保赦下，但迎春哪有那样的能力和魄力？不知司棋被撵出去之后，迎春是否多少有一些思想活动？恐怕她是永远也理解不了司棋。司棋对其情爱与生命的自主虽然仍以悲剧告终，但总算尝到了一些自由支配感情和行为的甜蜜，这份自主性的甜蜜，却是迎春终其一生所没有尝到过的。

我对阿婵说，同情迎春，但要以她为戒，那就是不能丧失自己对生命的自主性。

阿婵点头。她对我说，这正是一方面她觉得自己很像迎春，甚至采取了某些迎春式的生活态度与处世方式，一方面又很痛苦，很忧郁，时时发怵，自责自愧，总想从那状态里自拔的根本原因。

我就对阿婵说，我信奉中庸之道。对社会，一定要有责任心，要竭尽微薄的力量，推进它的公平，但是，最好采取渐进改良的方式，一步步，一环环地，去通过做实事，来往前拱。对自己，也是这样，性格是无法改变的，不要太苛刻地自责自悔自惭自否，自己可能成不了社会改革家，多半还是在随波逐流，但是，在社会的潮流中，自己毕竟还算一票，自己做不到，可以用有形无形的方式，把自己那一票，那体现神圣自主性的一票，投向能够做到改进社会的力量一边。

6

吟菊花诗，这是《红楼梦》第三十八回里的重要情节。在作诗之前，书里有一段描写，非常优美："林黛玉……自令人掇了一个绣墩倚栏杆坐着，拿着钓竿钓鱼。宝钗手里拿着一枝桂花玩了一回，俯在窗槛上掐了桂蕊掷向水面，引的游鱼浮上来唼喋。……探春和李纨、惜春立在垂柳阴中看鸥鹭。迎春又独在花阴下拿营花针穿茉莉花。"

我对阿婵说，我每当读到这里，读到关于迎春那一句，特别是沉吟那"独在"两字，心中就会涌出一种莫可名状的感慨……

阿婵说，知道，你那《揭秘》第二部里，不就强调了这一句吗？迎春在她生命的那一瞬，总算有了自主选择，她不是随李纨、探春、惜春她们去看鸥鹭，她有自己小小的乐趣，她独在花荫下穿茉莉花！这确实是她那个生命最具有尊严和美感的一段时间，给你的书画插图的画家，根据这一句，画出了非常有韵味的新派绣像图……

独在花阴下穿茉莉花，这可以成为一种生命尊严的象征。大地上应该有公平的社会，有容纳弱势族群和懦弱个体的温暖空间，有更多的怜悯与宽容，有更多的供普通生命选择的可能……

讨论《红楼梦》，议论迎春，到了这个份儿上，是我和阿婵都没有想到的。我们忽然都沉默了，各自朝窗外望去。窗外是深秋明净的蓝天，那上面仿佛有无形的字，无形的画，无声的乐音，正缓缓沁入我们的心臆。

2005 年 11 月 15 日写完于绿叶居中

甄士隐的生存之道

1

观花修竹，后面还有四个字：酌酒吟诗。这是《红楼梦》第一回，写到甄士隐这个人物，介绍他的生存状态时，出现的语汇。

书里说甄士隐的身份是“乡宦”。查《现代汉语词典》，没有“乡宦”的词条，查《辞海》，连增补本也查了，也没有这个词条，到百度网上去查电子词典，也没有这个词汇，但是点击网页，却有一系列涉及“乡宦”两个字的信息出现，多半是古典小说或者相关评论里的内容，也包括《红楼梦》里关于甄士隐的文字。那么，乡宦是一种什么身份呢？

从书里描写看来，甄士隐住在姑苏阊门外十里街仁清巷葫芦庙隔壁，从空间位置上说，不在城里，但也还不是乡野，用今天的语汇说，是居住在“城乡接合部”，城里人认为那里已经是“郊区”，真正的农村里的农夫可能又会认为那里是“街市”。从社会族群的归属来说，甄士隐一定是当过官，但书里看不到他还在继续当官的迹象，显然他已经用不着上班理事了，过的是闲居的生活，但是他的年龄呢，说是“如今年纪半百，膝下无儿，只有一女，乳名英莲，年方三岁”，也不能算很老，脂砚斋说曹雪芹的写法是“不出荣国大族，先写乡宦小家”，后来写到荣国府，贾政出场，那员外郎贾政的形象，似乎比第一回的甄士隐还要略老些，每天去上班，案牍劳烦，有时还要出长差，虽然住在豪华的大宅院里，但真正能够跟亲属一起享受闲适的机会很少，在大观园建成后去验收时，看到稻香村的景象，说了句“未免勾起我归农之意”，过去有的论家就说他是虚伪，我倒觉得贾政那样说，起码是“一时的真诚”。

甄士隐年纪不过是刚及半百，何以就可以有官宦的身份而又不必去打理官宦的事务？他“每日只以观花修竹、酌酒吟诗为乐”，成为“神仙一流人品”，“家中虽无甚富贵，然本地便也推他为望族了”，书里没有更多的交代，我们无法知道他没到退休的年龄，怎么就挂冠而居，看来不大像是被贬斥的，即使是被罢了官，用今天官场的行话来说，也是“软着陆”，权力是没有了，尊严还在，自己“禀性恬淡，不以功名为念”，主动取边缘生存的姿态，倒也优哉游哉，自得其乐。

2

甄士隐在整部《红楼梦》里，只是个起引子作用的人物，他和贾雨村，具有象征意义，即“真事隐，贾语存”，实际上也就是作者告诉读者，他是从生活原型出发，来写这部书，“至若离合悲欢，兴衰际遇，则又追踪摄迹，不敢稍加穿凿，徒为供人之目而反失其真传也。”

在故事正式开始前的“楔子”里，曹雪芹还有这样的说法：“今之人，贫者，日为衣食所累;富者，又怀不足之心。”那时的社会，呈葫芦形态，两头大，中间小，所谓两头大，不是两头一边大，富者那一头，好比接近葫芦嘴的那个小鼓肚，四大家族，宁、荣二府，都属于其中的一部分，这个社会族群的基本心态，就是贪得无厌，第七十二回贾琏对王熙凤说：“这会子再发个三二百万的财就好了！”听听这口气，胃口有多大！贫者那一头呢，好比葫芦底部的那个大鼓肚，书里写到的王狗儿家，算是较穷的了，其实比起那些社会最底层的更大量的生命存在，还是强许多，王狗儿的岳母刘姥姥毕竟还能挖掘出跟葫芦那头的富贵鼓肚里的人际关系来，破着脸跑到荣国府里去“打秋风”，凭借装傻充愣插科打诨竟然满载而归，这是葫芦底下那个大鼓肚里的更多人家不可能有的幸运。曹雪芹写《红楼梦》，他主要是写葫芦嘴下边那个小鼓肚里的故事，葫芦底部大鼓肚的事情写得很少，但是，他的了不起之处，就在于通过写贵族家庭的荣辱兴衰，让读者对那个时代的整个“葫芦”的形态，通过阅读中的想象和补充，都能了然于心。

甄士隐出场的时候，既不在葫芦的小鼓肚里，也不在葫芦的大鼓肚里，而是在两个鼓肚之间的那个细颈当中，具体而言，也就是非贫非富，今天把这种人叫作中产阶级，这个社会族群在漫长的中国历史进程中，始终似有若无，是“两头大中间小”的那个“小中间”。直到 20 世纪后二十年以降，这个“葫芦颈”才开始拉长、变粗，但也只是跟过去比，长了一点粗了一点，跟两头比，就还是显得势单力薄、幼稚脆弱。

中产阶级最可自慰处是衣食无忧。说甄士隐是乡宦，他有没有定期发放的宦银？看来是没有，如果有，他后来也就不一定非去依靠岳丈。但他有带夹道的住宅，书房外有小花园，至少有两个使唤丫头和一位男仆一个小童，生活可谓小康。他的经济来源，应该是当官宦时积攒了一些俸禄，后来置了点田庄，从中取租。

在那样一个时代，中产阶级尤其是一个变动最大的社会族群。葫芦上头小鼓肚里的一些人，会因为种种原因，从那个小鼓肚里坠落到葫芦颈里来，比如书里的柳湘莲，就是破落世家的飘零子弟，从生存状态上看，比甄士隐更暧昧，具有游动、冒险的浪漫特征，但从经济生活小康和政治上的边缘化上看，可以与甄士隐划归到中产阶级一类中。葫芦底下的大鼓肚里，也会有一些人通过这样那样的办法，使自己从大鼓肚上升到葫芦颈中，刘姥姥的努力使王狗儿家达到小康是一个例子，像醉金刚倪二，虽说是市井无赖泼皮之流，但是经济上逐渐增加着积累，可以在一定程度上不受主流政治约束自由生活，其实也是补充入中产阶级的一员。

中产阶级的成员，有安分不安分之别。甄士隐属于安分者。他满足已达到的经济状态和生活格局，过着享受琐屑生活乐趣的雅致而悠闲的生活。书里写到他抱着爱女到街门前看那过会的热闹。过会，曹雪芹没有展开描写，但那种乡俗直到 20 世纪仍活跃在中国民间，鲁迅先生写过一篇《五猖会》，记录他目击的景况“开首是一个孩子骑马先来，称为‘塘报’，过了许久，‘高照’到了，长竹竿揭起一条很长的旗，一个汗流浃背的胖大汉用两手托着；他高兴的时候，就肯将竿头放在头顶或牙齿上，甚至于用鼻尖。其次是所谓‘高跷’‘抬阁'‘马头’了……”“却只见十几个人抬着一个金脸或蓝脸红脸的神像匆匆地跑过去……”过会，虽然多半有迷信的成分，比如祈雨，但那华丽的游行方式，却构成了俗世的共享欢乐。

据周汝昌先生考证，曹雪芹出生于雍正二年闰四月二十六日芒种节，《红楼梦》第一回写一僧一道要把幻化为通灵宝玉的女娲补天剩余石拿到太虚幻境警幻仙姑那里，让警幻仙姑将它夹带到“一干风流孽鬼”当中，让它下凡历劫，实际上就是让贾宝玉落草时，嘴里衔上它，因此贾宝玉和通灵宝玉在人世间的“凡龄”，总是一致的。书里写到甄士隐梦中见到一僧一道，还与通灵宝玉有一面之缘，还跟到了太虚幻境的大牌坊下，但就在这时，“忽听得一声霹雳，有若山崩地陷”，从梦中惊醒，他大叫一声“定睛一看，只见烈日炎炎，芭蕉冉冉”，可见是久旱景象，接下去写他抱着英莲看过会的热闹，那过会的内容，应该就是祈雨，而曹雪芹诞生时，恰逢久旱后降下倾盆大雨，金陵一带旱情得到缓解，这也是他父亲给他取名为“霑”的缘由。细读《红楼梦》里第一回的文字，就觉得周先生的论述很有道理，这一回暗写了贾宝玉的降生，元妃省亲那年贾宝玉十三岁，往回推十三年，就是甄士隐抱着女儿在门前看过会的这一年。

3

甄士隐的中产阶级生活，被曹雪芹写得很生动，也很透彻。

中产阶级的居住条件，比贫者要好，但跟宁、荣两府那样的贵族阶级比起来，就不仅是寒酸，而且有一个最鲜明的差别，那就是无法享受“隔离带”的保护。

《红楼梦》里的宁、荣二府之间是有小巷隔开的，但那小巷也属于他们的私产，外人不得擅入，他们也可以根据生活需求加以改造利用。府第有高大的围墙，门禁森严。书里写刘姥姥一闯荣国府，“来至荣府大门石狮子前，只见簇簇轿马……蹭到角门前，只见几个挺胸叠肚指手画脚的人，坐在大板凳上，说东谈西呢。”刘姥姥上前低声下气地去求他们往里通报，那些人连撵逐她的兴致都没有，“都不瞅睬”，诓她到一边去傻等，要不是内中一位老年人发了点善心，支使她绕到后门去寻机会，那刘姥姥就是等到太阳落山，也难迈进府门。

把贵族阶级跟贫民阻隔开的不仅有建筑格局上的空间距离，更有由下属仆人所形成的人际距离和心理距离。

中产阶级就难以那么居住了。甄士隐虽然有还比较宽敞的居住空间，但隔壁就是葫芦庙，以及其他邻居。甄士隐本人对这样的居住条件非常适应。他会抱着女儿到门外看过会。贾赦、贾政乃至贾珍，会出现在府第门外，抱着或牵着自己的孩子，看街上的热闹吗？贾母在大观园探春住的秋爽斋里，忽然听到鼓乐声，以为那是街上传来的哪家娶媳妇的热闹，围随她身边的人们就都笑着跟她解释，平头百姓住的那些街巷离得很远，就是有人娶媳妇，哪里听得见？那鼓乐声，是从府里梨香院那边传过来的，是他们家的小戏班子的女孩子们在演练呢。社会上的富人，其富贵程度越高，住宅越高级，那么跟社会贫民的空间距离就越大，情感和心理距离也越远，这是一种规律性现象。

不仅是进入自己的官衙和住宅，会有一个隔离带，就是出行时，贵族人物也有保护性屏障。贾雨村发达后，以新太爷身份重回故地，甄家在门前买线的丫头早被喝道声吓回家门，“隐在门内看时，只见军牢快手，一对一对的过去，俄而大轿抬着一个乌帽猩袍的官府过去。”

有些中产阶级的人士，为自己还不能富贵羞愧，主要就羞愧在财不够巨大、宅不能独立、行不能气粗上。

甄士隐却属于深谙“小康胜大富”的中产阶级成员。他不但会抱着女儿出门去看过会的热闹，而且还会踏着月光去隔壁葫芦庙，邀淹蹇寄居在那里的穷儒贾雨村到自己书房里共酌节酒，欢度中秋。

4

麦当劳快餐店的“巨无霸”汉堡包，两个面包片当中的内容，相当丰富，这里不去讨论其究竟有无营养价值，只是作为一个比喻，可以形象地知道，当今一些发达国家，社会的构成，已经很像那个模样，就是中产阶级已经坐大，成为社会中最主要，也最丰富多彩、多滋多味的一种构成。但是，《红楼梦》所描写的那个社会，像甄士隐那样的中产阶级存在，就很难拿肉末火烧里的肉末来比喻。实际上拿任何一种带夹馅的食物比拟都不恰当。甄士隐那样的人物在那个社会里,即便他主观上再想超脱,也还是逃不出“受夹板气”的总体处境。

书里写了甄士隐两次约请贾雨村到书房小酌。中秋节已经是第二次。第一次就在抱女儿看过会之后,那还是白天很长的夏日里。“来至书房中,小童献茶,方谈得三五句话,忽家人飞报:严老爷来拜!”这位严老爷是不速之客。按说甄士隐已无官职,无涉公务,可以不必接待这种未预先约定的客人,但是,“家人飞报”,一个“飞”字,打破了平日甄宅的宁静,要么是那来客身份非同小可,家人早已知晓,要么是虽然以前没来过,但未入宅门便排场来头吓坏了家人,显然,这是来自社会葫芦那上鼓肚的一员,尽管甄士隐已经无职赋闲,也依然不能不立即接待。甄士隐不得不把贾雨村晾在一边,且去应付,谁知那严老爷哪里是那么好打发的,甄士隐竟不得不留饭招待,连过书房来招呼一下贾雨村的工夫也抽不出来,贾雨村只好从夹道中出门,自回葫芦庙去了。

原来我读“严老爷来拜”这一细节,只觉得是为了展开甄家丫头娇杏隔窗望见贾雨村,与贾雨村缔结出一段姻缘的情节,后来看到带脂砚斋批语的本子,发现在“严老爷来拜”旁边批着:“炎也。炎既来,火将至矣!”才知道曹雪芹下笔更有深远的喻意。原来这位“严老爷”是不祥之兆,先是甄英莲被人拐走,后来葫芦庙炸供,导致火灾,“接二连三、牵五挂四,将一流街烧得如火焰山一般”,甄家被烧成了一片瓦砾场。曹雪芹在谐音字上,没选择“言老爷”“阎老爷”而偏选了“风刀霜剑严相逼”的“严”字构成“严老爷”的称谓,从创作心理上说,我以为,他是想凸显甄士隐欲隐难隐的严峻处境——他主观上要疏离上层,而上层却会在必要时挟目的“来拜”,并令他难以脱身。这也是许多中产阶级的共同处境,上层对他们的“惠顾”往往并非什么幸事,而是不祥的阴影。

5

但是,对于中产阶级来说,最易给予他们致命打击的,是来自下层的刑事犯罪。

贾府里的巧姐儿在家败之前，是不会被人拐走的。巧姐是生活在一个被严密封闭的贵族大宅院里，社会上的刑事犯罪分子很难混进那个门禁森严的空间里去的。第二十九回写贾府女眷几乎是倾巢而出，随贾母去清虚观打醮，巧姐也被带去，你看那描写，有多少奴仆围随，到了道观，族长贾珍亲去坐镇指挥，一群族中子弟到场各司其职，哪有闲杂人等混入的缝隙。一个剪灯花的小道士回避得晚了点，不慎撞到了凤姐身上，被凤姐一巴掌打翻在地，吓得混身乱颤，而仆人们的“拿！拿！拿！打！打！打！”的喊声响成一片。

不是说上层社会绝对不会遭到刑事犯罪袭击，皇帝偶尔也会遭到那种袭击，清朝的嘉庆皇帝就在神武门外遭到过城市贫民的行刺，但跟社会的中产阶级比较起来，贵族阶级由于居住和行动都有足够的屏蔽与保卫，遭逢民间刑事犯罪袭击的概率当然很低，而贫袭贫的概率也不高，社会刑事犯罪的主要目标，是中产阶级，因为中产阶级从空间上来说离他们最近，从被屏蔽和被保护的程度上来说，比贵族阶级差很多，而油水呢，却很值得一掠。像甄士隐，元宵佳节，女儿要看社火灯花，他和夫人都麻痹了，没有细想，就轻率地让仆人霍启抱出去看，哪想到半路上霍启要去小解，便将英莲放在一家门槛上坐着，就在那么一小会儿工夫里，拐子就把甄英莲偷抱走了。

社会的刑事犯罪，有的是偶然性、随机性的，“人穷志短”，“迫于无奈”，一般小偷小摸、小窃小盗多属这类；有的则是职业性的，拐走甄英莲的，即属此类。后来葫芦庙还俗当了官衙门子的前和尚，跟贾雨村汇报说：“这一种拐子单管拐偷五六岁的儿女，养在一个僻静之处，到十一二岁，度其容貌，带至他乡转卖。”甄英莲五岁被拐，到冯渊和薛蟠争买时，已经被圈养了七八年，十二三岁了。人口贩卖，在当今世界还是颇为盛行的刑事犯罪活动，我们国家也不例外。像元宵灯会这类的俗世共享性社会狂欢，现在有称为“嘉年华”的，一般贵族阶级是很少参与的，《红楼梦》里详细描写了贾府的年节活动，他们是在自己的府第里开宴筵看表演放烟火猜灯谜的，属于封闭性活动，非常安全，而贵族府第门外街市上的年节活动，属于开放式，则是以中产阶级为主体，许多底层百姓也积极投入的，而刑事犯罪分子就很容易混迹其中，霍启那样的单身仆人抱持小女孩游逛，早成他们锁定的目标之一，在有预谋有技巧而且往往是有组织有网络的刑事犯罪分子的威胁下生存，中产阶级真的是安全系数很差，非常脆弱。

6

曹雪芹所生活、写作的时代，大体是清朝的雍、乾时期。康熙朝曹家的荣华富贵，对于曹雪芹来说，主要是听家里大人“说古”，第五回写贾宝玉在太虚幻境进入薄命司，看到存有金陵十二钗簿册的橱柜，不禁脱口道：“常听人说，金陵极大，怎么才十二个女子？”“常听人说”，口气可思。第十六回写凤姐说：“可恨我小几岁年纪，若早生二三十年，如今这些老人家也不薄我没见世面了。说起当年太祖皇帝仿舜巡的故事，比一部书还热闹！”可见小说里年轻一辈的人物原型，凤姐原型也好，宝玉原型也好，都没赶上康熙朝的盛世。

康、雍、乾三朝，因为雍正在位只有十三年，而他前后两位皇帝在位达一百二十年，因此被后人简称为康乾盛世。

这三朝，特别是从康熙朝后期，直到乾隆朝初期，统治集团内部的权力斗争十分激烈，先是康熙和自己选立的皇储之间发生越来越明显的摩擦冲突，有两立两废太子的大风大浪；然后是康熙的八阿哥、九阿哥、十四阿哥、四阿哥等为继承皇位而进行的暗中较量，结果是四阿哥取胜，成为雍正皇帝；雍正当政以后，不得不花大力气来继续扑灭皇族内部的反叛力量，但他仍是一个暴死的下场；乾隆继位后，努力去抚平皇族内部的政治伤痕，却仍然在乾隆四年出现了弘皙逆案。皇族内部的权力斗争会波及依附于各派政治力量的贵族官僚，包括内务府的包衣世家，曹雪芹家就是因为接连被牵扯进去，而终于“树倒猢狲散”，“家亡人散各奔腾”的。但是，统治集团内部的这些权力斗争，对世俗生活，对社会上一般的小康人家，也就是对中产阶级的直接影响，并不那么大。

尽管这三朝大兴文字狱，实施非常严厉的思想管制和文化专制，但是也并没有堵住所有的宣泄渠道，俗世的文化消费依然相当丰富多彩，戏曲和曲艺都在走向繁荣，《红楼梦》《儒林外史》《聊斋志异》都被创作了出来，并且终于流传到了今天。

这是中国国力大提升的时期。康熙元年，人丁户口为一千九百二十万余。地五百三十一万余顷，征银二千五百七十六万余两，到康熙六十一年，人丁户口达到二千五百三十余万，外加享受“永不加赋”政策的滋生人丁四十五万，可耕地增加到八百五十一万余顷，征银达二千九百四十七万余两。雍正暴死前一年，即雍正十二年的统计数字显示，人丁户口达到了二千六百四十一万余，“永不加赋”的滋生人丁则有九十三万余，耕地面积达到八百九十万余顷，征银数是二千九百九十万余两。到乾隆二十年，那是乙亥年，在那一年之前，甲戌本的脂砚斋重评《石头记》已经整理出来，其中有不连贯的十六回一直保存到了今天，在乾隆二十年我们可以查到这样的统计数据：人口（不是户口）达到了一亿八千五百六十一万余，各省仓储米谷总数三千二百九十六万余石。可以说，那一百来年里，中国的GDP在飞速增长。那期间国家版图也得到拓展和稳定。

历史的宏阔脚步，对家族、个人命运往往是忽略不计的。曹家的兴衰荣辱，以及那个历史时期里青春花朵的陨落，理想的破灭，道德的沦丧，主流文化的空洞，自由心灵的窒息，都成为一些需要另外讨论的问题，总体而言，不止一位历史学家会正襟危坐地告诉我们，就国力的提升而言，那是中华盛世。

《红楼梦》，有的论家认为是一部阶级斗争的教科书。作为证据之一，第一回里写到火灾后的甄士隐只好和妻子商议，且到田庄上去安生，以下的这些句子曾被反复地引用：“偏值近年水旱不收，鼠盗蜂起，无非抢田夺地、鼠窃狗偷、民不安生，因此官兵剿捕，难以安身。”似乎曹雪芹是在写农民起义对统治集团的冲击。其实，康、雍、乾三朝，特别是曹雪芹生活和写作的那几十年里，是农民起义相对比较少的时期，当然阶级矛盾是一种恒久的存在，贫苦民众的小规模的反抗是持续不断的，但大规模成气候的农民起义，那阶段里就是很少，甚至可以说基本上没有，也是历史的真实。

那是一个诡谲的时代。在那样的社会状况下，像甄士隐那样的中产阶级人物，毁灭他和他家庭的因素，既不一定是卷入上层权力斗争，也不一定是受到农民起义军的冲击或胁迫，最主要的生存威胁，是“鼠盗蜂起”，那主要是尚无明确政治目的，只为谋取一己利益的零星反抗行为，说白了，其中一大部分就是刑事犯罪活动，当然，天灾往往也会掺和到人祸里，甄士隐先是爱女被窃，紧接着就遭遇回禄，人财两空，而更可怕的，是遭遇到人性的黑暗，他投奔到岳丈家，不但没有获得人间的温暖与慰藉，他把自己所存积蓄完全交给了岳丈，岳丈却对他“半哄半赚，些须与他些薄田朽屋……每见面时，便说些现成话”，导致甄士隐“贫病交加，竟渐渐的露出那下世的光景来”，最后在听到疯癫道人的《好了歌》后，大彻大悟，当即说出一大串《好了歌注》，说完竟将道人肩上褡裢抢过去背着，随那道人飘飘而去，不知所终。

曹雪芹把甄士隐岳丈命名为封肃，谐“风俗”的音。甄士隐原来居住的地方十里街仁清巷，谐的“势利”“人情”的音。这谐音里有作者很沉痛的心曲。那个时代国力的增强，只体现在版图的拓展与经济的提升上，而没有相应的文化进步，用今天的话来说就是没有精神文明的建设，人心都往坏处发展，势利眼，暴富心，嫌贫爱富，妒才嫉能，逆向淘汰，宵小猖獗。

曹雪芹没有去写农民起义。整部《红楼梦》里也许只有第十五回里写到的二丫头算得上是个贫下中农。他开篇写了位甄士隐，从中产阶级人物的脆弱入手，去展开温柔富贵乡里的生死歌哭。

7

中产阶级人物，多有慈善助人之心。甄士隐知道贾雨村淹蹇小庙，未能北上求取功名，是因为没有凑够路费，就主动提及：“愚虽不才，义利二字却还识得，且喜明岁正当大比，兄宜作速入都，春闱一战，方不负兄之所学也。其盘费余事，弟自代为处置，亦不枉兄之谬识矣。”说完当即命令小童进去，速封五十两白银并两套冬衣。“小童进去”，当然不会是自己取银取衣，银子和衣服应该都是甄夫人封氏取出来的，书中特别点明甄士隐“嫡妻封氏，情性贤淑，深明礼义”，丈夫慷慨助人，她不仅绝无嗔怨，还积极配合。

荣国府的王熙凤也帮助过刘姥姥，后来由于刘姥姥讨得了贾母的欢心，第二次离开荣国府时不仅得到赠银，还带回了满车的东西，刘姥姥是个感恩知报的人，根据前八十回里的一再暗示，我们可以知道八十回以后，当贾府遭难倾塌，巧姐被狠舅奸兄欺凌，几乎就要永堕娼门的关口，得到刘姥姥一家援救，后来得以和板儿成亲，虽然丧失了贵族小姐的身份与荣华富贵的生活，比起惨死的母亲和贾府诸多人物那或打、或杀、或卖的下场，到底还能喘息苟活，度其余生。

甄士隐帮助贾雨村，并不希求回报。他为贾雨村选择了一个吉日，并且还打算为贾雨村写两封推荐信，带去京城有利其发展，但是贾雨村接受帮助时只略谢一语，得到银子冬衣后，号称“读书人不在黄道黑道，总以事理为要”，三更从甄家告辞，五鼓就上路奔其仕途前程去了。

第四回写贾雨村当上了金陵应天府，审理的第一桩案子就涉及被拐子拐走的甄英莲。这一回的文字在似乎平静的叙述中，格外地令读者惊心动魄。门子告诉他当官必须知道“护官符”，他因此“乱判葫芦案”，任由薛蟠占有甄英莲，并给贾政和王子腾写信，告知“令甥之事已完，不必过虑”，以为进一步攀附的资本。这一回里有一句写薛蟠内心见识的话，会像鼓槌敲击甚至锥子扎下般令读者心悸血流“自为花上几个臭钱，没有不了的”。有权就有钱，有钱可买权，权钱结合，腐权臭钱，所向披靡，谁可禁治？

所以革命家会特别重视第四回，会认为这一回是全书的总纲。

读这一回，我不仅感受到那个时代那种制度的本质性黑暗，更感受到人性深处恶的阴鸷。当贾雨村知道那被两家争买闹出人命的女孩子，就是甄士隐的女儿英莲时，我觉得他除了吃惊，应该多少有些知恩图报的念头，就算甄士隐已经失踪了，应该还可以找到甄夫人，找到英莲的外祖父外祖母，尽量让这个恩人的女儿摆脱噩运，他可以在既不得罪薛蟠又让英莲回家二者之间去寻求一个变通的办法，即使到头来他考虑来考虑去，还是不得不照顾薛蟠的利益，他内心里总该有一些，哪怕是几丝愧疚和不安吧？但是，一丝一毫也没有！

贾雨村被曹雪芹刻画成一个“奸雄”，他为满足贾赦的私欲，陷害石呆子，把石呆子收藏的古董折扇抄没献上，连贾琏那样的浪荡公子都看不过去，他的忘恩负义、势利阴险、心狠手辣、毫无操守，是那个时代“弄潮儿”良心泯灭的真实写照。

中产阶级的甄士隐无私地帮助了落魄的贾雨村，使其得以跃入上层社会，成为超中产的政治暴发户，但是，当甄士隐自己从中产阶级堕入贫困窘迫的境地，当他的女儿被拐子养大卖给富人家做侍妾，当他的夫人先失女再失夫绝望孤独，而贾雨村在知道这些并且握有相当权柄，如果想报恩行善不是没有办法的情况下，却选择了冷酷与背叛。这是甄士隐的悲剧，也是整个中产阶级的悲剧。个人的行善无助于社会的改进，更无法剔除阴鸷灵魂中恶的存在。

8

曹雪芹没有更多地去展现中产阶级的生活，在前八十回的第四回以后，就没有甄士隐的故事了。当然，八十回内有些角色，似乎还勉强可以归入中产阶级范畴，比如秦钟、柳香莲、倪二、贾芸、贾芹、贾璜及璜大奶奶、冷子兴、已经摆脱了贫困状态的袭人哥哥花自芳一家、得到经济援助后生活大有改善的王狗儿一家等，但无论从经济上的小康程度和人格上的独立意识来衡量，他们都离现代社会的中产阶级还很远很远，基本上全是夹在贵族与赤贫者之间的一些暧昧的存在。

中产阶级的不能壮大成熟，社会贫富两极的悬殊越来越大，社会的稳定就主要靠皇权的威严和统治者对社会的矛盾的一再调适，也就是所谓的“恩威并施”，来取得效果。称“康乾盛世”，也就说明在那期间效果确实不错。就是雍正，在忙于收拾政敌的时候，也非常认真地出台一系列平息贫富矛盾以求社会稳定的政令措施。雍正二年二月，禁里长、甲首招揽代纳钱粮；五月，禁官弁剥削运丁；十一月，免陕西康熙五十七年至六十年地丁钱粮；十二月，免江南水灾区额赋。再看雍正十三年，他八月暴死前的作为：正月，命禁私盐不得株连，并禁捕挑负四十斤之老少、男女；六月，禁松潘各镇私敛番民；七月，命州、县查灾杂费动用公帑，不得摊派于民。这些政令措施很明显有制止官员贪污腐化、鱼肉贫民和予民实惠、休养生息的特点。

但是，人类社会的发展，终于证明靠皇权专制和皇帝及其统治集团的自我调节，是无法使大地上建立起真正公平合理而又人道健康的生活的。

曹雪芹是二百多年前的人，他不可能用我们今天习用的那些观念来思考和诠释问题，何况他撰写的《红楼梦》是一部小说，不是社会学（更不是政治学）著作，但是，我们今天按“接受美学”的原理来读《红楼梦》，却也可从中获得启发。

曹雪芹通过贾宝玉之口，宣布“世法平等”。《金刚经》里有“是法平等”的说法，曹雪芹是故意把“是法平等”写成“世法平等”的，就像他故意把“好事多磨”写成“好事多魔”一样，有他深刻的用心。

只有让社会的中产阶级壮大起来，使社会上的大富与大贫都成为“一小撮”，才能够大体说是一个平等的社会。经济上的平等会带来政治上的以协商和契约为内涵的社会民主。

面对贫富苦乐不均的社会，激烈的社会革命，以暴力改变现实，一旦出现，天然合理，却多半又会以暴易暴，派生出新的问题和危机。最好的办法还是坚持改良，和平渐进。而改良的第一步，是实现均富。

曹雪芹在《红楼梦》里表达出了他的均富理念。

9

十几年前，那样的文章颇多，就是从《红楼梦》里探春理家的情节里，揭示出经济承包的做法，早在大观园里就存在了。探春理家，李纨、薛宝钗襄助，她们首先强化管理，比王熙凤的做派更细密，惹得里外仆众抱怨：“刚刚的倒了一个‘巡海夜叉’，又添了三个‘镇山太岁’。”曹雪芹的高明，就在于不是一味站在探春一边看问题，他提示读者，管理者固然有他们的道理，但被管理者的感受，也是决定事态发展的一个重要方面。

薛宝钗协助李纨、探春理家，先说了一句“天下没有不可用的东西”，可谓至理名言。她们从赖大家那里获得启发，原来一个破荷叶、一根枯草根子，都是值钱的，赖家的花园子比贾府大观园小许多，但就靠着把一切东西皆转化为金钱的经营方式，除了自家戴花、吃笋等不用外买节约出许多开销，还可将多余东西外卖出二百两银子来。天下东西皆可用，宝钗接着说：“既可用，便值钱。”探春算起账来，越算越兴奋，于是三人就计议了一番，在大观园实行兴利剔弊的新政，实施承包责任制，以提升大观园的GDP值。

承包的前提，是将个人责任与个人利益紧密联系在一起，说破了，也就是首先承认人皆有私心，人性中皆有恶，因此顺其心性，加以驾驭，“使之以权，动之以利”，因为所承包的事项关系到自身收益，所以会尽心尽力，一定会努力地降低成本、减少浪费、提升技术、珍惜收益，一个一个的承包者皆是如此，则大局一定繁荣，用宝钗的话说，就是光一年下来的生产总值，就“善哉，三年之内无饥馑矣”！

但承包的做法，是挥动了一把双刃剑，一边的剑刃用于提高生产积极性很锋利，一边的剑刃却很可能因为没能辖制住人性恶，而使获利者的私心膨胀，伤及他人，形成不和谐的人际龃龉，甚至滚动为一场危机。曹雪芹的厉害，就在于他不仅写出了敏探春、时宝钗她们的“新政”之合理一面与繁荣的效果，也用了很多笔墨写出了因为没有真正建立起公平分配机制，所形成的大大小小的风波，仅从看角门的留杩子盖头的小幺儿与柳家的口角，就可以知道承包制使大观园底层仆役的人际关系比以往更紧张了，一个个两眼就像那鸒鸡似的，眼里除了金钱利益，哪里还有半点温情礼让？

薛宝钗是个头脑极清醒的人，所谓“时宝钗”，用今天的话来说就是“摩登宝钗”，就是既能游泳于新潮，又能体谅现实的因循力量，总是设法在发展与传统之间寻求良性的平衡。她一方面肯定岗位责任制，一方面又提出了“均富”的构想，这构想又细化为，一、大观园里的项目承包者，既享受税收方面的优惠，不用往府里的账房交钱，但他们也就不能再从账房那里领取相关的银子或用品，比如原来他们服侍园里的主子及大丫头们，要领的头油、胭粉、香、纸，或者是笤帚、撮簸、掸子，还有喂各处禽鸟、鹿、兔的粮食等，此后都由他们从承包收益里置办；二、承包者置办供应品外的剩余，归他们“贴补自家”；三、除“贴补自家”外，还须拿出若干贯钱来，大家凑齐，散于那些未承包项目的婆子们。薛宝钗在阐释这一构想时，一再强调“虽是兴利节用为纲，然……失了大体统也不像”，“凡有些余利的，一概入了官中，那时里外怨声载道，岂不失了你们这样人家的大体？”她特别展开说明，为什么要分利与那些并没有参与承包的最下层的仆役：“他们虽不料理这些，却日夜也是在园中照看当差之人，关门闭户，起早睡晚，大雨大雪，姑娘们出入，抬轿子，撑船，拉冰床，一应粗糙活计，都是他们的差使，一年在园里辛苦到头，这园内既有出息，也是份内该粘带些的。”

薛宝钗的“大体统”，当然是指贾府的稳定，起码是表面上的繁荣与和谐。过去人们读这回文字，兴趣热点多在“承包”的思路上，对与之配套的“均富”构想重视不够。我们的现实社会，实行“承包”已经颇久了，甚至有人已形成了“改革即承包”的简单思维定式。实际上“承包”不是万能的，有的领域有的项目是不应该承包给私人的，而实行承包也不能只保障直接承包者的利益，而忽略了没能力没兴趣没必要参与承包的一般社会成员，特别是社会弱势族群的利益，薛宝钗的“均富”构想，虽然很不彻底，而且在她所处的那样一种社会里，也不可能真正兑现，但是对我们今人来说，还是很有参考价值的，特别是她能考虑到如何让大观园里抬轿、撑船、拉冰床的做“粗糙活计”的苦瓠子们，也能“粘带些”体制改革的利益，以保持社会不至于因“失了大体统”而“不像个样子”，这一思路，无论如何还是发人深省的。

10

回过头来说甄士隐。他那观花修竹、酌酒吟诗的神仙般的中产阶级生活为什么不能持续，很轻易地就被击打得粉碎？就是因为他生不逢时，没赶上今天中国的大转型、大变革。

写到这里，忽然想起已故前辈吴祖光先生。吴先生生于1917年，2003年驾鹤西去。他穿越了20世纪，跨到了21世纪。晚年的吴先生，最喜欢挥毫书写的四个字就是“生正逢时”。

以宏阔的历史眼光看待我们所处的时空，个人的荣辱悲欢都卑微渺小。二百多年前曹雪芹呕心沥血写成的《红楼梦》，尽管有如古希腊那尊米洛斯的维纳斯般残缺，其凄美的艺术魅力和超前的人文思想穿越时代，将霹雳闪电般的启蒙光亮一直照射到今天。

观花修竹能几时？对于当今中国的中产阶级来说，焦虑虽然依然存在，却已经渐渐不再那么脆弱。

以适合于自己个人处境、性格的方式，参与社会变革，以理性驾驭感情，争取社会公平、公正、公决的实现，推动建立和完善全民共享的社会保障体系，以和平渐进的步伐使居者有其屋，病者有其医，老者有所养，少者有所学。

在这样的前提下，过好自己的“小日子”，观花修竹、酌酒吟诗，长远地享受心灵净化的如歌生涯，该是可持续性的了吧？

关于冯紫英的佚文

冯紫英在《红楼梦》中是一个很重要，但又常为一般人所忽略的角色。

他在第十回中首出，是他，把“太医”张友士引入了宁国府，并为秦可卿的怪病做出了“今年一冬是不相干的，总是过了春分，就可望痊愈了”的尤为“古怪”的判断。

我曾著文指出，秦可卿的真实出身绝非养生堂里的弃婴，她的父亲，应是当朝皇帝的政敌，也就是说，应是在前一朝老皇帝未薨前，也很有可能（甚至本应更有可能）继承皇位的一个王子，即现在登上宝座的皇帝的一位兄弟（或同母，或异母）——类似“义忠老亲王”那样显赫一时的人物；显然，在《红楼梦》一书故事开始时，当朝皇帝已将秦可卿父亲剪除，也就是说，她家早“坏了事”，在满门遭难的情况下，她可能因甫出生，尚未登入宗人府册籍，所以得以由贾府藏匿，并佯称由一位小官从养生堂抱养，后又嫁给宁国府贾蓉为妻。秦可卿一家虽遭了难，但联合起来企图夺取皇位的父叔兄长们显然尚未被斩尽杀绝，她“家住江南本姓秦”，还很有“根柢”。她的亲族，还与她保持着隐秘的联络，而冯紫英便是一位在京城中帮助他们联络的关键性人物。

贾母为什么视秦可卿为“重孙媳中第一个得意的人”？那显然是因为，秦氏的“背景”，当年极有可能当皇帝，贾家与其关系，非同一般；但谁知老皇帝驾崩后，登上宝座的竟是另一人，很可能是当年并未下力巴结过的一位王子，这位新皇帝能不能坐稳宝座，贾母他们还要再看一看，倘若在“今年一冬”至来年“春分”前，风云突变，由秦氏的父叔兄长辈中的一位将现皇帝推翻而自登宝座，则贾家的藏匿保护厚待秦可卿，不消说将成为大受褒奖的功德，更是晋升的一道现成阶梯。但贾母等绝不愿“守着一棵树吊死”，他们把元春奉献给当今皇帝后，也一直在等待着“非常喜事”。故在《红楼梦》中，秦氏与元春构成扯动着贾府主子政治投机的敏感神经的两翼。后来秦氏一族未能成事，秦氏只好“画梁春尽落香尘”，因彼时元春已得“当今”宠信，所以“当今”虽知晓了藏匿秦氏之事，亦由着贾府去大办丧事，并默许大太监戴权破例出宫“代为矜全”（反正隐患已除，乐得“施恩”）。至于北静王，他既与“当今”关系融洽（他是一个与贾宝玉气味相投的诗化人物，对权力毫无兴趣），所以“当今”对他的行为比较放任，而他，把“当今”与反对“当今”的“江南秦”，都视为亲族，所以在祭奠秦可卿的过程中，他确实是带着一份真情出演。

再回过头来说冯紫英，这个名字谐的什么音、寓的什么义？

我在以前所写文章中，曾有“逢知音”“逢梓音”等猜测。“逢知音”是说他与贾珍关系非同一般，堪称“知音”，在冒大风险的权力斗争中，在最关键的时刻，侠肝义胆地充当引线，使“江南秦”的间谍张友士，得以进入宁府，并逼近秦可卿本人，通过“开药方”，传递政情信息，而“逢梓音”是说，他令秦氏得遇“桑梓”消息，这些猜测我都未放弃，但我现在又有另一设想，或许冯紫英干脆是“逢旨音”之意，冯家在不与“当今”认同，反把“义忠老亲王”一类人物视作“本应为皇”者，其坚定性是超过贾府的，而在贾府中，贾珍又是最具此种心态的，冯紫英介绍给贾珍的张友士，为什么在回目中被称作“张太医”？内文明明说他只不过是冯紫英“幼时从学的先生”，进京的公开理由是“给他儿子捐官”，这样地“文不对题”，是什么道理？

查清史可知，到了乾隆朝，当年与雍正争夺皇位的残存诸王及其儿子（乾隆的堂兄弟）们，“人还在，心不死”。比如被康熙几立几废的“皇太子”胤礽的儿子弘皙，他就还觉得自己才该是皇帝，于是，他私自在自己王府中设立了“会计司”“掌仪司”等七个机构，那本是只有当了皇帝后，方可按内务府成例设置的，既这样，他当然也就可以公然把自己的医生称作太医，甚至也干脆成立了“太医院”。我以为《红楼梦》虽非写史，却一定折射着这种复杂的政治情势，张友士大概就是这样一个“潜朝廷”的医生，对于和他主子认同的冯紫英等人来说，他确是“太医”，“当今”自然会把这种行径视作狂悖僭越，但反过来，忠于另一方的人，也很可能在内心里更要视“当今”为僭越者、篡位者。

冯紫英的重头戏在二十六回和二十八回中。

二十六回，写到薛蟠将宝玉骗出大观园宴乐，忽报神武将军冯唐之子冯紫英来了，“说犹未了，只见冯紫英一路说笑，已进来了”，真是英姿勃勃，豪气夺人。薛蟠见他面上有些青伤，便笑问他“又和谁挥拳的”？请务必注意冯紫英的笑答：“从那一遭把仇都尉的儿子打伤了，我就记了不再怄气，如何又挥拳？这个脸上，是前日打围，在铁网山教兔鹘捎一翅膀。”这话传达出了三个信息，一是他曾拳打仇都尉的儿子（庚辰本干脆说他打的是仇都尉）；仇都尉显然是“丑都尉”或“丑都卫”的谐音，在冯紫英眼中，是趋炎附势于“当今”的丑类，所以见了就有气，乃至于忍不住挥拳将其打伤；二是他和父亲去了铁网山，这铁网山上的樯木，曾剖成为“义忠老亲王”准备的棺木，后因“义忠老亲王坏了事”，没用成，末后偏偏让秦可卿享用了，可见这地方具有“非主流”色彩，更直白地说，便是反“当今”势力的一个隐蔽地。宝玉追问了他们去铁网山的时间，据答问中透露，来回竟超过一周以上，甚至是十天半月，这就不排除是去见了“江南秦”！第三个信息，是冯紫英宣称“这一次，大不幸之中又大幸”，如果仅是“教兔鹘捎一翅膀”，弄得脸上“挂了幌子”，似乎还称不上“大不幸”，而其中又包含着“大幸”，那“大幸”又是什么呢？大家扭住他盘问，他却又宣称“今儿有一件大大要紧的事，回去还要见家父面回”，竟来也匆匆，去也匆匆，死留不住，一径去了，如此诡秘，不能不让人往政治阴谋上去联想，他父亲“逢堂”“堂皇”相连，“庙堂”隐在，虽作者下笔万分谨慎，其潜意识中的龙爪龙须，仍不免现于云雾之中。

到二十八回，宝玉、紫英、薛蟠、蒋玉菡、云儿等到冯家相聚时，问起那“幸与不幸之事”，冯紫英却把那话解释为勾引他们来一聚的“设辞”。我读到这里，心中总不免疑惑，但脂砚斋却偏大加表扬，批曰：“若真有一事，则不成石头记文字矣，作者得三昧在兹，批书人得书中三昧亦在兹。”说的倒也是，《石头记》即《红楼梦》的本意，并不是要写成一部政治历史小说，此其一；其二，是书开篇便申明“不敢干涉朝政”，行文中凡此等地方，自然只能“擦边而过”，岂能“自投罗网”？但我也怀疑，此等地方，作者也许还是写了点什么的，而同

第十三回一样，批书人为安全计“因命芹溪删去”了！

据畸笏叟在丁亥夏的批语，“写倪二、（紫）英、湘莲、玉菡侠文，皆各得传真写照之笔”，可见这“红楼四侠”是书中很重要的角色，绝非仅露一两面的小陪衬，以我之见，倪二应是“市井侠”，湘莲应是“浪子侠”，玉菡可算“梨园侠”，他们的“侠义”行为，都应在后半部书中以各自特有的方式展现；冯紫英呢，他却是个“政治侠”，他的命运，一定同贾珍，同未必全族灭绝的“江南秦”紧紧勾连在一起。他在二十八回的宴饮中说的酒令是“女儿悲，儿夫染病在垂危；女儿愁，大风吹倒梳妆楼；女儿喜，头胎养了双生子；女儿乐，私向花园掏蟋蟀。”其所悲所愁，都隐喻着对“江南秦”的前景无比担忧，而所喜的，是“一荣俱荣”；所乐的，竟不过是“面向小窠”的小趣味，实际上已无大乐；唱完《可人曲》最后以一句“鸡鸣茅店月”作结，竟直射后来的充军发配一类悲剧性情节。他所认定的“真皇帝”所遵从的“真旨意”，到头来还是僭越的“逆党”，但他一定如第二十六回里那样，“站着，一气而尽”地喝干了命运的罚酒，不改“忠义”的侠客本色。

探究冯紫英这个角色的底里，可以让我们更深入地窥视《红楼梦》文本的丰富内涵，并可更逼近著书人构思写作时与修改调整书稿的微妙心态，这是与探索秦可卿真实出身相连的一个学术课题，值得不断地思索，不断地推进。

1994年秋于绿叶居

花开易见落难寻
——喜见《红楼梦之谜》

一位朋友电话告诉我:“上海有本新出的书,批你了,知道吗?”我笑问何书,他告诉我是《红楼梦之谜》。说来也巧,这电话撂下没几时,我便收到了陈诏兄寄来的这本书。该书分九个部分,以回答125个问题的方式,讨论了关于《红楼梦》的方方面面。得到这本书,我自然先翻到其中“人物”部分的第9问:“秦可卿出身寒微吗?她可能是削爵亲王之女吗?”该问的答问撰稿人正是陈诏,他先点出,我自1992年在《红楼梦学刊》第2辑上发表《秦可卿出身未必寒微》后,不断地推进这一主题,“形成了他所谓的‘秦学’,由于……他的观点又颇新奇动听,所以他的文章引起广泛注意,曾在社会上产生一定影响,但在红学界,很少有人认同他的意见”,接下去,他便缕述我的“秦学”之偏颇,认为我是“求之过深”“陷入空想”“钻到牛角尖里去了”;当然,他认为我提出秦可卿的问题,“无疑是提得合理的,富有启发性的”,这是该书将此谜列入的原因。

给我打电话的朋友,说我是“挨了批”,自然是开玩笑,不过陈诏批驳我的观点,并非由这答问始,他的一篇有关的长文,在我开笔写中篇小说《秦可卿之死》之前,便将打印稿寄我,令我“先挨批”为快了。正是在陈诏等同好的尖锐反对意见的磨砺下,我关于秦可卿的研究,才得以不断推进,破“秦可卿之谜”的思路,才得以更精密、更贯通,竟终于“自成一说”,并在今年5月,已将有关成果汇为一册《秦可卿之死》,由华艺出版社推出,说我的意见“在红学界,很少有人认同”,目前自是实情,但读者如翻看一下我这本书前面周汝昌先生所写的序,当也能窥见“吾道不孤”的另一面。

虽然《红楼梦之谜》这本书明确地否定了我的“秦学”,我却仍很喜欢这本书,因为这本书有以下几个难得的特点，一是所开列的“谜题”不仅极为内行、精到，而且相当新近，也就是说，该书不呆，该书将许多近年来新引发出来的有关《红楼梦》的学术争论,都灵活地加以涉及,如“曹雪芹墓碑（或称‘墓石’）到底是真是假?《红楼梦》的脂本系统是刘铨福伪造的吗?”等，大大展拓了一般关心“红学”的读者的眼界；二是该书在对各种学术问题做出自己的判断时，一般都并不含糊，但对所否定或存疑的材料、见解，都能比较客观、准确、详细地加以介绍，这就使该书具有相当的资料性，并且给读者在相左的学术见解中去做出自己的、不受该书撰稿人倾向约束的独立判断，提供了充分的可能:三是“谜题”的设置不逃避一定的深度与难度，如“第四回是不是《红楼梦》的总纲?《红楼梦》是不是一部‘政治历史小说’?”也很注意知识性与趣味性，如“第二十六回林黛玉春困潇湘馆，宝玉要给他吃个榧子，对此各有各的解释，究竟是什么意思?”

《红楼梦》因其传稿的不完整与其作者身世之迷离扑朔，使我们在“花开易见落难寻”的惆怅中猜谜,《红楼梦》的伟大正在于此——它给我们提供了几近于无限的探究空间。

1994 年秋

沉湖·葬花·玉带

早在1984年，周汝昌先生就发表了《冷月寒塘赋宓妃——黛玉夭逝于何时何地何因》一文，提出了曹雪芹对黛玉的结局设计是自沉于湖的观点。我在《揭秘〈红楼梦〉》的系列讲座和书里，承袭、发展了周先生的这一论断，主要是从古本《石头记》前八十回的诸多伏笔里，探佚出曹雪芹在已经写成而又不幸迷失的后二十八回里，安排黛玉在中秋夜沉湖而逝，整个过程构成一次凄美的行为艺术，体现出黛玉生既如诗、逝亦如诗的仙姝特质。

周先生二十多年前提出的黛玉沉湖说，似乎关注者不多，经我在《百家讲坛》弘扬后，反响开始强烈。质疑者提出的问题，主要是两个。一是黛玉葬花时，她否定了宝玉提出将落英撂到水里的建议："撂在水里不好，你看这里的水干净，只一流出去，有人家的地方，脏的臭的浑倒，仍旧把花糟蹋了……"她主张土葬，令花瓣在香冢里日久随土化掉。黛玉对落花尚且主张土葬而拒绝沉水，她怎么会到头来自己去沉湖呢？第二个问题是第五回金陵十二钗正册的册页里，画着写着"玉带林中挂，金簪雪里埋"，如果说后一句意味着宝钗最后孤独地死在雪天，那么前一句是不是意味着黛玉最后是用玉带挂到树上，上吊自尽呢？

正如蔡元培先贤所说，"多歧为贵，不取苟同"。每一位红迷朋友都有参与讨论、独立思考的权利。针对以上两个问题，提供我个人的看法如下，仅供参考。

黛玉是仙界的绛珠仙草，追随神瑛侍者下凡。她将其一生的眼泪，用以还报后者以甘露灌溉的恩德，眼泪流完以后，她当然就要回归仙界。黛玉沉湖，最后不会留下尸体，不存在像落花一样流出大观园去的可能。当然黛玉在回归仙界前，她又是个凡人，她被赵姨娘通过贾菖、贾菱配制的慢性毒药所害，她在《葬花词》里唱道："质本洁来还洁去，强于污淖陷渠沟。"也向往能够入土为安，但是，"天尽头，何处有香丘？"凡间的险恶令她无法获得"香丘"，因此，在贾母去世、病入膏肓、泪尽恩报的临界点，她选择在中秋夜自沉于"这里的水干净"之区域，是可以理解的。曹雪芹用了许多伏笔（我在《揭秘》第三部中讲到六处重要伏笔）来暗示她最终自沉于大观园净水之中，葬花时的那一笔，其实并不与那些伏笔矛盾。

至于"玉带林中挂"，我的理解是，或许曹雪芹会写到一个细节，就是黛玉沉湖前，解下了自己腰上的玉带，挂在湖边林木上，这样就给寻找她的人们，留下一个记号，因为她实际是仙遁，最后没有尸体的。

《红楼梦》里多次写到汗巾，汗巾是系在外衣里面的腰带。它比较长，系法一般就是用收拢的两端交叉打个活结。那个时代常有人用汗巾上吊自尽，秦可卿"画梁春尽落香尘"，大概用的就是汗巾。但玉带与汗巾并不相同，它往往是系在外衣上的。长度有限，类似于现在我们使用的皮带，收紧后不是用富裕的两端打结约束，而是使用钩扣来合拢。从考古发现的最早的玉带，是五代后周时期的，当然它并不完全是玉石制作的，基础材料还是丝织品，简单的，只是两端有玉质的钩扣，复杂的，则整条带子上缀饰着大小、形态不尽相同的玉块，如北京明定陵出土的一条玉带，全长 1.46 米，由两层黄色素缎夹一层皮革制成，带上用细铜丝缀连白玉饰件 20 块，分别为长方形、圭臬形、桃形。《红楼梦》第四十九回写黛玉雪中的装束：罩了一件大红羽纱面白狐狸皮里鹤氅，束一条青金闪绿双环四合如意绦。绦就是丝质的带子，黛玉束的应该就是一条玉带，"双环四合如意"应该就是对那玉带上玉块和钩扣的形容。显然，玉带是不适用于上吊自尽的。但黛玉沉湖前将那条青金闪绿双环四合如意绦挂到湖边树木的枝丫上，则是可能的。

第五回册页上的图画，具体的交代是："画着两株枯木，木上悬着一围玉带；又有一堆雪，雪下一股金簪。"这里面影射着林黛玉、薛宝钗两人的姓名自不消说，但按曹雪芹那"一声也而两歌、一手也而二牍"的惯用手法，必定还有另外的意蕴。究竟"木上悬着一围玉带"的画面和"玉带林中挂"的判词会在曹雪芹的后二十八回里如何应验，值得我们深入地探佚、讨论。

揭破《红楼梦》中秦可卿之谜
——致周汝昌先生信

三月二十五日大札获悉。您正开政协会，身体又不适，还给我写信，又不吝赐教，使我深受鼓舞，甚为感动。

我写《秦可卿出身未必寒微》一文（已刊于现仅省内发行的山西太原《都市》双月刊1992年第1期，将正式刊于《红楼梦学刊》1992年第2辑），确实并非心血来潮，而是思考已久，终于觉得骨鲠在喉，不吐不快，才试着写出的。

我因自己平时是写小说的，所以常从《红楼梦》这小说是如何写出和如何修改这一角度来揣摩其成书过程。小说家修改原稿，一般无非两个原因：一是出于艺术上的考虑，一是出于非艺术的考虑。倘是出于艺术上的考虑，所做出的修改一般是不会留下"疤痕"的。倘是出于非艺术的考虑，则会有两种情况出现：（一）即使天才大手笔，亦难免留下一些令后人困惑乃至遗憾的痕迹；（二）著者为提醒读者注意，他的某些删除补缀是出于迫不得已，则故意使他所打出的"补丁"显得"不伦不类"，留下一个"谜"，期待有后来的读者去猜破。

要而言之，我以为《红楼梦》第八回末尾那段关于秦可卿由一位小小营缮郎抱养于养生堂的出身交代，便属于第（二）种情况，那是曹公在忍痛被迫删去"淫丧天香楼"的四五叶大段文字后，故意打出的一个"破绽百出"的补丁，其实他是根本不要我们相信那段"鬼话"，才把文字弄得那么样地既不合于外部逻辑也不合于内部逻辑的啊！他真是生怕我们信了哩！他有难言之隐啊！

破了这个"补丁"所掩之谜，我们便完全可以看懂第十三回秦可卿向凤姐托梦的文字了：秦可卿本是出身比贾府更加赫赫扬扬的百年大族，因"月满则亏，水满则溢"，"登高必跌重"，如义忠老亲王那般"坏了事"，又没有"于荣时筹画下将来衰时的世业”，未趁富贵“将祖茔附近多置田庄房舍地亩”，早为后虑，结果“树倒猢狲散”，因而她才以前车之鉴，通过凤姐警戒贾氏二府。

我觉得，这一个“谜”如能顺此破译，则有关《红楼梦》的许多问题都需要重新想过。秦可卿之死实在是全书中的一个大关节，并且已是贾府从大有望到渐无望的一个转折点。贾母那认为秦可卿乃“重孙媳中第一个得意之人”的“怪想法”；关于秦可卿卧室的奇特描写；焦大除骂“爬灰”外还喊出“我什么不知道”加以威胁，他究竟还知道什么？更深层含意何在？贾珍对秦可卿的“乱伦恋”除“色既相逢必主淫”外，究竟有无情色以外的更隐秘的缘由？瑞珠与宝珠的一死一隐究系何因？仅仅是由于撞见了淫情吗？在天香楼那一天究竟发生了些什么事？乃至贾敬究竟在逃避什么？……都值得从头往深隐里探讨！

您来信称我的见解“极有价值”，认为我此文“很重要”，并说已引出了您“许多思绪”，这是对我极大的鼓励，但我所抛不过是一砖，我想，恐怕绝不止我一人，亟欲了解您的那些珠玉思绪，真盼您能拨冗写出，对我的论文严加批评，并就秦可卿出身之谜及相关的问题发表您的高见。如您能将大文交给上海《文汇报》“笔会”副刊发表，我想读者面或许会比《都市》《学刊》等园地更大，这样或许也就会引出更多的珠玉之见。

再次感谢您对我的鼓励，尤其感谢您对我“用词宜再多加锤炼，且力求避俗”，以免“伤文格文品”的严肃指评。此信又耽搁了您许多宝贵时间，内心很是不安。

谨致

敬礼！

晚辈刘心武

1991年3月27日

莫讥“秦学”细商量

M兄：

因我继在《红楼梦学刊》今年第2辑上发出《论秦可卿出身未必寒微》后，又在最近的《人民政协报》《华夏》副刊上发出了《再论》(8月18日、21日)，其间还在《文汇报》上就此与周汝昌先生通信讨论，故你讥我有迷恋“秦学”之癖。兄之讥谑，我不仅并不戚戚然，倒颇扬扬自得。以《红楼梦》这样一部伟书奇书，产生出“红学”，又由之分支出“曹学”“脂学”、红楼版本学、红楼文物学、红楼烹调学、“大观园”学……我以为是极其自然，毫不可笑的。当然这所有的学问，最后都应有益于帮助读者理解《红楼梦》的本文，探索它那丰厚的思想底蕴，领略它那醇馥的艺术精髓。

“秦学”之称，前所未闻，但历来的红学家，都极重视对秦可卿这一人物的研究，早在七十年前，俞平伯先生就和顾颉刚先生对秦可卿之死进行过通信研究，有许多重大的发现，如考出秦氏确非病死而是在天香楼自缢身亡，又对她的生病和自缢在叙事时间上的含混做了一番梳理，使我们懂得曹雪芹虽听从脂砚斋的建议删去了“淫丧天香楼”的四五叶（四五个双页）的大段文字，但终究还是保存了大量“蛛丝马迹”乃至并非“不慎”而是故意“露出”马脚，令人不能不“疑心”，并由此解开了秦氏一死便有婢女瑞珠的触柱而亡和宝珠的甘做“义女”永缄其口的怪谜。这些学术成果，几十年来已大体成为人们的共识，“秦学”的基石，稳奠于此。但几十年来似乎一直没有人再往下深究，那秦氏她究竟是什么样的出身？她的自缢身亡，除了因与贾珍私通有“淫行”外，有没有与她出身相关联的因素？脂砚斋命曹雪芹删去天香楼上的大段文字，难道仅仅是因为“性描写”过露吗？那为什么后面又放任曹雪芹明写贾琏与多姑娘、鲍二家的秽行？我的发现，始于指出第八回末尾关于秦可卿出身于小小营缮郎之家并且是从“养生堂”抱来的交代，是曹雪芹在删却“淫丧天香楼”后打上去的一个有意露出“破绽”的补丁，并由此推测出秦可卿实际出身于类似“义忠亲王老千岁”那样的背景，因家族“坏了事”，才由贾府藏匿，并期图一朝其背景在高层政治权力斗争中获胜，便可使贾府更加荣耀显赫，而不曾想经过一番焦虑的期待（也即是书中所写的她那“忧虑伤脾，肝木忒旺”的病态），最终还是一场空，于是她不得不“画梁春尽落香尘”，而贾府也因此断绝了被提携跃升的前景。这一思路在我上述两篇论文中有详尽缕述，兹不再赘。现我的论文已引起了海内外一些专家和读者的兴趣，或许由此真能形成一个唤作“秦学”的红学小分支，兄之讥谥，今后竟成命名之雅识，亦未可知。

在此我要提几个问题，是两篇论文及以往小文中未曾提出或不及细论的，请兄指教。《红楼梦》之以谐音示隐，众所周知，清人洪秋蕃指出：“《红楼》妙处，又莫如命名之切……一姓一名皆具精意，惟囫囵读之，则不觉耳。”脂砚斋评阅时已揭橥了若干，自属权威，但未及解读者，仍存量颇丰，而与秦可卿相关联者，历来注意去解读的，似更欠缺。

现在我要问：“秦可卿”谐的是什么？前人多猜作“情可轻”，我倒觉得很可能是“岂可轻”，尊意如何？

又，“秦业”谐的什么？到程甲、程乙本中，又成了“秦邦业”，不知何所据。第十回中，贾珍提及：“方才冯紫英来看我……”注意，冯紫英这一后面频频亮相的贵公子是因向贾珍推荐张先生给秦可卿看病才显现的，那么，“冯紫英”又谐的是什么？那位冯紫英“幼时从学的先生，姓张名友士，学问最渊博的，更兼医理极深，且能断人的生死，”此人颇神秘，请问：“张友士”又谐的什么？

盼兄有以教我

1992 年 8 月 18 日

拟将删却重补缀

M兄：

记得电视连续剧《红楼梦》播出后，有一种意见是认为编导者展现贾珍与秦可卿在天香楼上的情欲令人不能容忍，他们说，作者都明明删去了的不雅文字，怎么可以又拾起来充塞于荧屏？我想电视剧编导者和批评者双方，大概都没有想到曹雪芹所删却的“淫丧天香楼”文字其实绝非仅是写到贾珍与秦可卿的乱伦之恋，而删去的缘由，也非是自认不雅而是为了躲避引发出“干涉时世”之祸的政治性考虑。

如今电视荧屏的床上镜头并不算少，依我看来《红楼梦》电视连续剧中的有关场景也未必多么糟糕，况且我在论文中已经说过，既然我们可以心平气和乃至充满同情地欣赏曹禺那《雷雨》中繁漪和周萍的乱伦恋，又为什么非对贾珍和秦可卿的恋情那么样地不能容忍呢？难道在这个问题上都得同焦大站到一个立场上才算正确吗？

从现有没有删却的文字描写上我们可以看出，贾珍是真爱秦可卿，而非玩弄一下了事，并且他对秦可卿的恋情，很可能是在秦可卿表面上嫁给贾蓉之前就产生了的，贾蓉实在只是一个挂名儿的假丈夫，我们从书中简直看不出贾蓉和秦可卿之间有什么感情可言，也简直看不到他们作为夫妻共同生活的场景，像第五回里所写到的，秦可卿引宝玉入睡的那间卧室实在更像是她个人的一间密室而非贾蓉为本位的一间宁府中的正经卧房。秦可卿与贾蓉之间，不过是一种“相敬如宾”的各抱矜持态度的关系罢了。秦可卿固然与贾珍“情既相逢必主淫”，贾蓉对她又何尝忠实？刘姥姥眼见的“蓉哥儿”与凤婶子的那光景儿，不就昭示着贾蓉的不干净吗？

秦可卿的悲剧在于她有着双重的精神负担，一方面她同公公之间的恋情无论怎么说总是社会、家族都不可能容忍或者说都不可能长期和给予终结性容忍的，尤氏、贾蓉包括凤姐、宝玉乃至一堆下人都听见的焦大关于“爬灰的爬灰”的叫骂，之所以没有引发出闻言者对她的立即鄙视、斥责与离弃，端赖于她具备那潜伏着的有可能一跃而上龙庭的家族血统背景，知情者姑容忍之，不知情者看到她大受宠幸自然只好置若罔闻，免触霉头，但秦可卿自己心里应是明白的：倘若她那隐蔽的家族背景终于在权力斗争中惨败，她在贾府中哪里还有站脚的地位？当然对比于与贾珍的恋情（他们互爱而非仅是贾珍勾引她），她更大的一个情结便是等待从江南那边传来的家族纷争的消息，书中自第十回后便写秦氏有病，忽轻忽重，忽而病危，忽而似乎又没什么事了，其实都暗示着她随家族派间谍传来的消息的好坏而变换着心理精神状态，但总的趋势是越来越糟糕，以至她也受命早做好了“熟地归身”的最坏准备。脂砚斋命曹雪芹删却的那一幕便是秦可卿双重精神负担的一次总崩溃，“画梁春尽落香尘”，“画梁春尽”意味着她家族入宫的政治前景终于湮灭，“落香尘”既隐喻她生前最后一次委身于贾珍任其“爬灰”，也点明她是悬梁自尽——抛带上梁以做套环，自然有积尘飘落。那真是惨烈凄楚惊心动魄的一幕。

据60年代一度出现后又失踪的“靖本”《石头记》中被过录的特有脂批透露删却的文字中有“更衣”“遗簪”的情节，电视连续剧《红楼梦》的编导者把“更衣”理解成了“脱衣”，把“遗簪”解释成尤氏由此发现了贾珍和秦可卿的通奸行为，都是典型的误解。“更衣”是“换衣服”，第十回中尤氏同贾珍就说到过秦可卿在三四个大夫一旦轮流着四五遍看脉时，“倒弄得一日换四五遍衣裳”，贾珍表示“何必脱脱换换的……衣裳任凭是什么好的，可又值什么，孩子的身子要紧，就是一天穿一套新的，也不值什么。”可见脂批透露的“更衣”当有另外的含意。而焦大之骂，尤氏早已听到，即使她无别的发现，又何用丫头送来“遗簪”才知贾珍的“爬灰”。秦可卿自尽后，贾珍毫不掩饰其“恨不能代秦氏之死”的超常感情，而尤氏则托称“犯了胃疼旧疾，睡在床上”，公然罢工不料丧事，恐怕也未必仅是因为出了“丑闻”而气恼。至于瑞珠和宝珠，她们的触柱和封口，也就更未必仅是撞见了“奸情”，恐怕她们还听到看到了比情欲更恐怖的“政情”吧！

脂砚斋命曹雪芹删去的四五叶，保守地计算也总有三千字左右，《红楼梦》的文体，三千字可包含一系列重要情节，包含极丰富的信息量，可以想见“淫丧天香楼”文字也绝非仅是一点肤浅的“床上戏”和简单的“悬梁图。”

我有一宏愿，便是将曹雪芹并非因为艺术上的考虑而主要是为避祸计而删却的文字，加以补缀，首先用当代的语体写成一个《秦可卿之死》的短篇小说，把情节弄圆，然后再下功夫将其尽可能转换为与《红楼梦》上下文大体相合的符码。这令你感到好笑、吃惊吗？是否属于“更向荒唐演大荒”？

1992 年 8 月 20 日

话说赵姨娘

初读《红楼梦》，觉得对赵姨娘真没什么可说。要说，也只是想起曹翁于地下而询之：您对那许多角色的塑造，都很注意多侧面、立体化，避免把人物写“扁”，而且往往将人物的所谓“两重性格”熔铸得要多丰富有多丰富、要多深刻有多深刻，以至读者进行审美时实难稳定住对之的爱憎怨怒与是非判断，而对赵姨娘这位前八十回中至少有三回（“魇魔法姊弟逢五鬼”“辱亲女愚妾争闲气”“茉莉粉替去蔷薇硝”）升到了舞台中心的角色，下笔却十分的扁平，一反“皮里阳秋”的手法而非常直露地倾泻出对她的极度鄙夷与厌恶，这是怎么回事呢？

事实上，历来已有不少读者对此派生出了一个最原始的问题：贾政既然为一家之主，在置妾的姿色取向上有着非常充分的选择余地，他为什么竟收了赵姨娘，并且还显然对赵姨娘有着相当充分的嬖幸，以至生下了探春和贾环；赵姨娘究竟有什么可取之处呢？

曹雪芹是颇重肖像描写的，然而对赵姨娘的外貌却只字未提，我们只能侧面推敲。贾政虽是一位被绝大多数论者视为腐朽顽固的封建统治阶级的“假正经”典型，但其相貌似乎并不丑陋，因为元春、宝玉、贾兰的相貌都属上上乘，他的另一位女儿探春的形象也极优美：“削肩细腰，长挑身材，鸭蛋脸面，俊眼修眉，顾盼神飞，文彩精华，见之忘俗。”一般来说，女儿较多地显现父亲外貌的遗传基因；贾环的相貌，则连贾政也感到扫兴，第二十三回写道：“贾政一举目，见宝玉站在眼前，神彩飘逸，秀色夺人；看看贾环，人物委琐，举止荒疏……”一般来说，儿子也确较多地体现着母亲的遗传基因，则赵姨娘相貌之猥琐，颇可想见。

推敲至此，问题大了。这于小说创作而言，几乎是“情节设计不合理”。或许这位赵氏的言谈举止风度气韵能稍稍弥补她长相上的不足？但她出场的头一句话是冲着儿子贾环去的——“又是那里垫了踹窝来了？”这一锤便基本上敲定了这位妇人整个语言体系的下作鄙陋之音。当然，像凤姐、平儿等角色偶尔也有出语粗鄙之时，但那或是情急之言，或只限于特定的场合面对特定的对象，赵姨娘却几乎除了这类声口不会别的词令，连薛蟠那偶尔诌出一句“女儿喜，洞房花烛朝慵起”的能耐也没有。这位妇人大吵大闹的做派固然令人作呕，就是她最平和最不具有进攻性时的举止，也让人看了浑身起鸡皮疙瘩，第六十七回写道：

> 且说赵姨娘因见宝钗送了贾环些东西……便蝎蝎螫螫的拿着东西，走至王夫人房中，站在旁边，陪笑说道：“……难为宝姑娘这么年轻的人，想的这么周到，真是大户人家的姑娘，又展样，又大方，怎么叫人不敬服呢。怪不得老太太和太太成日家都夸她疼她……”王夫人……见她说的不伦不类，也不便不理他，说道：“你自管收了去给环哥玩罢。”赵姨娘……只得讪讪的出来了。到了自己房中，将东西丢在一边，嘴里咕咕哝哝自言自语道：“这个又算了个什么呢。”

《红楼梦》语汇中，“蝎蝎螫螫”属最传神的一例，任何文字解释都填不满意会的空间，对赵姨娘以“蝎蝎螫螫”四字谥之，最恰切不过。

赵姨娘虽是这样的资质，却日日夜夜梦想夺权行权。这倒不稀奇。从我们读者眼中看去，贾府中各个利益集团的争斗，如嫡庶之争，其实质是统治阶级内部的权利和金钱的分配与再分配之争，无是非可言，赵姨娘想在府中争一席稳固地位乃至想爬上塔尖，这并不比王熙凤弄权更不比平儿行权丑恶多少，事实上她有贾政为后台，有贾环为“奇货”，纵使她高喊着宣称“我肠子里爬出来的”那位探春弃她于不顾，她可以团结争取的对象也还大有人在，近的如周姨娘，远的如尤氏——“闲取乐偶攒金庆寿”一回中，贾母让尤氏操办凤姐生日，尤氏在各房主奴凑集了“份子”后，将周、赵二姨娘的一份悄悄地又退还给了她们，并且说：“你们可怜见的，那里有这些闲钱？凤丫头便知道了，有我应着呢。”这便是连横的大好时机。在奴才层面中，彩云和彩霞大可成为她的臂膊，夏婆子等一干“鱼眼睛”大可成为她的打手，在“嫌隙人有心生嫌隙”的有缝可钻时，她也能及时察听，“且素日又与管事的女人们板厚，互相连络，好作首尾”。这样替她加减乘除一番，纵使不能大胜，小有收获总还可以吧？然而在曹雪芹笔下，她竟连王善保家的那样临时掌权执刀一夜、秦显家的那样进驻厨房兴头半天的战果也未获取到一次，她战略上是癞蛤蟆想吃天鹅肉，战术上却只会癞蛤蟆蹦脚面——咬不着人，却让人恶心。这“倒三不着两”的赵姨娘究竟有着怎样的审美价值呢？

细读《红楼梦》，再三品味，则可渐渐悟出曹雪芹刻画赵姨娘这一人物之用心。《红楼梦》中人物林林总总，生旦净末丑色色俱全，赵姨娘不消说属丑角类。《红楼梦》中丑角不少，各丑有别，写法各异，“魇魔法姊弟逢五鬼”一节中，是把宝玉寄名的干娘马道婆与赵姨娘对照着写的。对马道婆这一比赵姨娘次要的丑角（她在书中只有这一场戏），曹雪芹下笔是既幽默灵动，又观照四方的，如写她引诱贾母为宝玉给“西方大光明普照菩萨”点“香油大海灯”，好从中取利，就不是用直露的笔法写她的骗术。马道婆从贾母处出来后来到赵姨娘屋内，展开了赵、马之间的对手戏。在这场双丑演满台的“折子戏”中，马道婆比赵姨娘抢戏。马道婆不过是串府鬼混的三姑六婆者流，赵姨娘毕竟是贾府主子贾政的宠妾，按说她在马道婆面前纵使不装出个架子，也该先将自己受人排揎的处境遮掩起来，她却使马道婆立即“知彼”，从而被马道婆牵着鼻子滴溜溜转悠跳荡起来。马道婆引出了赵姨娘对宝玉和“琏二奶奶”的战略性仇视后，第一步先探她的口气，第二步才挑逗撩拨，鼻子里一笑，半晌说道：“不是我说句造孽的话……明不敢怎样，暗里也算计了，还等到如今！”赵姨娘立即入彀：“你若教我这法子，我大大的谢你。”马道婆于是走下第三步妙棋——欲擒故纵：“阿弥陀佛！你快休问我，我哪里知道这些事。罪过。罪过。”赵姨娘迫不及待地就要开价，马道婆的话极其高明：“若说我不忍叫你娘儿们受人委曲还犹可，若说谢我的这两个字，可是你错打算盘了。”然而接下的讨价极其残酷"就便是我希图你谢，靠你有些什么东西能打动我？"赵姨娘在这讨价还价的当口，本应矜持一些，悠着点儿，保一点个人及所属利益集团的战略秘密和财务秘密，她却张口便说："你若果然法子灵验，把他两个绝了，明日这家私不怕不是我环儿的。那时你要什么不得？"马道婆不消说已心痒难熬，却偏"低了头"，又是"半晌"方说道："那时候事情妥了，又无凭据，你还理我呢！"赵姨娘立马献出所能拿出的一切：体己银子、衣服簪子、五百两银子的欠契……在她这方面，每一行动都完全没有防范性和应变性，马道婆却不然，"伸手先去抓了银子掖起来，然后收了欠契"，这两个动作完成之后，才进入最后一步——露出魔爪和毒牙："向裤腰里掏了半晌"（注意：又是"半晌"，这种节奏都是故意设计出来的，赵姨娘却全然不懂，以无节奏对有节奏，自然是前者亏后者赚），"掏出十个纸铰的青面白发的鬼来，并两个纸人"——原来马道婆是早有存货、随时推销、力求高价、现货供应，真是招摇撞骗的行家里手，而赵姨娘呢，却是急中生蠢铤而走险。两丑相对，一丑降了一丑，被降者不仅丑而且陋。

马道婆的魔法居然应验，宝玉、凤姐相继突发暴病，以至到了第四日早晨，贾母等正围着宝玉哭时，只见宝玉睁开眼说道："从今以后，我可不在你家了！快收拾了，打发我走罢。"贾母听了这话，如同摘去心肝一般。事情到了这个地步，赵姨娘大可不动声色，静候战果，如果要出面在这场动乱中加些佐料，上策应是装得更比王夫人还要悲戚，双手合十口念弥陀恳求上天保佑宝玉早日康复，谁知这位妇人却取了下下策，她跑到贾母面前劝道："老太太也不必过于悲痛。哥儿已是不中用了，不如把哥儿的衣服穿好，让他早些回去，也免受苦；只管舍不得他，这口气不断，他在那世里也受罪不得安生。"结果被贾母照脸啐了一口唾沫，骂道："烂了舌头的混账老婆，谁叫你来多嘴多舌的……"幸亏贾母还只是疑到她在贾政面前的挑唆，倘若贾母真追查出她与马道婆的勾当，那她可是胜利在望时反倒自取灭亡了。赵姨娘的这种超级不得体也使得贾政当着众人将她"喝退"，她的靠山说了归齐也就是贾政一人，而她竟不为自己留一点退路。

这样掰开了揉碎了地一咀嚼，方知曹雪芹塑造赵姨娘这一角色，功夫全用在错位上，即该人在心理上、做派上、语言体系上等各个方面，自我身份竟时时处处与对象、场合、情境大错位。倘若说书中其他丑角，如贾芸的那位舅舅卜世仁，贾政豢养的清客詹光、单聘仁，荡妇多姑娘、鲍二家的，包括上面分析过的马道婆，他们的丑态都还属于在与他们身份相合的文化层面上的丑，那么，赵姨娘之丑态，就不得不使人发出这样的感慨：怎么搞的，这么个层面上这么个圈子里竟跑出这么个活宝贝来了？

抱着这样的眼光再读第五十五回“辱亲女愚妾争闲气”，我们的体会就更深了。赵姨娘的兄弟赵国基死了，管事人吴新登的媳妇想难为探春一下，所谓“欺幼主刁奴蓄险心”，结果被细心的探春发觉，从而坚持了府中“祖宗手里旧规矩”，不是像袭人丧母那样按“外头收进来的”成例赏四十两，而是按“家里的”算只赏二十两。尽管并无“天时、地利、人和”，赵姨娘发动一场抗争本也不难理解，倘若她稍有心计，她便应从下列几种目标中衡出取何舍何来，至少，应排出轻重缓急的顺序：

A. 着眼于银子。力争为赵国基拿四十两赏银。

B. 着眼于面子。实在拿不到四十两赏银，也要为自己争到一定的面子。

C. 着眼于寻求同情。要从这件事情上唤起在她与王夫人一房的冲突中持中立态度的人们的同情与怜恤。

D. 着眼于争取探春。争取的可能性既小，则对施以适度的进击——要从这件事情上扫一扫不认她不理她不顾她不帮衬她的探春的面子。

E. 着眼于显示自己的力量。不管怎么着晚上总与贾政有亲近之时，其奈我何？

衡出了取舍和轻重缓急之后，她最起码应设计好上场后的第一句话和第一个步骤，但曹雪芹是这样描写她的：

> 忽见赵姨娘进来，李纨探春让坐。赵姨娘开口便说道：“这屋里的人都踩下我的头去还罢了。姑娘你也想一想，该替我出气才是。”一面说，一面眼泪鼻涕哭起来。

言谈举止完全超出她那个社会文化圈的外在规范，劈头一句便极不得体，打击一大片，而又并未清楚地宣布出自己的纲领，更奇怪的是对方尚未还击便先自气馁，“眼泪鼻涕哭起来”，倘是使用“哀兵必胜法”，则眼泪尚可鼻涕却绝对多余。而且气头上更大放厥词：“如今你舅舅死了，你多给二三十两银子，难道太太就不依你？”一下子惹得探春气得脸白气噎，抽抽咽咽的一面哭，一面问道：“谁是我舅舅？我舅舅年下才升了九省检点，那里又跑出一个舅舅来？我倒素习按理尊敬，越发敬起这些亲戚来了……”赵姨娘不按那个社会文化圈的牌理出牌，结果是满盘皆输，以上为她设想的五种目标中，只有D种沾了点边，而且水溅两面，她这一方的面子更只有扫地的份儿。

像上述这类的家族纠纷，在我们当代读者眼中，探春与赵姨娘之间并无正义与非正义之分，犹如“尴尬人难免尴尬事”一回中贾母与邢夫人之间并无善恶之分一样，邢夫人不消说是个“禀性愚犟”、惯弄“左性”的贵妇，骨子里既可恨又可气又可笑，但她毕竟有着所从属的那个社会文化圈的外在装饰，在替贾赦讨鸳鸯不成碰了贾母一鼻子灰，事情黄了之后，到底大面上也还能对付过去，第四十七回中有这样一个细节：

> 贾琏到了堂屋里，便把脚步放轻了，往里间探头，只见邢夫人站在那里。凤姐儿眼尖，先瞧见了，使眼色儿不命他进来，又使眼色与邢夫人。邢夫人不便就走，只得倒了一碗茶来，放在贾母跟前。贾母一起身，贾琏不防，便没躲伶俐……

我们可以对这种社会文化圈的臭讲究持最苛刻的批判态度，但也不得不对贾琏、凤姐儿以及邢夫人的“得体统”大表佩服，他们之间至少表面上总算是“文化合拍”。赵姨娘却置身其间而无丝毫合拍之处，岂不怪哉？连对这个贵族文化圈持最叛逆态度的晴雯，大难临头时也懂得只有拾起这个文化圈中的武器才能抵挡来自这个文化圈的迫害，面对王善保家的发出的大话：“姑娘，你别生气。我们并非私自就来的，原是奉太太的命来搜察……”晴雯便“指着她的脸说道”：“你说你是太太打发来的，我还是老太太打发来的呢！”赵姨娘面对探春的驳斥，却连造谣说贾政认为赵国基得用这类的手段都不会用，任凭对方用贵族文化圈中的“规矩”把她扫荡得轻若尘埃，最可笑的是：

> 忽听有人说："二奶奶打发平姑娘说话来了。"赵姨娘听说，方把口止住。只见平儿进来，赵姨娘忙赔笑让坐，又忙问："你奶奶好些？我正要瞧去，就只没空儿。"

动若轰雷，而息若败叶。一失利便恨不得向宿敌谄媚讨好。其丑态真令人笑掉大牙。

赵姨娘的自我失落，即在文化圈中的大错位，在"茉莉粉替去蔷薇硝"一回中达到登峰造极的地步。平心而论，《红楼梦》中的第五十八回到六十二回这五回中，有最独到之处——笔触向几个方向伸到了大观园的最下层和最角角落落的地方，显示出除了主子层面和体面大丫头层面上的各利益集团及人与人之间的钩心斗角之外，尚有着多层次的、互相纠葛的、蛛网般的利益集团之争与个人恩怨之激荡。那几回的故事背景恰好发生在因朝廷中一位老太妃薨逝，"凡诰命等皆入朝随班按爵守制"之时，贾府的统治秩序一度松弛，故而底层的各种利益冲突也得以恣意泛滥，这于赵姨娘本是个极好的党同伐异、浑水摸鱼、以求一逞的时机，她却上不能借贵族文化圈之威，下不能乘平民文化圈之虚，左右不能组自我文化圈之阵。遇上了芳官用茉莉粉替去蔷薇硝欺骗贾环一事，她便上下左右不着边际地蠢动起来：

> 芳官正与袭人等吃饭，见赵姨娘来了，便都起身笑让……赵姨娘也不答话，走上来便将粉照着芳官脸上撒来，指着芳官骂道："小淫妇！你是我银子买来学戏的，不过娼妇粉头之流！……"

这战术自然非常之失算，因为对方毕竟是迎之以礼，而赵姨娘却先呈泼相；既然是把对方界定为"娼妇粉头"之流，自己即便捏酸假醋也该装出一副主子相才好，结果是被芳官伶牙俐齿地顶了回来："姨奶奶犯不着来骂我……'梅香拜把子——都是奴儿'呢！"赵姨娘恼羞成怒，"气的便上来打了两个耳刮子"，芳官"便拾头打滚，泼哭泼闹起来"。

其实赵姨娘的大打出手，也不是没有人拥护，“外面跟着赵姨娘来的一干人听见如此，心中各各称愿……一干怀怨的老婆子见打了芳官，也都称愿”。但赵姨娘并未自觉地同她们集结成一条战线，尽管事发前她遇见过夏婆子，搜集了一点藕官烧纸钱的材料，但并不能有效地抛出，她是连相好如彩云的“死劝”也听不进，连最沆瀣一气的贾环也拢不住的，孤军突进的处境，十分不妙，结果被芳官的友军藕官蕊官葵官豆官几人跑来，“豆官先便一头，几乎不曾将赵姨娘撞了一跌”，“那三个也便拥上来，放声大哭，手撕头撞”，“蕊官藕官两个一边一个，抱住左右手；葵官豆官前后头顶住”，芳官则有意“直挺挺躺在地下，哭得死过去”，构成怡红院有史以来最火爆的闹剧场面。及至尤氏、李纨、探春三人带着平儿与众媳妇走来，“将四个喝住。问起原故，赵姨娘便气的瞪着眼粗了筋，一五一十说个不清”。兵败如山倒，被探春说教一顿之后，她竟“闭口无言，只得回房去了。”

赵姨娘在《红楼梦》中，实在是独一无二的活宝贝。她之不自尊、不自重、不自知、不自爱固不待言，试问，《红楼梦》一书中又有哪个角色如她这样，可恨而不可畏，可笑而不可怜，可气而不足恼，可厌而不足与之细计较呢？

赵姨娘的年纪，算来不过三十出头，大约不到三十五岁，在贾政面前，似还可邀宠。她究竟有哪点让贾政看中了并嚼之有味呢？道光时有位“读花人”作有一《赵姨娘赞》，其文曰：

> 食色性也，而亦有不尽然者。鲜于叔明嗜臭虫，刘邕嗜疮痂，贺兰进明嗜狗粪；今将赵姨娘合水火五味而烹炝之，不徒臭虫痃疮也，直狗粪而已矣！而贾政且大嚼之有余味焉……

读至此，我以为他把这一问题归结为贾政的贺兰进明式怪癖，显然十分牵强。但“读花人”于百思不得其解之后，恍然大悟般地献出了谜底云：“其下体可采也。”“读花人”是有道理的。第七十二回写到“来旺妇倚势霸成亲”，凭借着凤姐贾琏的势力，硬要彩霞嫁给酗酒赌博、容颜丑陋且一技不知的旺儿之子，“赵姨娘素日深与彩霞契合，巴不得与了贾环，方有个膀臂”，“是晚得空，便先求了贾政”；“是晚得空”自是“史笔”，贾政平时晚上与谁同房展术，由此洞见，然而贾政却大不以为然：“且忙什么……再等一二年。”赵姨娘直至“打发贾政安歇”，也未求通此事，彩霞竟只好配给旺儿之子。足可见赵姨娘到头来只是个“打发贾政安歇”的泄欲工具而已，除此而外她连一个小小的请求也得不到回应。曹雪芹这样刻画赵姨娘，确有从旁揭示贾政这位“正人君子”在众人背后性欲亢进的放纵一面，那真是比薛蟠的“皮肤滥淫”还要等而下之的习性，因为要的只是“下体可采”，掩卷深思，不得不骇叹于曹雪芹下笔之锐之细之隐之深。

莫再嫌赵姨娘这一人物“扁”了，生活中就有这号角色，虽然浅薄鄙陋，而偏以类似“下体可采”的因素混入了一个其本来不够资格加入的社会文化圈，结果演出了一幕幕令人哭笑不得的闹剧。我们怎能粗心地把赵姨娘视作一个没有嚼头的角色呢？反而大声喝彩！

1990 年 8 月改定

话说璜大奶奶

《红楼梦》第十回上半回叫“金寡妇贪利权受辱”，其实这半回书着重刻画的并不是金寡妇，而是璜大奶奶。

金寡妇胡氏是金荣的母亲。金荣是第九回“闹书房”中与宝玉、秦钟对立的一名同窗，当学童间的矛盾激化以后，他敢于“抓打宝玉”，并“随手抓了一根毛竹大板在手”，舞动的结果，不仅“茗烟早吃了一下”，更使秦钟的头撞在板上，“打去一层油皮”，忠仆挚友被打，宝玉气恼异常，到头来金荣只好又作揖又磕头，败退回家。

贾氏家塾，金家子弟怎么跑来就读？宝玉气恼中就查问：“这金荣是哪一房的亲戚？”茗烟揭出了他的“老底”：“他是东府里璜大奶奶的侄儿，什么硬挣仗腰子的，也来吓我们！璜大奶奶是他姑妈。你那姑妈只会打旋磨儿，给我们琏二奶奶跪着借当头，我眼里就看不起他那样主子奶奶么！”

第十回中更进一步交代：金荣他姑妈原给了贾家“玉”字辈的嫡派，名唤贾璜，“但其族人那里皆能像宁荣二府的家势？原不用细说。这贾璜夫妻，守着些小小的产业，又时常到宁荣二府里去请安，又会奉承凤姐儿并尤氏，所以凤姐尤氏也时常资助他，方能如此度日。”

璜大奶奶那一日“正遇天气晴朗，又值家中无事，遂带了一个婆子，坐上车家里走走”，瞧瞧寡嫂和幼侄。去后听到贾家学房里的事，她是“不听则已，听了，怒从心上起”。怒从何来？她劈头一句便是：“这秦钟小杂种是贾门的亲戚，难道荣儿不是贾门的亲戚？”

原来璜大奶奶从“背景意识”中来。

何谓"背景意识"?

人在社会存在，是一种网络结构，个人作为网络中的一个结点，与他相勾连的网线是他的"门户"，从他那个结点望去，或相近的结点朝他望去，"门户"后边的有一定可视性的网络,便是他的"背景"。俗话说:"八竿子打不着"。便是"背景"模糊到几乎不存在的地步。

璜大奶奶是一个极度重视"背景"的人。首先她时刻不忘自己是贾氏家族中的一员。其夫贾璜虽不能造就显赫的家势,但毕竟是宁国府一支的嫡派传人,与贾珍的血缘关系较贾琏、宝玉更近，论起来贾珍与贾璜算是堂兄弟，璜大奶奶与尤氏算是妯娌辈,那么贾蓉秦可卿便该是侄儿侄媳妇,秦可卿的弟弟秦钟,不过是她侄媳妇那边的一个外姓远亲，且是晚辈中的晚辈，难怪璜大奶奶一听秦钟便"怒从心上起"，想必嘴角撇到了耳根，并毫不迟疑地骂出了"小杂种"的话来。

倘从贾氏家族的网络为本位,秦钟也宜乎定性为"小杂种",因为细加推敲,他与秦可卿也并无血缘关系，第八回末尾对他的来历有如下叙述:"他父亲秦邦业现任营缮司郎中，年近七旬，夫人早亡；因年至五旬时尚无儿女，便向养生堂抱了一个儿子和一个女儿。谁知儿子又死了，只剩下个女儿，小名叫作可儿……因素与贾家有些瓜葛，故结了亲。秦邦业却于五十三岁上得了秦钟，今年十二岁了……"秦钟与秦可卿实质上既不同父也不同母，要不是一连串的偶然机缘，他这个"杂种"是万难"混"进贾氏家塾，就算侥幸混入，也绝不可能在学童混战中得到宝玉庇护，从而使金荣不得不忍气吞声磕头赔礼，大获全胜的。

单纯的"背景意识"，不过产生自卑或狂傲，"背景意识"发展到"背景比较意识"，即处于一个结点上的个体，自觉地把自己的网络背景同另一个结点上的个体的网络背景做纵深的比较，则有可能派生出从自杀到杀人这样一个很大幅度上的某一种行为。那一天璜大奶奶"带了一个婆子,坐上车"去看寡嫂,本来大概只在潜意识中流动着"背景意识"——她是声势显赫的宁国府贾珍尤氏的"大妹妹"(书上明言贾珍除"璜大奶奶"外还这样称认她)，尽管一个婆子一辆车子的"排场"就荣、宁二府而言是无比的寒酸，但她以这样的架势迈进娘家嫂子的门楣，却不消说能引起恐怕既无婆子又无车子的金寡妇的高度尊重与认同，也即是以自身的“网络背景”引出对自身这个结点的价值崇拜，以达到心理上的一种满足。但落座后寡嫂将闹书房的事“从头至尾，一五一十”对她讲过以后，她那静态的“背景意识”便顿时“升华”为“背景比较意识”了，一“比较”，便产生“落差”，一有“落差”，便产生出瀑布般的冲动，一冲动，便必然会有行为。所以，尽管金寡妇不过是当作一桩闲话聊聊，抒抒心中的郁闷烦恼，绝无求姑奶奶打抱不平的用意，璜大奶奶也还是决意“速战速决”，这可让金寡妇“急的了不得”，忙说道：“这都是我的嘴快，告诉了姑奶奶，求姑奶奶快别去说罢！别管他们谁是谁非，倘或闹出来，怎么在那里站的住？要站不住，家里不但不能请先生，还得他身上添出许多嚼用来呢！”金寡妇是现实主义者，所以“贪利权受辱”，而璜大奶奶却是个“浪漫主义者”，她说：“那里管得那些个？等我说了，看是怎么样！”也不容她嫂子劝，一面叫老婆子瞧了车，“坐上竟往宁府里来”。

璜大奶奶的立往宁国府“评理”，并非为维护嫂子侄儿的利益，而是“完成自我”，想必一路上她满脑子仍然转悠着以宁府贾氏为本位的“网络计算”，我们且据第二回“冷子兴演说荣国府”提供的资料，以“竿子”为度量，则可帮璜大奶奶算出：

宁国公	一竿子
宁　公	两竿子
贾代化	三竿子
贾　敬	四竿子
贾　珍	五竿子

即使贾璜的高祖是宁国公的胞兄弟，则作为璜大奶奶她也是宁国府“五服之内”的正宗亲戚，金荣虽是她娘家侄儿，但确系血亲，所以无须“八竿子”也可以打到贾氏网络之中，秦钟呢？秦可卿呢？真用“竿子”打量，则十竿子一百竿子也未必能打到！

想必前往宁国府的路上，璜大奶奶一定沉浸在“战无不胜”的情绪之中。那真是一道心理上的宴飨。

曹雪芹在璜大奶奶“怒从心上起”到“那里管得那些个？”“坐车竟往宁府里来”这一段情节中，揭示出了作为社会存在的个人人性中的一种相当普遍存在的弱点。璜大奶奶的“背景意识”所突出的是亲缘门第，那是那一时代那一社会环境中她那一社会阶层中的人最习见的心理模式，至今也仍存在于世界各民族地域的人类心灵之中，然而人性弱点中的“背景依附”或“背景攀附”意识还包括更宽泛的取向，例如现代人也仍然常把人生某阶段上的一般性联络接触点，在潜意识中化为自我的一种“背景优势”，一旦遇到别人有所求，或如金寡妇似的只不过诉及烦恼缺憾而并非一定有所求的，便会突然激发出一种“调动背景”的热情，声言自己有“老上级”“老同学”“老同事”“老邻居”“老熟人”“老关系”可以启用，或尽管关系不那么“老”，但“我们在那一年见过”，“我们在那个会上聊过”，“我们彼此印象都很好”，“他说过有事可以去找他”等，从而在这种“背景意识”驱动下，派生出一组或滞留在构想中，或竟开始进行，或未进行完便自动中止，乃至执意进行到底的行动，很遗憾，这类行动如实行到底，虽也有成功的例子（如璜大奶奶就曾“千方百计”地求过“西府里琏二奶奶”，让金荣得以去贾氏私塾附学），但大多数情况则很可能是劳而无功，既不可能对触发出这一行动的他人带来实际好处，也不能对自我产生良性效应，并且还往往会在“老关系”中增添不快，砸破虚幻然而美丽的“我与他”关系而衡出真实的距离与冷酷，所以这类的行动常常只是一种蠢动。

曹雪芹用他的生花妙笔写出了璜大奶奶蠢动所导致的尴尬境地：

> 到了宁府，进了东角门，下了车，进去见了尤氏，那里还有大气儿？殷殷勤勤叙过了寒温，说了些闲话儿，方问道：“今日怎么没见蓉大奶奶？”

妙极了！“进了东角门，下了车，进去”，十个字写出了一种实际距离。“侯门一入深似海”，气儿再盛，璜大奶奶也只能是进“东角门”，并且必须立即下车，

"进去见尤氏"那"进去"的历程，可能就不止经过一道门、一条廊、一个弯儿、一座厅，现实的距离，消磨、碾碎了璜大奶奶的浪漫主义，所以"那里还有大气儿？"趋奉到尤氏面前，便只能"殷殷勤勤"叙寒温，这个时候，她大概才恍惚想起来自己姓金，既非贾氏血统中的一员，也非丈夫贾璜之堂兄贾珍夫人尤氏那一血统中的一员，置身在这个她借以向寡嫂示威的真实背景之中，她反而"二乎"了，想必这时她方寸已乱，所以只能胡乱地"说了些闲话儿"，当她问出"今日怎么没见蓉大奶奶？"时，她在寡嫂家中形成的"心理升华"肯定已同泄完气的气球一般落到实处——归于原位，她与贾府、尤氏的关系，其实质确如茗烟所说，不过是"打旋磨儿"请安和"借当头"以资度日的那么一种关系，作为勉强与贾氏"网络"有勾连的一个"网结"，她只能是有求于"背景"而绝不能向"背景"挑战，例如打上门去"评评理"。

最让璜大奶奶感到酸辛的，恐怕还是尤氏关于秦可卿病情的一番诉苦，其中偏还提及秦钟在学房里"受了万分委曲"的事，而且此事正加重着秦可卿的病情——即使不提学房打架一事，光尤氏那对儿媳妇的超常关怀，也够璜大奶奶深刻反省一时——原来人的"背景"不能仅从血缘上去攀算，还有一种最具超越性的"受宠"因素，一旦一个网结成为一组网络的"宠物"，那么附近其他的网结就不要再痴心地按"常规常理常序"去与之攀比了！在寡嫂家中时，璜大奶奶视秦钟为"小杂种"，虽贱视万分，毕竟还构成一个视觉的焦点，而在尤氏及尤氏所转述的秦可卿的嘴中，那"欺负"秦钟的金荣已化为两个极模糊的符号："不知是那里附学的学生"，"狐朋狗友"，可见在尤氏和秦可卿的眼中以内金荣连"小杂种"也不如，根本轻若尘埃，无须把他搞得那么清楚（"不知"也懒得"知"），也无须去找他或他家里"评评理"（无非"狐朋狗友"，无须细掰是非）；面对着家势显赫的尤氏，聆听着一番为儿媳病情"心焦"的絮叨，璜大奶奶"把方才在他嫂子家的那一团要向秦氏理论的盛气，早吓得丢在爪洼国去了"，宜乎如此——许多人都有过类似的社会生活经验，或许并不一定是去找自己攀附的"背景""理论"，或许只不过是去替人求情、帮人说事，毋庸对方拒绝，一接触间，真实的距离感凸现出来，便会自然而然地把来时向某个比自己"背景低"的人炫耀过的"盛气""丢在爪洼国去了"。

这种往“爪洼国”的丢失倒也能成为一种心理自疗,璜大奶奶是趁怒而来,经过酸窘惶惑，结果竟趁喜而去：

> 正是说话间，贾珍从外进来，见了金氏，便向尤氏问道：“这不是璜大奶奶么？”金氏向前给贾珍请了安。贾珍向尤氏说道：“让这大妹妹吃了饭去。”贾珍说着话便向那屋里去了。金氏……贾珍尤氏又待的甚好，因转怒为喜，又说了一会子闲话，方家去了。

一个婆子一辆车，回家的路上，想来璜大奶奶心中可品味的甜蜜颇多，你看,贾氏家族如此庞大,贾珍却还偏记得我（尽管有点拿不准,并且是望着尤氏,用了“不是……么？”的疑问句式而非用“是……吧！”的肯定句式）；还热情地称我为“大妹妹”，要留我吃饭（尽管一边说着这话一边已拿脚向那边屋走去）；尤氏还耐心地又同自己“说了一会子闲话”（能有几个贾氏府外家族中人有此殊荣）。

经过这桩事，可以肯定，璜大奶奶的“自我背景意识”不仅没有破碎，反而更加膨胀，一旦遇到某种契机，她仍然可以并非因自身要“借当”而挺身迈入宁国府，或去“理论”，或去为他人“求情”，我们也可以大致肯定，她会再次将进府的意图“丢在爪洼国”，而重获一种心理上的满足。

只要世上存在着高低贵贱贫富隐显雅俗强弱等的社会差异，作为社会网络中的一些网结就一定会产生出一种趋附意识，把其实与自己联结得并不那么紧密切近的网线和网结视为自己的“背景”，并一直积淀到潜意识深处，演出一幕幕类似璜大奶奶进宁国府式的活剧来。

曹雪芹在《红楼梦》一书中写到许多社会个体为自身利益不得不攀附显贵“背景”以求发展的故事。例如刘姥姥的勇闯荣国府、廊下贾芸的谀求王熙凤等,但刘姥姥、贾芸之流却与璜大奶奶不同，他们对自我与“背景”间的距离始终有很清醒的认识，从未陷入过璜大奶奶式的浪漫意识，所以他们的故事与之有质的差异,这许许多多不同的人物和故事因而互补为一幅斑斓奇诡的世态长卷,也互补为深奥幽细的人性宇宙。

就前八十回而言，我们看不出曹雪芹对璜大奶奶这一角色的设计还有什么别的用意，是否“草蛇灰线，伏延千里”，后面还会出现呢？令人奇怪的是，在“秦可卿死封龙禁尉”时，“彼时贾代儒、贾代修、贾敕、贾效、贾敦、贾赦、贾政、贾琮、贾㻞、贾珩、贾珖、贾琛、贾琼、贾璘、贾蔷……贾芝等都来了”，所列玉字辈的共六位，其中并无贾璜。这或许还勉强可以解释为他媳妇的娘家侄儿得罪过秦氏姐弟，羞于出场，那么，第五十三回写到“宁国府除夕祭家祠”，那是连平日绝不露面“只在都中城外和那些道士们胡羼”的贾敬也不得不跑回来参与祭祀的，而且从年三十祭祖到元宵节的一系列家族活动中，提及玉字辈人物除荣、宁二府之内的贾珍、贾琏、宝玉外，至少还提到过从府外来的贾琮，却也绝无贾璜出现，自然也就没有璜大奶奶的身影闪动，倒是出现了“贾菌之母娄氏”那样的徒具符号而绝无形象的亲戚。曹雪芹交代说：

> 贾母也曾差人去请众族中男女，奈他们有年老的，懒于热闹；有家内没有人，又有疾病淹留，要来竟不能来；有一等妒富愧贫，不肯来的；更有憎畏凤姐之为人，赌气不来的；更有羞手羞脚，不惯见人，不敢来的……

所列的五种情形，都解释不了贾璜夫妇特别是璜大奶奶的缺席，或者勉强可以用第二种情形去猜想，是惯能风风火火的璜大奶奶竟偏在节下因“疾病淹留”不能到荣国府或宁国府中更充分地享用她的“背景之乐”。

即便如此，在八十回书中占了半回的璜大奶奶仍是令人难忘的。她使我们对至今仍未泯灭的一种人性弱点有了一种强光照射下的显微感受，从而在幽默中萌生出一种净化自我心灵的愿望。

1991 年 1 月 11 日于北京安定门绿叶居中

话说李嬷嬷

试问:《红楼梦》中哪个丫头遭撵最无辜？我以为是宝玉房中的茜雪。请看：

> 宝玉……忽又想起早晨的茶来，问茜雪道：“早起沏了碗枫露茶，我说过那茶是三四次后才出色，这会子怎么又斟上这个茶来？”茜雪道：“我原留着来着，那会子李奶奶来了，喝了去了。”宝玉听了，将手中茶杯顺手往地下一摔，豁琅一声，打了个粉碎，泼了茜雪一裙子。又跳起来问着茜雪道:“他是你那一门子的‘奶奶’，你们这么孝敬他？不过是我小时候儿吃过他几日奶罢了，如今惯的比祖宗还大，撵出去大家干净！”说着立刻便要去回贾母。

这是第八回里的事,及至读到第十九回,我们就发现被撵的并不是那位“惯的比祖宗还大”的李嬷嬷，而是完全没有什么舛错的茜雪。自来就有所谓“傻大姐一笑死晴雯,一哭死黛玉”之说,现在可以加上一句:“贾宝玉一怒撵茜雪。”所谓“枫露茶”，似不见于任何《茶谱》，我怀疑“枫露”是“逢怒”的谐音，其实“惯的比祖宗还大”的是“绛芸轩”里的贾公子本人，茜雪何辜，而成为《红楼梦》中头一个被撵出去的丫头,并且不知所终。据甲戌本第八回的“脂批”，有“晴雯茜雪二婢又为后文先作一引”的说法，“后文”不知是狭义的“紧接着的下文”还是广义的“后半部文字”的缩语,令人意想悬悬。“茜雪”就是“红雪”的意思，在曹雪芹原来的构思的全局中，应有茜雪的再次出场，或许那时宝玉已处在“寒冬噎酸齑，雪夜围破毡”的境地，与茜雪重逢时，是遭到报复奚落，还是得到原宥怜悯呢？

不去探究茜雪的命运了。总之她因茶被撵。宝玉的发怒，从生理原因上分析，自然是因为在薛姨妈处喝得大醉而神经系统出了问题：从心理原因上分析，则是因为他对奶妈李嬷嬷的嫌厌痛恨经过一桩又一桩事情的刺激，积累到不能不大爆发一通的地步。

李嬷嬷在第三回中便已出现。根据贾母的亲自安排，“当下王嬷嬷与鹦哥陪侍黛玉在碧纱橱内，宝玉乳母李嬷嬷并大丫头名唤袭人的陪侍在外面大床上”。“是晚宝玉李嬷嬷已睡了”，袭人才到碧纱橱里去向黛玉套近乎，可见李嬷嬷在嬷嬷中是最有头有脸的。

李嬷嬷自小把宝玉奶大，宝玉断奶后直到《红楼梦》故事开始时（宝玉总有十来岁了）还夜夜同宝玉同榻，可宝玉对她却只有嫌厌。在至为重要的第八回中，除了细写宝、钗、黛的第一次聚合和性格冲突，有相当的篇幅是写宝玉和李嬷嬷的冲突。

宝、李的头一个冲突是要酒和拦酒。薛姨妈把自己糟的鹅掌取来给宝玉尝，宝玉笑道：“这个就酒才好！”薛姨妈便命人灌了上等酒来。李嬷嬷上来拦酒。薛姨妈笑道：“老货！……就是老太太问，有我呢！”把她打发到一边吃喝去了。但宝玉三杯过去，她又上来拦阻，宝玉屈意央告，她却道：“你可仔细今儿老爷在家，提防着问你的书！”使得宝玉“心中大不悦，慢慢的放下酒，垂了头”。多亏林黛玉用“比刀子还利害”的一番话，才帮宝玉排除了李嬷嬷的干扰，得以尽兴。在这头轮冲突中，李嬷嬷的心理动机还可解释为关怀宝玉的身体，虽然搬出了“老爷在家，提防着问你的书”这种恐吓，倒也还不必把她的见识提升到倡导“仕途经济”、维护“纲教伦常”上，她不过是使用小孩子怕什么便提什么的通常战术而已，说“老爷在家”同说“马虎子（麻叔谋）来了”“老狼就跟外边等着呢”并无什么区别。

李嬷嬷是贾母心中嘴里记得住提得起的奴才，所以宝玉从薛姨妈处回来后，贾母特意问众人：“李奶子怎么不见？”其实李嬷嬷早在宝玉尚在薛姨妈家喝酒时就溜回她自己家去了，但因为她的头脸硬大，所以“众人不敢直说他家去了”，只说：“才进来了，想是有事，又出去了”。这时宝玉踉跄着回头道：“他比李太太还受用呢！问他作什么！没有他只怕我还多活两日儿。”李嬷嬷表面上对宝玉照应周全，其实惯会打滑儿“受用”，她的溜号，使宝玉痛感此“老货”的存在是有百弊而无一利。这应算是宝、李一天内的第二次冲突。

第三次冲突也是非当面发生而纯属心理上的碰撞。宝玉回到“绛芸轩”，问晴雯道：“今儿那边吃早饭，有一碟子豆腐皮儿的包子。我想着你爱吃，和珍大奶奶要了，只说我晚上吃，叫人送来的。你可见了没有”？晴雯道：“快别提了。一送来我就知道是我的，偏才吃了饭，就搁在那里。后来李奶奶来了看见，说：‘宝玉未必吃了，拿去给我孙子吃罢。’就叫人送了家去了。”当时宝玉因为错以为林黛玉尚在旁边，所以隐忍未发。

紧接着便是因“枫露茶”而引起的第四次冲突。但偏李嬷嬷并不在场，而徒使无辜的茜雪不仅受惊污裙、挨骂蒙辱，并且还落了个被撵出去的下场。其实宝玉摔茶跳骂所针对的，是李嬷嬷的“奶母情结”。

何谓“奶母情结”？到第十九回，写到已然告老解事出去的李嬷嬷拄拐重游旧地，见“丫环们只顾玩闹，十分看不过”，因叹道：“只从我出去了不大进来，你们越发没了样儿了；别的嬷嬷越不敢说你们了。那宝玉是个‘丈八的灯台——照见人家，照不见自己’的，只知嫌人家腌臜。这是他的房子，由着你们糟蹋。越不成体统了。”并一再打听：“宝玉如今一顿吃多少饭？什么时候睡觉？”丫头们在胡乱答应，有的说：“好个讨厌的老货！”结果她就发现了盖碗里的酪：“怎么不送给我吃？”她拿起就吃，一个丫头道：“快别动！那是说了给袭人留着的，回来又惹气了。你老人家自己承认，别带累我们受气。”于是，

> 李嬷嬷听了，又气又愧，便说道：“我不信他这么坏了肠子！别说我吃了一碗牛奶，就是再比这个值钱的，也是应该的。难道待袭人的比我还重？难道他不想想怎么长大了？我的血变了奶，吃的长这么大；如今我吃他碗牛奶，他就生气了？我偏吃了，看他怎么着！你们看袭人不知怎么样，那是我手里调理出来的毛丫头，什么阿物儿！”一面说，一面赌气把酪全吃了。

那“我的血变了奶，吃的长这么大”，便是“奶母情结”的核心。俗话说“有奶便是娘”，通常都从吃奶者方面往供奶者方面推论，讽刺吃奶者“唯奶是从”，隐含着一种告诫，即“奶”并不能等同于“娘”，人不应当仅仅因为“奶”而丧失自我意志，趋同效忠。现在我们可以把“有奶便是娘”这句话反过来解释，即从供奶者方面往吃奶者方面推论，那就是李嬷嬷的心理模式了：“我的血变了奶，你吃了长这么大，因此我就是你的娘，你就完全属于我；而且不仅你人属于我，你的物质财富和感情世界也应属于我。”这就是她不但把豆腐皮包子端回家去，而且毫不犹豫地喝掉枫露茶，并在知道那一盖碗酪是留给袭人的以后，更要“赌气把酪全吃了”的原因（这些东西味道究竟是否美妙倒在其次）。占有宝玉的这些食物饮料，一端一仰脖一吞咽便可大快于心，占有宝玉的感情世界，却实在是“噫吁戏危乎高哉！”“难于上青天”了。从第三回我们知道，长期与宝玉每晚同榻共眠的，一位是李嬷嬷，一位就是袭人，袭人当然是晚于李嬷嬷才上到宝玉床榻的。“卧榻之侧，岂容他人酣睡！”李嬷嬷对袭人的嫉恨，可想而知。但又无法按“宋太祖灭南唐之意”行事，因为作为奶母，随着宝玉的长大，她必须隐退，而作为贴身丫环中的首领，袭人的地位则在冉冉上升，倘硬做比喻，那么她倒仿佛南唐，袭人倒颇具唐太祖的架势。因而她的斗争矛头，便率先瞄准了袭人。到第二十回，宝玉先是在全黛玉屋里听见自己房中嚷了起来，接着走过去：

只见李嬷嬷拄着拐杖，在当地骂袭人：“忘了本的小娼妇儿！我抬举起你来，过会子我来了，你大模厮样儿的躺在炕上，见了我也不理一理儿。一心只想妆狐媚子哄宝玉，哄的宝玉不理我，只听你的话。你不过是几两银子买了来的小丫头子罢咧，这屋里你就作起耗来了！好不好的，拉出去配了一个小子，看你妖精似的哄人不哄！”

“狐媚子”“妖精似的”，在那一种封建贵族家庭里，几乎是年轻女子最严重的罪子，丫头辈坐实了这个罪名更是难逃重罚，“拉出去配一个小子”还算是轻的，“或打，或杀，或卖”，都有可能。抄检大观园前，王夫人对晴雯的恨语便是:“这样妖精似的东西，竟没看见!”抄检大观园之后，王夫人发落芳官时的讽语则是:“唱戏的女孩子，自然更狐狸精了!”结果是“俏丫环抱屈夭风流,美优伶斩情归水月”。晴雯和芳官其实是一片天籁,同宝玉并无“苟且之事”,袭人则早在大观园盖起来之前，就同宝玉“初试云雨情”了，在李嬷嬷的进攻面前，她应是心怀鬼胎的。她为自己辩解不过，宝玉便替她辩护，谁想李嬷嬷仗着“手里有材料”，直截了当地冲着宝玉来了:

> 李嬷嬷……越发气起来了，说道:“你只护着那起狐狸，那里还认得我了呢?叫我问谁去?谁不帮着你呢?谁不是袭人拿下马来的?我都知道那些事!我只和你到老太太、太太跟前去讲讲……”

“我都知道那些事”的吼声，肯定直刺袭人和宝玉的心窝。须知贾宝玉在贾府中就始终没有过真正的“私人空间”，在进入怡红院前，更简直很难找到一个避开他人视野听觉的间隙，即使是跑到宁国府里去“神游太虚境”，也是先跟着“一族人”，乃至“众奶姆伏侍”“卧好了”“款款散去”，床前也还留下“袭人、晴雯、麝月、秋纹四个丫环为伴”，并且窗外檐下还有“看着猫儿打架”的“小丫环们”。因此，随着宝玉的性成熟，他的“云雨需求”，他的“意淫”，以及他那超出一般情欲的对年轻丫环烂漫青春的诗意欣赏，都必须排掉李嬷嬷这类“老货”的监视干扰，方能得逞，所以他嫌厌李嬷嬷“腌臜”，主张“撵出去大家干净”!

细想起来，宝玉真如置身在一个金丝编就的网罗中，李嬷嬷这位奶母，意也构成了那网罗的一个纽结，并一度严重地妨碍着他自主性的张扬。宝玉和李嬷嬷的冲突，最后竟在牺牲了无辜的茜雪这一惨痛的前提下，才以后者的“告老解事”稍有缓和，第十九回至二十回所写的“酥酪风波”和“骂袭风波”,宝玉已无摔茶杯的火气，固然一方面是因为并非醉中，另一方面也是因为李嬷嬷已基本从他的“准私人空间”中删除，不再构成同室同榻监管一切的严重危害——但阴影仍是存在的，在大观园已然盖成并且贾宝玉已搬进怡红院之后，“蜂腰桥设言传心事”一回中，丫环小红“刚至沁芳亭畔”，便“只见宝玉的奶娘李嬷嬷从那边来”，可见她对宝玉私生活的干扰，很长时间里都仍在继续。

李嬷嬷毕竟还是厚道的。她虽然“都知道那些事”，却终于还是没有到老太太、太太跟前去告发，置袭人于死地。她更不想让宝玉陷于身败名裂的境地。她确实是“爱”宝玉、为宝玉“好”。只是她陷于“奶母情结”而不能自拔。她在心理上至少犯了四个错误：

一、她不能面对哺乳对象长大成人这一事实。世上有许多的奶母同哺乳对象能够永久地保持着和谐的关系，中外古今这种例子很多，之所以能构成那样一种和谐的关系，关键之一是奶母能承认哺乳对象的长大成人并为之而欣喜自豪，因之她不会把思想感情固置于“我的血变了奶，吃的长这么大”，也就是说她会有“奶母之情”而不会使之僵滞为死结，她懂得“断奶”的必要，并且懂得“奶母”是阶段性的角色，哺乳对象可以永久感念一位“我当年的奶母”，而不可能永远依恋着一位“永远的奶母”。

二、她不能容忍哺乳对象与同辈异性之间的亲昵关系。奶母同哺乳对象永远不可能是同辈人之间的关系，并且奶母肯定会先于哺乳对象及其同辈人衰老褪色。想不通这一点那就只能在嫉恨怨艾中既折磨自己也折磨哺乳对象。

三、那过分急于从哺乳对象那里得到反哺的报答。并且她所期望的报答某种程度上是想垄断宝玉的感情世界，这种独占欲的需求当然是宝玉所万万不能满足的，因而引出了宝玉的深恶痛绝。

四、她不能容忍哺乳对象逸出她在哺乳时期所创立的生活模式。连贾母、王夫人在一定程度上也懂得宝玉的生活方式可以随着年龄的增长而略加调整，薛姨妈在这方面更有应变能力，李嬷嬷却糊涂透顶，在薛姨妈处拦酒时她叨唠说：“……姨太太不知道他的性子呢，喝了酒更弄性。有一天老太太高兴，又尽着他喝；什么日子又不许他喝。何苦我白赔在里头呢？”她希望宝玉永远是吮吸奶头的那个宝玉，永远由她同榻服侍着睡觉，而且她永远是宝玉身边的一大主角，当这一切都面临深重危机时，她感到极度的惶惑与悲哀。待她“告老解事”之后，重返旧地时目睹着“礼崩乐坏”的景象，就更是牢骚满腹、痛不欲生了。

曹雪芹为什么要用不算太少的笔墨写这位李嬷嬷？而且基本上是贬抑的写

法？谁都知道，曹雪芹的曾祖母孙氏是康熙的奶母，孙氏的儿子曹寅即雪芹的祖父则是少年天子康熙随熊赐履师傅从学的伴读，曹家的发迹几乎全赖孙氏做过皇帝奶母这一“背景”，而奶母孙氏同被哺者康熙之间的关系一直很和谐。1699年即康熙三十八年孙氏六十八岁时，康熙帝又一次南巡，以曹寅的任所织造署为行宫，孙氏拜见康熙帝，康熙帝不仅“色喜，且劳之曰：‘此吾家老人也。’赏赉甚渥”，而且还破天荒地为孙氏御书了“萱瑞堂”的匾额。曹雪芹这样刻画一位奶母李嬷嬷，岂不是有不敬家史之嫌吗？（书中另一位贾琏之奶母赵嬷嬷，曹雪芹下笔时也满含讥诮。）他的创作心理，实可探究。据甲戌本的“脂批”，写贾母问“李奶子怎么不见？”众人不敢直说“家去了”，这一细节是“有是事，大有是事”，似乎曹雪芹写李嬷嬷不过只是移写生活中现成人物现成事件和场景，然而细一推敲，不对了，书中的李嬷嬷显然过于龙钟，后来每一出场总拄着拐杖，年龄不仅远在王夫人之上，甚至像还超过了贾母，试问宝玉的奶母怎会是个古稀老人？退回十多年，她也难有奶汁可供哺乳啊！曹雪芹这样设计李嬷嬷的形象，仅仅是一种调侃，还是有自己的一番道理呢？这些，就都有待方家给我们揭秘了。

1992年5月

话说秦显家的

秦显家的在《红楼梦》中是个极次要的人物，她在第六十一回末尾方被提及，到第六十二回开篇一现，曹公写她只有寥寥三百来字，但却构成一个令人难忘的艺术形象，清人姜祺在他的关于《红楼梦》的组诗中就专为她咏道：越俎营求亦自艰，一声归去灰心魄，代庖谁料片时还，荣落春风顷刻间。

诗非佳构，却概括出了秦显家的在大观园内厨房的夺权斗争中的滑稽剧。

大观园的内厨房，对大观园内各门各院的主子。丫头们来说，当然是一个极其重要的阵地，谁在内厨房主政，其倾向性如何，亲谁疏谁，顺谁逆谁，不仅关系到口腹，也关系到耳目；也许就贾宝玉及钗、黛、迎、探、惜诸正经主子而言，任哪位到内厨房主政，也不能不对他们小心伺候、色色精细，因而他们对这一阵地的主持者是谁倒并不怎么去操心，然而从大丫头们以下，那就不能不随时要过问要考察，厨房的主持者究竟代表着哪一集团的利益？妨不妨碍着自己以及自己所属的集团的利益？对这样的厨头，是支持、拉拢、维护，还是反对、打击，直至借机把忠于自己的人推上去取而代之？

大观园一设内厨房，主持人便是柳家媳妇。柳家媳妇何以得到这份美差？书中没有明文交代，但透过书中的描写我们可以感觉到她对厨政是内行的，也麻利能干，但柳家的却一度栽了个大觔斗，让秦显家的夺了权。这场夺权闹剧，是大观园中丫头婆子们之间权益矛盾相激相荡的一个高潮，曹雪芹从第五十八回起，便刻意将笔触更多地移向大观园的下层，他用了四回多的篇幅。一环扣紧一环，七穿八达、玲珑剔透地描绘了公子小姐居室以外直至内厨房乃至荣国府外面的边边角角的俗人世界，他写得针脚细密，读来天衣无缝，大大地丰富了整部《红楼梦》的艺术天地与人物画廊，更从全书的核心内涵辐射出了许多令读者深思玩味的意外启示。

第六十一回末尾，当时林之孝家的押着成为阶下囚的柳家的来向平儿汇报，说："今儿一早押了他来，恐园里没人伺候姑娘们的饭，我暂且将秦显的女人派了去伺候。姑娘一并回明奶奶，他到干净谨慎，以后就派他常伺候罢。"林之孝家的虽为仆人，但有头有脸，故有提名权。然而她这一番话，不大像是提名，倒像是在给平儿下指示。读到后面我们便可悟出，林之孝家的推出秦显家的，是受了司棋一党的委托，而且有受贿行为。

但平儿是不好糊弄的。她当即问："秦显的女人是谁？我不大相熟。"

呜呼秦显家的，她遇到了一个知名度问题。毕竟大观园的内厨房是一个非可等闲视之的重要阵地，其主持人的知名度总要相当方好。林之孝家的只好如实交代："他是园里南角子上夜的，白日里没什么事，所以姑娘不大相识……"这是乱中夺权才有的情况：急匆匆将一个毫无知名度的"角子"上的白日里上不得台盘的"夜货"推出，以及时将企盼已久的阵地先占领住再说。大概是平儿听了并未改变原有表情，因而林之孝家的便不得不放弃鉴定式的语言而改用形象的描绘，以期唤起平儿的记忆："……高高孤拐，大大的眼睛，最干净爽利的。"但平儿似仍不买账。于是王夫人房中的玉钏儿一旁说道："是了。姐姐，你怎么忘了？他是跟二姑娘的司棋的婶娘。司棋的父母虽是大老爷那边的人，他这叔叔却是咱们这边的。"平儿听了，方想起来，笑道："哦，你早说是他，我就明白了。"平儿到底是个行政主管人才，你跟她空抛优等操行评语也好，形容那人长相性格如何中看中吃也好，她都不接你抛出的球，待你或别的什么人挑明所提名的人的人际背景时，她便"哦"的一声，心中有数了。

林之孝家的押着柳家的向平儿报告时，秦显家的已然进驻内厨房，并风风火火地在那里"一朝权在手，便把令来行"，她是"好容易等了这个空子钻了来"，俨然一位乱世英雄！那确是一个乱世。秦显家的从一个默默无名的角子上的上夜婆，一跃而成为大观园内厨房的厨头，首先得益于一个大而又大的社会背景。那便是朝廷里薨了个老太妃，"凡诰命等皆入朝随班按爵守制"。贾母、邢王二夫人，以及贾府中诸多的主子，都不得不先是早出晚归地去守制，后来更不得不外出一月，以参加老太妃入地宫的烦琐仪式。贾母、邢王二夫人等虽平日在府中并不直接理事，但他们的暂时出府，在府中人们的心理上，确实是形成了某种权力真空的效应。

社会大背景牵动着贾氏两府内的中背景，书中交代说：荣宁“两处下人无了正经头绪，也都偷安，或乘隙结党，与权暂执事者窃弄威福”，总管赖大“手下常用几个人已去，虽另委人，都是些生的，只觉不顺手，且他们无知，或举荐无因，种种不善，在在生事”。这说明权力真空又形成了秩序紊乱，平儿后来对宝玉等描述说：“能去了几日，只听各处大小人儿都作起反来了，一处不了又一处……”“这三四日的工夫，一共大小出来了八九件了，你这里的是极小的，算不起数儿来，还有大的可气可笑之事。”

具体到大观园这个小社会背景，那就更是波澜起伏，一波未平一波又起，后浪推前浪，浪打浪，直至惊涛拍岸。本来大观园里的人际关系就够复杂，谁知朝廷的国丧一起，按规定，“各官宦人家，凡养优伶男女者，一概蠲免遣发”，结果贾府在梨香院中所养的十二官，便有八个就地遣发，到各房当了二等丫头，而其中又有六个官进了大观园，随着她们的遣散，“又将梨香院内伏侍的众婆子一概撤回，并散在园内听使唤”，这样就使大观园的人口暴涨了几十口，无形中使大观园中的人际关系，更其错综复杂，也更其激荡紧张。

纲纪松弛，人际冲突，在大观园中形成的第一波是藕官私自烧纸钱祭奠她的同性恋人——死去的药官，于是有夏婆子出面干涉，而宝玉从中庇护；这夏婆子是怡红院中小丫头春燕的姨妈，春燕的母亲何婆偏又正好是芳官的干娘，这位干娘光给春燕的妹妹小鸠儿洗头却不照顾芳官洗头，又引出了大观园中的第二波，把袭人、晴雯、麝月都牵扯了进去，洗头一事何婆虽被麝月一席大话弹压得哑口无言，却又违反“内帏规矩”，跑进屋去要从芳官手中抢过汤碗为宝玉吹汤，结果当即被晴雯等骂出；接着又有莺儿编花篮引出的第三波，偏莺儿摘嫩柳条掐花儿做花篮的地段，恰好承包给了春燕的姑妈，这位婆子不好对莺儿发作，便联合正好走来的何婆向春燕大大地发泄了一番，结果春燕又寻求到了宝玉的庇护，逼使何婆不得不去向莺儿道歉；这几波还仅是大观园中一些青春女子同一些婆子间的冲突，体现出贾宝玉那独特的感慨与愤懑：“女孩儿未出嫁，是颗无价之宝珠；出了嫁，不知怎么就变出许多的不好的毛病来，虽是颗珠子，却没有光彩宝色，是颗死珠了；再老了，更变的不是珠子，竟是鱼眼睛了。”然而再往下，“茉莉粉替去蔷薇硝”，赵姨娘不仅为自己和亲生子贾环的利益披挂上阵，亲征怡红院，要剿灭芳官，而且，她也代表着夏婆子“那一干怀怒的老婆子”的集团利益，并更带有浓厚的府内正、庶两房的矛盾冲突性质，然而芳官的抵死反抗，以及藕、蕊、葵、豆四官的破脸大闹，把这场冲突引向了全武行的火爆境地，使得闻讯赶来管束的探春面对着“气的瞪着眼粗了筋，一五一十说个不清”的赵姨娘，陷入了十分尴尬的局面，这一波又伤害到了“才自精明志自高”的探春的自尊心，她“越想越气，因命人查是谁调唆的”，没人给她去查，偏又有艾官借机告了夏婆子的状，而夏婆子的外孙女儿蝉姐儿偏也在探春处当役，探春的大丫头翠墨听到了艾官的密告，以此为诱饵驱使蝉姐儿去内厨房托人买糕，蝉姐儿到了内厨房便将艾官密告一事知会了夏婆子，这样大观园内尤其是怡红院中的矛盾冲突，便又汇聚到内厨房中，终于又经“玫瑰露引来茯苓霜”一事，总爆发为了一场内厨房的权力之争。

柳家的因一心想把女儿柳五儿送到怡红院中，以填补小红调离和坠儿撵出形成的空缺，所以格外讨好怡红院的人，又尤其花力气联络芳官，蝉姐儿和芳官同到厨房中，前者备受冷落，后者大受欢迎。蝉姐儿是探春房中的，柳家的对探春不能不尊重，却并不“爱屋及乌”。柳家的对探春房中的丫头们不待见，对迎春房中的丫头们更不待见，第六十一回中写到迎春房里的小丫头莲花儿走来说：“司棋姐姐说了，要碗鸡蛋，炖的嫩嫩的。”柳家的立即严词加以拒绝，莲花儿却揭起菜箱，翻出了十来个鸡蛋，柳家的依然不允，两人对吵，柳家的振振有词地说：“我劝他们，细米白饭，每日肥鸡大鸭子，将就些儿也罢了。吃腻了膈，天天又闹起故事来了。鸡蛋，豆腐，又是什么面筋、酱萝卜炸儿，敢自倒换口味。只是我又不是答应你们的，一处要一样，就是十来样。我倒别伺候头层主子，只预备你们二层主子了。”从理论上，自然站得住脚，但实际情况呢？莲花揭她老底儿说：“……叫你来，不是为便宜却为什么。前儿小燕来，说‘晴雯姐姐要吃芦蒿’，你怎么忙的还问肉炒鸡炒？小燕说‘荤的因不好才另叫你炒个面筋的，少搁油才好。’你忙的倒说‘自己发昏’，赶着洗手炒了，狗颠儿似的亲捧了去……”结果莲花儿赌气回去将被拒的情形“添了一篇话”一说，司棋便带着小丫头们来大闹厨房，这位后来因为同姑表兄弟潘又安私通而遭到撵逐，引出许多读者和评家一掬同情之泪的大丫头，这一回到内厨房搞打砸抢的行径却实在难以恭维：她喝命小丫头们动手，“凡箱柜所有的菜蔬，只管丢出来喂狗，大家赚不成”。结果小丫头们七手八脚抢上去，一顿乱翻乱掷的，司棋率众走后，柳家的也“只好摔碗丢盘自己咕嘟了一回，蒸了一碗蛋令人送去”。而“司棋全泼了地下了”。柳家的直到这时也还不能自知，她已处在司棋等必欲找人将其取代的境地了！

结果柳五儿私进大观园偏巧被林之孝家的带着几个婆子撞见，又偏有小蝉、莲花儿并几个媳妇子走来，引发出一桩巧合而生的冤案，这下柳家的只能认倒霉滚下台来。凤姐对此事的批示是：“将他娘打四十板子，撵出去，永不许进二门。把五儿打四十板子，立刻交给庄子上，或卖或配人。”

秦显家的便是在大背景、中背景的笼罩下，并且在小背景中的一系列偶发性事件一路激荡流泻的进程中，一下子被抛到取柳氏而代之的厨头这关键岗位上的。为什么取代柳氏的不是夏婆子？从第六十回蝉姐儿去内厨房的描写可知，她姥姥夏婆子当时与别的厨工“都坐在阶砌上说闲话呢”，其地位显然已在“园里南角子上夜的”秦显家的之上，从阶砌进入厨房，只需迈过一道门槛。又为什么不是春燕的母亲何婆？何婆与夏婆子一样，原是梨香院中戏子的干娘，而柳家母女原只不过是梨香院中的差役，只因他“最小意殷勤，伏侍得芳官一干人比别的干娘还好”，故而“芳官等亦待他们极好”，如今她一个差役出身的倒台了，换上一个干娘出身的何婆，岂不更称其职？但到头来那些在前面与柳氏正面冲突以及同柳氏后台怡红院中一干人正面冲突的婆子媳妇们，竟都未能得到胜利果实，那熟了的桃子，竟由园里南角子上的一个并无星点汗马功劳的高高孤拐（高颧骨）的秦显家的，眨着一双大大的眼睛，“干净爽利”地摘取走了！

曹雪芹这样写，确是高度概括出了人世间权力斗争中的一个令胜利者和失败者乃至旁观者都不能不慨叹的往往是无可逭逃的规律。

秦显家的确也并非庸常之辈。她甫入厨主政，便飞快地演出了四部曲，部部精彩，堪为乱中夺权者之楷模。

一部曲:查前任亏空。这是增加自己取而代之的合法性的必不可少的一着。秦显家的“在厨房内正乱着接收家伙米粮煤炭等物”，查出了柳家的如下亏空:“粳米短了两石，常用米又多支了一个月的，炭也欠着额数。”其实这样的亏空是任何一任厨头主持厨政也难免的，但秦显家的岂能轻轻放过？必须大肆宣扬方能使任命自己的人态度更加坚定，而自己取彼而代之的底气也才更足。

二部曲：向上行贿。在查前任亏空同时，秦显家的“一面又打点送林之孝家的礼，悄悄的备了一篓炭，五百斤木柴，一担粳米，在外边就遣了子侄送入林家去了”。这足具讽刺意味：她用厨房中的炭、柴、粳米去行贿林之孝家的，不是尚未成炊便已亏出个大窟窿吗？但想必那一早她查前任亏空和以亏空行贿，都是真诚的，自我良心上并不存在着丝毫的过不去处。

三部曲：打点左右。她率先“打点送账房的礼”，柴米油盐酱醋茶一类东西不比别样，其轻重多寡难以精细计算，而毛算中便大有伸缩余地，故而只要联络好账房，货往少处算，费往高处估，那其间的油水，便足可有汪汪之观。

四部曲：收买人心。她“预备几样菜蔬请几位同事的人”，说:“我来了，全仗列位扶持。自今后都是一家人了。我有照顾不到的，好歹大家照顾些。”那所预备的几样菜蔬，看来也是用公中之物烹炒的，以公济私，秦显家的绝非生手。

倘若秦显家的就此在内厨房中主持这块阵地，宝玉及钗、黛、迎、探、惜、李纨及其他公子小姐的伙食，未必就会每况愈下，司棋得大方便自不待言，莲花儿、蝉姐儿等也必增口福，她是不是就一定给怡红院中的晴雯、芳官等“冷面”，似也难断拟，总之，秦显家的究竟在内厨房这块阵地上能否有出色的成绩，最后成了永远之谜，因为她“只兴头上半天”！“正乱着，忽有人来说与他:‘看过这早饭就出去罢。柳嫂儿原无事，如今还交与他管了。’”可怜秦显家的听了这话，轰去魂魄，垂头丧气，登时偃旗息鼓，卷包而去。送人之物白丢了许多，自己倒要折变了赔补亏空。她的直接后台司棋等人也“空兴头了一阵”，“气了个倒仰，无计挽回”；林之孝家的受了贿却也并不出来再为她说话，哪怕是代为请求不再到园里南角子上夜，而更换一较之体面些的岗位；秦显家的真是来得轰轰烈烈、风风火火，去得窝窝囊囊、凄凄惨惨！

秦显家的这一悲剧性结局，一是由于柳五儿冤案的平反昭雪，二是由于贾宝玉的瞒赃矜全，三是由于平儿说动凤姐实行了她的政纲。而这三者之中，最关键的是平儿政纲的实行。

倘若凤姐当时不是正在病中，即使五儿的冤情已明，即使宝玉出于投鼠忌器即顾全探春面子的动机而包庇了真的窃贼——赵姨娘的心腹彩云，又即使凤姐也嫌秦显家的知名度太差，依她的思路，那也无妨认可林之孝家先斩后奏的改组内厨房的措施，她对平儿说：“虽然这柳家的没偷，到底有些影儿，人才说他。虽不加贼刑，也革出不用。朝廷家原有挂误的，倒也不算委屈了他。”

“朝廷家原有挂误的”，一句话概括出了历朝历代多少官员的命运，又概括出了权力再分配中一种使用得多么普遍的毛估毛算大切大割的手法。《红楼梦》看来是梦，却时时令我们有梦醒后的怔忡。

平儿却趁凤姐病中放权，放胆实行了她那与凤姐思路迥异的政纲，她的政纲是：“得饶人处且饶人。”“得省的将就省些事也罢了。”“得放手时须放手。”“什么大不了的事，乐得不施恩呢。”“没的结些小人仇恨，使人含怨。”“如今乘早儿见一半不见一半的，也倒罢了。”说服了凤姐，得到凤姐认可后，她便出去向林之孝家的宣谕道：“大事化为小事，小事化为没事，方是兴旺之家。若得不了一点子小事，便扬铃打鼓的乱折腾起来，不成道理……”根据她这一政纲，柳氏母女“照旧去当差”，“将秦显家的仍旧退回”。她的这一政纲又迅即得到了“临时政府”中李纨、探春二人的认可，说是“知道了，能可无事，很好”。

“大事化为小事，小事化为没事”，“能可无事”，这样的政纲下的政治局面，竟使秦显家的如痴婆子从春梦中醒来，汗津津地只感到一场空，还不仅是一场空，还踏出了一个大亏空，她怕会在痛苦的失落感中渐渐地渗入对侄女儿司棋等人的恚怒吧：何苦“忽”地一下把我拔葱般栽到那么一个诱人的花盆中呢？“曾经沧海难为水”，哪怕在沧海中只滞留过短短的一个早晨，这以后又怎能再心平气和地在那园里南角子上守夜?

曹雪芹只用三百多字便勾勒出了秦显家的一出喜闹悲正兼备的活剧，他将秦显家的撂过后，便又放笔写他的正经大梦:“憨湘云醉眠芍药裀，呆香菱情解石榴裙”，但二百多年来的无数读者，对于秦显家的这场短暂的春梦，心中却总不能“了无痕”……

1992 年 12 月

红楼边角

大观园的帐幔帘子

“大观园试才题对额”的过程中，一贯不屑细问家事的贾政忽然向贾珍、贾琏查问起来：“这些院落屋宇……那些帐幔帘子并陈设玩器古董，可也都是一处一处合式配就的么？”“共有几宗？现今得了几宗？尚欠几宗？”贾琏见问，忙向靴筒内取出靴掖里装的一个纸折略来，略看了一看，回道：“妆蟒洒堆、刻丝弹墨，并各色绸绫大小幔子一百二十架，昨日得了八十架，下欠四十架。帘子二百挂，昨日俱得了。外有猩猩毡帘二百挂，湘妃竹帘一百挂，金丝藤红漆竹帘一百挂，黑漆竹帘一百挂，五彩线络贯花帘二百挂……”

这样的细节，调动起了读者的想象力，当读者头脑中浮现出大观园的厅堂轩馆时，就不仅有华丽的“硬件”，而且有多彩的“软件”，加以山石花木溪湖鸟兽的衬托，形成了一个神秘得细琐、缥缈得独特的世界。

“皇恩重元妃省父母”时，有一句总括性的描绘：“帘卷虾须，毯铺鱼獭”，虽是雪芹独创的语言，但意境到底模糊，不如几回写到潇湘馆是“湘帘垂地”，有一回写到怡红院正房中有一扇小门，“门上挂着葱绿撒花软帘”，这都是夏天挂的，到冬天，则有“麝月……掀起毡帘一看”的描写，如此等等，工笔之下，有活泼的画面流动。写帐幔比写帘子次数多。贾宝玉的床上，挂的是“大红销金撒花帐”；晴雯生病时睡的暖阁，则是“大红绣幔”，诊脉时“从幔里单伸出手来”；探春的“卧榻拔步床”，则“上悬着葱绿双绣花卉草虫纱帐”；宝钗床上原来“吊着青纱帐幔”，贾母嫌太素净，命令“再把那水墨字画白绫帐子拿来，把这个帐子也换了”……砖木结构的屋子里，柔软的帐幔不仅把空间划分为不同的功能区域，而且构成着一种情调。“红学”家们最爱引用林黛玉对紫鹃的这一叮嘱：“把屋子收拾了，下一扇纱屉子，看那大燕子回来，把帘子放下来……烧了香，就把炉罩上。”真是生活如诗，而帐幔帘子，则常常成为“诗眼”。读到这类细节，我们不免联想到“帘外雨潺潺，春意阑珊”“帘外谁来推绣户？……却又是，风敲竹”“帘卷西风，人比黄花瘦”一类诗句，在“通感”中达到审美愉悦的极致。实际上雪芹笔下的黛玉也专能从帘子上开掘诗情，她那“桃花行”前几句便是：“桃花帘外东风软，桃花帘内晨妆懒，帘外桃花帘内人，人与桃花隔不远，东风有意揭帘栊，花欲窥人帘不卷，桃花帘外开仍旧，帘中人比桃花瘦，花解怜人花亦愁，隔帘消息风吹透，风透帘栊花满庭，庭前春色倍伤情……”你看有多少个“帘”字！

帐幔窗帘，似乎西方也自古就很通行，但门帘却大可定为中国文化的一种表征。在中国，大门以里的内庭中，往往都是四季以帘代门，《红楼梦》里一写到内院生活，“掀帘子”这一动作就比“开门”出现的频率要高。门帘除了实用功能而外，实在是体现着中国文化那“隔”与“不隔”界限模糊疲软的“中庸”精髓。而从1861年起，差不多有半个世纪之久，紫禁城养心殿中那个垂在慈禧太后与同治、光绪两位皇帝之间的既非帐幔窗帘也非门窗的帘子，则在中国历史上起着非同小可的作用，足令人意想悬悬，感慨万端——尽管垂帘听政之制非慈禧所肇始，而长时期里还另有慈安与她同坐帘后。我想，倘有人专门以此做学术研究并撰写出一篇《中国的帘子》来，我们当不致讥他为“钻牛角尖”吧……

1991年10月5日

饫甘餍肥

杰出的文学作品，在语言上总具有独创性，《红楼梦》开篇即有“锦衣纨裤之时，饫甘餍肥之日”的句子，“锦衣纨裤”不算什么新词儿，“饫甘餍肥”

同后面出现的“凤尾森森，龙吟细细”一样，读来“似曾相识”，仿佛从《红楼梦》以前的典籍诗文中拈来，其实却是雪芹所“生造”。

有人说《红楼梦》的情节由一系列“吃”构成，恐怕不诬。吃饭、吃酒、吃菜、吃点心、吃螃蟹、吃月饼……一直到吃茄鲞和“割腥啖膻”，偶尔也吃素与“净饿”，真是一部中国“吃文化”的百科全书。记得是在1959年至1961年的“三年困难时期”，读到“史太君两宴大观园”，那关于鸽子蛋、茄鲞的描写并没有引出多少口涎，倒是关于餐后点心的一段文字，不仅引出缕缕唾液，且勾出一腔愤懑：丫头所端来的两个小捧盒，每个盒内两样点心，一个盒内是：一样藕粉桂花糖糕，一样松瓤鹅油卷；另一盒是：一寸来大的小饺儿。贾母因问：“什么馅子？”凤姐曰：“是螃蟹的。”贾母听了，皱眉说道：“这会子油腻腻的，谁吃这个！”又看那一样是奶油炸的各色小面果子，也不喜欢，最后贾母拣了个卷子，只尝了一尝，剩的半个，递给丫头了。贾母这位不曾为社会创造过任何财富的“老祖宗”，七老八十了还有一副好“下水”，不过以她在贾府中那宝塔尖的地位，时时总处在“油腻腻”的状态，任什么精美食馔都皱眉撇嘴斥之曰：“谁吃这个！”倒也“顺理成章”。谁知写到后面，那解散梨香院戏班子后“下放”到怡红院当三等丫头的芳官，面对着大观园厨房总头柳家的遣人送来的一个盒子——里面是一碗虾丸鸡皮汤，又是一碗酒酿清蒸鸭子，一碟腌的胭脂鹅脯，还有一碟四个奶油松瓤卷酥，并一大碗热腾腾碧莹莹绿畦香粳米饭——竟也是这样的口吻：“油腻腻的，谁吃这些东西！”

饫甘餍肥，暴殄天珍，到头来是“寒冬噎酸齑，雪夜围破毡”，在曹雪芹的总体设计中，“吃”的种种细节也是“草蛇灰线，伏脉千里”，有很深的用意，这里且不细论。有趣的是曹雪芹也写出了人类的一种“通病”，饫甘餍肥之后，所向往的，倒是一种淡的口味；宝玉大病之后，贾母让他随意点菜，他想了半天，也不过是一种“小荷叶儿小莲蓬儿的汤”即“莲叶羹”；司棋派莲花儿去骚扰厨房，向柳家的索取的也无非是一碗炖得嫩嫩的鸡蛋，柳家的抱怨说：“吃腻了肠子，天天又闹起事故来了，鸡蛋、豆腐，又是什么面筋、酱萝卜炸儿，敢自倒换口味！”莲花儿则揭发她说，怡红院的春燕来传晴雯的话，要吃蒿子秆儿，柳家的忙着问：肉炒鸡炒？春燕则宣谕：“说荤的不好，另叫你炒个面筋儿，少搁油才好。”而据柳家的说，探春和宝钗曾“偶然商量着吃个油盐炒豆芽儿”，拿来过五百文钱……

从肉要瘦肉、油要素油，发展到忌荤嗜素，油要少放，菜要保绿，味要清淡，最后发展到不求精美但必须新鲜，辞却一切“可疑”的山珍海味，只认可平常所熟悉的果蔬菜肴，讲究的是营养热量，警惕的是“致癌物质”，持这种“饮食观”并身体力行的中国人，目前也开始多起来了，不知他们再读到《红楼梦》里的种种吃食和吃相时，会有怎样新颖的感受？

1991 年 10 月 23 日

傻大姐的哭和笑

不在大观园中当差的下人，是不许擅自跑进去逛的，柳家的女儿柳五儿，尽管母亲已当上大观园厨房的总头，也只能是偷偷地“在那边畸角子一带地方逛”，印象是“没什么意思，不过是些大石头大树和房子后墙”，后来她带着茯苓霜“趁黄昏人稀之时，自己花遮柳荫的来找芳官”，结果“正走到蓼溆一带，忽迎面林之孝家的带着几个婆子走来”，终致被当作盗贼囚禁，要不是“判冤决狱平儿行权”，那不仅她自己的下场是“打四十板子，立刻交给庄子上，或卖或配人”，她母亲柳氏也要“打四十板子，撵出去，永不许进二门”。但贾母房内的小丫头，名唤傻大姐的，却是个例外。她“年方十四岁”，“生的体肥面阔，两只大脚，做粗活很爽利简捷，且心性愚顽，一无知识，出言可以发笑”，“若有错失，也不苛责他”，“无事时，便入园内来玩耍”。

“惑奸谗抄检大观园”，许多作家认为是贾府中封建礼教维护者同敢于超越礼教的丫头们之间矛盾的一次无可避免的总爆发，其实偶然成分居多，而傻大姐的“误拾绣春囊”，则是导火线。傻大姐拾到那：一面却是两个人，赤条条的相抱，一面是几个字的绣春囊，“笑嘻嘻”的，遇上邢夫人，便笑道：“太太真个说的巧，真是个爱巴物儿！太太瞧一瞧。”邢夫人因作为荣国府一支的长房媳妇而不能入主府务，早对王夫人及其侄女儿王熙凤的僭越恨之入骨，所以傻大姐笑嘻嘻送给她一个绣春囊，便成了她打击王夫人一派的“得来全不费工夫”的武器——大观园丫头们的悲剧，其实是邢夫人和王夫人上层争权夺利的派生物。清末时评家就有过“傻大姐一笑死晴雯，一哭死黛玉”的说法，那是可以成立的。

傻大姐“一笑死晴雯”，出自雪芹亲笔，“一哭死黛玉”，则是高鹗的续笔，高续后四十回,诚然有“博庭欢宝玉赞孤儿”“评女传巧姐慕贤良”一类大败笔，但“泄机关颦儿迷本性”“林黛玉焚稿断痴情”等篇章却笔力不让曹公，包括黛玉遇到傻大姐流泪道:“……我就说错了一句话，我姐姐也不犯就打我呀……就是为我们宝二爷娶宝姑娘的事情！”黛玉听了“如同一个疾雷,心头乱跳”,“心里，竟是油儿、酱儿、糖儿、醋儿倒在一处时一般，甜、苦、酸、咸，竟说不出什么味儿来了”，“自己转身要回潇湘馆去，那身子竟有千百斤重的，两只脚却象踩着棉花一般，早已软了……”等细节，都堪称自然而巧妙，准确而深刻。

刘姥姥那“老刘，老刘，食量大如牛;吃个老母猪，不抬头”，并且“说完，却鼓着腮帮子，两眼直视，一声不语”，是“装傻”；晴雯、芳官等被逐斥后，袭人那“我们这粗粗笨笨的”等“谦词”，则是“诈傻”;傻大姐的一笑和一哭，是货真价实的“呆傻”。“装傻”者能以噱头获得喝彩声，虽无聊倒也无害;“诈傻”者惯以“粗粗笨笨”掩盖其蛇蝎心肠,最能引人上当;傻大姐式的“呆傻”，往往成为“天机”的泄露孔，虽一笑一哭之间坏掉别人性命，她自己竟是浑然不觉，也绝不受牵连，傻人有傻福，信然……

1991 年 11 月 16 日

负有使命的帕子

《红楼梦》中至少有四条手帕令人难忘，一条是上了回目的“痴女儿遗帕惹相思”，那是一块罗帕，成为小红和贾芸爱情的纽带，可惜高鹗续书时把小红写丢了，又将贾芸糟践得不像人样，那块按曹翁设计或许尚能在后几十回中再现的罗帕，竟不知所终，令人怅怅。

另有两条手帕是同时出场的,宝玉因“不肖种种大承笞挞”后,养伤中“因心下记挂着黛玉，满心里要打发人去，只是怕袭人”，后悄悄打发晴雯去黛玉处，晴雯道：“白眉赤眼，做什么去呢？”宝玉“想了一想，便伸手拿了两条帕子撂与晴雯”……晴雯到了潇湘馆，“只见春纤正在栏杆上晾手帕子”（可见黛玉为“还泪”多的正是此物）。初得宝玉的家常旧帕，黛玉不禁“闷住”，但“体贴出手帕的意思来”后，便“不觉神魂驰荡”了，于是便有了令二百多年来无数读者为之唏嘘的三首题帕诗——这一细节无论是舞台上还是电视里、电影中的《红楼梦》，都绝不舍弃而精心处理为感人至深的一幕。“尺幅鲛鮹劳解赠，叫人焉得不伤悲！”两块鲛鮹帕担负着宝黛二人超越封建礼教表达高尚恋情的非同小可的使命，它们的结局在曹翁构思中是否如高鹗所续的那样在“焚稿断痴情”时被一并烧掉，也是一桩疑案。

以手帕传情，这是自古以来痴男怨女间无师自通的手段，在戏曲舞台上，旦角专有一种“帕子功”，要求用一块手帕舞要摆弄出几十种花样，以表达角色内心复杂微妙的情感变化。还有一出至今仍时常演出的喜剧，剧名就叫《香罗帕》。但在《红楼梦》之前，以“家常旧帕”而体现出构建在新型人格之上的深挚情爱，那是没有的。

另一块帕子出现在“憨湘云醉眠芍药裀”时：“……湘云卧于山石僻处一个石凳子上，业经香梦沉酣，四面芍药花飞了一身，满头脸衣襟上皆是红香散乱，手中的扇子在地下，也半被落花埋了，一群蜂蝶闹嚷嚷地围着他，又用鲛帕包了一包芍药花瓣枕着。”试问，倘曹翁将湘云醉眠的画面止于蜂蝶围裹，而没有鲛帕包花为枕的一笔，该多遗憾！这块包着芍药花瓣的鲛帕，将湘云醉眠的诗境画意推于美的极致，所以特在回目中标出“芍药裀”字样，真令人阅后三生难忘！

但在曹翁笔下，手帕有时也担负起丑的使命。“浪荡子情遗九龙珮”时，贾琏为勾引尤二姐，“暗自将自己带的一个汉玉九龙珮解下来，拴在手绢上，趁丫环回头时，仍撂了过去”，此处曹翁不用“帕”字而称“手绢”，我以为绝非信笔偶然，而是细密炼字的结果。

帕子亦如帐幔帘子一样，是《红楼梦》中时时可见的物事，袭人每晚取下宝玉的通灵宝玉，总“用自己的手帕包好，塞在枕下”；在自己家中接待偷偷来访的宝玉，则“拈了几个松子穰，吹去细皮，用手帕托着递与宝玉”；“意绵绵静日玉生香”时，黛玉用自己的帕子替宝玉揩去脸上的胭脂渍，又倒在床上，“用手帕子盖上脸”；而在“薛宝钗羞笼红麝串”后，“只见黛玉蹬着门槛子，嘴里咬着手帕子笑哩……口里说着，将手里的帕子一甩，向宝玉脸上甩来，宝玉不防，正打在眼上……”；黛玉的手帕也实在多，同宝玉闹气后，将喝过的香薷饮全吐了出来，“紫鹃忙上来用手帕子接住”，而宝玉来赔不是时，“一面回身将枕边搭的一方绡帕子拿起来，往宝玉怀里一摔，一语不发，仍掩面自泣”……湘云用帕子总带着憨气，除上述醉卧中外，还写到她“说着，拿出手帕子来，挽着一个疙瘩……打开……果然就是上次送来的那绛石戒指”，真是人和帕子都娇憨可爱！

但正如周汝昌先生写到“帘”字而想到“策”字一样，我写至此也不禁谨慎起来，曹翁三十五回中写到“凤姐儿用手巾裹着一把牙箸站在地下”，四十回中又写到“凤姐手里拿着西洋布手巾，裹着一把乌木三镶银箸”，那“手巾”特别是“西洋手巾”，究竟是一种专用的手帕（例如今之餐巾），还是“贾母素日吃饭，皆有小丫环在旁边，拿着漱盂麈尾巾帕之物”中的“巾帕”即匀脸用的手巾呢？还望方家再有以教我。

1992 年 1 月 8 日

“严老爷来拜”

一部长篇小说的细节，倘仅起点明环境烘染氛围的作用，不能算是高明；倘有推动情节自然流动的作用，自属巧妙，却也只算是技巧纯熟而已。最难得的是“一石三鸟”，除了上述的作用而外，还透过人物及其行为写出一种厚积的文化，如“几千斤重的一个橄榄”，耐人寻味。

初读《红楼梦》开篇，写到甄士隐初次与贾雨村结识，携手来至书房中，小童献茶，方谈得三五句话，忽家人飞报：“严老爷来拜。”于是甄士隐慌得忙起身谢罪，让贾雨村“略坐”，申明“弟即来陪”，便赶往前厅迎见严老爷去了。

谁知一去便难再返，贾雨村后来打听得前面留饭，不可久待，遂从夹道中自便出门去了。这一“严老爷来拜”的细节，令人觉得相当突兀，其作用，似乎也只是为了嵌进一段关于丫头娇杏对贾雨村“偶然一顾”，竟因此从“风尘知己”成为“正室夫人”的“奇缘”。脂砚斋对这一细节有其独到的解释，他（或她）指出“严”是“炎”的谐音，“炎既来，火将至矣”。因此“家人”的“飞报”，甄士隐的“慌”与“忙”，以及身不由己的难于回归，都成为人物命运的一种暗示。“严老爷”是一个燃烧着的残酷符号，“好防佳节元宵后，便是烟消火灭时”，能令读者掩卷后越想越感遍体清凉。

不过后来我再读这一段文字时，便感到在平舒缓进的叙述过程中，突然以“忽家人飞报：‘严老爷来拜。’”这一细节改变节奏，颇似云断高岭，顿时增加了呈现于读者意想中的生活的厚度与深度。如果仅仅是为了讲故事，那么，关于贾雨村和娇杏的“奇缘”，不仅不一定非得如此叙述，而且这样叙述似乎反显得有点生硬强拗。

曹雪芹在这里看来确有他更深层的用意——他告诉我们甄士隐是一外“乡宦”，“虽不甚富贵，然本地便也推他为望族了”，“禀性恬淡，不以功名为念，每日只以观花修竹、酌酒吟诗为乐，倒是神仙一流人品”。这一类人物在《红楼梦》以前的小说中，如“三言”“二拍”里，本是出现过的。但以往的小说写这类角色，隐就隐到底，理想化到扁平的地步，叙述时也就不会有什么“变调”之笔。曹雪芹却偏有“严老爷来拜”的乱节奏，改气氛的超常一笔，这就点透了那样一种人文环境中，即使恬淡到如甄士隐者流，只要还定位于“乡宦”，就必得无可奈何地被所编结进的社会网牵动、扯拽，又哪里真能成为“神仙”！后来甄士隐的大彻大悟，随疯跛道人而去，除了惨遭回禄、丢失爱女、寄人篱下、贫病交加等因素而外，为从“严老爷来拜”的社会网线络中彻底逸出，很可能是一个极为重要的潜存的心理动机。

这样联想下去，“严老爷来拜”这一初读颇感突兀古怪的细节安排，便愈觉得意味无穷，非大手笔不能了。

1992 年 1 月 25 日

晴雯说没说过这两句话?

当今许多论及晴雯这一人物的文章,都免不了要引用“惑奸谗抄检大观园”一回中这样的对话:晴雯绾着头发闯进来,“豁啷”一声,将箱子掀开,两手提着底子,往地下一倒,将所有之物尽都倒出来。王善保家的也觉没趣儿,便紫涨了脸,说道:“姑娘,你别生气。我们并非私自就来的,原是奉太太的命来搜察……那用急的这个样子!”晴雯听了这话,越发火上浇油,便指着他的脸说道:“你说你是太太打发来的,我还是老太太打发来的呢!太太那边的人我也都见过,就只没看见你这么个有头有脸大管事的奶奶!……”

晴雯那两句话,尖刻凌厉,凸现着她的反叛性格,实在精彩。但在曹雪芹笔下,晴雯究竟说没说过这两句话呢?据1982年人民文学出版社所出的中国艺术研究院红楼梦研究所标注的权威性汇校本,是没有这两句话的。该本所依据的底本《脂砚斋重评石头记(庚辰秋月定本)》上固然没有,其余如“甲戌本”“乙卯本”“甲辰本”等等接近曹雪芹原稿的九种版本上也都没有。这两句话及前后的若干文字,都是高鹗伙同程伟元将其在1791、1792年两次排成活字通行本时加添上去的。

高鹗的续书,以及他与程伟元在将《红楼梦》排成活字本过程中对原作文字的删添改窜,一再受到历代红学家的普遍诟病。有的更痛心疾首地斥之为“狗尾续貂”,甚至抨击他们这样做是“丧心病狂”;按有的红学家的意见,像1791年的“程甲本”和1792年的“程乙本”那样的版本,简直看不得,要读《红楼梦》,还是要读未受高、程诸人“荼毒”的曹氏原本才行。

但我总觉得高、程在这一场面中加添的文字,合情合理,有神有韵,首尾相顾,一石三鸟,对曹公原文不仅绝无佛头着粪之嫌,而且很有锦上添花之功。试想,如依“庚辰本”,晴雯“豁一声将箱子掀开,两手捉着底子,朝天往地下尽情一倒”之后,神气活现的王善保家的竟然一声不吭,只是觉得“没趣”而已,竟是一个哑场的局面,岂不是有雷无雨吗?高、程为之添上了王善保家的对晴雯的大话压人的指斥,再随之加上晴雯那两句从逻辑上“以子之矛,攻子之盾”的如刀言语，并又再添写出“凤姐见晴雯那说话锋利尖酸，心中甚喜，却碍着邢夫人的脸，忙喝住晴雯”这一细节，就既深化了晴雯那“心比天高，身为下贱，风流灵巧招人怨”的悲剧性格，又揭示了王善保家的“狗仗人势”的卑微心理，并活现了凤姐在“抄检大观园”行动中的复杂心理状态，这样的加添，难道也是“狗尾续貂”吗？

不过高、程从来没承认过他们有续书和随意添改原文的行径，他们说是从藏书家、故纸堆乃至打鼓收破烂的人手里凑齐全书的，因“漶漫不可收拾”，才“细加釐剔、截长补短，行成全部，复为镌版，以公同好”。因此，我们又怎能断定，高、程没有掌握一个也是相当接近曹公原文的抄本，而那抄本我们今人未曾见过，在那抄本上偏有晴雯那两句掷地琤琮的话语呢？

1992年2月19日

有眼不识白犀麈

在我写给周汝昌先生的关于“红楼边角”的通信中，我引用了《红楼梦》第四十回中的描写：“贾母素日吃饭，皆有小丫环在旁边，拿着漱盂麈尾巾帕之物。”书写时我信手将麈尾写作了“尘尾”，后周汝昌先生指出了这一点，他客气地称为“笔误”，其实是我无知所造成的错误。“麈”字上为“鹿”字下为“主”字，读音为 zhǔ，意为鹿中之一种，其尾毛可能较为丰满，故可制为轰赶蚊蝇的帚子。“麈”字目前尚不能简化。现在的“尘”字是“塵”字（上“鹿”下“土”）的简化。我之所以把“麈尾”写成“尘尾”，是因为错把“麈”字看为“尘”字了。我是知道有用马尾制成的拂尘的，以为“麈尾”便是“尘尾”，亦即一种拂尘。

雪芹写《红楼梦》，确实字字皆辛苦，尤其对看似仅为过场陪衬的器物的描摹，都极为精到。第十七到第十八回的重头戏“荣国府归省庆元宵”，写到归省的仪仗：“一对对龙旌凤翣，雉羽夔头，又有销金提炉焚着御香；然后一把曲柄七凤黄金伞过来，便是冠袍带履。又有值事太监捧着香珠、绣帕、漱盂、拂尘等类。”当时因值冬日，不至于有蚊蝇蠖蛾，所以值事太监所捧是拂尘而非麈尾。但那二者的形态，我想应是比较接近的吧。贾母的排场有时甚至超过了皇家，四十回所写“史太君两宴大观园”，已时届金秋，“李纨侵晨先起，看着老婆子丫头们扫那些落叶”，蚊蝇该都已敛迹，但贾母吃饭，仍有小丫环在旁拿着麈尾；第四十二回贾母欠安，贾珍、贾琏、贾蓉三个人将王太医领来，王太医“只见贾母穿着青皱绸一斗珠的羊皮褂子，端坐在塌上，两边四个未留头的小丫环都拿着蝇帚漱盂等物……”身穿羊皮褂子而仍有蝇帚在侧，蝇帚的象征意义当然大大超出了实用意义，蝇帚成了一个象征尊贵的符号，一种优雅的生活方式的符号。贾母以下的主子似不至于摆谱达于这样一种程序。第五十五回写探春理家,在赵姨娘跑去“辱亲女愚妾争闲气”,探春哭过一场之后，“便有三四个小丫环捧了沐盆、巾帕、靶镜等物来”。后面补充了那“等”字所含的内容，系“脂粉之饰”，显然并无麈尾，当时正值隆冬固然是个原因，探春的排场不至于逾矩，也是一个原因吧。

麈尾在《红楼梦》中一度成为重要的道具，那便是第三十六回“绣鸳鸯梦兆绛芸轩”的情节中，宝钗去怡红院“意欲寻宝玉谈讲以解午倦”，“转过十锦柄子，来至宝玉的房内。宝玉在床上睡着了，袭人坐在身旁，手里做针线，旁边放着一柄白犀牛麈。”麈尾的手柄是白犀牛角所制，真是华贵之至。底下有差不多二百字的钗、袭对话，专门交代那白犀麈的用途，原来是驱赶一种“花心里长的”“从这纱眼里钻进来”闻香就“扑”的“小虫子”用的。谁知袭人因外出方便，偏林黛玉和史湘云也来到怡红院，结果林黛玉隔着纱窗先看见后来也叫过史湘云使她也看见，“宝玉穿着银红衫子，随便睡着在床上，宝钗坐在身旁做针线，旁边放着蝇帚子”，这就引出了钗、黛、史三个女子间微妙关系的细腻雕镂，并且就在这一场景中，宝钗亲耳听见宝玉在梦中喊骂说:“和尚道士的话如何信得？什么金玉姻缘，我偏说是木石姻缘！”又把宝玉内心深处的感情抉择淋漓尽致地加以曝光。有位朋友对我说，他读至此怀疑宝玉其实早已醒来，那喊骂是佯装梦呓而故意宣泄给宝钗听的，我以为也不失为一种别具眼光的“解读”。“梦兆绛芸轩”，白犀麈是默默无言的见证。

感谢周汝昌先生的指正，从此我再不会将“麈”“塵”二字混同了。

1992 年 3 月 21 日

秦显家的好相貌

肖像描写是小说塑造人物必不可少的手段吗？未必。

即如《红楼梦》，曹公不消说是肖像描写的大手笔，但这也因角色而异。如写黛玉进府，他从黛玉眼中看出：“不一时，只见三个奶嬷嬷并五六个丫环，簇拥着三个姐妹来了。第一个肌肤微丰，合中身材，腮凝新荔，鼻腻鹅脂，温柔沉默，观之可亲。第二个削肩细腰，长挑身材，鸭蛋脸面，俊眼修眉，顾盼神飞，文彩精华，见之忘俗。第三个身量未足，形容尚小。”那第一迎春、第二探春的肖像描写，相当精致了，但对第三惜春却吝笔如金，实际上是根本没给她“照”一个“像”，后来也再无肖像上的补笔。但通读八十回之后，我们对惜春印象如何呢？应当说形象相当鲜明，那形象的塑造不靠肖像描写，而全凭性格刻画凸现于我们眼前，其丰满度与迎、探等艺术形象实不分伯仲。我曾撰有《话说赵姨娘》一文，论及曹公对赵姨娘的相貌亦无一字着墨，而全用其粗鄙下作的语言做派来完成该角色的塑造，而竟构成一大文学典型。该文在《读书》杂志揭载后曾有人致函编辑部，与我探讨赵姨娘相貌的妍媸，他是推测为亦秀色足可餐的，与我之分析贾政仅看中其“下体可采”，颇为轩轾。这一探讨不能不引出我们的一大疑惑：曹公为何对有些角色的相貌大肆皴染，而又为何对有些实际上相当重要的角色的相貌不屑勾勒一笔呢？

《红楼梦》里有个秦显家的，此人仅在第六十一回末尾和第六十二回开头一现，然而，不仅性格凸现，构成典型，其相貌也令人难忘，读后一闭眼总觉恍然就在眼前。在大观园内外几个利益集团的激荡冲突之中，秦显家的一派借“茉莉粉替去蔷薇硝，玫瑰露引来茯苓霜”构成的冤案，弄倒了厨房头目柳氏，推出秦显家的来取代，平儿听说问道：“秦显的女人是谁？我不大相熟。”林之孝家的便回道：“他是园里南角子上夜的，白日里没什么事，所以姑娘不大相识。

高高的孤拐，大大的眼睛，最干净爽利的。”又经玉钏儿说清“他是跟二姑娘的司棋的婶娘”，平儿方才恍然。

秦显家的那“高高的孤拐，大大的眼睛”的相貌，是曹公借林之孝家的口勾勒出来的。“孤拐”即颧骨，不知怎么的，简单的几个字，把高颧骨大眼睛那么一点，秦显家的形象就顿时浮现了出来。乱中夺权，常常是把“名不见经传”的昏庸角色硬推到关键的交椅上，结果往往会立现颟顸而徒成累赘，令下台一派哑然失笑，也令上台一派摇头叹气，而局势又往往不容再轻易“换马”，构成一种滑稽尴尬的社会景观。秦显家的却甫上马便大有杀伐，飞快地实行着“四部曲”：一、接收物资，查前任亏空；二、调拨物资，给后台送礼；三、联络要害部门，打点送账房的礼；四、收买人心，预备几样菜蔬请几位同事的人，说:“我来了，全仗列位扶持。自今以后都是一家人了。我有照顾不到的，好歹大家照顾些。”看来秦显家的尽管连令平儿知晓的名气也无，原是“园里南角子上夜的”不入流的小角色，一旦借风握权，倒也颇有些大将风范。倘没有平儿说动凤姐儿实行“大事化为小事，小事化为没事，方是兴旺之家”的政纲，平了冤狱，让柳氏复出，那秦显家的厨房新政，恐怕也未必就不能改善大观园的伙食质量与供应方式。但谁知大观园的政局竟也白云苍狗，秦显家的“只兴头上半天”，“正乱着”，便忽有人来说与她:“看过这早饭就出去罢。柳嫂儿原无事，如今还交与他管了。”秦显家的听了，“轰去魂魄，垂头丧气，登时掩旗息鼓，卷包而出。送人之物白丢了许多，自己倒要折变了赔补亏空。”她的直接后台司棋呢？虽“气了个倒仰”，但也“无计挽回，只得罢了”。

读毕这一情节，我掩卷后总忍俊不禁，在我想象中，秦显家的两个孤拐一定是红红的，而她那一对大眼睛一定是潮潮的。

1992 年 6 月 10 日

效忠信范本

效忠信是一种特殊的文体，不是每个人都能把这种文体驾驭好的。

而曹雪芹在《红楼梦》三十七回中，却一连代拟了两封书简，一文一野，一精一粗，一雅一俗，一清一鄙，一令人欣悦，一令人发噱，反差强烈，相映成趣，这里且不说代探春所拟的"诗歌派对"柬，倒要议一议代贾芸"捉刀"的效忠信，因为就《红楼梦》的"母文体"而言，探春的小柬大体还在其风范之内，只不过全用文言而已，难的是贾芸的"跪书"，需另辟一格，才能活现出一个市井小人的卑琐灵魂。

贾芸致贾宝玉的效忠信共 132 字，虽短小而实在，体现了少用字多获益的拍马才能，且说明他深谙被效忠的人绝无耐心细读一封臭长的效忠信函，哪怕你金粉银笺，喷透香水。

贾芸的效忠信，堪称古今中外效忠信的最佳范本之一，欲写效忠信者，无妨奉为圭臬，努力效尤。

既欲投靠效忠，就一定要彻底地无耻，任何一点残存的耻感，都妨碍下笔时的明快。贾芸效忠信的第一特点也是最大最有效益的特点，便是毫不绕弯子，毫不吝面子，毫不挂幌子地直截了当地阿谀奉承和自我作践。曹公在第二十四回中写到贾宝玉偶然遇见了贾芸，并不认识，也并不上心，当时贾芸年纪已有十八九岁，分明是一青年，而宝玉才十四岁左右，尚处在少年向青年过渡的转换期中，当时宝玉在敷衍中随便说出了一句"你……倒像我的儿子"，贾芸便伶俐乖觉地立即接过话茬说："俗话说的'摇车里的爷爷，拄拐的孙孙'虽是岁数大，山高高不过太阳……如若宝叔不嫌侄儿蠢笨，认作儿子，就是我的造化了。"及至到第三十七回中给贾宝玉递上效忠信，他劈头便直书："不肖男芸恭请父亲大人万福全安。"贾宝玉绝非圣贤，具有一般人均不能摆脱的人性弱点，即使是最肉麻的直接吹捧，或许并不以为意，或许浅浅一笑，或许微有不快，或许不以为然，却绝对不至于愠怒，不至于坚拒，倘用酸溜溜的绕弯子的长句式来改写上述那句话，倒反而有可能立即给碰个钉子。

贾芸效忠信的第二个诀窍，就是一定要在行文中体现出自己对所效忠的对象是如何的无足轻重和无可作为，所以有“男思自蒙天恩，认于膝下，日夜思一孝顺，竟无可孝顺之处。”倘用相反的写法，使被效忠者感到似乎自己多么在乎效忠者的效忠，那就很冒险，很可能使被效忠者产生出因不屑生出的不快，从而有根本弃之不往下再读的可能。

但既效忠投靠，说穿了便不能只是一纸空文而必须有实际奉献，但奉献物必须精心选择，一定要“正中下怀”才好，贾芸因为原先已有向王熙凤呈进麝香冰片而被收纳的经验，所以当然也事先把贾宝玉的爱好需求琢磨了个溜透，因此效忠信继上述文句后便立即落到实处：“前因买办花草，上托大人全福，竟认得许多花儿匠，并认得许多名园。因忽见有白海棠一种，不可多得。故变尽方法，只弄得两盆。”“忽见”二字很见功力，“变尽方法，只弄得两盆”两句中意味无穷。不能让被效忠者感到自己过分地处心积虑，亦必得让被效忠者感到自己的奉献难能可贵，其尺寸量得分毫不差，使被效忠者既无受贿感亦无受骗感，欣然容纳。

贾芸效忠信更妙的是精细入微地体察到贾宝玉的容纳心理。他在第二十六回中厚着脸皮去晋见贾宝玉，贾宝玉实际上是耐着性子敷衍搪塞了他一番，只“和他说些没要紧的散话”，当着他面便“有些懒懒的了”，因此他深知即使有白海棠之献，人家眼中心中又何尝能真把他当回事儿？于是下面两句便写道：“大人若视男是亲男一般，便留下赏玩。因天气暑热，恐园中姑娘们不便，故不敢见面……”“视男是亲男一般”这话从语法上看似乎狗屁不通，却并不一定是贾芸不谙文法所致，倒更像是故意要退一步，让贾宝玉知道他并不企望真成为被效忠者心目中的一个什么值得付予感情的东西，且表示出他深知宝玉所爱惜的，是“园中姑娘们”，毫不敢分其一分一厘的爱心，他所想表达的，只不过是一个卑微的效忠者，企盼在“不时之需”时，能得到被效忠者的一点恩赐或救助罢了。他是在为自己“放长线，钓大鱼”。

贾芸这个人物，从前八十回中看，已颇立体，他有善钻营善拍马能应付工心计的一面，也有良知不时闪烁的一面，这封效忠信固然是其灵魂卑琐的一个见证，却也不能视为其灵魂的整体，这一人物，在嗣后的情节进展中，显然性格还有发展，灵魂棱面的转动变化还大有文章，可惜曹公的原稿已无从得见，被高鹗极粗率地在续书中写成了一个平面化的恶人。从“脂批”中我们依稀可知，到贾府倾败、宝玉等锒铛入狱后，已同红玉结婚的贾芸还曾去探监，只是不知那时他们可曾来得及忆起这封效忠信和两盆白海棠的悠悠往事？

1992 年 10 月 3 日

蹬门槛

形容一部小说的文字描写好，我们常赞曰：“如画。”在人物刻画中，肖像勾勒固然要紧，而身姿动作的描绘，尤为关键，也尤见功力。

《红楼梦》写的是大宅院里的事，大宅院里房屋多，门也多，因而人物与门的关系，便势必出现于纸上。例子极多。如第二十三回，写迁入大观园之前，宝玉正和贾母盘算。要这个，弄那个，忽见丫环来说：“老爷叫宝玉。”宝玉听了，好似打了个焦雷，登时扫去兴头，脸上转了颜色，便拉着贾母扭的好似扭股儿糖，杀死不敢去。后来只得前去，一步挪不了三寸，总算蹭到。结果是有惊无险，待出得接见场所，一溜烟回到自己住处。写到这里，则有“刚至穿堂门前，只见袭人倚门立在那里，一见宝玉平安回来，堆下笑来问道……”的描写。袭人的倚门而立，便如一幅画儿，能引出读者许多的意绪联想。到第六十回，怡红院中的芳官跑到厨房里去，描写文字则是：“正说着，忽见芳官走来，扒着院门，笑问厨房中柳家媳妇说道……”芳官扒门，与袭人倚门全然异趣，活绘出另一种年龄性格的做派，跃然纸上。同回末尾和下一回开头，写柳氏从亲戚家作别回来，刚到了甬门前，遇上一个头上是杩子盖的小幺儿，两人有一来一去大段的调笑，我以为是《红楼梦》全书中回间交接得最生动也最富独立意义的一段文字，那柳氏与看门小厮的一番口舌，便发生在甬门内外，那小厮开头是一直“且不开门，且拉着笑着”，“拉着”即拉着两扇门，后柳氏听门内有老婆子向外叫她，才推开那甬门走了进去。

《红楼梦》中对王熙凤不仅不吝大段的肖像描写，也时时描绘她的身姿做派，仅蹬门槛，就至少写过两回。第二十八回写贾宝玉急匆匆要去看林黛玉，“可巧走到凤姐儿院门前，只见凤姐蹬着门槛拿耳挖子剔牙，看着十来个小厮们挪花盆呢”。后来便要他进去帮着写一张清单。那凤姐儿蹬门槛剔牙的形象，活是一幅贵妇监工图，令人过目难忘。到第三十六回，因为王夫人查问了赵姨娘抱怨“短了一吊钱”的月银事，凤姐儿当面算是心平气和地给予了详细解释，但转身出来后，刚至廊檐上，只见有几个执事的媳妇正等她回事呢，见她出来，都笑道：“奶奶今儿回什么事，这半天？可是要热着了。”下面的描写是：“凤姐把袖子挽了几挽，跐着那角门的门槛子，笑着：‘这里过门风倒凉快，吹一吹再走。’又告诉众人道：‘你们说我回了这半日的话，太太把二百年头里的事都想起来问我，难道我不说罢。’又冷笑道：‘我从今以后倒要干几样魁毒事了。抱怨给太太听，我也不怕。胡涂油蒙了心，烂了舌头，不得好死的下作东西，别作娘的春梦！……’一面骂，一面方走了。”二十八回中凤姐蹬门槛，是饱食后的闲适身姿，而闲适中又不失当家人的气派。这三十六回中凤姐以脚抵门槛，曹公不再用“蹬”字而用了“跐”字，“跐”固然也有“蹬”的含意，然而更强调了身体重心的平衡与那一脚蹬定之间的关系，配之以挽袖子的描写，则活现出凤姐儿非同一般贵族妇女的泼辣强悍与杀伐威风，她跐定门槛后先笑说几句，再不笑地说几句，再冷笑地说几句，最后一面骂一面自去，想必那些执事媳妇，个个都不禁心惊胆战，而读者对阿凤的认识，也便更立体更深入，这不是“如画”，而是“如影视”了，栩栩如生，宛在眼前。

凤姐儿作为已出阁并在府中当家的泼辣货，蹬门槛的身姿虽生动而并不令人惊奇。但曹公也写到林黛玉蹬门槛，那是在第二十八回末尾，宝玉见“薛宝钗羞笼红麝串”，不觉就呆了。他问薛宝钗要那红麝串看，宝钗见他发怔，自己倒不好意思起来，丢下串子给他，回身才要走。“只见林黛玉蹬着门槛子，嘴里咬着手帕子笑呢。”这一笔描写颇出人意表，但细想起来，确是极精微地传达出了林黛玉复杂的内心活动，她那蹬门槛子的身姿就她个人而言颇为反常，她以“嘴里咬着手帕子笑”来掩饰内心的痛苦与惶恐，但终因脚下不自觉的一个动作泄露了“天机”。

1992 年 10 月 31 日

仔细灯穗子招下灰来迷了眼

二百多年前钟鸣鼎食之家，翰墨诗书之族，那具体的情景儿究竟如何？

读《红楼梦》，常常注意到这一类的描写：黛玉甫进贾府，去拜见王夫人，进入那“正经正内室”的“荣禧堂”，只见“大紫檀雕螭案上，设着三尺来高青绿古铜鼎，悬着待漏朝墨龙大画，一边是金蜼彝，一边是玻璃盒。地下两溜十六张楠木交椅，又有一副对联，乃乌木联牌，镶着錾银的字迹……”试问倘非亲历亲见，如何写得出来？这倒也罢了，而又接续着写道：“原来王夫人时常居坐宴息，亦不在这正室，只在这正室东边的三间耳房内。”豪门贵族生活，自有其特定的习俗，黛玉进到东耳房后，又见“临窗大炕上铺着猩红洋罽，正面设着大红金线蟒靠背，石青金线蟒引枕，秋香色金线大条褥。两边设一对梅花式洋漆小几。在边几上文王鼎匙箸香盒；右边几上汝窑美人觚——觚内插着时鲜花卉，并茗碗痰盒等物。地下面西一溜四张椅上，都搭着银红撒花椅搭，能下四副脚踏。椅之两边，也有一对高几，几上茗碗瓶花俱备……”这就更把读者引入了一种“全息摄影”般的文化境界中，但更令读者惊叹的是，曹公对一代豪门那生活方式和环境氛围的描绘，精微入髓到了这样的程序：他写到王夫人又并不在那耳房内接见黛玉，而是由丫环又把黛玉引到了东廊三间小正房内，那方是王夫人更经常使用的起居室，该处景象又如何呢？也一味地金碧辉煌、色色如新吗？不！曹公写道：“正房炕上横设一张炕桌，桌上磊着书籍茶具，靠东壁面西设着半旧的青缎靠背引枕。王夫人却坐在西边下首，亦是半旧的青缎靠背坐褥。见黛玉来了，便往东让，黛玉因见挨炕一溜三张椅子上，也搭着半旧的弹墨椅袱，黛玉便向椅上坐了……”连用了三个“半旧”，在读者心目里不仅没有降低贾府那“贾不假，白玉为堂金作马”的赫赫威势，反而更令读者感受到一种与暴发户迥异的百年簪缨大族的“真富贵，自风流”的坦然景象。

不是大手笔，焉能以三个“半旧”透露出如海侯门中深邃厚密的内在肌理？

时下的一些电影、电影，一展现古今的富贵人家，便往往一味地炫其厅堂布置摆设衣饰的色色崭新，不少小说在写到豪门景象时也总是堆砌着鲜丽的藻饰而讳用“旧”字。这都是因为并没有真正经历也没有仔细考察过大富大贵的世家生活，错把暴发户的排场脾性栽到他们身上去了。

曹公写《红楼梦》，那是把勾绘贵族生活的笔墨把握得分寸得宜，深得背面敷粉法之壶奥的。例如写贾宝玉初到梨香院中探宝钗，看见她“坐在炕上作针线……蜜合色棉袄，玫瑰紫二色金银鼠比肩褂，葱黄绫棉裙，一色半新不旧……”衣装色调的高雅趣味与并不炫新搜奇的做派，使宝钗的贵族小姐身份更加凝重尊严。又如写刘姥姥重进贾府，贾母带她到大观园内见识见识，先到了潇湘馆。在勾画了该处的优美雅致之后，曹公写道，“说笑一会，贾母因见窗上纱的颜色旧了”，结果引出来一大篇议论“软烟罗”的文字。美女雅居，而亦有旧纱窗，这方是大户人家的日常景象。后来写到大观园里“池中又有驾娘们行着船夹泥种藕”，而极欲想打入怡红院的柳五儿偷偷到大观园“那边犄角子上一带地方儿逛了一回”，结果所获得的印象是“也没什么意思，不过见些大石头大树和房子后墙”，这些看似微小的不经意的笔触，把仙境般的大观园又人间化、立体化、精微化了，倘仅是中上的才能，也断不能涉笔入髓到这等地步的。

更令人难忘的是第五十九回写到宝钗春困已醒，唤起湘云一起梳洗，“湘云因说两腮作痒，恐又犯了杏癍癣，因向宝钗要些蔷薇硝来。”宝钗说“前儿剩的都给了妹子”，又建议说“颦儿配了许多，我正要和他要些……”敢情读者心目中的这一批绝代佳媛，打从钗、黛、湘云、宝琴起，个个脸上都生着春癣！但二百多年来的读者读了这样的描写后，是生出了对她们的厌弃之心呢，还是愈加觉得她们活灵活现如在眼前因而更可亲可爱可惜可怜呢？恐怕绝大多数读者，倒是被曹公引入了后一种心理倾斜之中吧？

第三十一回写史湘云到府，宝钗讲她的“古”说：“……可记得旧年三四月里，他在这里住着，把宝兄弟的袍子穿上，靴子也穿上，额子也勒上，猛一瞧倒象是宝兄弟，就是多两个坠子。他站在那椅子后边，哄的老太太只是叫：‘宝玉，你过来，仔细那上头挂的灯穗子招下灰来迷了眼。’他只是笑，也不过去……”

一句“仔细那上头挂的灯穗子招下灰来迷了眼”，写尽了豪富之家多少景象与滋味！那样的人家任其天天有如蚁的仆妇打扫收拾，而穹顶上挂的大灯笼的卡穗子也还是难免积灰未除，以为“四面光，亮堂堂”，一色簇新，一尘不染，才是富贵气象的见识，在贾母一句叮咛面前，该抱惭而退了吧？

1992 年 11 月 28 日

好雨知情节

自然天象常同人的心境形成呼应或互补的关系，文艺作品的创作诀窍之一，但是巧妙地利用天象来或明或暗地揭示事态的深层蕴意，展示人物灵魂的内在悸动。拿雨来说，隔帘春雨细，高枕晓莺长，是一种温馨的境界、闲适的心态；“雷声千嶂落，雨色万峰来”，则是一种动荡的变局、激昂的情绪；而“欲黄昏，雨打梨花深闭门”，就构成了寂寥的氛围，传达出一腔幽怨。在小说和戏剧乃至影视艺术中，天象中的雨也常常扮演着不可轻视的角色。

《红楼梦》皇皇百万言，天象描写颇丰，但仅就前八十回曹公原著而言，直接写到雨的地方却并不多。贾宝玉的《春夜即事》中有句云：“枕上轻寒窗外雨，眼前春色梦中人”，十四字包含了多少怡红院中的隐秘，亦可见他内心中那“喜聚不喜散”的情结，但在全书的情节流动中，海棠春雨怡红院的展开描写却几近于无。近人写小说，又尤其是演话剧拍电影电视，常常因为才竭技穷，便“戏不够，雨来凑”，往往小说中舞台上雷电交加，或银幕荧屏上风雨大作，角色大喊大叫，寻死觅活，一味拼命煽情，而读者观众却只觉矫情，竟不为所动，可惜了那一番被搬动的风雨雷电。

《红楼梦》中不写雨则已，一写雨，便是大手笔气象。那雨非但不是可有可无之物，更丝毫没有生拗煽情之嫌，真是丝丝缕缕，点点滴滴，全织进了时境、物境、人境、心境之中，而总体上便构成一种诗境，引领读者去达到一个悟境。

“红楼”之雨，第三十回中一现。这一回总计约六千字，却写了贾宝玉生活、性格中的几个全然不同的方面，在不断变换的场景中，他的情感生活竟在极短的时间内经历了几次跌宕转折，在万未料及的与金钏小做调笑而导致王夫人暴怒的场面后，却忽然又出现了更难料及的“龄官画蔷”的一幕。这时曹公写道：“伏中阴晴不定，片云可以致雨，忽一阵凉风过了，唰唰的落下一阵雨来”，后更成大雨。唯其因为有这场骤雨，才传达出了龄官忘雨画蔷的情痴，以及宝玉怜人淋雨而不自顾地对青春女性的珍惜乃至崇拜；也正因为有了这场骤雨，才会紧接着发生怡红院中一群女孩子堵沟积水戏禽嬉耍，宝玉拍门不开，而袭人终于去开门时被宝玉抬腿踢在肋上，晚间嗽出血痰，等等一环更比一环出乎意料而又合情合理到天衣无缝的种种情节。“阴晴不定，片云致雨”，是这一回贾宝玉人生经验的总结，也是他内心那青春期骚动和苦闷的象征。

第四十五回“风雨夕闷制风雨词”，则整个是一曲幽咽婉转的雨中曲。那是“淅淅沥沥”的雨，“秋霖脉脉，阴晴不定”，林黛玉内心里那青春骚动和身世苦闷构成的挣扎与煎熬，与“那天渐渐的黄昏，且阴的沉黑，兼着那雨滴竹梢，更觉凄凉”的描写，融汇成一樽醇酒，令读者欲饮不忍，欲辞不恭，欲醉反醒，欲哭无泪，这一回末尾写道，黛玉就寝后，“又听窗外竹梢焦叶之上，雨声淅沥，清寒透幕”。我注意到“竹梢”后写的是“焦叶”，而非“蕉叶”，推敲过：潇湘馆院中有芭蕉那是无疑的，难道“焦叶”与“蕉叶”相通？显然不能把这里的“焦叶”理解成一般意义上的“蕉叶”。联系到第四十回中黛玉说过：“我最不喜欢李义山的诗，只喜他这一句：‘留得残荷听雨声’。”李义山原句为“留得枯荷听雨声”，我断定“焦叶”即残叶、枯叶之意，因而雨打焦叶的外在情调，与其淅沥之声所掀起的主人公的内心波澜，便远比雨打碧绿蕉叶所能引出的联想要更富深意，更丰厚也更微妙。杜甫诗曰：“好雨知时节，当春乃发生，随风潜入液，润物细无声。”《红楼梦》的写雨，则可谓“好雨知情节，当需乃发生。随文潜入魂，润心细无声。”

1992 年 4 月 15 日

《红楼梦》中的服饰并非“戏装”

7月17日《流杯亭》有尤戈谈《红楼梦》中的服饰一文，认为“那些关于服饰的神来之笔不是由于写实，倒确乎是由于摹写了戏装的缘故”。所举有三例，一是宝玉的“束发嵌宝紫金冠”“百蝶穿花大红箭袖”，“邓云乡先生因此感到像煞《凤仪亭》中戏貂蝉的吕布，只是缺少根雉尾。我们自然也有同感。”二是：“北静王穿着江牙海水五爪龙白蟒袍，系着碧玉红鞓带”，“则纯然一个舞台上的老生”。三是第四十九回史湘云的服饰描写，“移用了戏剧中刀马旦（如《虹霓关》东方氏）的装束”。

我以为此说不确。固然，《红楼梦》反映的虽是清代的现实生活，然而写到人物的服饰，却偏偏尽量避免有时代特征的“时装”，尤其对清代男子的薙发拖辫和女子的三寸金莲，基本上是讳莫如深的态度。大体上来说，《红楼梦》中男子的服饰，往明代靠得较近；女子的服饰，则又往现实贴得较紧。这是因为清统一中国以后，在厘定服饰制度时有所谓“男从女不从”的政策，因而明清两代女子的服饰区别，便没有男子的服饰那样判若两朝。曹雪芹写到贾宝玉的服饰时，恰恰比写贾政、贾珍、贾琏、贾蓉等人更多了一笔——写到了他的辫子。就在尤戈所引的那段文字后边，便有“头上周遭一转的短发，都结成小辫，红丝结束，共攒至顶中胎发，总编一根大辫，黑亮如漆，从顶至梢，一串四颗大珠，用金八宝坠角”的描写。此时的宝玉，难道“像煞《凤仪亭》中戏貂蝉的吕布”吗？至于北静王的服饰描写，我们如到山东省博物馆看一下所藏戚继光画像，便不难断定是明代贵戚的写实。戚继光服皇帝特赐的团领大红蟒衣，腰围玉带。北静王因身份高至亲王，则着白蟒袍、系红鞓带，当不足奇，并非“戏装”。至于四十九回中史湘云的服饰，很可能确实并非清代女子时装而是曹雪芹的虚拟，但那又怎么可能是摹写了如《虹霓关》的东方氏那样的刀马旦的“戏装”呢？须知，直到曹雪芹谢世时，有“刀马旦”这一行当的京剧尚未出现，（京剧以前的戏曲行当中只有闺门旦、刺杀旦、贴旦等），而《虹霓关》这一剧目虽假托隋末秦琼、王伯当故事，但东方氏等情节并不见于《说唐演义》等书，亦不见于昆曲传统剧目,很可能是一出曹雪芹在世时根本就不存在、直到同(治)光(绪)两朝京剧艺术走向成熟时才有的剧目!

尤戈所使用的"戏装"这一概念,十分汗漫。什么戏的服装?从他整个行文上看,似都引领读者去联想到京剧(以及现在仍在演出的古装戏曲)的服装。京剧是雪芹谢世后又经许多年才出现的一个剧种,上面已经说到,《红楼梦》中的人物服饰不可能去对之加以"摹写",那么,是"摹写"昆曲演出中的戏装?但京剧形成以前的昆曲戏装,无论实物和当年的图画都所存无多。我们现在倒是仍可以到山西洪洞县广胜寺的明应王殿中去观赏一幅"大行散乐忠都秀在此作场"的元杂剧演出壁画,上面有九个着戏装的人物,但《红楼梦》中又有哪个角色的服装与之"像煞"呢?

《红楼梦》是一部伟大的写实之作,然而《红楼梦》使用的艺术符号系统又是完全不受"实象"约束的具有出奇魅力的独创"意象"体系。因为《红楼梦》中的服饰描写大量地不合清俗,便断定是"摹写戏装",与因为《红楼梦》中的大观园南北,花草树木毕集,天下园林美景荟萃,便断定是"摹写年画"(第四十回刘姥姥便有此感受)一样,都至少是一种肤浅的理解。

有趣的是,20世纪初京剧表演大师梅兰芳决定将《黛玉葬花》搬上京剧舞台时,为高层次的美学追求,他不得不摒除已有的种种旦角"戏装",而单为林黛玉创造出了一种独特的"古装";而现今仍时常上演的荀派京剧《红楼二尤》,王熙凤一角则采用《红楼梦》中全然未曾描写过的"两把头"、长旗袍、花盆底鞋的"旗装"。这就更加使我们意识到,《红楼梦》的服饰描写既非摹写生活更绝非摹写"戏装",而是一种天才的"意象"符号体系。它构成了整个《红楼梦》所营造的至高美学境界的一个最具独创性的组成部分!

1992年8月24日

【附录】

传柬议“红楼”——关于“红楼边角”的通信

周汝昌先生：

拙文“红楼边角”之一《大观园的帐幔帘子》在《团结报》刊出后，先生特撰《赞〈红楼边角〉》一文加以夸奖，实不敢当！

我不过是一个极普通的《红楼梦》读者，只不过因为自己也不量力地写些小说，总想从《红楼梦》这部伟大著作中多汲取些营养，所以一读再读，除欲总体把握其精神外，也还考虑到一些边边角角的问题，偶生兴致，也便写下一点小随笔，真没想到能获先生青睐，且为我解除了“钻牛角尖”的顾虑。先生指出芹书是“中华文化内涵至极丰厚”的“奇书伟构”，是“文化小说”，极是。拙文虽浅陋不堪，确也是力图展示一个读者那“文化感受的极大喜悦”。先生对“簾”字简化为“帘”字后，对中华固有文化中“帘”“簾”二字所表达的不同意境的混合所生的遗憾，我甚共鸣。而“帘”或“簾”或“幔”或“帐”所产生的“隔”与“不隔”的微妙效应，其实可说的话也还很多。如《红楼梦》四十二回中王太医来给贾母看病，“老妈妈请贾母进幔子去坐，贾母道：‘我也老了，那里养不出那阿物儿来，还怕他不成！不要放幔子，就这样瞧罢。’”及至王太医来了，“不敢走甬路，只走旁阶……”见了那阵仗、排场、气势、氛围“便不敢抬头”，写得多么深刻啊！“此时无幔胜有幔”，芹书所写的确实不止是故事而是文化！

《团结报》还在连载我的“红楼边角”，这是一个总题，头三段已在香港《明报月刊》1991 年第 4 期上刊出过（不过错讹处不少），后面还有数段；在先生及编辑鼓励下，我将再陆续写一些，还恳请先生多多拨冗指教！

最近写成一段谈《红楼梦》中手帕的，最令人难忘的是四块：小红的一块，宝玉赠黛玉后黛玉题诗的两块，以及“憨湘云醉眠芍药裀”时那块包着芍药花瓣当枕头的鲛帕。但三十五回中“凤姐儿用手巾裹着一把牙箸站在地下”及第四十回中“凤姐手里拿着西洋布手巾，裹着一把乌木三镶银箸”的描写里所写到的“手巾”和“西洋手巾”,究竟是有特殊用途的手帕（如今之餐巾一类）呢，还是“贾母素日吃饭，皆有小丫环在旁边，拿着漱盂麈尾巾帕之物”中的“巾帕”(我想当系毛巾,净脸用的)? 我想自己动这个脑筋也确乎不是“钻牛角尖”,因为我写小说时也必须向芹翁学习，细节上乃至一个物品的称谓上，都不能马虎。我注意到“浪荡子情遣九龙珮”一回中，芹翁用了（贾琏）“暗自将自己带的一个汉玉九龙珮解下来，拴在手绢上，趁丫环回头时，仍撂了过去……”这样的写法，此处他不称“手帕”而称“手绢”，我以为绝非信笔偶然，而是周密炼字的产物（在钗黛袭晴一干人手中出现时都用“帕”字）。

耽误了您许多宝贵时间，真对不起！

再次感谢你对我写作和阅读的鼓励！

谨致

冬安

刘心武

1991 年 11 月 20 日

刘心武同志：

28 日接到由《团结报》韩同志转来的惠函，您如此谦抑客气，使我感动。拙意以为芹书乃是一部千古未有的文化小说，您同意此说，并举例说明：此非“故事”，而是文化。我们在这一点上能够看法一致，也感到高兴。读《红楼梦》而看见“情节故事”的，大约是无法体认雪芹的真意旨、真价值的。这是中华文化史上的一件大事，只是短简中难以尽申鄙见，请您不罪其简率为幸。

中国的簾，帘、帐、幕、帏、幔、屏……各有其用，各有其味，但在西洋，如英文中只有一个 SCREEN“包总”,这是何等的差距？！这确乎是个文化问题。最早期的西方“评红”，有一德国人，说读了《红楼梦》，惊叹中国文化的高度，远非欧洲人所能想象！我评此人，真够得上是一位“有识的老外”，因为很多中国自己的人，却看不到这一要点。

您问的“手帕”“手巾”“手绢”的问题，我想手帕确如来札所言，是属于钗黛晴袭一辈人所用的，是随身必备之物。芹书中小红之帕，平儿之帕，黛玉之帕……皆关系重大之标记品。手巾则非此类，盥沐、餐饭等特定时际所用之物也，记得好像有满族专家著书说过，手巾是当时旗人用语。也许男子用者为巾，女流带者为帕？如宋词所谓“钿车罗帕”，专属女性的词汇也。总之，巾有随身与不随身的两种，俱不称帕。

至于您举第六十四回“九龙珮”那回书文，中有“手绢”一名了。此则涉及版本优劣之事。不知您用的是什么本子？古钞本贾琏将碾玉结于“手巾”上掷去，不作“手绢”。绢字系后人妄改。您得留心别上了坏本子的当。——请您放心：我这绝不是在“引诱”您走上红学研究（被人视为惹厌的麻烦东西）之路。只是提醒您注意真文与伪笔之分。

完全同意您的提法：写小说对细节细物都必须弄清楚准确。这绝不是“末节细故”。只凭笼统概念化的知识和语言是写不成东西的。小说作者应向雪芹学习的，必须包括他对万事万物的无不精通，他对人、事、物、境的观、感、思、断，都极为细密精深，“无微不至”。他是一位惊人的“万能万知者”。我们难以望其项背，但起码要学人家的那种精气神，小说方能有精彩可观之处。

目坏之人，书写困难，又不能核书，信笔乱道，必多疏误之辞，望您不哂。

匆匆拜复，不尽，并颂

文祺！

周汝昌

1991年11月29日

二丫头与卍儿

长篇小说中，最忌无节制地写些招之即来、挥之即去的过场人物，小说中的过场人物犹如舞台上的零碎杂角，应尽可能删减至最必需的数目。当然一部史诗性的作品中免不了总得有一些过场人物，他们一般起着连缀情节或丰富背景的功能性作用，犹如一件精美的玉雕和装载它的锦匣之间，需有适量的棉絮或泡沫塑料加以填塞一样。

《红楼梦》中严格意义上的过场人物不算太多，有些人物，如金寡妇、璜大奶奶、马道婆、醉金刚倪二等，尽管只出现了一次，但已构成鲜明的独立形象，况且在曹公原有的构思中，很可能还要二次以上出现，只不过因为后四十回（一说三十回）的原稿已不可复见，我们无法判定而已——因而不能算作过场人物。

但《红楼梦》中的过场人物，很有些仅匆匆一过场，便给读者留下难忘印象的。例如第十五回的二丫头和第十九回的卍儿，便是最明显的例子。而令人感到困惑的是，二丫头和卍儿的出现，从情节发展的内在机制上说，似乎又并非必需，不具备连缀过渡一类的功能，当然在丰富背景上起着一些作用，然而没有对她们的某些细笔勾勒，那背景不是已经很鲜明了吗？曹公为什么对她们要有那样的一些似乎是“多余”的工笔描绘呢？

第十五回写到宝玉、秦钟随凤姐为秦可卿送殡来至一处农庄，当凤姐进入茅堂方便时，宝玉、秦钟便带着小厮们各处游玩。“宝玉一见了锹、镢、锄、犁等物，皆以为奇……又至一间房前，只见炕上有个纺车……便上来拧转作要，自为有趣。只见一个约有十七八岁的村庄丫头跑了来乱嚷：‘别动坏了！’……”后来那丫头便为他们表演纺线，再后来那边有个老婆子叫道：“二丫头，快过来！”

那丫头便丢下纺车，一径去了。到这里，二丫头在《红楼梦》中的“历史使命”，似已完成，大可不必再写。然而曹公下面却偏细腻地写道，凤姐一行将要离去时，“外面旺儿预备下赏封，赏了本村主人。庄妇等来叩赏。凤姐并不在意，宝玉却留心看时，内中并无二丫头”。到此仍未打住，又接写“一时上了车，出来走不多远，只见迎头二丫头怀里抱着他小兄弟，同着几个小女孩子说笑而来……”最惊人的是曹雪芹下面写道：“宝玉恨不得下车跟了他去，料是众人不依的，少不得以目相送，争奈车轻马快，一时展眼无踪。”那二丫头纺线的镜头我倒以为一般，但“怀里抱着他小兄弟，同着几个小女孩说笑而来”的一闪，却不知为何深深地嵌入了我的印象中，总觉得同梦游太虚幻境中写到宝玉“恍恍惚惚……只见房中又走出几个仙子来”的情境，有一种离奇的互映，脂砚斋在二丫头丢下纺车一径去了时有批曰：“处处点情(睛？)又伏下一段后文。”“下一段”是指“怀里抱着小兄弟……说笑而来”？还是“草蛇灰线，伏延千里”？真令人意想悬悬。

第十九回写到的卍儿，当然有把“繁华热闹到如此不堪的田地”的宁国府那一背景，皴染得更全面更精微的用意——光天化日之下，锣鼓喧天声中，小厮茗烟竟敢在主子的小书房内“干那警幻所训之事”……于是宝玉一脚踹进门去，便出现了一个“虽不标致，倒还白净，些微亦有动人处，羞的脸红耳赤，低首无言”的丫头。宝玉在她羞跑后问茗烟：“那丫头十几岁了？”茗烟道：“大不过十六七岁了。”写到这里，似乎足可收笔。但令人惊奇的是，对这样一个过场的人物，曹雪芹偏通过茗烟的嘴交代她的名字来由说：“……他母亲养他的时节做了个梦，梦见得了一匹锦，上面是五色富贵不断头卍字的花样，所以他的名字叫作卍儿。”宝玉听了笑道：“真也新奇，想必他将来有些造化。”这评价本已多余，却还接写宝玉“说着，沉思一会”。他有什么可沉思的呢？！不知怎么的，那“五色富贵不断头卍字的花样”锦，总令我想到第七十二回中凤姐说到的她的一个梦：“……梦见一个人，虽然面善，却又不知名姓，找我。问他作什么，他说娘娘打发他来要一百匹锦。我问他是那一位娘娘，他说的又不是咱们家的娘娘。我就不肯给他，他就上来夺。正夺着，就醒了。”所夺的那锦，该正是“五色富贵不断头卍字的花样”吧？

1992 年 5 月 13 日

秦可卿之死

……彼时合家皆知，无不纳罕，都有些疑心。

——《红楼梦》第十三回

1

没有月光，没有星光，宁国府里的天香楼，被墨汁般的黑夜浸泡着，刮起了风，天香楼外的大槐树摇动着只剩残叶的枝条，把夜的黑波搅动得如同大海中的浊浪，天香楼便更像是一只遭遇海难的大船，任由命运将其无情地颠簸。

贾珍摒绝了所有仆人，一个人迤迤逦逦地朝天香楼而去。

从便门进入会芳园，风把残菊的衰香送至他的鼻孔，使本已心乱如麻的他，更有万箭穿心的难忍之痛。

这位世袭三品威烈将军，在贾氏一族中，是自视最高的：不仅因为他是长房的嫡传，不像荣国府的那位叔叔贾政其实是过继而来，更不像跟荣国府东边另院别住的那位贾赦——他虽是贾政的亲哥哥，可那地位何其尴尬；他贾珍确称得上是一表人才，贾政何其迂腐，贾赦何其猥琐，他呢，风流倜傥，潇洒自如，而且，文虽不敢夸口，武却骑射俱帅，贾氏的荣华富贵，他享之泰然，贾氏的进一步飞腾，他本胸有成竹……但在这个深秋的夜晚，伫立在会芳园的花径上，贾珍却黯然心悸。

他不由得回想起头年初秋，那些交织着巨大希望和不祥之兆的日子。

……那是绝对的秘密：他的儿媳妇秦可卿，明面上，算是营缮郎秦业的抱养女，其实，她那血脉，只差一步，便可以堂而皇之地宣谕出来，令天下大吃一惊，而贾氏，特别是宁国府，又尤其是在父亲知难而退后毅然挑起重任的他，自然功不可没，那时候会得到怎样的褒赏啊！他将一一跪述，是如何瞒过了宗人府的严密查点注册，如何买通了养生堂，如何找到了恰恰年近五十还无子女的秦业，又如何挖空心思，设计出让秦业去养生堂抱出一个男婴时，“捎带脚”地又抱出了可卿的万全之计——倘单抱出一个女婴，必遭怀疑——而为了使可卿从小受到应有的贵族教养，他在老祖宗的进一步指示下，又费尽心机，从小把可卿以童养媳的名义收进府里，调理成如今这样的一个地道的国色天香……儿子贾蓉满了十五岁，老祖宗指示为他和可卿圆房，大面上也只好如此，但老祖宗只管一旁说什么“可儿是我重孙媳妇中第一个得意之人”，她和荣国府的那一群其实是坐享其成，直把脑袋别在裤腰上，甘冒风险的，还不是我贾珍一人吗？……

……养兵千日，用兵一时；养可卿似止千日，而那激动人心的一时，眼看近了、近了，却又突然延宕，还不仅是延宕，到头年中秋过后，情势竟恶化起来！

……记得那日从外面回来，本想即刻把要紧的消息告诉媳妇尤氏，偏有个外三路的金寡妇璜大奶奶坐在那里闲磨牙，烦不烦人！好容易那不知趣的娘儿们摇摇晃晃地走人了，这才把在冯紫英家见到张友士的事告诉了尤氏。张友士是可卿父亲从江南派来联络的，事关绝密，所以公开的身份，算是冯紫英幼时从学的先生，因上京为儿子捐官，暂住冯家，张友士到来之前，自己已得模糊消息：将有以太医身份出现的人物，来和可卿联络，可卿根据秘传下来的联络暗号，在接受一个又一个太医诊视时，总是不厌其烦地换上一件绣有黄花、白柳、红叶的衣裳，头插一支有黄莺叼蝉造型的八宝银簪，这暗号除了他贾珍和可卿知道，连尤氏亦不清楚，所以尤氏当着丫头们说可卿让太医们三四个人一日轮流着四五遍来看脉，并且一日换四五遍衣裳、坐起来见大夫时，他便忙用话抹了过去——因为事关绝密，“鹦鹉前头不敢言”，即使尽为忠仆，也万不能让他们知道一二啊！……闹了半天，那些太医中并无一个可卿所等之人，他们对那衣裳银簪熟视无睹、麻木不仁……

……张友士来为可卿“看病”了,他开出了那含有惊心动魄的暗语的药方“益气养荣补脾和肝汤”，并且爽性对贾蓉也挑明:“……依小弟看来，今年一冬是不相干的。总是过了春分，就可望痊愈了。”可卿父亲的殊死搏击，那明显是凶多吉少啊!

……但日子也还是只能照常地过，只可怜可卿她恹恹地一个人饱受煎熬;那日父亲的寿辰，天香楼竟依然是锣鼓喧天，太太们点的戏码，像“双官诰”什么的，倒还吉利，谁知凤姐儿怎么神使鬼差地点了一出“还魂”，一出“弹词”,“还魂”算是祈盼可卿他们家不仅起死回生，而且否极泰来吧，可“弹词”演的却是丧乱后的哀音，你说这是什么兆头，亏得我早领着一伙爷们带着打十番的到凝曦轩吃酒去了，没听那丧音!

……算起来，凤姐儿倒是我们荣宁两府里的一个巾帼英雄，可卿的秘事，连贾琏也混沌无知，凤姐儿后来却门儿清，这一来是老祖宗让我给她交底，二来偏那可卿跟她好得令人生妒，最后凤姐连那秘传下来的《园中秋景令》都能倒背如流了……

……熬过了一冬，到了春分，战战兢兢地等那雌雄分明的时刻，居然更趋混沌……正以为无妨高乐、以逸待劳之时，却不想今日忽然月黑天高、风声鹤唳!

贾珍不知不觉中已经又移步向前，他本能地背诵着那首《园中秋景令》:

黄花满地，白柳横坡，小桥通若耶之溪，曲径接天台之路……

他心想，可卿确是来自“若耶”溪的“西施”，而他不消说便是“范蠡”，但那“复越”之期，为何迟迟不临?那“天台”之路，如今更不仅无从接上，不仅从此断绝，而且杀机四伏，前途凶险，这可如何是好!但一种心理惯性使然，他边走边继续默诵下去:

石中清流激湍，篱落飘香;树头红叶翩翻，疏林如画……

他心头感叹：是呀，是“篱落飘香”啊！原来对可卿的兴趣，实在只不过是一次豪气冲天的赌博，没想到这女子长大成人，确是出落得国色天香！为她盖一座华美无比的天香楼，也就不仅是下赌注，而是心甘情愿的事了！……为什么这小令里没有“天香云外飘”的句子哩？他真想添进去！……不由得又往下背：

西风乍紧，初罢莺啼；暖日当暄，又添蛩语。遥望东南，建几处依山之榭，纵观西北，结三间临水之轩。笙簧盈耳，别有幽情；罗绮穿林，倍添韵致。

他惊叹这小令对每次阴谋的实施都确定在秋天的暗示，一再得到证实；而且那在东南凭借“依山之榭”、在西北暗结“临水之轩”的誓言，也都有所兑现；只是那最后两句意味着欢庆胜利、可卿荣归的卜辞，现在看来竟然是全盘落空！他下意识地重复着“别有幽情”一句，他知道那句里原来并无他体味出的甜蜜和酸楚，但他一时先撂下了那赌输的懊丧，任心中那股幽情泛出狂波，使灵魂瑟瑟战栗……

转过那太湖石堆积的假山，天香楼便在眼前；这时天幕似被撕开了一条裂隙，泻下惨白的月光，勾勒出天香楼骷髅般的剪影。

2

在天香楼楼上的东南一隅，有一套门扉严紧的华屋，自这年春分以后，秦可卿就经常住在这里，府里一般人只知道她是病愈后体弱，在此静养，其实，她是为了更方便地同父亲派来的人暗中联络。

这套华屋的内室，她把原来安放在正宅卧室中的那些传家之宝，都搬了过来，一一布置如仪。这些当年在父亲获罪削爵前夕，由贾家冒死偷运了过来，待她稍大识字以后，贾珍亲自指点给她，用的，是当年父亲临去江南前拟定的称谓——故意夸张而怪诞，以便永不与他人之物混淆，计：

武则天当日镜室中设的宝镜

飞燕立着舞过的金盘

安禄山掷过伤了太真乳的木瓜（用整块黄色蜜蜡冻石雕的）

寿昌公主于含章殿下卧的榻

同昌公主制的联珠帐

西子浣过的纱衾

红娘抱过的鸳枕

而最重要的，是两件书画作品：

宋学士秦太虚写的一副对联："嫩寒锁梦因春冷，芳气袭人是酒香。"

唐伯虎画的《海棠春睡图》

她小时贾珍经常考她："上联什么意思？下联什么意思？""春睡的是谁？"她总是对答如流，第二个问题她还往往一口气不停地答出一个大串："'燕瘦环肥'的那个'环'就是杨玉环杨贵妃她酒醉沉香亭！"渐渐她大起来，渐渐她悟出那对联那画的深意，而贾珍再问她的时候，那眼神那嘴角的弯动，也就不再那么简单，有一回她就说："现在春冷，不日酒香！"当时室内无人，贾珍便揽过她的腰，眯着眼，抖着声音问她："睡足起来，梦境全消么？"她只垂头不语，而簪坠摇动不止……

秦可卿在这个月黑之夜，坐在这间充满了太多触目惊心的纪念物的内室里，面对着那"武则天当日镜室中设的宝镜"——其实是一大面落地的西洋玻璃镜——思绪万千。

因为把每扇窗牖都用厚厚的帘幔遮得严严实实，所以从庭院里完全看不出她这居室的烛光。此刻她的居室里点满了蜡烛，溢满了酒气般令人迷醉的甜香，空气不流通，她感到室闷，她把大衣服尽行脱去，还觉得燥热，遂将中衣的扣子松开，露出一抹葱绿的胸兜。她注视着镜子里的自己，生出无限的自怜……

……是傍晚从冯紫英那儿传来的消息——那是不能忍受的噩耗：她的父亲，已于前日亡故！“树倒猢狲散”，一切的所谓弥天大计，顿成哗啦啦大厦倾崩之势……她的生存意义，已不复存在！是的，她曾对凤姐儿说过：“……这样的人家，公公婆婆当自己的女孩儿似的待。婶娘的侄儿虽说年轻，却也是他敬我，我敬他，从来没有红过脸儿，就是一家子的长辈同辈之中，除了婶子倒不用说了，别的人也从无不疼我的，也无不同我好的。这如今得了这个病，把我那要强的心一分也没了……”那确是真心话！可她心里越来越明白，这样的处境，说到头，还不是因为老祖宗他们，把自己当作了一个天大的赌注吗？要不，像贾蓉那么个浮浪公子，他能忍受父亲私下给他定下的法规吗？——他想跟我同房，必得我招呼他才行；他竟在里里外外的人前，把我们这貌合神离的夫妻，演就成一对如胶似漆的伉俪；去年中秋后，我因焦虑而断经，多少人以为这是有喜了，贾蓉他清楚，可他人前为什么还跟着“起疑”？我要没了父亲，断了那使贾家发达的前景，他还能忍受那假夫妻的生活吗？再说婆婆尤氏，她那一双眼睛再钝，难道看不出我和公公的私情？那回不是连老不死的赘仆焦大，都仗着酒胆，当众喊出了“爬灰”的话吗？她听了为什么隐忍不发？难道真是因为她是个“锯了嘴的葫芦”？哪里！那还不是她自知嫁到贾家以后，娘家家道不断中落，你看她父亲鳏居一阵以后，续了一根什么破弦——竟是个拖来两个“油瓶”的穷寡妇——所以她只能对贾珍百依百顺，且一心一意维护好我这赌注，以待将来挣个风光的诰命夫人当当，你看吧，打从今天开始，她要不对我变脸才怪！至于荣国府那些人，本来也是脚踏着好几只船的，他们的贾元春，就是一个最滑头的家伙，表面上温良恭谨，把当今皇上哄得黏黏糊糊，可她在那是非窝中，何尝不知政局随时会白云苍狗，所以应变之心，极为细密，时常将宫中机密曲折泄出，那贾政之所以常往东宫走动，定与此有关！说来好笑，那王夫人的妹妹薛姨妈，定是从姐姐那儿得了些真传，那回遣那边府里周瑞家的送堆纱的新鲜样法宫花，送了十二个人，送就送吧，还偏传出那么一串子话来：

十二花容色最新，不知谁是惜花人？

相逢若问名何氏，家住江南姓本秦！

自然是讨好我的意思，但你这么露骨地捧我，不也等于公开我的隐秘身份吗？不是形同告官揭发吗？大面上，你得说我是秦业的闺女呀！这个秦家何尝在江南住过！一个营缮郎的闺女，而且明说是打小从养生堂抱来的，怎么会是最该同宫花“相逢”最配宫花的“惜花人”呢？……想起来世上最可怕的是人心！这下我们江南“秦家”灰飞烟灭了，你薛家又该篡出什么词儿来？……至于两府特别是这宁国府里的其他上下人等，他们哪个不是一双势利眼睛？之所以捧着我香着我，还不是因为他们看出来，如怠慢了我得罪了我，第一个老祖宗不依，第二那贾珍岂是好惹的？他必让你吃不了兜着走，乃至于死无葬身之地！如今我家彻底败落，老祖宗面上嘴里固然不至于露出什么，那疼爱之心必减无疑，渐渐地，谁还看不出来？至于贾珍么，秦可卿痴痴地望着镜子，她先是凝视着如花似玉的自己，后来就把目光转移到镜中身后露出的那幅家传的《海棠春睡图》上，她觉得那画上的杨玉环果然醒来了，缓缓抬起来，在镜中和她茫然地对视……

两行泪水，溢出了她的眼眶。

3

在秦可卿那套居室的下面，挨着通向上面居室的楼梯，是大丫环瑞珠的居室，而且她的眠床，便安排在紧挨楼梯的一座大屏风后面；从楼上牵出一根绳儿，直通她的床头，顶端系着一只银铃，秦可卿无论白天黑夜，随时可以唤她。

算来瑞珠跟着可卿，也有差不多三年了。府里的人都知道，虽说秦可卿有怜贫惜贱、慈老爱幼的好名声，跟她的丫头婆子们也从没听说哪位有太离谱儿的，但没有哪位能连续三年伺候她，一般总是正做得好好的，就让尤氏给调换了；对此府里的下人们底下颇有议论，大都是说贾珍尤氏对这位儿媳妇也未免忒娇惯了！虽说可卿确有一副天仙般的容貌、一款子袅娜纤巧的身段、一腔子温柔妩媚的风情，可谁不知道她那娘家的寒酸？除了她那个既不同父也不同母的弟弟秦钟还勉强上得了台盘，她那养父养母什么的，不用人家嫌弃，自己就尽量不来这府里抛头露面，即使不得已来了，又总是缩在一边，哪儿有点亲家的气派！怪啊……可瑞珠之所以能伺候可卿长久，并且这一年多在可卿怪病不去的情况下还能几层主子都对她满意，那头一条，倒还不是色色精细、小心伺候，而是她绝不多嘴多舌，不仅在主子们面前没有多余的废话，在主子背后，与其他仆妇们相处时，她也是绝不议论主子们一个字的。

瑞珠嘴严，心还不是一块顽石，她何尝不觉得环绕着这位主子的神秘太多，而且许多的奇诡的事，在奴才里，能眼见身经的，也就她一个吧，这些日子，每当她伺候完可卿，下楼来躺下歇息时，总不免要胡思乱想一阵，尤其是今天……

……今天晚饭，可卿是去前面，伺候了尤氏的。自搬来这天香楼住以后，尤氏当着多少人说过，可卿久病初愈，病丝尚未抽尽，身子还软，因之不用拘礼，不一定每天每餐到上房请安伺饭，她养好自己身子便是最大的孝心……可卿也就果然很少往前面去；自搬来这天香楼后，贾蓉和可卿不仅是分居，他根本就很少来看望老婆，即使来了，那彬彬有礼的样儿，也全然没点丈夫的气概，倒像是个来做客的晚辈，不过，这底细知道的人不多；府里待客演戏，后来就基本都在逗蜂轩那边的套院，不用这边的戏楼了，这边天井地面的砖缝里，都长出了好高的草：可卿贴身的丫头，减到只剩瑞珠一个，另外的小丫头和婆子，也只留了两班一总八个，不用时都让他们待在那边的厢房里；在天香楼和上房间跑腿传话的，是小丫头宝珠，宝珠倒是个脾性跟瑞珠差不多的人，只是眼力见儿不够，到那需要灵活应变、便宜行事的时候，她就往往抓瞎，惹人生恼，不过当奴才也有个积累经验的过程，且慢慢长进吧！

……今天晚饭，所有仆妇，一律不许进屋，饭菜茶水，只送到门帘外头，由我在门帘外，再传给蓉大奶奶……菜还没传完，我就看见她眼里泪光闪闪的；饭后，她出来，我扶着她，大面上，她似乎还是那么温柔平和，面带微笑，可她身子靠在我身子上，比哪天都沉！宝珠没有一块儿回来，说是太太留下她有用，本以为天黑也就回来，不曾想竟留下她在上房过夜了……回来一阵，银铃儿响，我去奉茶，没想到她对我说："瑞珠，你跟我这几年，真难为你了；咱们也算是患难之交了……我这病，看来是好不了了，这府里的福，我怕是享到头、再享不起了……”我忙劝她：“大奶奶说哪里话，您这病，不是一日好似一日吗？兴许是您今儿个累着了，要不要我给您捶捶揉揉？”她还只是哀叹，更让人难以克化的是，她竟拿出一支八宝银簪，一件有黄花、白柳、红叶图案的衣裳，送给我说：“如今我都用不着了，留给你，好歹是个纪念。”我忙说：“敢是大奶奶要辞了我，另换人伺候了；我是愿意伺候大奶奶一辈子的……”她便两眼闪闪地望定我说：“敢是你嫌我病人用过的东西，不干净？”我慌了，只好先接过来说：“我权替大奶奶先收着。”她竟瞪了我一眼，又叹口气，自言自语地说：“我要它们再无用！这些墙上的、柜子上的、床上的……哪个真是宝贝？哪个灵验了？害得我病入膏肓！……唯独灵验的也就是那张友士的药方子……我好恨！……”我只屏住气，垂下眼皮，只当什么也没听见，后来她就嘱咐我下楼后好生歇息，夜里不要我上楼伺候；我都走到楼梯口了，她又特别嘱咐我说：“任凭什么人来，任凭什么事，不到天亮，你都不能上楼来扰我！”她这是怎么了呢？……

瑞珠在楼下自己的居处，就着油灯，细细地端详了那支有黄莺叼蝉造型的八宝银簪一番，心中很是纳闷。

后来，瑞珠隔窗望了望对面厢房，漆黑无光，只有秋风在天井里旋磨。她便吹熄了油灯，躺下歇息，很快，她便发出了平稳的鼾声。

4

尽管伸手不见五指，贾珍还是极熟练地进入了天香楼里通向秦可卿楼上居室的暗道。这条暗道所有的仆妇都不知道，就是尤氏和贾蓉，也都不清楚，那是可卿十二岁，为她盖这天香楼时，贾珍亲让营造者设计修制的。

走到那扇直通可卿卧室的暗门前，贾珍用指弯轻轻扣出了一贯的暗号，奇怪！每次他一扣，可卿总是马上在那边板动机括，暗门也就立即翻开，这回他敲过两遍，却还没有动静，他心中不禁咯噔一下——难道这女子竟不等那消息进一步坐实，便寻了短见么？气性也忒大了！她难道想不到我一得便，必来她这里么？别人糊涂，她能糊涂么？我贾珍对她，难道不是一腔子真情么？什么叫“爬灰”？那糟老头子占儿媳妇便宜，你能叫他“爬灰”，现我和可卿站到一块儿，让那不知我俩是怎么一层关系的外人看看，能说不般配吗？我才三十多岁，可卿二十出头了，我的雄武，她的成熟，好比那蜜蜡石木瓜镇着飞燕的金盘，实是珠联璧合的一对，只可惜为掩人耳目，只好把她配给贾蓉，那蓉儿跟她站作一处，你问不知底细的人，准说是长姊稚弟……我“爬灰”？论起来，可卿还是我破的瓜，倒是那蓉儿，占了我的便宜！说来也怪，是哪世结下的孽情，我贾珍过手的女人多了，偏这可卿让我动了真心！她对我，那也是不掺假的……这擅风情、秉月貌的女子，就是真为她败了这个家，我也心甘情愿啊！……就算大难临头了，她也不该连我也不再见一面，就撒手归天呀！

暗门这边，贾珍满心狐疑，情血涌动。

暗门那边，秦可卿从贾珍叩响了第一声，便从坐凳上站了起来，走到暗门边，手握机括扳手，但她却咬着牙，身子抖得如秋风中的白柳，心乱如麻，下不了决心……

其实，秦可卿一直在想，事情到了这个份儿上，那贾珍他还会不会来？她先是判定他不会来了，而且，为贾珍自己计，他也实不该来；但如果真的就此撂下她“好自为之”，那她付给他的一片真情，不就太不值了吗？……无数往事，在她心中一个叠一个地掠过，开始，她还小的时候，她只觉得贾珍是个堂皇慈蔼的父辈，过了十岁，她觉得贾珍仿佛是个健壮活泼的大哥哥，而到她初悟风月时，找不到什么道理，她的心目中，贾珍就是那她最愿意委身的男子……后来父亲派来联络的人，跟她直接见面通话，她也从渐知深浅，到深知利害，她后来当然懂得，这一段情缘，是绝对的宿孽。她也曾竭力地抑制、克服、摆脱，甚至于故意更加放荡，想把自己的情欲，转移到许多的方面，比如她就故意去点化过还是童贞的贾宝玉，也沾惹过贾蔷，可是没有办法，没办法，到头来她还是只能从贾珍那里，得到真正的快乐……她真想叩问苍天：宿孽总因情么？分离聚合皆前定么？一场幽梦同谁近？千古情人独我痴？

暗门那边，贾珍情急中开始低声呼叫她“可儿，可儿”。

暗门这边，秦可卿抖颤更剧，她欲开又止，欲止又不舍，她实该独自演完自己的这出苦戏，万不要再连累堂堂宁国府的威烈将军……可这孽海情天，谁能超脱？厚地高天，堪叹古今情不尽！痴男怨女，可怜风月债难偿！情既相逢，一道暗门又怎阻拦得住！

秦可卿终于扳动了那暗门机括，暗门一转，贾珍狂风般卷了进来，可卿还没反应过来，贾珍已一把将她揽于怀中，紧紧搂住，叫了一声“可儿！”便狂吻不住……

秦可卿先是一束白柳般抖颤于贾珍怀抱中，任他狂风过隙；待贾珍风力稍减，她便从贾珍怀中挣脱了出来，倒退了几步，贾珍追上，逼近她问：“可儿，你这是怎么……”

秦可卿理着鬓发，开始冷静下来，仰望着贾珍眼睛，说：“你来了，我这心里，也就没什么遗憾的了……我可以踏踏实实地去了……”

贾珍抓住秦可卿的手，说：“现在还只是一个慌信儿……”

可卿感觉贾珍的手温，正徐徐传递到自己手上，她便引他坐了下来，坐下后，他俩的手还连在一起。他们还从来没有这样认真地交谈过。

“你的心，我知道……可冯紫英家的消息，向来没慌过……”

“就算你父亲真的没了，看来也还不是事情大露，是他自己没福，二十几年，都奋斗到宝座边上了，偏一病仙逝，功亏一篑……你要想开，这也是冥冥中自有天定啊！”

“他既去了，母亲一定已殉了，我耽误到这时辰，已属不孝……”

“孝不孝，不在命，全在心；比如我爹天天在城外道观里跟一帮道士们胡羼，炼丹烧汞的，指不定哪天就一命归西，难道我非也去吞丹殉他么？再比如我一时丧命，难道定要那蓉儿他也服毒自刎不成？”

“你们比不得我，我更比不得你们，你忘了去秋张友士留下的那个‘益气养荣和肝汤’的方子，那头五味药的十个字两句话，不是说得明明白白！那是父母的严命，我能不遵？”

那张友士开出的“益气养荣和肝汤”的头五味药是：

人参　白术　云苓　熟地　归身

当时他们拼解为两句话：

人参白术云：苓熟地归身！

“人参”是可卿父亲的代号；“白术”是可卿母亲的代号；他们命令她：要在她一贯熟悉的地方，“归身”！

“可‘归身’不一定是让你去死呀！”贾珍把可卿的手握得更紧，对她说，“那是说要你在这府里耐心等待，静候佳音，是预言你将从这里，归到你那公主的身份上啊……”

“那只是第一层意思，我们朝夕盼望的，自是这个结果；可谁想天不遂人愿，偏应了那第二层意思，你忘了那药方后面的话了么……”

贾珍一时无话——确实，那药方里的暗语，是说倘事有不测，秦可卿就该在这府里结束她的生命！

“……而且，想起来，更知道都是天意……你记得那头五味药标出的分量吗？二钱，二钱，三钱，四钱，二钱，一钱一个月，不正好十三个月？现在正是从那时算来的第十三个月啊！敢情要么过了那个春分，就大功告成；要么一年之后，就是我在这里殉身之日，天意如此，岂人力可扭转的？”

贾珍这时只是摇头，心里却无可奈何。

秦可卿却越发冷静了，她从贾珍手里抽出了自己的手，双手理鬓，从容地说：“我今日‘归身’，你来送我，你我的缘分，也算天赐了。虽说我们以前也有过那么些快活时光，到底‘偷来的锣儿敲不得’，似乎总不能让你尽兴，今天你既来给我送行，我也没什么可报答你的了，唯有一腔对你的真情，还可让你细细品味……我今日一定尽其所有，让你销魂……只是你再不能如往日般猴急，你且在这里稍候一时，我要到那边屋里更衣匀面，从头开始，来此献身！”

贾珍不解：“这样就好，还更什么衣？”

秦可卿微微一笑，起身去了那边屋；贾珍呆呆地坐在那里，一时恍惚，他眼光落到那边壁上挂的《海棠春睡图》上，只觉得那图上的杨玉环正缓缓从春睡中醒来……

“珍哥！”

这从未有过的呼声使他一惊，他抬眼一看，是更完衣的可卿走了出来，不看则已，一看血沸，纵是一条硬汉，那眼泪立刻涌了出来，一颗心仿佛被可卿抓出去捧在了手中！

秦可卿换上的，是她跟贾蓉结婚那天所穿的吉服！

秦可卿将贾珍引到那“寿昌公主于含章殿下卧的榻”边，让他与自己对坐，然后将一袭银红的霞影纱，遮到自己头上……

贾珍将可卿的盖头轻轻揭开，他只觉得自己是确确实实面对着天人神女……

贾珍不再是一个不知和多少个女人云雨过的风流将军，他简直就是个头一回进入洞房的童贞男，他凑过去，慢慢解开可卿吉服的衣扣……

……贾珍在香甜的波浪中，后悔原来的粗糙；想到前不可追，后无可继，他愈发珍惜这梦幻般的享受，也愈发有一种与极乐相伴的痛楚……

天香楼外，云隙裂得更大，月亮像松花蛋的蛋黄般，泻下朦胧的昏光；秋虫在夜风中懒懒鸣叫，寒鸦在大槐树顶上敛喙酣睡，它们哪管楼里正在生人作死别！

5

是日晚间，银蝶正伺候尤氏洗脚，忽然有荣府的人来，急传贾珍尤氏，说是贾母立刻召见，这可是旷日没有过的事，尤氏虽知必为可卿家败人亡之事，但何以如此紧急，亦茫然无措；即刻重新装扮起来，并问：“老爷可已知道？”命银蝶让总管来升去佩凤、偕鸾等爱妾处寻到，请一同在正房倒厅中会合，好同赴荣国府。

谁知银蝶来回，佩凤、偕鸾等处，并无老爷身影，竟不知现在何所，尤氏心下狐疑；又让贾蓉快来，人回蓉哥儿自午即与蔷哥儿外出，现仍未归，尤氏顿脚，少不得先命看车，银蝶等丫头婆子随着，往荣府贾母处赶来。

到了贾母居所，琥珀迎出垂花门，命银蝶等俱在门外等候，只引着尤氏一人入内，及至到了正屋门前，连琥珀亦留守门外，鸳鸯掀门开帘，尤氏跨入，见正中座上，贾母端坐，面色肃然，只王夫人一人立于座侧，余再无人影。

贾母因问："珍哥儿呢？"

尤氏脸涨得通红,嗫嚅地说:"想是带着蓉儿,去冯紫英家细探虚实,绊住了,不及赶回……"

贾母道："还探哪门子虚实！我且问你，可儿现在怎样？"

尤氏说："自是悲痛欲绝……"

贾母面色铁青，诘问道："只是欲绝么？欲而不绝，又将奈何？！"

尤氏慌了，忙看王夫人，王夫人只垂着眼皮，不同尤氏接目。

贾母因叹了口气，微微咳嗽两声，鸳鸯忙到她身后为她轻轻捶背；贾母这才对尤氏说道："论起来，可儿原是你叔爷和我做主收留的，你叔爷去了以后，一大家子人，最疼她的，不是我是哪个？可儿的模样，袅娜纤巧，天仙似的，自不必说；第一样我喜欢她那行事色色妥当，又温柔平和，对她是一百个放心的；可如今天灭她家，想是神佛要这样，也只得认命；只是她也该明理，她亲爹既已殒，她娘即时殉了，她是怎么个打算？难道苟活下去不成？……"

尤氏忙应道："可卿晚饭时得知噩耗，已绝粒不食；难得她还撑着伺候我们；去年那张友士来时，开的那个方子，她亦明白，想来她必自处……只是这一二十年把她当作掌上明珠，哪忍心明言及此……再说蓉儿——"

贾母截断尤氏，厉声说："你倒是天下第一贤婆良母，看起来，倒是我忒狠心了！"

尤氏唬得即刻跪下，只低头认错，心中不免诧异：老祖宗何以如此？

贾母看尤氏那光景可怜，遂挥手让她起来，鸳鸯过去扶起尤氏，贾母此时已泪流满面；王夫人这才抬眼对尤氏说："原也都知道体谅，只是一个时辰前，你大妹妹冒好大风险,让人从宫里传出话来,此事非同小可,必得今夜三鼓以前，即周报各方宁府冢孙妇久病不治，溘然仙逝，才不致节外生枝，可保无虞；否则，夜长梦多，挨到天亮，即凶多吉少；此中缘故，连我亦不再问，你与珍哥儿并蓉儿，把责任尽到就是；那可儿虽明理，到底人之常情，临阵恋生，延宕一时，也是有的；不止要三鼓前人去，且一应丧仪之事，都应天亮前妥帖；珍哥儿既一时不到，少不得你回去速速布置，我在这边是心有余而力难出，想你严命来升等人，也不难应付；事关两府并你大妹妹祸福，你必挣命办好，也好让老祖宗安心！”

王夫人说一句，尤氏应一句，心想一应丧仪，为冲晦气久有准备，倒也不难，难的是倘那可卿真的临阵恋生，却如何是好？心中只是打鼓。

王夫人一顿后又说：“你大妹妹还有叮嘱，可儿带过来的那些她家的寄物，亦一定要在天亮前尽行销毁，以避后患。”

尤氏心中飘过一丝不快，怎么什么都得听贾元春的？

王夫人仍继续宣谕：“你大妹妹到底心细，她说那寄物一共是十一件；那些大件的摆的用的倒也罢了，只是怕蓉儿糊涂，私藏下那细软的物什，以为留个纪念，也无大碍；她记得可儿有一身绣着黄花、白柳、红叶的大衣服，还有一支八宝银簪，做成个什么古古怪怪的花样，最是僭越！你必亲自销毁才好！你也不必心中叨咕，你大妹妹也难，自古有‘伴君如伴虎’的话，你没听过是怎的？再，你能不明白，咱们损了可儿，还经得起折你大妹妹吗？虽说她心细如此，还总指点着咱们，究竟能在那里头混成个什么样儿，咱们是靠她发达还是……也说不得许多了！神佛知道罢了……”

尤氏这才叹服，因说：“放心，我和侄儿亲自销毁，再无吝惜的道理！”

贾母这才又说：“也不必唬成这样，我经的大惊大险，你们哪里清楚！像我们这样人家，原须从这般风浪里滚过，你们只当荣华富贵，是只享不守的吗？况且人之常情，还都想更上一层楼哩，那就更需有快刀斩乱麻的杀伐……你且快去吧，我也不忙歇息，可儿究竟可怜，我要到佛前为她超度一番！”

尤氏叩辞，鸳鸯将尤氏送出，到帘外，附在尤氏耳边轻声说：“蓉大奶奶这一去，倒是她的造化；人谁无死？殉当其时，我谓是福……”

尤氏也无心听鸳鸯的耳语，急匆匆带领银蝶一干人回到宁府。

此时谯楼上，已鸣一鼓。

6

宁国府正房院里灯烛乱晃，会芳园里却一时仍黑漆漆如酽黑之缸。

宝珠举着羊角灯迈进会芳园时，只觉得前面黑魅魅好不怕人。真仿佛“石奇神鬼搏，木怪虎狼蹲”啊！

尤氏命她火速进园通知瑞珠，着瑞珠好生伺候秦可卿，在天香楼待命——尤氏即刻前去，有要事相商！

宝珠都转身迈步了，尤氏又将她叫住，对她说：“瑞珠如告你有不测之事，你们都不用来禀，我稍后便到；只是你们不许擅动，一切要听我亲自发落！”

宝珠也听得不甚明白，只知尽快履行主命，她进园前几乎是一路小跑，进园后才不由得放慢了脚步。

转过太湖石，一只锦鸡呼啦啦猛然飞起，宝珠和锦鸡同时发出尖叫，会芳园更显得阴森可怖。

巡夜的婆子想是躲哪个旮旯里吃酒去了，宝珠战战兢兢地来到天香楼，不见一隙灯影。她摸到瑞珠住屋门前，先叫：“瑞珠姐姐！”又连连拍门。

瑞珠从一个怪梦里醒来，分不清那唤她的声音是真是幻，她坐起，愣愣地揉眼；稍许，才意识到确有人叫门。

瑞珠磕磕绊绊地上前开门，门刚开，一只羊角灯就险些烧到她的身上，她看清是宝珠，不由得呵斥道：“你撞鬼了么？深更半夜的，来这里闲荡！”

宝珠放下灯，急忙跟她说：“你快上楼叫醒蓉大奶奶，太太一会儿就到！”

瑞珠还没醒透，顺口驳：“放什么香屁！再没有过这样的事！都几更了！想是你挺尸梦游哩！”

宝珠抱住瑞珠的腰，摇晃她，越发气喘吁吁：“好姐姐！你好歹醒醒！真的太太生大气哩！快上楼请大奶奶起来准备着，太太兴许已经进了园子了！”

瑞珠算是真醒过来了。她听明白了宝珠的话，一时发慌：“可大奶奶今儿个晚上特特地嘱咐了我，她不叫，我不能上去扰她呀！”

宝珠和瑞珠不由得都朝楼梯上望去，朦朦胧胧似有声响，却又很像是夜鼠在梁上穿行，再细听耳边又只有风中大槐树枝条的摩擦声，又似有秦可卿的吟诗般的鼾声……

瑞珠自伺候秦可卿以来，从未忤过她一次命令；宝珠更未经过这等罕事；一时两人对视，不知该如何是好；但宝珠想到尤氏派遣她时的一脸乌云，便不得不再次提醒瑞珠："太太的话真真切切，太太到了，我们还没叫醒奶奶，可吃罪不起啊！"

瑞珠还是犹豫，因为她此前所见，都是尤氏对秦可卿的百般将就，她实在意识不到这一回如果没把秦可卿早一点叫醒，会有多么严重的后果。

宝珠一时比瑞珠着急，她想起尤氏在她抬脚后又找补的那几句话，心中划过一道不祥的闪电，便声颤气促地对瑞珠说："姐姐你要再糊涂我就给你跪下了！"

宝珠的表现，令瑞珠惊奇，她拉住真要跪下的宝珠，摆摆头说："这是怎么说的！也没那么难办！因知我从不会铃儿不响擅自上楼，大奶奶那屋门从不上栓的，你在这里候着太太，我上去唤醒她就是；等我下来，你就去对面叫醒厢房的人，让他们齐来伺候。"说着，她便提起裙子，踏上了楼梯。

上得楼梯尽头，她轻轻把门一推，那门果然没上栓，当即开了；头一间屋子并无灯烛，但从里间透过雕花隔扇，泄出殷红的烛光；瑞珠走过隔扇，只见再里面的卧室，门半掩着，却把透亮的光影，斜铺到了外间，她心中只觉诧异，来不及细想，便走向前去；到了那卧室，好大的帐幔，垂闭合拢，但帐内帐外，所有烛台，均高燃红烛，恍若新婚洞房；刺鼻的甜香，弥漫全屋；瑞珠恍惚听见了秦可卿的声音，遂一边说着"奶奶，是我瑞珠"，一边拨开帐幔，准备迎上被惊醒的秦可卿，但就在她拨开帐幔的那一瞬间，一幕令她魂飞魄散的景象，赫然呈现于她的眼前：贾珍和秦可卿二人，赤条条合抱在榻下的地毯上，而且秦可卿是在上面，正发出大欢喜的急喘……

贾珍和可卿，已颠倒鸳鸯数次，双方尽兴享受，早已忘怀这人间那变故，他们真恨不能肉儿骨头揉作一处融作一团，真真是"情天情海幻情身，情既相逢必主淫"，只知狂浪阵阵，昏天黑地，把一座天香楼，只当作了欲海飞舟。

在贾珍来说，可卿是唯一他愿让她细细消遣的女子；在可卿来说，她有让贾珍永世再不能从别的女人那里得到那份销魂摄魄的极乐境界的自信。一段宿孽，烈火爆炭般大有将天香楼焚为灰烬之势。

瑞珠已吓得瘫跌在地，可卿贾珍犹在得趣，足足好一阵子，贾珍可卿才从幻境返回现实；三个人都来不及有理智的反应，大体而言，是瑞珠用手臂强撑着昏迷的腔子，瞪大双眼，下巴挂下，再收不回去；可卿起身后本能地拾起那婚礼吉服，一股红烟般飘向了通向顶楼的陡梯；而贾珍只是赤条条地雄武地岔开腿站立着，满眼凶光，那眼光倒并没直射瑞珠……

天香楼下，尤氏已由银蝶等几个最忠实的仆妇围随着，进入了宝珠守候的那间屋子。

7

尤氏已到，而瑞珠仍未下楼来，宝珠惶恐不堪，急切中只能跪在尤氏面前，欲向尤氏禀报，又不知该从何说起；尤氏早怒，喝问道："瑞珠呢？早遣你来，这是何意？大奶奶可在楼上？"

这时楼上传来明显的异常之音，尤氏侧耳一听，皱眉一想，镇定下来，遂向跟来的人说："你等且随来升家的并银蝶到那边厢房听唤！并那边的众人都不许胡言乱动，我要用谁，自会让宝珠去叫，你等要随叫随到，不得有误！"

众人唯唯，都随来升家的和银蝶穿过天井到对面厢房去了，原住那里的小丫环并婆子们都已被唤起，见这阵仗，不知出了何事，面面相觑，却也不敢窃议。

尤氏因对宝珠说："起来！给我好好守着这门，没我的话，谁也不能擅进！就是蓉大爷到，也只能在门外暂候！我要用谁，自会命你去传，你要拦不住擅进的人，小心我腾出手就揭你的皮！"

宝珠从未见过尤氏有这样嘴脸，吓得瑟瑟发抖，少不得即刻守到门边，只当自己那一条命，便是防人擅进的门闩。

尤氏心中，已颇有数；事到如今，也顾不得许多，且硬着头皮，提裙上楼……

且说楼上贾珍胡乱穿上衣服后，见瑞珠还瘫撑在那里，飞起一脚，直踢到她肩上。这一脚，倒把她踢活了，瑞珠尖叫一声后，先滚倒在地，随即本能地爬了起来，又本能地伸臂朝通向顶楼的陡梯一指；贾珍不由得随那指向一望，心中滚过一排炸雷，拔脚便冲向那陡梯，上得一半，又跳下，随手抓起一个烛台，复一跳数级，跃入顶楼，在顶楼他举起烛台一照，便不由大放悲声，急切中他把烛台搁放地上，将一把歪倒的椅子抓起掼正，跳上椅子，叫唤着“我的可儿”，一手抱住秦可卿的身子，一手去解那勒住秦可卿脖子的红绸……阵阵画梁上的积尘，飘落贾珍口鼻，混合着可卿身上的香气，使他魂颤魄悸。

那顶楼原是空的，并无一物；秦可卿那晚从正房回到天香楼后，在贾珍到来之前，搬去了一把椅子，并准备好了套在画梁上的红绸带……

贾珍把可卿抱回卧室，呜呜哭着：将可卿置于榻上，犹揉拍着可卿，设法让她醒过来，但眼见可卿目翻舌突，身子虽还软，那鼻中已无余息，便搂尸大恸；当下真恨不能代秦氏之死。

这巨变使瑞珠刚刚恢复过来的神志，又被戳了一刀；她只呆立在一旁，下巴再一次挂下久不能合拢。

尤氏登上了楼，走进了秦可卿的卧室，虽然她早有心理准备，呈现在她眼前的不堪景象，还是差点让她当即晕死过去。贾珍的搂尸狂吻、衣衫错乱，已足令她无地自容，而秦可卿身上，分明穿的是结婚入洞房的那套吉服——乃当年尤氏亲为其操持监制——你说尤氏见了，何以为情？更可骇怪者，是瑞珠居然瞪眼站立一旁！

瑞珠见了尤氏，又一次活了过来，本能地咕咚一声跪下；尤氏亦本能地喝了一声：“还不给我滚下去！”瑞珠便爬动几下，起来掩面下楼而去。

贾珍的视线与尤氏的目光一触，尤氏便跪在了贾珍面前。

贾珍只顾可卿，哪里在乎尤氏的到来，犹抚尸哀哀；尤氏只跪在那里，且不说话，然亦泪流满面。

待贾珍气息稍缓，尤氏方道：“老爷自己身子要紧；倘老爷身子坏了，不说我，这一府的家业，却是如何是好？万望老爷珍重！”

贾珍望了尤氏一眼，仍抚着可卿，恨恨地说：“大家别过！不要跟我说什么家业府业！可儿没了，我活着无趣，死了倒好！”

尤氏低着头，仍说：“老爷只看在老祖宗份儿上吧；才刚老祖宗召我们去，我急着去了；可儿她家，想是神佛要如此，非人力所能挽回；如今她既能及时殉了她亲生父母，也是她的造化；我原不该现在跑来这里，怎奈老祖宗严命……望老爷不看僧面看佛面，容我细禀！”

尤氏遂将贾母王夫人的话，一一报与贾珍，并强调元春所言的事关两府祸福云云。

贾珍渐渐听了进去，但仍不能冷静；他一阵阵咬牙，望着可卿，心肝俱碎；到尤氏言及必得三更前连叩传事云板四下，方可保住两府无虞，这才欠身扯过一床被子，将可卿权且盖上。

尤氏又道：“一切老爷做主，阖府都等着老爷的示下；万望老爷节哀，引领我等渡此难关！”

贾珍仰颈长叹一声，这才扣着衣扣，顿下脚说：“即是老祖宗已做主，又有宫里传来的示下，还等我什么！你一一照旨分派就是！我只要你把可儿的事办得无限风光，宁把这府倾空，也不能忤了我这意！你也起来吧，我这样一时怎能出面？”

尤氏方站了起来，扯出手帕拭泪。

贾珍犹不忍弃可卿而去，又掀开被子，亲吻可卿良久，方一跺脚，当着尤氏扳开暗道机括，从转门消失。

尤氏在这般奇耻大辱面前，恨不能一头撞死；但终究几层的利害关系，还是驱动着她去挣扎着完成贾母王夫人布置的任务。

贾珍走后，尤氏方前去掀开被子，看了几眼可卿；可卿的眼与舌已被贾珍抚平，面色如春，尤氏想到拉扯她多年的种种酸甜苦辣，不禁泪如泉涌。

尤氏拭干泪水，环顾了一下那卧室，心中清点了一下，除两件细软，九件需销毁的寄物都在眼前，遂镇定一下，挺直腰身，朝楼下走去。

在下楼的一瞬间，尤氏忽然现出一丝谁也没能看到的难以形容的笑容，那笑纹来自她心底里的此前一直压抑在最深处的欲望推动——当那一回焦大吼出“爬灰的爬灰”时，她那欲望曾上扬过：她希望秦可卿死！——现在不管怎么样，秦可卿果然死了！死了！

但尤氏下到最后几步楼阶时，驾驭她心态的，又恢复为下楼前的那些意识。

8

尤氏回到楼下，猛见宝珠站在门前，瑞珠竟坐在一张椅子上发呆，心中一惊，先迎着宝珠问："瑞珠可对你说了什么？"

宝珠即刻跪下，说："回太太，她下来只是发呆，不曾开口说话。"

尤氏又问："你可曾问她什么？"

宝珠忙答："太太命我守门，我只守门，我不曾跟她说话。"

尤氏看瑞珠那光景，似已丢去三魂六魄，便再先问宝珠："可有人要进来？"

宝珠摇头，连说："并无一个。"

尤氏方厉声喝叫瑞珠："谁许你坐在那里？我且忙着，你倒一边受用！你主子咽了气，你哭都不哭一声，你那心肝，敢是让狗叼走了！"说着过去，就掴了她一记耳光；这一耳光又把瑞珠的魂儿掴了回来，瑞珠赶忙跪下，长嚎一声，痛哭不止。

宝珠闻说蓉大奶奶没了，狠吃一惊，也唬得哭了起来；尤氏将二人喝止，厉声说："且住！还轮不到你们号丧！瑞珠，你且站到那边屋角，给我面壁思罪，不到我唤你，不许擅自回身！宝珠，你去传来升嬷嬷和银蝶，先只她二人，我有话吩咐！"

来升家的和银蝶过来了，尤氏遂向她二人宣布："你们蓉大奶奶久病不治，已于刚才亡故！现在不是哀哭的时候，银蝶，你负责为大奶奶净身穿衣装裹停灵；来升家的，你负责将蓉大奶奶的十一件遗物集中销毁——这原是大幻仙人为她测命时指示，这样她才能安抵仙界……"银蝶并来升家的即刻行动起来。尤氏又一一调遣其他人等，各司其职；届时来升等亦闻命在前面大张旗鼓地布置起白汪汪的场面来，并赶制全府所有人等的丧服，诸如此类，也不及细述。

来升又亲来回，告老爷已回府，正吩咐请钦天监阴阳司及禅道士等事宜，蓉哥儿也才从卫若兰家看戏回来，正更衣，稍后便来这里；尤氏命来升去告贾蓉，暂且勿来天香楼，她过会儿便回前面，有话跟他说。

……正乱着，来升家的来回，《海棠春睡图》并秦太虚对联及榻帐衾枕已焚，宝镜已砸，金盘已化作金锭，石木瓜已粉碎，但搜遍所有各处，并无绣有黄花白柳红叶的衣裳及黄莺叼蝉的八宝银簪；尤氏思忖，向来是瑞珠为可卿收拾一应物品，便叫过一边屋角面壁的瑞珠，问她大奶奶的那两样东西收在了何处，命她跟来升家的去取出；瑞珠在面壁时已意识到自己所见所闻，挖目割耳亦不能让主子们放心，萌生了自绝的念，及至尤氏叫去这样一问，忙跪下回说："这两样东西现在我床上——"她本想解释一番，却浑身乱颤，自知必跳进黄河也洗不清，舌头打绊儿；尤氏一听大怒，左右开弓，一边扇了她十几个嘴巴，瑞珠两边脸顿时鼓出红痕，而尤氏也只觉手腕子生疼；来升家的三两下就在那屋屏风后搜出了那两样东西，拿出给尤氏过目，尤氏气得体内岔气，两眼发黑。说时迟，那时快，尤氏并来升家的都没来得及反应过来，瑞珠突然起身，锐叫着"蓉大奶奶你给我做主啊"，跳起足有一尺高，拼力用头朝屋中的硬木大柱狠撞，顿时脑袋破裂，脑浆稠血喷得四溅！

此时宁国府内传事云板，重重地连叩了四下……

9

荣国府二门上的传事云板连叩四下时，谯楼上恰交三鼓。

王熙凤被云板惊醒前，刚得一梦，梦中恍惚只见秦可卿从外走来，含笑说道："婶子好睡！我今日回去，你也不送我一程。因娘儿们素日相好，我舍不得婶子，故来别你一别。还有一件心事未了，非告诉婶子，别人未必中用。"凤姐听了，恍惚问道："有何心愿？你只管托我就是了。"秦可卿便嘱："趁今日富贵，将祖茔附近多置田庄房舍地亩，以备祭祀供给之费皆出自此处，将家塾亦设于此……便有了罪，凡物可以入官，这祭祀产业连官也不入的。便败落下来，子孙回家读书务农，也有个退步，祭祀又可永继。若目今以为荣华不绝，不思后日，终非长策！"凤姐听了，心胸大快，十分敬畏，也来不及细想，可卿哪儿来的如此见地。倘秦可卿真是一介小小营缮郎家从养生堂抱来养大的女子，出阁后才到了百年望族之家，只过了那么几年富贵日子，纵使聪明过人，也不可能有这般居高临下的经验教训之谈。个中缘由，极为隐秘。原来这一年多里，可卿生父多次遣人来与可卿秘密联络，佳音渐稀，凶兆频出，所言及的悔事，此两桩最为刺心；秦可卿游魂感于贾氏收留之恩，故荡到凤姐处，赠此良策。可卿之姊，早登仙界，居离恨天之上，灌愁海之中，当了放春山遣香洞太虚幻境的警幻仙姑，专司人间之风情月债，掌尘世之女怨男痴。可卿游魂荡悠悠且去投奔其姊，虽说“宿孽总因情”，想起她的速死，究竟与贾元春为了一己的私利，催逼过甚有关，到底意难平，故又将元春献媚取宠，即将晋封为凤藻宫尚书并加封贤德妃的天机，爽性泄露了一半，又敲敲打打地说：“这也不过是瞬息的繁华，一时的欢乐，万不可忘了那‘盛筵必散’的俗语！”可卿游魂一眼瞭望到贾元春“喜荣华正好，恨无常又到”、“荡悠悠，把芳魂消耗”的黄泉终局，那并非是薨逝宫中，而是在一个“望家乡，路远山高”的地方，于“虎兕相逢”之时，其状远比自己的自缢凄惨，遂叹息几声，自去飞升，不提。

秦可卿的死讯，贾宝玉不是云板叩响后，由家人告知，而是在梦中，由警幻仙姑告知的，他闻讯大惊，翻身爬起，只觉心中似戳了一刀的不忍，哇的一声，直奔出一口血来；自知不过是急火攻心，血不归经所致，故不顾袭人等劝阻，去见贾母，请求允他过宁国府去，贾母对可卿一贯爱不择语、呵护备至，这回却淡淡地说：“才咽气的人，那里不干净；二则夜里风大，等明早再去不迟。”宝玉哪里肯依，贾母才命人备车，多派跟随人役，拥护前往。

宁国府三更过后，府门洞开，两边灯笼照如白昼，已是乱哄哄人来人往，里面哭声摇山震岳。

尤氏在天香楼瑞珠触柱以后，精神濒于崩溃，挣扎着回到前面，再不能应付诸事，连埋怨贾蓉荒唐也没了力气，遂称胃痛旧疾复发，爽性睡到床上，呻吟不止；一睡下，贾珍丑态、可卿毙命、瑞珠脑裂诸刺激轮番再现，任谁来视，均闭目不理，可卿丧事，再不参与。

贾珍虽重整衣冠，心内有了保家卫族之大责，但对可卿之死，毫不掩饰其超常理的悲痛，当着一大群族人，哭得泪人儿一般，竟对贾代儒等族中最长之辈，哀哀哭道：“我这媳妇比儿子还强十倍，如今伸腿去了，可见这长房内绝灭无人了！”贾代儒等听得目瞪口呆，心中思忖：是何言语？代儒刚丧了孙子贾瑞不久，亦无此绝灭无人之想，你宁府又不是没了贾蓉，且退一万步，即使贾蓉死了，你贾珍尚未临不惑之年，尤氏不育，尚有佩凤、偕鸾，尚可再添三房四妾，哪儿会绝灭无人呢？心中不以为然，嘴里少不得劝慰有辞；问及如何料理，贾珍拍手道："如何料理，不过尽我所有罢了！"众人心中更为称奇。

早有来升来报："那瑞珠触柱而亡后，已装殓完毕，请示如何发落？"

贾珍当即发话："难得她忠心殉主，理当褒扬，着即以孙女之礼重新殓殡，与可卿一并停灵于会芳园中之登仙阁！"

代儒等心中都知大谬，亦只好听之任之。

忽又有来升家的来，告知来升小丫头宝珠竟有非分之想，冒死要亲谒贾珍，来升报与贾珍，贾珍竟允其来见；宝珠膝行而进，叩头毕，称因见秦氏身无所出，乃甘心愿为义女，誓任摔丧驾灵之任；代儒等一旁听了，只觉是谬事迭出，贾珍听了，却喜之不尽，即时传下，从此皆呼宝珠为小姐。宝珠见允，心中一块石头方落了地——她知瑞珠触柱，实是别无出路，好在种种秘事发生之时，她只在天香楼楼下，并未亲见可卿之死，但奴才之中，她之所闻所见所知，究竟是仅次于瑞珠的一个，如若她不早寻活路，待主子们忙完丧事，她必被收拾，那时说不定死无葬身之地，连瑞珠下场不如！她暗中打定主意，随秦可卿灵柩到铁槛寺后，待大家返回时，她一定执意不回，表示以后随灵柩去葬地，守坟尽孝，这样贾珍尤氏当信她守口如瓶绝无危害，必放她一条生路，到那时再徐图较好的前程；此是后话，兹不赘述。

且说贾蓉对此巨变，虽吃惊不小，却也早有思想准备；他只是没想到偏在他久备而无动静大松心时，又偏是他与贾蔷等假借去卫若兰家其实是狭邪浪游夤夜方归时，恰恰发作；他也是个聪明人，见父亲那魂不守舍的模样儿，及母亲与父亲那神离貌亦不合的情景儿，就知此中必还戏中有戏！但他对可卿之死，到头来有一种莫名的快意！他感到大解脱，见父亲倾其所有地大办丧事，而名义上他是主角，亦觉风光。因之他回到家中不久，很快就适应了情势，张罗指挥，煞有介事。

彼时贾氏宗族，纷来亮相。代字辈仅存的贾代儒、贾代修二位俱到外，贾赦辈的到了五位，与贾珍同辈的到了七位，与贾蓉一辈的到了十四位；贾蓉未见贾璜，因问管事的人，是否漏通知了，管事人说尤氏吩咐过，无庸通知他家，贾蓉想起贾蔷说过，那璜大奶奶的什么侄儿叫金荣的，在学堂里打过宝玉和秦种……想至此，方才忙问："岳父母还有秦钟如何未到？"管事的见问，方敢回："老爷太太并未指示，想是怕他们一时不能承受。"贾蓉心中暗笑，沉吟一时，方嘱咐说："还是快快报与他们，并我老娘和二姨三姨吧！"不久秦业等也都到了。那秦业与可卿本无感情可言，到后只能干嚎一阵，连眼泪亦挤不出来，全无养父暨亲家翁模样，贾珍贾蓉也不大理他。

贾赦对不得不早早起床来应付这丧事，又不能晃晃就走，心中十分厌烦，但见到贾珍那副有趣的模样，也就乐得留下且起起哄。

唯有贾政赶来后，对此事极为认真。他见贾敬根本不回，尤氏撂了挑子，贾珍大露马脚，着实忧心忡忡。贾珍恣意奢华，已属不当，而那离奇僭越的行径，尤易惹出乱子，他对之实难容忍。除了常规的僧道超度．贾珍还令在天香楼上另设一坛，专请九十九位全真道士打四十九日解冤洗业醮，本来众人对秦可卿的病逝一说就纷纷起疑，这样做，那不等于不打自招吗？此事已大大不妥，尚未劝说，贾珍又在用什么棺材的问题上，大兴波澜，那时已有人送来几副杉木板，贾珍都嫌不好，可巧薛蟠也来吊问，偏对贾珍说："我们木店里有一副板，叫什么樯木，出在潢海铁网山上，做了棺材，万年不坏。这还是当年先父带来，原系义忠亲王老千岁要的，因他坏了事，就不曾拿去。现在还封在店内，也没有人出价敢买。你若要，就抬来使吧！"贾珍听说，全不忌讳，竟喜之不尽，即刻命人抬来。大家围看，那帮底皆厚八寸，纹若槟榔，味若檀麝，以手扣之，玎珰如金玉。贾珍笑问："价值几何？"薛蟠笑道："拿一千两银子来，只怕也没处买去。什么价不价，赏他们几两工钱就是了。"贾珍听说，忙谢不尽，即命解锯糊漆。贾政忍无可忍，因正色道："此物恐非常人可享者，殓以上等杉木也就是了。"一边说一边给贾赦递眼色，意思是我们长辈该劝时一定要开口才是。贾赦只当没看见他那眼色，拈着胡须竟对贾珍的选择点头称是。

贾政闷闷地回往荣国府，心中很是担忧。只好暂用天意排解——也许，那秦可卿最终睡到她叔爷未能睡成的寿材中，是她必有的造化；但愿不要泄露，莫株连到贾家就好，特别是千万不要影响到元春正谋求的晋升啊！

10

玄真观的静室中，贾敬在蒲团上趺坐，他合目良久，却做不到意守丹田。

贾蓉白天来报告了他，秦氏已病故；当时他只哼出“知道了”三个字，便挥手让贾蓉退下。贾蓉回家报知贾珍，贾珍叹道：“太爷是早晚要飞升之人，如何肯因此事回家染了红尘，将前功尽弃呢？也只好我们冒昧做主料理罢了！”贾珍之言，说对了一半，近年来他那炼丹炉，下面的火是越来越青，上面丹埚内的铅汞是越炼越精，而他对尘世的记忆与牵挂，却随之越来越如飞烟游丝……

他父亲贾代化生下他以后，虽在他之前已有一子贾敷，却偏心于他。后来敷哥未能过成“出痘”关，在八九岁上夭折，父亲对他就更寄以厚望，他也曾以家族的栋梁自居。父亲病故后，他袭官生子，俨然族长风范；他本想忠厚守成，谁知后来却蹦出来个“家住江南姓本秦”的尤物！

……那时荣府的叔叔贾代善还在世，叔叔和婶母却并不满足于守成，他们和皇帝那乱麻般的一家子里的几根麻线，有着那扯不断沤不烂的源远流长的关系——这自然也是父亲曾经珍惜过的关系。但父母已去，他不想承袭那一份惊险，虽然那也确实可能给贾家带来新的飞腾……叔婶对他晓之以理、喻之以利并动之以情，最后，那份情让他无言以对——难道能忘记秦氏之父多年来对贾家的提携庇护么？现在人家有难，能撂开不管么？

……管也罢，却又必须收留于宁府，以秦业的抱养女身份，作为贾蓉的童养媳藏匿，他虽拗不过二位长辈，照办了，却从此坐下了心病；每有不甚相熟的官员来拜，或传来宫中的秘闻，他便心惊肉跳；他给秦氏定名为秦可卿，寓“情可轻”之意，为了前辈人之间的情分，后辈就该背负如此沉重的义务吗？不！所以一定要把“情”视为“可轻”之物！

……可轻的，又岂是情！在那荣府的元春因“贤孝才德”选入宫中做女史后，他决意将一切撂开，到这远郊的玄真观中，寻求一条超凡脱尘之路……他潜心钻研文昌帝君的《阴骘文》，并做了大量批注；一般人或者会以为，他之修炼，是为了一己的永生，其实，与其说他是向往幸福，不如说他是在拼命躲避灾祸——他深知，在这尘世的是非场里，就算你是“寿终正寝”，到头来，牵连到一桩什么“逆案”里，也还是可能被掘墓戮尸！所以，他希望真能吞丹飞升，到那“生后是非”来闹时，不至于再受牵连！

贾珍说他不肯回家染了红尘，免得前功尽弃，只说对了一半；他深知可卿虽死，而有关的“是非”绝没有了结，那引出的灾难一旦呈现，如自己的丹仍未炼好，不能及时飞升，那就好比是“任是深山更深处，也应无计避征徭”！他此刻的另一半心，是不能不悬挂着那个并不可爱却会祸及于他的府第啊！念及此，他哪儿能意守丹田，只觉身下的蒲团，仿佛狂浪中的苇叶，急速地旋转着……

香炉中的袅袅青烟，渐渐模糊了贾敬纹丝不动的身影。

11

这日正是宁国府为秦可卿发丧的首七第四日，早有大明宫掌宫内相戴权，先备了祭礼遣人来，次后坐了大轿，打伞鸣锣，亲来上祭。

戴权如此大模大样，招摇过市，引得一般嫉妒贾家的人窃议纷纷。都知皇家自有祖宗定下的严规，宫内太监严禁擅自出宫，更严禁交结宗室官宦外戚，那宁国府不过死了个冢孙妇，戴权竟如此逾矩而去，难道他真是得了皇上默许，有什么仗恃不成？

戴权确是当朝一大宠宦，他的公然僭越，有时是皇上放任，有时是他瞒天过海；宫中秘事，往往是永世之谜，那戴权的往宁府与祭，引出许多的暗中猜测，其中的一种揣想，是与贾家那荣国府的大小姐贾元春有关，元春现虽只是宫中的一名女史，但据说颇得当今皇上的青睐，而当年元春的以贤孝才德入选，戴权出力不小；看起来，从来这个不许那个严禁，都不是铁板一块，宫中违矩交结之事，朝朝代代层出不穷。

贾元春是个神秘人物，她在宫中内心的苦闷，鲜为人知；但既入宫中，怎能不卷入隐秘的是非权力之争？她更深知自己在宫中的地位，直接关系着贾氏家族的命运。对秦可卿这一上一代做主的“风险投资”而造成的敏感问题，她在关键时运筹帷幄，克服许多的困难，曲曲折折然而及时地指示了家族，使其渡过了危机；究竟那戴权不避众目睽睽，打伞鸣锣坐轿往宁府与祭，是不是与元春有关，此系疑案，不敢纂创。

戴权的来祭，不管他是不是“代表”皇上来“矜全”，反正他到宁府，无异于给贾家吃了一颗定心丸。

贾珍这些天越发不掩饰对秦可卿的超常感情，虽请了荣府凤姐来全权协理，他自己还是忙上忙下，因与可卿狂淫过度，兼之连续操劳，他竟拄个拐走来走去，有的亲友见了当面不好露出什么，背地里不免有所訾议：死的不过是个儿媳，又不是死了尤氏，更不是丧了考妣，哪里就哀痛到了这个份儿上，真真像个“杖期夫”！贾珍当然知道一些人眼光里掩饰不住的是些什么，但他毫不收敛，正所谓“漫言不肖皆荣出，造衅开端实在宁”——宝玉是荣府“不肖”之首，贾珍是宁府“造衅”之魁，一时众人也奈何他们不得！

且说贾珍听报戴权来了，少不得暂弃拐杖，忙接着，让至逗蜂轩献茶，优礼有加，趁便就说要与贾蓉捐个前程，好为丧礼上风光些；结果，花了一千二百两银子，捐了个“龙禁尉”，秦可卿的丧事，便成了“世袭宁国公冢孙妇、防护内廷御前侍卫龙禁尉贾门秦氏恭人之丧”。

秦可卿出殡那日，一时只见宁府大殡浩浩荡荡、压地银山一般从北而至……

而在天际，警幻仙姑正指挥众仙女幽幽吟唱着：

春梦随云散，飞花逐水流，寄言众儿女，何必觅闲愁？
春恨秋悲皆自惹，花容月貌为谁妍？
开辟鸿蒙，谁为情种？都只为风月情浓……
情天情海幻情身，情既相逢必主淫……
画梁春尽落香尘……宿孽总因情……
冤冤相报实非轻，分离聚合皆前定……

甚荒唐，到头来都是为他人作嫁衣裳！

……

【后记】

这篇《秦可卿之死》，当然首先是一篇小说，是我想象力的产物，而且不可避免地渗透着我这个当代人的显意识和潜意识。

但，这篇文章又是我对《红楼梦》中秦可卿这一人物形象进行学术研究的成果之一。

众所周知，曹雪芹对《红楼梦》中秦可卿这一人物的描写在写作过程中有重大修改和调整，第十三回回目原为"秦可卿淫丧天香楼"，后改为"秦可卿死封龙禁尉"，改后的语言明显不通，前辈"红学"家早已指出：是贾蓉被封为了龙禁尉，不是也不可能封秦可卿为龙禁尉；据"脂批"，曹雪芹听了脂砚斋的话，删去了业已完全写讫的这一回的四五叶（线装书的四五个双页，相当于现在的八至十来个页码的文字），这当然是极大的伤筋动骨的改动，而且我认为是明显出于非艺术考虑的改动；为了使前后大体连缀，当然必须"打补丁"，好在似乎并不多，而保留下来的太虚幻境中有关秦可卿的《好事终》曲，以及十二钗正册中表现她的那幅画和判词，都明白地昭示着我们，所删去的大体上是些什么内容。我曾著文缕析曹雪芹未删的原稿中的秦可卿究竟是怎么一回事，焦点是她究竟是怎样的出身。主要的篇目是：

《秦可卿出身未必寒微》（载《红楼梦学刊》1992年第2辑）

《再论秦可卿出身未必寒微》（载《人民政协报》《华夏》副刊1992年8月18日、22日）

《秦可卿出身之谜》（载《太原日报》1992年4月6日）

《张友士到底有什么事？》（载《团结报》1993年1月16日）

《莫讥"秦学"细商量》（载《解放日报》1992年9月13日）

《"友士"药方藏深意》（载《解放日报》1992年10月4日）

《拟将删却重补缀》（载《解放日报》1992年10月22日）

很明显，我这篇文章，便是履行我那"重补缀"的声言。不过，这只是一种基本上用现代语体写的小说，与所谓的“续作”“补作”还有重大区别——我以为那是必须摹拟“曹体”的；我目前还没有那样的能力和勇气。

据此可知，我这篇小说，是一篇所谓的“学术小说”或“学究小说”，就是说，其中包含我对《红楼梦》中秦可卿这个人物的理解，也包括我对从曹雪芹原稿中所删去的“淫丧天香楼”那部分内容的考据，其中还有我在上述几篇论文里都还没有披露的钻研心得，如早被已故前辈小说家叶圣陶指出的：第十一回中，写凤姐去宁国府看望过秦可卿之后，绕进会芳园，忽用一阕小令，表达凤姐的“但只见”（主观镜头，成为凤姐心中的吟诵），这种写法，全书中仅此一例，显得很奇怪；纵观《红楼梦》一书，所有这类文字的安排，包括每一个人物命名中的谐音，都是有含义的，那么，这一阕小令的含义是什么？叶圣陶先生只提出了问题，而没有回答这一问题，我却在这篇小说里回答了。余如对秦可卿卧室中那些她独有的东西所赋予的符码，是那样的突兀，难道只是如历代评家所说的那样，出于暗示秦可卿的淫荡吗？又，有人所猜测的被删却的“遗簪”“更衣”等情节，究竟是怎么一回事？我在这篇小说里，都做出了十分明确的解释，而且是自圆其说的。

我对秦可卿之死的研究，当然只是一家之言，由于“淫丧天香楼”一节的原稿在这世界上已不复存在，所以无论我们怎样研究，怎样努力去“复原”，都只能是接近于原意，而不可能再现原貌。但我以为对这一问题的研究不仅是有意义的，而且有多重的意义，除可加深对《红楼梦》一书的思想内涵的理解、剖析曹雪芹的创作思想和艺术追求、探讨该书的成书经过和曹、脂二人的合作关系外，还可以使我们更具体地了解曹雪芹的这一创作是在怎样的人文环境里以怎样的复杂心理滴着泪和血写成的。

期待着专家和读者们的指正。

贾元春之死

那红尘中有却有些乐事，但不能永远依持;况又有“美中不足，好事多魔”八个字紧相连属，瞬息间则又乐极悲生，人非物换，究竟是到头一梦……

——甲戌本《石头记》第一回

1

凤姐在上房忙完，回到自家屋里，坐在妆台前从容卸妆。平儿一旁侍候着。丰儿早去打来大盆温水。小红带领几个小丫头早准备好洋皂巾帕靶镜漱盂等物在盆架边侍立。

平儿因道：“看大镜子照出满面的春风。难得今儿个这么高兴！”

凤姐道：“可不是！这一年多里，尽是糟心的事儿。林姑娘前脚沉湖，二姑娘后脚就遭搓揉屈死，三姑娘虽说婆家不错，究竟是漂洋过海，就像那放得看不真的风筝，线忒长了，断不断线，也只能求神佛保佑罢了！最怄人的是四姑娘，好端端的非要剪发修行，她亲哥哥亲嫂子都奈何不得她，我又能怎么样？只好就合她，偏她气性还不小，凡开口总噎人……”

平儿道：“算起来，这三春都不如起始的一春啊！”

凤姐笑道：“所以这回圣上南狩，皇后都不带，独让咱们元妃姑娘随行，消息传开，真跟响雷一样，把咱们府里的威势，大大地一震！听老爷说，别的人倒还罢了，那周贵妃的父亲先呷了一碟子陈醋！”

这话引得满屋的人都笑出声来。

凤姐匀完脸，洗好手，平儿又帮她重施薄粉，再点朱唇。丰儿奉上茶来。小红等退出。凤姐兴致仍高，坐在炕上，倚着绣枕，与坐在炕沿的平儿继续闲聊。

凤姐说起老太太、太太，一个腰也直了，一个痰也清了，真有点一元复始，阳春重现的景象。只是那宝玉、宝钗两口子，一个是真糊涂，一个怕又是太精明，反倒并未喜形于色。

平儿道："只怕咱们娘娘这么一威风，把府里淤的浊气，从此一扫而空，宝二爷的怔忡病，赶明儿就好起来……"

凤姐叹道："他那可不是一般人能得的症候！今天大家伙儿正欢天喜地呢，他却一旁垂泪，问他，他又说不清道不明的，好像是，他做过一个什么梦，梦里听见过什么曲儿，跟咱们娘娘有些个关系，让他背出来听听，他又说忘记了，单记得一句'望家乡，路远山高'……"

平儿因笑道："这有何奇？跟圣上南狩，可不是路远山高么！"

凤姐道："说也是。老太太、太太听了都说，路再远，山再高，普天之下，莫非王土，娘娘跟着圣上，哪能有什么闪失？像那周贵妃，一家子仰脖子盼着，还不能呢！"

平儿道："宝二爷的呆气，也只有宝二奶奶能化解开……"

凤姐摇头："她呀，往常还劝，单只今天，倒像心事重重似的，在一旁寡言少语的。"丰儿进来问，是等二爷来家再开饭，还是这就传饭。凤姐说："他怕在东府里吃了。折腾了这一半天，我也饿了，咱们先吃咱们的吧。"

谁知丰儿刚出去却又跑进来，一脸惊奇地说："太太来了！"

凤姐和平儿都吃一大惊。算起来，自那回因绣春囊的事，太太亲来过这里以后，再没来过。且今儿本是大喜的日子，就算有什么急事，从容派人来传就是，凤姐纵使疲惫不堪，也一定即刻前往，何必亲躬履践？

凤姐甫下炕，王夫人已经进了屋，玉钏儿一旁扶着。

凤姐慌忙亲自掸座，平儿识趣往外回避。丰儿等早已离开廊下。

王夫人却摆手道："平儿不必走。"

凤姐细察王夫人脸色，与那回手捏绣春囊来不同，并无愠怒，但似乎亦颇为焦急。

平儿去掩紧了门。

王夫人落座便问："咱们家可有一串鹡鸰香念珠？"

凤姐一时摸不着头脑。倒是平儿凝神一想，回道："要说官中古董账上，是没有这件东西。可是听小红说过，当年在大观园里，宝玉的怡红院，倒有这么个物件。"

凤姐想起来了，因道："对了。这是那年那边蓉儿媳妇发丧的时候，北静王路祭，见着宝二爷，不知怎么那么投缘，顺手就捋下了腕子上的这么个香串，给了他……我哪能亲眼见呢？也是听我们二爷回来说起来，才有了这个记忆……"

王夫人因让传小红来回话。小红听问，即刻回道："我记得顶顶真真的。那时候我还在老太太屋里。是林姑娘从南边奔完丧刚进家，宝二爷就迎上去，把那香串给了她，明说是圣上赐给北静王，北静王又赠给他的，林姑娘连接也不接，掷到地下，还说：什么臭男人拿过的，我不要它！弄得宝二爷好不尴尬！记得还是我得便捡了起来，还给宝二爷的。后来我随宝二爷进了怡红院，也曾见过这香串，何曾把它当作宝贝儿，不过是随处乱搁着。头年封园，清理怡红院物件，因我早到了这边，还有没有这样东西，我就说不清了。"

王夫人叹了口气，挥手让小红离开。又问凤姐儿："这两日你可支派过秦显两口子？"

这一问更让凤姐摸不着头脑。

平儿代回道："秦显是老爷最底下的使唤人，平日都是张才支派他。秦显家的原在大观园南角子上夜，一度倚仗司棋活动，进厨房当了半天的权，后来又让她退出去了。封园以后，也还是让她在墙围子边守夜。他们两口子是司棋叔婶不是？自打司棋撵了出去，自然更不能重用这两口子。说来也怪，两口子都是高高的孤拐，一双贼溜的大眼睛……"

凤姐怯怯地问："敢是这两口子有什么不轨的行为？我竟失察了！"

王夫人叹口气说："原怪不得你！只是这么多年，你们都蒙在鼓里……这两口子，还有司棋的爹妈那两口子，怎么都姓秦？你们就没想到过，那不是跟蓉儿那死了的媳妇儿同姓吗？其实正是当年随秦可卿来咱们家的，那边老爷怕惹事，跑城外道观躲起来了，珍哥儿倒胆大妄为，后来的事儿你们都过眼了的……当年留下了这两对江南秦家的仆人，一对留在了大老爷那边，一对老爷留下了。其实他们本也不姓秦，因是秦家遣来的，所以一个就叫了秦来，一个就叫了秦遣，后来嫌秦遣不顺嘴，又叫成了秦显。原不指望他们怎样听用，老爷们的意思是，江南秦家是百足之虫，死而未僵，留着点恩德，指不定哪天就有个报答……万没想到，偏今儿个大喜的日子里，秦显家两口子竟横岔出一档子糟心事来！”

凤姐平儿只是把一颗心提上了三寸，却也不敢直问。

王夫人这才道出原委：“是老爷刚才火急火燎地来说，圣上这次銮驾南行，京中的事，专旨让北静王照应，这本是最令我们放心喜悦的事；那贾雨村虽免了大司马之职，现任皇城巡察使，专司缉察各城门进出去人等；谁想圣驾出城不久，雨村便在西便门外缉获了秦显家两口子，他们要只是不满于我们府里的待遇，欲另谋前程，那倒也罢了，可是竟在他们身上，搜出了那串鹡鸰香念珠串，偏雨村就认出，香串系禁中之物……多亏雨村及时照应，把此事告知了老爷……”

凤姐忙问：“人赃是否都让咱们领回了？”

王夫人道：“要是那样，老爷也不着急了。雨村虽递过来消息，却道此事关系重大，他还得详加讯问，等圣上回銮，说不定还要亲自奏闻！”

凤姐道：“这个贾雨村！要没我们老爷帮衬，他能有今天！竟还留下一手！”

平儿只在心里骂：“这个饿不死的野杂种！”

王夫人道：“据老爷说，圣上前些时有新旨意，严禁王公大臣，从椒房太监处暗中获取禁中之物，查到的一律严惩不贷……”

凤姐道：“那香串是北静王当着多少人，亲赐宝玉的；再说圣上最信任的，莫过于北静王，此事我看终究无碍……”

王夫人道：“此事实在蹊跷，但老爷更担心的，是圣上旨意里还说，严禁外戚人等，私将家中物件，传递于宫中。那腊油冻的佛手，我们可是恰给娘娘送去了啊！”

凤姐宽慰道：“如今娘娘圣眷正隆，这算得什么事！”

王夫人叹道：“原不能算回事。可现今秦显两口子怪事一出，不能不多加小心啊！”凤姐因道：“太太放心，再无大事的！我且同平儿，这就细细回想一番，究竟咱们家里，有多少宫中之物，又往宫中娘娘处送了多少东西……一旦察起，都有缘由，也就不怕了。至于秦显两口儿，想来也不过是自认怀才不遇，趁乱偷了那香串，想逃往他处后变卖些银子，开个小买卖混日子罢了，这事里头能有多大的戏文！还望老爷告知那贾雨村，不要小题大做的为好！”

王夫人这才接过平儿递上的茶，嘘出口气说：“这些事，自然都不必让老太太听见。好不容易才喜上眉梢，焉有让她再平添烦恼的理儿！”

凤姐忙说：“这个自然。原也不是什么大事儿。”

但是王夫人走后，凤姐和平儿却都忐忑不安起来。

凤姐说：“那秦显两口子为什么这不偷那不偷，偏偷这香串儿呢？”

平儿也疑惑：“要说为了变卖，不懂行的谁出大价钱？懂得是禁中之物的，谁又敢买呢？那饿不死的野杂种贾雨村，捏着这个把儿在手，他究竟又埋伏着什么奸计在手呢？不能不防啊！”

凤姐饭也吃不下了。本是好不容易又有了响晴天的贾府，此时却陡地飘来了一片乌云！

2

銮驾离开大路多时，除了皇帝本人和大明宫掌宫内相戴权，其他跟随者都不明白这究竟是在往哪儿去。

贾元春坐在金顶金黄绣凤版舆中，虽然抬舆的八个太监尽量保持平衡，她仍感觉到了路面的变化。荡悠悠的，令她心中由不适，到不快，到不安。

这回的巡游，圣上决定很突然。旨意传进凤藻宫，几乎不容她多做准备，便来催她上路了。

往常圣上巡游，跟随的队伍十分浩荡，一应卤簿，甚是齐全。这回却尽量精减。说是到南边巡狩，却并未带自己的猎犬。随侍的官员，领头的是新擢升的两位，一位原是长安守备袁野，一位是原粤海将军邬铭。袁野是北人，邬铭是南人，武艺虽均高强，但这之前亦未见有何过人功勋，忽得宠幸，莫说他人侧目，就是二人自身，亦思之无据；然皇恩既浩荡，唯存肝脑涂地竭诚效力之心，因此任凭戴权指挥，令行禁止，不多言，不逾矩。

出巡已逾五日。路过平安州，节度使迎驾甚谨。再往南，便应由金陵体仁院总裁仇琛接驾。究竟皇上打算在哪儿驻跸围猎，尚不得知。

随着版舆的晃荡，元春的心旌亦飘摇起来。回想出巡的这几夜，皇上夜夜与己有鱼水之欢，真真是情浓恩深。但愿这回能播下龙种。贾家的衰势，或许由此得以扭转。

回想起那年终于下了狠心，将东府的秦可卿的真实来历，揭穿于皇上之前，后来种种情况，总算真是化险为夷。论起来，皇上坐这龙椅，也真不易。太上皇生子忒多，哪位不觊觎皇位？就是那义忠老千岁爷，太上皇的兄弟，当年没得着皇位，当今圣上都大局已定，他还图谋不轨呢！更何况当今皇上的亲兄弟们。当今皇上登基不久，便将秦可卿的父亲分封郡王，那王爷何尝老实，篡权之心，一再暴露。要不是碍于太上皇尚在，当今圣上早将他一举荡灭。后来削掉他王爵，又逐出皇族，但未没收他全部家财，发往江南，监视居住，唯愿他以秦姓庶民身份，安安静静过那江南财主的生活，却又偏还要谋反。事态发展到如此地步，当今皇上只能将其处死。但还是碍着太上皇的面子，给他这一支留下了苗儿——秦可信，在当地圈禁居住……

秦可卿是当年其父母被逐出京城那一夜，由其父爱妾产下的，当时产的是一对双胞胎，一男一女；其父为躲过宗人府的人丁统计入册，连夜求到贾家；原来贾府预测的，是太上皇会将皇位传于秦可卿之父，因此一向联络巴结甚力。秦可卿父亲求到贾家时，宁国府的贾敬说什么也不同意接纳，贾赦也犹犹豫豫，倒是贾政颇觉不忍。后来是贾母做出的最终决定。老太太说，皇家的事，自有神佛做主，谁能说得清？今天这位继位，说不定过些时又换成那位，都是龙种，我们为臣的何必跟定一个，换一个便非认他为假龙呢？她一锤定音，命贾政速从所任职的工部中，找到一位中年无子的小官，最好也姓秦，出面，做出从养生堂抱养无名弃婴的姿态，然后，再将那一对婴儿转入宁国府抚养。贾敬一听此命，当即便表示愿将所袭爵位并族长职责，一概转给儿子贾珍，自己从此到都城外道观静养。贾政果然找到了一个营缮郎秦业，谁知刚将那一对双胞胎抱回，便死去了一个男婴，只剩得一个女婴，就是后来以贾蓉的童养媳名义养在宁国府的秦可卿……

贾府接纳藏匿秦可卿时，元春才六岁。但她那时已能留下记忆。那些天里，她当然不懂得大人们在忙些什么，但那些诡谲的表情、神秘的气氛，与某些细节，却在她心中播下了疑窦，随着她的长大成人，那疑窦在她心里渐渐膨胀起来：老祖宗为什么对东府的秦氏如此疼爱？过东府去玩，那天香楼秦氏的居室里，何以有那么多稀奇古怪的摆设？竟是富过三代的贾家自己也不曾有过的！直到入宫以后，老太太、太太、尤氏入宫问安，提起蓉儿媳妇，口气就像在说哪位公主郡主似的……

二十年来辨是非。虽在榴花开处的宫闱之中，元春毕竟悟出了秦可卿的真实身份。为了不让贾家进一步陷入皇家的宝座之争，更为了报答当今圣上的恩宠，在秦可卿二十岁那年，她终于迈出了举报这一步……圣上答应了她的请求：让秦可卿一家体面覆灭，给秦可卿厚葬机会。

然而，仅凭忠心耿耿，便能获得圣上的宠爱吗？未必。元春在版舆的摇荡中，心影里晃动着重叠着自己与圣上的许多亲昵行止，于是情绪便又明亮畅然起来……

版舆似乎停了下来。元春掀开绣帘朝外望，只见雨雾茫茫，銮仪不甚整齐。听见了马嘶与马蹄在泥泞中踢踏的声音。又有圣上威严的命令声，及扈从人等的应答声。

少顷，版舆又行进起来。元春右手握住一个腊油冻佛手，左手不住地摩挲它。那腊油冻佛手，不懂行的人乍看见，会以为是蜡制的摆设；其实那是用一种极罕见的蜡黄色冻石精雕而成的古玩。那本是前些年贾母做寿时，忽然来了一位外路和尚，笑嘻嘻献上的，阖府称奇，贾母甚喜，摆玩良久，后来赏给了凤姐儿，最后又由王夫人等进宫请安时，献给了元春，说是佛手又叫作香橼，暗合元春之名，想来元春常玩，必能永邀圣宠——那蜡黄色，与代表皇位尊严的明黄色十分接近，真是难得！

元春摩挲着腊油冻佛手，忽又杂念丛生。

宫中嫔妃争宠之烈，不亚于众王争位之酷。这且不去想它，自己的进宫争宠，实在关系到整个家族的命运。虽能有很多机会随侍圣上，但圣上是严禁女人干政的，而又喜怒无常，多疑多怪。这回巡游南方，路经平安州，见到节度使，圣上毫无悦色。而大老爷贾赦，偏与这位节度使过往甚密。即将接驾的金陵省体仁院总裁，这官位原是至亲甄家的，圣上却已在前几年查抄了甄家，如今将这官儿赏给了原在京城中臭名昭著的仇都尉；这些事情里，都埋伏着许多不利贾氏的孽债。而这回随行的官员，那位姓袁的，圣上让他拜见自己，脸上竟公然一派冰冷；倒是那姓邬的还颇谦恭，对了，记得太太提起过这人，老太太八十大寿时，此人曾送过一架上好的玻璃围屏，与宫中所用不相上下……

因之，这巡游的前程，还不知究竟能否顺利；所出场的人五人六，都居何心，宜慎加考究……此时雨中弃大路而奔小道，更不知圣上是何用意……

元妃胡思乱想未了，而銮驾已停。

先听见六宫都太监夏守忠请安的声音。稍许，小太监掀开舆帘，抱琴过来搀扶。敢情是已到了临时驻跸之所。

3

那是一所丘陵环抱的道观。元妃娘娘进驻东跨院中。

雨停云霁。夕阳斜照，丛竹滴翠，元妃更衣净面后在廊中漫步，旅途劳累，竟一扫而光，很是心旷神怡。

抱琴紧伺元妃身边。元妃抚摸着未漆而泛着蜜光的廊柱，赞叹说：“这是怎样的木材啊，看来并非檀木，竟比檀木更致密幽香！”

抱琴因道：“适才听夏老爷说，这便是樯木。唯有此地才产。最珍贵难得的！”

元妃不禁心中一动：“樯木？难道说，我们到了潢海铁网山了么？”

抱琴道：“可不是这个地名。不过夏老爷说，这才刚到边上。往里去，还深得很呢！看来万岁爷围猎，就在这山里了吧！”

元春不禁脱口说："那秦可信，不就圈禁在此地么？"

抱琴并不在意。她发现了院中一样东西，很高兴，走过去细看，报告说："娘娘，巧啦！这儿有现成的乞巧盆哩！"

那院子里，有一雕花石台，石台上，放置着一具双耳铜盆，里面储满雨水。抱琴试着用手摩擦那双耳，盆里的水，顿时仿佛鼎沸起来。抱琴高兴得爽笑起来。

元春走了过去。她对抱琴又现烂漫风采，很是欣悦。抱琴打小就在府里侍候她，后来随她进宫，自从当了宫女，禁中规矩比府中严了百倍，抱琴变得不仅不苟言笑，就是声量高些的时候，也不再有过。没想到这回随驾巡游，却难得有这么个空当儿，开怀一笑。

元春在盆边驻足，伸手摸了摸盆中水，还算温和。因问抱琴："你给我带上乞巧针了么？"抱琴说："正当节气，我自然给准备着。今晚定有大月亮，娘娘无妨在此乞巧，也算一大乐事了！"

正说着，夏太监来，抖着一脸的笑纹，请安后传旨说："万岁爷在正院接见大员们，并要与袁、邬二帅议事，因派小的来此安排娘娘先用晚膳。"

元春便对他说："给我尽量捡些素净的菜肴。有清粥小菜最好！"

元妃用过晚膳，天已黑净，天上果然一块紫云移开，露出一轮圆月，月光中有蝙蝠剪翅翻飞。

抱琴拿来一根九孔银针，元春在院中水盆边，先对天默祷一阵，随即便将那针往水面上轻轻一放，只见那针在水面上旋转两圈后，便漂定水面，不再移动。元春抱琴两双眼睛，盯准了那乞巧针在水盆底上的投影……

抱琴先看出来，竟是很粗黑的一道。元春原期待那针上的九孔，无论如何能在盆底上漏出些奇妙的图案，没想到却粗黑得那么完整。

元春正心中思忖，抱琴嘻嘻地笑着说："这影儿，倒让我想起归省那年元宵节，娘娘作的那首灯谜诗来了：能使妖魔胆尽摧，身如束帛气如雷，一声震得人方恐……"背了三句，她停住了，因为那首谜底为爆竹的灯谜诗，最后一句是"回首相看已化灰"，想起来实在不够吉利；于是抱琴转而引申说："娘娘请看，这影儿多像一个胖娃娃呀！胖小子出世，那呱呱的啼声，不也正是身如束帛气如雷吗？不也会一声震得人皆恐吗？不也就能使妖魔胆尽摧了么？"

抱琴的话，正合元春的私心。她正待再俯首细观，却忽然院门边响起一声：“好个能使妖魔胆尽摧！”

原来是圣上来了，元春与抱琴惶恐中赶忙跪接。

4

月亮照着一处神秘的山坳。那是潢海铁网山最险恶的一隅。

山顶上，在密密的樯树林中，隐藏着哨楼，日夜监视着那通向这一地点的唯一路径。在半山的竹丛中，隐蔽着完整的庄院，一应生活所需的房舍物件，应有尽有。而在山阴的一片台地上，则有一个练兵场。

这是一个绿林好汉的独立王国。

月色中，两个矫健的身影，显现在练兵场上。

一位是原神武将军冯唐的公子冯紫英，一位是原圣文将军卫冰的公子卫若兰。

冯紫英甫进入场地，便张弓一箭，朝最那头一个箭靶猛射，只听见“当”的一声，冯紫英道：“竟落地了！”

卫若兰道：“是射中上回那箭的箭尾了！上回那箭，你是正射在仇琛的脑门上啊！”

卫若兰也弯弓射箭。但他不慌不忙，未射之先，把衣襟掖好，将腰绦上挂的一只赤金点翠的金麒麟理到大腿外侧，瞄准之后，方从容射出，只听“嗖”的一声，正中另一箭靶。

两人朝那边箭靶走去。冯紫英笑道：“你这样地‘慢工细活’，在宁国府天香楼下射圃，倒能博珍大哥等哄然叫妙；用到实战上，可就未等这边箭出，只怕那边箭早飞过来了！”

卫若兰笑道：“这里靶场虽为实战而设，可处处细部，都让人想起京中射圃之欢啊！这里其实何尝不是射圃？只不过‘昔日戏言身后事，今朝都到眼前来’罢了！”

冯紫英拍他肩背两下道：“引用不伦不类！应罚你一大海！”

卫若兰道："天下有伦有类的话都让那些道貌岸然的人说尽了！你我虽时有非伦非类之语，只要心有灵犀一点通，听来自有禅意在啊！"

冯紫英点头不语。两人走到一排靶子前，细看，原来冯紫英那新箭的箭镞竟挤进了旧箭的镞眼，落到地下的，倒是那支旧箭。而卫若兰所射，正中靶人的右眼。

冯紫英望见，月光下卫若兰所佩的金麒麟闪着诡异的光，因叹道："你跟史大姑娘的事儿，怎么个了局啊！"

卫若兰将那金麒麟握入手中，凝视着，不禁悲从中来。须臾，他眼角反照出几星月光。

在近一年来的岁月里，冯紫英的父亲神武将军冯唐，与卫若兰的父亲圣文将军卫冰，都被皇帝罗织在一个案子里，下了大狱。冯唐前些时已瘐死狱中，而卫冰是绞监候，眼看入秋，其命无多了。他们正是抱着复仇之心，集结到这个地方来的。在父亲陷狱之前，卫若兰与忠靖侯史鼎的侄女儿，也就是贾府史太君的侄孙女、贾宝玉的表妹，已经定亲；那时贾宝玉已经与薛宝钗成婚，成婚后贾宝玉时而清醒，时而糊涂，有一回他清醒时，应邀到冯紫英家射圃，那时冯紫英家尚未毁败，到场的还有柳湘莲、蒋玉菡、陈也俊等，卫若兰自然也在；就在那一天，宝玉将一个赤金点翠的金麒麟给了卫若兰，对他说："史湘云自小就佩有一个雌金麒麟，这个是我在清虚观得来的，看来冥冥中自有天定，现在将这雄麒麟给你，你们成婚时，恰好也就麒麟会合。史妹妹是个好姑娘，最难得的是心地阔朗、口快言直！祈祝你们白头偕老吧！"当时卫若兰接过，心中无比感激。谁知此后不久，冯、卫两家便遭了罪，卫若兰无力迎娶史湘云，而史家亦不好主动退婚。但卫若兰每日佩着这金麒麟，抚摸之中，常不禁悲从中来，长吁短叹。

冯紫英、卫若兰二人正在喟叹中，忽然耳边"嗖"的一声。一支箭飙了过来，正射在另一靶子上。接着便是笑声："二位仁兄，快快回议事厅，好消息来了！"

冯、卫扭头一看，远处站着的，是柳湘莲。

三人一起离开练兵的台地，进入竹丛，迤逦几弯，便是一处院落，沿路都有小哨防卫，院门内外更防范森严；院中正房，便是议事厅。

议事厅里，早有人迎出，互相问安后，遂各归交椅。

坐第一把交椅者，是个不到三十岁的白面郎君。他便是有着皇族血统的秦可信。

秦可信是当今皇帝严令圈禁的人物，他怎么会出现在这里？原来，他在圈禁中，已早与此处的绿林豪杰们有秘密来往；这回皇帝的南狩，其大背景，是太上皇已然病危，皇帝欲趁此时机，先将江南隐患，一举铲除；皇帝也不是吃素的，他已派细作查明，秦可信人在心活，仍怀篡位之志，而且与铁网山一带的山寇勾结甚密；此次他名为南狩，实际上是銮驾先行，给过往途中的一般官民一个国泰民安的祥和观感，而暗中已调动了南北两支劲旅，昼伏夜行，一旦查实铁网山匪窝所在，随后便到，以十余倍的兵力，将那铁网山匪窝团团围住，成铁桶之势，一举剿灭。山匪既灭，再找个借口处死秦可信，便轻而易举了。折回京城，即使太上皇仍未咽气，在其弥留之中把京中的皇位觊觎者毕其功于一役地扫灭，也便无有京外之忧，更其顺手了。

但皇帝此时并不知道，秦可信已逸出圈禁地，身在山寨之中。负责监视圈禁秦可信的官员，正是取代甄应嘉的仇琛，此种官员只知借宠横征暴敛，哪儿真有效忠之心，再说也把那秦可信视为瓮中之鳖，每次传旨训话，对其百般挫辱，秦可信也一副莫可奈何、纵情酒色的猥琐之态；此次皇上南巡，并未向仇琛透底，问到秦可信现状，仇琛答曰：行尸走肉耳！其实近日秦可信已逸出，由与其身量面容相近的一个家人佯装他醉卧不起，竟未能被监视者觑破，仇琛自然也便被其瞒过。不消说，仇琛手下有的早已是只要行贿，便无不给便的人物，柳湘莲等借此与秦可信内外勾连，非止一日。

秦可信来到铁网山山寨，本执意不肯坐头把交椅，怎奈山上各位豪杰，非将他推到那头把交椅上不可，他也就恭敬不如遵命，坐了上去。大家心里清楚，要与当今皇帝对抗，把太上皇的嫡孙秦可信推出来作旗，揭穿现皇帝是靠阴谋登基，并控告他肆无忌惮地迫害皇叔、手足与皇孙，又专爱抄家敛物，以肥私蓄，是败坏他的合法性的最佳选择。

柳湘莲坐在第二把交椅上。这个山寨，是他所创。柳湘莲所信奉的，只是劫富济贫，并无权力欲望。但他重友情、讲义气，所以当冯、卫二公子家破后投奔而来后，一心要复仇，并欲借秦可信之旗，夺取皇位，他也便参与了其事。这里面也还有他对贾珍与贾宝玉的浓重情谊。他知道秦可卿被逼死，给贾珍的心剜出了多大的一个伤口。他是完全理解与同情贾珍与秦可卿的逾矩之恋的。帮助秦可信，便是为秦可卿报仇，也便可慰贾珍之心。贾宝玉将金麒麟给了卫若兰，不仅为的是卫若兰，摆在头里的是为了表妹史湘云今后有靠。贾宝玉的泛爱，不仅表现在对黛玉、宝钗、湘云三位表姐妹都爱上，甚至对大小丫头，乃至所有年轻姑娘，都充满爱怜，别人不懂，柳湘莲却能意会。所以帮助秦可信，也就可能为卫若兰一家平反，从而成就卫若兰、史湘云的一段好姻缘，也从而能使宝玉心安，他何乐而不为？

冯紫英坐第三把交椅。头几年，他父亲冯唐以来铁网山打围为名，暗中与秦可信联络，冯紫英随往。有天冯紫英一人从秦可信圈禁地潜出后，不想被官军缉捕，以其“僭入禁地”而欲兴狱问罪，不幸中的万幸是，他始终未暴露出其真实身份，并在官军押送途中，由已占山为王的柳湘莲所救出。后冯紫英安全逸出铁网山，潜回京城，并曾出现在贾宝玉、薛蟠等面前，因历险中的脸伤未痊愈，还引起过众人询问，话逼话，他都说出了“这一次，大不幸之大幸……”更引出了众人热辣辣的好奇心，但他到底还是忍住未透出底细。因他与秦可信及山寨都联络最早，故坐了第三把交椅。卫若兰坐第四把交椅。坐第五把交椅的是张友士，他是秦可信父亲在江南时，违制所设的太医院的太医。秦可信父亲当年在府中仿照禁中，设立了会计、掌仪等司，太医院也俨然为其中之一。他在秦可信父亲死亡后便上了这个山寨。坐第六把至第九把交椅的，是几位上山虽早，却服膺于以上各位的绿林汉子。

各位豪杰坐定，便先由探子汇报了銮驾的行止。之后，引进了京城匆匆而来的秦显。

此时的秦显，已近四十岁。一路落荒而逃，胡子拉碴，更呈老相。

秦显报告道，他和浑家得这边传信后，顺利盗得那鹡鸰香念珠串，但却在出城之际，被贾雨村手下拿获，搜出了那香串，贾雨村还亲自审问，几用严刑，他一口咬定，此香串系当年太上皇赐给秦可信父亲的，因秦可卿事他们留在贾府之际，秦可卿之父将此香串郑重留给了他们，说是以备日后再见时的凭据；现因他们两口在贾府极被冷落，屡遭排揎，所以欲往南边寻主，老王爷虽亡，秦可信尚在，他们愿去往投靠，也无非仆念旧主之意，临走几乎放弃了一切，只是这香串万不可弃，所以恳请开恩放行……这一派谎言，原不过是急中所编，并不抱侥幸放脱的想头，却不曾想审讯后拘留不久，竟被兵丁拖出逐出城门，香串亦在最后一刻掷回，真是虎口余生、惊魂未定啊……

秦显未及说完，冯紫英便冷笑道："好个贾雨村！真乃曹阿瞒一类奸雄！他明知你秦显有诈，竟还人赃俱放，他这是给咱们递话呢，倘若大功告成，不能不给他记个头功！另外，想必他也给贾政递了消息，但消息只是消息，却又并不将人赃交回贾家，这就能牵着你贾政的鼻子，让你今后非与他沆瀣一气不可！倘若我们大事不成，他照样吃当今这位皇上的皇粮，说不定还要巧撰戏文，陷害贾政，邀功领赏呢！"

褒奖秦显一番后，让他且去沐浴进餐歇息，这里便议开了下一步的战略。

让秦显盗来鹡鸰香串，是为了离间当今皇上与北静王的关系。在所有的皇族近支中，唯有北静王是个类似贾宝玉那样的只愿过诗化的生活，而绝无权力欲望的人物，所以当今皇上对他最放心，也打算在将其他近支皇族剿灭后，留下他并当众演示情深谊重的场面，以掩世人攻击诟骂之口。因之，倘若拿出过硬的北静王参与谋反的证据，出示于当今皇上，以他本来多疑的性格，必定方寸顿乱，说不定他会一怒之下，先将北静王治罪，那样一来，朝野必定震惊，人心必定大乱，而颠覆其皇位的机会，便一定倍增！

冯紫英对这一诡计主张最力。卫若兰也认为，据探子所报，此次銮驾不甚伟盛，但南北驿路均有异象，很可能是先虚后实，因此不宜决一死战，还是多用诡谲之思，与其智斗为好，待有大机可乘之时，再直举义旗，取胜把握方大。

柳湘莲道："此次所谓南狩，独带了贾元春在侧，诸位以为原因何在？"

卫若兰道："还不是用来掩人耳目，让世人都以为他真是只知享乐，不动兵器，俨然太平天子！"

柳湘莲又问："倘真刀剑相见，我们对元妃应否刀下留情？"他想到了宝玉和元春的关系，虽然二人年龄相差颇多，后来又难以再见，但宝玉幼时，元春于他真不啻半个母亲。

冯紫英道："此女外慈内狠。要不是她向皇上举报，秦可卿未必会死。"

秦可信道："以命抵命。我恨不能让她也吊着咽气！"张友士望着柳湘莲道："是她命中欠下孽债。休怪别人向她催索。"又道，"举大事不可不多细思，却万万不可多虑！"

柳湘莲遂无言。心中却漾出几丝苦涩。心想此女此刻正是三千宠爱集于一身，何等荣耀，而可曾想到，捉拿她的无常，已开始舞动双腿双臂了！再想到北静王原系一宝玉式人物，非把他卷入皇位之争，充交战之矢，对一无辜毋乃太残忍！而由此掀起的大波大澜，又将把宝玉抛向何境，他何堪承受！人生之诡奇悲苦，夫复何言！

正议论中，忽然探子急报：南北大军，三万余，已快抵达铁网山，并两翼扯动，看来是欲构成环围之势！

气氛立即万分紧张。

5

皇帝压在元春身上，双手紧握她的双乳，极其粗野地与她做爱。

此时的元春，迷迷瞪瞪中，有陶醉，亦有无数杂念短暂而尖锐地丛生。

白日里，皇帝那般威严，尤其是大臣扈从面前，是非人的神；而在帐中，皇帝与自己赤条条相搂相抱，又很难想象，他与那冠冕登于宝座的，竟是同一活物。每当皇上兴尽，汗津津、喘吁吁地侧身一旁时，她便生出无限的怜惜，甚至暗暗觉得，这个男人就总这么样，该有多好！但皇帝毕竟是皇帝。他常常即使在布施雨露时，亦充满了只有皇帝才有的疑虑与警觉。他就很多次虽退了衣服，却佩着短剑与元春招呼，并且有时还脸逼着脸地说："我能揉你的乳，也能割你的乳！"元春便给他闭眼的一脸温驯。确实，皇帝岂止可以不假思索地割掉她的乳房，更可以无须成立罪项地即刻割下她的头颅。这是外人万万领受不到的恩宠与恐惧交加的心情。自从进宫以后，她经过多少此种功课！那年归省，她与祖母、母亲等挽手相见时，禁不住脱口而出地说，宫中是个"不得见人的去处"，又在父亲隔帘问安时，忍不住说："田舍之家，虽齑盐布帛，终能聚天伦之乐；今虽富贵已极，骨肉各方，然终无意趣！”但听者只能意其皮毛，怎能知她心中那深不可测的惊悚悲苦！

她恨这个把她来回搬动搓揉的男人，她却又无限怜惜这个连这时也不能摆脱防御之心的皇帝。难道这皇位是偷来的吗？为什么要时时刻刻地防着“失主”来索取这已到手的宝座？当然，她也明白，即使这皇位是得之于正大光明，那些个皇叔、皇兄、皇弟、皇侄乃至于皇帝亲生的皇子，十个有八个总还是无时无刻地不在那里或明或暗地觊觎这个皇位，古往今来，这皇位酿成过多少战乱血案，为什么任是谁登了基，也终不免要变得这般狂躁多疑？似这样的日子，确确实实：虽富贵已极，然终无意趣！

皇帝又终于汗津津、喘吁吁地弃她侧身，她这也才得悄悄匀气。

窗外，传来淅淅沥沥的雨声。

皇帝忽然陡地起身下床，飞快地穿着衣服并唤道：“来！”

夏守忠立即从门前一架屏风后转了出来，躬身轻问：“去还是——留？”

原来皇帝与后妃做爱，时辰长短等太监都要详加记录，并在结束之后，如皇帝命令“去”而不是“留”，太监便要亲自动手，将皇帝射入的精液尽悉洗净。

皇帝却并不作答，而是更急迫地道：“立唤戴权！”

戴权就在门外值候，立即进来了。

皇帝斩钉截铁地宣谕：“起驾！”

当袁野与邬铭从睡梦中被唤醒时，都不禁发愣。刚刚丑时，且下着不大不小的雨，为何皇帝要此刻赶路？

也许能明了皇帝心思的，唯有戴权。

戴权的名分，一直是大明宫掌宫内相。大明宫是太上皇住的地方。太上皇的偏瘫禅位与当今皇帝的登基成功，都有戴权的不可磨灭却又不便宣扬的功劳。前些年皇帝那样处理江南秦逆，戴权的建议亦构成很重要的部分，所以皇帝竟破祖宗那不许太监以公务身份出宫活动的老例，在秦可卿死后，让戴权公然坐上大轿，打伞鸣锣，亲赴宁国府上祭，并允了贾珍之求，给了贾蓉一个龙禁尉的名分。

这回皇帝南狩，随行者当中，只有戴权了解全部机密。他和皇帝都知道，这潢海一带，布满湖泽沼地，倘若雨量失常，变得太勤太大，会很快形成水涨失路的局面。他们离最后所要到达的“围猎地”，只有一天的行程了，只要抵达了那里，一切驻跗供应，便都会有金陵体仁院总裁仇琛的周密安排，会是色色精细、小心伺候的。那里不远，也即是秦可信的圈禁之所。皇帝甫至，不仅不会为难秦可信，还欲当着众官员乃至精选的良民代表们，给秦可信以最大的恩典，以示其仁爱孝悌的慈怀。皇帝夤夜起驾，正是防止一夜连绵阴雨之后，沼泽淫溢，路径难辨，銮驾不能如期抵达目的地。当然他更忧心的是，所暗中调动的南北两支劲旅，亦不能如期围住铁网山匪寇的山寨。

丑时未过，銮驾已在雨中行进了。这回抱琴与元春同坐在那金顶金黄绣凤版舆之中。元春手中，仍握着那腊油冻的佛手。寒气从版舆帘缝中透入，抱琴替元春系披风上风帽的绦带。

抱琴对元春小声说:“娘娘好春色！”

版舆中，只有一盏羊角灯，泛出微弱的光。

元春什么也没说，只是现出一种令抱琴无法理喻的神色。

在版舆中，她们听见雨声越来越大，并且还忽有强光泻入舆中，须臾，竟雷声大作。版舆禁不住颠动摇晃起来。抱琴坐在元妃对面，不禁把手也放到了元妃那握腊油冻佛手的手上，喃喃地念起佛来。

这雨势使得銮驾不得不停了下来。打头阵的袁野来到皇帝的马车前，滚下马跪报:“前方已失路径，有几匹马已误陷沼泽，难以拉出……”

后卫的邬铭也来跪报:“似这等情形，臣斗胆建议，右侧有一小山，山上似有房屋，或到山上暂且驻跸一时，待雨稍息，并派员探明前行路径后，再抓紧赶路，可望于天明前到达目的地。”

戴权骑在马上，亦附和说:“先上山小憩，实为良策。”

皇帝应允了。

于是銮驾上了小山。

山上的房屋，原来是所破庙。庙额依稀可辨，曰“智通寺”。袁野先带人进去搜索一番，证实内中并无僧俗人等。夏太监又带领众小太监迅速布置好正殿，迎进皇帝与元妃。那正殿中的三世佛金身早已剥落，但在大明角灯照耀之下，瑞相依然庄严。

夏太监等于佛案前设下临时宝座，皇帝坐了上去。元妃进入，跪下叩头。皇帝笑道："你是拜我，还是拜佛？"元妃答："拜佛，也拜圣上。"皇帝一把拉过她，揽于怀中，又问："拜我重要，还是拜佛重要？"元妃侧顾左右，面有为难之色，皇帝一挥手："去！"殿中所有宫女太监，悉尽退出，皇帝却又唤进戴权与夏守忠，命令说："戴权你与我寺外统领一切。小夏子只许你一人在殿门外伺候，传水传食，更衣取物，我自会吩咐，不用你擅献殷勤。"二人喏喏，各自去了。夏守忠临去关拢殿门。

皇帝便一边轻薄元妃，一边又问："是拜我重要，还是拜佛重要？"

元妃答道："一样重要。"

皇帝捧着她的脸，逼近了问："偏要你分出轻重，说！"

元妃便道："圣上是活佛，自然拜活佛更为紧切！"

皇帝把元妃的脸一抛，厌恶地说："原来你也只会阿谀奉承！"

元妃身子一闪，袖子一挥，咣当一声，将袖中那腊油冻佛手掉在了地下。

皇帝一惊，耸眉道："你竟袖有暗器！"

元妃赶忙跪下，拾起那腊油冻佛手，举给皇帝检验，并坦白道："这是臣妾随身带着压惊的一样古玩。是臣妾祖母过寿时，一个外路和尚献给她的寿礼。臣妾母亲进宫请安时，带给了臣妾，意在见物思祖，永葆孝心……"

皇帝取过那腊油冻佛手，愠怒地说："我那严禁私相传递的旨意，你们难道不知道吗？该当何罪！"

元妃匍匐在地，战栗地说："虽然这是圣上谕旨下来之前送来的，臣妾等确是罪该万死……"

皇帝摩挲着那腊油冻佛手，触觉上甚有快感，忽又转怒为喜，道："起来起来，什么罪不罪的，咱们是两口子，且坐一处说话……"一把拉起元春，又把她揽于怀中，问："这竟不是蜂蜡制的，沉甸甸的我看是名贵的玉石，你快给我解释解释……你说是和尚所献，看起来内中颇有玄机呢！佛手就是香橼，香橼便是元春，假香橼便是贾元春……你看黄得多亮，就凭这个东西，我怕就要封你为皇后呢！"

都说伴君如伴虎。其实虎何尝会像皇帝这样喜怒无常。

皇帝对那腊油冻佛手爱不释手。他本是弓刀不离身的，喜悦中，他扯下元妃腰中一条绦带，将那腊油的冻佛手，挂到了他那张弓上，又将弓顺手套在了香案角上，指着那弓和佛手说："这便是你我不分离的缘分了！"

这回是元妃主动投入了皇帝的怀中。

……

大约是半个时辰之后，忽然夏守忠启门而入，皇帝暴怒地喝问："大胆！我何曾唤你？！"

夏守忠未及答言，戴权已迈进了门槛，进门便咕咚跪下，报道："圣上，大事不好！"

皇帝本能地握紧腰上的剑柄。

6

戴权尚未再启口，忽听"嗖""嗖""嗖"几声，若干支利箭已穿窗而进，分别射在殿柱、香案和临时宝座上。皇帝拔出宝剑，大吼："何人谋反？！来人！与我拿下！"

戴权跪进几步，贴近皇帝膝下，喘吁禀报说："圣上，此殿已被逆贼所围……他们原有地道与此寺相通……埋伏已久！……寺外邬帅已被他们所擒，袁帅亦被他们的二层包围圈所逼……本当与此等逆贼决一死战，奈何此殿外伏兵转瞬即可扑入……现逆贼派出一员说客，欲面见圣上……"

皇帝不完全从那禀报的话语，而是更多地从戴权那眼神里，意识到了情形的严峻与可能把握的转机，他努力使自己镇静下来，以不失在万险中的天子威严……

"哈哈哈……"

竟有一人大摇大摆地迈进了殿门，自报道："说客在此……"

皇帝盯住他，厉声喝问："你是何人？"

"我乃太医张友士也！"

“胡说！朕的太医院无有你这逆贼！”

“那个自然，”张友士笑吟吟地说，“不过，这殿外的伏兵一扑，将你擒灭，我主秦可信坐上龙椅，那么，不但太医院正堂非我莫属，恐怕还要封王晋爵呢！”

“来人！给我拿下！”

“哈，人倒有，该拿的也已尽行拿下，请看——”

随着张友士衣袖一摆，殿门从外被用力拽开，訇然一声中，皇帝只见外面人影幢幢，眯眼细看，前面跪缚着一排龙禁尉，后面立着几排持刀张弓的逆匪。心中不禁愤恨于手下的这些人竟如此地不中用！

皇帝把一直跪伏于前的夏守忠和戴权重重地各踢了一脚，浑身颤抖地喝道：“滚出去！”

两个太监立刻往外爬。皇帝忽又叫道：“戴权留下！”

戴权便在门外停住。夏守忠觳觫着爬出门槛，外面的逆匪也不理他。

张友士一旁笑道：“养兵千日，并不能用兵一时。可悲可叹！”

皇帝怒目瞪视他，他却只是冷笑。

皇帝忽然松弛下来，意态从容地走到那临时宝座上，傲然坐下，拈着胡须道：“有趣，有趣。”

张友士微微一笑，见殿中有一绣墩，也便仪态悠然地坐于其上，开言道：“你也毋庸斥我等逆匪，我也不敢再历数你的阴毒无道。从来是胜者为王败者贼。原来你毒瘫太上皇，杀戮皇叔，逐捧兄弟，谋害忠良，抄家成癖，敛财近狂，篡居皇位，荒淫无耻，算是暂时取胜；不过天理昭昭，天网恢恢，多行不义必自毙，今天你陷入天罗，难突地网，败为贼已是定局……”

皇帝沉沉稳稳地道：“你怕言之过早了吧？”

张友士道：“难道你今天不是已经成为逆贼了么？”

皇帝道：“我说的是，怕你们终究也非胜者，为王的，即便不再是我，也绝非尔等宵小！”

张友士道：“这倒算是一句明白话。”

皇帝道：“怎么个明白？你倒给我说个明白！”

张友士道：“我们的人已围住此殿。你的性命，已攥在我们手中。庙外你的扈从，我们切断了他们跟你这里的联系，但实在地说，我们尚无能力将其一举了决，他们中也尚有奋勇勤王者，两军相持，天明之前，难分胜负。倘若我们就此结果了你，并力挫你的扈从，却并不能一举进发京城，那京中早有野心者，必是鹬蚌相争、渔翁得利，他倒从从容容地登那金銮宝殿，称帝改元了！这于我于你皆无利益之事，我们当然都不必做！”

皇帝心中松了口气，面上却鄙夷不屑：“从从容容？哼，京中诸王，哪一个敢从容？”

张友士叹道：“所以说你不能知人任事，刚愎自用，早在陷阱之上，却俨然稳如泰山！现爽性给你点破：那北静王，便是头一个欲取汝而代之者！”

皇帝仰颈大笑：“他？……哈哈哈……你等欲乱我心，离间朕与王公关系，甚属可恶，然专拈出北静王作例，实在令朕浮一大白！真真是匪夷所思，从何想来！……一言以蔽之：那北静王分明是个诗疯子、呆画鸟！……”

张友士道：“痴呆者，未必就无登基的野心。何况古训早有大智若愚一说。实话告你，北静王与我主早通关节，你这回南行之前，他已给了许诺，只要我们完结了你，他便于登基之际，立封我主为靖南王……”

皇帝笑道：“越说越离奇！亏你编排得出来！”

张友士便从袖中抖出一样东西，伸臂递过道：“眼见为实。你看这是何物？”

皇帝抢过定睛一看，是鹡鸰香念珠串。这确是他亲赠给北静王的，而且上面有他特意留下的记号。他心中不禁一惊。但他随即将那香串往座椅上一掷，呵呵一笑：“这算得什么！想是你等派人从他府中盗来，离间我们。鸡鸣狗盗，可笑可叹！”

张友士他们深知，这位皇帝是宁疑万人，不信半个的。此香串一亮，离间便大功已成。于是微微一笑，转开话题道：“闲言少叙，你我都知，时不待人，说不定眨眼间即呈变局。你之故作镇静，乃是因为你知所调的精锐之旅，已快将我山寨合围，所谓勤王之兵，说不定也快冲进寺门。其实即便如此，我们也还可从容将你摆平。但不如留下你，今后再行虎兕之争，省得倒让北静王之流的痴疯劣货，坐收渔利！但你现在既成了我们的箭靶，那么，欲留一命，便必须答应我们的条件……”

皇帝立即一挥手："朕恕你们惊驾之罪！秦可信立免圈禁！封为秦王！这潢海铁网山便封为秦王领地……"

张友士笑道："虎兕相争，兕何需虎封！不过，也罢，你这必能做到；只是我们所求的，是你身边的一个宝贝……"

皇帝一时不能明白。在张友士闯入后，他提起全部精神应付这个危机，竟将元妃的存在，抛诸脑后。而在张友士进入庙殿之时，元妃也便慌忙躲进了佛像之后。她先是双手合十，不住地念佛，之后不由得谛听起前面的谈判来，听到皇上处于生死危难之中，她倒并不多么恐惧，只是下定决心以身殉帝；当她听到关于北静王的那些话时，她心里只想着贾家与北静王过从甚密，不仅父亲出入北静王府极为频繁，私相授受几成家常便饭，那宝玉与北静王的关系更非同一般……她比任何人都更清楚皇帝的脾气，不管谁的告密，哪怕明明是敌手的挑拨离间，皇帝听了必然心乱，纵然据此大兴冤狱，也在所不惜，而且还必要牵三挂四，株连无度……惶悚迷乱中，她甚至甘愿就此与皇帝一起玉碎……

皇帝站起来，怒气冲冲地说："岂有此理！……朕的龙袍玉玺御剑宝刀，岂能容你等狂徒攫取！"

张友士道："那个眼下倒不必……"说着一指，"其实所要也不多，不过是此物而已……"

张友士所指的，是那挂在香案角上的御弓。皇帝正待拒绝，张友士忙道："弓且留给你，改日再决雌雄……我们所要的，是悬于弓上的香橼！"

皇帝心中一松，张友士却追上一句道："不是这蜡制的小玩意儿，而是贾元春本人！"

皇帝一惊。他这才意识到庙殿里还有贾元春在。贾元春在佛像后一听此言，如遭雷击。

皇帝回过神来，心中禁不住暗喜。原来逆贼所索，不过是一元妃。这令他立刻想到了唐明皇、马嵬坡。其实他与元妃的情分，还并未真达到明皇杨妃的地步。再说宫中尚有无数佳丽，周贵妃就很不错，论床上功夫，似比元妃更胜一筹，只不过双乳不及元妃丰饱罢了，而只要他留得青山在，何愁无大乳女可享！不过，他焉能爽快答应这些逆贼，不免故作暴怒状道："悖逆至极！元妃何罪？你等索她何意？刀兵相见，祸及弱女，尔等真狗彘不如！”

张友士道：“此贾元春，乃荣、宁二府之最奸狠者！彼不仅秉其父意，钻营进宫，狐媚惑主，乱宫闱，干朝政，一意胡为，而且密告秦氏，酿成惨祸，令我主不能与亲妹相见，且不能亲殓其骨，并在丧父母死兄妹后，以孑然一身，遭受圈禁，百般受辱，饱经挫磨……此固是你之大罪，而贾元春之雪上添冰、创口撒盐，更令人切齿顿足！此等妖孽，理应翦除！”

元春在佛像后听到，仿佛落入冰桶，自知此生休矣！往日的荣华富贵，碎作万片，乱舞于心头，且悔愧丛生，何必入宫何必揭穿秦可卿……尤其是，父亲等何必掺和人家皇族争位的事！不管怎么说，到头来这秦可卿秦可信毕竟与皇帝同宗同族，而无论你甄家贾家，都无非是挂在人家弓上的赘物！唉唉，天伦啊！早该退步抽身！……

皇帝决定不再装蒜，他直截了当地说：“事已如此，朕只能割爱。只是你们殿外弓箭手必得退避，并寺外亦需退兵，还要放朕那邬将军与扈从人等进来，引我出去，我方能容你们带走元妃……”

张友士也寸步不让地说：“你将那贾元春速速献出！我们到手之后，自然放你一马！因为明摆着，你调遣的精兵多我数倍，天明或即来到，我们虎兕决战，还有待今后，今天不过给你小示颜色，谅你今后再不会小觑我主及我等豪杰！闲话少说，且献出那十恶不赦之贾氏刁妇来！”

此时元妃从佛像后挺身而出，自知命数已到，故颇有视死如归之气概。她先伏拜于皇帝之前，泪流满面，呜咽着说：“臣妾就此拜别了……”

谁知皇帝顿脚道：“啰唆什么！你这贱人！”又对一直匍匐在地、几如僵石的戴权大吼：“与我扯去！”

戴权竟腾地起身，倒把张友士惊得一抖；说时迟，那时快，戴权毫不留情地将元妃发髻一抓，提起她来，对张友士道：“快快请外面弟兄们让路！快快放我邬将军进寺保驾！”

门外传来一声：“以人换路，后会有期！”

戴权便将元春朝张友士一抛，张友士一把抓住元春，门外立刻有人将元春拖出；而寺门口响起了“袁野邬铭在此保驾”之声，于是皇帝抓起御弓，一把扯下那腊油冻佛手，顺手掼于地下，佛手顿时碎为数块；戴权扶持着皇帝，飞快地迈出佛殿大门，皇帝舞着宝剑，通过包围者让出的通道，抵达寺门之外；此时夏守忠亦尾随逃出，皇帝扭身中一眼看见，二话不说，扬起宝剑，一道血光，夏守忠人头滚于污泥之中；袁野邬铭果然带着一簇人马在寺门外迎接，立刻扶皇帝上了御马，皇帝接过马鞭，猛抽一鞭，袁野邬铭等围随着，风驰电掣朝山下盘旋而去……

此时早已雨停。月亮从一团乱云中透露出缕缕清光，照出了那智通寺门旁的两行对联：

身后有余忘缩手

眼前无路想回头

7

这一夜的事，第二天京中并无人知晓。

荣国府里，竟还是喜气氤氲。久不上门的一些亲朋，又把骡车轿子在府门内外停了好大一片。

贾母斜卧榻上，鸳鸯用美人拳给她捶腿，其余丫头们两边雁翅排列。王夫人等围坐于她榻侧，呈半月状。娘儿们兴致都比往日为高。大家你一句我一句，互相凑趣。一时又像有多少好日子在前头等着。只见凤姐儿亲捧着一个鎏金大盘进来，上头堆着些黄澄澄的果子。贾母因笑道："我的猴儿，什么好东西，舍不得交给丫头，自己巴巴地捧过来，敢是人肉包子么？你可小心神佛用雷轰你！"凤姐走近，大家方看清金盘上是几个新摘下的大佛手。凤姐笑道："我这腔子里，竟揣着老祖宗的心呢！老祖宗此时挂念的，不是香橼是哪个？老祖宗请细看，香橼不止一个，咱们贾家，能进金盘的怕还多着啦！"说着将金盘佛手置于贾母榻前的杌子上，众人皆喜笑颜开，贾母高兴地唤道："琥珀，快取过眼镜，哪一个是我们的元妃？我此刻竟满眼生辉了！"众人便都开怀竞笑。此时唯有宝玉一旁发呆。宝钗轻轻推他，宝玉对她小声说："我昨夜那梦……"

宝钗微嗔："又来疯话！什么梦是靠得住的！"贾母一眼瞥见，因问："小两口也想娘娘啦？"宝钗因答道："他这里说，想的不是娘娘，是大姐姐。"众人皆点头叹息。贾母因道："此是天伦至性啊！"

凤姐又出去忙着应酬来访堂客。趁便又问平儿："南安郡王那边的寿礼，可已送去？"平儿道："因大太太看那寿屏上好，说要赶着给忠顺亲王府送礼，先就取走了，我这儿正犯愁用什么顶替呢。"凤姐道："却又作怪！这边老爷，素与那忠顺亲王不睦，你忘啦？那年宝玉挨打，正是忠顺王府来讨什么戏子，惹出来的，似这等冤家，躲还来不及，上赶着巴结他干什么？"平儿道："我也是这么说呢。可大太太说，风水也不能让二房都占去了。依大老爷估摸，这忠顺亲王，将来的走势，其实大大超过北静王。说是南安郡王也越来越不中用了，不如疏着点；还说，该多跟西宁郡王套近乎。那东平郡王，看来今后倒是断了为好！"凤姐叹道："多年的交往，也不能随风转舵。人也别忒势利了。"平儿道："我哪敢这么跟大太太进言？只不过应她略迟慢一点，她便老大的不高兴。当时东府大奶奶也在，我更不好张口。"凤姐问："珍大奶奶怎么表示？"平儿道："她就好像什么也没听见似的。想来她心里也未必跟这边一样喜兴。毕竟各门各户的。娘娘红火，他们那边未必能沾上多少光。所以依我说，咱们这边，也别忒狂了！"凤姐叹道："其实是一根线上的蚂蚱。还是当年三姑娘说得好，别一个个乌眼鸡似的，闹得有祸不能同当也罢，有福也不能同享，那就真的都别过了！"因周瑞家的过来回话，她们才掩口不提。

此时荣国府里的大观园，已几成废园。唯有其中栊翠庵，因妙玉尚居其中，还算保持着往日的葱翠洁净。此日早饭后，惜春来庵中与妙玉谈心。二人坐于禅房之中，丫头烹茶，案上铺开棋枰，略下了十多步，便封棋清谈。窗外梅树无彩，见不到桂树，却随风送进来阵阵早桂的暗香。说及缘分，惜春叹道："世人所谓缘分，依我看，皆为'他缘'，也就是脱不了二人关系。'他缘'再圆满，也是牢笼。比如大姐姐，多少俗人羡慕，这回随圣上巡幸，这府里就跟添了金山银库似的，其实伴君如伴虎，与虎有缘，岂称福祉！"妙玉问道："那么，依你说，不要'他缘'，难道说要'我缘'么？"惜春点头道："正是！或称'自缘'。也就是到头来，我归我心，我蜕我壳，我遂我意，我升我境。比如林姐姐，俗人都说她是命苦，无缘无分，无寿无福，一生多愁多病，到头来沉湖殒命。其实她是真做到了质本洁来还洁去，自我缘分极为圆满……”妙玉闻说，心中隐然作痛。遂伸手从木罐中取子，继续下棋。

日影渐短。荣府门前又来大轿。传进去，是皇城巡察使贾雨村老爷来拜。刚刚从北静王府回来的贾政，未及更衣，便忙迈出书房迎接……

8

潢海铁网山那边头一夜里发生的事，京城市井中芸芸众生更不知悉。

西城护国寺庙会，逢八照常开市。天色甫明，寺门外便车辐交错，寺门内人如江鲫。山门之内，是一片花市；刚到的鲜花，与陈列的绢花争奇斗艳。往里钟鼓楼之间，有个什么杂耍的大棚，棚口有伙计敲着牛胯骨数来宝，往里招揽看客。头层大殿东侧，则是鳞次栉比的贩卖古董玩器的小摊档小铺面，往里头逛的，多是较为斯文的人士。

家住护国寺东廊下的贾芸，前几年从荣国府凤姐儿那里谋了几档子差事，家境大为改善，也便在这护国寺里，开了一爿小小的古董玩器铺。平日由雇的伙计经营，他只抽空去查验查验。

且说这日一早贾芸正在铺中与伙计对账，忽听前面摊子那里吵嚷了起来。本也没有在意，但听着听着，觉得有个声音颇熟，便走出去看个究竟。原来是有位壮汉，在走动中，不慎碰倒了摊主摆于外侧的一只瓷瓶，摊主定要他赔，他却怒气冲冲咬定是摊主设的陷阱，两下里都不依不饶，故高声吵嚷起来。那壮汉大发雷霆道：“臊你的娘！我把你这摊子都砸了又怎样？要死狗找冤大头寻到我头上了，也不睁眼看看老子是谁？”那摊主梗起脖子道：“你倒砸呀！砸个看看！清平世界，我怕你个泼皮不成！”周围有的劝，有的作壁上观，一时沸沸扬扬。

贾芸抢上前去，分开二人，先对那摊主说：“这位爷是我朋友，误会误会，且先息怒，这损失算在我的账上……”又挽住那壮汉胳膊道：“倪哥且到小弟处歇歇！”

贾芸将那壮汉引到自家铺中去了，这边便有人对那摊主说："难怪你新来乍到的，竟不认得醉金刚倪二！这护国寺一带，惹了别人倒罢，惹了他，可是吃不了兜着走！"又有几位老摊主议论说："倪二虽是这地面上的，却从不见他往咱们这古董玩器市逛，今儿个怎么忽来雅兴？""亏得他今早酒气还浅，要不真动手砸将起来，你我皆有池鱼之殃了！"

贾芸在铺中让座，伙计奉上香茶，倪二只说："恼人！你等这做的是什么买卖？挤挤巴巴的。让人胳膊根怎么活动？敢情都是想故意招人磕碰，好讹诈赔银！"贾芸因赔笑道："大哥不知，这一溜地面寸土寸金，如今这一行买卖又难做起来，谁愿疏疏朗朗地浪费地面？再说，往通路上摆些个易碎之物，没有买卖时用刮拉倒了的事儿讹些赔银的人，也确是有的……只是倪大哥今儿个怎么有雅兴到此逛逛？"

倪二道："依我说，这些个劳什子都是无用的家伙！我在这寺外住了多年，这寺里也常来，何尝往这一溜里趟过？今儿个因我那哥儿们王短腿娶续弦媳妇儿，他倒艳福不浅，娶的是个黄花闺女，这倒也罢，竟还是个雅人，所以王短腿跟我说，你非要送礼，那就来点体面堂皇的古董玩器，我早听说如今你在这里头开了个铺子，本是奔你而来的，没想到在前头便踹了一脚的晦气！"

贾芸以前困窘之时，得过倪二慷慨臂助，早思报答，因道："其实何劳大哥亲来铺里，让谁带句话到我家不行，我早给王哥送新房去了……王哥敢还是在贩马？"倪二道："早贩不动了。如今当着狱卒。衙门里给不了几个钱，其实全仗犯人家属养着，倒还是肥肥的！他跟我一样，算是嘴硬手狠却心慈意善的一流。都说我们泼皮，其实我们倒并无一双势利眼睛！"又道："王短腿这续弦的媳妇儿，说来跟你倒还有几分关系！"贾芸惊道："此话怎讲？"倪二道："她原是你那阔亲戚荣国府宝二爷的丫头，叫茜雪，听说本没犯什么错，是那宝二爷自己喝醉了酒，把茶杯掼到了她身上，却因此竟把她撵了出来，因她家中只有一个寡母，很艰难了几年，现在寡母又奄奄一息……好在嫁了王短腿，便有靠了！"贾芸心中正联想萦回，倪二又道："荣宁二府你常进进出出，那里漂亮的丫头不少，何不也娶上一个呢？"说完呵呵大笑。贾芸不禁脸红，忙连连让茶。

送走倪二，贾芸也无心算账，心里只想着如今在凤姐房中的小红。最近也几次跟母亲商议过，由母亲出面，破着脸去跟凤姐求下这门亲事，最近元妃娘娘随驾巡幸，凤姐等正兴高采烈，是最乐得施恩作福的一个时机，何不这两日便将此事促成？想来小红定也盼着此事，在那府里，终非定局。

贾芸出得护国寺，尚未转入东廊下，只见有一公子在胡同口水槽饮马，侧影好生面熟，定睛一看，竟是贾蔷，忙抢上去打招呼。再一细看，竟还有驮驴等驮着行李，并随仆等人在旁；又有一顶轿子停在地下，轿夫等也在一旁取水喝。轿子掀着轿帘，轿里一个美人儿扇着团扇，贾芸认出是原来荣国府梨香院的龄官。

互相请安后，贾芸问道："你这是出远门的架势了，还拉家携口的，怎么事先也不递个话儿，好给你饯行啊！"贾蔷将他引出十多步，在一株大槐树阴凉下站定，道："这京城里待腻了，再说，危机四伏的，还是远走高飞的好啊！"贾芸道："说别人家危机四伏倒也罢了，咱们娘娘正随驾巡幸，皇恩是空前的浩荡，你不留在这里分享荣耀，倒远遁别处，是何道理？你得珍大爷应允了吗？"贾蔷一笑："珍大爷他催着我走呢！他说，他跟蓉儿是走不开的，要不，连他们也走！"贾芸道："这我就不明白了！"贾蔷拱手道："不明白也好，只当我胡说吧！就此别过！"竟告别转身而去，自己骑上马，轿夫们抬上轿，驮驴仆人们跟着，扬长而去。

贾芸目送贾蔷一行远去后，心中很乱。但千头万绪中，让母亲尽快去凤姐那里求娶小红一事，却始终居于他意识的最上层。

9

京中人等哪里知道，头晚在潢海铁网山发生了多么可怕的事！

那元妃被秦可信一伙得手后，因警报频传，皇帝调来的大队精锐，正刻刻逼近，秦可信便让手下人匆匆将她缢死在智通寺中，然后弃尸而退。可怜贾元春喜荣华正好，恨无常又到，眼睁睁把万事全抛，荡悠悠把芳魂消耗；她在生命终结的最后时刻，真巴不得魂儿越过远路高山，直入父亲梦境，给予他响雷般的忠告：从今后，再莫卷入皇权争夺的旋涡！但她在惨死时也未参透，这种卷入对她那样的一种家族而言，已是一种生存的常态，不到终于赔进去满盘皆输，是几无退步抽身的可能！

直到几天以后，战场转移别处，才有一位非僧非道亦僧亦道的人士上得山来，将她和夏守忠以及另外一些被杀掉的龙禁尉的尸体，分别掩埋。那人便是早年住在苏州阊门仁清巷的甄士隐。他一边掩埋那些尸体，一边似吟若唱地口中呐出："……金满箱，银满箱，展眼乞丐人皆谤；正叹他人命不长，哪知自己归来丧；训有方，保不定日后作强梁……乱烘烘你方唱罢我登场，反认他乡是故乡；甚荒唐，到头来都是为他人作嫁衣裳！"

皇帝脱险以后，立即让抱琴等六个宫女，以及原来跟着夏守忠专门伺候元妃的五个太监饮鸩而殉，并严命包围秦可信山寨，限期破寨取胜。

最先知道这个变故的，是金陵体仁院总裁仇琛。令他震惊的还并不是元妃的遭遇，而是秦可信的居然早已逃逸。这是他难卸其责的。他本想干脆投靠山寨，但别的且勿论，他那衙内在京中时早与冯紫英结下死仇，所以没有被接纳的可能。他急得团团转。最后他竟采纳了儿子的下下策，带着夫人儿子和极少数随从，弃印挟财而逃。

柳湘莲带领一半弟兄，在前面提到的那座山寨固守。因山寨周围地形险恶，且山寨一方居高临下，一夫当关，万夫莫入，官军很难强攻，只能死围，期待秋冬以后，寨内粮绝，不攻自溃。秦可信、冯紫英、卫若兰、张友士等，带领另一半人马，却都按事先拟订好的计划，退到了另一处官军并未侦察到的更为隐蔽的山寨，养精蓄锐，以逸待劳，伺机行动，以图大业。

但在那后半夜的接触战中，卫若兰不幸肩窝上中了一箭。退到山寨后，张友士对他精心治疗，虽一度避免了箭毒入心，但终究导致了持续高烧，膏肓败坏，渐致不支。一日，冯紫英到榻前慰问，卫若兰攥住他的手道："我怕是不行了。别无所憾，只是对不起史湘云。看来这雄麒麟只是借我身暂居一时，因麒麟伏白首双星，还应不到我身上。这也是天缘有定，非人力可扭转。"说着从枕下取出那赤金点翠的麒麟，交到冯紫英手中道："你返京之时，设法将此麒麟归还宝玉。"冯紫英不忍，安慰他道："你会好起来。史大姑娘还苦等着你。且宝玉已然与宝姑娘成亲。这麒麟你还是留着。"卫若兰道："冥冥中自有天定。我心里只觉得此麒麟应归还宝玉。否则辗转难眠。”冯紫英这才接过道：“我且替你收着。待你好些，我再还你。你不要再胡思乱想，总是养病要紧。”

谁知卫若兰不几日竟溘然而逝。冯紫英等洒泪将他暂葬于山寨。那金麒麟冯紫英慎重保存。后来，冯紫英果然又混进京城，并见到贾宝玉，彼时薛宝钗已逝，冯紫英将金麒麟给贾宝玉，并告知卫若兰最后的嘱托，贾宝玉接过麒麟，失声痛哭，并说史湘云竟失散已久，生死未卜。冯紫英亦不禁唏嘘。但最后几经波折，贾宝玉竟与史湘云不期而邂逅，在艰难困苦之中，终成夫妻。正是：

自是嫦娥偏爱冷，
岂令寂寞度黄昏。

10

皇帝回銮的阵仗是煞有介事地威严雄武。

虽然京中谣诼蠡起，但皇帝回銮时似乎什么意外的事也没有发生。在回宫的仪仗中，照例有一把曲柄七凤黄金伞，伞后依然是八个太监抬着的一顶金顶金黄绣凤版舆，雍容地缓缓前行……

皇帝对在京照应的北静王不仅优礼有加，还在朝仪后携着他手，当着众多的王公大臣极表亲昵，活现一幅骨肉情深的白描图。

皇帝对病笃的太上皇，一日数次探望，亲奉汤药，亦是活现一幅至纯至孝的工笔画。

皇帝又大赦天下。其中包括宣布解除对江南秦可信的圈禁，并封为秦王，发还财产，扩大采邑。

贾府的老爷太太们，包括贾母，等着进宫与元妃请安。平日最熟悉的夏太监没有出现，周太监出面，告知他们元妃旅途劳顿，需长休一段，暂不宜分神伤体。贾政等私下求见戴权，戴权只派小太监代为接见，言语之中，很不得要领。几天后忽然宣布元妃薨逝。贾府的人只看见了棺椁，未能见到元妃遗容。

容不得贾家沉溺于自家的悲欢，忽然有一天，噩耗普传天下：太上皇薨逝。

太上皇的丧事尚未收尾，京城中便卷起了腥风血雨。

在皇帝翦除异己的狂飙中，贾氏荣宁二府是首批被连带扫荡的。忽喇喇似大厦倾，昏惨惨似灯将尽，终于是家亡人散各奔腾。

最后，好一似食尽鸟投林，落了片白茫茫大地真干净！

饮“千红一窟（哭）”茶，酌“万艳同杯（悲）”酒，《红楼梦》的故事意蕴深刻，而秦可卿与贾元春的先后惨死，尤令人扼腕长叹，思绪悠悠！

【后记】

这是我继《秦可卿之死》之后的又一关于《红楼梦》探佚的学术小说。我认为在《红楼梦》的前半部，秦可卿之死是一大重要关节。关于秦可卿的情节，在曹雪芹反复修改调整书稿时，有重大的删除、隐蔽与故留破绽的“找补”。这些我们现在都还可以看到痕迹。《红楼梦》的后半部，贾元春之死则是至关重要的转捩点。有关的情节曹雪芹写完了，但书稿却“迷失”无存。现在我们看到的一百二十回通行本，后四十回是别人续补的，有力的证据之一，便是关于贾元春的情节，与前面第五回里的诗图曲文所提供的暗示几乎完全对不上号。第五回关于贾元春的《恨无常》一曲，明写着她“把万事全抛”“把芳魂消耗”是在“望家乡，路远山高”的地方，哪里是像现在程伟元、高鹗所印行的“程甲本”或“程乙本”里所写的那样，安安然然地死在她那凤藻宫中。而且在前面第十一回凤姐点戏点到以一句“不提防余年值乱离”为发端的《弹词》，特别是第十七回元妃点戏，又点了表现唐明皇和杨贵妃爱情与离乱的《长生殿》中的《乞巧》，脂砚斋评明注“伏元妃之死”，加上贾元春自制灯谜“一声震得人方恐，回首相看已化灰”，也都说明她是死在战乱之中，而且死得很突然、很悲惨，绝非续书所说的因“圣眷隆重”，“起居劳乏、痰气壅塞”，很富贵很正常地薨逝。我这篇小说，则根据前八十回的伏笔暗示，追踪蹑迹，试图按曹雪芹原有的构思，将贾元春之死的真相，揭橥出来。

根据我的考据，《红楼梦》里秦可卿与贾元春这两个人物的生生死死，按曹雪芹最初的构思，是互为因果的，并扯动着整个贾氏家族的歌哭存亡；她们绝非两个不甚相干的人物。第五回里贾宝玉在太虚幻境所见到的关于暗示贾元春命运的那首册页诗的第一句“二十年来辨是非”，以前许多人或不得其解，或解作“贾元春进宫二十年了”——这是说不通的，这样不仅贾元春与生母王夫人和亲弟弟贾宝玉等的设定年龄之间造成了极大的不谐调，而且，她在皇帝身边“辨”谁的“是非”？难道说她会进宫二十年里头不断地去斗胆“辨”皇帝的“是非”吗？她又终究“辨”出了皇帝的什么“是非”呢？根据我的解读，贾府开始藏匿秦可卿时，她大约五六岁，已有记忆，她对秦可卿的真实身份一直是存疑的，后来她进入“榴花开处”的宫闱，还一直在“辨”秦可卿的“是非”（究竟是不是小官秦业家从养生堂抱来的一个弃婴），直到秦可卿二十岁那年，她终于向皇帝举报了秦可卿的“非”。而最终她也就为此付出了惨重的代价。我认为这样破译“二十年来辨是非”一句，可收豁然贯通之效。

这篇小说还融会了我对《红楼梦》中另外一些人物在八十回后命运发展的探佚心得。我期待着专家与各界读者的批评指教。

妙玉之死

芳情只自遣，雅趣向谁言。

——《石头记》第七十六回

置之于万万人中，其聪俊灵秀之气，则在万万人之上；其乖僻邪谬，不近人情之态，又在万万人之下。

——《石头记》第二回

1

忠顺王爷府仪门内的过厅里，摆满了从宁、荣二府里搬来的珍贵古董文玩。

皇上去冬下旨查抄了宁、荣二府，所有财产固封看守，将两府主犯枷号收监，著交九卿严审定谳，经过几个月的审讯对质，初夏时已定准宁国府贾珍斩监候，主要罪名是窝藏罪家之女秦可卿，并交通铁网山叛匪秦可信等；荣国府贾赦流三千里，发往乌里雅苏台，主要罪名是交通平安州节度使；贾政谪往云贵烟瘴地，罪名是藏匿犯官甄应嘉家的财物；贾琏流两千五百里，发往打牲乌拉，主要罪名是国孝、家孝期间强娶民女，勾结长安节度使云光害死两条人命，以及私放高利贷等。由于有北静王一意照应维护，也由于皇上日理万机，需立决的事情实在太多，所以九卿定谳后，当时并未批复；在这期间，宁、荣二府除上述枷号收监者外，其余男主子，贾蓉、贾琮、贾宝玉、贾环也都被相继收监，贾宝玉被派作狱街击柝打更的更夫；只有贾兰，因其母李纨曾因净心守寡被旌表过，且未成年，幸免了囹圄之苦；两府女眷，贾母和薛宝钗在抄家前后相继亡故，尤氏、贾蓉妻许氏、邢夫人、王夫人等俱被暂时圈禁在荣国府下房中，听候发落，只有两位状况较为特殊，一位王熙凤自身有罪被逮入狱，一位李纨竟恩准仍暂居大观园稻香村；余姨娘、家人、嬷嬷、丫头、小厮等，入官后有的已被卖掉，未卖掉的亦暂圈在马棚中等候买主。至于当年对宁、荣两府趋之若鹜的清客相公们，事发前见势不妙，早已做鸟兽散，其中詹光、卜固修二人，投奔到了忠顺王爷府中。

这天詹光、卜固修二人，早到过厅里鉴定古董文玩，以便王爷亲来过目时解说凑趣。这些原属贾家的东西，许多他们本是熟悉的，摩挲清点之间，也似有不胜感慨之态。

在所有器物中，体量最大、也最扎眼的，是从荣国府里抄来的紫檀架子大理石的大插屏、大紫檀雕螭案、青绿古铜鼎、金维彝、玻璃围屏等。詹光指着叹道："没想到百多年的钟鸣鼎食之家、诗礼簪缨之族，竟一败涂地至此啊！"卜固修说："真应了那句'树倒猢狲散'的谶语了！也真是'一荣俱荣，一枯俱枯'，先是金陵老亲甄家抄家治罪，没多久老太太娘家人，忠靖侯史鼎、保龄侯史鼐双双削爵流边，紧跟着王夫人、凤姐儿娘家的顶梁柱王子腾附逆被诛；那薛姨妈家，吊销了领取内帑钱粮、采办杂料的执照不说，女儿死了，儿子吃了人命官司收在大牢里，也不知她一个孤老婆子怎么挨日子！"

看到悬在壁上的大幅《海棠春睡图》和两旁的对联"嫩寒锁梦因春冷，芳气袭人是酒香"，詹光道："这画儿倒是唐伯虎真迹；这对联署着宋学士秦太虚的名儿，实属胡闹，对联的风俗，有明以来才渐时兴……"卜固修说："偏你知道！我谅你也未必事事皆知！比如这对联上，分明含有原怡红公子宠妾的芳名，我问你，她怎么就逃过了这一劫，竟配给了王爷最宠的琪官儿，在东郊紫檀堡过起了红灯帐底卧鸳鸯的绮靡日子？"詹光应道："要说这个袭人，我倒还确知一二，她原本在怡红院究竟并未收房，两府事败前，琪官已将她赎出迎娶，事败后，两口子暗地里供养照应宝玉夫妇，后宝玉入狱，宝二奶奶回娘家，直到得伤寒而亡，他们未曾间断接济，帮着给送了终；宝玉在狱，他们恐怕也买通狱卒，常有供应；于今世道里，这也算难得了吧！"卜固修又指着壁上的一幅

《燃藜图》说："这也是东府里的吧！那贾珍要真能燃藜苦学、自戒自律，也不致落到今天的下场！"詹光道："如今圣旨下，说是姑念当年宁国公有功于朝廷，以不忍之心，将贾珍的秋斩改为罚往大漠军台效力赎罪，并准尤氏及贾蓉夫妇随往，这真是皇恩浩荡，也算他贾珍的造化！"卜固修说："圣上对贾政更是恩加一等，将远谪云贵烟瘴之地，改为发往荆州府堤岸工程处当差，并允王夫人前往。只是对贾赦、贾琏，似未甚施恩，只不过把原议的流放两处，并作打牲乌拉一处，让他们父子得以有个照应罢了，且未允夫人们同往……"詹光问："怎不闻那王熙凤的消息？"卜固修道："我原也纳闷，她恶贯满盈，怎能宽宥？后问了这府里长史官，才知详情。结案时，细审她的身份，竟早已不是主子，抄家前半年，那贾琏已将她休了，将通房丫头平儿扶了正。两个人换了一个过子——所以只把她的诸罪，都归并到贾琏身上。不过她和那平儿，还有两府里的犯妇姬妾家人等，这两天都要带到崇文门发售，再无人买走，便一律强配为奴了。"两人边议论边继续清点物品，只见桌案上陈列着些缠丝玛瑙碟、掐丝珐琅盒、白玉比目磬、墨烟冻石鼎、乌银梅花自斟壶、黄杨根整雕大套杯、捏丝戗金五彩大捧盒……詹光叹道："那贾宝玉，虽说是恩准遣返金陵原籍祖茔居住，可今后哪儿还能有这些个器用排场？"卜固修说："锦衣纨绔、饫甘餍肥，于他而言早已是来如春梦去如烟了吧，年初有人亲见过他寒冬噎酸齑、雪夜围破毡的惨相，形容给我听，回想当年亲历所见，不禁唏嘘良久。依我想来，到如今他也过惯了饥一顿饱一顿的日子了，回原籍祖茔，苦的恐怕还不是吃用上的事；那贾琮、贾环等，也是恩旨遣回，只怕棠棣之威，令他比当更夫还要难受呢！"詹光问："贾兰不回金陵么？"卜固修说："本来就把他们另当别论，现在更恩准他们在城区自购民房安居。那李宫裁对两府其他人等的遭际竟置若罔闻，一心一意只督促贾兰埋头攻书，期待有一天蟾宫折桂。"詹光道："两府的宅第，还有贾赦的别院，更加上那当年元妃省亲时盖起的大观园，也不知皇上究竟想赏给谁家？大观园里好像还有家庙，里头是和尚还是尼姑？是否早已撵出？"卜固修说："那些蝼蚁，或撵出，或一并赏予新贵，谁去细问他们的死活！圣上倒是特特地将两府的一应古董文物器用细软全数赏给了咱们王爷，可见优渥非常。咱们还是专心检视为好，不要一会儿王爷到了，应对时语塞起来。"

正说着，便闻忠悫堂那边传来履响人声，二人忙趋厅门垂手伺候。忠顺王爷，由长史官陪同，身后跟着几个随从，步入了过厅。那王爷已年近七旬，枯骨支离、蛇面秃眉，不过身架高大，每日定时进补，精气神提起来时，倒也声高欲炽。大略地将所摆出的物品扫描一遍后，詹光便将古董中的“软彩”精品逐一指点解释，其中一架贾代善时搜罗的慧纹，系当年苏州刺绣世家的慧娘亲刺，紫檀透雕，嵌着大红纱透绣花卉草字诗词的璎珞，细看竟是温庭筠的《菩萨蛮》，有“江上柳如烟，雁飞残月天”等句，詹光道：“贾府原存三件，两件早已献入宫中……”王爷也未觉精彩，只把眼光晃往别处，詹光忙去打开一只锦匣，取出若干折扇，一一展示赞叹：“这扇骨皆是湘妃、棕竹、麋鹿、玉竹精造，更难得的上面字画皆系古人真迹，看这把，乃宋徽宗亲绘的‘枇杷黄莺’，这把是米友仁的‘云山忆梦’，这把是黄公望的‘富春归舟’……明季的则有倪瓒、沈周、文征明、董其昌等的精品佳构，这把仇十洲的‘芳洲九艳’，比那幅从贾家老太太屋里抄来的《双艳图》灵动多了……”王爷取过数把鉴赏，倒也知其好歹，问道：“偏没有唐寅的？”他心中所欲，是最好是有唐寅的春宫秘制，詹光因移身那壁上所悬的《海棠春睡图》，尚未开口，王爷已撇嘴说：“似此等貌似神离的铺张之作，也只有你詹子亮才独具只眼，认作真迹！改日请程日兴再来评说吧……”詹光忙赔笑道：“王爷眼透纸背，我等就是浑身眼睛，终究是瞎子摸象……”王爷不耐烦地移步巡视，摇头道：“多是些粗夯常见之物，命你等择精而陈，难道他两府三宅，就掏腾不出些个润眼喜心之物？”长史官知王爷一贯轻古董中的“软彩”而重“硬彩”，尤重古瓷，忙给卜固修递眼色，卜固修原是跟詹光分好工，负责解说“硬彩”的，因见詹光讨了没趣，伺候时便格外小心，指点着几件瓷器说：“这只汝窑美人觚，还有这个斗大的汝窑花囊，虽算不得怎样的珍品，究竟那雨过天晴云破处的颜色也还入目不俗……这个哥窑美女耸肩瓶宜插折枝梅，否则难出韵味……这宣窑青花红彩大海盘还算匀整富丽……”王爷背手细看，面上并无一丝喜色，更望着一只土定瓶质问：“怎的就这么个破烂？难道真再没有好瓷了么？”长史官深知，打从宫里圣祖皇帝到太上皇到当今，都最喜搜罗鉴赏明代成窑瓷，各王公大臣群起效尤，忠顺王府历来多方淘选，也拥有几件，然王爷每到别府拜访，凡主人夸示其成窑精品，当时便难掩其妒，回到家里以后，更是摔盘砸碗，怒斥下属买办眼瞎无能；这回皇上将宁、荣两府古董文玩尽赏王爷，王爷本以为在成瓷一档必有意外收获，没曾想竟告阙如，难怪愠怒非常。

长史官待王爷怒气稍平，翻开手中册簿回道："在下倒有一个线索，或许能追究出成窑精品来……查抄荣国府时，从王夫人陪房周瑞家，查到一个古董交易的账簿，周瑞交代说，那是其女婿，名叫冷子兴，临时忘在他家的；从那账簿上看，冷子兴从一个庄户王姓人家，以六十两银子收得一只成窑五彩小盖钟，竟是稀世之宝！……"王爷忙问："那成窑五彩盖钟，我只在宫中赐宴时见过，民间从何而有？——现在何处？拿来我看！"长史官退步躬腰答曰："古董账上记得分明，已被小缮国公石光珠府上以五百两银子买去！"王爷听了顿时大怒："岂有此理！既如此，提它作甚？"詹光忙一旁赔笑道："冷子兴手中想必还有此类成瓷，他若知道王爷如此喜欢，且可为其岳父母减缓煎熬，恐拱手奉献也是肯的。"长史官更退半步，回道："这冷子兴在两府事发前，已往江南，现在都中事态如此，只怕他少不得闻讯后就此隐姓埋名、藏匿不归，也未可知……"王爷听了更怒，卜固修忙趋前帮腔道："好在跑得了和尚，跑不了庙——那王姓人家既出手了一个盖钟，保不定就还有另外的，说不定除了盖钟，尚藏有更为珍奇的成瓷……"长史官接上去回道："正是如此，奴才已查明这家人居址，不过在城外三十多里处，已托那程日兴——他在这京中古董行里，口碑早在那冷子兴之上——前往彼处求购，想来此时该已在回程中了，如能收进，奴才一定即刻呈上……"王爷没等他说完，从花梨大理石案上操起一柄金丝编就嵌有珊瑚玛瑙猫儿眼祖母绿的如意，用力一掷，骂了声："废物！"扭身便走。那如意先砸到一座西洋国自鸣钟上，将钟顶的旋转尖塔击落，又带倒了一架玻璃炕屏，再滑落到桌下的象鼻三足鳅沿鎏金珐琅大火盆上，敲碎了数寸珐琅，只听得嚯啷啷一片响声，吓得詹光、卜固修缩颈屏息、面面相觑，良久才回过神来。

2

王爷大怒后，径往宠妾秋芳所住的遐思斋而去。这秋芳乃暴发户通判傅试之妹，傅试原拜在荣国府贾政门下，总想以其妹嫁入贾府，攀牢高枝，甚至在秋芳已然二十三岁时，还妄谋将其说与还只有十六岁的贾宝玉。但贾府金陵老亲甄府一被查抄，傅试便料到贾府前景不妙，赶紧冷淡了贾府，并忙将妹子聘出；本也想让妹子当个元配正室夫人，而且打听到贵公子陈也俊也是年过二十三尚未婚配，让官媒婆去陈府提婚多次，那陈公子父母倒觉般配，偏那陈公子说是心中自有颜如玉，只是尚未遭逢，非那意中人绝不迎娶！其父母难以强迫，故与陈府无缘；无奈那傅秋芳一天大似一天，即使给人续弦，也难觅到富贵之家了，傅试遂做主将妹子送往忠顺府王爷为妾，秋芳虽万般不愿，怎奈父母早逝，只能服从哥哥，委委屈屈地迈进了这王府大门。

王爷进了屋里，秋芳赶紧上前服侍。丫头靓儿端来盖碗茶刚放到炕桌上，便被王爷挥手掼到了地下，唬得靓儿咕咚跪下，瑟瑟发抖。秋芳因劝道："王爷身子要紧，奴才们有什么不周，吩咐管事的教训就是，何必自己动气。"忙要亲自另备茶来。王爷叹道："你用什么给我斟茶？难道你有那成窑五彩小盖钟不成？"秋芳不解，王爷也不多说，只是气闷心躁。秋芳移身到王爷背后，举起一双美人拳，且给王爷捶背，王爷喉咙里一阵乱响，秋芳取过金唾壶来，王爷呼哧带喘，吐出许多黏痰，秋芳忙接着。彼时靓儿已在秋芳目示下起身收拾了地上的瓷片茶水，另端了一碗枸杞桂圆参茶来，秋芳未等她将茶端拢，又以目代言，命她且放那边镶螺甸的红木圆桌上。王爷早晨提起的精气神此时已全然卸掉，秋芳忙伺候他小寐一时。

移时，王爷小寐毕，长史官求见。长史官回道，程日兴已从城外归来，在乡间找到了那一庄户人家，户主人称王狗儿，与妻子刘氏，及岳母人称刘姥姥，还有女儿儿子一起过活，问他们可还有古瓷可卖，告若有，哪有不想卖之理，女儿出阁，儿子娶妻，都还需要银两，多多益善，只是实在是再没有那样的器物了；又说若知道你们那么看重那么个小盖钟儿，当年可不该便宜了那位冷老板……王爷不等他回完便啐道："原来是竹篮子打水去了！究竟他家那成瓷是怎么个来历？难道是天上掉下来的不成？"长史官回道，程日兴反复追问他们，一会儿说是王家祖上留下的，一会儿说是刘家当年体面时公侯家赏的，毕竟搜罗古董不是审贼，也只能不得其要领而归……见王爷又要怒目呵斥，长史官忙从袖中抖出一只小盖钟儿，呈上去，秋芳代接了；长史官说，程日兴因未能为王爷收到正宗的成窑小盖钟，愧赧交加，故特将本朝圣祖年间仿造的上品，先奉上一件——实在是几可乱真，坊间售价也在百两左右，且先博王爷一笑；自然还要再抓紧寻访真品，一俟到手，不等过夜，必赶紧送来……王爷仍耿耿于怀，秋芳一旁摩挲把玩那五彩小盖钟，赞不绝口，又送到王爷眼前，百般凑趣，王爷才略有霁颜。

且说伺立一边的丫头靓儿，她本是荣国府贾母房中的小丫头，那时叫作靛儿，荣国府籍没后，她被忠顺王府买来，派给秋芳当差，秋芳嫌靛儿的靛字叫起来声气太硬，又平生最厌靛蓝色，以为未免丧气，故给她改名为靓儿。这靓儿听那长史官说到刘姥姥，又见到那几可乱真的成窑五彩小盖钟，蓦地回想起，那一年贾宝玉曾将一个如此这般的瓷器，递给过她，她后来送到鸳鸯姐那边的下房，说明是宝二爷赏给那到贾府打秋风的刘姥姥……她是知道刘姥姥家那瓷盖钟来历的啊！要不要向王爷举报呢？

原来的靛儿，如今的靓儿，低头盘算起来。她又蓦地记起，那一年夏天，林姑娘、宝姑娘、宝玉，都在贾母屋里，也不知他们一处说话时，怎么着又拌起嘴来似的；当时她找自己扇子找不见，也没多想，顺口问了宝姑娘两句："必是宝姑娘藏了我的。好姑娘，赏我吧！"那宝姑娘竟满脸溅朱，指着自己鼻子，恶声恶气地喝道："你要仔细！我和你顽过，你再疑我！和你素日嬉皮笑脸的那些姑娘们跟前，你该问她们去！"登时把自己喝得又臊又怕，忙跑开了……从此以后，她对宝姑娘由惧而怨，林姑娘死后，宝姑娘成了宝二奶奶，她连带对宝二爷也没了好感。现在她已是忠顺王府的人了，要在这儿混好，头一条就该知情必禀……想至此，她鼓起勇气，跪在王爷和秋芳面前，禀告说："奴才知道那成窑五彩小盖钟的来历！奴才还曾亲手拿过那小盖钟——那是宝二爷，贾宝玉的，是他递给我，让我给那刘姥姥带回乡下去的……"

王爷听了，把桌子一捶，竖起眼睛说："果不其然！真相大白！我料到如此！早听说那贾宝玉住在那个什么大观园的什么红院子里，骄奢到不堪的地步，他既能把那价值连城的成窑盖钟随随便便赏给村婆子，可见屋子里满摞着这等珍奇！怎么抄家时竟一件皆无？显见是事前听到风声，转移藏匿别处了！"遂命长史官："不能让那贾宝玉就此回那金陵原籍！你速速去通报刑部察院等处，贾宝玉藏匿成窑名瓷，欺瞒圣上，蒙混获释，险被他就此遁去！宜速将他严鞫审问，令他从实招来，吐出所藏成瓷，如其不然，我绝不甘休！……"

长史官奉命去告发宝玉，本已获释的宝玉必被重新入狱，且藏匿珍奇抗拒查抄，属欺君重罪，闹不好枷号后流往三千里外为奴，秋芳对此实有不忍之心。她未出阁时，曾听哥哥派往贾府请安的嬷嬷回来说过，道那贾宝玉自己烫了手，倒忙着问惹祸的丫头疼不疼；自己让大雨淋得水鸡似的，反告诉别人："下雨了，快避雨去吧！"时常没人在跟前，就自哭自笑的；看见燕子，就和燕子说话；河里看见了鱼，就和鱼说话；见了星星月亮，不是长吁短叹，就是咕咕哝哝的……这样的一位公子，对无情之物亦倾情相待，奇是奇，怪是怪，但终究是个好人，怎能令他刚经过一番摧残，再更遭噩运呢？秋芳想到这些，心里七上八下，一时也不知该怎么救援宝玉一把。

长史官刚去没多久，忠顺王爷府前忽来了一位没了双腿的老头，他垂着双臂，手握两个小板凳似的木撑子，移动着身子，在府门前大声喊冤，顿时围了一群过往行人聚观。门卫上前驱赶，他一个残疾人，瞪着红眼，不怕死的模样，实难对付。围观人群中有认得他的，说那不是石呆子么，几年没见，怎么就把腿弄没了？长史官不在，大管家不敢不往里头禀报，王爷很不耐烦，怒问怎么不远远地轰走，或报官，交那皇城巡察使贾雨村重重处置？大管家回道，那石呆子正骂着贾雨村，说贾雨村为讨好荣国府的贾赦，对他严刑拷打，打断了双腿，定了他一个拖欠官银的罪名，把他家祖传的二十把稀世古扇抄没，拿去奉承了那贾赦，他被迫流落乡间，几乎丧命；近几日方闻贾家已获罪败落，贾赦流往打牲乌拉，而贾府的古董文物，圣上尽赏了忠顺王爷，他来哭告王爷，盼王爷给他做主，申冤报仇，还说王爷必能将他那二十把古扇尽数发还……王爷心中原对宁、荣两府并无绞斩者颇觉气闷，对那贾雨村亦早觉不满，听毕禀报，顿觉此事大可做成文章，于是命大管家且将那石呆子带至府内，亲自讯问，以明究竟。

王爷往前面讯问那石呆子去了，给了秋芳一个机会。原来王爷所宠的伶人琪官，大名蒋玉菡者，除了逢王府堂会，必唱一出大轴戏外，每常下午，照例要到引蝶轩中伺候，为王爷清唱解闷，王爷也总带着秋芳一起听曲小酌。秋芳支开了靓儿仆妇等，匆匆闪进了那引蝶轩，又以吩咐王爷旨意为掩护，把琪官从小厮琴师等近旁引至窗边，压低声音，简捷地把王爷将对贾宝玉不利的事情告知了琪官——那蒋玉菡与贾宝玉素来交往密切的事情尽人皆知，秋芳谅宝玉虽沦落不堪，蒋玉菡必对之不弃，当能设法援助——言毕，装作颇为不快不屑的模样，边往外走边放声说："今儿个王爷没心思，你们散了吧！"意在令琪官能尽快去设法营救宝玉。

出得引蝶轩，一阵秋风扑到秋芳脸上，望着轩外满池的残荷，她叹出一口气来，心中自忖：那贾宝玉能不能脱出王爷的手心，谋事在人，成事在天了！

3

狴犴门内，是一条狱街，街这边是重犯狱，街那边是轻犯与待决羁押犯的牢房，并有一排狱卒的宿舍；街尽头则有一座小小的狱神庙。狱神庙的堂屋正中，供着狱神，说是汉代的萧何；何以萧何成了狱神？就连在这里混了好几年，把那西屋当作了自己歇息所的卒头王短腿，他也讲不出个子丑寅卯。反正狱里有这么个风俗，犯人锁进了狴犴门，例准其到狱神庙里烧香祝祷一番，求狱神保佑自己逢凶化吉；如蒙恩释放，当然更要到狱神前献供叩头；就是杖流几千里，乃至判了死罪，临到带出狴犴门以前，也大都要来狱神前虔求庇护超度；王短腿每日靠卖供香供品，也有不少的收入。庙堂的东屋是给在狱街上白日洒扫抬运、夜间击柝打更的待决轻犯们歇脚睡觉的地方，里头只有一铺土炕，炕上连炕席也没有，只有些霉烂的稻草。

这天下午，狱神庙里照例香烟缭绕，狱神早已被熏得黑若炭柱，神龛的帘幔也烟灰密布，整个庙堂里弥漫着劣质供香的刺鼻气息。

王短腿的那间西屋，略显得整洁明亮一些，炕上有半新的炕席和炕桌，靠墙摞着被褥枕头；炕下有些个桌椅柜橱，及若干必要的生活用品。他白天使用这间屋子，夜晚一般都回家去睡。此时他让贾宝玉在他那屋里洗了头脸，擦了身子，换上了干净衣服，还请到炕上一处坐着，劝宝玉跟他喝上两盅烫好的酒。

宝玉说："若非王哥这半年来多所照应，我怕是活不到今天了！"王短腿说："若不是把你释放令回原籍过活，我再怎么照应你，也不敢让你进这间屋来，这么着平起平坐。"仰脖干了一盅，又道："我是个爽快人，你也跟我这样，一根肠子通屁股才好——你究竟打算怎么着？像你这种判法，说是遣返原籍祖茔居住，其实官府还真派人押送不成？只要使些个银钱，出去再不要招惹是非，你就是还在这都中，或左近地方，找个落脚之处，或谋个差事，甚至卖字鬻画，过起小日子来，谁非追究死缠你去？"见宝玉低头不语，又道："南船北马，我原是贩马的，没去过南边，这辈子怕也没去南边的福分。谁不知道江南好？况那边有你家祖茔。但你那两个兄弟，不是我多嘴多舌，实在奸猾难缠，回那祖茔，你怕是要吃他们的亏！或许你这人不怕吃亏，道'吃亏是福'，实在也是，吃点亏也罢了，怕的是不光让你吃亏，还变着花样欺侮你，你在那边怕连我这么样的烂朋友也没一个了，可怎么是好？别光发愣，你也干一盅！"宝玉干了一盅，道："王哥的好意，我心领了。只是此刻心里太乱，况是命我们一旬内离京，也还有七八天的工夫呢，容我再好生想一想才是。"王短腿道："细想想也好。你又不像那贾环和贾琮，急着去祖茔争那收租放债的权柄。他们可是今儿个一大早就赶着到张家湾租船去了，走水路，从运河南下，省些费用；现在正是好时候，再过两个月，北边的河上了冻，那就只能从陆路走了。"

正说着，王短腿老婆茜雪来了，提了个大食盒，从中取出些个菜肴果品，并一壶茶来，她往那茶壶里兑了热水，斟上一杯，递到宝玉跟前道："这枫露茶，是我用香枫嫩叶，搁在甑子里蒸了一整天，统共才凝出一小盅，滴在茶壶里半盅，泌了三四次才出色的，现在恰到好处，二爷尝尝。"宝玉接过，心中愧悔不已。遥忆当年，他在府中养尊处优，一日从梨香院薛姨妈处酒足饭饱而归，那时在他那绛芸轩当丫头的茜雪给他捧来一杯茶，他不爱那茶的气味颜色，忽想起早上沏的枫露茶来，问为什么不给他端来，茜雪回道，是奶子李嬷嬷来，看见，给吃了；当时宝玉听了，鬼使神差地将手中的茶杯顺手往地下一掷，豁啷一声，打了个粉碎，泼了茜雪一裙子的茶，跳起来怒声呵斥，一迭声地嚷："撵了出去，大家干净！"虽说心中恨的是那李嬷嬷，要撵的是那老货，可贾母那边听见，只当是茜雪的过错，当晚竟下令将茜雪撵出，宝玉嚷完，醉倒卧榻，待第二天醒来，生米业已成了熟饭……万没想到，富贵荣华，终有尽头，贾府被抄，银铛入狱，而率先到狱神庙来安慰他的，竟是茜雪和其丈夫王短腿！……想至此，望着那茶，几滴泪水落入了茶中。

忽然有个乡下后生来拜见王短腿，请安时又唤“宝叔”，原来是刘姥姥家的板儿，他呼哧带喘地说，他家一大早去了个城里古董行的程先生，刨根问底地盘问头年卖给冷子兴的那个成窑五彩小盖钟的来历，他们自然含糊应对，那程先生悻悻而去；他姥姥觉得来者不善，怕给宝叔带来麻烦，所以那程先生前脚一走，就打发他进城来报个信儿……宝玉忙道谢，可也实在想不出这事能惹出什么麻烦。板儿又说路过崇文门时，听街市上议论纷纷，说是宁、荣两府的在押人口，正被发卖，着实吓了一跳；他姥姥、父母等光知道两府众人羁押在府中的下房马圈里听候发落，嘱他给宝叔报信后凑到那府门前探探风声，没想到事情已到了这一地步！宝玉听了，两眼发直，脊背发麻，张嘴却无声。王短腿和茜雪急问板儿都听到些什么消息。他说先打听到了琏二奶奶的下落，茜雪问他哪个琏二奶奶？因为原来人们嘴里的琏二奶奶，说的是王熙凤，后来平儿成了琏二奶奶，王熙凤改叫凤姑娘了；板儿道人们七嘴八舌，说是琏二奶奶让一个叫张如圭的官儿买下了，那官儿刚谋了个外任，立马就要带着刚买下的人往金陵去，究竟他买的是先头的还是后来的琏二奶奶，也闹不清；又说那巧姐儿，因为年纪尚小，恩准她的一个舅舅把她接走了，可也不知那舅舅能不能善待她……还有一个恩准不卖的，是东府的惜春姑娘，因她早已带发修行，故允她到馒头庵里削发为尼；别的就闹不清了，也有人议论说，究竟贾家是出过贵妃的，原是皇上亲家，两府也行过些惜老怜贫的善事，因之不敢也不愿买领两府里的人……板儿说到这里，宝玉才哇的一声嚎啕起来，王短腿夫妇忙加劝解。待宝玉悲声稍减，板儿匆匆告辞，说是还拟打听一下巧姐舅舅居处，且怕天晚了关在城里出不去。

王短腿夫妇正劝解着宝玉，却又来了蒋玉菡。原来只要使些银子，这狱街很容易进来，何况是拜见王短腿；自宝玉收监以后，他来此也非止一次；宝玉获释允回原籍，他本是要即刻将宝玉接出居住的，无奈宝玉不肯。蒋玉菡用绸帕揩着额上的汗，报告了忠顺王爷必欲将宝玉再送官严鞫拷问的消息，说是这回情况真是紧急，宝二爷一刻也不能耽搁，立刻跟他走脱，且先藏匿起来，如有人来鞫，只说是奉旨启程回金陵祖茔了，先把这劈头横祸躲过，再作道理。王短腿听了道，只得如此，而且我也不担责任——我哪能预知你前头放了后头又来鞫呢？宝玉此时清醒起来，心想自己究竟会如何倒在其次，焉能给王哥、茜雪再添麻烦？遂与二位恩人洒泪而别。

4

出得狱来，登上蒋玉菡的骡车，只听鞭声脆响、蹄声得得，须臾间已至闹市，又拐了几拐，市声渐稀。二人盘腿对坐在骡车中。蒋玉菡伸手握住宝玉指尖，对宝玉说："我那里不便，先去亲戚家，都是知道二爷、仰慕已久的，二爷切莫见外，只当是回自己家吧。"觉出宝玉指尖冰凉，遂安慰他说："二爷宽心。二爷必能逢凶化吉、遇难呈祥。依我看，二爷那通灵宝玉失落至今，整两年了，必是就要自己回来。"宝玉对那玉一贯并不在意——此时哪知后来是甄宝玉将玉送回，竟引出悬崖撒手，归于青埂峰下，显现"情榜"诸事——心中只惦着妙玉安危，一路上心神不定，问蒋玉菡道："那告密的丫头靓儿，确是原来我们府里老祖宗屋里的靛儿？"蒋玉菡道："她名字是傅秋芳亲自改的，怎能有误？也不知她为何恩将仇报。"宝玉说："我只怕她告发出妙玉来！现在细想，那年老祖宗带着我们，还有刘姥姥到栊翠庵品茶，进了东禅堂，妙玉亲自捧了一个海棠花式雕漆填金云龙献寿的小茶盘，里面放着那成窑五彩小盖钟，给老祖宗献了一钟老君眉……当时靛儿不该在场，她在老祖宗房里，只是个粗使丫头，那天就是跟着进了园，到了栊翠庵，怕是也只能在山门内外立候使唤……后来老祖宗把喝剩的茶递刘姥姥喝了，妙玉嫌那杯子脏了，视若粪土，撂了不要，是我跟她讨过来，袖出屋子，大概是在山门边上，顺手递给了她；她能知道那小盖钟是怎么个来历么？按说，一般人都会以为，栊翠庵里的东西，自然全是我们府里配备的……但愿那靛儿只说出我来，没牵出妙玉！唉唉，该死——当时我把那小盖钟递给翡翠、玻璃……哪个丫头不成呢？偏递到了她手上！倘若这两天那靛儿细细回想，竟推敲出那小盖钟是妙玉的……那不是因为我，给妙姑招来无妄之灾了么？……”竟越想越急，越想越怕起来。蒋玉菡安慰他说：“听说已有旨让把园子腾空，那妙玉大概跟珠大嫂子一样，已然搬出去了吧！你且多为自己安危担忧才是，何必胡思乱想！”

骡车停在一条胡同当中，一个黑漆大门前，看那大门的制式，不是贵胄之家，但进得门去，竟是深堂大院，屋宇回廊鲜亮整洁，树木花草点缀得当，宝玉便知定是富商之家。蒋玉菡道：“我是至亲，你来避难，男主远行了，我们径见女主，也并非孟浪。”说着把他引进一处厅堂。只见迎上来的一位红衣女子，赶着蒋玉菡唤姐夫，又唤他宝二爷，请安不迭，他顿觉入堕梦中。坐下吃茶时，才恍然大悟——红衣女是袭人的两姨妹子，那年他由焙茗陪同，一起从宁国府溜出，闯到袭人家去，原是见过，回到绛芸轩里，还赞叹不已的啊！没想到如今竟天缘凑巧，有这样意想不到的邂逅。

红衣女说：“我家人少嘴严，客稀屋多，宝二爷只管多住几天，不妨事的。”正说着，袭人和小红来了，大家见过。只见袭人、小红二人眼圈红红的，原来她们打听到了凤姐和平儿的下落。凤姐果然是让那叫张如圭的买走了，明日就要带往金陵。买走平儿的则是粤海将军邬铭，明日也要带至南边。小红说：“二奶奶于我，也算是有知遇之恩了；又在未败之时，放出我来，成全了我和芸爷的婚事，所以我今天才能坐在这儿，若不然，今天也跟牲口一般，拉到崇文门卖了！二奶奶回金陵，我说什么也得去送送，纵不让见，设法给她带进点银子搁在身边，也是好的。唉，听说那张如圭，早年就跟那饿不死的野杂种贾雨村交好，有难兄难弟之称；两个人一会儿做京官，一会儿让人参一本丢了那官，一会儿又放了外任，起起伏伏的，特能钻营，这倒也罢了，听人说他那大老婆是最容不得人的，几个买去的姨娘丫头都让她给搓揉死了。二奶奶那刚烈的脾性，怎忍得了那挫辱？……”袭人说：“没想到平儿这回要走得更远。一人难分二身，她去送二奶奶，我去送平儿。虽说她后来也当了一阵二奶奶，我只还把她看成亲姊妹。想起我们几个，一起在府里长大的，鸳鸯在老太太没了后，为了不让那大老爷玷污，竟撒手自尽而去；林姑娘沉了湖，紫鹃出去配了人……如今平儿又这么惨，真是一阵风来，烟消云散！”本还想感叹一番，怕引得宝玉悲怆欲绝，遂止住了。谁知宝玉竟未曾把她们的话听真，只在那儿盘算如何保护妙玉。蒋玉菡替他把怕连累妙玉的心思说了出来。宝玉说："该即刻把忠顺王爷查究成瓷的事情告诉她，让她早早躲避起来才好。事不宜迟，今日若实在来不及，明天一早是必得知会她的了！要么，我去一趟！"蒋玉菡说："那怎么行？我也去不得！"袭人、小红对望着，不知怎么是好。蒋玉菡寻思说："要么，央烦茜雪辛苦一趟？"袭人说："使不得。万一出了纰漏，连累到王哥，咱们狱里连个能帮忙的人都没了。况且茜雪出来得太早，那时候园子都没盖呢，她不认得里头的路，妙玉也不认得她。"小红说："要么，我一会儿回家跟芸爷商量一下，烦他仗义探庵吧。妙玉虽不认识他，他在园子里管过种树，对那园子里的路径倒是熟悉的。况且他出面贿赂那些守园的公差，也比我们女流之辈方便。"宝玉说："只怕他进了园子，那妙玉不让他进庵。"小红说："那就看他机变的能耐了。也看妙玉的运气。"袭人说："那妙玉的脾气也忒乖僻了。素来大奶奶常说，最讨厌妙玉为人。"小红说："事到如今，说出来也不怕了。论起来，我们家的上一辈，是江南秦家的世仆，就是那小蓉奶奶，秦可卿她们家，不过我爹我妈过来的时候，秦家还没坏事，不像那秦显两口子，是坏了事，才跟着秦可卿藏匿过来的；老早的时候，秦家，贾家，妙玉她家，还有甄家，在江南是通家之好，有了什么好东西，你送我，我送你，就连家中世仆，也常成窝地赠来让去；我爹原赐名秦之孝，到了都中荣国府才改叫林之孝；秦家坏事后，为了不令外人对我爹妈来历生疑，我妈还认了琏二奶奶为干娘，所以连你们都只当我们家是贾家祖上就有的世仆。我爹妈在外人跟前天聋地哑的，在家里，跟我可说了不老少的来龙去脉，我爹妈对那妙玉来历，比别人都心中有数，当年元妃娘娘要省亲，盖好了大观园，我爹跟太太禀报接妙玉进园的事儿，太太一听就允，还让给她下帖子，那是因为，打小原是见过的啊！后来有人疑那妙玉，是不是家里也跟秦可卿似的，坏了事，来栊翠庵藏匿的？我听爹妈说过，那还不是；说是那妙玉爷爷官做得好好的，谁知得了场急病，一命呜呼了；后来她爹做的官没那么大，命也不长，她妈没多久也去了——也有一说，是她给气死的；她带发修行，说是因为有治不好的病，什么病？其实是心病！所以她阴阳怪气的。她后来在苏州玄墓蟠香寺，缁衣素食，身边只有两个嬷嬷、一个丫头，有人说她贫贱，其实她家从高祖起就爱搜罗古董玩器，上辈全去了，那不都是她的了？若都卖出去，她富可敌国呢！那忠顺王爷要是追究到她，害了她，怕不止是得个什么成瓷小盖钟了！”一番话把几个人都听呆了。袭人心里更是诧异，没想到这原在怡红院中不过是浇花、喂鸟、拢茶炉子的粗使丫头，却有如此这般的来历；她更想不到，正是因为小红断断续续从爹妈那里听到了上几辈皇族富贵之家的浮沉沧桑，所以早已懂得“千里搭长棚，没有个不散的筵席”的道理，深知“不过三年五载，各人干各人的去了，那时谁还管谁呢”的人情世故；不过好在小红虽悟透“谁也没有几百年的熬煎”，事到临头，却也并不心冷意淡，却还能急人所难，挺身维护。宝玉听毕小红一番话，只觉得忠顺王爷随时都会施害妙玉，心中更加着急，连连央求小红，快烦贾芸去知会妙玉，让她速速躲避！

这时天色已暗。西风吹过，院中银杏叶和银杏果簌簌落地，天上飞过归巢的鸦群，呱呱地叫个不停。

5

暮色垂落，令本已荒芜破败的大观园更显得凄凉阴森。怡红院里，蕉枯棠萎，牖裂帘破，屋墙上那些原用来安置琴剑瓶炉的凹槽空空如也，集锦格子上布满蛛丝；昔日的欢声笑语、娇嗔浪谑，早已化作了鼠呜枭啼、狐吟鸦聒；潇湘馆里，早不复凤尾森森、龙吟细细，只一派落叶萧萧、寒烟漠漠的悲楚景象；蘅芜苑里香草死尽，杂草丛生；紫菱洲缀锦楼里，霉气氤氲，怕是有被“中山狼”蹂躏而死的迎春怨魂在呜咽游荡；秋爽斋里，梧桐叶落，寒雀觳觫，似企盼着“一帆风雨路三千，把骨肉家园齐来抛闪”的探春，有朝一日能从远嫁之地，回来从头收拾贾府残局，使其子孙不致流散湮灭；蓼风轩里，雨浸薜荔，地走蛐蜒，那昔日在这里作画的惜春，虽免于被卖，暂到馒头庵栖身，终不免被贾芹等欺凌难忍，以至离庵出走，缁衣乞食……正是：到头来，谁把秋挨过？则看那，白杨村里人呜咽，青枫林下鬼吟哦……似这般，生关死劫谁能躲？……

偌大的园子里，也就稻香村、栊翠庵两处，尚有人气。

稻香村里，李纨、贾兰指挥素云及丫头、婆子等，早打点好箱笼家什，只等着明天一早，便迁往蒜市口购妥的一所四合院居住。吃罢在园中的最后一回晚餐，李纨守着贾兰，在灯下苦读《孟子》。素云想起昔日一起嬉戏闲话的园中姊妹，死的死，嫁的嫁，更有被拉往崇文门发卖的，心中酸楚，给李纨母子端茶时，不免含泪呜咽。李纨遂对她说："咱们心里只该感念皇上的隆恩沛泽，切莫有非分僭礼之思，若是为那罪有应得者涕零，便是糊涂人了！"素云也不敢搭腔，一旁默默哀伤去了。

栊翠庵里，却仿佛山门外未曾发生过什么巨变，不仅一切如昔，甚或更其明净幽雅。竹丛青润，桂花飘香，整洁的甬路两侧，各色秋菊怒放，一盆藕荷色的瀑布菊，从东禅堂门外的山石上，泻下壮观的花枝；禅堂里纤尘不染，观音大士瑞像慈蔼，供案上的宣德炉中，暹罗细香飘出袅袅的如雾轻烟，氤氲出淡淡的莲花气息。此时妙玉打坐毕，在西厢书房中，自抚一架焦尾琴，让丫头琴张以木鱼伴奏，吟唱汉代乐府古辞《江南》：

江南可采莲，莲叶何田田。
鱼戏莲叶间。
鱼戏莲叶东，鱼戏莲叶西，鱼戏莲叶南，鱼戏莲叶北。

两个嬷嬷在庭院中清除落叶残花，听到那琴音歌声，也并不为意。荣国府刚被查抄时，嬷嬷们吓了个半死，就连深受妙玉熏陶的丫头琴张，也被唬得不知所措。后来得知按例家庙与祖茔等不在查抄之列，公差们并未踏入庵门，且仍允庵中人暂居其中，付足银两亦可保有米粮油盐菜蔬供应，嬷嬷、琴张这才心神稍定。那妙玉却始终毫无异样神色，我行我素，泰然如昔。琴张也曾试着探问："我们是不是该早日迁出，离开这是非之地，比如且到西门外牟尼院去，再买舟南下，回苏州玄墓蟠香寺？再说，一旦皇上把这府第并园子赏给了什么人，他们进驻以后，会怎么对待我们？闹不好让他们撵出，倒不如我们自己早作主张。"妙玉只是微笑不答，后来也许是嫌琴张一再聒噪，这才淡淡地说："师父圆寂时，留下遗言，说我衣食起居不宜回乡，在此静居，后来自有我的结果。一切听其自然，撵也好，不撵也好，想它作甚？我们且关起庵门静心养性，该来的自然会来，不该来的自然不会来，一切自有先天神数锁定。"琴张和嬷嬷们究竟难有妙玉那样境界，每当送粮油菜蔬的到来，少不得打听外面消息，一日琴张忍不住跟妙玉说起，两府羁押的人口中，有的如周姨娘、赖升、绣橘等已然惊恐病饿而死；有的如绣鸾、春纤、靛儿、彩明、焙茗、扫红等已先期被人买走；有的则已疯癫；余下的惶惶不可终日……妙玉听了，不但毫无悲悯之色，竟笑着说："一劫之中，有成、住、坏、空四步，他们已然走到了坏这一步，再往下便空空如也，得大自在了，可喜可贺！"并让琴张跟她一起鼓琴击节而歌。琴张常听妙玉说，文章只有庄子的好，又给她讲解过庄子的《大宗师》，那《大宗师》里讲到，子桑户、孟子反、子琴张三个人是莫逆之交，忽然有一天子桑户死了，孔子听说，派徒弟子贡去帮着办丧事，结果发现孟子反、子琴张他们在编曲鼓琴而歌，快活非常……那是为什么呀？就是因为孟子反、子琴张他们是逆于俗理而合于天理的"畸人"，他们懂得"天之小人，人之君子；天之君子，人之小人也"的道理；妙玉给她取名琴张，正是从《大宗师》里这段故事来的。琴张虽然懵懵懂懂不解其意，但看到主人如此洒脱无畏，也便心中稍定；不管外头生离死别，关紧庵门，她们四个人每日里按部就班，往日该做什么，现在便依然做什么，两位嬷嬷也渐心定，竟把庵中花木侍弄修理得比以前更好。

且说贾芸买通守府公差，从大观园后门，越过往昔厨房一带，转到园中，迤迤逦逦前往栊翠庵。路过沁芳闸，月光下只觉闸闭水腐，冒出不雅气息；经过翠樾埭，那些往日他监植的树木，要么枯萎折倒，要么无人修整长疯了枝叶；荼蘼架已空，木香棚已倾，牡丹亭已残，芍药圃已废，蔷薇院已芜，芭蕉坞已塌……触目惊心，悲从中来。远远望见稻香村，尚有一窗灯火，想是大奶奶和兰哥儿还在，便掂掇着是否知会妙玉后，顺便也去一晤。渐渐来到了栊翠庵前，忽有木樨幽香，沁人鼻息，并有菊香阵阵，飘忽而来，更有琴音歌咏之声，越墙入耳，不含悲戚，竟似欢唱，不禁诧异。转眼山门已在脸前，少不得敲起门来。

妙玉正与琴张和歌陶渊明的"结庐在人境，而无车马喧……"一个嬷嬷忽慌慌张张走过来说："有人敲打山门！说是要拜见妙师父！"琴张停歌问："究竟是什么人？素来这时候没人敢来骚扰，怎么今天竟有这等怪事？"妙玉却还管自轻吟："……山气日夕佳，飞鸟相与还……"嬷嬷回道："说是后廊上五嫂子家的贾芸，是二爷让他来的，有万分紧急的事情……"琴张不得不止住妙玉的吟唱，把嬷嬷的话给妙玉重复了一遍，妙玉说："什么前廊后廊五嫂六嫂云儿雨儿的。我倒兴尽了，你且把焦尾琴收拾起来，我要到禅堂坐禅了。"说着便起身，欲往禅堂去。这时山门外贾芸的敲门并呼唤声已清晰可闻。另一嬷嬷也跑来报告，说山门外那贾芸说是有"十万火急的泼天大事"要禀告。妙玉笑道："十万算个什么数目？我只知恒河沙数。泼天又有多大？我只知梵天十八重。"说着便移步而去。琴张跟过去请示："究竟怎么办？让不让他进来？听不听他禀告？若不让他进来，可怎么把他轰走？"妙玉边走边说："也不要让，也不要轰。由他。"又说，"那槛内之声好龌龊。你去给我准备一盆净水，并桂蕊菊英等物，我要洗耳。"

贾芸没想到，竟无论如何敲不开那山门，又怕敲得太响或呼唤声过大，竟让公差们听见惹出麻烦，急得一头大汗。可怎么办呢？情急之下，他都想逾墙而入了。只是那庵墙虽不甚高，如无梯架，或有人托举，他也只能望墙兴叹。抓耳挠腮、万般无奈时，忽然想起稻香村的一窗灯火，虽然听小红说到过，那珠大奶奶素昔厌恶妙玉，二人很不相得，但事态如此，找那珠大奶奶救急，也不失为一个应变的办法，况且贾兰论起来是个本家堂弟，宝玉更是他亲叔叔，几层的关系，找上门去，总不能撒手不管吧！主意拿定，贾芸便转身暂离了栊翠庵，往稻香村而去。又一路盘算着，若珠大奶奶和贾兰亦无进庵之法，那就借贾兰的纸笔，写一告帖，从庵门的门缝塞将进去……

贾芸不知不觉走到了凹晶馆边，那一带岸上可谓是露浓苔更滑、霜重竹难扪，水边的芦荻蒲草长疯了，夜风吹过，瑟瑟乱响，不禁毛骨悚然。忽然眼前有黑影一晃，似有什么活物在颓馆残窗间藏匿，心想这园子里原饲养过梅花鹿、丹顶鹤等物，敢是它们变野了各处觅食？又想到此园荒废已久而归属未定，守门公差见钱眼开，既能放我入内，自然也会放别的人进来；只是那黑影若是人，为何鬼鬼祟祟？莫不是连贿赂未使，飞檐走壁而入的盗匪？那一定持有凶器，若把我当作了巡园的公差，在这暗处将我结果了，那可怎生是好？想到这里，脊骨上蹿过一道凉气，不由得屏住气息，呆立在那里。这时那匿于馆中的人倒把他认出来了，闪出来，离他一丈远，便给他请安，唤他"芸哥"，这一声呼唤竟比刚才的揣想更令贾芸恐怖入髓，难道不是人竟是鬼么！莫是个拉人乱抵命的厉鬼！但那“鬼”却只是一再请安问好，贾芸略回过神来，只听那边在跟他说：“……芸哥莫怕，我是板儿，王板儿……我姥姥姓刘……我们原是见过的……”说着进前几步，贾芸也才迈前几步，凑拢一眯眼细认，可不是那宝玉被鞫后，不约而同地前往狱神庙探监时，会到过的那个庄户人家的王板儿么！两个人互相认定后，不由得一同问出：“这时候你怎么来了这里？”

王板儿先说他的经历。他到狱神庙给宝二爷送信后，忙去寻找巧姐儿的舅舅王仁，本想见一面后，留个地址，以备今后联络，便赶紧出城回家。谁知打听来打听去，那王仁竟径将巧姐儿带到勾栏巷，卖与那锦香院的鸨母了！没想到巧姐儿躲过了官卖，却躲不过狠舅的私卖！这可把王板儿急坏了！他找到那鸨母时，王仁已然携银溜走了，鸨母说你明儿个拿二百两银子来。我也不问你是她什么人，安的什么心，只管接走；如若不然，那后天就让巧姐儿绞脸上头挂牌接客了！事不宜迟，王板儿哪还顾得出城回家，想起贾家唯有珠大奶奶和兰哥儿还没遭难，多年来也有些个积蓄，那巧姐儿乃他们至亲骨肉，一位是大妈，一位是堂兄，焉有任其流落烟花巷之理，所以便赶到这里，贿赂了公差，混进了园来……一番话令贾芸听得心里怦怦然，叹息道：“这府里竟败到了如此地步！可幸大奶奶他们还在，你若明天来，他们也都搬出去了！”又问，“银子可已拿到？”板儿说：“咳，没想到，刚听我说起巧姐儿给卖到了锦香院，娘儿俩还摇头叹息，那大奶奶以至红了眼圈；可等我说起需拿二百两银子一事，他们可就半晌不吱声了。末后大奶奶说，巧姐儿打小看大的，本应择一膏粱，谁承望流落在烟花巷，着实可怜！但那王仁虽说忒凶狠了些，却是她嫡亲的舅舅，我们本不是一房的人，鞭长莫及，也无可奈何！我一听急了，便说只当我来借你们银子，日后一定还给你们，赎了出来，我带回去给我姥姥，也不会给你们添麻烦的。那贾兰便说他们没那份闲银子，又说他们为买宅子、搬家，已花费很多，况他母亲寡妇失业，有道是人生莫受老来贫，好容易攒下了一点银子，也需留给自己，以防万一。我说救出巧姐儿，莫说是你们至亲，就是原来不相干的，也是积阴德利儿孙的事，没想到你们竟如此无情！大奶奶听我如此说，便拿着帕子不住地抹眼泪；那贾兰强辩说，不是巧姐儿不该赎，哪一位都是该赎的，卖到勾栏的该赎，卖到别人家当奴才的就不该赎吗？要赎先该把二奶奶赎出来才是！谁有那么多银子呢？……”贾芸听了，大觉诧异，几乎不相信自己耳朵，问道：“难道他们就真撒手不管了么？”板儿道：“也许是我又说了几句气话，末后那贾兰说，倒是想起来，他们还有一张一百五十两的银票，本是留着置备新居家具的，现在既然事情这么紧急，就先给我，明儿个一早去银号兑出，再不拘到哪儿凑齐那五十两，且把巧姐儿接到我家去，交给我姥姥吧。”贾芸点头道：“这还算是句人话。那五十两，我和蒋玉菡凑凑，你明儿个务必把巧姐儿赎出来。”板儿道：“我听姥姥说过，巧姐儿生在七月初七，她这名字是姥姥给取的，这叫作‘以毒攻毒，以火攻火’的法子，她若遇到不遂心的事，必然是遇难呈祥、逢凶化吉，却都从这‘巧’字上来。你看我又恰巧遇上了你，明儿那缺的银子也有指望了。我打算今晚就在这园子里找个暖和点的地方忍一夜，天一蒙蒙亮就溜出去办事儿。”说到这儿，板儿才又问贾芸为何进园。贾芸朝稻香村那边一望，跺下脚说：“光顾听你的，误了我的事了！你看他们已然熄灯了！这便如何是好？”于是把他急着干什么告诉了板儿。板儿听毕，冷笑道：“就是他们娘母子二人没有熄灯就寝，你找去他们也怕不会帮你。连巧姐儿的事他们都能推就推，何况那外三路的什么姑子！你既急着进庵，死敲不开门，巧在遇上了我，我把你托过庵墙，不就进去了么？”贾芸低头思忖了一阵说：“好。也只得如此。”

且说栊翠庵里，琴张和两个嬷嬷心神不定，两个嬷嬷不敢就睡，琴张到禅堂耳房内给妙玉烹茶，也不似往常自如——妙玉家从祖上起，就嗜好饮绿茶，如龙井、碧螺春、六安茶等，贾母对此非常清楚，而贾母并整个贾府却都偏爱喝红茶或香片，所以那年贾母领着刘姥姥到庵里来，妙玉刚捧出那成窑五彩小盖钟来，贾母劈头便说：“我不吃六安茶。”妙玉笑道：“知道，这是老君眉。”老君眉便是一种红茶。这种对答他人哪知来由？其实逗漏出了两家前辈来往频密、互晓根底的世交关系——琴张此时在慌乱中，却拿错了茶叶罐，给妙玉往壶里放了两撮待客时才用的老君眉……

琴张正用小扇子扇茶炉下的火，忽听院中咕咚一声，忙跑出去看，两个嬷嬷吓白了脸，跑过来，喘吁吁地说：“有人跳墙而入……”“强盗来了……”琴张先转身返回禅堂，只见妙玉仍闭眼盘腿于蒲团上，一丝不动，便又赶紧走出禅堂，对两个老嬷嬷说："你们守在这门外，死活别让人进去。"自己壮起胆子，朝那边有人影处而去，颤声问道："你是谁？为何跳进我们庵来？"只见那人影在竹丛外菊盆中站定，一身长袍，颇为斯文，倒不是短打扮、持刀使棒的强盗模样；见琴张走近，拱手致礼，连连告罪，道是因为总不能进来，而又有要事必须尽快知会，所以出此下策；琴张便问他究竟有什么要事，非用如此手段闯庵相告。两人站立有五六尺远，那贾芸也不再迈前，遂一五一十，把忠顺王爷可能明日便来逼索成瓷古玩的利害关系讲了一遍，又道是因受宝二爷之托，才仗义探庵的云云。琴张听毕，吁出一口长气，道："你且站立勿动。我去禀报师父，再作道理。"

琴张回到禅堂，两个嬷嬷知不是强盗，腿才渐次不软；琴张命她俩仍在禅堂门口守候，自己进去禀报妙玉。那妙玉已然坐禅毕，进到了耳房，自己在那里慢慢地煎从鬼脸青花瓮中倒出的梅花雪。琴张进到耳房，便禀报说："不是强盗，竟是恩人……"妙玉截断她说："我等槛外畸人，既无惧强盗，亦无须恩人。庵墙外定然还有一个，皆系世中扰扰之人，你们且去将庵门大开，放那逾墙者出去；就是那门外的人他要进来，也就由他进来；凡进来的，早晚要出去，正如凡出去的，早晚亦会进来一般。"琴张急了，便将贾芸所道的利害，细细学舌，那妙玉哪里要听？自己往绿玉斗里斟茶，琴张不得不上去接过斟茶之事，又在妙玉耳边说："原是那宝二爷让他来报信的……"见妙玉依然无动于衷，心想大凡称男人都唤二爷，且这贾府里也不止一个二爷，师父大约并未听清是哪个二爷，于是又大声说："是那贾宝玉，让他来报信的——咱们倘若明日不搬走躲藏，那忠顺王爷说不定就要派人来害咱们了！"妙玉只是举杯闻香，淡淡地责备琴张道："怎么是老君眉？"琴张心里起急，顾不得许多，遂提高声量赌气说："正是老君眉！是这府里过去的老太太一家子都爱吃的老君眉！如今他们一家子在槛内，死的死，流的流，卖的卖，疯的疯……师父就是任谁都不怜惜，那贾宝玉，他是用师父这只绿玉斗吃过茶的，师父跟我说过，他算得是个有些个知识的人，那年他过生日，师父还曾写下贺帖，巴巴地让我们给他往怡红院的门缝里送去过……如今这事牵连到他，他倒只顾着师父和我们的安危，托本家亲戚不过夜地来报信……师父难道不该怜惜那贾宝玉、宝二爷、有知识的人么？……”说着，不禁跪到了妙玉面前，以至流出了泪来。妙玉面上，依然羊脂玉般不起温丝涟漪，只是说：“你且起来。去把庵门打开，放那人出去。且就此再不必关上庵门。待出去进来的都没影儿了，跟嬷嬷们多从井里打几桶水，把他们脚沾过的地方，一一洗刷干净。再把那人跳进来一带的竹子尽悉伐了，跟那让他沾过的菊花等物一起，拖到庵门外烧成灰烬。”指示毕，先将老君眉茶倾在废水瓯内，用茶筅刷净茶壶，另换碧螺春茶叶，有条不紊地重烹起来。琴张无奈，只得出了禅堂，命嬷嬷开庵门放人，又过去对仍站在竹丛旁等候的贾芸说：“无论我如何禀报，横竖不中用。或者二爷亲去那耳房窗下，痛陈利害，也算彻底救我等一命！”

贾芸早听说这妙玉性格极放诞诡僻，没想到竟不近情理到这般地步。只得移步到那禅堂耳房窗下，恭恭敬敬地朝里面说：“师父恕贾芸冒昧。我是宝二爷堂侄贾芸。宝叔亲派我来。那从这府里出去的靛儿，保不定此时已向王爷说出了师父来。我临来时，宝叔说了，我若办不成这事，王爷派人找上这庵，师父让王爷鞫逼了，他便立刻自裁——因为他觉着是自己当日不慎，才惹下了这桩祸事。恳求师父明日一早便迁出庵去，躲避一时，若师父一时不知该往何处，我们连地方都是现成的。”他说完，躬身静听，那窗内竟静若古井，毫无反应。此时琴张也顾不得许多了，走近贾芸，小声对他说：“实在我们也不知该避往何处。当年进这庵，是林大爷派人把我们接来的，我们四个女流，就是要迁，何尝有力气迁？虽说可以花银子雇人，究竟不如二爷等来静忙稳妥。只是不知二爷所说的那现成地方是何处？”贾芸告诉她：“只要你说动了师父，其余都不是问题。你说的那林大爷正是在下的岳父，可幸的是已由北静王府买去，不致受苦。给你们找的暂栖之所，正是北静王府内的家庙，忠顺王爷哪里寻你们去？稳妥至极的。且若觉得那里好，就久留彼处也无碍的。宝二爷若不是判了个回原籍祖茔定居，那北静王也收留他了……你们快做准备吧，我明日天亮即到，帮你们迁走！”琴张点头道：“你一定来。我们一定走。”

这时两个嬷嬷已开启了庵门，那板儿泥鳅般闪进庵来，把嬷嬷们吓了一大跳。那板儿直奔贾芸，大声埋怨道：“你怎么这半日不出来？”又东张西望道：“菩萨在哪里？我要跪下拜拜！”从半掩的门依稀看到禅堂里供的观世音，拿脚便要往里去，贾芸忙将他拦住道：“莫惊了师父！你要拜，就在这门外拜也是一样的！只是明天一早，你要在这里先帮忙他们搬家，菩萨才能保佑你！”板儿朝那禅堂里探头道：“怎么只见到一只佛手？好好好，我就求这佛手保佑吧！”说着咕咚跪下，朝里面观音大士的佛手磕了三个响头，双手合十，大声祈祷说：“菩萨保佑，明天一早能到银号兑出贾兰哥哥给我的一百五十两银子，能凑齐那另外五十两银子，能拿上二百两银子，到那勾栏巷锦香院，找到那鸨母，把那巧姐儿给顺顺当当赎取出来！菩萨你一定保佑我等好人！我等一定一辈子做好人，行善事！若是我有一天做了坏事，像那狠心的王仁一样，你就拿响雷劈了我！”祈祷完了又磕了三个响头，方站起来，憨憨地对贾芸说：“我帮这里搬家，只是要先去银号兑完银子再来，再说你还答应我，帮我凑五十两，你莫诓我！”贾芸道：“不诓你，下午我们凑拢银子，一同去赎巧姐儿！”

贾芸与琴张告辞，互道“拜托”。贾芸和板儿出了庵门，嬷嬷们忙将庵门掩上，重上门闩。琴张进到禅堂，掀帘走入耳房，见妙玉一个人坐在榻上，且品佳茗，独自侧身榻几，在那儿上棋盘里摆开黑白阵势。琴张不禁近前劝道：“师父可都听清了？人家一片好心，且设下万全之计，咱们明早迁走吧！”妙玉似全无所闻，手中捏着一枚白子，凝视棋盘，只是出神。琴张急得以至干哭，跪在榻前，哀哀恳求说：“师父自己不怕，可我和嬷嬷究竟也是生灵，我佛慈悲，总还是要放一条生路给我们的吧！”妙玉从容地下了一子，方望着琴张道：“你这是怎么了？起来吧。且按我吩咐去做——不要关闭庵门，让嬷嬷们再把它打开。把弄脏的地方尽悉打扫干净。给观音菩萨前再续新香。我自有道理。”妙玉的格外安详，令琴张如醍醐灌顶。她忽然丧失了此前一直主宰着她的恐慌，站起来，从容不迫地，一项项执行起师父的吩咐来。

6

翌日卯初，贾芸匆匆从廊下赶往栊翠庵。头天亥正，他把板儿带回家中歇了一夜，板儿在客房里倒头便睡，鼾声如歌；他因枕边小红说起那王熙凤的遭遇，唏嘘不已，弄得一夜无眠，只算是略闭眼养了养神，起床后叫醒板儿，嘱他到银号兑完银子，务必赶到栊翠庵会齐。

用些个碎银子，又很轻易地混进了大观园。晨光中的大观园，其破败衰颓的景象，竟比昨晚那夕照和月光下更令人触眼鼻酸。回想起当年到怡红院做客，宝二爷在大红销金撒花帐下趿鞋相迎；在园子里拦起帷幔，坐在山石上监工种树；拾得小红香罗帕，托坠儿将自己一方帕子赠还……无数往事，恍若梦境；如今人事皆非，繁华落尽，泰去否至，怎不令人肝肠寸断。又想到那王熙凤，原是琏二奶奶，初时琏二爷对之言听计从，好不威风，后来王家势败，琏二爷对她可就另眼相看了，动辄喝令，稍有迟慢，便骂声不绝，再后，更嫌她害死尤二姐，私放高利贷，惹出种种麻烦，爽性把她休了，让她和那平儿换了一个过子，从二奶奶变成了凤姑娘……眼下更被那张如圭买去做妾，小红昨晚去求见，竟被拒之门外，听那张家婆子私下里说，张如圭大老婆给她来了个下马威，一句话没回好，当即让人拖到院子里跪瓷瓦子，茶饭也不给吃；今日该被带到张家湾，坐船去金陵了，也不知她每日里饱受挫辱、以泪洗面，还挨不挨得到金陵……

贾芸未至栊翠庵，先朝稻香村望去，只见篱门紧闭、阒无声息，可见李纨、贾兰等赶早不赶晚，早已搬出。

来至栊翠庵前，山门洞开，进去一望，凡门皆大开，却不见一个人影儿。大殿里三世佛前，海灯粲然，香炉里新续的供香，地面光洁如镜。去西厢房，书架空空，片纸无留。唤琴张，无人应答。到嬷嬷们住的下房，只剩炕席桌椅，却是窗明几净。庵内花木显然经过最新一轮的修理，无一片锈叶，无一朵败蕾，正道甬路皆净若玉砌。到那东禅堂，香烟缭绕；唤师父，唯有梁间回音；耳房里，木榻空空，蒲团犹在，茶具皆无而茶香氤氲。原来妙玉等竟已自行迁出。难道他们现在已在北静王府的家庙内？蒋玉菡是何时接应他们的呢？

贾芸心中，十分纳罕。在禅堂里，对着那观音大士立像，双手合十，低头祝祷。拜完，忽觉观音的一只佛手，指向香案，定睛细看，香案上有一搭包，近前再看，搭包上写着两行字："昨夜祝祷者得。非其得者，取之即祸。"贾芸稍一思索，便知感叹。原来这妙玉师父果真非凡，怪不得宝二爷提起来敬佩有加。他也不去动那搭包，径出庵门，沿着来路，去迎板儿。忽见板儿喘吁吁而来。板儿见了他，不等他发话，先骂起粗话来。原来板儿一早便去寻那银号，银号验过贾兰给他的那张银票，告诉他那是张早已兑清的废票！板儿怒说，定要找到贾兰，把他痛揍一顿！然而那贾兰奸猾已极，究竟搬到哪儿去了？昨日问他，只是含糊其辞，今日跟公差们打听，没人能说得清！贾芸劝他息怒，问他："可记得你昨晚对菩萨的祝祷？"板儿回答："还要再去祝祷！求菩萨保佑那巧姐跳出火坑！"又叹，"只是这一时半会儿，哪里借出二百两银子？我真恨不得把自己卖了赎她，只是怕没人肯出二百两的价！"贾芸也不多说，遂把板儿带至庵中禅堂，板儿跪祝毕，贾芸把那香案上的搭包指给他看，板儿问："妙玉师父他们在哪儿？为何把搭包搁在这里？"贾芸说："妙玉师父已然仙遁。这搭包是你的。"板儿不解，贾芸便把那搭包上写的字念给他听，让他掏出里面东西细检。板儿掏出一大包银子来，皆是上好成色的纹银锭子，数一数，共四十锭，贾芸道："这都是五两一锭的，恰是二百两整！"板儿先是发愣，后来咕咚又跪到观音菩萨前，叩头不止……当年板儿随姥姥进大观园游逛，手里抱着个大佛手玩，那时巧姐儿手里却抱着个大柚子玩，巧姐儿见了佛手，便哭着要佛手，众人忙将二人手中之物对换，巧姐得佛手当即破涕为笑，板儿也喜上了那又香又圆的柚子（柚子本来就又被叫作香圆），人生命运，难道真有草蛇灰线、伏延千里的因缘际会？板儿将巧姐儿救回农村，两人皆有情意，终偕连理，此是后话。

且说那蒋玉菡在北静王府，与府里长史官等着接应妙玉一行，结果却只有贾芸匆匆赶来，道妙玉等已无踪影。后来更去西门外牟尼院等处探访，皆无消息。无不纳罕。

就在那一天，接二连三，发生了好多桩事。

圣旨下，将原宁国府第，赏给了仁顺王爷；原荣国府第，赏给了信顺王爷；凡在崇文门发卖未卖出的贾府人员，皆赏给了新保龄侯费阕。

经忠顺王爷讯问后，石呆子控贾雨村贪赃枉法强夺古玩案已送都察院受理，而对贾雨村的参本也已上达。后来贾雨村因此被褫职问罪，"因嫌纱帽小，致使枷锁扛"；他虽在贾氏两府塌台时狠踹了贾氏两脚，自己到头来还是与宁、荣两府连坐。那石呆子官司才赢，其古扇尚未取回，却一命呜呼了；有说是高兴死的，有道是死得蹊跷的，也难判断，不过那二十把古扇仍由忠顺王爷收藏把玩，倒是真的。

忽又有圣旨下，命忠顺王爷为钦差大臣，往浙江沿海验收海塘工程。忠顺王爷陛见圣上后，不敢懈怠，回府即令打点行装，先往通州张家湾，待船队齐备，即沿运河南下。秋芳为其打点衣物时趁便说："此次验收，那边官商人等一定竭力奉迎，王爷所喜的成瓷，也许那边不难搜罗。"王爷厉声斥道："难道你要我收受贿赂不成！那贾氏的文玩古瓷乃圣上恩赐予我的，贾宝玉竟敢藏匿至今，拒不交出，我虽要务在身，此事岂能甘休？已令长史官每日与刑部察院等处联络，定要将那贾宝玉严鞫归案。听说他已启身回金陵，若走水路，我们官船追上他不难！我何用别处搜罗？对那贾宝玉严搒拷问，自然他会把那成瓷藏匿处供出，哪怕是埋地三丈，我就不信刨不出来！"秋芳噤声，再不敢言及成瓷之事。

当日下午，王爷一行即轿马骡车，浩浩荡荡，前往张家湾。

傍晚时分，那忠顺王府长史官领着一群家人，从张家湾送行回府，路经东便门时，长史官一眼认出，那贾宝玉竟大摇大摆，在泡子河边的摊贩堆里行走，遂指挥手下将其扭获送官锁拿，一时围观者甚众。只见那贾宝玉连连喊冤，道："我没犯法，如何捕我？"长史官冷笑道："原以为你买舟南下，捕获也难，没想到竟得来全不费工夫！"又有人听见他高呼："你们认错人了！"长史官道："我如何会错？当年在你们荣国府里，当着你老子，我亲向你索要琪官，你那嘴脸，刻在我心中，你以为几年过去，换了点破衣烂衫，就能瞒天过海？"喝令押走，又让手下人挥鞭驱散俗众，那些草芥小民见王府势力炙手可热，谁敢冒犯？纷纷散去。但贾宝玉二次落网的消息，当晚在都中便不胫而走。

落霞满天，一派惨红。正是：金满箱，银满箱，展眼乞丐人皆谤。又道是：一局输赢料不真，香消茶尽尚逡巡。

7

都中西北郊，有一处园林，称畸园。园子不大，却很特别。那园子的围墙很不规整，折弯很多，高矮不齐；里头树木蓊郁，任其生长，不甚修剪；不种花草，只放怪石：池塘颇大，其形若磬，池边有一亭名曰"倒亭"，从池中倒影上看，恰是一攒尖顶在上、厚亭基在下的寻常亭子，但若正面望去，每每令人瞠目结舌，几疑是幻——“攒尖顶”倒栽在地下，亭柱伸上去，撑着个厚厚的平顶，且由那平顶上吊下一张腿儿朝上的圆桌，周遭还吊着四个反放的绣墩，并有一圈反置的围栏。这畸园系何人所有？为何建造得如此怪诞离奇？说来话长。

当年有一君山伯，与妙玉祖父交好，君山伯逝后，其子袭一等子，与妙玉父亲初亦友善，那时两家在苏州所住官署相邻，官署间有一园林，两署侧门均可通；彼时那一等子的公子，名陈也俊，正与妙玉同龄，都是十来岁的样子，常到那园子里淘气，而妙玉极受祖母溺爱，有时祖母亦纵她到园子里嬉戏玩耍。两小无猜的陈也俊和当年的妙玉，在那园子中捉迷藏、掏促织、荡秋千、摸鱼儿，渐渐竟铸成青梅竹马之情。后来两家都督促孩子跟着西宾攻读《四书》《五经》，两个人课余仍得便就溜入园中游戏，曾一起偷读《庄子》，醉心于成为一个“畸于人而侔于天”的“畸人”。有一回妙玉（当时自然无此法名，且以此代称）望着池塘中亭子的倒影说：“为何亭子在水镜里偏顶子朝下？”陈也俊便拍胸起誓：“来日我一定让你在水镜里看到亭顶子在上！”两家都知二人的亲密，也算得门当户对，双方祖母均有婚配之意；谁知祖母们相继去世，而因官场上的朋党之争，其父辈后来分属两派，两家竟反目成仇，再不通往来。有公爵家遣官媒婆来妙玉家，欲将妙玉指配到其府上做童养媳，来日可望成为诰命夫人，妙玉父母拟允，妙玉却哭闹抗拒，以至拒进饮食，直闹到去了玄墓蟠香寺带发修行。可叹这，青灯古殿人将老；辜负了，红粉朱楼春色阑！后妙玉父母双亡，她继承了十箱家财，并一个丫头两个嬷嬷共三名世仆，开始了孑然一身的人生跋涉。妙玉进贾府大观园后，为何格外厚待那贾宝玉？正是因为，她从宝玉的谈吐做派中，设想出了离别后的陈也俊那应有的品格；且她从冷眼旁观中，窥破了贾宝玉与林黛玉之间那悖于名教的彻腑情爱，她对之艳羡已极；表面上，她心在九重天上，视人间情爱诸事如污事秽行，其实，她常常忍不住将那贾宝玉当作陈也俊的影子，对之别有情愫；又比如说斥责黛玉：“你这么个人，竟是个大俗人，连水也尝不出来……隔年蠲的雨水那有这样轻浮，如何吃得！”心中想的是：宝玉对你那样痴情，你也真是身在福中不知福，实在该败一败你的兴头！

不过，她也并不指望这辈子与陈也俊怎么样了，她以极度的冷漠高傲，来压抑心底的欲望。“相与于无相与，相为于无相为”，她努力把一切化为零，而自己高倨于零之上。她活得冰雪般洁净，也冰雪般凄美。那陈也俊呢，他父亲在妙玉出家前已迁升京官。后陈也俊亦父母双亡，他袭了二等男，只享男爵俸禄，不谋具体差事，在都城郊外过起了自得其乐的逍遥日子。宁国府那秦可卿“死封龙禁尉”时，他曾往祭。他与贾宝玉交往不深，平日来往较密的有韩奇、卫若兰等王孙公子。父母在世时，多次欲给他娶亲，曾将那通判傅试之妹傅秋芳包办给他，他以放弃袭爵、离家出走为威胁，拒不迎娶。父母双亡后，朋友们也曾为他张罗过婚事，均被他婉辞。他的心中，只存着妙玉一人。直到贾家快崩溃时，他才知道妙玉是在那荣国府中大观园的栊翠庵里。贾氏两府被查抄后，他及时设法给妙玉递去了密信，告诉妙玉，他建有畸园，从不接待外客，几无人知晓，十分安全隐秘，随时等待她去居住。许多天过去，妙玉并未给他丝毫音信。但万万没有想到的是，这天妙玉却几乎可以说是从天而降，给了他一个绝大的惊喜！

且说妙玉在畸园中安顿下以后，移步池边，猛然见到那座“倒亭”，心中如被磬槌敲了一下，幼年往事，蓦地涌回心头，不禁凝如玉柱，良久无言。

陈也俊踱到妙玉身边，问她：“水镜中的亭子，望去如何？”

那妙玉心在酥痒，脸上却空无表情，淡淡地说：“未免胶柱鼓瑟了。”

陈也俊道：“我这园里很有些怪石，你无妨用以破闷。”

妙玉道：“你们槛内人，时时有闷，须求化解。其实何用苦寻良方。只要细细参透‘纵有千年铁门槛，终须一个土馒头’这两句好诗，也就破闷而出，有大造化了。”

陈也俊便知，妙玉是难从槛外回到槛内了。不过他仍心存痴想，指望凭借着“水滴石穿，绳锯木断”的耐性，渐渐地，能引动妙玉，迈回那个门槛。

二人在园中款款而行。妙玉毕竟是“畸人”，而非正宗尼姑，指点着那些怪石，道：“我曾有句：‘石奇神鬼搏，木怪虎狼蹲。’其实不过是凭空想来，没曾想你这园子里，触目皆是如此。可见心中的神鬼虎狼，是很容易活跳到心外，倒让人防不胜防的。”陈也俊听在耳中，虽觉怪异难解，却也品出了些润心的味道。

那妙玉实可谓“欲洁何曾洁，云空未必空”。她“却不知太高人愈妒，过洁世同嫌”。她拼命压抑“不洁之欲”，以空灵高蹈极度超脱来令任何一个接近者尴尬无措、自觉形秽，求得精神上的胜利，可是，究竟有几个人能理解她、原谅她，甚至喜欢她、爱慕她呢？那大观园里，李纨对她的厌恶溢于言表，就是自称跟她十年比邻而居，乃贫贱之交，并以她为半师半友的邢岫烟，背地后也苛评她道：“僧不僧，俗不俗，男不男，女不女，成个什么道理！”唯有贾宝玉说过，她乃“世人意外之人”，算是她的一个真知己；但那贾宝玉在妙玉心中，原只是想象中的陈也俊之替代物；现在陈也俊真的活现于自己面前，究竟能否如贾宝玉似的，是个些微有知识的人，那还真是个谜哩！妙玉心中挣扎得厉害，寻思中不禁瞥了陈也俊一眼，陈也俊原一直盯住她看，二人目光短暂相接，击出心中万千火星。忙都闪开了。

妙玉下榻于畸园角上一处另隔开的小小院落里。那里面有七八间屋子，内中一应家具用器色色俱备；屋子只是原木青砖，不加粉饰，琴张等将其中正房布置成禅堂，四个人安顿下来，倒也俨如栊翠庵再现。陈也俊有意不问妙玉住到几时——他心下自然是企盼就此永留——妙玉也不明言究竟为何飘然而至，更不申言欲住多久。畸园来畸人，倒也对榫。

两日过去，傍晚时分，嬷嬷们在橱下备斋，琴张出园去附近集上买线回来，径到妙玉书房报信；当时妙玉正在给焦尾琴调弦，见琴张神色不对，且不理她；琴张报说：“集上的人议论纷纷……”妙玉截断她道：“攘攘市集，乃槛内最秽之地，你快莫在我面前提起。且你既买妥青线，快将琴囊破处补好，方是正理。”琴张道：“实在是此事师父不能不知——那贾宝玉，已被官府捉拿，因他拒不交代成瓷藏匿地点，故每日过堂被拶得死去活来，收监时脖子、手、脚九条链子锁住，站在铁蒺藜笼里，稍一晃荡，立刻刺破皮肉……”妙玉理弦之手，不禁木然，心如刀剜，却不动声色；琴张说到最后，忍不住议论说：“师父莫又要嗔我妄听多嘴，实在这事跟咱们关系非同一般。那贾宝玉也着实可怜可叹！集上的人都知道，皇上把贾家所有的古董文玩都赏给那忠顺王爷了，说那贾宝玉藏匿成瓷名器，是欺君重罪，那忠顺王爷有这个由头，自然不见成箱的成瓷，绝不会甘休！那审案的官儿，也巴不得讨王爷的好儿，为让那贾宝玉招出真相，只怕是还要施与酷刑。那王爷虽奉旨坐船南下，去验收浙江海塘工程，却留下了话，一旦那贾宝玉招供，搜出了成瓷，要径送他的任所，亲自目验。集上有人说，那贾公子也不知为何死不开口，人都是肉做的，你那成瓷就是藏给子孙，自己被打个稀烂，又有何意义？不如招了算了，尚能留下一命……”琴张说时，随时准备着让妙玉截断，这回却居然容她一口气道出了如许多的话来，不禁微微诧异，自己先停顿了，只望着妙玉，也不知该不该再放肆直言……那妙玉也不责她，也不催她，调琴弦的手指微微颤动着，一根弦绷得越来越紧……琴张料无妨，遂继续议论说：“……我听了真有点害怕，那贾宝玉要把咱们供了出来，可怎么是好？只怕是他早晚要让酷刑逼着招供出来……他虽可怜，咱们可是危险了啊！多亏陈公子这地方十分的隐蔽，又有他着意保护，即使那贾宝玉说出来是咱们才有祖上传下的成瓷及许多的珍奇之物，一时那忠顺王爷也无处寻觅咱们……再说，我还有个想法，退一万步，那忠顺王爷真找上门来了，咱们的东西又不是那荣国府的，本不在查抄、赏赐之列，难道他竟强夺不成？……”这时妙玉指下的一根琴弦猛地断了，倒把琴张吓了一跳；妙玉定了定神，吩咐琴张：“你且缝补琴囊。我累了，且去歪一会儿，莫来扰我。”

琴张缝补琴囊时，渐渐消退了在集上所听消息的刺激。斋饭熟了，飘来面筋的香味。嬷嬷来请师父和她用斋了。

8

张家湾大运河渡口，码头边舟船云集，航道中的大小船只，有扬帆下行的，有收帆待靠的，一派繁忙景象。

妙玉、琴张从一辆两只骡子驮着的骡轿上下来，两位嬷嬷从一辆驴车上下来，早有骑马先到、等候在码头的两位男子迎上来，前面一位告诉妙玉船已备妥，且行李已都运入舱内，另一位便引领琴张扶持妙玉上船，两位嬷嬷手提细软包袱，跟在后面。那两位男子，一位穿长衣系玉佩的，是陈也俊；另一位短打扮的，是以前伺候贾宝玉多年的焙茗。妙玉忽然决定买舟南下，归于江南，陈也俊闻之，心中十二万分地不舍，但既是畸人，必行畸事，自己一旦爱上了畸人，也只能是爱畸随畸，所以虽愣了一阵，却不问其为什么，只说那好，由他做妥善安排，保证她们平安南下。妙玉见陈也俊并无俗流惋惜坚留情态，心中更爱他了，只是二人缘分有限。也只能相约于来世罢。妙玉说：“鱼相忘于江湖，人相忘于道术。”陈也俊应道：“天与人不相胜也，是之谓真人。”二人不禁相视一笑。这淡淡一笑，在妙玉来说是多年压抑心底的真情一现；在陈也俊来说，是对他多年苦苦期待的一个不小的回报。妙玉，乃奇妙之玉；陈也俊，虽系陈年故人，然而也是一块美玉——“俊”谐“珺”的音，“珺 ”，美玉也。他们都是世人意外之人，正所谓：芳情只自遣，雅趣向谁言？陈也俊按妙玉之意——谁也不惊动，悄悄地走——为她安排了一切，只是为了一路安全，特从好友韩奇处，借来一位忠实可靠的男仆——当年是跟随贾宝玉的小厮焙茗，如今已然成年，贾府败落后流散到韩奇家——负责将妙玉四位女流送抵目的地。妙玉临上船前，从袖中抖出常日自己吃茶的那只绿玉斗来，递与陈也俊，也不说什么；陈也俊接过，揣入怀内，亦默默无言，二人就此别过。妙玉等上了船，焙茗又引船主至陈也俊前，陈也俊嘱咐再三，又格外赏了些银子，船主拍胸脯表示包在他身上，陈也俊方上马挥鞭而去，也不回头张望。

当日下午，船便解缆起航，可喜顺风，船行迅速。妙玉在舱中打坐，琴张在船尾与焙茗闲话。琴张叹道：“总算是叶落归根。京都几年，恍若一梦。论起来，那荣国府对我们不薄，这样的施主，恐再难遇到。只是他家败得也忒惨些了，那贾宝玉好不容易放出监来，允回原籍居住，不曾想竟又被严鞫枷号……”说到这里忙打住，怕把“皆是为了我们师父藏有祖传成瓷的缘故”等语逸出口来。那焙茗四面望望，悄声跟她说：“你们哪里知道，那被枷号的宝玉，不是贾宝玉，是甄宝玉！”琴张一时不明白，道：“可不真是宝玉么！”焙茗便说：“那日随韩公子赶堂会，路过闹市，正将犯人们枷号示众，我亲眼见了，虽说他跟我们二爷长相上真是没有一丝差别，可我们两人一对眼之间，我立时便知道那绝不是二爷……二爷跟我，历来是一个眼神儿，就什么都齐了！可那人……他虽满眼的冤屈，那眼神儿却不跟我过话儿，我定神一想，他准是那甄家的甄宝玉，他家在金陵被抄检后，逮京问罪，倒比我们贾家倒霉得还早些，听说他后来跟乞丐为伍，每日在泡子河靠唱莲花落谋生……那忠顺王爷他们是认错人了！”琴张闻言，抚着胸脯道：“阿弥陀佛！原是不相干的一位冤大爷……”焙茗皱眉沉吟道：“不相干么？……只怕我们那位真的，还不知道，若是知道了……怕是要弄假成真了！”琴张道：“怎么你满嘴真真假假、假假真真的？我都糊涂了！”焙茗便道：“原难明白的。记得二爷跟我念叨过，曾在梦里见着一座大牌坊，那上头有副对联：假作真时真亦假，无为有处有还无。你能明白么？”说着有船工走来，二人忙止住话头。

当晚入睡前，琴张把从焙茗那里听来的话，跟妙玉学了番舌。妙玉眉梢略有颤动，却缄默无语。

几日后，船至临清，靠拢码头，补充给养。妙玉让琴张打听一下，忠顺王爷的船队经过了有多久？琴张颇觉纳闷，打听这个做甚？但对师父的吩咐，她从来都是不打折扣地尽快执行；自己不好向船主开口，便转托焙茗探问。焙茗问那船主，船主道：“快别提那钦差！他们二十来只大舡，昨天才走，把这岸上的鸡鸭鱼肉、时鲜菜蔬捡好的挑走了也罢，竟把那面筋、腐竹、粉皮、豆芽、鲜蘑、竹荪……凡好的也搜罗一空，你们要上好的斋饭，只怕只有到苏州上了岸，自己想办法去了！我给你们好不容易弄了点青菜豆腐，将就点吧！到了瓜洲，他们怕要停留多日，好的自然他们占先，只怕那时连像样的豆腐也弄不到几块——他们那差役拿走东西向来不给钱，你想就是有东西，谁愿意摆出来卖呢？”这样总算弄清楚，忠顺王爷的船队且走且停，并未远去，或许就在前面一站。

又过了几日，入夜时分，只听见船下浪声要比往日激昂，从船舱的窗户望出去，依稀可辨的只有浩淼的江水，不见两岸轮廓，知是运河已汇入大江；再细往远处看，两三星火，闪烁不定，摇橹的船夫高声道：“瓜洲到了！”

天亮前，他们一行的船已靠拢码头。所泊靠处，已在码头的边角上，因为码头正中，泊着忠顺王爷的船队。那王爷作为奉旨出巡的钦差，沿途各站的官员竭力奉承；船队的每只舡上都插着旗帜告牌，停泊时周遭有小艇巡逻，不许民船靠近。

天色大亮。早餐毕，妙玉让琴张和嬷嬷们上岸走走，只留焙茗在舱外以防外人骚扰。正欲打坐，忽听船舱外传来打骂声与哭辩声，那后一种声音里颇有相熟之韵，不禁侧耳细听，越发觉得非同寻常；将窗帘掀开细观，只见是一只在江中兜生意的花船，只有棚顶，露出船上所载之人，是一个鸨母和几个妓女，那鸨母正在打骂那抱琵琶的妓女，道："你那舌头就该剪下一截！‘二月梅’三个字都咬不准，什么‘爱月梅’‘爱月梅’的……本以为你是棵摇钱树，谁知道是白费我的嚼用！”那抱琵琶的只是不服，争辩道："我改好了多少的唱词儿，你怎么就不算这个账了？……”妙玉心下判断已定，顾不得许多，忙到舱门边，掀开门帘，招呼焙茗，命他将那花船唤过来，告诉那船上妈妈，只要那琵琶女过这船来，银子多给些无妨；焙茗虽大不解，却也照办了；琵琶女过了船，付了那鸨母银子，言明两个时辰后再来接，那鸨母喜之不尽，花船暂去了。

那花船上的琵琶女，不是别人，便是史湘云。原来她未及出嫁，两位叔叔便被削爵判罪，家产罚没，所有人口尽行变卖，她被辗转卖了几次，这时流落在瓜洲渡口，每日被遣在花船上，由鸨母监督和另几位姐妹兜揽生意；她因有些咬舌，唱工自然不如其他姐妹，只能以演奏琵琶等乐器取悦客官，为此被鸨母打骂也非止一日。被妙玉唤上船后，两个人待在船舱里，妙玉关拢了门窗，也不曾有琵琶弹奏及吟唱之声，移时，只有幽幽的哭泣之声逸出，究竟两个人都说了些什么，别人何以得知？那守卫在窗外的焙茗，不曾认出史湘云来，只管望着江水发愣。

且说琴张回到船上，进到妙玉的舱房时，舱房面貌已恢复如初。琴张率想报告些岸上的觅闻，却觅妙玉已命船工与焙茗将她事先作了记号的四只箱子，摆放在那里，颇觉诧异；未及开口问，妙玉便对她说，“琴张，我们就此要别过了。”琴张几乎不相信自己的耳朵。且连为什么也问出来了。妙玉沉静地说："这些年来，你跟着我，真难为你了。也不是谢你，也不是补偿你。这只最重的箱子，你拿去。里头有什么，打开自然明白。两位嬷嬷，也很不容易，那两只箱子是给他们的。这只最轻的么，焙茗护送我几天，麻烦他了，转交他吧。这四只箱子的锁，我都给你们换了寻常的，钥匙都在锁上，你们各自管好吧。”琴张这才急着问;"师父到哪儿去？这里才是瓜洲，还没过得大江，离苏州还远呢？临出的时候，您不是说，我们还可能要走得更远，说不定要去杭州么？我还当您要带我们去灵隐寺呢！”妙玉说："我要带上六只箱子，在这里下船了。”琴张急得哭了，因问为何要在这瓜洲下船，且为何她不要？并发誓要追随妙玉，不愿回去。妙玉道：“我去一架枯骨那里，往烂泥潭里跳，比如下地狱了。这是我的运数。你为何要白赔在里面？”琴张听不懂她的话。但知师父从来是主意既定，驷马难追，九牛难拗，哀哀地哭个不停。妙玉竟由她哭个痛快。

9

翌日，在京城和瓜洲渡发生了两桩性质相同的事情——都是唯有“世人意外之人”才做得出来的。

在京城，贾宝玉到官府自首，使甄宝玉获释。本来，甄宝玉被屈的消息，蒋玉菡、袭人等一直不让贾宝玉知道，但这件事终于还是被贾宝玉听说了，他趁藏匿他的人不备，走出了那处所，径直去了官府。不过他当然不会说出成瓷收藏者是妙玉这一真相，为使妙玉有更从容的时间躲藏到最安全的地点，他对官府说他家的成瓷可能藏在了大观园沁芳闸底下，官府于是派公差去挖掘。那工程很麻烦，先要抽干积水，清掉淤泥，才能进一步寻找。最后不可能找到，贾宝玉自知难免一死。但他自从黛玉沉湖后，已离家出走，当过一回和尚，对生死问题已有憬悟；后他还俗与薛宝钗成婚，两人只是名分上的夫妻，并无房中之事，两府被抄后，他也身陷缧绁，更看破了生关死劫；因此为解脱甄宝玉、掩护妙玉，他不仅视死如归，心境还格外地平和安详。

在瓜洲渡，琴张、两位嬷嬷，还有焙茗，被妙玉遣散，他们带着妙玉赠予的箱子，各奔前程；那焙茗用那箱里的赠物换了许多银子，赎出自己，并设法寻到了原宁国府的丫头卐儿，结为了夫妇——此是后话。

琴张等分别离去后，妙玉便带着六只箱子，径到忠顺王爷面前去出首。她平静地对忠顺王爷说：“你所追查的那成瓷五彩小盖钟，出自我处。那日贾府老太太等到我那栊翠庵里吃茶，因她只吃了半盏，就递给她家一个穷婆子亲戚吃了，我嫌那婆子肮脏，不要那盖钟了，是贾宝玉看不过，要去赠给了那穷婆子的。当日宝玉在山门内将那盖钟递与了老太太的一个小丫头，当时叫靛儿，如今就在你府里，改叫靓儿了——此事可与她当面对证！你以为那贾府有多富贵？他们哪儿来的成瓷珍藏？若不是我家祖上将世代搜罗的珍瓷奇宝传给了我，我也不能有这许多！不是我说狂话，我这些箱子里任一样东西，只怕你把宁、荣二府用篦子篦过，再掘地一丈，也未必找得出一样旗鼓相当的！光你看迷了眼的成瓷小盖钟，就还有许多，更不消说还有比那珍奇百倍的稀罕物儿，也不光是宋朝的柴窑、汝窑、官窑、哥窑、成窑的名瓷，举凡元朝的青花五彩瓷、明朝的永乐窑、宣德窑、成化窑出的瓷……我这些箱子里都有！也不光是名瓷，其余的宝贝多得很，像晋朝王恺先珍玩过、后来宋朝苏东坡又镌过字的葫芦饮器，整只暹罗犀牛角精雕出山水楼阁的钵杯……王爷虽一大把年纪，此前怕也未必见识过吧！……”一番话把王爷听得心中怦怦然好不垂涎，因道：“既如此，你快打开这些箱子，让我一一过目！”妙玉冷笑道：“取出几样让王爷过目，原也容易。只是王爷过目后，要赶快发话放人才是，若不把那贾宝玉放出，我是绝不开箱的。”王爷道：“若真是成瓷等珍宝都在你处，那贾宝玉确实没有，倒也可以放人。”妙玉道：“你且下文书，让驿站速递京师，发话放人。”王爷道：“你且开箱，我目验后，你话不虚，我全数收下，那时自然可以依你所求。”妙玉冷笑更深，因道：“岂有此理！我带箱子来此，为的是证明贾宝玉无辜，你放人本是应当的；圣上的王法，抄家不涉及家庙；虽把贾家的文玩珍宝赏给了你，却并不包括家庙里的东西，何况这些东西是我祖上所传，并非贾氏所有，王爷凭什么全数收下？”那王爷虽为妙玉的抗辩所激怒，但妙玉的美貌，他乍见时已心中酥痒，而应答中的那一种冷艳，更令他意醉神迷，遂爽性霸道地宣称：“你既来了我这里，怕就由不得你了！我给你定个窝藏贾氏财产的罪名，易若反掌！你带来的这些个箱子，我全收了不算，连你这人，也别想走脱了！把你先枷号起来，拶你几堂，就算是屈打成招吧，我总是立于不败之地，你到何处喊冤？何人敢为你申冤？”妙玉此时笑出了声来，环顾在场的下属军牢仆众——他们均屏息侍立，低眉顺眼，不敢稍有表示——朗声道：“众位都听清了！这就是王爷、钦差大臣的金言玉语！原来一贯只是这样的本事！我料到如此！”又笑对王爷说，“你这一架枯骨！你这一塘泥淖！我今天既敢登门拜访，便‘既来之，则安之’！好好好，我箱子留下，人也不走！只是你务必即刻写下文书，命驿站速送京都，速速把贾宝玉放出！”王爷大怒，拍案道：“你一个尼姑，竟敢跟我发号施令！你腔子里有几个胆？你且先给我打开一只箱子！”妙玉只是不动，王爷命下属们：“给我强行打开！”下属去看那箱子，原来每只箱子上都用一把怪锁锁定，那锁并不用钥匙来开，是九连环的模样；妙玉冷冷地说：“你们谁也开不了，这九连环锁需得我亲自来解，你等就是在旁看着，怕也难学会——莫说不能强行开箱，就是我自己，倘有一丝差错，箱子里设有机关，它便会猛地发作，将里面的瓷器立时夹成碎片。这是我祖上为防偷盗，特特制作的，解九连环锁的工夫，传到我已是第五代了。你们要想将箱里的珍瓷尽行夹碎，我也无奈！”王爷将信将疑，忽然一跺脚，指着一只箱子，命下属取钳子来，强行把锁扭落，下属刚把锁头扭动，只听箱中嚯啷啷一阵乱响，掀开箱盖，果然里面所设的竹夹已将所有珍贵瓷器尽行夹碎。妙玉双手合十，道：“阿弥陀佛！罪过！罪过！”王爷暴怒，对妙玉大吼：“你给我解锁开箱！不开，我杀了你！”妙玉道：“杀了我，是我的造化。”只管闭眼念佛。王爷见她那闭眼念佛的模样，竟更妩媚挠心，心想毕竟不能人财两空，而应人财两得，稍平了平气，坐回太师椅上，喘了一阵，道：“没想到，你倒厉害。原来你是样样都筹划好了，跟我来作交易的。”妙玉道：“我本槛外之人，原不懂风尘中交易二字何意，但为拯无辜于冤狱，少不得自跳淖泥、甘堕地狱，竟到槛内，与你来作此桩交易。”王爷向左右下属仆人等递过眼色，均躬腰后退；妙玉笑道：“其实光天化日之下，扰扰人世之中，既作交易，何避耳目！你我两方，在你来说，必欲人财两得；在我来说，必欲那贾宝玉被释且安全无恙。你不见我亲手开箱、取出成瓷等珍奇古物，如何肯放人？我不见你真的放人，又如何肯真的开箱取宝？若不能真保证那贾宝玉的安全，我又岂甘白璧就污？”王爷问道：“你我皆不愿受骗上当，这交易如何进行方妥？”妙玉问：“你在这瓜洲渡，还可滞留几日？”王爷道：“在此依旨尚有附带公务，需再停留四五天，八天后抵杭州，验收海塘。”妙玉道：“好。不必到杭州去了结了。我带来的六箱珍宝，已被你毁掉一箱，尚余五箱；你下文书派驿马速送京都，释放贾宝玉后，我为你打开一箱；那贾宝玉释放后，你要安排让他即刻到张家湾登舟，昼夜兼程来此瓜洲渡；他路上每行一日，我给你解一把九连环锁，大约打开三箱后，即可抵达，我要亲自看到他，问明情况属实，待放他走远后，方打开那最后一箱——自然是登峰造极的一箱，里面每一样文玩，皆价值连城自不消说，只怕那奇光异彩、迷离闪烁，将你三魂六魄，尽悉摄去，也难抵挡。”王爷眯着眼、咂着舌，狞笑着道：“每日开一箱，倒也是渐入佳境的法子，亏你设想得出。只是那最摄我三魂六魄的是什么？何时方与我共入红罗帐？如无此乐，那贾宝玉我到头来是不能放掉他的！”妙玉咬牙道：“你须知道：佛能舍身饲虎！”

忠顺王爷命文书写下信函，当即派驿马快递都中，以释放贾宝玉。妙玉果然打开了一只箱子，里面是整套的官窑脱胎填白餐具，光润莹洁、璀璨夺目，王爷见了喜之不尽。那妙玉解那九连环锁时，兰花指如玉蝶翻飞，令旁观者眼花缭乱，实在是无法偷技。王爷颇后悔乱开了一箱，损失约有万金之数，不过即使是那些碎片，托程日兴等卖去，恐也还值白银千两，忙命依然收好。王爷准妙玉暂居一舱，供以素食，每日白天打坐，傍晚当面开箱，二人交易，竟俨然按部就班地进行。

10

秋风劲吹，船篷鼓胀，忠顺王爷府的人，带贾宝玉顺运河乘风而下，三日后，竟赶到了瓜洲渡。

宝玉原不知究竟为何如此，只以为是强行将他遣返金陵祖茔。船靠瓜洲渡码头，他还问：“几时渡过镇江去？”谁知竟不再南渡，唤他下船，被引到忠顺王爷的大舡上，那船舱颇为宽敞，隔为里外两大间，外间布置成官衙景象，一进去，军牢快手两边肃立，劈头望见那王爷坐在案后，神气活现、志满意得，竟当即喝问他道：“贾宝玉，你谎报成瓷藏匿地点，戏弄官府、藐视王法，死有余辜；现念你家确实并无成瓷皮藏，杀你无趣，将你释放，你知感恩戴德么？”宝玉并不回答，心中只是反复揣测，王爷究竟玩的什么花样？自己死不死早已无所谓了，倒是仍须格外小心，不要因为自己再牵累到别人。那王爷鼻子里哼哼几声，以壮威严，接着说：“我公务在身，日理万机，哪有许多工夫跟你啰唆！现在只跟你撂明一句话：好自为之，滚得越远越好，休再让我觉得碍眼！如若不然，小心你的性命！”说完挥手令两厢人等退到舱外，又道，“你滚以前，让你见一个人。这是我和她的交易，她既该交货时交货，我又何必藏掖拖延？”扭头朝里间唤道，“妙玉！你要的货到了！自己出来验明正身！”宝玉正大疑惑间，妙玉忽从里间闪出；宝玉简直不敢相信自己的眼睛，那果真是多时不见的妙玉！妙玉上下打量了宝玉一番，问：“还记得那年在栊翠庵，我用无锡二泉水，烹茶请你们品的事么？”宝玉纳罕至极，不由得说：“那回你分明是用苏州玄墓蟠香寺梅花上收的雪，烹给我们吃的呀！”妙玉点头道：“怕他们拿甄家的那个宝玉诓我。你如此说，我放心了！”宝玉问：“你怎么在这里？”妙玉只是说：“我为先天神数锁定于此。”又指着一旁王爷说，“我不得不屈从这架枯骨。我的功德，只能如此去圆满。他放走你，必得玷污我。我若不依，你我皆难逃脱。所以今天我现真面目于你，可知我面上虽冷，心却无法去其热。我恨不能日日在九重天上，到头来却不得不堕地狱。然而我无怨无悔。从今后，你且把我忘却到九霄云外，将原来所有印象，揩抹到星渣皆无，才是正道！”宝玉悟到是妙玉牺牲了自己，以换取自己的自由，不禁垂泪道：“何必救我？莫若一起死去！”妙玉道：“你忘了？你曾疾呼过‘世法平等’，难道你能挺身而出，救那甄宝玉，我就不能救你么？人是苦器，俗世煎熬，于己而言，原无所谓，不过若是他人因己蒙冤受难，那时无动于衷，置若罔闻，则一定万劫不复了！”王爷望着二人狞笑道：“行了行了！宝玉快走！哪得许多的酸话，说个没完？”更对宝玉说，“妙玉她原执意要见了你，方让我近身，我哪里上那个当？她不答应，我便让驿马速去阻你南下，将你结果，她知我说到便能做到，不得不违心俯就，哈哈，昨日已将她把玩，果然如花似玉、妙不可言！”复又对妙玉说，“你可不要赖账！我放走宝玉，那最后一口箱子，你可要给我解开那九连环！赏过那些登峰造极的宝贝，我可就要命船队过江南下了！”宝玉只觉得心如刀剜，妙玉竟并无狼狈之色。

妙玉问王爷：“我让你派人把那花船上的琵琶女叫来，可已在外等候？”王爷说：“还有这事？我已忘到爪哇国了。”不过他还是唤人把那琵琶女引了进来。那女子进到船舱，劈头望见宝玉，先是发呆，后来一顿脚，叫了声“爱哥哥”，便大哭不止；宝玉大惊，近前细觑，竟是史湘云！一阵晕眩，几疑是梦，忙掐自己人中，湘云确在身前。妙玉一旁道：“我已付给那老鸨身价银，湘云亦自由了。

你们二人一起远走高飞吧，去得越快越好，越远越好。”王爷不耐烦了，催道：“我这里是何等地方？你等岂能久留？快滚！”宝玉、湘云要谢妙玉，妙玉扭身便掀帘闪进了里舱。宝玉、湘云呆望着那门帘，如万箭穿心，只是出不得声。王爷大声驱赶，二人含泪携手走出大舡，毕竟无人阻挡，过了跳板，上了岸，二人快步如飞，转瞬消失在蒙蒙秋雾之中。后来宝玉、湘云重新得到各自的金麒麟，一起在僻静的乡野里度过了一段如梦如幻的生活，正是：寒塘渡鹤影，清贫怀箪瓢。

11

那晚王爷一再催促妙玉打开最后一只箱子。妙玉一再说：“你派人追杀宝玉他们了吧？似你这种心肠的人，向来言而无信，惯会杀人灭口，我不能再让你得到这一箱绝世奇珍。”王爷至于赌咒发誓，丑态百出地央求说：“我的妙姑姑、妙奶奶，行行好吧！我杀他们有甚趣味？这一箱的绝世奇珍好让我心痒难熬！你快让我一饱眼福吧！你的心思，或是怕打开了这一箱后，我倒把你杀了吧？我知你不怕死，只是我现在把你亦视作无价之宝，一刻离不得你呢！因此刻是奉旨出外办事，有诸多不便，你且忍耐，一回京都，我就休了那大老婆，将你迎为正妻；那秋芳我也再不理她！至于那个靓儿，专会告密，实在讨嫌，早晚将她乱棍打死！”妙玉只是延宕时间，王爷也知，那是为让宝玉、湘云二人能安全远遁。

第二天船队便要浩荡南下，这一晚大舡小艇挤在码头，王爷的那只最大的舡拥在最当中。直到王爷要脱衣就寝了，妙玉经王爷一再催逼，这才到那箱边蹲下，欲解那九连环。王爷伸长脖子，双眼瞪得铜铃般大，期待着那能将三魂六魄尽悉摄去的奇珍异宝显现。妙玉手碰到了九连环锁，抬头问：“可真要我开？”王爷见妙玉脸上现出怪异的笑容，那笑纹里分明迸射着复仇的快意，便知不妙，意欲躲开，然而哪里还来得及？只见妙玉将九连环锁拼力一拉，里面早已安装好的机括，击出火花，将满箱的烟花爆竹顿时点燃，轰隆一声，箱盖炸得粉碎，火线四射，噼啪乱响，船舱内帐幔等物立刻燃烧起来，蹿动的火苗迅速即使木制船舱变成一团火球，王爷要往外逃，妙玉狂笑着死死抱住了他一条腿……

主舡着火，殃及周围，火借风势，很快使大舡小艇燃成一片火海，仓皇之中，如何扑救？下属军牢等只知纷纷跳水，各自逃命，一片鬼哭狼嚎之声。

岸上不少百姓，被火光声响惊动，披衣上街，拥到码头附近观看，一时议论纷纷，众说不一，或双手合十口中念佛，或暗中称快大遂于心。只见火势越演越炽，王爷所在的那只大舡舱顶在烈焰中坍塌，内中那只引起大火的箱子里，有更多的烟花被启动爆裂，那是些十分美丽的烟花，升腾到夜空中，或如孔雀开屏，或似群莺闹树，或赛秋菊怒绽，或胜珊瑚乱舞，此灭彼亮、呼啸相继，真是奇光异彩、迷离闪烁，倒映在滔滔江水中，更幻化出光怪陆离、诡谲莫测的魑光魅影……

岸上的观火者，几疑置身在元宵佳节，每一种烟火腾空爆绽，都引出一阵拊掌欢呼。烟火停顿了，众人皆以为到此为止，但心中都企盼能再饱眼福，许多人不改那翘首之姿，双眼仍凝视深黛色的夜空。这时那瓜洲官衙派出的救火兵丁才迟迟而至，厉声喝道，勒令众人回避。忽然，熄灭一时的烟火又有一只高高蹿向天际——那是妙玉事前绑在自己心口前的一只，直到她在烈焰中涅槃

时方爆裂迸飞——挪步欲去者忙煞脚仰望，人们互相指点，连兵丁们亦不由得驻足观看，只见那只烟火升至极高处，缓缓绽出一片银润洁白的光焰，并终于显现为一朵巨大的玉兰花，久久地停留在茫茫夜空，那凄美的玉兰花仿佛静静地俯瞰着扰扰人世，品味着人间恩怨情仇，终于，在悲欣交集中，渐渐地隐去……

【后记】

1993 年 6 月，我完成了《秦可卿之死》的写作。1995 年 8 月，完成了《贾元春之死》的写作。现在我又写完了《妙玉之死》，终于了结了一桩久存于心的誓愿。这三篇小说，凝聚着我在《红楼梦》探佚方面几乎所有的发现与心得。三篇小说整合在一起，不仅是对秦可卿、贾元春、妙玉的命运结局来了一回大解谜，而且还附带提及“金陵十二钗”中另外九钗在八十回后的真实状况，以

及诸如贾宝玉和宁、荣两府的其他老少爷们，还有甄宝玉、柳湘莲、冯紫英、卫若兰、贾芸、小红、袭人、平儿、鸳鸯、茜雪、焙茗、贾蔷、龄官等诸多人物的命运发展线索或最后归宿。现在一般的读者所读的《红楼梦》，大多是被“红学”界称为“通行本”，即把高鹗所续的后四十回连缀在前八十回后的版本，不少读者以为高鹗所写的那些东西，大体上就是曹雪芹原来的构思，现在我要再一次向这些读者大声疾呼：不能相信高续！高鹗出生比曹雪芹晚半个来世纪，两个人根本不认识、无来往，高鹗在曹雪芹去世二十五六年后才续《红楼梦》，他们二人绝非合作者，况且高鹗的思想境界与美学追求与曹雪芹不仅相距甚远，简直可以说是常常背道而驰。有的“红学”家，如周汝昌先生，认为高续不仅糟糕，而且是一种阴谋，是故意要把一部反封建正统的著作，扭曲为一部到头来皈依封建正统的“说部”，也许他的论证尚需更强有力的材料来说明，但那思路的走向，我是认同的。从现存的比较接近曹雪芹原稿的手抄本的一些署名脂砚斋、畸笏叟的批语中，我们可以发现不少证据，证明曹雪芹是基本上写完了《红楼梦》全书的（这部著作在脂砚斋笔下，一直把《石头记》作为最终定稿的书名）；可惜由于种种仍需探幽发隐的复杂原因，只存下约八十回，八十回后均令人痛心地迷失无踪了！八十回后应该还有多少回？未必是四十回，“红学”界有认为是三十回的，有认为是二十八回的。我个人比较倾向全书一百零八回的判断。

高鹗对曹雪芹原意的歪曲与亵渎，在对妙玉的描写和命运结局的安排上体现得最为严重。他把第五回“太虚幻境”里“金陵十二钗正册”中涉及妙玉的判词“欲洁何曾洁，云空未必空”，竟理解成此人肉欲难抑；后来同样影射人物命运的《世难容》曲里，有一句“到头来，依旧是风尘肮脏违心愿”，他显然把“风尘”狭隘地理解成了类似成为妓女那样的状况，把肮脏就按通常俗语那样理解成了“龌龊”，这是绝大的错误。历年来已有若干“红学”家指出，“风尘”不止有“流落风尘”这一种用法，也可以理解成“红尘”，即俗世的意思，而肮脏在古汉语里读作 kǎng zǎng，是不屈不阿的意思，如文天祥的《得儿女消息》诗有句曰：“肮脏到头方是汉，娉婷更欲向何人？”由于《红楼梦》前八十回里妙玉只在第四十一回和第七十六回里正面出现了两次，其余的暗写也仅寥寥四次（大观园落成后，林之孝家的向王夫人介绍她的来历；元春省亲时，曾到园中佛寺焚香拜佛题匾；李纨罚宝玉去栊翠庵讨红梅，妙玉后来又给了薛宝琴及众人红梅；宝玉寿辰她派人送贺帖，引起邢岫烟的议论等），所以读者在前八十回里觉得这个人很难把握。周汝昌先生认为，妙玉和秦可卿属于类似情况，也是罪家之女，被贾府藏匿在大观园中，后来贾氏获罪，这也是一条罪状；我原也曾顺这一思路揣摩过，结果得出了不同的判断：以王夫人的胆识，她是绝不会在经历过“秦可卿风波”后，做主再收容罪家之女的，何况是将其安排在贾元春即将莅临的省亲别墅之中；她不等林之孝家的回完，便允妙玉入园，林之孝家的道，妙玉说“侯门公府，必以贵势压人，我再不去的”，王夫人竟笑着决定下帖子请她；倘是藏匿罪家之女，会这样轻松吗？还主动留下字据！在有的抄本上，这一段对话里，“林之孝”先写作“秦之孝”，后将“秦”字点改为“林”，此点大可注意，我以为，这样的蛛丝马迹，显示出曹雪芹从生活原型到艺术形象定位时的一些来回调整的苦心。我对妙玉家世来历与命运走向的探佚，便循着这样的一些线索前行。

在透露妙玉结局的《世难容》曲里，“到头来，好一似，无瑕白玉遭泥陷；又何须，王孙公子叹无缘”究竟怎么解读？许多人，包括不少的“红学”家，都认为“王孙公子”指的就是贾宝玉，我却不敢苟同。贾宝玉只爱林黛玉，只企盼着能与林黛玉终遂“木石姻缘”，这在书中写得非常清楚，他对薛宝钗、史湘云都无姻缘之想，怎么会对妙玉“叹无缘”呢？一般读者容易觉得妙玉在暗恋宝玉，最明显的证据是她把自己常日吃茶的那只绿玉斗拿给宝玉吃茶，又在宝玉过生日时派人送去贺帖，但这恐怕全是误会；妙玉确实放诞诡僻，可是她在大观园中，明明知道宝玉与黛玉、宝钗已构成了一个“三角”，倘再加上湘云，已是“四角”，难道她还想插足其间，构成“五角”，谋一“姻缘”吗？这是说不通的。其实，在第十四回里，曹雪芹开列来给秦可卿送殡的名单，有这样的句子：“余者锦乡伯公子韩奇，神武将军公子冯紫英，陈也俊、卫若兰等诸王孙公子，不可枚数。”冯紫英在前八十回中的“戏份”已然不少，据“脂批”透露，卫若兰在八十回后将是一个正式登场的人物，且与金麒麟这一重要道具有关，这大家都是知道的，那么，紧接在冯紫英之后，又紧排在卫若兰前面的陈也俊，难道只是一个“顺手”写下的名字，在书中仅显现一次而已么？我们都知道《红楼梦》的艺术手法，是“一树千枝，一源万派，无意随手，伏脉千里”“一击两鸣”“武夷九曲之文”，又频频使用谐音和“拆字法”来点破或暗示人物的品格命运，这是曹雪芹给我们当代用方块字写作的小说家们留下的宝贵美学遗产，不但不应怀疑亵渎，而且应当发扬光大。我由此大胆推测，对妙玉“叹无缘”的王孙公子，正是这个明点出了属于“王孙公子”系列的陈也俊。

“金陵十二钗”里，唯一既无贾、史、王、薛四大家族血缘，也未嫁到这些家族为媳的，仅妙玉一人，且排名第六，竟在迎春、惜春、王熙凤等之前，这说明在曹雪芹的总体构思中，她一定会起着非同小可的作用。倘从她和贾宝玉的关系上考察，则他们二人的契合点，应是她认定宝玉是个“些微有知识的”，而宝玉深知她是个“世人意外之人”，他们的那种精神境界，是一般常人难以企及的；误会为双方有“姻缘”之想，是因为八十回后关于他们关系的描写皆尽迷失。我现在的探佚成果，已呈现在大家面前，我想这样解释妙玉在贾宝玉命运中的至关重要、不可取代的作用，至少是自圆其说的吧！

我这篇关于妙玉命运结局的探佚小说，一是根据前八十回文本，特别是诸多细节，如茜雪因枫露茶被撵；靛儿在“薛宝钗借扇语带双敲”时受辱；独小红能说出“千里搭长棚，没有个不散的筵席”等悟语；贾宝玉在袭人家看见了其两姨妹子“红衣女”，认为正配生活在深堂大院，且可作为亲戚；傅秋芳二十三岁未嫁，傅家嬷嬷议论宝玉的痴行痴语；王熙凤与贾琏的关系经历了“一从二令三人木”的三个阶段（“人木”即“休”字），后“哭向金陵事更哀”；关于巧姐儿的《留余庆》曲里说“劝人生，济困扶穷，休似俺那爱银钱忘骨肉的狠舅奸兄”；关于李纨的《晚韶华》曲里，批判她“虽说是，人生莫受老来贫，也须要阴骘积儿孙”；板儿曾在大观园里用佛手换来巧姐的香圆；妙玉赞“文是庄子的好”等，当然，最重要的，是从那只定窑小盖钟，衍化出一波又一波，直至推向最高潮的艺术想象；另一探佚的根据，则是脂砚斋、畸笏叟的批语，如“狱神庙回有茜雪、红玉一大回文字”，“小儿常情，遂成千里伏线”，“伏芸哥仗义探庵”（有把“探庵”说成就是“探（狱神）庙”，我认为此处明言“探庵”，应是指去了栊翠庵）等，其中我最看重的，是南京靖应鹍藏本第四十一回，在叙及妙玉不收成窑杯的文字旁的这条批语:“妙玉偏辟［僻］处,此所谓‘过洁世同嫌’也。他日瓜洲渡口，红颜固不能不屈从枯骨，各示劝惩，岂不哀哉！”（原过录批语错乱太甚，此校读参照了周汝昌先生的研究成果）因“靖本”已迷失无踪，因此有人认为像这样的其他抄本上没有的独家批语是作伪者杜撰，我认为不可能是作伪，因为找不出“作案动机”。我从这条批语出发，将种种线索融会贯通，结撰出了现在这样一系列情节，故事结尾的空间，便安排在瓜洲渡口。

《红楼梦》是我们中国文学的瑰宝，曹雪芹是中国最伟大的小说家，我对《红楼梦》前八十回百读不厌，对曹雪芹的美学造诣十分景仰，研读《红楼梦》、探佚其八十回中的修改原由，特别是探佚八十回后的人物命运、情节发展，使我沐浴在母语的至美享受之中，沉迷于中华优秀传统文化的丰富厚重、奇诡神妙之中。之所以不揣冒昧，把自己探佚的成果以小说的形式呈献与喜爱《红楼梦》的读者们，正是因为我坚信，《红楼梦》里仍有我们发展当代中国文学取之不尽、用之不竭的思想和美学滋养！感谢读我“红学探佚小说”的人们，欢迎批评指教，祈愿有更多的“红迷”涌现！

附录

刘心武文学活动大事记

1942年

6月4日生于四川省成都市育婴堂街。

后在重庆度过童年。

父母兄姊均热爱文学艺术，深受家庭熏陶。

1950年

随父母迁居北京，从此定居北京。

在隆福寺小学上小学，在北京二十一中上初中。

1958年

在北京六十五中上高中。

给若干报刊投稿，屡被退稿。

8月，在《读书》杂志发表《谈〈第四十一〉》一文，是投稿第一次成功。

1959年

在《北京晚报》“五色土”副刊陆续发表一些儿童诗、小小说。

为中央人民广播电台少儿部《小喇叭》（对学龄前儿童广播）编写若干

节目；其中快板剧《咕咚》经编辑加工、录制后大受欢迎；“文革”中录音带被销毁；1991 年重新录制播出。

1961年

毕业于北京师范专科学校，分配到北京十三中任教。

至“文革”前，在《北京晚报》《中国青年报》《人民日报》《光明日报》《大公报》《北京日报》《体育报》《儿童时代》《大众电影》等报刊上发表了约 70 篇小小说、散文、杂文、评论等文章。

1966年—1976年

“文革”中，因 1964 年曾发表过一篇关于京剧的文章，被以“反江青”罪名冲击。

1974 年后再试写作，曾写一关于“教育革命”的长篇小说，由出版社联系获准脱产修改，但终未达到当时出版要求。

1976年

写出一个大院里孩子们同坏蛋斗争的中篇小说《睁大你的眼睛》并得以出版（北京人民出版社）。

按照当时政治要求写出一些短篇小说、散文，有的到次年才收入多人合集中出版。

调到北京人民出版社（后恢复“文革”前社名：北京出版社）文艺编辑室当编辑。

1977年

11 月，在《人民文学》杂志发表短篇小说《班主任》，产生重大影响——被认为是“伤痕文学”的开山作，也是“新时期文学”的发端；从此成名。

从《班主任》后，写作冲破懵懂，沿着认定的方向跋涉，穿越风云，锲而不舍。

1978年

参加《十月》杂志（开始以丛书名义出版）创刊工作，在创刊号上发表短篇小说《爱情的位置》，经转载和广播，影响巨大。

在《中国青年》杂志上发表短篇小说《醒来吧，弟弟》，反应亦极强烈。

《班主任》《爱情的位置》《醒来吧，弟弟》均被改编为广播剧，由中央人民广播电台多次广播，《醒来吧，弟弟》被搬上话剧舞台；此年发表的短篇小说《穿米黄色大衣的青年》亦由电台播出。

1979年

在首届全国优秀短篇小说评奖中《班主任》获第一名。颁奖会上，从茅盾先生手中接过奖状。

参加中国作家协会第三次全国代表大会，被选为中国作家协会理事。

成为中华全国青年联合会常务委员，至1993年卸任。

9月，参加中国作家代表团访问罗马尼亚，此系“文革”后第一个作家出访团。

在《人民文学》杂志发表短篇小说《我爱每一片绿叶》，写作技巧有长足进步。

1980年

调至北京市文联当专业作家。

《我爱每一片绿叶》获1979年全国优秀短篇小说奖。

《看不见的朋友》获1954—1979年第二届全国少年儿童文学创作奖。

在《十月》杂志发表中篇小说《如意》，其弘扬人道主义的追求引起争议。

出版《刘心武短篇小说选》(北京出版社)。

1981年

在《十月》杂志发表中篇小说《立体交叉桥》，引起更大争议，一些评论家认为“调子低沉”是步入了写作上的歧途，另有评论家则认为此作标志着刘心武的小说创作在反映现实、探索人性及艺术功力上均达到了新的水平。

5月，应日本文艺春秋社邀请访问日本。

1982年

应导演黄建中之请，改编《如意》；北京电影制片厂拍成彩色艺术片《如意》。

1983年

11月，参加中国电影代表团赴法国，在南特“三大洲电影节”上，《如意》在开幕式上放映，获好评；后陆续在法国、西德电视台播出。

1984年

冬，应邀访问西德，参加“中德大学生会见活动”，并在波恩大学、波鸿大学与威尔兹堡大学介绍中国当代文学。

年底，参加中国作家协会第四次全国代表大会，再次当选为理事。

在《当代》文学双月刊第5、6期连载长篇小说《钟鼓楼》。

1985年

出版长篇小说《钟鼓楼》（人民文学出版社），并获第二届茅盾文学奖。

因《钟鼓楼》获北京市政府嘉奖。

7月，在《人民文学》杂志发表纪实小说《5·19长镜头》，反响强烈。

11月，又在《人民文学》杂志发表纪实小说《公共汽车咏叹调》，引起轰动。

1986年

年初，应当代文艺出版社邀请访问香港。

6月，调中国作家协会《人民文学》杂志社，任常务副主编。

在《收获》杂志设《私人照相簿》专栏，进行图文交融的文本尝试。

散文集《垂柳集》出版，冰心为之作序。

1987年

1 月，被任命为《人民文学》杂志主编。

2 月，《人民文学》杂志 1、2 期合刊发表马建写的小说《亮出你的舌苔或空空荡荡》违反民族政策，承担责任，停职检查。

9 月，复职。

冬，应邀赴美国访问。参观《美洲华侨日报》；在哥伦比亚大学，三一学院，哈佛大学，麻省理工学院，康奈尔大学，芝加哥大学，旧金山大学，史坦福大学，加州大学伯克利分校、洛杉矶分校、圣迭戈分校等处演讲，介绍中国当代文学，并参观耶鲁大学；参加爱荷华大学“作家写作中心”的纪念活动；游览华盛顿等地。

1988年

3 月，应香港《大公报》邀请，赴香港参加五十周年报庆活动；在《大公报》安排的大型报告会上作关于改革开放与文学创作的报告。

5 月，应法国文化部邀请，参加中国作家代表团访问法国，除在巴黎活动外，还访问了西部港口城市圣·拉扎尔。

《私人照相簿》在香港出版（南粤出版社）。

《我可不怕十三岁》获 1980—1985 年全国优秀儿童文学奖。

以上数年中，若干小说、散文还分别获得过《当代》《十月》《小说月报》《小说选刊》《中篇小说选刊》《儿童文学》《北方文学》等杂志，《人民日报》《文汇报》等报纸副刊的奖；拍成电视剧播出的有《没工夫叹息》《熄灭》（电视剧名《火苗》）《今夏流行明黄色》《到远处去发信》《非重点》《公共汽车咏叹调》和八集连续剧《钟鼓楼》；若干作品被英国、美国、西德、苏联、日本、法国、意大利、瑞士、瑞典等国翻译为英、德、俄、日、法、意、瑞典等文字出版；自 1987 年起被世界上有威望的英国欧罗巴出版社《世界名人录》收入辞条。

1989年

春，应香港中文大学翻译中心邀请，与妻子吕晓歌赴香港访问。

1990年

3月，以任届期满，免去《人民文学》杂志主编职务。

香港中文大学翻译中心编译的英文小说集《黑墙与其他故事》出版。

秋，以“鱼山”笔名在《钟山》杂志发表中篇小说《曹叔》。

1991年

出版小说集《一窗灯火》。

除小说外，开始发表大量散文、随笔。

1992年

长篇小说《风过耳》在内地（中国青年出版社）、香港（勤+缘出版社）分别出版，反响颇为强烈。

长篇小说《四牌楼》完稿，交上海文艺出版社出版。

《献给命运的紫罗兰——刘心武谈生存智慧》由上海人民出版社出版，受到读者欢迎。

在《收获》杂志发表中篇小说《小墩子》，后由中国电视剧制作中心改编拍摄为电视连续剧。

至该年，在海内外出版的个人专著按不同版本计已达43种。

在《红楼梦学刊》1992年第二辑上发表论文《秦可卿出身未必寒微》，在“红学”界和读者中均引起注意;另有若干《红楼梦》人物论和《红楼边角》专栏文章发表。

冬，应瑞典学院邀请（斯堪的纳维亚航空公司赞助）赴北欧访问；在挪威奥斯陆大学、瑞典斯德哥尔摩大学和隆德大学、丹麦哥本哈根大学和奥胡斯大学的东亚系汉学专业以《九十年代初的中国小说》为题作学术报告;12月7日，参加诺贝尔文学奖有关活动，听1992年得主德里克·沃尔科特发表受奖演说。

1993年

华艺出版社出版《刘心武文集》(1—8卷)。

出版长篇小说《四牌楼》。

1994年

1月，应台湾《中国时报》邀请赴台参加“两岸三地文学研讨会”。

《四牌楼》获上海优秀长篇小说大奖，到沪领奖。

1995年

出版随笔集《人生非梦总难醒》(上海人民出版社)。

出版小说集《仙人承露盘》(华艺出版社)。

1996年

出版长篇小说《栖凤楼》(人民文学出版社)。至此,由《钟鼓楼》《四牌楼》《栖凤楼》构成的“三楼”长篇小说系列竣工。

应《南洋商报》邀请赴马来西亚访问并顺访新加坡。

1997年

应日本国际交流基金会邀请，与妻子吕晓歌访问日本。长篇小说《钟鼓楼》、儿童文学作品《我是你的朋友》、短篇小说《王府井万花筒》等此前已相继译为日文在日本出版。

1998年

建筑评论集《我眼中的建筑与环境》由中国建筑工业出版社出版，在建筑界产生影响。

应美国科罗拉多大学邀请，赴美参加金庸作品国际研讨会，在会上提交关于《鹿鼎记》的论文《失父：一种生存困境》。

1999年

出版纪实性长篇小说《树与林同在》(山东画报出版社)。

出版《红楼三钗之谜》(华艺出版社)。

赴新加坡出席国际环境文学研讨会。

2000年

应邀访问法国,并应英中协会和伦敦大学邀请,从巴黎赴伦敦讲《红楼梦》。

至此年底在海内外出版的个人专著（不含文集）按不同版本计达101种。

2001年

出版包含建筑评论的随笔集《从忧郁中升华》(文汇出版社)。

在北京电视台录制播出《刘心武谈建筑》系列节目。

2002年

出版小说集《京漂女》(中国文联出版社)，自绘插图。

应澳大利亚雪梨华文写作协会邀请赴澳大利亚访问。

2003年

以马来西亚《星洲日报》世界华人文学“花踪奖”评委身份赴吉隆坡参加相关活动。

台湾联经出版社出版小说集《人面鱼》。此前台湾已出版过刘心武多种作品，如皇冠出版社出版了《钟鼓楼》，幼狮文化事业公司出版了《四牌楼》《为他人默默许愿》(散文集)。

2004年

赴法参加巴黎书展活动。书展上展出了译为法文的著作有小说《树与林同在》《护城河边的灰姑娘》《尘与汗》《人面鱼》《如意》与歌剧剧本《老舍之死》。

建筑评论集《材质之美》由中国建材工业出版社出版。

小说集《站冰》出版（人民文学出版社），自绘封面插图。

2005年

出版集历年研红成果的《红楼望月》（书海出版社）。

应CCTV-10（中央电视台科学教育频道）《百家讲坛》邀请，录制播出《刘心武揭秘〈红楼梦〉》系列节目23集，反响强烈，引起争议。

《刘心武揭秘〈红楼梦〉》第一、二部相继出版（东方出版社），畅销。

2006年

应美国华美协会邀请，赴纽约在哥伦比亚大学讲《红楼梦》。

应邀参加香港书展。

出版《刘心武揭秘古本〈红楼梦〉》（人民出版社）。

2007年

继续应邀到CCTV-10《百家讲坛》录制节目，并出版《刘心武揭秘〈红楼梦〉》第三部、第四部（东方出版社）。

访问俄罗斯。

2008年

出版随笔集《健康携梦人》（中国海关出版社）。

自1986年出版《垂柳集》，至此所出版的散文随笔集已逾三十种。

2009年

在《上海文学》杂志开《十二幅画》专栏，每期发表一篇写人物命运的大散文，并配发自己的画作。

4月，妻子吕晓歌病逝，著长文《那边多美呀！》悼念。

2010年

再应CCTV-10《百家讲坛》邀请，录制播出《〈红楼梦〉的真故事》系列节目。至此在《百家讲坛》录制播出关于《红楼梦》的个人系列讲座累计达61集。

出版《〈红楼梦〉的真故事》(凤凰联动·江苏人民出版社)，在争议声中畅销。

4月，应台湾新地文学社邀请赴台参加“21世纪世界华文文学高峰会议”。

出版《命中相遇——刘心武话里有画》(上海文艺出版社)。

加快《刘心武续〈红楼梦〉》的写作。

至本年底，在海内外出版的个人专著，《文集》不算在内，重印亦不算，按不同版本计达182种(按不同书名计则为141种)。

年底，筹备编辑《刘心武文存》。

2011年

由江苏人民出版社出版《刘心武续〈红楼梦〉》。

至2011年底在海内外出版的个人专著以不同版本计达193种(《刘心武文集》不计算在内)。

2012年

江苏人民出版社出版散文集《人生有信》。

漓江出版社出版《刘心武评点〈金瓶梅〉》。

法国伽里玛出版社出版《尘与汗》《护城河边的灰姑娘》法译版的袖珍本。

江苏人民出版社出版《刘心武文存》40卷，收录1958年至2010年所能搜集到的全部公开发表过的作品。

2013年

漓江出版社出版散文集《空间感》。

2014年

漓江出版社出版长篇小说《飘窗》。

台湾学生书局出版宣纸线装本《刘心武评点全本金瓶梅词话》。

人民文学出版社出版“刘心武长篇小说系列”包括《钟鼓楼》《四牌楼》《栖凤楼》《风过耳》《刘心武续〈红楼梦〉》（修订版）五部作品。

2015年

漓江出版社出版《跨世纪的文化瞭望——刘心武张颐武对谈录》增订版。

至此年4月，不算《刘心武文集》《刘心武文存》，以单本著作计，已达227种，再剔除同一书名的不同版本，则有160种。

漓江出版社出版自2013年以来未入集的作品汇编《润》。

2016年

出版《刘心武文粹》26卷。

图书在版编目（CIP）数据

红楼望月 / 刘心武著．— 南京：译林出版社，2016.3
（刘心武文粹）
ISBN 978-7-5447-6132-1

Ⅰ．①红… Ⅱ．①刘… Ⅲ．①《红楼梦》研究
Ⅳ．①I207.411

中国版本图书馆 CIP 数据核字（2016）第 007274 号

书　　名	红楼望月
作　　者	刘心武
责任编辑	陆元昶
特约编辑	赵丽娟
出版发行	凤凰出版传媒股份有限公司 译林出版社
出版社地址	南京市湖南路 1 号 A 楼，邮编：210009
电子邮箱	yilin@yilin.com
出版社网址	http://www.yilin.com
印　　刷	三河市冀华印务有限公司
开　　本	710×1000 毫米　1/16
印　　张	31.25
字　　数	445 千字
版　　次	2016 年 3 月第 1 版　2016 年 3 月第 1 次印刷
书　　号	ISBN 978-7-5447-6132-1
定　　价	42.80 元

译林版图书若有印装错误可向承印厂调换